文/白/对/照

太平廣記

五

〔北宋〕李昉 等 编纂
谦德书院 译

團结出版社

图书在版编目（CIP）数据

文白对照太平广记 / (北宋) 李昉等编纂；谦德书院译. -- 北京：团结出版社, 2022.10

ISBN 978-7-5126-9290-9

Ⅰ. ①文… Ⅱ. ①李… ②谦… Ⅲ. ①笔记小说—小说集—中国—北宋②《太平广记》—译文 Ⅳ. ①I242.1

中国版本图书馆CIP数据核字(2022)第001044号

出版：团结出版社

（北京市东城区东皇城根南街84号 邮编：100006）

电话：（010）65228880　　65244790（传真）

网址：www.tjpress.com

Email：65244790@163.com

经销：全国新华书店

印刷：北京天宇万达印刷有限公司

开本：145×210　1/32

印张：286.75

字数：8200千字

版次：2022年10月　第1版

印次：2022年10月　第1次印刷

书号：978-7-5126-9290-9

定价：880.00元（全十四册）

目 录

卷第一百六十二　感应二

卷第一百六十三　谶应

卷第一百六十四

名贤讽谏附

卷第一百六十五

廉俭吝啬附

卷第一百六十六　气义一

卷第一百六十七　气义二

卷第一百六十八　气义三

卷第一百六十九　知人一

卷第一百七十　知人二

卷第一百七十一　精察一

卷第一百七十二　精察二

卷第一百七十三　俊辩一

卷第一百七十四
俊辩二幼敏附

卷第一百七十五　幼敏

卷第一百七十六 器量一

卷第一百七十七 器量二

卷第一百七十八 贡举一

卷第一百七十九 贡举二

卷第一百八十　贡举三

卷第一百八十一　贡举四

卷第一百八十二　贡举五

卷第一百八十三　贡举六

卷第一百八十四　贡举七

卷第一百八十五　铨选一

卷第一百八十六　铨选二

卷第一百八十七　职官

卷第一百八十八　权幸

卷第一百八十九　将帅一

卷第一百九十　将帅二杂谲智附

卷第一百九十一 骁勇一

卷第一百九十二 骁勇二

卷第一百九十三 豪侠一

卷第一百九十四　豪侠二

卷第一百九十五　豪侠三

卷第一百六十一—卷第一百九十五

卷第一百六十一　感应一

张宽

张宽字叔文，汉时为侍中，从祀于甘泉。至渭桥，有女子浴于渭水，乳长七尺。上怪其异，遣问之。女曰："帝后第七车，知我所来。"时宽在第七车，对曰："天星主祭祀者，斋戒不严，即女人星见。"（出《汉武故事》）

汉武帝

汉武帝尝微行造主人家，家有婢国色，帝悦之，仍留宿。夜与主婢卧。有一书生，亦寄宿，善天文，忽见客星将掩帝座，甚逼。书生大惊惧，连呼咄咄，不觉声高。仍又见一男子，操刀将入户。闻书生声急，谓为己故，遂缩走，客星应时而退。如此者数过，帝闻其声，异而问之，书生具说所见。帝乃悟曰："必此人婿也，将欲肆凶恶于朕。"仍召集期门羽林，语主人曰："朕天子也。"于是擒奴，问而款服，乃诛之。帝叹曰："斯盖天启书生之心，以扶祐朕躬。"乃厚赐书生焉。（原缺出处，陈校本作出《幽明录》）

张宽

张宽字叔文，汉武帝时期担任侍中一职，跟随汉武帝来到甘泉进行祭祀活动。车队到达渭河桥上，看见渭水里有一女子在洗澡，乳房长达七尺，汉武帝认为她十分怪异，遣人询问她。女子说："汉武帝后面第七辆车，了解我的来处。"张宽正坐在第七辆车上，回答说："那是天上掌管祭祀的星主，如果我们祭祀前斋戒不严，女人星就会出现。"（出《汉武故事》）

汉武帝

汉武帝以前穿着普通人的服装出行造访一户主人家，这户人家的女婢生得十分貌美，汉武帝心悦她，决定在此住宿，夜晚的时候与女婢卧床睡觉。这户主人家里还有一个寄宿的书生，书生擅长天文学，突然看见客星即将掩盖帝座，且距离逐渐逼近。书生内心十分恐慌，不自觉地放声高喊。这时候看见一男子，手持一把刀进入屋内正要杀人。听闻书生惊呼，以为是自己的原因，于是便退缩回去，客星也顺应时势退了下去。这样的情况重复了数次。汉武帝听闻他的叫喊声，觉得怪异，就询问他。书生说出他所看到的星相。汉武帝意识到那肯定是女婢的夫君，他的行凶对象是自己。于是召集期门禁军，对主人家说："我是皇帝。"下令抓住男人，审问过程中男子供认不讳，便将其诛杀。汉武帝感叹道："这大概是上天启示了书生内心，来扶持佑护我啊！"便重重犒赏了书生。（原缺出处，陈校本作出《幽明录》）

醴泉

太行之东有醴泉，其形如井，本体是石也。欲取饮者，皆洗心跪而挹之，则泉出如流，多少足用。若或污慢，则泉缩焉。盖神明之常志者也。（出《法苑珠林》）

淮南子

《淮南子》曰：“东风至而酒泛溢。”许慎云：“东风震方也。酒泛，清酒也。木味酸，相感故也。”高诱云：“酒泛为米面曲之泛者，风至而沸动。”李淳风又按：“今酒初熟，瓮上澄清时，恒随日转。在旦则清者在东畔，午时在南，日落在西，夜半在子。恒清者随日所在。又春夏间，于地荫下停春酒者，瓮上蚁泛，皆逐风而移。虽居深密，非风所至，而感召动也。”（出《感应经》）

扬雄

扬雄读书，有人语云：“无为自苦，玄故难传。”忽然不见。雄著《玄》，梦吐白凤皇集上，顷之而灭。（出《西京杂记》）

刘向

汉刘向，于成哀之际，校书于天禄阁，专精覃思。夜有老人，着黄衣，藜杖扣阁而进。见向暗中独坐诵书，老人乃吹杖端，烂然

醴泉

太行山东边位置有孔泉水，泉水的形状很像一口井，泉水本体是石头。想要取水喝的人，都要虔诚地去除心里的恶念，跪在地上舀水，泉水就会像溪水一样流出来，喝多少都足够。如果心里邪恶傲慢无礼，泉水就会退回去。这都是因为传达了神明的意思！（出《法苑珠林》）

淮南子

《淮南子》里面记载："春天的风吹来酒就会泛滥溢出。"许慎说："春天的风从东方吹来，酒便会泛滥变清。味道会变酸，这是彼此相互感知的原因。"高诱说："酒的泛滥和米面曲子发酵，都是春风吹来引起的沸动现象。"李淳风又注释说："刚酿造出来的酒，在酒瓮中样子澄清时，中间的变化是根据太阳转动发生的。在早上靠近东边的酒比较清澈，中午南边的酒比较清澈，日落则是西边的酒更加清澈，半夜时分是中间的酒更加清澈。酒清澈的位置总是靠近太阳的方向。另外在春夏之间，在树荫下面放酿造的春酒时，酒瓮里面酒的泡沫杂质泛滥情况，都是随着风的方向移动。虽然酒瓮放在很深的地方，风并不能到达，这都是因为感知才发生的变化。"（出《感应经》）

扬雄

扬雄读书的时候，听到旁边有人说："没有结果的自讨苦吃，深刻的道理不能理解。"忽然又没了声音。扬雄编写作品时，睡着了梦到嘴里吐出一只白色凤凰到写的书上，马上又不见了。（出《西京杂记》）

刘向

汉朝时期的刘向，成帝哀帝在位期间，在天禄阁校对书稿，十分专业地进行研究和探索。晚上有个老人，身穿黄色的衣服，拿着藜火明，因以照向。说开辟已前事，乃授《洪范五行》之文。向裂衣及绅，以记其言。至曙而去，请问姓名，云："我是太乙之精，闻金卯之姓，有博学者，下而观之焉。"乃出怀中竹榜，有关天文地图之事。子歆，从向授此术。（出《王子年拾遗记》）

袁安

袁安为阴平长，有惠化。县先有雹渊，冬夏未尝消释。岁中辄出，飞布十数里，大为民害。安乃推诚洁斋，引愆贬己。至诚感神，雹遂为之沉沦，伏而不起，乃无苦雨凄风焉。（出《小说》）

樊英

汉樊英善图纬，洞达幽微。永泰中，见天子，因西向南唾。诏问其故，对曰："成都今日火。"后蜀郡上言火灾，如英所道，云："时有雨从东北来，故火不为大害。"英尝忽被发拔刀，斫击舍中。妻怪问其故，英曰："郗生遇贼。"郗生者名巡，是英弟子，时远行。后还说，于道中逢贼，赖一被发老人来相救，故得免。永建时，殿上钟自鸣，帝忧之，公卿莫能解。乃问英，英曰："蜀岷山崩，母崩子故鸣，非圣朝灾也。"寻上蜀山崩事。（出《英列传》）

草手杖敲门后走进天禄阁。看见刘向一个人在黑暗中读书，老人朝着手杖顶端吹气，顿时光芒四射，朝刘向照去。老人和刘向说起开天辟地时的事情，并教导他关于天地五行的文章。刘向撕开身上的袍子和腰带，用来记录老人说的话。直到天空露出曙光老人要离去时，刘向问他的姓名，老人说："我是天上的太乙之精，听说刘姓里面出了一个博学多识的人，于是下凡来看看你。"说完从怀里拿出竹简，是关于天文地理方面的图书。刘向有个儿子叫刘歆，又将这些知识传授给儿子。（出《王子年拾遗记》）

袁安

袁安是阴平县的县令，对百姓有恩惠和教化。阴平县之前有个满是结冰的深渊，冰块冬天和夏天都未曾消融。每年六月洞中的冰就会往外溢出，覆盖范围有十几里远，成为百姓很大的一个灾害。袁安虔诚地沐浴斋戒，将灾害的原因归咎在自己身上。他的诚意感动了神明，深渊里面的冰块因此沉到底部，没有再浮起来，并且后面再没有发生过狂风暴雨等自然灾害。（出《小说》）

樊英

汉朝的樊英比较擅长河图和经纬六经，有可以通过细微细节洞察事情的能力。永泰中期，樊英面见天子，站在西边位置向南边吐了口唾沫。皇帝问他吐唾沫是因为什么，樊英回答："今天成都会有火灾。"后面果然收到了四川郡守上报火灾的奏折，确实如樊英所说的：火灾时有雨从东北方向过来，所以火灾并没有造成很大灾害。樊英曾经突然拔刀，在屋子里砍了一刀。妻子觉得奇怪问他怎么了，樊英说："郗生遇到贼寇了。"郗生的本名叫郗巡，是樊英的弟子，此时正在外远行。郗巡回来后说，在外行走的路上遇到了盗贼，幸好被一个披头散发的老人相救，才能免于伤害。永建时期，宫内大殿的钟突然自动响起来，皇帝十分担忧，朝中大臣都不知原因无法解释。于是皇帝去问樊英。樊英回答："四川的岷山发生山崩，母亲崩塌所

五石精

《论衡》曰：“阳燧取火，方诸取水，二物皆当以形势得。阳燧若偃月，方诸若圬杯。若二器如板状，安能得水火也。铸阳燧，用五月丙午日午时，炼五色石为之，形如圆镜，向日即得火。方诸，以十一月壬子夜半时，炼五色石为之，状如圬杯，向月即得津水。今取大蚌蛤向月，亦有津润。”《淮南子》云：“阳燧见日，熯而为火。方诸见月，津而为水。”注云：“皆五石之精。阳燧圆以仰日，得火；方诸圬而向月，得水。”又云：“阳燧之取火于日，方诸之取露于月，天地之间，玄微忽恍，巧历所不能推其数。然以掌握之中，引类于太极之上，而水火可立致者，阴阳相感动然之也。”（出《感应经》）

律 吕

《物理论》云：“十二律吕候气，先于平地为室三重，重有三重壁，扬子所谓九闭之巾也。外室南户，以布为幔；次室北户；内室南户，并以布为幔。皆上圆下方，闭密无风。人居其中，三日观之，十二律各以木为桉，每律各内庳外高，以律加其上，依位安置之。以河内葭莩灰实其端，若气至，吹灰去管首，小动为和，大动为臣强。”李淳风云：“自古言乐声律吕者，皆本于十二管，以气应灰飞为验。”后魏末，孙僧化造《六甲一周历》，其序云：“以管

以儿子悲鸣叫起来，并不是汉朝要发生灾难。”没多久四川上奏了岷山崩塌的事情。（出《英列传》）

五石精

《论衡》里面说：“利用阳燧取火，方诸取水，是因为这两种器具的形状比较特殊才会在特定的情况下成功。阳燧形状像半月，方诸形状像瓦刀样的杯子。如果这两个器具长得都像平整的木板，那怎么能得到水和火呢？阳燧的制造方式，需要在五月丙午日午时之间，用五色石来制造，做成的阳燧形状像镜子，将它朝向太阳就能得到火。制作方诸，要在十一月壬子日半夜时分，用五色石来冶炼铸造，做成的方诸形状像瓦刀样的杯子，将它朝向月亮就能得到露水。”如果将大蚌壳朝向月亮，同样可以得到露水。《淮南子》记载：“阳燧见到太阳，燃烧成火；方诸朝向月亮，可以滋润成露水。”注解说：“这些都是五色石的精华所致。阳燧圆形的一面朝向太阳，可以得到火；方诸瓦刀形状面朝向太阳，可以得到露水。”又说：“阳燧可以从太阳提取火种，方诸可以从月亮获得露水，天地之间的联系，十分奇妙，多巧妙的历法也没有办法推算这些定律。所以掌握了这种办法，就可以用来了解天地之间变化的规律，但是水和火真正提取，还是因为阴阳之间相互感应才有的。”（出《感应经》）

律　吕

《物理论》记载：“十二音律和气候节气相对应，开始在平地建造有三层墙壁的房屋，每一层墙壁又有三层的外层，就像扬子说的用九层做覆盖封闭使用。外面房间门朝南开，用布料做成门帘遮挡；第二层房间的门朝北开；最里面的内室门朝南开，同样以布料做成门帘遮挡。所有房间都是上圆下方的样式，密不透风。人住在里面，三日后观察情况，用十二支木头做成具有十二音律的乐器，每个音律的乐器都是内部声音低沉外部洪亮，将十二支乐器按照十二音律顺序排列，依次按照位置放好。将河里芦苇烧成的灰放置在乐器律候某月某时律气应。”推校前后五六事，皆不与算历家术数相符。此外诸书，无言候气得应验者。以理推寻，恐无实录。后魏信都芳，自云：“造风扇候二十四气，每一气至，其扇辄举。斯又验矣。”（出《感应经》）

陈　业

陈业字文理。业兄渡海倾命，时同依止者五六十人，骨肉消烂，而不可辨别。业仰皇天誓后土曰：“闻亲戚者，必有异焉。”因割臂流血，以洒骨上，应时歃血，余皆流去。（出《会稽先贤传》）

陈　寔

颍川陈寔有子元方，次曰仲方，并以名德称。兄弟孝养，闺门雍睦，海内慕其风。四府并命，无所屈就。兄弟尝过同郡荀爽，夜会饮宴，太史奏：“德星聚。”（出《汝南先贤传》）

三州人

晋三州人，约为父子。父令二人作舍于大泽中，欲成，父曰：“不如河边。”乃徙焉。又几成，父曰：“不如河中。”二人乃负土填河，三旬不立。有书生过，为缚两土豚投河中。父乃止二人曰：

的一端，如果到了节气时间，相对应的乐器音律一端的灰就会被吹掉，小的动作叫和气，大的动作叫作臣强。”李淳风说过：“从古至今所有的乐器，都源于十二音律中的乐器，节气到的时候吹掉的灰可以验证是否准确。”后来到了魏朝末年，孙僧制成了《六甲一周历》，他在书籍的序言中说：“用管乐器和某月某时的节气互相感知可以推算事物本质。”不过实际前后好几件事，都和历法算数结果不符合。此外其他的书籍，都没有说过音律和气候能相互映证。按照以往的道理来看，大概没有成功的案例。后来魏信都芳自己说：“制造一种灵敏度比较高的风扇代表二十四节气，每到一个节气，相对应的风扇就会抬起来。这又同样验证了这个道理。”（出《感应经》）

陈业

陈业，字文理。他哥哥渡海时丧命。同时丧命的还有五六十个人，尸骨腐烂，没有办法辨别。陈业仰头对着皇天后土起誓：“听说骨肉至亲之间，肯定有跟别人不同的奇特之处。”说完割破自己的胳膊，将血洒在骨头上，他哥哥的骨头染上血没流走，其余人骨头上的血都流走了。（出《会稽先贤传》）

陈寔

颍川陈寔的大儿子叫元方，二儿子叫仲方，两兄弟都以高尚品德广为人知。兄弟两个十分孝顺地奉养老人，家门幸福和睦，四海之内的人都钦佩他们的家风和孝顺。四个府衙都想要给他们任命官职，他们全都没有去。两兄弟之前拜访同郡的荀爽，晚上开宴会喝酒，主管天文历法的太史上奏：“天上德星相聚了。”（出《汝南先贤传》）

三州人

晋朝三州人士，结为父子。父亲命令两个儿子将房屋建到沼泽地上面，将要建成的时候，父亲说：“不如建在河边吧。”两个儿子挪到河边建房子，快要完成时，父亲说：“不如建在河里吧。”两个儿子又

“何尝见江河填耶？吾观汝行耳。”明回至河边，河中土为高丈余，袤广十余里，因居其上。（出《孝子传》）

魏任城王

魏任城王章薨，如汉东平王礼葬。及丧出，闻空中数百人泣声。送者言，昔乱军杀伤者皆无棺椁，王之仁惠，收其朽骨。死者欢于地下，精灵以之怀感焉。（出《王子年拾遗记》）

吕虔

魏长沙郡久雨。太守吕虔令户曹掾斋戒，在社三日三夜，祈晴。梦见白头翁曰：“汝来迟，明日当霁。”果然。（出《长沙传》）

管宁

管宁死辽东三十七年，归柩而阻海风。同行数十船俱没，惟宁船望见火光，投之得岛屿。及上岸，无火亦无人。玄晏先生以为积善之感。（出《独异志》）

河间男子

晋武帝世，河间郡有男女相悦，许相配适。既而男从军积年，父母以女别适人，无几而忧死。男还悲痛，乃至冢所，始欲哭之，运来土将河填上，三十几天都没有完成。有个书生路过，帮助他们装了两袋土投到河水里。这时候父亲制止两个儿子说："你们什么时候见过江河可以填平的？我只是在考察你们的言行而已。"他们第二日来到河边，河里面的土已经高出河面一丈多，范围覆盖周边十几里路，他们因此把房子建在了上面。（出《孝子传》）

魏任城王

魏任城王章去世，按照汉朝东平王的丧葬规模办丧事。出殡当日，听到空中有几百人都在哭泣的声音。送葬的人说，之前战争中被乱军砍死的人都没有棺木收殓，城王善良仁厚，将死者的骸骨收集安葬。死去的人在地下欢欣，这声音是死者灵魂在感激城王为他送葬发出的。（出《王子年拾遗记》）

吕　虔

魏国长沙郡连续多日降雨。当地太守吕虔下令官署户曹掾吃斋沐浴，斋戒三日祭祀神灵，祈求天气放晴。吕虔晚上梦见一个白头发的老人说："你来迟了，明天就会停止下雨，天气放晴。"第二日果然天气晴朗。（出《长沙传》）

管　宁

管宁在辽东去世已经三十七年，装他棺材的船因遇海风受阻。同行的十几条船全都毁坏沉没了，只有装着管宁棺材的船看到了火光指路，朝着火光的方向到了一个岛屿上，等上岸后，岛屿上没有火也没有人。玄晏先生认为这是管宁生前积德行善得到的回报。（出《独异志》）

河间男子

晋武帝时期，河间郡有一对相爱的男女，已经有了婚约。订下婚约后男人出去当兵好几年，女人的父母将她嫁给了其他人。女人十分不胜其情。遂发冢开棺，即时苏活，因负还家，将养数日平复。其夫乃往求之，其人不还，曰："卿妇已死。天下岂闻死人可复活耶？此天赐我，非卿妇也。"于是相讼，郡县不能决。谳于廷尉，廷尉奏以精诚之至，感于天地，故死而更生，在常理之外，非理之所处，刑之所裁。断以还开冢者。（出《法苑珠林》）

宜阳女子

晋永嘉之乱，郡县无定主，强弱相暴。宜阳县有女子，姓彭名娥。父母昆弟十余口，为长沙贼所杀。时娥负器出汲于溪间，贼至走还，正见墙壁已破，不胜其哀，与贼相格。贼缚娥，驱出溪边，将杀之。溪际有大山，石壁高数十丈。仰呼曰："皇天宁有神否？我为何罪，而当如此。"因奔走向山，山立开广数丈，平路如砥，群贼亦逐娥入山，山遂崩合，泯然如初。贼皆压死，娥遂隐不复出。娥所舍汲器，化为石，形似鸡。土人因号曰石鸡山女娥潭。（出《幽冥录》）

张应

晋历阳郡张应，先奉魔，娶佛家女为妇。咸和八年，移居芜湖。妻病，因为魔事，家财略尽，而病不瘥。妻曰："我本佛家女，为我作佛事。"应即往精舍中，见竺昙镜。镜曰："普济众生，但君忧伤，悲愤而死。男人回来后悲痛不已，来到女人坟前，想要痛快地哭一场，不能控制自己的感情。于是将坟堆挖开打开棺材，女人居然醒了过来，男人将女人背回家，好生调理了很多天身体才恢复。女人的丈夫知道后想将自己的妻子带回去。男人不肯归还，说："你妻子已经死了。天底下哪有听说死人还可以复活的事情？这是上天恩赐给我的妻子，不是你的妻子。"两人的事闹上公堂，郡守和县官都没有办法裁决；便上奏给廷尉审查，廷尉觉得这是男人深厚的感情精诚所至，感动了上天，所以才将女人起死回生，这件事在常理之外，并不是常理可以衡量的，也不能用常理来裁决。最后将女人判给了挖开坟墓的男人。（出《法苑珠林》）

宜阳女子

晋朝怀帝永嘉时期天下大乱，郡县没有固定的人员管理，恃强凌弱的盗贼经常暴乱。宜阳县有个女人，姓彭名娥。父母兄弟姐妹一共有十几口之多，全家人都被长沙的盗贼杀害。当时彭娥正背着东西出门在溪边取水，回到家中贼还没走，看到房屋墙壁全都被损坏，十分生气悲痛，与盗贼打斗起来。盗贼抓住彭娥，赶着她来到溪边，准备杀了她。溪边紧邻大山，山崖石壁高十多丈。彭娥抬头喊道："皇天后土就没有神仙了吗？我犯了什么罪，要被人如此对待？"喊完向石壁方向奔跑过去，山崖立马裂开几丈宽，道路十分平坦，强盗们全都追赶着彭娥跑进去，山崖随即合拢在一起，就和刚开始一样。盗贼全部都被压死，彭娥也隐匿在其中没有出来。彭娥之前用来取水的东西，变成了石头，形状很像鸡。当地人因此将这座山称为石鸡山，溪流潭水称为女娥潭。（出《幽冥录》）

张应

晋朝历阳郡有个叫张应的，刚开始信奉魔教，娶了信奉佛教家庭的女人做妻子。咸和八年，移居到芜湖居住，他的妻子生病，因为这个祈求魔教治病，家中钱财全部花完，妻子的病还是没有治当一心受持耳。昙镜期明，当向其家。”应夕梦一人，长五六尺，趋步入门曰：“此家寂寂，乃尔不净。”见镜随此人后，白曰：“此家始欲发意，未可责之。”应眠觉，便把火作高座及鬼子母座。镜食时往，高座之属，具足已成，应具向说梦，遂夫妻受五戒，病亦得瘥。（出《辩正论》）

南郡掾

晋南郡议曹掾姓欧，得病经年，骨消肉尽，巫医备至，无复方计。其子夜如得睡眠，梦见数沙门来视其父。明旦，便往诣佛图。见诸沙门，问佛为何神？沙门为说事状。便将诸道人归，请读经。再宿，病人自觉病如轻。昼得小眠，如举头，见门中有数十小儿，皆五彩衣，手中有持幡杖者，持刀矛者，于门走入。有两小儿在前，径至帘前。忽便还走，语后众小人云：“住居中总是道人。”遂不复来前。自此后病渐渐得差。（出《灵鬼志》）

蒲坂精舍

宋元嘉八年，河东蒲坂城大失火，不可救。惟精舍大小俨然，及白衣家经像，皆不损坠。百姓惊异，倍共发心。（出《辩正论》）

好。妻子说："我本来就是信奉佛教的女子，为我祈求病愈应该去寺庙。"张应随即前往寺庙祈福，见到竺昙镜和尚。竺昙镜和尚说："信佛可以普度众生拯救一切，但要求你必须全心全意信奉修行。我和你约定明天去你家里。"张应晚上做梦梦到一个人，身长五六尺，很快地走进门对他说："这家人十分冷漠寂寥，是因为你心里不纯净。"又看见昙镜和尚跟在这个人的身后，又说："这家人现在快要兴旺发达了，不用再受到责怪了。"张应睡醒以后，连夜打着火把制作了高座和鬼子母座。昙镜和尚在吃早饭的时候过来，高座都已经做好了，张应将自己做的梦说出来，然后夫妻俩开始遵守佛教戒律，妻子的病很快就痊愈了。（出《辩正论》）

南郡掾

晋朝南郡的议曹掾姓欧，病了有一年时间，病痛使他瘦得皮包骨头，医生和神巫都请了个遍，再没有其他办法了。他的儿子晚上睡觉做梦，梦见很多和尚来探望他父亲。到第二天，便前往拜访佛塔。见到诸位和尚，问佛祖究竟是什么神仙，和尚便将关于佛祖的事说给他听。他将诸位和尚请到家中（"人"原作"何"，据明钞本改），请他们为父亲诵经祈福。晚上休息后，病人感觉症状减轻了很多。白天也可以睡一会，如果抬头看，可以看到外面有几十个小孩子，全穿着五彩的衣服，手里有拿着幡杖的，也有拿着刀具矛的，从大门走了进来。其中两个小孩走在前面，径直来到门帘前。然后又往回走，告诉后面的小孩说："住在这里的人都是佛中弟子。"于是没有再来过。从此之后他父亲的病慢慢好了起来。（出《灵鬼志》）

蒲坂精舍

南朝宋文帝元嘉八年，黄河东岸的蒲坂城出现了很大的火灾，没有办法补救。只有大大小小的寺庙依然耸立，寺庙中的佛像和经书都没有烧毁，老百姓感觉十分惊讶，从心底里更加信奉佛教。（出《辩正论》）

吴兴经堂

宋元嘉中，吴兴郡内尝失火，烧数百家荡尽。惟有经堂草舍，俨然不烧。时以为神。（出《宣验记》）

南徐士人

宋少帝时，南徐有一士子，从华山往云阳。见客舍中有一女子，年可十八九。悦之无因，遂成心疾。母问其故，具以启母。母往至华山云阳，寻见女子，具说之。女闻感之，因脱蔽膝，令母密藏于席下，卧之当愈。数日果瘥。忽举席，见蔽膝，持而泣之，气欲绝，谓母曰：“葬时从华山过。”母从其意。比至女门，牛打不行，且待须臾。女妆点沐浴竟而出，歌曰：“华山畿，君既为侬死，独活为谁施？君若见怜时，棺木为侬开。”言讫，棺木开，女遂透棺中。因合葬，呼曰神士冢。（出《系蒙》）

徐 祖

嘉兴徐祖，幼孤，叔隗养之如所生。隗病，祖营侍甚勤。是夜，梦一神人告云：“汝叔应合死也。”祖扣头祈请哀悯，二神人云：“念汝如此，为汝活。”祖觉，叔乃瘥。（出《搜神记》）

吴兴经堂

宋朝元嘉年间，吴兴郡管辖区内发生火灾，烧毁了几百户人家的房屋。只有寺庙里面的经书草房，火后依然完好无缺。当时老百姓都觉得这是神明显灵。（出《宣验记》）

南徐士人

南朝宋少帝期间，南徐有一个年轻男人，从华山去往云阳。在客栈看见有一个女人，大概十八九岁的年纪。男人很喜欢这个女人，但是彼此并没有理由交往，于是思念成疾。他母亲问他原因，他将具体原因告诉母亲。母亲前往华山云阳，找到这个女人，将男人的病情全都告诉她。女人听闻后十分感动，将围裙脱下来交给她，让他母亲偷偷藏在男人床上的席子下面，睡在上面病就可以痊愈了。一段时间后男人的病果然好了。偶然间男人掀开席子，见到围裙，捧在手中哭泣，伤心欲绝，对他母亲说："我死后埋葬我的时候要从华山经过。"母亲遵从他的意愿办理丧事。走到女人家门前，拉车的牛怎么打都不继续走。等了不长时间，女人梳妆沐浴从里面走出来，唱道："华山绵延不绝，你既然是为我而亡，那我独自活着又是为了谁？你如果还怜惜我，就将棺材打开吧。"唱完，棺材打开，女人随即跳到棺材中。因此将两人合葬，世人称之为神士冢。（出《系蒙》）

徐祖

嘉兴有一个人叫徐祖，从小成为孤儿，他叔叔隗将他当自己的亲儿子一样养育。叔叔生病，徐祖十分殷勤周到地照顾叔叔。当天晚上，梦见一个神仙告诉他："你叔叔这时候应该要死了。"徐祖伤心地叩头祈求神仙，两个神仙说："念在你如此孝顺的分上，就让他为你而活吧。"徐祖一觉醒来，叔叔的病果然痊愈了。（出《搜神记》）

刘 京

临江郡民刘京，孝行乡里推敬。时江水暴溢，居者皆漂溺。京负其母号泣。忽有大龟至其前，举家七口，俱上龟背。然行十许里，及一高岸，龟遂失之。（出《九江记》）

何敬叔

何敬叔少奉佛法。作一檀像，未有木。先梦一沙门，衲衣杖锡来云："县后何家桐甚惜，苦求庶可得。如梦求之，果获。（出《梦隽》）

萧子懋

齐晋安王萧子懋，字云昌，武帝之子也。始年七岁，阮淑媛尝病危笃，请僧行道。有献莲华供佛者，众僧以铜罂盛水浸之，如此三日而花不萎。子懋流涕礼佛，誓曰："若使阿姨因此胜缘，遂获冥祐，愿华竟斋如故。"七日斋华，色更鲜红。看视罂中，稍有根须。淑媛病寻瘥，当世称其孝感。（出《法苑珠林》）

萧叡明

齐松滋令兰陵萧叡明，母患积年，叡明昼夜祈祷。时寒冻，叡明下泪，凝结如箸。额上扣血，成水不溜。忽有一人，以石函授之曰："此能治太夫人病。"叡明跪而受之，忽然不见。以函奉母，中惟三寸绢，丹书为日月字。母病即愈。（出《谈薮》）

刘京

临江郡有一个百姓叫刘京，孝顺家中老人的事情被父老乡亲所称赞。一次江水突然暴涨溢出，很多百姓都在水里淹死。刘京背着母亲放声哭泣。忽然一只巨大的乌龟游到他面前，他们全家七口人，都爬到乌龟背上。然后游了十多里路，带着他们游到一个高地上，乌龟就消失了。（出《九江记》）

何敬叔

何敬叔从年少起信奉佛教。打算制作一尊檀木佛像，但是还没有木头。睡觉梦见一个和尚，披着袈裟拄着锡杖过来说："县衙后面何家人有桐木但十分珍惜，你前去苦苦哀求就能够得到。"何敬叔按照梦中指引去寻找，果然得到了桐木。（出《梦隽》）

萧子懋

齐国晋安王萧子懋，字云昌，是齐国武帝的儿子。这时候刚刚七岁，阮淑媛病得十分严重，危在旦夕，请和尚前来诵经祈福。有人献来莲花供奉佛祖，众和尚用小口大肚子的铜瓶装上水将莲花插在水中，三天以后莲花没有枯萎。萧子懋哭着在佛前侍奉。发誓说："如果能让生病的阿姨病体痊愈，获得佛祖保佑，我祝愿这莲花盛放与当初一模一样。"七天后诵经祈福结束，莲花颜色更加鲜艳娇嫩。往瓶子里看去，莲花已经生出一点点小的根须。阮淑媛的病也已经痊愈。世人都称赞是萧子懋的孝心感动了佛祖。（出《法苑珠林》）

萧叡明

北齐松滋县的县令萧叡明是兰陵人，母亲常年患病，萧叡明不分昼夜地向神明祈祷。当时天寒地冻，萧叡明流下的眼泪，在脸上被冻成冰，像筷子一样。前额也磕出了血，流出的血水冻的不能流动。某天忽然有个人来，给了他一个石头做的匣子说："这个石匣能

解叔谦

齐雁门解叔谦，征为朝请，不赴。母疾，叔谦夜于庭中，稽颡祈福。闻空中云："得丁公藤为酒便差。"访医及《本草》，无识者。乃崎岖求访，至宜都境，遥见山中老翁伐木，问其所用，答曰："此丁公藤，治风尤验。"叔谦再拜流涕，具款行求之意。此翁怆然，以藤与之，并示其渍酒之法。叔谦受领，此人不复知处。依法为酒，母疾便愈。（出《谈薮》）

宗元卿

齐南阳宗元卿有至行，早孤，为母所养。母病，元卿在远，辄心痛。大病则大痛，小病则小痛。以此为常则。乡里宗敬，率号宗曾子。（出《谈薮》）

匡 昕

齐庐陵匡昕隐金华山，服食不与俗人交。母亡已经数日，昕奔还号叫，母便苏。孝感致也。（出《谈薮》）

够治你母亲的病。”萧叡明跪在地上接了过来，来人随即消失。萧叡明将石匣拿给母亲，看见里面只有一块三寸来长的丝绢，丝绢写着红色二字“日月”。于是他母亲的病便痊愈了。（出《谈薮》）

解叔谦

齐朝雁门有一人叫解叔谦，朝廷下诏朝见皇帝，他没有去。母亲生病，解叔谦夜晚在院子里，磕头向神明祈福。忽然听到天上有人说：“找到丁公藤泡酒就可以治病。”他走访名医，查阅医书《本草》，都没找到关于丁公藤的信息。于是他出门到十分偏僻的地方打听寻找，找到宜都境内，远远地看见一个老人家在山上砍树，问老人家砍树的用途，老人说：“这是丁公藤，治疗风症十分管用。”解叔谦哭着跪拜老人，将需要的原因告诉老人，请求将丁公藤给他。老人家大受感动，将丁公藤送给他，并教导他用丁公藤泡酒的详细方式。解叔谦受教领会其意，老人家便消失不知道去了哪里。解叔谦按照老人说的方法泡制丁公藤药酒，母亲的病很快就痊愈了。（出《谈薮》）

宗元卿

齐朝南阳的宗元卿有至高的品德，幼年丧父，由母亲抚养长大。母亲生病，宗元卿出门在很远的地方，突然心痛。母亲病情加重，他疼得更厉害；母亲病得轻，他疼得就轻。这种情况已经形成了规律。乡亲非常敬佩宗元卿的行为，便称他为“宗曾子”。（出《谈薮》）

匡　昕

齐朝庐陵有一个人叫匡昕隐居在金华山，他生活饮食方面都不与其他人交流。母亲已经死了好几天，匡昕一边跑一边哭着回到母亲身边，母亲突然苏醒过来。这是他们母子间互相感应导致的结果。（出《谈薮》）

曾康祖

齐扶风曾康祖，母患乳痈，诸医不能疗。康祖乃跪，以两手捧乳，大悲泣。母痈即瘥。（出《谈薮》）

曾康祖

齐朝时扶风有一人叫曾康祖，母亲患有乳房炎症，请了很多医生都无法治愈。曾康祖跪在地上，双手捧着母亲的乳房，大声哭泣。母亲患的乳房疾病就痊愈了。（出《谈薮》）

卷第一百六十二　感应二

崔　恕

谯郡有功曹涧，天统中，济南来府君，出除谯郡。功曹清河崔恕，弱冠有令德于人。时春夏积旱，送别者千余人。至此涧上，众渴甚，来公有思水之色。恕独见一青鸟，于涧中乍飞乍止。怪而就焉，鸟起，见一石，方五六寸。以鞭拨之，清泉涌注。盛以银瓶，瓶满，水立竭，惟来公与恕供饮而已。议者以为德感所致焉。时人异之，故以为目。（出《酉阳杂俎》）

何　瑚

梁何瑚字重宝，为北征谘议。博问强学，幼有令名。性淳深，事亲恭谨。母病求医，不乘车马。忽感圣僧，体质殊异，手执香炉，来求斋食，而至无早晚。故疑其非常。如此十余日，母病有瘳，僧便辞去，留素书《般若经》一卷。因执手曰："贫道是二十七贤圣，不近相人。感檀越至心，故来看。病者已瘥，贫道宜还。"言讫前行，忽不见，而炉烟香气，一旬方歇。精诚所感，朝野叹嗟。因舍别宅为目爱寺也。（出《辩正论》）

崔恕

谯郡有个叫功曹涧的地方。于北齐后主天统年间，从济南派了太守到谯郡任职。清河本郡功曹崔恕也同时被调任，崔恕自弱冠之年起就因自身好的品德被人称颂，因此有一千多人为他送行。而此地从春季到夏季一直持续干旱，当送行的人们走到一个山涧上时，大家都觉得很是口渴，都想喝口水。独崔恕看见一只青鸟一会飞起，一会落下。他觉得很是奇怪，便追了过去，他在青鸟飞起的地方发现有一块石头，直径有五六寸，他用鞭子拨开，竟然从石头底下冒出一股清泉。他立刻拿出随身带的银瓶接水，银瓶刚刚装满，泉水便没有了。这一瓶水，刚好够来公和崔恕喝。有人说，这就是崔恕平时积攒下的功德感动了天地之间神灵才有的福报，当时人们对此事深感怪异，所以把这个山涧称为“功曹涧”。（出《酉阳杂俎》）

何瑚

梁朝有个叫何瑚的人，字重宝，官居北征咨郎。何瑚博学多才，从小品性高洁，性格更是忠厚朴实，侍奉双亲特别严谨恭敬。当时他的母亲得了病，为表虔诚亲自去请医生，连马车都没有驾。他的此番行为将一位得道的高僧深深感动，这位高僧手持香炉来到何瑚家讨要斋饭吃，一连十多天，每次都是随意而来，从不确定时间，何瑚也察觉出和尚不是一般人。直到何瑚母亲的病好了，这位和尚才来和何瑚道别，并将一卷《般若经》送给他，并握着何瑚的手说：“贫僧我是二十七位圣僧中的炎一，平日里不与凡人接触，只因施主的孝心感动了我，这才前来为你母亲治病。如今你母亲的病已大好，我也

陈 遗

吴人陈遗少为郡吏，母好食焦饭。遗在役，恒带囊，每煮食，漉其焦以献母。孙恩作乱，遗随例奔逃。母忆遗，昼夜哭泣，遂失明。遗脱难还家，入门见母，再拜号泣，母目忽然开朗。（出《孝子传》）

王虚之

王虚之，庐陵西昌人。年十三，丧父母，二十年盐酢不入口。后得重病，忽有一人来诣，谓之曰："君病寻瘥。"俄而不见。又所住屋室，夜有异光，庭中橘树，隆冬三实。病果寻愈。咸以至孝所感。（出《孝子传》）

河南妇人

隋大业中，河南妇人养姑不孝。姑两目盲，妇以蚯蚓为羹以食之。姑怪其味，窃藏其一脔，留示儿。儿见之号泣，将录妇送县。俄而雷雨暴作，失妇所在。寻见妇自空堕地，身及服玩如故，而首变为白狗，言语如恒。自云："不孝于姑，为天神所罚。"夫乃斥去之。后乞食于道，不知所在。（出《冥报记》）

该走了。”说完大步往前走去，一转眼便不见了。然而和尚香炉中的香气，十多天后才散去。何瑚孝心让圣僧感动的事迹，一时间传遍了朝野上下。因此何瑚还舍出一间别院，专门供奉《般若经》，而自己也开始信奉佛教。（出《辩正论》）

陈遗

吴国的陈遗，年轻时在郡署衙门里当厨师。因他母亲喜欢吃锅巴，陈遗总随身带着一个口袋，每次煮饭都把锅巴装到口袋里，带回来给母亲吃。孙恩造反时，陈遗跟随官署人员一起撤退。而他的母亲因思念陈遗，白天黑夜地哭泣，结果把眼睛都哭瞎了。等陈遗躲过战乱后回家，进门见到母亲，跪下行礼并大哭，神奇的是，他母亲的眼睛突然间又看得见了。（出《孝子传》）

王虚之

王虚之，庐陵西昌人，十三岁时父母离世。自此后二十年，他不沾一粒食盐，不吃一滴醋。后来他身患重疾，一天，突然有一个人对他说：“你的病很快就能痊愈了。”说完，那人马上消失了。当晚，他住的屋里散发出奇异的光芒，院里的橘子树竟然在寒冷的冬季结出了三个果实，他的病也好了。这都是他对父母的至诚至孝感应了天地神灵的结果。（出《孝子传》）

河南妇人

隋炀帝大业年间，河南有一个媳妇对婆婆特别不孝。她婆婆双目失明，她把蚯蚓拿给婆婆当成饭吃。婆婆觉得味道怪异，就悄悄藏了一小块，等儿子回来后拿给他看。儿子看到后大声哭，一气之下就将媳妇扭送到县衙，两人到半路时雷雨大作，媳妇突然消失不见，接着又从天而降，身体和衣服都没有改变，只是脑袋变成了白色的狗头，声音也一如从前。她自己说：“我因对婆婆不孝，现在遭到了天神的惩罚。”于是她的丈夫将她赶出家门，妇人只好四处乞讨，

岑文本

唐中书令岑文本，江陵人。少信佛，常念诵《法华经普门品》。曾乘船于巨江中，船坏，人尽死，文本没有水中，闻有人言："但念佛，必不死也。"如是三言之。既而随波涌出，已着北岸，遂免死。后于江陵设斋，僧徒集其家。有一客僧独后去，谓文本曰："天下方乱，君幸不预其灾，终逢太平，致富贵也。"言讫，趋出外不见。既而文本就斋，于自食碗中得舍利二枚。后果如其言。（出《法苑珠林》）

郑　鲜

唐郑鲜字道子，善相法，自知命短，念无以可延。梦见沙门问之："须延命耶？可大斋日，放生念善，持斋奉戒，可以延龄得福。"鲜因奉法，遂获长年。（出《宣验记》）

张楚金

唐则天朝，刑部尚书张楚金为酷吏周兴构陷。将刑，乃仰叹曰："皇天后土，岂不察忠孝乎？奈何以无辜获罪。"因泣下数行，市人皆为觑欷。须臾，阴云四塞，若有所感，旋降敕释罪。宣示讫，天地开朗，庆云纷纠。时议言其忠正所致也。（出《御史

后来便不知去向了。(出《冥报记》)

岑文本

岑文本，江陵人，唐朝中书令，从小信奉佛教，经常念诵佛经《法华经普门品》。有一次，乘坐的船到大江中时，船坏了，船上的人全都被淹死了。他也沉到了江水中，冥冥中听一个声音说："只要念佛，肯定不会死。"这个声音在他耳边连说了三遍，随后他随水浪冒出水面，发现自己已经被水推到了北岸，免去了一场祸事。后来他在江陵备下很多斋饭，请和尚们全来他家吃斋饭，其中有一个和尚独自等到最后，临走时对他说："如今正逢天下大乱，你非常幸运没有受到殃及，以后肯定能赶上太平盛世，富贵显赫的。"说完走出门便没了踪影，岑文本把和尚送走后便开始吃斋饭，在他的饭碗里得到两枚佛宝："舍利子。"后来，他的一生果然同和尚说的一样。(出《法苑珠林》)

郑鲜

唐朝有个叫郑鲜的人，字道子。他擅长观察人的面相推测出人的命运。他自知自己寿命短，又没有可以延长的方法。他在梦中问和尚；如何才能将寿命延长？和尚对他说："你要是想延长寿命，可以在特定的日期多做些斋饭给和尚们吃；还可以把人们养的或抓捕到的动物放生，给它们回归生活的道路；要吃斋并遵守佛教的清规戒律，这样可以延长寿命且能得到幸福。"郑鲜按照和尚说的去做，于是便得以长寿。(出《宣验记》)

张楚金

唐朝武则天时，刑部尚书张楚金被奸臣周兴设计陷害，要被砍头时，他仰天长叹说："天老爷啊，土地神啊！你们难道辨别不出谁是忠臣孝子谁是奸臣贼子吗？为什么要让无辜的人获罪。"说着几行眼泪流了下来，围观的老百姓都跟着哭了。不一会儿，阴云密布，

台记》)

罗道悰

唐司竹园罗道悰上书忤旨，配流。时有同流者道病卒，泣曰：“所恨委骨异壤。”退悰曰：“吾若生还，当取同归。”遂瘞之而去。及还，为大水漂荡，失其所在。道悰哭告之，请示其灵。俄而水际沸涌，又咒曰：“如真在此下，更请一沸。”又然，遂得之，志铭可验，负之还乡。（出《广德神异录》）

陵空观

唐景龙四年，洛州陵空观失火，万物并尽。惟有一真人，岿然独存，乃泥塑为之。乃改为圣真观。（出《朝野佥载》）

皇甫氏

唐仆射裴遵庆，母皇甫氏，少时常持经，经函中有小珊瑚树。异时，忽有小龙骨一具，立于树侧。时人以为裴氏休祥。上元中，遵庆遂居宰辅云尔。（出《广异记》）

苍天似乎有了感应，然后皇帝就降旨免除了张楚金的罪名。刚刚宣读完这道旨意，天上的阴云便散了去，涌现出吉祥的彩云。人们纷纷议论道：“这肯定是张楚金的忠心和正直感动了天地。”（出《御史台记》）

罗道悰

唐朝司竹园的罗道悰，在上书时冒犯了皇帝，判罪后被押送到遥远的边塞去服劳役。一同被发配的人中有一个病死了，这个人曾在临死时哭诉道：“这一生最让我遗憾的是我的尸骨被遗弃在远离家乡的地方！”罗道悰说：“如果我能活着回去，一定将你的尸骨带回你的家乡安葬。”这人死后，罗道悰将他就地掩埋。待罗道悰服完劳役返回时，掩埋那人的地方被大水淹没，一时间竟找不到原来做好的标记。罗道悰哭着祈求：“你若在天有灵，就给我指个方位。”说完，水面竟翻起了水花。他又说：“如果下面真的是你埋葬的地方，就再翻涌一次。”水面又翻涌起了水花。于是罗道悰在这方水面下，真的找到了埋葬的尸骨，不但将尸骨捞取上来，还有墓志铭可以验证，他就背上这同伴的尸骨回去了。（出《广德神异录》）

陵空观

唐中宗景龙四年，洛州的陵空观发生了一场大火，观内的东西全部烧了个精光，唯有一个“真人”的泥塑像在这场大火中保存完好，自此后陵空观更名为“圣真观”。（出《朝野佥载》）

皇甫氏

唐朝仆射裴遵庆，他的母亲姓皇甫，他母亲年轻时，就常常念诵经卷。她的藏经匣里有一棵小珊瑚树，不知何时起，小珊瑚树的旁边出现了一具站立着的小龙骨。当时大家都认为这是裴家将要辉煌腾达的好兆头，果然，在上元年间，她的儿子裴遵庆成为当朝宰相。（出《广异记》）

田仁会

唐田仁会为郢州刺史，自暴得雨。人歌曰："父母育我田使君，精诚为人上天闻。田中致雨山出云，但愿常在不患贫。"（出《广德神异录》）

徐州军士

唐王智兴在徐州，法令甚严。有防秋官健交代归，其妹婿于家中设馔以贺，自于厨中磨刀，将就坐割羊脚。磨讫，持之疾行。妻兄自堂走入厨，仓卒相值，锋正中妻兄心，即死，所由擒以告。智兴讯问，但称过误，本无恶意。智兴不之信，命斩之。刀辄自刑者手中跃出，径没于地，三换皆然。智兴异之，乃不杀。（出《因话录》）

唐宣宗

唐大中初，京师尝淫雨涉月，将害粢盛。分命祷告，百无一应。宣宗一日在内殿，顾左右曰："昔汤以六事自责，以身代牺牲。虽甚旱，卒不为灾。我今万姓主，远惭汤德。而灾若是，兆人谓我何？"乃执炉，降阶践泥，焚香仰视，若自责者。久之，御服沾湿，感动左右。旋踵而急雨止，翌日而凝阴开，比秋而大有年。（出《真陵十七史》）

田仁会

唐朝郢州刺史田仁会在闹旱灾时，为了给老百姓求雨，不惜将自己曝晒在太阳底下。人们为他编了一首歌来赞颂："田刺史像父母一样养育我们，一心为了咱们老百姓啊，连老天爷都感动了，为我们田里求来雨水解除了旱灾，希望他永远在这儿让我们免受贫困。"（出《广德神异录》）

徐州军士

唐朝时，王智兴镇守徐州，当时军法非常严苛。有一个官员完成秋季防守边防的任务后回家，为了给他庆贺，官员的妹夫在家中备了上好的酒菜。妹夫在厨房里磨刀，准备割羊蹄子下酒，手里端着磨好的刀快步往外走，而大舅哥恰巧从堂屋往厨房去，两个人在仓促中相撞，他手中的刀尖正刺在他大舅哥的心脏上，当场就死了。他被人扭送到州衙门，王智兴亲自审问。官员的妹夫一再强调是误伤，并没有蓄意谋杀的意思。王智兴并不相信他的说辞，命令将他杀头。行刑时，刀从刽子手的手中跳出来插入地下，连换了三把刀结果都是一样，王智兴觉得不同寻常，后来便决定不杀他了。（出《因话录》）

唐宣宗

唐朝大中初年，京城连续一个多月都在下雨，眼看着那些快要丰收的庄稼就要遭殃了，于是皇帝下命令对天祈祷，希望雨早点停，然而祷告了很多次也没效。一天，宣宗在皇宫内殿对左右的人说："商汤王曾因六事自责，以身代替牺牲，虽然天旱，却没有酿成灾害。如今我身为天下万物的主人，功德远远赶不上商汤王，对此深表惭愧，如果酿成灾难，人们将会对我如何评价呢？"宣宗手拿香炉，站在台阶下的泥水里，将香炉点燃后仰面向苍天忏悔自己的过失。站在雨中很久，连身上的龙袍都被雨水淋湿，左右的人都被皇帝的虔诚深深感动。一会儿，大雨就停了，第二天，连日来积聚的阴云也散去，秋天的时候，庄稼获得了大丰收。（出《真陵十七史》）

李彦佐

李彦佐在沧景。唐太和九年，有诏诏浮阳兵北渡黄河。时冬十二月，至济南，郡使击冰进舟，冰触舟，舟覆诏失。彦佐惊惧，不寝食六日，鬓发白，至貌侵肤削，从事亦谬其仪形也。乃令津吏，不得诏尽死。吏惧，且请一祝祷于河，吏凭公诚明，以死索之。彦佐乃令具爵酒，及祝传语诘河。其旨："明天子在上，川渎山岳，祝史咸秩。予境之望，祀未尝匮，而河伯洎鳞介之长，当卫天子诏，何反溺之乎？或不获，予将斋告于天，天将谪尔。"吏酹冰辞已，忽有声如震，河冰中断，可三十丈。吏知彦佐精诚已达，乃沉钩索而出。封角如旧，惟篆印微湿耳。彦佐所至，令严务简，推诚于物，著声于官。如河水色浑驶流，大木与纤芥，顷刻千里矣。安有舟覆六日，一酹而坚冰陷，一钩而沉诏获，得非诚之至乎？（出《阙史》）

胡 生

列子终于郑，今墓在效薮。谓贤者之迹，而或禁其樵采焉。里有胡生者，家贫，少为洗镜镀钉之业。遇甘果名茶美酝，辄祭于御寇之垄，似求聪慧而思学道。历稔，忽梦一人，刀划其腹开，以一卷之书，置于心腑。及觉，而吟咏之意，皆绮美之词，所得不由于师友也。

李彦佐

李彦佐镇守沧景，唐朝太和九年，皇帝颁发公文：命令浮阳的兵马调到黄河以北。当时已是十二月的寒冬时节，队伍行至济南，郡府的官员把浮冰敲碎后再引导船只向前行驶，可船与坚冰相撞后翻船了。皇帝颁发的诏书掉入河中。李彦佐又惊又怕，一连六天没有心思吃饭喝水，头发都变白了，外貌也一下变得衰老瘦弱，部下们也都发现了他外貌上发生的变化。李彦佐下令管理渡口的官员，如果文书捞不上来就杀头谢罪。官员们害怕，要李彦佐向黄河祈祷，以虔诚感动神灵，同时拼死打捞。于是李彦佐命人把酒洒到河里，对着黄河祈祷："圣明的天子在上，河流高山。祝史咸秩，是我们这里的声望。我们定期祭祀你，从未曾半分欠缺和不敬。水神河伯你统领黄河中的鱼虾水族，你就要护卫天子的诏书，为何却将它淹没了呢？若是你不把诏书还给我，我吃斋祭祀时是要告诉上天的，让老天对你进行处罚。"祭祀结束后，河中突然发出一声巨响，河中的坚冰一下子断开了三十丈远。官员们知道，这是河伯感应到了李彦佐的虔诚，知晓了他的心愿。命人将钩子伸入水中，诏书一下子就被钩了出来。而且诏书除了上面的印章湿了一点，其他都完好无损，封口如旧。李彦佐管理政务，令出必行，办事简练，以诚处事，声名显赫。黄河涨水，不论是大的木头还是纤小的种子都能在顷刻之间漂流到千里之外。怎么会有船翻了六天后，祭祀一次，坚冰就开了，用钩子一下就将文书捞出来的事呢？这就是李彦佐的精诚感应的结果。（出《阙史》）

胡生

列子，死于郑国，他的墓地在郊外的野草丛中，许多名人贤士都在此留下足迹，当地也下令禁止人们在这一带砍柴。有个叫胡生的人住在附近，胡生家里很穷，年轻时为别人磨洗铜镜为生。他只要得到水果、好茶或者是美酒，都会供奉到列子墓前，就像是祈求列子能够让他变得更聪明和更有学问。一年后，他做梦梦见一个人，那人拿刀子把他的肚子剖开，将一本书放到了他的心脏处，醒来后，他只既成卷轴，尚不弃于猥贱之业，真隐者之风。远近号为胡钉铰。太守名流，皆仰瞩之，而门多长者。或有遗赂，必见拒也。或持茗酒而来，则忻然接奉。其文略说数篇，喜圃田韩少府见访云：“忽闻梅福来相访，笑著荷衣出草堂。儿童不惯见车马，争入芦花深处藏。”又观郑州崔郎中诸妓绣样云：“日暮堂前花蕊娇，争拈小笔上床描。绣成安向春园里，引得黄莺下柳条。”江际小儿垂钓云：“蓬头稚子学垂纶，侧坐莓苔草映身。路人借问遥招手，恐畏鱼惊不应人。”（出《云溪友议》）

刘行者

唐庐陵阛阓中，有一刘行者，以钉铰为业。性至孝，母亲患眼二十余年，行者恳苦救疗。一日，忽有衲僧，携净水铜瓶子，觅行者磨洗，出百金为酬，行者不受。告云：“家有母亲患眼多年，和尚莫能有药疗否？”僧云：“待磨洗瓶子了，与医。”磨洗毕，便出门，而行者随问之，僧云：“但归去，已与医了。”言讫，失僧所在。行者奔还家，见母亲忽自床坠地，双目豁开。阖家惊喜，方知向者僧是罗汉。遂画其形影供养，至今存焉。（出《报应录》）

王法朗

唐夔州道士王法朗，舌大而长，呼文字不甚典切，常以为恨。因发愿读《道德经》，梦老君与剪其舌。觉而言词轻利，精诵五千言，颇有征验。（出《录异记》）

要想吟诗，出口便是美妙的词句，却又不是从老师和朋友那里学来的那些。

胡生虽学问有了长进，也没有放弃磨洗铜镜的低贱工作，有了几分隐士的风骨。远近的人们唤他“胡钉铰”。太守等官员和一些社会名人都对他很是敬佩，常有一些人来拜访他，送他礼物，他统统回拒。但送给他的若是些香茶或美酒，他又欣然接受。现在大概说一下他作的几首诗，一首是迎接圃田县韩少府来访时写的：“忽闻梅福来相访，笑着荷衣出草堂。儿童不惯见车马，争入芦花深处藏。”还有看郑州崔郎中家的女儿们绣的花后所写：“日暮堂前花蕊娇，争拈小笔上床描。绣成安向春园里，引得黄莺下柳条。”另有一首题目是《江际小儿垂钓》：“蓬头稚子学垂纶，侧坐莓苔草映身。路人借问遥招手，恐畏鱼惊不应人。”（出《云溪友议》）

刘行者

唐朝庐陵的街市中，住着一个姓刘的以修金器为生的人。此人非常孝顺。他的母亲患眼病二十多年，他四处寻求治疗眼疾的方子。一天，来了一个和尚，拿着一个装净水的瓶子，请他磨洗，还以一百两银子作为酬谢。他不要，对和尚说：“我母亲患眼病多年，你能治疗吗？”和尚说：“等你磨洗完瓶子我再去医治。”磨洗完，和尚拿起瓶子就出门去了，他赶紧追上去，和尚说：“你回家去吧，我已经医治好了。”说完和尚就不见了。他跑回家去，见母亲忽然从床上跌到地上，双眼也好了。一家人又惊又喜，原来和尚是修行成罗汉的高僧，于是他画下了这个罗汉的图像并供奉起来，如今这张画像还保存着呢。（出《报应录》）

王法朗

唐朝夔州道士王法朗，他的舌头又大又长，说话吐字不清晰，为此他常常感到伤心。他许下愿望学习《道德经》，梦见《道德经》的作者老子，将他的舌头用剪刀修剪，醒来后，不仅说话流利，吐字清晰

郗法遵

唐道士郗法遵居庐山简寂观，道行精确。独力检校，已历数年，全无徒弟。忽梦玄中法师谓之曰："汝无人力，甚见勤劳。今有二童子，所恨年小耳。"既觉，话于众。出山过民王家，有孩子，年才一晬。见法遵，抱其足不肯舍。遵去，昼夜啼号不息。遵复至则欣然。后数年，父母即舍为童子。又一小儿姓刘，眼有五色光，父母疑其怪异，因灸眼尾，其光遂绝。已四五岁，亦舍在观中，相次入道。果符玄中梦授之语矣。（出《录异记》）

王 晖

西蜀将王晖尝任集州刺史。集州城中无水泉，民皆汲于野外。值岐兵急攻州城，且绝其水路，城内焦渴。旬日之间，颇有死者。王公乃中夜有所祈请，哀告神祇。及寐，梦一老父告曰："州狱之下，当有美泉。"言讫而去，王亦惊寤。迟明，且命畚锸，于所指之处掘数丈，乃有泉流。居人饮之，蒙活甚众。岐兵比知城中无水，意将坐俟其毙。王公命汲泉水数十罂，于城上扬而示之，其寇乃去。是日神泉亦竭。岂王公精诚之所感耶？疏勒拜井之事，固不虚耳。王后致仕，家于雍州，尝言之，故记耳。（出《玉堂闲话》）

了，还精读五千字的《道德经》，这件事得到了很大程度的应验。（出《录异记》）

郗法遵

唐朝道士郗法遵，住在庐山简寂观，道法精深，多年来独自抄写、校对经卷，没有收一个徒弟。一天，他梦见玄中法师对他说："你没有人帮助，很是辛劳勤苦。现在有两个童子可以做你的徒弟，只是年岁太小了些。"醒来后，他把这个梦讲给人听。一天，他到山外时经过一户王姓人家，这家有个刚一岁的小孩，看见他，抱着他的腿不放他走。郗法遵走后，这小孩昼夜啼哭。等郗法遵再去，他又不哭了。过了几年，他的父母把他交给郗法遵做了道童。另外还有一个姓刘的小孩，眼中能放射出五彩的光。他的父母怀疑他是个怪胎，把艾蒿点着后烧灸他的眼睛尾角，光芒就没了。到四五岁时，也被父母送到观里。两个孩子相继当了道童，果然与玄中法师梦中说的一样。（出《录异记》）

王晖

西蜀将军王晖，曾担任集州刺史，集州城内没有水源，老百姓取水都要去城外。有一次，岐兵攻打集州，切断了去城外取水的道路。城内的人没有水喝，十多天，一些人被渴死了。在半夜时王晖祈祷神灵保佑。当晚睡觉时，梦见一位老者告诉他："州城监狱的底下，有泉水。"说完老者就走了。王晖也从梦中惊醒，天亮后，他命人拿上工具在老人所指的地方往下挖了几丈深，果然有水。因为城内有了水，救活了很多人，岐兵早就得知城内没有水源，因此就想让他们自己渴死。王晖命人取来几十瓶泉水，从城墙上浇下去给岐兵看。岐兵见城内有水，便退走了。这是神灵被王晖的虔诚所感动的结果呀！疏勒拜井求水的传说，原来是真的。王晖后来调离集州，迁到雍州，曾提到过这件事，因此被记录下来。（出《玉堂闲话》）

李梦旗

伪蜀拔山军卒李梦旗经敌擒归岐阳，老母悲泣，因瞽双目。梦旗在岐阳，虔祈切至，愿见慈母，三载方还。梦旗刺股血点母眼，即时如故。乃知孝道感通，其昭然耳。（出《儆诫录》）

孟 熙

蜀孟熙，贩果实养父母，承颜顺旨，温清定省，出告反面，不惮苦辛。父常云：“我虽贫，养得一曾参。”及父亡，绝浆哀号，几至灭性。布苫于地，寝处其上，三年不食盐酪，远近叹服。因见鼠掘地，得黄金数千两，自此巨富焉。（出《儆诫录》）

李梦旗

伪蜀拔山军士兵李梦旗，被敌人抓住后押解至岐阳，老母亲在家中悲伤哭泣导致双目失明。李梦旗在岐阳虔诚地向上天祈祷，希望能早日回家看母亲。三年之后回家，他将大腿刺破，把血滴入母亲的眼中，一会儿，他母亲的眼睛又和之前一样可以看见了。很显然，这是他的孝顺感应上天的结果。（出《儆诫录》）

孟熙

蜀郡的孟熙，以卖水果奉养双亲，按父母的眼色和吩咐办事，每日早上出门时请安并告知自己的去向，晚上回来也会向父母请安。孝顺周到，不辞辛苦。他父亲常说："我这一行虽贫穷，但养了个儿子像曾参一样孝顺。"父亲死后，他不吃不喝的，整日哭喊，好几次因悲伤过度而危及生命。他把草垫子铺在地上，睡在上面，三年不吃盐和醋，远近的人们对此都叹服不已。后来他看见老鼠打洞，得了黄金好几千两，从此大富。（出《儆诫录》）

卷第一百六十三　谶应

历阳媪

历阳县有一媪，常为善。忽有少年过门求食，媪待之甚恭。临去谓媪曰："时往县门，见门阃有血，可登山避难。"自是媪日往之，门吏问其状，媪具以少年所教答之。吏即戏以鸡血，涂门阃。明日，媪见有血，乃携鸡笼走上山。其夕，县陷为湖，今和州历阳湖是也。（出《独异记》）

孙　权

湓口城，汉高祖六年灌婴所筑。建安中，孙权经住此城，自标作井地，遂得故井。井中有铭石云："汉六年，颍阴侯开此井。卜云，三百年当塞，塞后不度百年，当为应运者所开。"权见铭欣悦，以为己瑞。人咸异之。（出张僧鉴《浔阳记》）

高　颎

西京朝堂北头有大槐树，隋曰唐兴村门首。文皇帝移长安城，将作大匠高颎常坐此树下检校。后栽树行不正，欲去之。帝

历阳媪

历阳县有一位老妇人，常行善。一天，有一少年前来讨饭，老妇人对他很客气恭敬，少年临走时对老人家说："老人家，你以后常去县衙门前走走，若哪天看到县衙的门槛上有血迹，就去山上避难。"此后，老人家每天都去县衙门前看看。守门的差人问她做什么，老妇人把少年的话告诉他。差人与她开玩笑，把鸡血涂在县衙的门槛上。第二天，老妇人见门槛上有血迹，于是拎着鸡笼躲到山上去了。当天晚上，县城陷落，成为一个湖泊，就是现在和州的历阳湖。（出《独异记》）

孙　权

湓口城，是汉高祖六年灌婴所筑。汉献帝建安时，孙权曾在这座城里住，他选一块地打井，却挖出一口古井。井里有一块石碑，上面刻着："汉高祖六年，此井为颍阴侯灌婴所打。曾预言，三百年后这口井会被淤积埋没，再一百年内，会被顺应时代有运气的人重新挖掘出来。"孙权读了碑上的铭文后很高兴，认为这是自己的好兆头。大家对这件事也很惊奇。（出张僧鉴《浔阳记》）

高　颎

西京长安，朝堂北头有一棵大槐树，自隋朝时就长在唐兴村村口。文皇帝移都到长安后，兴修土木，高颎常坐在这棵树下监督指曰：“高颎坐此树下，不须杀之。”至今先天一百三十年，其树尚在。柯叶森竦，根株盘石礴，与诸树不同。承天门正当唐兴村门首，今唐家居焉。（出《朝野佥载》）

神 尧

隋炀帝与神尧高祖俱是独孤外家，然则神尧与炀帝常悔吝。每朝谒退，炀帝背有词然。后因赐宴，炀帝于众，因戏神尧。神尧高颜面皱，帝目为阿婆面，神尧忿恚不乐。洎归就第，怏怅不已。见文皇已下，告文皇皆无言。次告窦皇后曰：“某身世可悲，今日更被上显毁云阿婆面，据是儿孙不免饥冻矣。”窦后欣跃曰：“此言可以室家相贺。”神尧不喻，谓是解免之词。后曰：“公封于唐，阿婆乃是堂主，堂者唐也。”神尧涣然冰释。喜悦，与秦齐诸王私相贺焉。（出《芝田录》）

唐高祖

唐北京受瑞坛，隋大业十三年，高祖令齐王元吉留守。辛丑，获青石，若龙形，文有丹书四字，曰“李渊万吉”。齐王献之，文字映澈，宛若龟形。帝乃令水渍磨以验之。数日，其字愈明。内外毕贺，帝曰：“上天明命，贶以万吉。宜以少牢祀石龟，而爵龟人。”因立受瑞坛。（出《太原事迹杂记》）

挥。后来栽树时觉得这棵老槐树与新栽的树显得格格不入，特别不整齐，想把它砍了。皇帝说：“高颎曾在这棵树下坐，别砍了。”至今为止，这棵树一百三十多岁，仍然活着。它枝叶繁茂，树根盘曲坚固，与别的树不一样，高入云天立在唐兴村村口，村里住着的村民都姓唐。（出《朝野佥载》）

神尧

隋炀帝和唐高祖的远祖外家都姓独孤，可高祖对隋炀帝抱有戒心。每次退朝后，隋炀帝在背后对高祖有微辞。隋炀帝在一次宴会上，当着众人的面同唐高祖开玩笑，说高祖的额头长得很高，而且脸上布满皱纹，是老太婆脸。高祖心中愤恨，回到家中后还是开心不起来。高祖看到了隋文帝已经下朝，就将隋炀帝说他的话告诉了文帝，文帝也没有说什么。第二天他又告诉窦皇后：“我身世本来就可悲，现在皇帝又说我的脸为老太婆脸，看来以后我的儿孙免不了要挨饿受冻了！”窦皇后却高兴地道：“这句话应该全家庆贺呀！”高祖不解，认为是安慰他的话。窦皇后说：“你被封为唐王，老太太就是堂主，堂主就是唐主呀！”高祖听后立马解除了疑虑，高兴起来，并私下里与齐王、秦王等王爷庆贺！（出《芝田录》）

唐高祖

唐王李渊在太原修建了一座“受瑞坛”。隋朝大业十三年，唐高祖李渊令齐王李元吉留守太原。辛丑年，李元吉得到了一块龙形的青石，上面有四个红字：“李渊万吉”。齐王将这块石头进献给李渊。石头上面的字通透清澈，形状与龟相似。李渊命人蘸上水在石头上磨，用来验证字迹是不是天然形成的。磨了几天后，字迹不但没有磨灭反而更加鲜明，臣民都上表庆贺。李渊说：“上仓如此明确地赐给我大唐万年祥瑞，必须要用猪、羊来祭祀石龟。给献龟者封爵予以赏赐。”如此才修建了这座受瑞坛。（出《太原事迹杂记》）

太行山

唐武德初，太行山大声曰："唐国兴，理万年。"（出《太原事迹杂记》）

桑条歌

唐永徽年以后，人唱《桑条歌》云："桑条苐女韦也乐。"至神龙年中，逆韦应之。谄佞者郑愔，作《桑条乐词》十余首进之。逆韦大喜，擢为吏部侍郎，赏缣百匹。（出《朝野佥载》）

突厥盐

唐龙朔已来，人唱歌名《突厥盐》。后周圣历年中，差阎知微和匈奴，授三品春官尚书，送武延秀娶成默啜女，送金银器物锦彩衣裳以为礼聘，不可胜纪。突厥翻动，汉使并没，立知微为可汗。《突厥盐》之应。（出《朝野佥载》）

封中岳

唐调露中，大帝欲封中岳，属突厥叛而止。后又欲封，土蕃入寇又停。至永淳年，又驾幸嵩岳。谣云："嵩山凡几层，不畏登不得，只畏不得登。三度征兵马，傍道打腾腾。"岳下遘疫，不愈，回至宫而崩。（出《朝野佥载》）

杨柳谣

唐永淳之后，天下皆唱"杨柳杨柳漫头驼"。后徐敬业犯事，

太行山

唐高祖武德初年，太行山大声喊："大唐朝国家昌盛，理应万年不衰。"（出《太原事迹杂记》）

桑条歌

唐高宗永徽年后，民间流传一首歌谣："桑条苇女韦也乐。"中宗神龙年间，韦后应验这首民谣，得了权势。有个叫郑愔的小人很会用言语谄媚，他又以桑条为题目作了十多首乐词，并把它们敬献给韦后。韦后听了很是开心，将他提升为吏部侍郎，赏赐了他百匹绢布。（出《朝野佥载》）

突厥盐

唐高宗龙朔改元后，一首叫《突厥盐》的歌谣在民间流传。到武则天的周朝圣历年间，朝廷派阎知微和匈奴修好，任命他为三品春官尚书，并护送武延秀娶突厥成默啜的女儿，一并带去无数的金银绸缎和衣裳作为聘礼。后来突厥和中原对立，前去的汉族使臣都向突厥投降了。阎知微被突厥人推举为他们的可汗，《突厥盐》这首歌谣也得到了验证。（出《朝野佥载》）

封中岳

唐高宗调露年间，皇帝准备给嵩山封号，却因为突厥叛乱不得不停止。后来又准备封，却又因吐蕃入侵而不得不停了。到了永淳年间，皇帝来到嵩山，当时流传一首民谣说："嵩山有几层高，不怕登不上去，就怕没有攀登的机会，前后三次调动兵马打仗，其他路上车马不断。"皇帝下山就得了病，没治好，回宫后就死了。（出《朝野佥载》）

杨柳谣

唐高宗永淳年间，天下老百姓都在传唱一句歌谣："杨柳杨柳漫出柳州司马，遂作伪敕，自授扬州司马，杀长史陈敬之，据江淮反。使李孝逸讨之，斩业首，驿马驮入洛。“杨柳杨柳漫头驼”，此其应也。（出《朝野佥载》）

黄獐歌

周如意年已来，始唱《黄獐歌》。其词曰：“黄獐黄獐草里藏，弯弓射你伤。”俄而契丹反叛，杀都督赵翙，营府陷没。差总管曹仁师、张玄遇、麻仁节、王孝杰前后百万众，被贼败于黄獐谷。诸军并没，罔有孑遗。黄獐之歌，斯为验矣。（出《朝野佥载》）

苾挈儿

周垂拱已来，京都唱《苾挈儿歌》词，皆是邪曲。后张易之小名苾挈。（出《朝野佥载》）

安乐寺

唐景龙年，安乐公主于洛州道光坊造安乐寺，用钱数百万。童谣曰：“可怜安乐寺，了了树头县。”后诛逆韦，并杀安乐，斩首悬于竿上，改为悖逆庶人。（出《朝野佥载》）

乌鹊窠

唐神龙已后，谣曰：“山南乌鹊窠，山北金骆驼。镰柯不凿孔，斧子不施柯。”此突厥强盛，百姓不得斫桑养蚕种禾刈谷之应头驼。”后来有了徐敬业起兵，一开始是徐敬业上任为柳州司马，接着他又伪造皇帝文书，自己给自己任命为扬州司马，并陷害长史陈敬之，在江淮一带造反。朝廷派李孝逸前去讨伐，徐敬业的脑袋被砍下来，用马驮到了洛阳，“杨柳杨柳漫头驼”，这句话正是这件事的印证。（出《朝野佥载》）

黄獐歌

唐朝时武则天如意年间，民间流传一首《黄獐歌》，歌词是“黄獐黄獐草里藏，弯弓射你伤”。不久契丹族谋反，都督赵翙被杀，契丹人占领了营房和都督府。朝廷令总管曹仁师、张玄遇、麻仁节、王孝杰四人，前后率一百多万兵马进行征讨，却被契丹人给打败了。他们带领的军队退到黄獐谷，契丹人在这里一举将他们消灭，没有一支人马逃脱掉。因此“黄獐之歌”全都在这里得到验证。（出《朝野佥载》）

苾挈儿

武则天执政的垂拱年间，京城人喜欢哼唱一种叫作苾挈儿的小调，这个小调的歌词内容都是低俗、难登大雅的词，后来，佞臣张易之的小名叫作苾挈。（出《朝野佥载》）

安乐寺

唐中宗景龙年间，安乐公主在洛州道光坊修建了安乐寺，用了白银几百万两。当时流传的童谣是这样唱的：“可怜安乐寺，了了树头县。”后来韦后一党被唐玄宗诛杀，安乐公主也被杀了，人头被悬挂在高竿上，并被贬为“悖逆庶人”。（出《朝野佥载》）

乌鹊窠

唐中宗神龙年后，有民谣是这样唱的：“山南乌鹊窠，山北金骆驼。镰柯不凿孔，斧子不施柯。”这就是后来突厥强盛，入侵中原，

也。（出《朝野佥载》）

鲤鱼儿

唐景龙中谣曰：“可怜圣善寺，身着绿毛衣。牵来河里饮，踏杀鲤鱼儿。”至景云中，谯王从均州入都作乱，败走，投洛川而死。（出《朝野佥载》）

挽天枢

唐景云中谣曰：“一条麻线挽天枢，绝去也。”神武即位，敕令推倒天枢，收铜并入尚方，此其应验。（出《朝野佥载》）

黄犊子

唐景龙中谣云：“黄柏犊子挽纼断，两脚踏地鞋𪎰断。”六月平王诛逆韦。挽纼断者，韦欲作乱，鞋𪎰断者，事不成。阿韦是黄犊之后也。（出《朝野佥载》）

骆宾王

唐明堂主簿骆宾王《帝京篇》曰：“倏忽搏风生羽翼，须臾失浪委泥沙。”宾王后与徐敬业兴兵扬州，大败，投江水而死。此其谶也。（出《朝野佥载》）

天　后

唐太宗之代，有《秘记》云：“唐三代之后，即女主武王代有天下。”太宗密召李淳风以询其事，淳风对曰：“臣据玄象推算，

老百姓不能栽桑养蚕、种庄稼、割麦子的前兆。（出《朝野佥载》）

鲤鱼儿

唐朝景龙年间，有首民谣唱的是：“可怜圣善寺，身着绿毛衣，牵来河里饮，踏杀鲤鱼儿。”后来景云年间，谯王叛乱，均州入京城，后来失败逃走，跳洛河里自尽。（出《朝野佥载》）

挽天枢

唐朝景云年间，有民谣唱：“一条麻线挽天枢，绝去也。”在神武皇帝即位后，下令推倒天枢，并下令把用来制造天枢的铜全都存放到制造刀剑等的尚方官署。这也就是民谣得到了验证。（出《朝野佥载》）

黄犊子

唐朝景龙年间，有民谣唱：“黄柏犊子挽纼断，两脚踏地鞋纼断。”六月，韦后一党便被平王诛杀了。民谣里唱的“挽纼断”，指的就是韦后要造反作乱的意思，民谣中唱的“鞋纼断”，指的就是韦后一党造反是不会成功的。而韦后确实又是黄犊子的后人。（出《朝野佥载》）

骆宾王

唐朝明堂主簿骆宾王，在《帝京篇》中写道：“一会儿生出双翅迎去长空，突然间又掉进水里沉入泥沙。”后来骆宾王和徐敬业因反对武则天在扬州起兵，事败后投江而死，这两句诗就是他后来命运的预言。（出《朝野佥载》）

天　后

唐太宗时期，有书上记载着：“唐朝自开国三代后，有一武姓女子出现，此女将会代替李家统治天下。”唐太宗悄悄地召来李淳风，其兆已成。然其人已生在陛下宫内，从今不逾四十年，当有天下，诛杀唐氏子孙，殆将歼尽。”帝曰：“求而杀之如何？”淳风曰：“天之所命，不可废也。王者不死，虽求恐不可得。且据占已长成，复在宫内，已是陛下眷属，更四十年，又当衰老。老则仁慈，其于陛下子孙，或不甚损。今若杀之，即当复生，更四十年，亦堪御天下矣。少壮严毒，杀之为血仇，即陛下子孙无遗类矣。”（出《谈宾录》）

阎知微

唐麟德已来，百姓饮酒唱歌，曲终而不尽者，号为族盐。后阎知微从突厥领贼破赵定。后知微来，则天大怒，磔于西市，命百官射之。河内王武懿宗去七步，射三发，皆不中，其怯懦也如此。知微身上箭如猬毛，锉其骨肉，夷其九族。疏亲先不相识者，皆斩之。小儿年七八岁，驱抱向西市。百姓哀之，掷饼果与者，仍相争夺，以为戏笑。监刑御史不忍害，奏舍之。其族盐之言，于斯应矣。（出《朝野佥载》）

长孙无忌

唐赵公长孙无忌，以乌羊毛为浑脱毡帽，天下慕之，其帽为赵公浑脱。后坐事长流岭南。浑脱之言，于是效焉。（出《朝野佥载》）

商量这件事要如何处理。李淳风说："根据玄学上推测，现在已经形成这种征兆的条件了。这名女子应该在陛下的皇宫，从今算起不到四十年，她就能取得统治天下的权力，且会诛杀皇帝的子孙，几乎会四十年杀光。"太宗皇帝说："那我把她找出来先杀了她呢？"李淳风说："这是上天的安排，还是不要违背天意的好。皇帝的子孙就算不被杀死，也很可能争不到皇位，据我推算如今这名女子已经长大，就在这皇宫内，已成为了陛下的家属。再过四十年，她会老，人老了就会变得仁慈，陛下的子孙也就不会被斩尽杀绝。如果现在就将她杀了，她会再次托生重活，再过四十年，还是会统治天下。那时她年轻毒辣，现在杀了她所结下的仇怨，到时陛下的子孙会被她杀得一个也不剩。"（出《谈宾录》）

阎知微

自唐高宗麟德年间起，老百姓在喝酒时就会唱歌，歌唱完了酒却还没喝光的，就管他叫号为"族盐"。后来，阎知微带领突厥军队攻破赵定，又后来阎知微被抓，武则天大怒，将他绑到西市，下令百官用箭射死他。河内王武懿宗在距离阎知微七步远的地方，连发三箭，都没有射中，他竟是如此软弱胆小。阎知微身上被射得像刺猬一样，他的骨肉都被割下了，当时他的九族都被诛杀了，就连互相不认识的远亲都被抓来杀掉。其中有些还是七八岁的孩子都被带到西市，围观的老百姓见孩子们可怜，散发给他们一些糖果，让孩子们互相抢夺，孩子们觉得很好玩。监刑御史不忍将孩子杀害，向武则天奏请留下孩子。而当初百姓们唱的"族盐"，也就是诛杀姓阎的意思，这个时候得到了应验。（出《朝野佥载》）

长孙无忌

唐朝赵公长孙无忌，把黑羊毛做成浑脱毡帽，一时间天下人都好不羡慕，这种样式的帽子被称为赵公浑脱。后来长孙无忌因事获罪，被流放岭南，也不用再戴毡帽，浑脱这两个字便也应验了。（出《朝野佥载》）

魏王

唐魏王为巾子，向前踣，天下欣欣慕之，名为魏王踣。后坐死。至孝和时，陆颂亦为巾子，同此样，时人又名为陆颂踣。未一年而陆颂殒。（出《朝野佥载》）

武媚娘

唐永徽后，天下唱《武媚娘歌》，后立武氏为皇后。大帝崩，则天临朝，改号大周。二十余年，武氏强盛。武氏三王：梁、魏、定等并开府。自余郡五十余人，几迁鼎矣。（出《朝野佥载》）

孝和

唐咸亨已后，人皆云："莫浪语，阿婆嗔，三叔闻时笑杀人。"后果则天即位，至孝和嗣之。阿婆者，则天也；三叔者，孝和为第三也。（出《朝野佥载》）

魏叔麟

唐魏仆射子名叔麟。识者曰："叔麟反语身戮也。"后果被罗织而杀之。（出《朝野佥载》）

武三思

梁王武三思，唐神龙初，改封德靖王。识者言："德靖鼎贼也。"果有窥鼎之志，被郑克等斩之。（出《朝野佥载》）

魏 王

唐朝魏王的头巾式样，前面是朝下折的，一时间天下的人都觉得不错，这种式样的头巾被称为“魏王踣”（踣含有跌倒、倒毙、灭亡的意思）。后来，魏王被处死了。到了孝和年间，陆颂也把头巾折成高且向前倒的样式，当时的人又把这样的头巾称为“陆颂踣”，不到一年，陆颂也死了。（出《朝野佥载》）

武媚娘

唐高宗永徽年间，民间流传一首歌，叫《武媚娘》，后来武媚娘被册封为皇后，皇帝驾崩后，武媚娘开始主持朝政，国号改为大周。自此武氏家族兴盛二十多年，武家的梁王、魏王、定王同时开建府署，成立办事处，同时封册了五十多个郡王，唐朝的江山几乎全部被篡夺了。（出《朝野佥载》）

孝 和

唐高宗咸亨年后，老百姓常说：“不要随便说话，小心阿婆怪罪，三叔听到时笑死人。”后来武则天即位，之后唐中宗又继承了皇位。阿婆指的就是武则天，三叔指的是唐中宗，因为他排行第三。（出《朝野佥载》）

魏叔麟

唐朝魏仆射的儿子叫叔麟，有知晓深意的人指出，叔麟两个字的反语就是身戮（身遭杀戮的意思。因为麒麟是鹿的身子，鹿身，反过来身鹿，鹿戮同音）。后来叔麟被他人编造罪名惨遭杀害。（出《朝野佥载》）

武三思

梁王武三思在神龙初年被封为德靖王，当时就有人说：“德靖鼎贼也。”后来武三思果然有觊觎皇位的想法，武则天死了之后，就

孙佺

唐孙佺为幽州都督，五月北征。时军师李处郁谏："五月南方火，北方水，火入水必灭。"佺不从，果没八万人。昔窦建德救王世充于牛口谷。时谓窦入牛口，岂有还期。果被秦王所擒。其孙佺之北也，处郁曰："飧若入咽，百无一全。"山东人谓湿饭为飧。音孙。幽州以北，并为燕地，故云。（出《朝野佥载》）

张易之

天后时，谣言曰："张公吃酒李公醉。"张公者，斥易之兄弟也；李公者，言李氏太盛也。（出《朝野佥载》）

饮酒令

唐龙朔年已来，百姓饮酒作令云："子母相去离，连台拗倒。"子母者，盏与盘也；连台者，连盘拗盏倒也。及天后永昌中，罗织事起。有宿卫十余人，于清化坊饮，为此令。此席人进状告之，十人皆弃市。自后庐陵徙均州，则子母相去离也；连台拗倒者，则天被废，诸武迁放之兆。（出《朝野佥载》）

白马寺

唐神武皇帝七月即位，东都白马寺铁像头，无故自落于殿门外。自后捉搦僧尼严急，令拜父母等。未成者并停革，后出者科

被郑克等人杀掉了。(出《朝野佥载》)

孙 佺

唐朝时，孙佺任幽州都督。五月，他带兵攻打北方。当时的军师李处郁上谏说：“五月的南方属火，北方属水，火遇上水肯定燃不了。”孙佺不听，结果八万人马折损。窦建德曾经到牛口谷援救王世充，当时有人就说：“窦入牛口，怎么可能还会回来？”后来秦王李世民果然把窦建德给抓了。这次孙佺往北发兵，李处郁说：“如果食物卡到了咽喉，是不会完好无损的。”山东人把粥饭叫作飡，当年幽州以北正是燕国的土地，所以李处郁这么说。(出《朝野佥载》)

张易之

据记载，唐朝武则天当权时，民谣常说：“张公吃酒李公醉。”张公，指的就是张易之、张宗昌兄弟二人，李公指的是表面上看上去很是兴盛的李氏族人，意思是说李氏家族太过兴盛。(出《朝野佥载》)

饮酒令

唐朝龙朔年间，老百姓喝酒时行酒令说：“子母相去离，连台拗倒。”子母说的是杯子和盘子，连台讲的是把盘子和杯子全部推倒。到唐朝永昌年中，兴起了一股罗织罪名诬陷他人的风气。有十几个宫中的侍卫在清化坊喝酒时，说起这个酒令，被同席的人告发，这十几个侍卫全部被处死。后来，庐陵王迁至均州，母子分离的话被印验。连台拗倒是预示着武则天被废，武家人获罪后流放至边远地区。(出《朝野佥载》)

白马寺

唐朝神武皇帝七月登基，东都白马寺内的铁佛头，却忽然自己无缘无故掉下来滚到殿外的地上。此后，朝廷便下令捉拿和尚尼姑，

决，还俗者十八九焉。（出《朝野佥载》）

李 蒙

开元五年春，司天奏玄象有谪见，其灾甚重。玄宗震惊，问曰："何祥？"对曰："当有名士三十人，同日冤死。今新及第进士，正应其数。"其年及第李蒙者，贵主家婿。上不言其事，密戒主曰："每有大游宴，汝爱婿可闭留其家。"主居昭国里，时大合乐，音曲远畅，曲江涨水，联舟数艘，进士毕集。蒙闻之乃逾垣奔走，群众惬望。才登舟，移就水中，画舸平沉，声妓篙工，不知纪极，三十进士，无一生者。（出《独异志》）

李进周

天宝中，李进周颇有道术，多在禁署。徙居宫观，于所居院内，题诗不啻千言，皆预纪上皇幸蜀，禄山僭位之事。初亦不悟，后方豁然。略举一篇云："燕市人皆去，函关马不归。如逢山下鬼，环上系罗衣。"贵妃小字阿环，山下鬼嵬字也。（出《抒情诗》）

志公词

刘禹锡曰："逆胡之将乱中原，梁朝志公大师已赠词曰，'两令他们与父母家人相认后回家，禁止再有人出家当和尚，有新出家的一旦被捉住就会判刑，有百分之八九十的和尚被迫还俗。（出《朝野佥载》）

李蒙

唐朝开元五年春，司天监向皇帝禀告，白天有星辰在天空形成，这种天象预示着将来有一场十分严重的灾难降临。皇帝问："会是什么样的灾难？"司天监回道："将会有三十名有识之士在同一天无故身亡，而今年录取的进士，正好是三十这个数字。"而李蒙正是今年被录取的进士，还是公主的女婿。皇帝没有把事情的缘由说出来，只悄悄地和公主说："以后但凡有游乐或宴会，你就把你家女婿关起来，不准他参加。"公主家住在昭国里，一天，一场大型的音乐宴会在江上举行，乐声被传到很远的地方。而曲江正好在涨大水，进士们在江边集合后登上连接在一起的好几条船。李蒙听到乐声，跳过家里的院墙跑了出去，进士们正在等他。一上船，船就向江中心驶去。没多久，游船就沉没了，演奏乐器的那些人，不知道死了多少歌女和船工，三十名进士全都淹死在江中，一个也没有救上来。（出《独异志》）

李进周

唐朝天宝年间，李进周因精通预测事物的方术，常在皇宫内院走动，后来搬去了道观。他在自己住的院子里，题写了上千句诗。都是预示太上皇将来去蜀地避难，安禄山造反的事。起初人们看了并不理解，事后人们才明白，在此仅举一首诗作为例子："燕市人皆去，函关马不归。如逢山下鬼，环上系罗衣。"杨贵妃的小名叫阿环，山下鬼是个嵬字，就是说杨玉环将会在马嵬驿被缢死。（出《抒情诗》）

志公词

刘禹锡说："胡人叛贼安禄山将来会扰乱中原，梁朝志公大师角女子绿衣裳，却背太行邀君王，一止之月必消亡。’两角女子安字也；绿者禄也；一止正月也。果正月败亡。圣矣符志公之寓言也。”（出《刘公嘉话录》）

李怀光

马燧讨李怀光，自太原引兵，至实鼎下营。问其地，名埋怀村。乃大喜曰：“擒贼必矣。”（出《国史补》）

王 铎

唐乾符中，荆州节度使晋公王铎，后为诸道都统。时木星入南斗，数夕不退。铎观之，问诸星者：“吉凶安在？”咸曰：“金火土犯斗，即为灾；惟木当为福耳。”或然之。时有术士边冈，洞晓天文，精通历数，谓晋公曰：“惟斗帝王之宫宿，惟木为福神，当以帝王占之。然则非福于今，必当有验于后，未敢言之。”他日，晋公屏左右密问，冈曰：“木星入斗，当王之兆。木在斗中，朱字也。”识者言唐世尝有绯衣之谶，或言将来革运，或姓裴，或姓牛。以裴字为绯衣，牛字著人，即朱也。所以裴晋公度，牛相国僧孺，每罹此谤。李卫公斥《周秦行记》，乃斯事也。安知钟于砀山之朱乎？（出《北梦琐言》）

木成文

梁开平二年，使其将李思安攻潞州，营于壶口关，伐木为栅。

曾有一首词这样写道：‘两角女子绿衣裳，却背太行邀君主，一止之月必消亡。’”两角女子说的是个安字，绿和禄在方言里同音，一和止字加在一起是个正月的正字。安禄山叛乱正好是在正月失败后被杀的。事情的发展与志公大师的寓言诗完全符合。（出《刘公嘉话录》）

李怀光

马燧对李怀光进行讨伐，率兵从太原出发，到实鼎一带准备宿营时。马燧问士兵宿营地叫什么名字，士兵告诉他说叫埋怀村，马燧高兴地道：“我定能擒获李怀光。”（出《国史补》）

王 铎

唐僖宗乾符年间，荆州节度使晋公王铎，看到木星入侵南斗六星，许多天都没有退回，便向星象学家请教：“这是吉还是凶？”星象学家说：“金星、火星、土星入侵南斗星便是灾祸，独有木星入侵是吉兆。”王铎说：“原来如此。”当时有个叫边冈的术士，精通星象和历数，他对晋公王铎说：“南斗星代表的是帝王，木星代表的是吉祥，当凭这些星象来推测帝王的运势。但星象却不代表当下的情形，而是对将来的变化的预兆。只是一般不会随便说出来。”过了几天，晋公王铎叫左右的人退下，悄悄单独地问边冈。边冈说：“木星进入南斗六星，预示着有人要当皇帝，木在斗中，是个朱字。”还有聪明人说，唐朝时期有“绯衣”的传言，也许说的是改朝换代，皇帝可能姓裴，或者牛，以绯衣代表裴字，牛字加个人字，就是朱字。因此后来的晋公裴度，相国牛僧孺，都因这类传说和预言遭到过陷害。李卫公斥责《周秦行纪》，也是因这件事。又有谁能知道在砀山朱温的身上得到应验吗？（出《北梦琐言》）

木成文

后梁太祖开平二年，朝廷派李思安将军率兵攻打潞州。军队在破一大木，木中朱书隶文六字，曰：“天十四载石进。”思安表上之。其群臣皆贺，以为十四年必有远夷贡珍宝者。其司天少监徐鸿，谓所亲曰：“自古无一字为年号者，上天符命，岂阙文乎？吾以丙申之年，当有石氏王此地者。移四字中两竖画，置天字左右，即丙字也；移四之外围，以十字贯之，即申字也。”后至丙申岁，晋高祖以石姓起并州，如鸿之言。（出《稽神录》）

草重生

初董昌未败前，狂人于越中旗亭客舍，多题诗四句曰：“日日草重生，悠悠傍素城。诸侯逐白兔，夏满镜湖平。”初人不晓其词，及昌败方悟：草重董字；日日昌字；素城越城，隋越国公杨素所筑也；诸侯者，猴乃钱镠，申生属也；白兔昌，卯生属也；夏满，六月也；镜湖者，越中也。（出《会稽录》）

唐国闰

伪蜀后主王衍，以唐袭宅建上清宫。于老君尊像殿中，列唐朝十八帝真，乃备法驾谒之。识者以为拜唐，乃归命之先兆也。先是司天监胡秀林进历，移闰在丙戌年正月。有向隐者亦进历，用宣明法，闰乙酉年十二月。既有异同，彼此纷诉，仍于界上取唐国历日。近臣曰：“宜用唐国闰月也。”因更改闰十二月。街衢卖历者云：“只有一月也。”其年十二月二十八日国灭。胡秀林是唐朝司天少监，仕蜀，别造《永昌正象历》，推步之妙，天下一人。然移闰之事不爽，历议常人不可轻知之。（出《北梦琐言》）

壶口关宿营，士兵们砍树修栅栏。劈开一根木头时，木头中有六个红色的隶体字："天十四载石进"。李思安特地为此事写了奏章给朝廷，大臣们向皇帝祝贺，认为十四年肯定会有远方的国家给皇帝进贡珍宝。司天少监徐鸿暗地里对亲近的人说："从古至今从没有出现过用一个字做年号的，天赐祥瑞给天子，作为授命的证据，怎么会少了文字？我认为这预示丙申年，会有姓石的人当皇帝。因为把四字的两竖移到天字两边，就是个丙字，将四字的外边的十字贯穿就是个申字。"等到了丙申年，石敬瑭兴兵当了皇帝，同徐鸿所说一致。（出《北梦琐言》）

草重生

董昌没兵败时，有一狂人题了四句诗在越中旗亭旅店的墙壁上："日日草重生，悠悠傍素城。诸侯逐白兔，夏满镜湖平。"人们一开始并不理解这首诗的意思，直到董昌败了才回味过来。草重指的是个董字，日日是个昌字，素城指的是越城，因这是隋越国公杨素所造。侯指的猴是申生属，代表钱镠，白兔是卯生。夏满指的是六月，镜湖指的是越中。（出《会稽录》）

唐国闰

伪蜀后主王衍，在唐朝世袭得来的宅院里建上清宫，在供奉老君神灵的大殿中，唐朝十八代皇帝的画像悬挂在此。有通晓其中缘由的人说，供奉唐朝皇帝的画像，是归顺唐朝的预兆。司天监胡秀林编制日历报送王衍审查，他把闰月移到丙戌年正月，而另有一位隐士也报送了一本日历，用的是宣明法，将闰月移到乙酉年十二月，由于有了分歧，两人便起了争论。后来还是沿用了唐朝的历法，身边的近臣对王衍说："采用唐朝的闰月才对。"因此将闰月更改至十二月，街上卖日历的人说："只有一个月了。"而蜀国灭亡年就在当年的十二月二十八日前。胡秀林是唐朝的司天少监，后来到曾经的蜀国任职，他编制了永昌正象历，推算出来的准确程度称天下第一，但这次闰月的

竹 貂

竹貂者，食竹之鼠也。生于深山溪谷竹林之中无人之境，非竹不食，巨如野狸，其肉肥脆。山民重之，每发地取之甚艰。岐梁睚眦之年，秦陇之地，无远近岩谷之间，此物争出，投城隍及所在民家。或穿墉坏城，或自门阈而入，犬食不尽，则并入人家房内，秦民之口腹饫焉。忽有童谣曰："貂貂引黑牛，天差不自由。但看戊寅岁，杨在蜀江头。"智者不能议之。

庚午岁，大梁同州节度使刘知俊叛梁入秦，家于天水。天水破，流入蜀。居数年间，蜀人又谣曰："黑牛无系绊，棕绳一时断。"伪蜀先主闻之，惧曰："黑牛者，刘之小字；棕绳者，吾子孙之名也。盖前辈连宗字，后辈连承字为名，棕绳与宗承同音。吾老矣，得不为子孙之患乎？"于是害刘公以厌之。明年，岁在戊寅，先主不豫，合眼刘公在目前。蜀人惧之，遂粉刘之骨，扬入于蜀江。先主寻崩。议者方知貂者刘也，黑牛者刘之小字，戊寅岁扬骨入于蜀江之应。（出《王氏见闻》）

事上出了差错，只因朝代的变更不是一般人可以推算出来的。（出《北梦琐言》）

竹貂

竹貂，一种专吃竹子的鼠类，在荒无人烟的深山谷和竹林之中生活，它只吃竹子，竹貂的体型有野猫一般大，肉质肥脆，山里的居民非常喜欢吃，但是竹貂很难被抓到。岐和梁发生冲突的那一年，在陕西和甘肃一带的谷岸石之间，竹貂都争先恐后地往外跑，跑到城墙下的壕沟里或是附近老百姓家里。或是挖洞毁坏城墙，或是从门槛进入百姓家里，狗都吃不尽它们，陕西的老百姓都不爱吃竹貂肉了。这时忽然流传一首童谣："貂引黑牛，天差不自由。但看戊寅岁，扬在蜀江头。"那些有着高深学问的聪明人一时间也理解不透这首童谣的意思。

庚午年，同州节度使刘知俊背叛大梁，带兵入陕西，驻扎在天水。天水被攻破后，又流窜进入四川。几年以后，四川又流传出一首民谣说："黑牛无系绊，棕绳一时断。"前蜀先主王建听到后感到非常害怕，说："刘知俊的小名就叫黑牛，我子孙的名字就叫棕绳，是按家谱延续下去这么叫的，叫宗然后是承字，棕绳与宗承同音。我已年岁大了，不能为子孙留下隐患。"于是王建为了消除隐患把刘知俊杀了。第二年戊寅年，先主王建心情不佳，一闭眼睛就看到刘知俊出现在眼前，他很害怕，命人把刘知俊的骨头砸碎，扔进蜀江，不久后王建死了，这时人们才恍然大悟，民谣里的貂是指刘，黑牛是刘知俊的小名，"但看戊寅岁，扬在蜀江头"是指在戊寅年把刘知俊的骨头扔到蜀江。（出《王氏见闻》）

卷第一百六十四 名贤讽谏附

名贤

郭林宗

郭林宗来游京师，当还乡里，送车千许乘，李膺亦在焉。众人皆诣大槐客舍而别，独膺与林宗共载，乘薄笨车，上大槐坂。观者数百人，引领望之，眇若松乔之在霄汉。（出《商芸小说》）

李 膺

李膺恒以疾不送迎宾客，二十日乃一通客。唯陈仲弓来，辄乘轝出门迎之。（出膺《家录》）

李元礼谡谡如劲松下风。膺居阳城时，门生在门下者，恒有四五百人。膺每作一文出手，门下共争之，不得堕地。陈仲弓初令大儿元方来见，膺与言语讫，遣厨中食。元方喜，以为合意，当复得见焉。（出《商芸小说》）

膺同县聂季宝，小家子，不敢见膺。杜周甫知季宝，不能定名，以语膺。呼见，坐置砌下牛衣上。一与言，即决曰："此人当作

名贤

郭林宗

郭林宗到京城游玩，回乡那天，很多官员前来送行，乘坐的车子就有一千多辆，李膺也在送行的人群中。大部分人都只送到大槐旅店便回去了，而李膺和郭林宗乘着一辆破车，一直登上大槐坡顶，好几百人在下面伸着脖子看他们，就像看赤松子和王子乔两位神仙在高高的天上行走一般。（出《商芸小说》）

李　膺

因为李膺身体不好，总是不迎送客人，对于一般的客人二十天才接迎一回。但陈仲弓除外，只要陈仲弓来，就会看到李膺乘坐车子到大门外迎接。（出膺《家录》）

李元礼如一棵劲松般在风中挺立。李膺居住阳城时，门下有学生四五百，每次写完一篇文章，学生们都争相传阅，不管怎么传都不会落地，陈仲弓的大儿子陈元方前来拜访李膺。李膺与他交谈后，让他去厨房用饭。陈元方心中暗喜，认为自己的表现是令李膺满意的，才收下他当学生。（出《商芸小说》）

与李膺同县的聂季宝，出身低微，不敢来拜访李膺。杜周甫知道聂季宝科举考试没有被录取，把他的情况告诉李膺。李膺与聂季宝

国士。”卒如其言。（出《商芸小说》）

膺为侍御史。青州凡六郡，唯陈仲举为乐安，视事，其余皆病，七十县并弃官而去。其威风如此。（出《商芸小说》）

膺坐党事，与杜密、荀翊同系新汲县狱。时岁日，翊引杯曰：“正朝从小起。”膺谓曰：“死者人情所恶，今子无吝色者何？”翊曰：“求仁得仁，又谁恨也？”膺乃叹曰：“汉其亡矣，汉其亡矣！夫善人天地之纪，而多害之，何以存国？”（出李膺《家录》）

徐孺子

陈仲举雅重徐孺子。为豫章太守，至，便欲先诣之。主簿曰：“群情欲令府君先入拜。”陈曰：“武王轼商容之闾，席不暇暖，吾之礼贤，有何不可？”（出《商芸小说》）

徐孺子年九岁，尝月下戏。人语之：“若令月无物，极当明邪？”徐曰：“不尔，譬如人眼中有童子，无此如何不暗。”（出《世说》）

郑 玄

郑玄在徐州，孔文举时为北海相，欲其返郡，敦清恳恻，使人继踵。又教曰：“郑公久游南夏，今艰难稍平，傥有归来之思，无寓人于室。毁伤其藩垣林木，必缮治墙宇以俟还。”及归，融告见面，坐在了台阶下给牛御寒的蓑衣上面。两人一番交谈后，李膺坚定地说：“聂季宝将会是国家的栋梁。”后来真如李膺预言的一样。（出《商芸小说》）

李膺担任监察侍御史时，青州六郡的太守，除了陈仲举按规定正常在官署处理政务外，其余人等都在家称病，七十个县的县令辞官。难道李膺的威风竟这么大！（出《商芸小说》）

李膺因朋友牵连而受到迫害，同杜密、荀翊等人被关押进新汲县监狱。过年当天，荀翊举起酒杯道：“国家基业是要一点点积累起来的。”李膺问他说：“死亡是人本就厌恶的，只是你现在还有什么未完成的事呢？”荀翊说：“追求仁义，得到仁义，没有什么可遗憾的！”李膺感叹道：“汉朝要灭亡了！汉朝要灭亡了！道德高尚的人是天地国家的基石，如今却都遭到迫害，又拿什么让一个国家长存呢？”（出李膺《家录》）

徐孺子

陈仲举一直以来都十分器重徐孺子，他被任命豫章太守时，一到任就要去看徐孺子。主簿劝他说：“我们都认为太守您还是先举行交接参拜仪式为好。”陈仲举说：“周武王席子都没有坐暖，就迫不及待地去拜访商容，我礼贤下士，又有何不可的呢？”（出《商芸小说》）

徐孺子九岁时，有一次在月亮下面玩耍。有人说：“月亮上要是没有月宫和桂树，肯定比现在还要明亮。”徐孺子说：“不是的，这和人眼睛里面的瞳仁一样。如果眼睛里没有瞳仁，只会漆黑一片。”（出《世说》）

郑　玄

郑玄在徐州时孔融任北海相，他想把郑玄请回北海郡。连续派人去徐州请郑玄。又对使者说：“郑玄长时间在南方旅居，现在刚安定下来。如果郑玄有回北海的意向，住的房屋，损坏的篱笆围墙和花僚属，昔周人尊师，谓之尚父，今可咸曰郑君，不得称名也。袁绍一见玄，叹曰：“吾本谓郑君东州名儒，今乃是天下长者。夫以布衣雄世，斯岂徒然哉？”及去，绍饯之城东，必欲玄醉。会者三百人，皆使离席行觞。自旦及暮，计玄可饮三百余杯，而温克之容，终日无怠。（出《商芸小说》）

蔡邕

张衡死月，蔡邕母始怀孕，此二人才貌甚相类。时人云：“邕是衡之后身。”初司徒王允，数与邕会议，允词常屈，由是衔邕。及允诛董卓，并收邕，众人争之不能得。太尉马日磾谓允曰：“伯喈忠直，素有孝行。且旷世逸才，多识汉事，当定十志。今子杀之，海内失望矣。”允曰：“无蔡邕独当，无十志何损？”遂杀之。（出《商芸小说》）

东国宗敬邕，不言名，咸称蔡君。兖州陈留，并图画蔡邕形象而颂之曰：“文同三闾，孝齐参、骞。”（出《邕别传》）

崔仁师

唐崔仁师为度支郎中，奏财物数千言，手不执本。太宗怪之，令杜正伦赍本对唱，一无所误。（出《神异录》）

园树木全要妥善修理，然后再还回给他。”郑玄回北海后，孔融告诉手下的官员，以前周朝人尊崇老师，就称老师为‘尚父’，如今大家都可以叫他郑君，不许直呼其名。袁绍见到郑玄后不禁感叹道：“我原以为郑玄仅仅是东州著名的学者，今日一见才知道，您还是重厚自尊的长者。能以平民身份名扬天下，受到天下人的尊敬，不是没有原因的。”等郑玄要走的时候，袁绍在城东摆酒宴为他饯行，千方百计想让他喝醉。参加饯行宴的有三百人，让每个人都离席向郑玄敬酒。从早喝到晚，郑玄喝了三百多杯酒，但他一直都是温文尔雅的，表情风度没有任何的失态。（出《商芸小说》）

蔡邕

张衡离世的那月，正好蔡邕母亲怀了身孕。两人的相貌、才能差不多，都传言蔡邕是张衡的转世。司徒王允多次与蔡邕展开辩论，王允时常理屈词穷，为此对蔡邕心生怨恨。后来董卓被王允诛杀，蔡邕被拘捕了。太尉马日磾劝王允道：“蔡邕为人忠厚正直，在百姓中素有忠孝的贤名，又是旷世奇才。熟知汉朝的文物制度，应当让他整理律历、礼乐、刑法等十项基本制度。若在此时杀了蔡邕，天下人恐怕会对朝廷失望。”王允说：“没有蔡邕就没有人能独当一面？即便没有这些文物制度又能怎么样？”就把蔡邕杀了。（出《商芸小说》）

东国宗为了表示尊敬，从不直称他的名讳，都称他为蔡君。兖州的陈留还画了蔡邕的画像，颂扬他的文章和三闾大夫屈原一样，忠孝与曾参和闵子骞齐名。（出《邕别传》）

崔仁师

唐朝崔仁师任度支郎中，向皇帝汇报几千笔财务收支，连账本都没拿。太宗皇帝责怪他，令杜正伦拿来账本与他报的数字相对照，竟全部都对。（出《神异录》）

张文瓘

宰相以政事堂供馔弥美，议减之，张文瓘曰：“此食天子所重，以机务待贤才，吾辈若不任其职，当自陈乞，以避贤路。不宜减削公膳，以邀求名誉，国家所费，不在于此，苟有益于公道，斯亦不为多也。”（出《谈宾录》）

虞世南

太宗尝出行，有司请载副书以从。帝曰：“不须。虞世南在，此行秘书也。”太宗称世南，博闻、德行、书翰、词藻、忠直，一人而兼是五善。太宗闻世南薨，哭之恸曰：“石渠东观之中，无复人矣。”世南之为秘书，于省后堂，集群书中事可为文用者，号为《北堂书抄》。今此堂犹存，而书盛行于代。（出《国朝杂记》）

马 周

马周西行长安，至新丰，宿于逆旅。主人唯供诸商贩而不顾周，遂命酒悠然独酌，主人翁深异之。及为常何陈便宜二十余事，太宗怪其能。问何，何答曰：“此非臣发虑，乃臣家客马周也。”太宗即日召之。未至间，遣使催促者数四。及谒见，语甚悦，授监察御史。奏罢传呼，置鼓，每击以惊众，时人便之。迁中书令，周病消渴，弥年不瘳。时驾幸翠微宫，敕求胜地，为周起宅，名医内使，相望不绝。每令常食以御膳供之，太宗躬为调药，皇太子临问。（出《谈宾录》）

张文瓘

宰相在政事堂备下了非常丰盛的饭菜，有人说应该减少一点。张文瓘说：“这是皇帝重视的饭，有军政大事要和大臣们处理、商议。如果不是担任现在这个职务，自然能讲节俭的道理，避开贤士进取之路。不应当削减办公用餐的标准，来为个人争取名誉。国家真正浪费的，不在这里。只要是为了国家的事，这些也不算多。”（出《谈宾录》）

虞世南

有一次太宗皇帝出行，有官员请示将一些书籍、公文的副本装到车上。皇帝说：“虞世南，就是这次的秘书。”太宗皇帝称虞世南这个人博文多见、品质高尚、读书广博、文辞华美、为人更是忠诚正直，他一个人身上具有五种高贵的品质。太宗皇帝听到虞世南死后，伤心不已地哭道：“宫里藏书和著书的人中，再也找不出比得上虞世南的人了！”虞世南任秘书时，在秘书省后堂将群书中的好词句摘录编纂在一起，因为可能在今后的文章中引用到，叫作《北堂书抄》。秘书省后堂现在还在，《北堂书抄》一书也流行。（出《国朝杂记》）

马　周

马周西行前往长安，途中经新丰，入住旅店。店主忙着招待那些有钱的商人，却忽略了对马周的照顾。马周向店家要了酒菜，便独自悠然自得地喝酒，店主觉得他是个很奇怪的人。后来马周协助常何，把二十多件很难处理却又积压已久的公务处理了。太宗皇帝把功劳都记在了常何身上，觉得他很能干，常何说：“这并不是我的功劳，是我的食客马周帮忙处理的。”太宗皇帝听了马上召见马周，马周来得不够及时，太宗皇帝一连派了四个人前去催促。见面后，太宗皇帝对马周的才能非常赏识，任他为监察御史。并下令奏鼓乐以示庆贺。鼓乐每敲一下都让人震惊，当时人们很快就知道了这件事。马周任中书令后，患上糖尿病，治了一年多也没有起色，皇帝到翠微宫时，下令选

员半千

员半千本名余庆，与王义方善。谓曰：“五百年一贤，足下当之矣。”遂改为半千。高宗御武成殿，召举人，问天阵地阵人阵如何。半千曰：“师出以义，有若时雨，天阵也；兵在足食，且耕且战，地阵也；卒乘轻利，将帅和睦，人阵也。”上奇之，充土蕃使。则天即位，留之曰：“境外不足烦卿。”撰《明堂新礼》上之。又撰《封禅坛碑》十二首。迁正谏大夫，兼控鹤供奉。半千以古无此名，又授者皆薄徒，请罢之。由是忤旨。（出《广德神异录》）

严安之

玄宗御勤政楼，大酺，纵士庶观看。百戏竞作，人物填咽，金吾卫士白棒雨下，不能制止。上患之，谓高力士曰：“吾以海内丰稔，四方无事，故盛为宴，欲与百姓同欢，不知下人喧乱如此。汝有何方止之？”力士奏曰：“臣不能也。陛下试召严安之，处分打场。以臣所见，必有可观也。”上从之。安之至，则周行广场。以手板画地，示众人，约曰：“逾此者死。”以是终五日酺宴，咸指其画曰：“严公界。”无一人敢犯者。（出《开天传信记》）

一块风水宝地给马周建住宅，不断派名医和使臣前去探望马周的病情。将皇宫里的膳食也送去给马周吃。太宗皇帝曾亲自为马周调药，皇太子也经常前去问安。（出《谈宾录》）

员半千

员半千原名员余庆，他与王义方的关系不错。王义方说："德才兼备的贤人要五百年才出一个，你是其中的一个。"此后便称他为半千。高宗皇帝时，在武成殿召集举人询问天阵、地阵和人阵该如何运用。员半千说："出师要有名，顺应形势和天下大义，就像天降雨，顺应天时，这是天阵；兵马粮草充足，且边耕种边打仗，是地阵；士兵车马轻便，作战勇敢，统帅和将士们齐心协力，和睦相处，这就是人阵。"皇帝惊奇于他的才能，命他做出使吐蕃的使臣。武则天执政后对他说："国家边防的事就不烦扰你了。"员半千撰写了《明堂新礼》献给了武则天，又撰写了《封禅坛碑》十二篇。后来升任了正谏大夫，监管控鹤供奉。员半千因为这个官职之前是没有的，而且他要教授的都是些浅薄轻浮的人，所以请武则天收回任命。因此违抗了皇帝旨意。（出《广德神异录》）

严安之

玄宗皇帝在勤政楼大摆酒宴，与此同时还有各种节目表演，为的是让百官和老百姓一起观看。路和广场都被前来观看的老百姓们塞满，即使卫兵们的棍棒像雨点一样落在百姓身上，也制止不了。皇帝很是担心，对高力士说："只因全国各地今年都大丰收了，四方无战乱，才要摆酒宴，与老百姓同乐，没想到老百姓如此喧闹混乱，你有什么好的法子制止吗？"高力士说："我没有办法。皇上不如问严安之，他肯定会有好法子。"玄宗听从了高力士的意见。严安之来了后，围广场走了一圈，用上朝时的手板在地上画了一条线，然后对百姓们说："跨过这条线的人处死！"因此摆了五天酒宴，演了五天戏剧，百姓都指着严安之所画的线说："这是严公界。"没有一人敢违反。（出《开天传信记》）

萧颖士

萧颖士，文章学术，俱冠词林，负盛名而湮沉不遇。常有新罗使至，云："东夷士庶，愿请萧夫子为国师。"事虽不行，其声名远播如此。（出《翰林盛事》）

萧 嵩

萧嵩为相，引韩休同列。及在相位，稍与嵩不协，嵩因乞骸骨。上慰嵩曰："朕未厌卿，卿何庸去乎？"嵩俯伏曰："臣待罪宰相，爵位已极。幸陛下未厌臣，得以乞身。如陛下厌臣，臣首领不保，又安得自遂。"因殒涕。上为之动容曰："卿言切矣。朕思之未决，卿归私第，至夕当有使。如无使，旦日宜如常朝谒。"及日暮，命力士诏嵩曰："朕惜卿，欲固留。而君臣终始，贵全大义，亦国家之美事也。今除卿右丞相。"是日，荆州始进黄柑，上以素罗帕包其二以赐之。（出《柳氏史》）

于休烈

于休烈，至性真悫，机鉴敏悟。肃宗践祚，休烈自中都赴行在，拜给事中，迁太常少卿，知礼仪使。中原荡覆，文物未备。休烈献《五代论》，肃宗甚嘉之。迁工部，在朝凡三十余年，历掌清要，家无担石之蓄。恭俭温仁，未尝见喜愠于颜色。而亲贤下士，推毂后进，虽位重年高，曾无倦色，笃好书籍，手不释卷。（出《谈宾录》）

萧颖士

萧颖士的学问和文章，在文人学者中名列前茅，享有盛名，却苦于一直没有出仕的机会。曾经，朝鲜半岛新罗国的一个使臣来到中原，请求道：“我们国家的官员和百姓想请萧先生去做国师。”虽然这件事没有成功，但由此可见，萧颖士的名声真的传播得很远。（出《翰林盛事》）

萧　嵩

萧嵩做了宰相，推荐韩休同为宰相，等韩休当上宰相，却与萧嵩有了矛盾。萧嵩为此辞官。皇帝安慰萧嵩道：“我没有厌烦你，你为何要走？”萧嵩跪在地上说：“我做了宰相，已到了最高位置，万幸皇上没有厌烦我，我才能辞官。若皇上厌烦我，我的脑袋可就不保了，又怎么能够选择自己的去留呢？”说着便流下泪来。皇帝感动不已，道：“你说得很真诚啊！我还没有想好该如何决定，你且先回家去，晚上应该有使臣会来。使臣没来的话，明天你和之前一样来上朝。”等到黄昏，皇帝令力士将萧嵩找来，和他说：“我很看重你，还是想你留下来。而我们之间的君臣之意始终如一，遵守大义，于国家也是一件好事。现在我任命你为右丞相。”当天恰巧有荆州进贡的黄柑。皇帝用素罗帕包了两个赏给了萧嵩。（出《柳氏史》）

于休烈

于休烈本性真诚朴实，机警聪明。肃宗当皇帝后，于休烈从中都赶到京城，被任命为给事中，后来又改任为太常少卿兼知礼仪使。中原遭战乱破坏，文物书籍损失惨重，于休烈把自己收藏的《五代论》上交国家，肃宗皇帝很是赞许，任命他为工部侍郎。于休烈在朝中为官三十多年，担任过多个部门清贵显要之职，但家中却没一担积蓄。一直保持着正直俭朴的好品格，为人温文尔雅，喜怒从不显示在脸上，礼贤下士，对有为的年轻人大多是鼓励提拔。他虽位高权重，但工作勤奋，不知疲倦。他十分爱好读书，每天手中都拿着书。（出《谈宾录》）

李廙

尚书左丞李廙，有清德，其妹刘晏妻也。晏方秉权，尝造廙。延至寝室，见其门帘甚弊，乃令潜度广狭，以竹织成，不加缘饰，将以赠廙。三携至门，不敢发言而去。（出《国史补》）

郑絪

顺宗风噤不言，太子未立，牛美人有异志。上乃召学士郑絪于小殿，令草立储宫德音。絪搦管不请，而书“立嫡以长”四字，跪而呈上。顺宗深然之，乃定。（出《国史补》）

独孤郁

独孤郁，权相之子婿也。历掌内外纶诰，有美名。宪宗叹曰：“我女婿不如德舆女婿。”（出《国史补》）

赵逢

太傅致仕赵逢，仕唐及梁，薨于天成中。文字德行，风神秀异，号曰玉界尺。扬历台省，入翰林御史中丞，梁时同平章事。时以两登廊庙，四退丘园，缙绅仰之。（出《北梦琐言》）

李　廙

尚书左丞李廙为官廉洁，他的妹妹嫁给刘晏为妻。刘晏刚当官时，常去拜访李廙，他见李廙卧房的门帘十分简陋破旧，便暗中让人用竹子编织了一个门帘，边缘上没有做装饰，想着送给李廙。他三次带着门帘来，走到李廙家的门口，都没敢进去说明原因，最后还是带回自己家去了。（出《国史补》）

郑　絪

顺宗皇帝对立谁为太子的事不发表任何意见，牛美人对此有了个人想法。皇帝召郑絪到小殿，令他起草立太子的诏书。郑絪提起笔也不请示顺宗的旨意，就在纸上写下了“立嫡长子”四个大字，跪下呈给皇帝。顺宗皇帝深以为然，便就此确定了太子的人选。（出《国史补》）

独孤郁

独孤郁是当朝宰相李德舆的女婿，负责对皇帝诏书公文的管理，有很好的名誉。宪宗皇帝曾感慨：我的女婿比不上李德舆的女婿啊。（出《国史补》）

赵　逢

太傅赵逢，先后在唐朝和后梁两朝任职，于天成年间离世。他的文章达到了很高的造诣，品行高洁，被人们尊称为“玉界尺”，就是说选拔人才以他为评定的标准。在唐朝任尚书，入翰林任御史中丞，后梁时任中书门下平章事。历经两朝都出任朝廷要职，四次隐退田园，受到官员和贵族们的敬仰。（出《北梦琐言》）

讽谏

晏子

齐景公时，有一人犯众怒，令支解。曰："有敢救者诛。"晏子遂左手提犯者头，右手执刀，仰问曰："自古圣主明君，支解人从何而始？"公遽曰："舍之，寡人过也。"（出《独异志》）

优旃

秦优旃善为笑言，然合于道。始皇尝议欲大苑囿，东至函谷，西至陈仓。优旃曰："善。多纵禽兽于其中，寇贼从东方来，令麋鹿触之足矣。"始皇乃止。及二世立，欲漆其城。优旃曰："善。虽百姓愁费，然大佳哉。漆城荡荡，寇来不能上。即欲漆之，极易，难为荫室。"二世笑而止之。（出《启颜录》）

优旃侍始皇立于殿上。秦法重，非有诏不得辄移足。时天寒雨甚，武士被楯，立于庭中。优旃欲救之，戏曰："被楯郎，汝虽长，雨中立；我虽短，殿上幸无湿。"始皇闻之，乃令徙立于庑下。（出《独异志》）

东方朔

汉武帝欲杀乳母，母告急于东方朔。曰："帝怒而傍人言，益死之速耳。汝临去，但屡顾，我当设奇以激之。"乳母如其言。朔在帝侧曰："汝宜速去，帝今已大，岂念汝乳哺之时恩耶？"帝怆

讽谏

晏　子

齐景公时期，有人犯了众怒，齐景公命人将那人的四肢割下，还下令说："若是有敢为这个人求情的，或者是救他的，一并处死。"晏子左手提犯人的头发，右手提着刀，问齐景公："从古至今那些英明的君王，分割人的四肢这样的酷刑是从哪里开始的？"齐景公听完，立刻说："放了他，是我错了。"（出《独异志》）

优　旃

秦朝的优旃特别擅长讲笑话，而且讲的笑话都有一定的道理。秦始皇想在函谷关和陈仓县东西之间修建一座大型的猎园，专门饲养动物。优旃说："这是个好主意，把野兽多放些到园子里，如果有敌人从东方入侵，麋鹿用犄角就能把他们顶回去。"秦始皇听完便不再有如此想法。秦二世即位后，想给城墙刷上油漆。优旃说："没问题！就算会增加老百姓的负担，但这是件大好事，城墙刷上油漆后，看上去平坦宽广，敌人来了也爬不上来，马上就办，这又不是件难事。"秦二世只得笑着把这个计划取消了。（出《启颜录》）

优旃服侍秦始皇在大殿上站着。秦朝时律法严苛，没有命令，卫士们是禁止随便走动的。当时天寒地冻，外面又下着大雨，武士们站在院子里，身上披着铠甲。优旃想帮帮他们，便开玩笑道："身披铠甲儿郎，你们虽长得高大，却要在雨中站岗，我长得虽矮小，却在殿上不会被雨淋湿。"秦始皇听了，便令武士们转站到屋檐下。（出《独异志》）

东方朔

汉武帝想要把自己的奶妈杀了，奶妈赶紧请东方朔救救自己。东方朔说："皇帝正在气头上，再有人来劝，你只会死得更快。你只要在临刑时频频回头，我再想办法刺激他。"奶妈依东方朔的话做

然，遂赦之。（出《独异志》）

简雍

蜀简雍，少与先主有旧，随从周旋，为昭德将军。时天旱禁酒，酿者刑。吏于人家索得酿具，论者欲令与造酒者同罚。雍从先主游观，见一男子路中行，告先主曰："彼人欲淫，何以不缚？"先主曰："卿何以知之？"雍对曰："彼有婬具，与欲酿何殊？"先主大笑，而原舍酿者罪。（出《启颜录》）

斛斯丰乐

北齐高祖尝宴群臣，酒酣，各令歌乐。武卫斛斯丰乐歌曰："朝亦饮酒醉，暮亦饮酒醉。日日饮酒醉，国计无取次。"上曰："丰乐不谄，是好人也。"（出《谈薮》）

高季辅

唐高季辅切陈得失，太宗特赐钟乳一剂，曰："卿进药石之言，故以药石相报。"寻更赐金背镜一面，以表其清鉴。（出《谈宾录》）

了，临刑时东方朔在汉武帝旁边，对奶妈说："你赶紧去死吧，如今皇上已经成人了，你当初给他喂奶时的恩情他怎么早就忘记了？"汉武帝很是伤感，便下令将奶妈的死罪赦免了。（出《独异志》）

简雍

西蜀的简雍，和先主刘备从小关系就很好，后来一直追随左右，为昭德将军。一年，天大旱造成收成不好，刘备下达了禁喝酒和酿酒的命令，酿酒是要被判刑的。有一官员从百姓家中搜出酿酒的器具一套。负责主审的官员要把藏酿酒器具的人和造酒的人一并治罪。一天，简雍和先主一起去道观游玩，在路上看到一个男子。简雍指着那男子对先主说："这人要淫乱，为什么不下令把他抓起来？"先主说："你是怎么看出来的？"简雍回答道："他身上携带着淫乱的器官，这和想要酿酒的人有什么不同啊？"先主大笑，于是下令免了想酿酒的那个人的罪。（出《启颜录》）

斛斯丰乐

有一次，北齐高祖皇帝设宴招待文武百官，当酒喝到最为畅快时，高祖命人唱歌助兴。武卫士斛斯丰乐唱道："早上也喝醉酒，晚上也喝醉酒，天天都喝醉酒，商量国家大事的时间都没有。"高祖说："丰乐说的不是奉承话，是个正直的好人。"（出《谈薮》）

高季辅

唐朝的高季辅将国家现在实行政策的优势和劣势向皇帝进行讲解和分析，太宗皇帝特地把一块钟乳石赏给他，并说："你和我讲的话就像治病的药石一样，我便赏你药石作为回报。"又赏给他一面镜子，镜子的背面由金子做成，对他了不起的鉴别能力给予表扬。（出《谈宾录》）

李景伯

景龙中，中宗游兴庆池，侍宴者递起歌舞，并唱《下兵词》，方便以求官爵。给事中李景伯亦唱曰："回波尔时酒卮，兵儿志在箴规。侍宴已过三爵，喧哗窃恐非宜。"于是乃罢坐。（出《国史异纂》）

苏颋

玄宗时，以林邑国进白鹦鹉，慧利之性，特异常者。因暇日，以金笼饰之，示于三相，上再三美之。时苏颋初入相，每以忠谠励己，因前进曰："诗云，鹦鹉能言，不离飞鸟。臣为陛下，深以为志。"（出《松窗录》）

黄幡绰

唐玄宗问黄幡绰，是勿儿得怜？是勿儿，犹言何儿也。对曰："自家儿得人怜。"时杨妃宠极中宫，号禄山为子，肃宗在东宫，常危。上闻幡绰言，俯首久之。（出《因语录》）

李绛

宪宗时，中官吐突承璀有恩泽，欲为上立德政碑。碑屋已成，磨砻石讫，请宣索文。时李绛为翰林学士，奏曰："大人者，与天地合其德，日月合其明，无立碑纪美之事，恐取笑夷夏。"上深然之，遽命拆屋废石。承璀奏："碑屋用功极多，难便毁拆。"欲坚其请。上曰："急索牛拽倒。"其纳谏如此。（出《卢氏杂说》）

李景伯

景龙年间，中宗皇帝到兴庆池游玩。陪侍的官员争相跳舞，为了讨好皇帝，给自己求得加官晋爵，还唱下兵词。给事中李景伯唱道：“杯中的酒就如这池中的水，我有义务进行劝告。陪宴已经过了三巡。继续作乐恐怕不太合适了。”中宗于是结束了宴会。（出《国史异纂》）

苏 颋

唐玄宗时，林邑国进贡了一只白色的鹦鹉，非常聪慧伶俐。一天闲暇时，玄宗把白鹦鹉关进金笼，展示给三位宰相看，并对这只鹦鹉再三称赞。当时，苏颋刚当宰相不久，常要求自己忠诚正直，走上去对皇帝说：“诗里说，鹦鹉能模仿人说话，也脱离不了禽兽的本性。我认为陛下该将这两句诗牢记在心。”（出《松窗录》）

黄幡绰

唐玄宗问黄幡绰：“什么样的儿子让人觉得喜爱？”是勿儿，意为什么样的儿子？黄幡绰回答说：“自己家的儿子让人喜爱。”当时杨贵妃宠冠后宫，认安禄山为自己的义子，肃宗东宫太子的地位很不稳定。玄宗听完幡绰的话，低头沉思了好长时间。（出《因语录》）

李 绛

唐宪宗时，中官吐突承璀，因沐浴皇恩，想要立一座“德政碑”以对皇帝的政绩进行颂扬，碑屋建好，碑石也打磨好了，于是请皇帝下令征集碑文。李绛是当时的翰林学士，他对皇帝说：“品德高尚的人，功绩与天地同在，与日月同辉，无须立碑来记录自己的政绩，这样做只会被天下人耻笑。”皇帝认为他说得十分在理，立即下令拆掉碑屋，废弃石料。吐突承璀向皇帝说道：“建造碑屋花了很长时间，马上拆除不容易做到。”还是想坚持立碑的想法。宪宗皇帝下令道：“马上找牛把碑屋推倒。”皇帝如此诚恳而坚决地听取进了他人的意见。（出《卢氏杂说》）

卷第一百六十五　廉俭吝啬附

廉俭

陆　绩

吴陆绩为郁林郡守，罢秩，泛海而归。不载宝货，舟轻，用巨石重之。人号“郁林石”。（出《传载》）

齐明帝

齐明帝尝饮食，捉竹箸，谓卫尉应昭光曰：“卿解我用竹箸意否？”答曰：“昔夏禹衣恶，往诰流言。象箸豢腴，先哲垂诫。今睿情冲素，还风反古。太平之迹，唯竹箸而已。”（出《谈薮》）

甄　彬

齐有甄彬者，有器业。尝以一束苎，于荆州长沙西库质钱。后赎苎，于束中得金五两，以手巾裹之。彬得金，送还西库。道人大惊曰：“近有人以金质钱，时忽遽，不记录。檀越乃能见归，恐古今未之有也。”辄以金之半仰酬，往复十余，坚然不受。因咏曰：“五月披羊裘负薪，岂拾遗者也？”彬后为郫令，将行，辞太祖。时

廉俭

陆绩

吴陆绩做郁林太守，任期满后，走海路回家，没有金银财宝带，乘坐的船不够重，只能把一块大石头搬到船上压船，人们把这块石头称为“郁林石”。（出《传载》）

齐明帝

有一次，齐明帝吃饭拿着竹筷子，问卫尉应昭光：“你知道为什么我用竹筷子吗？”应昭光回答道：“当年夏禹穿的衣服也很普通，针对流言说，生活舒适，用象牙筷子，会腐化风气。这是古代贤人给我们的忠告，皇上如今能提倡节俭，发扬圣贤风骨，太平盛世，只有用竹筷子了。”（出《谈薮》）

甄彬

齐朝有个人叫甄彬，不但品德高尚而且才能卓越。他曾经把一束苎麻拿到荆州长沙西库作抵押换钱用，后来拿钱去赎苎麻，赎回后，在麻里发现了一条手巾包着的五两金子。甄彬把金子送还给西库。管理西库的和尚十分惊讶地说：“最近有人拿金子来抵押换钱。当时匆忙，忘记放到什么地方，施主拾到还能送回来，怕是从古至今

同列五人，上诫以廉慎。至于彬，独曰：“卿昔有还金之美，故不复以此诫也。”（出《谈薮》）

高 允

后魏高允字伯恭，燕太尉中郎韬之子。早有奇度，博通经史。神䴥中，与范阳卢玄、赵郡李灵、博陵崔鉴等，以贤俊之胄，同被诏征，拜中书侍郎领著作，与崔浩同撰书。及浩遇害，以允忠直不苟，特见原宥。性清俭，虽累居显贵，而志同贫贱。高宗幸其宅，唯草屋数间，布被缊袍，厨中盐菜而已。帝叹息曰：“古之清贫，岂有此乎？”赐之粟帛。（出《谈薮》）

崔 光

后魏自太和迁都之后，国家殷富，库藏盈溢，钱绢露积于廊庑间，不可校数。太后赐百官负绢，任意自量，朝臣莫不称力而去。唯章武王融与陈留侯李崇负绢过任，蹶倒伤踝。太后即不与之，令其空出。时人笑焉。侍中崔光止取两匹。太后问曰：“侍中何少？”对曰：“臣有两手，唯堪两匹，所获多矣。”朝贵服其清廉。（出《洛阳伽蓝记》）

前所未有的事。”于是要拿一半金子给他作酬谢，两人来来回回推辞了十多次，甄彬坚决不接受。和尚为此大为赞叹：“五月天穿着皮袄背柴草的人，竟然是拾金不昧的君子！”甄彬后来被任命为郫县县令，在上任之前，前去向太祖皇帝辞行，同去的有五位官员。太祖皇帝告诫大家，以后一定要保持廉洁，唯独对甄彬说：“你素有还金的美名，这些话对你我就不用再叮嘱了。”（出《谈薮》）

高允

北魏高允，字伯恭，是燕太尉中郎韬的儿子。从小他就胸怀宽广，熟读经史。神麝年中，他与范阳卢玄、赵郡李灵、博陵崔鉴等人，以才德出众的世系被被朝廷录用，高允被任命为中书侍郎领著作，和崔浩一起撰写书籍。后来崔浩遇害，高允因素来忠诚正直，被宽恕。高允一直以来清廉俭朴，一生多次担任要职，但一直保持和贫贱时一样。皇帝到他家里，见他家只有草房几间，布棉被几床，半新的袍子几件，厨房里也只有咸菜。皇帝感叹着说：“从古至今再清贫的官员也不过如此了。”于是便赏了一些布匹和粮食给他。（出《谈薮》）

崔光

北魏太和年间迁都后，国家富裕了。国库都快装不下那些物品了，钱币和布匹，堆在走廊和房屋间的露天空地上，多到无法对这些东西进行清点。于是太后便想着把多余的布匹赏给百官，每人按自己的力气去取。官员们依自己的能力拿上布匹回家去了。只有章武王融和陈留侯李崇，因拿得太多而摔倒把踝骨扭伤了。太后便不把布匹赏给他们两人了，让他俩空手而回，人们对他们耻笑不已，侍中崔光就拿了两匹布，太后问他：“为何侍中拿这么少？”崔光答道：“我就两只手，只能拿两匹，已经足够了。”朝中官员对他的清正廉洁深表敬佩。（出《洛阳伽蓝记》）

长孙道生

司空上党王长孙道生，代人，性忠谨俭素。虽为三公，而居处卑陋。出镇之后，子颇加修葺。及还叹曰：“吾为宰相，无以报国，负乘是惧。昔霍去病以匈奴未灭，无用宅为。今强寇尚游魂漠北，吾岂可安坐华美乎？”乃令毁之。时人比之晏婴焉。（出《谈薮》）

唐玄宗

肃宗为太子时，常侍膳。尚食置熟俎，有羊臂臑，上顾使太子割。肃宗既割，余污漫在手，以饼洁之，上熟视不怿。肃宗举饼啖之，上甚悦。谓太子曰：“福当如是爱惜。”（出《柳氏史》）

肃 宗

韩择木奏贺肃宗节俭，妓乐无绮绣之饰，饮食无珍馐之具。上因出衣袖以示之，曰：“朕此三浣矣。”（出《谭氏史》）

卢怀慎

唐卢怀慎，清慎贞素，不营资产。器用屋室，皆极俭陋。既贵，妻孥尚不免饥寒。而于故人亲戚，散施甚厚。为黄门侍郎，在东都掌选事，奉身之具，才一布囊耳。后为黄门监，兼吏部尚书。卧病既久，宋璟、卢从愿常相与访焉。怀慎卧于弊箦单席，门无帘箔，每风雨至，则以席蔽焉。常器重璟及从愿，见之甚喜，留连

长孙道生

代国人司空上党王——长孙道生，为人忠诚、谨慎、勤劳、朴素，虽位居三公，然而住宅十分简陋。他办理公务离开京城后，儿子将住宅进行翻修。长孙道生回来后感叹：“我身为当朝宰相，没有为国家做出贡献，担任如此重任实在惭愧。从前的汉朝名将霍去病曾说，没有消灭匈奴，便不修建府宅。如今敌人还在我国的沙漠一带出没，我又如何能享受这安逸舒适的宅院呢？”于是命人将新修的都拆除。当时人们把他比作春秋时的齐国大夫晏婴。（出《谈薮》）

唐玄宗

唐肃宗还是东宫太子时，常陪玄宗皇帝用餐。一次，御膳房备了熟肉，还有熟羊腿。玄宗皇帝让肃宗把羊腿分割开，肃宗把羊腿割开，又用饼将手上的羊油擦下，皇帝看了有些不高兴。直到肃宗擦完手将饼吃了，皇帝才满意地对肃宗说：“我们应该珍惜幸福的生活。”（出《柳氏史》）

肃　宗

韩择木因肃宗皇帝勤俭节约上书进行夸赞，歌女舞伎们表演时也没有漂亮华丽的服装和首饰，山珍海味也没有吃的。为此，皇帝把自己的衣袖伸出来给他看，道：“朕的这件龙袍都洗了三次了。”（出《谭氏史》）

卢怀慎

唐朝卢怀慎，为官清正、廉洁，从不敛财，住的房子和家中的陈设都十分简陋。就算当了大官身份高贵了，妻儿还是免不了有挨饿受冻的时候，而对亲戚朋友出手又十分阔绰。他任黄门侍郎时，在东都负责对官吏进行考核选拔的重要公务，随身行李仅有布口袋一只。后来他在任黄门监兼吏部尚书时，有很长一段时间卧病在床。宋璟和卢从愿常去探望他。卢怀慎躺在一张薄薄的破竹席上，连门帘也永日，命设食。有蒸豆两瓯，菜数茎而已。此外翛然无办。因持二人手谓曰：“二公当出入为藩辅，圣上求理甚切，然享国岁久，近者稍倦于勤，当有小人乘此而进。君其志之。”不数日而终。疾既笃，因手疏荐宋璟、卢从愿、李杰、李朝隐。上览其表，益加悼惜。既殁，家无留储，唯苍头自鬻，以给丧事。上因校猎于城南，望墟落间，环堵卑陋，其家若有所营，因驰使问焉。还白：“怀慎大祥，方设斋会。”上因为罢猎。悯其贫匮，即以缣帛赠之。（出《明皇杂录》）

又云：卢怀慎无疾暴卒。夫人崔氏，止其儿女号哭。曰：“公命未尽，我得知之。”公清俭而洁廉，蹇进而谦退。四方赂遗，毫发不留。与张说同时为相，今纳货山积，其人尚在。而奢俭之报，岂虚也哉！及宵分，公复生。左右以夫人之言启陈。怀慎曰：“理固不同。冥司有三十炉，日夕为说鼓铸横财。我无一焉，恶可并哉！”言讫复绝。（出《独异志》）

李勉

天宝中，有书生旅次宋州。时李勉少年贫苦，与一书生同店。而不旬日，书生疾作，遂至不救。临绝语勉曰：“某家住洪州，将于北都求官。于此得疾且死，其命也。”因出囊金百两遗勉，曰：“某没有，每次遇上刮风下雨，只得用席子来遮挡。卢怀慎一直以来对宋璟和卢从愿都很看重，见他们两人前来了，特别开心，挽留二人多待些时间，并令家人准备饭菜，上桌的饭菜也就两瓦盆蒸豆和几根青菜而已，此外便没有其他菜了。卢怀慎紧握着宋璟、卢从愿的手，语重心长地说道："你们两人应该去做官治理国家，一直以来，皇帝求贤若渴。只是在位时间太长，皇帝的近臣们会稍有懈怠，小人会乘机接近讨好，你们二人千万记得。"没几天，卢怀慎就死了。卢怀慎在病危时，写了一封奏章，向皇帝举荐了宋璟、卢从愿、李杰和李朝隐等人。皇帝看了奏章后，对他的死深表惋惜。卢怀慎被安葬时，因没有积蓄，只令一位老仆给协助办丧事的人煮了锅粥吃。皇帝到城南打猎，看到一片很是破旧的房舍间，其中一户人家正在简陋的院子里举行什么仪式，于是派人前去询问，那人回来回禀道："那个院子里正在举行卢怀慎大人两周年的祭礼，在吃斋饭。"皇帝停止打猎，并怜悯卢怀慎家中竟如此贫穷，于是派人给他家中送去一些布匹。（出《明皇杂录》）

还有另一种记载：卢怀慎是突然身亡，不是病死的。他的夫人崔氏禁止女儿啼哭，并对儿女说："你们的父亲没死，我知道。"你们父亲为官清正廉洁，从不争名夺利，为人谦虚谨慎，各地官员百姓送东西给他，他从来不收。与张说同时称相，张说收到的钱物堆积如山，都还没死，奢侈、勤俭的报应难道还有假？到了晚上，卢怀慎竟然活了过来，身边人把夫人那些话告诉了他，卢怀慎说："道理固然不同。阴间冥司设了三十座火炉，用烧烤的酷刑日夜不停地惩罚那些收取不义之财的人，而那里没有一座是用来惩罚我的，在阴间我的罪过全都免除了。"说完这话又死了。（出《独异志》）

李勉

天宝年间，有个书生住在宋州一家旅店，年轻时的李勉也不富有，和这位书生住在同一家旅社，不到十天时间，书生染了重病，医治不好，临死前对李勉说："我老家在洪州，原是准备去北都谋求个之仆使，无知有此者，足下为我毕死事，余金奉之。”勉许为办事，余金乃密置于墓中而同葬焉。后数年，勉尉开封，书生兄弟赍洪州牒来，而累寻生行止。至宋州，知李为主丧事，专诣开封，诘金之所。勉请假至墓所，出金付焉。（出《尚书谭录》）

杜黄裳

李师古跋扈，惮杜黄裳为相，未敢失礼。乃命一干吏，寄钱数千缗，并毡车子一乘，亦近直千缗。使者未敢遽送，乃于宅门伺候累日。有绿舆自宅出，从婢二人，皆青衣褴褛。问何人，曰：“相公夫人。”使者遽归，以白师古。师古乃折其谋，终身不敢失节。（出《幽闲鼓吹》）

阳 城

阳道州城，未尝有蓄积，唯所服用不可阙者。客称某物可佳可爱，阳辄喜，举而授之。有陈苌者，候其出始请月俸。常往称其钱帛之美，月有获焉。（出《传载》）

城之为朝士也，家苦贪，常以木枕布衾，质钱数万，人争取之。（出《传载》）

一官半职的，没想到竟在半路就身染重病，要死在这儿了，或许这就是上天的旨意！”说完，书生从口袋里拿出一百两黄金，把它交给李勉说：“我的下人并不知道我带了这么多金子，你拿着它为我料理后事，余下的金子全都送你了。”李勉把他安葬好，而余下的金子也随书生一起掩埋了。多年以后，李勉当了开封县尉。书生的哥哥打听到书生和金子的下落，到了宋州，知晓书生的后事是由李勉操办的，于是专程赶到开封，打听金子去了哪里。李勉特意请假到书生的坟墓前，将金子取出给了书生的哥哥。（出《尚书谭录》）

杜黄裳

李师古为人专横暴戾，欺上压下，唯独在面对宰相杜黄裳时却有所顾忌，不敢失礼，他曾令一位能干的下属，备下几千贯钱，还有一辆豪华的车子，车子就值上千贯，想把这些一起送给杜黄裳。下属没有马上送去，而是到杜黄裳门外观察了好几天，一天，下属看见一顶绿色的轿子从宅院里抬出，轿子后面跟着两个婢女，婢女穿着十分破旧的黑衣服。下属向旁边的打听，问轿子里坐的是什么人，那人回答说：“是宰相夫人。”下属赶紧回去，将情况禀告给了李师古。李师古便再也不贿赂杜黄裳，终其一生不敢对杜黄裳不敬。（出《幽闲鼓吹》）

阳　城

道州有个名唤阳城的人，家中虽没有积蓄，却也吃穿不愁。如果他家的门客说看上了什么东西，他都高兴地拿钱送给门客，让门客去买。有个叫陈苌的门客，常常等他出来时向他要当月的生活费，一般都能从他那里拿到钱财，每个月都有收获。（出《传载》）

阳城身为朝廷官员，家中并不富有，常把木枕和棉被拿出来换钱，能换几万文，人们都抢着买。（出《传载》）

郑余庆

郑余庆清俭有重德。一日，忽召亲朋官数人会食，众皆惊。朝僚以故相望重，皆凌晨诣之。至日高，余庆方出。闲话移时，诸人皆嚣然。余庆呼左右曰："处分厨家，烂蒸去毛，莫拗折项。"诸人相顾，以为必蒸鹅鸭之类。逡巡，舁台盘出，酱醋亦极香新。良久就餐，每人前下粟米饭一碗，蒸胡芦一枚。相国餐美，诸人强进而罢。（出《卢氏杂说》）

郑 澣

郑澣以俭素自居。尹河南日，有从父昆弟之孙自覃怀来谒者，力农自赡，未尝干谒。拜揖甚野，束带亦古。澣子之弟仆御，皆笑其疏质，而澣独怜之。问其所欲，则曰："某为本邑，以民侍之久矣，思得承乏一尉，乃锦游乡里也。"澣然之。而澣之清誉重德，为时所归。或书于郡守，犹臂之使指也。郑孙将去前一日，召甥侄与之会食。有蒸饼，郑孙去其皮而后食之，澣大嗟怒。谓曰："皮之与中，何以异也？仆尝病浇态讹俗，骄侈自奉，思得以还淳反朴，敦厚风俗。是犹怜子力田弊衣，必能知艰于稼穑，奈何嚣浮甚于五侯家绮纨乳臭儿耶？"因引手请所弃者。郑孙错愕失据，器而奉之。澣尽食之，遂揖归宾闼，赠五缣而遣之。（出《阙史》）

郑余庆

郑余庆，为人清正俭朴，品行高洁。有一次，他突然邀请一些和他关系还不错的官员来吃饭，这些人都觉得很奇怪。但他威望高，别人对他都特别尊敬，在凌晨时就赶到了。直到太阳高高挂在天上时，郑余庆才来，又和大家闲扯了很长时间，直到那些人都有些着急和不耐烦了，郑余庆才对仆人说："去和厨师们说，一定要蒸软除毛，千万别把脖子折断了。"大家互相交换眼色，想着肯定是清蒸鹅、鸭这类的大菜。一会儿，等摆好桌子，放上餐具，新鲜香美的酱和醋也上了桌。到吃饭时，每人面前仅有一碗米饭和一个蒸葫芦。宰相本人吃得十分香，客人却只能勉为其难往下咽。（出《卢氏杂说》）

郑　澣

郑澣一直以来以勤俭朴素自居，他出任河南尹时，叔父兄弟的孙子从覃怀来找他。这个孩子以前一直在家务农，没有见过世面，也不懂礼节，身上穿的衣服式样也不时尚，郑澣的儿子、仆人都嘲笑他粗俗。唯有郑澣对他生出怜悯之心，问他："你想要什么？"回答说："我在老家就是个小百姓，我想当县尉，这样的话便能衣锦还乡了。"郑澣答应了。郑澣为官以来一直都对自己清廉的名声很重视，为了此事，给郡守写了信，这对他来说就如同胳膊带手指一样不是难事。他的孙子即将上任的前一天，郑澣叫这个孙子还有外甥、侄子一家人坐到一起吃饭。桌上有蒸饼，这个孙子把饼皮剥掉，只吃里面的瓤。郑澣看了后又惋惜又生气，和他说："皮和瓤能有什么区别？你竟然有这般轻浮狡诈的个性，如此奢侈浪费，你应该保持你农人淳朴的好习惯，我见你在家乡穿破衣服出力务农，以为你能体会到种庄稼的不易，没想到你比诸侯贵族家的纨绔子弟还要轻浮奢侈。"说完，让他把刚才扔掉的饼皮捡起。这个孙子吓得不轻。于是把饼皮捡起来后递给郑澣，郑澣把这些全都吃了。然后送了一些布匹给他，打发他回家乡去了。（出《阙史》）

文 宗

文宗命中使宣两军中尉及诸司使内官等，不许着纱縠绫罗巾。其后驸马韦处仁见，巾夹罗巾以进。上曰："本慕卿门户清素，故俯从选尚。如此巾服，从他诸戚为之，卿不须为也。"（出《卢氏杂说》）

夏侯孜

夏侯孜为左拾遗，尝着绿桂管布衫朝谒。开成中，文宗无忌讳，好文。问孜衫何太粗涩，具以桂布为对，此布厚，可以欺寒。他日，上问宰臣："朕察拾遗夏侯孜，必贞介之士。"宰臣具以密行，今之颜冉。上嗟叹久之，亦效著桂管布。满朝皆仿效之，此布为之贵也。（出《芝田录》）

裴 坦

杨收、段文昌皆以孤进贵为宰相，率爱奢侈。杨收女适裴坦长子，资装丰厚，什器多用金银。而坦尚俭，闻之不乐。一日，与其妻及儿女宴饮，台上用楪盛果实，坦欣然，既视其器内，有以犀为饰者，坦盛怒，遽推倒茶台，拂袖而出。乃曰："破我家也。"他日，收果以纳赂，竟至不令。宜哉！（出《北梦琐言》）

温 琏

幽州从事温琏，燕人也，以儒学著称，与瀛王冯道幼相善。曾经兵乱，有卖漆灯椸于市者，琏以为铁也，遂数钱买之。累日，家

文宗

文宗皇帝命中使通知两军中尉及诸司使内官员，严禁戴贵重的纱縠绫罗头巾。命令下达后，驸马韦处仁来朝见皇帝，头上戴着昂贵的头巾。皇帝对他说："因为你家家风正直朴素，才选你为驸马。像这种昂贵的头巾和服饰，别的亲戚可以穿戴，你不行。"（出《卢氏杂说》）

夏侯孜

夏侯孜为左拾遗时，曾经穿着桂郡产的绿色粗布衣去拜见皇帝。开成年间，文宗皇帝没有很多规矩，只爱好文学。他问夏侯孜，为什么他穿的衣服那么低劣粗糙，夏侯孜回皇帝，这是桂郡产的粗布。这种布厚，御寒好。几天后，皇帝对宰相说："我觉得左拾遗夏侯孜一定是正直可靠之人。"于是宰相对夏侯孜的言行进行了调查，称赞夏侯孜是当今的颜冉。皇帝感叹良久，也穿桂郡产粗布做成的衣物，于是满朝官员都开始仿效，为此，这种粗布价格比之前抬高了。（出《芝田录》）

裴坦

杨收与段文昌都是当朝宰相，两人都喜好过豪华舒适的日子。杨收的女儿嫁给裴坦的大儿子，陪嫁了非常丰厚的财物，日常用具都是用金银做成的。而裴坦又是个提倡节俭的人，知道后相当不高兴。一天，裴坦和妻儿一起用餐，桌上的水果用碟子装着，裴坦觉得不错。可当他看到碟子有用犀角做的装饰时，大怒，一下把桌子都推倒了，拂袖而去。边走边骂："这是在败坏我家的家风啊！"后来，杨收因收受贿赂不得善终。这也是天意啊！（出《北梦琐言》）

温琏

幽州从事温琏，燕国人，以研究儒学而为人称赞，他与瀛王冯道幼年时关系很好。在兵荒马乱时，有人在集市上卖涂了一层漆的人用然膏烛，因拂试，乃知银也。大小观之，靡不欣喜。唯琏悯然曰：“非义之物，安可宝之。”遂访其卖主而还之。彼曰：“某自不识珍奇，鬻于街肆。郎中厚加酬直，非强买也，不敢复收。”琏固还之，乃拜受而去。别卖四五万，将其半以谢之。琏终不纳，遂施于僧寺，用饰佛像，冀祝琏之寿也。当时远近罔不推服，以其有仁人之行。后官至尚书侍郎卒。（出《刘氏耳目记》）

仲庭预

旧蜀嘉王召一经业孝廉仲庭预，令教授诸子。庭预虽通坟典，常厄饥寒。至门下，亦未甚礼。时方凝寒，正以旧火炉送学院。庭预方独坐太息，以箸拨灰。俄灰中得一双金火箸，遽求谒见王。王曰：“贫穷之士见吾，必有所求。”命告庭预曰：“见为制衣。”庭预白曰：“非斯意。”嘉王素乐神仙，多采方术，恐其别有所长，勉强而见。庭预遽出金火箸，陈其本末。王曰：“吾家失此物已十年，吾子得之，还以相示，真有古人之风。”赠钱十万，衣一袭，米麦三十石。竟以宾介相遇，礼待甚厚，荐授荣州录事参军。（出《玉溪编事》）

灯架。温琏以为是铁的，就拿钱买了。几天后，家人用灯架点蜡烛，在擦拭时发现这个灯架是用银制的。家人看了之后，都十分高兴。只有温琏不以为然道："这是不义之财，怎么能当宝贝呢？"于是他找到卖灯架的人，把灯架还回去。卖主说："我根本都不知道它是银的，拿到集市上卖，你给了钱的，又不是强买去的，我是不敢收回来的。"温琏坚持还他，卖主表示感谢，然后把灯架拿到别的地方卖了四五万文钱。要把一半的钱给温琏当是酬谢。温琏坚决不收，卖主便将钱敬献到佛寺，用来装点佛像，并祝温琏长寿。远近的人们都佩服温琏讲仁义，温琏死前已经官至尚书侍郎了。（出《刘氏耳目记》）

仲庭预

旧蜀嘉王找到一个名叫仲庭预的人，此人学识渊博，忠孝廉洁。请他来给几个儿子教授课业。仲庭预虽熟读古书，却家中依旧贫寒，经常挨饿受冻。到嘉王家里，一开始嘉王对他并没很恭敬。当时天气转冷，嘉王派人把旧火炉送到学堂给仲庭预取暖。仲庭预坐在炉子旁边休息，用铁筷子拨炉子里的灰，从炉灰里发现一双金制的火筷子。于是他马上去求见嘉王，嘉王说："穷困的读书人来找我，肯定是要求我办什么事。"让人转告仲庭预说："正在为他裁制新衣服。"仲庭预辩白道："我不是这个意思。"嘉王一直以来都想得道成仙，长期以来多方寻求长生不老的法子，以为仲庭预有其他特殊的本事，勉强见了他。仲庭预拿出金筷子，把是怎么发现的讲述了一遍。嘉王说："这双金火筷子丢了已经十年了，你今天得到后还能送还，真有古君子之风！"随后，他赏给仲庭预十万文钱，一套衣服，三十石米麦。从此以后，待仲庭预如贵宾，后来又举荐仲庭预为荣州录事参军。（出《玉溪编事》）

吝啬

汉世老人

汉世有人，年老无子，家富，性俭啬。恶衣蔬食，侵晨而起，侵夜而息，营理产业，聚敛无厌，而不敢自用。或人从之求丐者，不得已而入内，取钱十，自堂而出，随步辄减。比至于外，才余半在。闭目以授乞者。寻复嘱云："我倾家赡君，慎勿他说，复相效而来。"老人俄死，田宅没官，货财充于内帑矣。（出《笑林》）

沈峻

吴沈峻，字叔山，有名誉而性俭吝。张温使蜀，与峻别。峻入内良久，出语温曰："向择一端布，欲以送卿，而无粗者。"温嘉其无隐。又尝经太湖岸上，使从者取盐水。已而恨多，敕令还减之。寻亦自愧曰："此吾天性也。"又说曰，姚彪与张温俱至武昌，遇吴兴沈珩。守风粮尽，遣人从彪贷盐一百斛。彪性峻直，得书不答，方与温谈论。良久，呼左右："倒百斛盐著江中。"谓温曰："明吾不惜，惜所与耳。"沈珩弟峻，有名誉而性俭吝。（出《笑林》）

李崇

后魏高阳王雍，性奢豪，嗜食味，厚自奉养，一食必以数万钱为限，海陆珍羞，方丈于前。陈留侯李崇谓人曰："高阳一食，敌

吝啬

汉世老人

汉朝有个老头，没有儿子。家中非常富有，可他为人又十分节俭吝啬，吃穿都非常简单节约。每天天不亮起床，直到半夜才睡觉，用心经营着自己的产业，积攒钱财从不满足，自己也舍不得花钱。若是有人向他行乞，他又推辞不掉时，便到屋里取十文钱往外走，边走边减少送人钱的数目，走到门口时便只剩一半了。他无比心疼地闭着眼睛把钱交给乞丐。再三叮嘱说："我把家里的钱全都拿来给你了，你可千万不要对其他乞丐说。到时乞丐们都来找我要钱。"不久，老头死了。他的田地房屋被官府没收，钱财则全数上缴了国库。（出《笑林》）

沈峻

吴国的沈峻，字叔山。他因生性吝啬而声名在外。张温出使蜀国，临行前来向沈峻辞行，沈峻走到里屋很长时间，出来后对张温说："我原想找一块布料送你，但找了半天却没有找到一匹粗布。"张温称赞他诚实坦诚。一次沈峻路经太湖岸边，叫随从取盐水。过了一会儿他觉得多了，叫人逐渐减少。他自责道："我天性就是如此啊！"还有人说，姚彪和张温两人到武昌，与吴兴的沈珩遇上了，等候适合航行的风势时，粮食吃完了，派人向姚彪借一百斛。姚彪性格耿直，接到前来借盐的书信后并没有马上回复，接着和张温讲话。过了好久，才对左右的人说："倒一百斛盐到江中。"又向张温解释道："我并不是可惜盐，我可惜的是要把盐借给他。"沈珩的弟弟沈峻很有名，但是他天性吝啬。（出《笑林》）

李崇

后魏高阳王雍，为人大方豪爽。酷爱美食，生活十分奢侈，每顿饭花销费用得几万文钱，满桌子都是山珍海味。陈留侯李崇对人说：

我千日。”崇为尚书令仪同三司，亦富倾天下，僮仆千人，而性多俭吝，恶衣粗食，食常无肉，止有韭茹、韭菹。崇家客李元祐语人云：“李令公一食十八种。”人问其故。元祐曰：“二韭十八。”闻者大笑。（出《洛阳伽蓝记》）

南阳人

南阳有人，为生奥博，性殊俭吝。冬至日，女婿谒之，乃设一铜瓶酒，数脔獐肉。婿恨其单率，一举尽之。主人愕然，俯仰命益，如此者再。退而责其女曰：“某郎好酒，故汝常贫。”及其死后，诸子争财，逐兄杀之。（出《颜氏家训》）

夏侯处信

唐夏侯处信为荆州长史，有宾过之。处信命仆作食，仆附耳语曰：“溲几许面？”信曰：“两人二升即可矣。”仆入，久不出。宾以事告去，信遽呼仆。仆曰：“已溲讫。”信鸣指曰：“大异事！”良久乃曰：“可总燔作饼，吾公退食之。”信又尝以一小瓶贮醯一升，自食，家人不沾余沥。仆云：“醋尽。”信取瓶合于掌上，余数滴，因以口吸之。凡市易，必经手乃授直。识者鄙之。（出《朝野佥载》）

柳 庆

广州录事参军柳庆，独居一室。器用食物，并致卧内。奴有私取盐一撮者，庆鞭之见血。（出《朝野佥载》）

"高阳王雍一顿饭钱，顶得上我千日的花销了。"李崇官拜尚书令仪同三司，也是天下少有的富裕人了，家中的书童、仆人有一千人之多，可他为人吝啬小气，吃穿方面都很节约俭朴。他不常吃肉，平常都是吃炒韭菜或腌韭菜。李崇的食客李元祐对人说："李崇每顿饭都吃十八个菜。"人们问都有哪些菜。李元祐说："二韭十八啊！"听的人都大笑。（出《洛阳伽蓝记》）

南阳人

南阳有个人，生来就十分富有，可是却十分小气。冬至，他女婿来了，他仅备了一铜瓶酒，几片獐子肉。女婿埋怨他准备那么少量的酒和简单的食物来招待他，于是端起铜瓶一仰而尽。他很惊讶，没办法只好又倒一瓶酒，如此这般他添了好几次酒。事后责备女儿道："你丈夫好喝酒，才导致你们家穷的。"他死后，他的几个儿子为了争夺家产把哥哥杀了。（出《颜氏家训》）

夏侯处信

夏侯处信为荆州长史，家中来了客人，夏侯处信令仆人前去准备饭菜。仆人趴在他耳朵旁问："和多少面？"夏侯处信说："两个人二升就够了。"仆人进去和面，很长时间都没有出来。因为有事客人就先走了，夏侯处信急忙喊仆人。仆人说："面和完了。"夏侯处信生气地指责着仆人说："真是奇怪。"过了一会儿又说："全都烤成饼，我办完公事后回来吃。"夏侯处信用一个瓶子装了一升醋，只自己吃，家里人一滴都吃不到。仆人说："没醋了。"夏侯处信便把瓶子倒扣到手掌上，控出几滴，然后用嘴全都吸进去。上街买东西，必须是他亲自付钱，认识他的人都十分鄙视他。（出《朝野佥载》）

柳　庆

广州录事参军柳庆，他单独住一个房间，用的东西和食物都放在卧室，有个仆人进去拿了他一小撮盐，柳庆发现后用鞭子把仆人

夏侯彪

夏侯彪，夏月食饮生虫，在下未曾历口。尝送客出门，奴盗食脔肉。彪还觉之，大怒，乃捉蝇与食，令呕出之。（出《朝野佥载》）

郑仁凯

郑仁凯为密州刺史，有小奴告以履穿。凯曰："阿翁为汝经营鞋。"有顷，门夫着新鞋者至，凯厅前树上有鸳啄木鸟。窠，遣门夫上树取其子。门夫脱鞋而缘之，凯令奴著鞋而去。门夫竟至徒跣。凯有德色。（出《朝野佥载》）

邓 祐

安南都护邓祐，韶州人，家巨富。奴婢千人，恒课口腹自供，未曾设客。孙子将一鸭私用，祐以擅破家资，鞭二十。（出《朝野佥载》）

韦 庄

韦庄颇读书，数米而炊，秤薪而爨，炙少一脔而觉之。一子八岁而卒，妻敛以时服。庄剥取，以故席裹尸。殡讫，擎其席而归。其忆念也，呜咽不自胜，唯悭吝耳。（出《朝野佥载》）

抽得浑身是血。（出《朝野佥载》）

夏侯彪

有个叫夏侯彪的人，夏天吃食都长了虫子，他却一口都没吃过。但在他送客出门时，仆人偷吃了一块肉，被他发现后气得捉来苍蝇喂给仆人吃，非让仆人把吃的肉呕吐出来。（出《朝野佥载》）

郑仁凯

郑仁凯为密州刺史，有个年纪小的仆人说自己的鞋子已经磨破了。郑仁凯说："让我给你找双鞋。"不一会儿，看门人正好穿了一双新鞋朝他走来，郑仁凯厅前的树上刚好有一窝啄木鸟，他便叫看门人去树上把小啄木鸟掏了。等看门人脱鞋爬到树上，郑仁凯便让小仆人把看门人的鞋穿走。看门人从树上下来后，只能光着脚走了。可郑仁凯脸上却露出那种有恩于他人的得意神态。（出《朝野佥载》）

邓祐

安南都护邓祐，韶州人，家中十分富有，奴婢就有上千人。好吃的都只留给自己吃，家中来了客人也不拿出来。他的孙子偷偷吃了一只鸭子，邓祐以擅自破坏家产的罪名进行了处置。打了孙子二十鞭。（出《朝野佥载》）

韦庄

韦庄是个读了很多书的有学识的人，但他连做饭都要数米粒下锅，称柴烧火。烤熟的肉如果少了一片，他立马就能发现。他的一个儿子八岁的时候死了，妻子准备让儿子穿平时衣服下葬，可韦庄却把衣服脱下。用旧席子将尸体裹了出去，掩埋后又把席子拿回了家。他想儿子时会大哭不止，只是太过小气了。（出《朝野佥载》）

王叟

天宝中，相州王叟者，家邺城。富有财，唯夫与妻，更无儿女。积粟近至万斛，而夫妻俭啬颇甚，常食陈物，才以充肠，不求丰厚。庄宅尤广，客二百余户。叟尝巡行客坊，忽见一客方食，盘餐丰盛，叟问其业。客云："唯卖杂粉香药而已。"叟疑其作贼，问："汝有几财而衣食过丰也？"此人云："唯有五千之本，逐日食利，但存其本，不望其余。故衣食常得足耳。"叟遂大悟，归谓妻曰："彼人小得其利，便以充身，可谓达理。吾今积财巨万，而衣食陈败，又无子息，将以遗谁？"遂发仓库，广市珍好，恣其食味。不数日，夫妻俱梦为人所录，枷鏁禁系，鞭挞俱至，云："此人妄破军粮。"觉后数年，夫妻并卒。官军围安庆绪于相州，尽发其廪，以供军焉。（出《原化记》）

王锷

王锷累任大镇，财货成积。有旧客，谕以积而能散之义。后数日，复见锷。锷曰："前所见戒，诚如公言，已大散矣。"客请问其名，锷曰："诸男各与万贯，女婿各与千贯矣。"（出《国史补》）

裴璩

裴司徒璩，性靳啬。廉问江西日，凡什器图障，皆新其制，闲屋贮之，未尝施用。每有宴会，即于朝士家借之。（出《北梦琐言》）

王叟

天宝年间，相州有一王姓老头，住在邺城，非常有钱，家中只有夫妻二人，没有儿女。王老头家里积攒了差不多上万斛的粮食，可老两口却生活得十分节俭，常以剩饭剩菜充饥。他的庄园里有很多间房屋，佃户有两百多家。一天，王老头散步到一家旅店，发现一个客人正在那儿吃饭，桌子上的饭菜非常丰盛。王老头问客人是以什么为生的，客人回答道："自己只是卖杂粉香药的。"老头却怀疑他是做贼的，又问他说："你有多少钱，吃穿都这样好？"这人说："我就五千文本钱而已，每天吃掉利钱，留本钱不动，没想过要积攒太多钱。因此吃穿方面都很好。"王老头深受启发。回家后对妻子说："他只用那么少的利钱，就能生活得那么好，可以说活得很通透。我们积攒了好几万的财务，可吃穿都不好，又无儿女，将来这些都留给谁？"于是他打开仓库，挑好的用，大吃大喝起来。没过几天，夫妻二人做了同一个梦，两人梦见自己被人抓起来。被戴上枷锁，遭受鞭打，有人说："这人竟敢糟蹋军粮。"几年后，夫妻同时死去。朝廷军队围困安庆绪在相州，王老头的粮仓被打开，里面的粮食也被充作了军粮。（出《原化记》）

王锷

王锷连续几任都是镇守一方的大员，积攒了很多财富。有一位老友和他说，把多余的钱拿去救济别人。过了几天老友再次遇到王锷。王锷对他说："你上次劝我的话，我都照做了，把大部分钱财都拿去接济他人了。"这位老友问王锷："你都接济了哪些人？"王锷说："我的几个儿子每人一万贯，女婿每人一千贯。"（出《国史补》）

裴璩

司徒裴璩，为人十分抠门小气，他察访江西时，家中的各种器具是全新的，他却都放在屋里存放起来。每次家中宴请客人，他不用家中的餐具桌椅，而是借其他官员家里的来用。（出《北梦琐言》）

归 登

归登尚书，性甚吝啬。常烂一羊脾，旋割旋啖，封其残者。一日，登妻误于封处割食，登不见元封，大怒其内。由是没身不食肉。登每浴，必屏左右。或有自外窥之，乃巨龟也。（出《北梦琐言》）

归登

尚书归登十分吝啬，经常煮一个羊脾，自己一边割一边吃，没吃完的都存起来。有一天，他的妻子把羊脾割下一点吃，他发现封记不见了，于是对妻子大发脾气，此后，他舍不得吃一丁点肉。每次归登洗澡，都会命左右退下。有人从外偷看，发现他原来是一只大乌龟。（出《北梦琐言》）

卷第一百六十六　气义一

鲍子都　杨　素　郭元振　狄仁杰　敬昭道　吴保安

鲍子都

魏鲍子都，暮行于野，见一书生，卒心痛。子都下马，为摩其心。有顷，书生卒。子都视其囊中，有素书一卷，金十饼。乃卖一饼，具葬书生，其余枕之头下，置素书于腹傍。后数年，子都于道上，有乘骢马者逐之。既及，以子都为盗，固问儿尸所在。子都具言，于是相随往。开墓，取儿尸归，见金九饼在头下，素书在腹傍，举家感子都之德义。由是声名大振。（出《独异志》）

杨　素

陈太子舍人徐德言之妻，后主叔宝之妹，封乐昌公主，才色冠绝。德言为太子舍人，方属时乱，恐不相保，谓其妻曰："以君之才容，国亡必入权豪之家，斯永绝矣。傥情缘未断，犹冀相见，宜有以信之。"乃破一镜，各执其半。约曰："他日必以正月望卖于都市，我当在，即以是日访之。"

及陈亡，其妻果入越公杨素之家，宠嬖殊厚。德言流离辛苦，仅能至京。遂以正月望访于都市。有苍头卖半镜者，大高其价，人皆笑之。德言直引至其居，予食，具言其故，出半镜以合之。乃题诗曰："镜与人俱去，镜归人不归。无复嫦娥影，空留明月

鲍子都

魏国的鲍子都，一天傍晚在荒野遇到一位书生，书生心脏病突发，鲍子都立刻下马为书生按摩心脏。不一会儿，书生死了。书生口袋里装有一册兵书和十个金饼，鲍子都便卖了一个金饼，用所卖的钱把书生下葬了，余下的九个金饼都枕到书生头下，兵书放到书生的肚子旁。几年后，路上一个骑黑白相杂马的人追赶他，那人追上他后，指责他说是强盗，并追问鲍子都，他儿子的尸体在哪里。鲍子都将当时的情况解释清楚，将那人带到书生墓前，把坟墓挖开将书生的尸体取出，九个金饼仍枕在书生的头下，兵书放在书生的身旁。书生的全家都感谢鲍子都的大仁大义，此后，鲍子都声名大振。（出《独异志》）

杨　素

陈朝太子舍人徐德言的妻子，是后主陈叔宝的妹妹——封号乐昌公主，才貌极佳。徐德言为太子舍人时，正逢陈朝衰败，时局混乱，国家和个人安全都得不到保证。徐德言对妻子说："以你的才华和美貌，若是国家灭亡，你一定会流落到有权有势的人家，我们恐怕会永远分离了。若我们之间还有缘分，要是还能相见，应该有个信物。"徐德言将一面铜镜折断，夫妻两人一人拿一半。与妻子约定说："你在正月十五那天把这半块镜片在街上售卖，我要是看到了，就会去找你的。"

陈朝灭亡后，乐昌公主果然流落至越公杨素家，杨素非常宠爱她。徐德言颠沛流离，历经艰难才来到京城。他每到正月十五这天就会到集市上寻找，果然在一个仆人模样的老头那里看到在卖那片一半的镜子，且要价很高，人们都嘲笑老头。徐德言带老人到自己住辉。”陈氏得诗，涕泣不食。素知之，怆然改容。即召德言，还其妻，仍厚遗之。闻者无不感叹，仍与德言、陈氏偕饮，令陈氏为诗曰：“令日何迁次，新官对旧官。笑啼俱不敢，方验作人难。”遂与德言归江南，竟以终老。（出《本事诗》）

郭元振

郭元振，年十六，入太学，薛稷、赵彦昭为友。时有家信至，寄钱四十万，以为举粮，忽有缞服者扣门云：“五代未葬，各在一方，今欲同时迁窆，乏于资财。闻公家信至，颇能相济否？”公即命以车一时载去，略无留者，亦不问姓氏，深为薛赵所诮。元振怡然曰：“济彼大事，亦何诮焉。”其年粮绝，竟不成举。（出《摭言》）

狄仁杰

狄仁杰，太原人，为府法曹参军。时同僚郑崇资，母老且病，当充使绝域。仁杰谓曰：“太夫人有危亟之病，而公远使，岂可贻亲万里之泣乎？”乃请代崇资。（出《谈宾录》）

处，给老头吃的，将自己的经历告知老头。拿出自己随身带着的一半镜子和老头那半片镜子合在一起后，在镜上题诗一首：“镜子和人全都离我而去，而现在镜子回来了，人却还没回来，嫦娥的倩影在镜子上已照不出，只能反射出一片月光。”乐昌公主看到题诗后，哭啼着不肯吃饭，杨素在获知事情的前因后果后也十分伤感，派人把徐德言找来，并决定将妻子还给他，还把许多钱物都送给他们。听说过这件事的人都赞叹不已。杨素设下酒宴为徐德言和陈氏饯行，让陈氏也赋诗一首：“今天是哪里来的特殊日子，新丈夫与旧丈夫，哭也不行笑也不对，才知道生而为人的艰难。”于是陈氏和徐德言一起回到江南，白头偕老。（出《本事诗》）

郭元振

郭元振十六岁入太学，与薛稷、赵彦昭成为好友。他家里人带来四十万文钱，作为他上学吃饭的费用。忽然一个穿丧服的人敲开了他家的门，道：“我家五代亲人没有安葬在一起了，都埋在不同的地方，我如今想把他们迁到一起，可钱又不够。听说您一直乐于助人，能不能救济一下我？”元振立即叫他把从家里带来的钱用车子全都拉走了，一点也没给自己留，那人姓什么叫什么都没问。薛稷和赵彦昭嘲笑他。郭元振却若无其事地说：“帮他人办理大事，这有什么好嘲笑的！”可郭元振只因当年没有钱，连科举考试都没有参加。（出《摭言》）

狄仁杰

狄仁杰是太原人氏，担任刺史府法曹参军。他同事郑崇资的母亲年老多病，朝廷却派郑崇资出使到遥远的国家。狄仁杰对郑崇资说：“老夫人年老病重，而你却要远行。怎么能让母亲在离你万里之遥的地方哭泣呢？”于是向上级请示，自己代替郑崇资出使。（出《谈宾录》）

敬昭道

敬昭道为大理评事。延和中，沂有反者，诖误四百余人。将隶司农事，未即路，系在州狱。昭道据赦文而免之。时宰切责大理，奈何赦反人家口。大理卿及正等失色，引昭道，执政怒而责之。昭道曰：“赦文云见禁囚徒，反者系在州狱，此即见禁也。”反覆诘难，至于五六，执政无以夺之，诖误者悉免。昭道迁监察御史。

又先是夔州征人舒万福等十人，行次巴陵，渡滩溺死。昭道因使巴渝，至万年驿，梦此十人祈哀，至于再三。乃召驿吏问之，吏对如所梦。昭道即募善游者，出其尸，具酒肴以酹之。观者莫不歔欷。乃移牒近县，备棺椟，归之故乡。征人闻者，无不感仰。（出《大唐新语》）

吴保安

吴保安，字永固，河北人，任遂州方义尉。其乡人郭仲翔，即元振从侄也。仲翔有才学，元振将成其名宦。会南蛮作乱，以李蒙为姚州都督，帅师讨焉。蒙临行，辞元振。元振乃见仲翔，谓蒙曰：“弟之孤子，未有名宦。子姑将行，如破贼立功，某在政事，当接引之，俾其縻薄俸也。”蒙诺之。仲翔颇有干用，乃以为判官，委之军事。

至蜀，保安寓书于仲翔曰：“幸共乡里，籍甚风猷。虽旷不展拜，而心常慕仰。吾子国相犹子，慕府硕才。果以良能，而受委寄。

敬昭道

敬昭道是大理寺评事。延和年间，沂州有人叛乱，欺骗要挟了四百多人。朝廷准备把这群人像奴隶一样派去开荒种地，在没押送前，被关在州府监狱。敬昭道依朝廷赦免文书把他们的罪行全都进行减免，然后释放了。宰相责问大理寺，为什么将造反的人全都免罪释放。大理寺官员特别惊慌害怕，让昭道回答宰相的问题，宰相大怒并斥责昭道。敬昭道说："赦免公文上写的是关押罪犯，而如今造反的人还在州府的监狱里关押着呢，我们也执行了关押罪犯的命令。"上级反复核查了五六次，连宰相也裁决不下，那些被欺骗裹挟的人最终全被赦免了。敬昭道后来任监察御史。

有从夔州招募舒万福等十个兵士，在巴陵渡江时全溺水而亡了。后来敬昭道因公务去巴渝，途经万年驿站，梦见这十个人反复哀求他，向他诉苦。他找来驿吏打听。驿吏说的和他梦中一样。于是敬昭道便雇佣了一些会水的人，打捞出这十个人的尸体。备下酒菜，为他们举行了祭奠仪式，围观的人为此感动得流下了眼泪。敬昭道写信给附近县衙，让他们送来简易的棺材，把这十人的尸体装进棺材后运送回家乡安葬。那些被招募的兵士们听说后，对此又感激又佩服。（出《大唐》）

吴保安

吴保安字永固，河北人，任河北方义县尉。同乡郭仲翔是元振的堂侄。郭仲翔才华横溢，元振想让他当官。南方少数民族作乱，朝廷以李蒙为姚州都督，率军队前去讨伐。李蒙出发前去与元振辞行，元振把郭仲翔推荐给李蒙说："这是我弟弟的独子，没有官职。我想让他跟着你杀敌立功，我也会在朝廷设法提拔他，让他去提任个闲职。"李蒙同意了，郭仲翔又聪明又有才干，被任命为判官，为李蒙处理军中事务。

到了蜀郡，吴保安给郭仲翔写信道："作为你的同乡是我莫大的荣幸，听闻你品性高洁，你我虽不相识，但一直很仰慕你的才华和品李将军秉文兼武，受命专征，亲绾大兵，将平小寇。以将军英勇，兼足下才能，师之克殄，功在旦夕。保安幼而嗜学，长而专经。才乏兼人，官从一尉。僻在剑外，地迩蛮陬。乡国数千，关河阻隔。况此官已满，后任难期。以保安之不才，厄选曹之格限。更思微禄，岂有望焉？将归老丘园，转死沟壑。侧闻吾子，急人之忧，不遗乡曲之情，忽垂特达之眷。使保安得执鞭弭，以奉周旋。录及细微，薄沾功效。承兹凯入，得预末班。是吾子丘山之恩，即保安铭镂之日。非敢望也，愿为图之。唯照其款诚，而宽其造次，专策驽蹇，以望招携。”

仲翔得书，深感之。即言于李将军，召为管记。未至而蛮贼转逼，李将军至姚州，与战破之。乘胜深入，蛮覆而败之。李身死军没，仲翔为虏。蛮夷利汉财物，其没落者，皆通音耗，令其家赎之，人三十匹。保安既至姚州，适值军没，迟留未返。而仲翔于蛮中，间关致书于保安曰：“永固无恙。顷辱书未报，值大军已发。深入贼庭，果逢挠败。李公战没，吾为囚俘。假息偷生，天涯地角。顾身世已矣，念乡国窅然。才谢钟仪，居然受絷。身非箕子，且见为奴。海畔牧羊，有类于苏武；宫中射雁，宁期于李陵。吾自陷蛮夷，备尝艰苦。肌肤毁剔，血泪满地。生人至艰，吾身尽受。以中华世族，为绝域穷囚。日居月诸，暑退寒袭。思老亲于旧国，望松槚于先茔。忽忽发狂，腷臆流恸，不知涕之无从。行路见吾，犹为伤愍。吾与永固，虽未披款，而乡思先达，风味相亲。想睹光仪，不离梦寐。昨蒙枉问，承间便言。李公素知足下才名，则请为管记。大军去远，足下来迟。乃足下自后于戎行，非仆遗于乡曲格。宰相如亲儿子般待你，你又有当官的能力。宰相现在安排你去那里，李蒙将军又是文韬武略，受命出征，亲率大军，肯定能把作乱的敌人剿灭掉。以李蒙将军的英勇，加上你的才能，出师把敌人打败，是用不了多长时间的。我从小便喜爱读书，长大后考取功名，才学比别人一点也不差，却只做区区县尉，又是在偏僻荒凉的地方，离家千里之遥，重重关山阻隔。我任期已满。不知道什么时候任命下一个职务。以我吴保安的才学，却因选拔官员制度的限制，想要求得晋级升官，没什么希望。日后只能是回归农舍，老死田园了。听说你急人之难，重同乡之情，希望你能伸出援手，推举我去军中做事，随你左右，把战绩细节都记录下来，也好沾沾你们的功劳。等胜利凯旋时，哪怕给我封赏最小的官职，也是你对我的恩情，是值得我刻骨铭心去纪念的日子，我本不抱有太大希望，但还是要为自己努力争取。仅表我真挚恳切之情，还请对于我的唐突多加体谅。特意写这封信，以求得到你的提携。"

郭仲翔收到吴保安的信很受感动。于是向李蒙将军请示，任命吴保安为管记。吴保安还没有赶到，敌人就迎了上来。李蒙将军率兵到达姚州，与敌人进行了激烈的战斗然后把敌兵打败。大军乘胜追击，深入敌人腹地，敌人杀了个回马枪，将朝廷的军队打败，李蒙将军战死，几乎全军覆灭，郭仲翔被俘。敌人最想换取汉人的东西，被俘的人，都允许和家人通信，让家人拿东西赎人，三十匹绢换一个人。吴保安到达姚州时，正好是前方军队战败时，于是便滞留在姚州。郭仲翔在敌人押解的路上回信吴保安说："你最近是否平安？还没来得及回复你的来信就随军队出发了，深入敌军腹地，被敌人打败。李蒙将军已经阵亡，我被俘虏，忍辱偷生，在远离家乡的天涯海角，感叹自己的遭遇，家乡是多么遥远的地方啊。才华品德盖过钟仪，却被拘禁；不是箕子，却成为奴隶。在湖边放羊，很像当年的苏武。期待着有宫中射雁那故事里说的一样，我可以像李陵一样被救回。自从我身陷敌军，便饱尝人间艰难，身体饱受摧残，流了池水一样多的血泪，人生的艰难困苦，我已一一尝遍。我本出身于显贵之家，却成为异乡的一个囚徒。暑去寒来，岁月流逝。思念家中的亲人也。足下门传余庆，无祚积善。果事期不入，而身名并全。向若早事麾下，同参幕府，则绝域之人，与仆何异？吾今在厄，力屈计穷。而蛮俗没留，许亲族往赎。以吾国相之侄，不同众人，仍苦相邀，求绢千匹。此信通闻，仍索百缣。愿足下早附白书，报吾伯父。宜以时到，得赎吾还。使亡魂复归，死骨更肉，唯望足下耳。今日之事，请不辞劳。若吾伯父已去庙堂，难可谘启，即愿足下，亲脱石父，解夷吾之骖，往赎华元，类宋人之事。济物之道，古人犹难。以足下道义素高，名节特著，故有斯请，而不生疑。若足下不见哀矜，猥同流俗，则仆生为俘囚之竖，死则蛮夷之鬼耳，更何望哉！已矣吴君，无落吾事。”

保安得书，甚伤之。时元振已卒，保安乃为报，许赎仲翔。仍倾其家，得绢二百匹往。因住嶲州，十年不归。经营财物，前后得绢七百匹，数犹未至。保安素贫窭，妻子犹在遂州。贫赎仲翔，遂与家绝。每于人有得，虽尺布升粟，皆渐而积之。后妻子饥寒，不能自立。其妻乃率弱子，驾一驴，自往泸南，求保安所在。于途中粮尽，犹去姚州数百。其妻计无所出，因哭于路左，哀感行人。时姚州都督杨安居乘驿赴郡，见保安妻哭，异而访之。妻曰：“妾夫遂州方义尉吴保安，以友人没蕃，丐而往赎，因住姚州。弃妾母子，十年不通音问。妾今贫苦，往寻保安。粮乏路长，是以悲泣。”安居大奇之。谓曰：“吾前至驿，当候夫人，济其所乏。”既至驿，和家乡，情难自抑到经常发狂，心中烦闷悲痛，我的眼泪都快流干了，那些在路上看到我这般模样的人，都会心生怜悯。你我虽未谋面，但我们的同乡之情早已将我们紧密相连。我们志趣相投，也想早日一睹你的风采，睡梦中也时常梦到你。李蒙将军问起你时，我把你的情况告知，李蒙将军是听说过你的才学和名声的，也同意了聘你为管记。大军开拔了，你没有赶得及，因大军走后你才赶到的，并不是我抛弃你这个同乡的。一定是你祖上有德，老天保佑才让你错过这场战事，得以保全性命和名声。要是你早早就到李蒙将军麾下效力，我们一同参谋，很有可能会和我一样成为远在异乡的阶下囚。时至今日，我已耗尽力气又毫无脱身的办法。敌人规定允许赎人，而我是当朝宰相的侄子，与其他人不同，被严加看护，要拿一千匹绢才能把我赎回去。就是寄出这封信，都还要付一百匹缣。恳请你早日把信送交我伯父，早日赎我回去，让我的肉身和灵魂都能重回故里。若是我伯父去世了，不能通报见到的话，便请你做石父，把我从苦役中解救出来，我能像春秋时的大夫华元那样逃脱。救人的事，自古以来都不是易事。只因你品格高尚，十分仁义又享有盛誉，才恳请你帮忙，深信你的为人。如果连你也不怜悯，和别人一样袖手旁观的话，那么我此生活着只能是战俘奴隶，死后是少数民族的鬼了，还能指望什么呢？拜托你了，让我怀有一丝希望。”

吴保安收到信后很着急，元振已死，吴保安为了报答朋友的这一份信任，决定设法赎回郭仲翔。他变卖了自己全部家产，买了两百匹绢去南方，到达巂州，十年没有回家，在那里做生意，而后又得了七百匹绢，还是没凑够一千匹绢。吴保安家中一直就不富有。妻子还在遂州，吴保安为了赎回郭仲翔，毅然与家中断绝来往。做生意赚了一点钱，哪怕只有一尺布、一升米，都会积攒起来。后来他家中妻子挨饿受冻，独立生活不下去了，便带着幼子，骑一头毛驴，前往泸南找吴保安。途中花光了钱，离姚州还有几百里远。实在是走投无路了，便坐在路边哭了起来。过路的人看到了都为她难过，姚州都督杨安居沿驿道去州府，正好看到吴保安的妻子在那里哭，深感奇怪便过去询问，吴保安的妻子说：“我丈夫是遂州方义县尉吴保安，因朋友安居赐保安妻钱数千，给乘令进。

安居驰至郡，先求保安见之，执其手升堂。谓保安曰：“吾常读古人书，见古人行事，不谓今日亲睹于公。何分义情深，妻子意浅，捐弃家室，求赎友朋，而至是乎？吾见公妻来，思公道义，乃心勤伫，愿见颜色。吾今初到，无物助公。且于库中假官绢四百匹，济公此用。待友人到后，吾方徐为填还。”保安喜，取其绢，令蛮中通信者持往。

向二百日而仲翔至姚州，形状憔悴，殆非人也。方与保安相识，语相泣也。安居曾事郭尚书，则为仲翔洗沐，赐衣装，引与同坐，宴乐之。安居重保安行事，甚宠之。于是令仲翔摄治下尉。仲翔久于蛮中，且知其款曲，则使人于蛮洞市女口十人，皆有姿色。既至，因辞安居归北，且以蛮口赠之。安居不受曰：“吾非市井之人，岂待报耶？钦吴生分义，故因人成事耳。公有老亲在此，且充甘膳之资。”仲翔谢曰：“鄙身得还，公之恩也。微命得全，公之赐也。翔虽瞑目，敢忘大造。但此蛮口，故为公求来。公今见辞，翔以死请。”安居难违，乃见其小女曰：“公既频繁有言，不敢违公雅意。此女最小，常所钟爱。今为此女，受公一小口耳。”因辞其九人。而保安亦为安居厚遇，大获资粮而去。

仲翔到家，辞亲凡十五年矣。却至京，以功授蔚州录事参军，则迎亲到官。两岁，又以优授代州户曹参军，秩满内忧。葬毕，因在南方少数民族被俘，为了赎人来姚州，把我们母子抛弃，十年来不通音信。如今我穷困潦倒，去找吴保安，路上却花完了钱，这才伤心大哭。”杨安居听了深感惊奇：“我在前面驿站等你，资助你路费。”等母子二人来到驿站，杨安居给了吴保安妻子几千文钱，安排车马送她往前走。

杨安居到了州府后，命人立即把吴保安找来，握着他的手在堂上坐下，说：“我读古人书，对古人做事也深表敬意，而今你的仁义让我看在眼里，可你也不必为了朋友情义而抛妻弃子。就算是为了去赎朋友，也不能这样做。今天我在路上遇到你妻儿，想到你这般的重情重义，心生敬佩，就想着见你一面。我来得匆忙，没有东西给你，就先从仓库中借四百匹绢助你完成此事。等你朋友回来后，再慢慢地偿还借的绢。”吴保安很高兴，取了绢，派人去赎人。

又过了两百天郭仲翔才被赎回来。郭仲翔到姚州时，衣衫褴褛，面容憔悴，都没有人形了，他和吴保安见面后悲痛欲绝地大哭了一场，杨安居的下属郭尚书带郭仲翔洗了澡，换了衣服，这才坐下来喝酒吃饭。杨安居敬重吴保安的品行，对他非常礼遇，便让郭仲翔在他所管辖地区任县尉。郭仲翔在异乡太长时间，对那里的情况很了解，于是派人到部落里买来十名少女，个个长得美丽动人。买来后，他辞别杨安居回北方，于是把十名少女送给杨安居当作酬谢。杨安居拒绝道：“我又不是那般小人，用不着报答我，我帮你，只是出于对吴保安的敬佩。你要回北方有亲人的地方，不如把她们换成养家的费用吧。”郭仲翔真诚感谢道：“今日我能回来，全是你的大恩大德，我能活着，是你赏给我的。我郭仲翔就是死了，也不敢忘记你的再生之德。但这些异族少女，是我专门给你买来的。你今天若是推辞，我只能以死求你接受。”杨安居无法，指着十名少女中最小的一个说：“既然你一再请求，我也不好违背你的心意。这女子年纪最小，我很是喜欢。这个女子算是接受你的赠送。”其余的九人辞退。吴保安也因杨安居的资助，带着一大笔钱财回北方。

郭仲翔回家时，已经与家中亲人们分离了十五年之久。到了京城，因为有功劳被任命为蔚州录事参军，把母亲接到蔚州，任期满行服墓次，乃曰：“吾赖吴公见赎，故能拜职养亲。今亲殁服除，可以行吾志矣。”乃行求保安。而保安自方义尉选授眉州彭山丞。仲翔遂至蜀访之。保安秩满，不能归，与其妻皆卒于彼，权窆寺内。仲翔闻之，哭甚哀。因制缞麻，环经加杖，自蜀郡徒跣，哭不绝声。至彭山，设祭酹毕，乃出其骨，每节皆墨记之，墨记骨节，书其次第，恐葬敛时有失之也。盛于练囊。又出其妻骨，亦墨记贮于竹笼。而徒跣亲负之，徒行数千里，至魏郡。保安有一子，仲翔爱之如弟。于是尽以家财二十万，厚葬保安。仍刻石颂美。仲翔亲庐其侧，行服三年。既而为岚州长史，又加朝散大夫。携保安子之官，为娶妻，恩养甚至。仲翔德保安不已。天宝十二年，诣阙，让朱绂及官子保安之子以报。时人甚高之。

初，仲翔之没也，赐蛮首为奴。其主爱之，饮食与其主等。经岁，仲翔思北，因逃归。追而得之，转卖于南洞。洞主严恶，得仲翔，苦役之，鞭笞甚至。仲翔弃而走，又被逐得，更卖南洞中。其洞号菩萨蛮，仲翔居中经岁，困厄复走，蛮又追而得之，复卖他洞。洞主得仲翔，怒曰：“奴好走，难禁止邪？”乃取两板，各长数尺，令仲翔立于板，以钉自足背钉之，钉达于木。每役使，常带二木行。夜则纳地槛中，亲自镤闭。仲翔二足，经数年疮方愈。木镤地槛，如此七年，仲翔初不堪其忧。保安之使人往赎也，初得仲翔之首主。展转为取之，故仲翔得归焉。（出《纪闻》）

时，母亲离世。他安葬好母亲，守孝期满后说："我是被吴保安赎回来，才能担任官职奉养母亲，如今母亲离世守孝已满，我终于能去做我想做的事了。"然后他出发去找吴保安，而吴保安从方义县尉任满后又被任命为眉州彭山丞，郭仲翔赶往蜀郡，可吴保安任期满后并没有返回家乡，妻子和他都在彭山离世，夫妻就埋葬在当地。郭仲翔听到这个消息悲痛不已，做了丧服，拄着环麻丧杖，从蜀郡一路光脚哭着到彭山，设下酒菜祭奠，然后把吴保安的骨头挖出来，每一节都用墨标上序号数字，用墨标记骨节，再写上序号，以防再安葬时有遗失。再装到口袋里。吴保安妻子的骨头也被挖出来，做上标记后装到竹笼里。光着脚，亲自把两人的骨头背着，徒步几千里到魏郡。吴保安有一个儿子，郭仲翔对他如自己的亲弟弟一般，他花二十万文钱，隆重安葬了吴保安夫妻，并立下一块石碑记录吴保安生前功德。郭仲翔搭了一间茅屋，在坟旁守孝三年。后来他被任命为岚州长史，又改任朝散大夫。他提携吴保安的儿子做了官，并给他儿子娶了媳妇，对其关怀备至。郭仲翔对吴保安的感恩之心一直没变。天宝十二年，他到皇帝的殿庭，求皇上把自己的官职给吴保安的儿子接任，官员们对此深表敬佩。

当年，郭仲翔被抓后，被送给少数民族的首领当奴隶。主人很喜欢他，吃的是和主人同样的食物。然而一年以后，郭仲翔思念家乡，逃跑中被抓了回来，被卖给了另一个部落的首领洞主，洞主十分凶恶，不停地让郭仲翔干重活儿，还用鞭子抽打他，郭仲翔逃跑，又被抓回来，然后又被卖到另一个部落，这个洞主绰号叫菩萨蛮，一年以后，郭仲翔再次逃跑，又被追上抓了回来，然后又被转卖给另一个洞主。这个洞主见十分生气地对郭仲翔说："你喜欢逃跑，难道真的没有办法了？"便命人拿来两块木板，每块有数尺长，命令郭仲翔就站在两块木板中间，用钉子钉上，脚背上的钉子深到木头里。每次干活儿时，必须带着木板一起走。晚上会被关进地牢，洞主亲自开门上锁。郭仲翔脚上的创伤，许多年后才好。如此艰难的日子过了七年，郭仲翔无法再忍受的时候，吴保安派人去赎他了。先找到他的第一个主人，然后辗转寻找，最终使郭仲翔回归故里。（出《纪闻》）

卷第一百六十七　气义二

裴冕　李宜得　穆宁　赵骅　曹文洽　阳城　王义
裴度　廖有方

裴冕

裴冕为王铁判官。铁得罪伏法。李林甫操窃权柄，咸惧之。铁宾佐数人，不敢窥铁门。冕独收铁尸，亲自护丧，瘗于近郊。（出《谈宾录》）

李宜得

李宜得，本贱人，背主逃。当玄宗起义，与王毛仲等立功。宜得官至武卫将军。旧主遇诸涂，趋而避之，不敢仰视。宜得令左右命之，主甚惶惧。至宅，请居上座，宜得自捧酒食，旧主流汗辞之。留连数日，遂奏云："臣蒙国恩，荣禄过分。臣旧主卑琐，曾无寸禄。臣请割半俸解官以荣之。愿陛下遂臣愚款。"上嘉其志，擢主为郎将，宜得复其秩。朝廷以此多之。（出《朝野佥载》）

穆宁

穆宁，不知何许人，颜真卿奏为河北道支使。宁以长子属母弟曰："唯尔所适，苟不乏嗣，吾无累矣。"因往平原，谓真卿曰："先人有嗣矣，古所谓死有轻于鸿毛者，宁是也。愿毕佐公，以定危

裴冕

裴冕是王鉷聘用的官员中的一位，后来王鉷获罪被判杀了头。当时朝廷大权由李林甫掌着，官员们都害怕受到牵连。和王鉷一起的还有另外几位关系较近的门客和下属，连王鉷家的家门都不敢靠近，只有裴冕一人去为王鉷收尸，且自己护送灵柩埋葬到城外。（出《谈宾录》）

李宜得

李宜得，原本出身贫寒，后来从主人家逃跑了。玄宗起义时，他与王毛仲等人立下功劳，被任命为武卫将军。他之前的主人在路上遇到他，马上避让到路旁，都不敢抬头看他。李宜得命令随行人员去叫他的旧主。他的旧主又惊又怕。到了李宜得的住宅，他将旧主请到上座，并亲自为旧主端菜倒酒，旧主人紧张得汗都出来了，也不敢接受。李宜得留旧主住了几天，然后上朝时向皇帝请示道："我承蒙国家和皇上的厚爱，所得官职、俸禄太高了。我的旧主身份太低，又没有官职，我请求把我的官职和俸禄分一半给我的旧主人，恳请皇上满足这个不算聪明的请求。"皇帝赞赏了他的义气，把他的旧主提拔为郎将，而李宜得仍保留原来的官职，从此朝廷便开始盛行讲道义的风气。（出《朝野佥载》）

穆宁

穆宁出生地记载不详，颜真卿向朝廷举荐他任河北支道史。穆宁是家中长子，嘱咐他的弟弟说："你可以去任何地方，只要不断绝后嗣就行，我也没什么可牵挂的了。"然后他去了平原，对颜真卿说：

难。”其后宁计或不行，真卿弃平原，夜渡河。（出《谈宾录》）

赵骅

赵骅因胁于贼中，见一妇人，问之，即江西廉察韦环之族女也。夫为畿官，以不往贼军遇害，韦氏没入为婢。骅哀其冤抑，以钱赎之。俾其妻致之别院，而骅竟不见焉。明年，收复东都。骅以家财赡给，而求其亲属归之。议者咸重焉。（出《谈宾录》）

曹文洽

曹文洽，郑滑之裨将也。时姚南仲为节度使，被监军薛盈珍怙势干夺军政。南仲不从，数为盈珍谗于上。上颇疑之。后盈珍遣小使程务盈驰表南仲，诬谗颇甚。文洽时奏事赴京师，窃知盈珍表中语。文洽愤怒，遂晨夜兼道追务盈。至长乐驿，及之，与同舍宿。中夜，杀务盈，沉盈珍表于厕中，乃自杀。日旰，驿吏开门，见血伤满地，傍得文洽二缄：一状告盈珍，一表理南仲冤，且陈谢杀务盈。德宗闻其事，颇疑。南仲虑衅深，遂入朝。初至，上曰：“盈珍扰卿甚耶？”南仲曰：“盈珍不扰臣，自隳陛下法耳。如盈珍辈所在，虽羊杜复生，抚百姓，御三军，必不能成恺悌父母之政，师律善阵之制矣。”德宗默然久之。（出《谈宾录》）

“先人们有子孙后代，就如古话说的：人的死有些是轻于鸿毛的，而我就是这其中之一，我会尽全力辅佐你，渡过眼前的危难。”后来穆宁的谋划有些没有实行，颜真卿放弃了平原，在夜间渡河离去。（出《谈宾录》）

赵骅

赵骅因被胁迫待在叛乱的敌军中，他在敌营里看到一位妇人，于是上前询问。原来她是江西廉察韦环同族兄弟的女儿，丈夫是京官，因拒绝参加叛乱而被杀害，韦氏被迫给贼兵当女仆。赵骅同情她的遭遇，将她赎了出来，然后让妻子把韦氏安排到另外的院子里住，便再也不和她见面。第二年，官军收复了东都，赵骅给了韦氏一些钱，帮她寻找到她的亲属后，便将她送了回去。知晓此事的人更加地敬重赵骅。（出《谈宾录》）

曹文洽

曹文洽为郑滑副将，姚南仲是节度使，监军薛盈珍依仗势力篡夺军政大权。姚南仲不服，于是薛盈珍多次向皇帝说姚南仲不好的言语，皇帝对此事感到很疑惑。其后薛盈珍派下属程务盈在公文中诬蔑姚南仲，内容十分恶毒。正逢曹文洽去京城，暗中得知薛盈珍公文中写的内容，心中感到特别气愤，就日夜兼程去追赶程务盈。在长乐驿站时终于追上了。夜晚，两人住进一个房间，在半夜时分，曹文洽杀了程务盈，把公文扔进厕所后自杀了。晚上驿站官员开门后，看到地上满地都是尸体和鲜血，曹文洽写的两封信放在旁边。一封信是状告薛盈珍的，一封信是替姚南仲鸣冤的，信中交代了为何要杀程务盈。德宗皇帝听到此事深感奇怪，而姚南仲害怕皇帝疑虑越来越重，便入朝去见皇帝。皇帝对他说：“薛盈珍对你干扰很大吗？”姚南仲说：“薛盈珍不是扰乱我，是破坏皇帝您定下的律法。若是让薛盈珍这种小人在朝堂，怕是要羊祜和杜预他们这般正直和有才能的人复活，才可以安抚百姓，统率三军了。就必然不能把国家治理成和乐的

阳城

阳城，贞元中，与三弟隐居陕州夏阳山中，相誓不婚。啜菽饮水，莞簟布衾，熙熙怡怡，同于一室。后遇岁荒，屏迹不与同里往来，惧于求也。或采桑榆之皮，屑以为粥。讲论诗书，未尝暂辍。有苍头曰都儿，与主协心，盖管宁之比也。里人敬以哀，馈食稍丰，则闭户不纳，散于饿禽。后里人窃令于中户致糠核十数杯，乃就地食焉。他日，山东诸侯闻其高义，发使寄五百缣。城固拒却，使者受命不令返，城乃标于屋隅，未尝启缄。

无何，有节士郑俶者，迫于营举，投人不应，因途经其门，往谒之。俶戚容瘵貌，城留食旬时，问俶所之，及其瘠瘁之端。俶具以情告。城曰："感足下之操，城有诸侯近贶物，无所用，辄助足下人子终身之道。"俶固让。城曰："子苟非妄，又何让焉？"俶对曰："君子既施不次之恩，某愿终志后，为奴仆偿之。"遂去。

俶东洛茔事罢，杖归城，以副前约。城曰："子奚如是？苟无他系，同志为学可也，何必云役己以相依？"俶泣涕曰："若然者，微躯何幸。"俶于记览苦不长，月余，城令讽《毛诗》，虽不辍寻读，及与之讨论，如水投石也。俶大惭。城曰："子之学，与吾弟相昵不能舍，有以致是耶？今所止阜北，有高显茅斋，子可自玩习

太平盛世，让军队军纪严明，善于打仗。"怕也是难的。德宗听完这番话后陷入沉思良久。（出《谈宾录》）

阳 城

贞元年间，有个人叫阳城，和三弟在陕州夏阳山中隐居，两人发誓终身不娶妻室。每日吃的是粗茶淡饭，睡的是草编的席子，盖的是粗布做的被，两个人在一间屋里快快乐乐地生活。后来遇到灾荒年，他俩为了不有求于人，便隐藏行踪，不与同乡的人来往。把桑树和榆树的皮采集后切碎煮粥吃，在这种艰苦的条件下仍然坚持学习，从不间断。他们有一个叫都儿的仆人，也和主人一条心。人们把阳城比为三国时辞官的管宁，同乡对他们特别尊敬。若是人们赠送给他们稍好一点的食物，他们就把门关起来拒绝，或是拿来喂鸟。一次，有人暗地里送给他们十几杯米糠，他们就地吃了。山东的诸侯听说了他们高尚的品格，派使者送来五百匹缣。阳城拒收，使者按照命令不收就不能回去。阳城只好把缣堆到屋子的角落里，一直都没用过。

不久，有个叫郑俶的人为了办理丧事，找亲友借钱没有借到，在回来时路过阳城门前，进屋拜见阳城。郑俶的样子悲痛万分，阳城留他住了十多天，问郑俶悲伤的原因，郑俶把自己的事告知了阳城，阳城说："我被你的品德操守感动，我这里最近有诸侯送来的东西，放到这里也没有用，全都送给你以尽孝道吧。"郑俶推辞不要，阳城说："这些东西我并不需要，你还谦让什么呢？"郑俶说："既然你给了我这样的恩惠，我办完事后，便做你的奴仆以报答你的恩情。"说完便离开了。

郑俶在东洛办完丧事后，便来阳城这里履行自己的诺言。阳城说："你如果没有其他可以去的地方，作为同学留在这就好了，为何非要当奴仆呢？"郑俶哭着说："如果像你说的这样，我是多么幸运的可怜人啊。"郑俶读书记忆方面并不好，过了一个多月，阳城让他背诵《诗经》，虽然郑俶学习很用功刻苦，可只要讨论其中的内容便一句也回答不出。郑俶惭愧不已，阳城说："你和我弟弟走得太近了，也。”俶甚喜，遽迁之。复经月余，城访之，与论《国风》，俶虽加功，竟不能往复一辞。

城方出，未三二十步，俶缢于梁下。供饩童窥之，惊以告城。城恸哭若裂支体，乃命都儿将酒奠之，及作文亲致祭，自咎不敏：“我虽不杀俶，俶因我而死。”自脱衣，令仆夫负之。都儿行榇楚十五，仍服缌麻，厚瘗之。由是为缙绅之所推重。后居谏议大夫时，极谏裴延龄不合为国相，其言至恳，《唐史》书之。及出守江华都，日炊米两斛，鱼羹一大鬵。自天使及草衣村野之夫，肆其食之。并置瓦瓯樿杓，有类中衢樽也。（出《乾𦠆子》）

王义

王义，即裴度之隶人也。度为御史中丞，武元衡遇害之日，度为人所刺，义捍刃而死。度由是获免，乃自为文以祭。厚给其妻子。是岁，进士撰王义传者，十二三焉。（出《国史补》）

裴度

元和中，有新授湖州录事参军，未赴任，遇盗，攘剽殆尽，告敕历任文簿，悉无孑遗。遂于近邑求丐故衣，迤逦假贷，却返逆旅。旅舍俯逼裴晋公第。时晋公在假，因微服出游侧近邸，遂至湖纠之店。相揖而坐，与语周旋，问及行止。纠曰：“某之苦事，人不忍闻。”言发涕零。晋公悯之，细诘其事。对曰：“某主京数载，授官江湖，遇冠荡尽，唯残微命，此亦细事尔。其如某将娶而未才会影响你，才导致学习效果不好？这座山的北面，有一幢高大的茅屋，你可以独自一人到那里学习。”郑俶很高兴，立刻搬了过去。又过了一个月，阳城去看他。与他讨论《国风》，虽然郑俶还是很用功，但还是一句也接不上。

阳城刚走出二三十步，郑俶就在房梁上上吊了。送饭的童子看到后告诉阳城，阳城伤心得快要昏过去。他命令小仆人备上酒菜祭奠郑俶，且作了祭文然后在祭奠仪式上朗读。他说：“我虽没有想要杀郑俶，郑俶却因我而死。”然后脱去衣服，让仆人拿着。命令小仆人用槚木荆条鞭打自己十五下。之后穿上丧服，厚葬了郑俶。因此，得到了读书士和官员的推崇。后来阳城当了谏仪大夫后，向皇帝提意见，认为裴延龄不适合当宰相，其言辞的诚恳程度，唐朝史书上都有记载。他出任江华都时，每天令人煮两斛米的饭和一大锅鱼汤，供皇帝的使者和那些没饭吃的村夫一起食用，还为他们备好餐具供用餐时使用，于众人恩泽深厚。（出《乾䐪子》）

王义

王义，是裴度的奴仆，裴度又官任御史中丞。宰相武元衡遇害的那天，裴度也被人刺了一刀。王义为裴度挡下这一刀身亡，而裴度这才躲过死劫。裴度为哀悼王义做了祭文，给王义的妻子很多钱做为补偿。当年的进士撰写《王义传》的，竟有十二三人之多。（出《国史补》）

裴度

元和年间，一个刚刚被任命的湖州录事参军的人，还没上任就遇上强盗，把他的钱物抢得一干二净，就连委任状也被抢走了。于是他只好在京城附近收购旧衣服，用此方法来换些钱，然后晚上才能住在旅店里。这个旅店离晋公裴度的住处不远。一天，正好裴度休息，穿着便服到这一带散步，到了这个旅店。和这个名叫湖纠的人打招呼后坐下聊天，问他是做什么职业的。湖纠说：“说起我的遭遇，一般人都不忍听。”边说边哭了起来。裴度很同情他，对他的遭亲迎，遭郡牧强以致之，献于上相裴公，位亚国号矣。”裴曰：“子室之姓氏何也？”答曰：“姓某字黄娥。”裴时衣紫裤衫，谓之曰：“某即晋公亲校也，试为子侦。”遂问姓名而往。纠复悔之，此或中令之亲近，入而白之，当致其祸也。

寝不安席，迟明，诣裴之宅侧侦之，则裴已入内。至晚，有赪衣吏诣店，颇匆遽，称令公召。纠闻之惶惧，仓卒与吏俱往。至第斯须，延入小厅，拜伏流汗，不敢仰视。即延之坐，窃视之，则昨日紫衣押牙也。因首过再三。中令曰：“昨见所话，诚心恻然。今聊以慰其憔悴矣。”即命箱中官诰授之，已再除湖纠矣。喜跃未已，公又曰：“黄娥可于飞之任也。”特令送就其逆旅，行装千贯，与偕赴所任。（出《玉堂闲话》）

廖有方

廖有方，元和乙未岁，下第游蜀。至宝鸡西，适公馆。忽闻呻吟之声。潜听而微惙也。乃于间室之内，见一贫病儿郎。问其疾苦行止，强而对曰：“辛勤数举，未偶知音。”眄睐叩头，久而复语：“唯以残骸相托。”余不能言。拟求救疗，是人俄忽而逝。遂贱鬻所乘鞍马于村豪，备棺瘗之，恨不知其姓字。苟为金门同人，临歧凄断。复为铭曰：“嗟君殁世委空囊，几度劳心翰墨场。半面为君申一恸，不知何处是家乡。”

遇详细询问。湖纠说：“我在京城任职很多年，被授予一个官职在湖州，途中强盗把我的东西全都抢走了，只剩下贱命一条。这还没什么，我原来是要准备结婚的，来不及去迎娶，未婚妻却被郡牧抢去献给了宰相晋公裴度，裴度可是最大官啊。”裴度说：“你未婚妻姓什么？”回答说：“姓某字，叫黄娥。”当时裴度穿着有钱人常穿的紫色服装，他对湖纠说：“我就是裴度的近臣，会帮你查访此事的。”又问了湖纠叫什么后就走了，之后湖纠又十分后悔，心想，刚才那人若是裴度的亲信，回去和裴度说了，一定会给自己带来灾难的。

当晚，他想到此事睡意全无，等到天明，他到裴度住宅附近观察，又看不到屋内的情况。到了傍晚，一位身着红衣的公差来到旅店，非常急促地对他说，裴度请他过去。湖纠内心又惊又怕，还是跟着差人去了。进了裴度的住宅，来到一间小客厅。趴在地上的他吓得直冒汗，连头都不敢抬起来。主人请他坐下，他偷着打量，正是昨天穿紫衣的那位官员，再三点头谢罪。裴度说：“昨天听了你的话，对你的遭遇我很是同情，今天希望能弥补你的不幸。”说着就命人将箱子里的授官凭证交给他，任命了他新的官职，湖纠高兴得差点跳起来。裴度又说：“黄娥可以马上还给你，与你一起去上任。”然后特意派人送他回旅店，还给了他一些衣服行李，还有一千贯钱。第二天这个人和未婚妻一起去了任上。（出《玉堂闲话》）

廖有方

廖有方，在元和乙未年参加科举考试，落榜后去蜀郡游玩。到宝鸡西面时住进一家客栈里，忽然听到有人呻吟，认真听又没有声音了。他在一个房间里找到一位身染重疾的贫困少年。廖有方问少年：“你生了什么病，要到哪里去？”少年十分吃力地说：“我几次参加科举考试都名落孙山。”然后对着他磕起头来，过了一会儿又道：“我若死了，身后事还得麻烦你。”廖有方没有说话，想要为他治病，但是没过多久这个少年就死了。廖有方把自己的马和鞍具卖给了村子里的富豪，用得来的钱把少年安葬了。只是没有问这个少年姓什么叫什么，有些惋惜。同样是参加科举落榜的人，却是阴阳相隔的两种后廖君自西蜀回，取东川路，至灵龛驿。驿将迎归私第。及见其妻，素衣，再拜呜咽，情不可任，徘徊设辞，有同亲懿。淹留半月，仆马皆饫。掇熊虎之珍，极宾主之分。有方不测何缘，悚惕尤甚。临别，其妻又悲啼，赠贶缯锦一驮，其价值数百千。驿将曰：“郎君今春所葬胡绾秀才，即某妻室之季兄也。”始知亡者姓字。复叙平生之吊，所遗物终不纳焉。少妇及夫，坚意拜上。有方又曰：“仆为男子，粗察古今。偶然葬一同流，不可当兹厚惠。”遂促辔而前，驿将奔骑而送。复逾一驿，尚未分离。廖君不顾其物，驿将执袂。各恨东西，物乃弃于林野。

乡老以义事申州，州将以表奏朝廷。文武宰寮，愿识有方，共为导引。明年，李逢吉知举，有方及第，改名游卿，声动华夷，皇唐之义士也。其主驿戴克勤，堂帖本道节度，甄升至于极职。克勤名义，与廖君同远矣。（出《云溪友议》）

命运，真是让人感伤。廖有方为少年写了碑文，如下："感叹你两手空空就离开人世，数年来寒窗苦读，几经试第却不中，今生与你仅一面之缘就此永别，也不知道你的老家在何方。"

后来，廖有方从西蜀回来，经东川，到灵龛驿站时，驿站官员把他请到家中。驿站夫人身穿白色丧服，一边哭一边接待他，非常伤心的样子，举止说话如同对待自己的至亲一般。他们留他住了半个月，连仆人和马匹都照顾得很好，吃的用的都是山珍，极尽全力表达了对他的热情。廖有方不知道为什么，心中深感不安。等到临行时，驿站官员的夫人又哭了，并把一驮子价值千百贯的丝织品送给廖有方。驿站的官员这才对他说："你今年春天在客栈安葬的秀才叫胡绾，就是我妻子最小的弟弟。"这时廖有方才知道那位少年的姓名，他也讲了当时安葬少年的情形和一些怀念的话，但拒绝了他们赠送的物品。驿站的官员和他的夫人坚持请他收下。廖有方又说："我身为男儿，对于古今做人的道理还是明白一些的，只是一次偶然的机会，安葬了一个多次参加科举的同道中人而已，这样贵重的礼物实属不应该。"说完便催马走了，驿站官员也骑着马送他，两人又经过一个驿站，还是没有分开。廖有方坚持不拿那些赠送的物品，驿站的官员最后与他握手告别，两人各奔东西，那些赠送的物品竟都被扔到了野外。

乡里掌管教化的乡老把这件事上报给州里，州里又上报给朝廷。文武百官知晓后都想结识廖有方，相互引见。第二年，李逢吉主持科举考试，廖有方中举。他改名为廖有卿，声名传遍了全国，被公认为国家的义士。那个驿站的官员戴克勤，被宰相举荐提拔为当地节度使，官也升到了极高的位置。此后，戴克勤和廖有方一样声名远播。（出《云溪友议》）

卷第一百六十八 气义三

熊执易

熊执易赴举，行次潼关。秋霖月余，滞于逆旅。俄闻邻店有一士，吁嗟数次。执易潜问之，曰："前尧山令樊泽，举制科，至此，马毙囊空，莫能自进。"执易造焉，遽辍所乘马，倒囊济之。执易其年罢举，泽明年登科。（出《摭言》）

李 约

李约为兵部员外，汧公之子也。识度清旷，迥出尘表。与主客张员外谂同官。并韦征君况，墙东遁世，不婚娶，不治生业。李独厚于张，每与张匡床静言，达旦不寝，人莫得知。赠张诗曰："我有心中事，不与韦二说。秋夜洛阳城，明月照张八。"

约尝江行，与一商胡舟楫相次。商胡病，固邀相见，以二女托之，皆绝色也。又遗一珠，约悉唯唯。及商胡死，财宝约数万，悉籍其数送官，而以二女求配。始，殓商胡时，约自以夜光啥之，人莫知也。后，死胡有亲属来理资财，约请官司发掘，检之，夜光果在。其密行皆此类也。（出《尚书故实》）

熊执易

熊执易去京城赶考，行至潼关时，秋雨连绵下了一个多月，因无法前行，被滞留在客栈。他忽然间听到隔壁有男子唉声叹气，于是过去询问。那人说："我是前尧山县令樊泽，去京城赴皇帝亲自主持的殿试。走到这里马死了，钱也用完了，不能继续往前了。"熊执易回到自己房间，把自己的马和口袋里的钱全部送给樊泽。当年熊执易因此没有参加科举，而樊泽及时赶到参加了殿试并高中。（出《摭言》）

李约

李约官职为兵部员外，是汧公的儿子。他才华出众，见识和胸襟更是超凡脱俗，和主客员外张谂两人是同僚，并与征君韦况一起避世而居不念红尘，不婚娶也不积攒家产，只和张谂走得特别亲近。每次和张谂同在一张床上聊天时，总会特别投机，两人经常聊到通宵都不睡觉，其他人对此十分不解。为此他写了首诗赠给张谂："我有心中事，不与韦二说。秋夜洛阳城，明月照张八。"

有一次李约乘的船在江上航行，与一位胡商的船正好是一前一后。胡商病重，便把李约请去，将自己的两个女儿托付给他。胡商的两个女儿都长得很漂亮。胡商又把一枚珠子交给他，又叮嘱了许多话给他。胡商死后，李约把他留下来的好几万贯钱如数送交官府，为胡商的两个女儿都寻找好夫家，办理婚事。胡商临死之前和李约约定，死后要含着那枚夜光珠入殓，此事没有人知道。后来，胡商的亲属在清算胡商财产时，把官府的人请来，挖开坟墓查看时，夜明珠果然在胡商的口中。李约做的事，就算无人知晓，但也是如此光明正大。（出《故实》）

郑还古

郑还古，东都闲居，与柳当将军者甚熟。柳宅在履信东街，有楼台水木之盛。家甚富，妓乐极多。郑往来宴饮，与诸妓笑语既熟，因调谑之。妓以告柳，怜郑文学，又贫，亦不之怪。郑将入京求官，柳开筵饯之。酒酣，与妓一章曰："冶艳出神仙，歌声胜管弦。眼看白苎曲，欲上碧云天。未拟生裴秀，如何乞郑玄。莫教金谷水，横过坠楼前。"

柳见诗甚喜。曰："某不惜此妓，然吾子方求官，事力空困，将去固不易支持。专待见荣命，便发遣入京，充贺礼。"及郑入京，不半年，除国子博士。柳见除目，乃津置入京。妓行及嘉祥驿，郑已亡殁。旅村寻到府界。柳闻之悲叹不已，遂放妓他适。（出《卢氏杂说》）

江陵士子

江陵寓居士子，忘其姓名。有美姬，甚贫，求尺题于交广间，游索去万，计支持五年粮食。且戒其姬曰："我若五年不归，任尔改适。"士子去后，五年未归。姬遂为前刺史所纳，在高丽坡底。及明年，其夫归，已失姬之所在。寻访知处。遂为诗，求媒标寄之。诗云："阴云漠漠下阳台，惹着襄王更不回。五度看花空有泪，一心如结不曾开。纤萝自合依芳树，覆水宁思返旧杯。惆怅高丽坡底宅，春光无复下山来。"刺史见诗，遂给一百千及资装，便遣还士子。（出《卢氏杂说》）

郑还古

郑还古在东都闲居，和柳当将军很熟。柳将军住在履信东街，有楼台水榭和花园，家中非常富有，养了很多的乐师和歌伎。郑还古常去柳将军家赴宴，和歌伎们玩笑，互相也很熟悉。因而调戏歌伎，歌伎告诉了柳当将军，柳当将军爱惜郑还古的才学，又觉得他贫穷，也不责怪他的鲁莽行为。郑怀古要到京城谋求官职，柳当将军设宴给他饯行。酒喝到兴致高昂时，郑还古为歌伎吟诗一首："冶艳出神仙，歌声胜管弦。眼看白苎曲，欲上碧云天。未拟生裴秀，如何乞郑玄。莫教金谷水，横过坠楼前。"

柳当将军读了这首诗很是喜欢，对郑还古说：我不是舍不得这个歌伎，只是你此去是为了谋求官职的，需要花费大量的精力和时间，如果我让歌伎随你一起去，怕你精力上不够，等你当了官，我便把她送去京城，作为给你的贺礼。郑还古入京半年不到，就官至国子博士。柳当在新任官员的名单上看到了郑还古的名字，马上备好贺礼送往京城。歌伎只到嘉祥驿站时，郑还古就死了。当郑还古的灵柩运回东都时，柳当将军悲伤不已，然后将歌伎另嫁他人。（出《卢氏杂说》）

江陵士子

有一个住在江陵的读书人，叫什么名字已无从考究，读书人家中很贫寒，但他的妻子非常美丽。读书人准备出远门去收集题诗书画，准备了一些钱，够妻子五年的生活开支了。他对妻子说："如果五年后我还没有回来，你可随意改嫁。"读书人走了，五年后没有回来。他的妻子改嫁给了前刺史，住在高丽坡底。又过了一年，读书人回来了，他找不到自己的妻子。几经查访后找到了妻子住的地方，他写了首诗托人送去。这首诗说："阴云漠漠下阳台，惹着襄王更不回。五度看花空有泪，一心如结不曾开。纤萝自合依芳树，覆水宁思返旧杯。惆怅高丽坡底宅，春光无复下山来。"刺史读到这首诗，便将一百贯钱和一些衣物给了读书人的妻子，把她还给了读书人。（出《卢氏杂说》）

郑畋

郑文公畋，字台文。父亚，曾任桂管观察使。畋生于桂州，小字桂儿。时西门思恭为监军，有诏征赴阙。亚饯于北郊，自以衰年，因以畋托之，曰："他日愿以桂儿为念。九泉之下，不敢忘之。"言讫，泫然流涕。思恭志之。及为神策军中尉，亚已卒。思恭使人召畋，馆之于第。年未及冠，甚爱之，如甥侄，因选师友教导之。畋后官至将相。黄巢之入长安，西门司空逃难于终南山。畋以家财厚募有勇者，访而获之，以归岐下。温凊侍膳，有如父焉。思恭终于畋所。畋葬于凤翔西冈，松柏皆手植之。未几，畋亦卒，葬近西门之坟。百官造二垄以吊之，无不堕泪，咸伏其义也。（出《北梦琐言》）

章孝子

章孝子名全益，东蜀涪城人。少孤，为兄全启养育。母疾，全启割股肉以馈，其疾果瘳也。他日，全启出游，殂于逆旅。全益感天伦之恩，制斩缞之服。又以全启割肉啖母，遂以火炼指，以申至痛。仍以银字写《法华经》一部，日夕讽诵，仍通大义。后于成都府楼巷，舍于其间，傍有丹灶。不蓄童仆，块然一室。鬻丹得钱，数及两金，即刻一象。今华亭禅院，即居士高楼之所，人谓有黄白之术。尝言于道友曰："点水银一两，止一两银价。若丸作三百粒，每粒百钱，乃三十千矣，其利博哉。但所鬻之丹亦神矣。"居士到蜀之后，制土偶于丹灶之侧，以代执热之用。护惜不毁，殆四十年。大顺中物故，年至九十八。寺僧写真于壁，节度判官前眉州刺史冯涓撰赞以美之。（出《北梦琐言》）

郑畋

文公郑畋，字台文。父亲叫郑亚，曾任桂管观察使。郑畋出生桂州，小名桂儿。当时西门思恭为监军，朝廷下令西门思恭调往京城，郑亚在城北为他设宴饯行。郑亚因自己年老体衰，便把郑畋托付给西门思恭，说："如果将来你能帮我照看桂儿，九泉之下也深记你的恩德！"说完便流下眼泪，西门思恭铭记郑亚的嘱托。当西门思恭当上了神策军中尉时，郑亚离世，西门思恭派人把郑畋接来，收养在家中。他很喜欢郑畋，像待自己的外甥和侄子一样爱护他，还为他请来老师教导他。后来郑畋官至大将、宰相。黄巢攻进长安时，西门思恭逃难到终南山。郑畋用家财高价招募勇士，把西门思恭接回，在家中奉养照顾，像对待自己的父亲一样照顾得很周到。西门思恭在郑畋家过世，郑畋把他安葬在凤翔西岗，他亲手栽植墓地的松柏树。不久后，郑畋也与世长辞，和西门思恭葬在同一个墓地。为祭奠他们，官员们为两人修建坟墓。在场的人都敬佩二人的仁义而潸然落泪。（出《北梦琐言》）

章孝子

章孝子叫章全益，东蜀涪城人。自幼丧父，由哥哥章全启抚养长大。他的母亲病了，哥哥章全启把大腿上的肉割下来给母亲吃，果然母亲的病就好了。后来章全启外出旅行时，客死在旅店。章全益感激哥哥从小到大的恩情，做了丧服，又因哥哥曾割肉给母亲治病，他便用火烧自己的手指，以此来体验哥哥当时的疼痛。还用银字书写《法华经》一部，早晚阅读朗诵，领会其中的道理。后来，他在成都的府楼巷建造了一座房子，里面有一座炼丹的炉子。他不用仆人，独自住在这个房子里，炼丹得来的钱够一两金子了，便刻一座佛像。现在的华亭禅院，就是当年章孝子炼丹奉佛的地方。人们把他炼丹化为金银的法术称为黄白之术。他曾对和他一起奉佛的人说："冶炼一两水银，只能得到一两银子，如果分作三百粒，每粒化为一百文，便是三万文，其利是非常大的，但是炼出来的丹很神奇。"章孝子到蜀郡后做一个泥人放在炼丹炉旁看火。他非常爱惜这个泥人，

发冢盗

光启大顺之际，褒中有盗发冢墓者，经时搜索不获，长吏督之甚严。忽一日擒获，置于所司。淹延经岁，不得其情。拷掠楚毒，无所不至。款古既具，连及数人，皆以为得之不谬矣。及临刑，傍有一人攘袂大呼曰："王法岂容枉杀平人者乎！发冢者我也。我日在稠人之中，不为获擒，而斯人何罪，欲杀之？速请释放。"旋出丘中所获之赃，验之，略无差异。具狱者亦出其赃，验之无差。

及藩帅躬自诱而问之，曰："虽自知非罪，而受棰楚不禁，遂令骨肉伪造此赃，希其一死。"藩帅大骇，具以闻于朝廷。坐其狱吏，枉陷者获免，自言者补衙职而赏之。（出《玉堂闲话》）

郑 雍

郑雍学士未第时，求婚于白州崔相公远。才允许，而博陵有事，女则随例填宫。至朱梁开平之前，崔氏在内托疾。敕令出宫，还其本家。郑则复托媒氏致意，选日亲迎。士族婚礼，随其丰俭，亦无所阙。寻有庄盆之感，又杖经期周，莫不合礼。士林以此多之，美称籍甚。场中翘足望之，一举中甲科。封尚书榜下。脱白，授秘校，兼内翰，与丘门同敕入。不数载而卒。（出《玉堂闲话》）

一直用了四十年。大顺年中他死了，死时已经九十八岁高龄。庙里的和尚把他的像画在墙上，节度判官前眉州刺史冯涓为他撰写纪念和赞美他的文章。（出《北梦琐言》）

发冢盗

光启大顺年间，褒中县发生了墓被盗的案件，官府抓了很长时间都没有把罪犯抓到，长吏不断催促破案的进度，下了非常严格的命令。有一天就把罪犯抓到了，而拖了一年多，也没有见罪犯招供。狱吏毒刑拷打，所有刑罚无所不用，后来那人扛不住招供了，还牵连了另外几个人，大家都一致认为定罪没有失误。直到要把罪犯处死时，人群中有一个人拉着罪犯的衣服大声哭喊："国家的法律是不允许错杀好人的，盗墓的人明明是我。我在这些人中却没有被抓住，而这个人什么罪也没有，却还要被杀头。快把他放了！"随后拿出从墓中得来的赃物，经过检验果真不差。

于是藩帅亲自审问之前抓的犯人，这人说："虽然我清楚地知道自己是无罪的，但受不了酷刑，于是让家人伪造了赃物，只求早死。"藩帅听了大惊，就把详情上报朝廷，将审理此案的相关狱吏全都治罪，被诬陷的人释放，自首的人补充录用为衙役，而且还获得了奖赏。（出《玉堂闲话》）

郑　雍

学士郑雍在还没参加科举时，就向白州相公崔远求娶他的女儿。崔远刚点头同意，郑雍就有事去了博陵。崔远的女儿崔氏按祖制被召进宫中当宫女，到了后梁开平年之前，崔氏在宫中假托有病，被允许出宫，归还回原来的家庭。郑雍再次请媒婆去求亲，选定日期迎娶。依照家族礼制举办婚礼，该有的都有，也不缺少什么。妻死，又过一年丧期，所做的事都是合礼仪的。越来越多的有身份的读书人把他当作榜样，美名轰动一时，参加科举的举子都期待他考试成绩。他一举考中甲科进士。出自尚书的榜下。脱下丧服后，被任命为秘

杨晟

杨晟，始事凤翔节度使李昌符。累立军功，因而疑之，潜欲加害。昌符爱妾周氏，悯其无辜，密告之，由是亡去而获免。后为驾前五十四军都指挥使，除威胜军节度使，建节于彭州。抚绥士民，延敬宾客，洎僧道辈，各得其所。厚于礼敬，人甚怀之。李昌符之败，因令求周氏。既至，以义母事之。周氏自以少年，复有美色，恳有好合之情。晟告誓天地，终不以非礼偶之。每旦，未视事前，必申问安之礼。虽厄在重围，未尝废也。新理之郡，兵力不完，遽为王蜀先主攻围。保守孤垒，救兵不至，凡千日，为西川所破而害焉。有马步使安师建者，杨氏之腹心也，城克执之。蜀先主知其忠烈，冀为其用，欲宽之。师建曰："某受杨司徒提拔，不敢惜死。"先主嗟赏而行戮，为其设祭而葬之。（出《北梦琐言》）

王殷

王殷，梁开封尹瓒之犹子也。乾化中，为徐州连率。众叛拒命，杀害使臣，点阅市井而授甲焉。有亲随苗温与数辈，度其必不济，窃谋作乱。吏泄被擒，刳心而死。其妻配隶别部军校，殊不甘，挟短刃，割乳而殒。闻者无下嗟尚。（出《玉堂闲话》）

校兼内翰，与丘门在同一份任命的公文上。后来没过几年，他就死了。（出《玉堂闲话》）

杨晟

杨晟，最初在凤翔节度使李昌符手下任职，多次立下战功，为此受到李昌符猜疑，欲要暗对他加以陷害。李昌符宠爱的小老婆周氏，可怜他并没有过错，将消息悄悄告诉他，于是杨晟才得以逃走，免去一场劫难。后来，杨晟被封为驾前五十四军都指挥使，不久后又任威胜军节度使，镇守彭州。他安抚百姓，对宾客十分尊敬，连和尚、道士这些方外之人都能自由生活。他提倡讲礼，尊敬贤士，人们都十分拥护他。李昌符落败，他派人接来周氏，以义母的名义奉养。周氏觉得自己还年轻，长得也漂亮，恳请和杨晟结好合之情。杨晟指天地发誓，对周氏没有任何不尊敬之处。每天早晨，在去处理公务前，都会先去给周氏请安，即使在敌军的围困之下，也不曾间断过。因新建郡府没有足够的兵力，被前蜀先主王建突然带兵包围。杨晟苦守孤城一千多天，最终因没有援军而被先蜀的军队攻破，杨晟遇害身亡。马步使安师建是杨晟的近臣，城破后被俘。先主知他忠勇，想要劝说他为己所用，准备赦免了他。安师建说：“我受杨晟的提拔重用，不敢怕死。”先主大为敬佩，然后令人把他杀了，为他举行祭奠仪式后将他厚葬了。（出《北梦琐言》）

王殷

王殷，后梁开封尹王瓒兄弟的儿子。乾化年间，被任命为徐州连率。士兵们叛乱抗命，把朝廷使臣给杀了，然后在集市上检阅封官。王殷的亲信苗温等人，觉得叛乱肯定会失败的，于是暗中商量作乱，因有人泄秘被抓，被挖心而死。苗温的妻子被强行分配给其他军校，她心有不甘，用短刀把自己的乳房割下而死。听说过此事的人没有不感叹的。（出《玉堂闲话》）

卷第一百六十九　知人一

陈　寔

陈寔尝叹曰：“若周子居者，真栋梁之器。譬诸宝剑，则世之龙泉。”客有问陈季方曰：“足下家君，有何功德，而荷天下重名？”季方曰：“吾家君，譬如桂树，生于泰山之阿，上有万仞之高，下有不测之渊；上为甘露所沾，下为渊泉所润。当斯之时，桂树焉知泰山之高，渊泉之深？不知有功德与无。”（出《世说》）

黄叔度

郭泰至汝南，造袁奉高，车不停轨，鸾不辍轭。诣黄叔度，乃弥日信宿。人问其故，林宗曰：“叔度汪汪如千顷之波，澄之不清，挠之不浊，其器深广难测矣。”（出《世说》）

郭　泰

郭泰秀立高峙，澹然渊停。九州之士，悉懔懔宗仰，以为覆盖。蔡伯喈告卢子幹、马日磾曰：“吾为天下作碑铭多矣，未尝不有惭。唯为郭先生碑颂无愧色耳。”（出《世说》）

陈 寔

陈寔曾感叹："周子居是真正的国家栋梁。如果把他比作一把宝剑，就是当今的'龙泉'宝剑。"有人问陈季方："你父亲有什么伟大的功绩和高尚的品德，敢把自己和天下有名的重要人物相比？"陈季方说："我父亲就像是一棵生长在泰山的桂树，上有万仞绝壁，下有深不见底的深渊。他的枝叶承接甘甜雨露，根须被山涧的泉水滋养。然而，桂树又如何知晓这泰山的高大和山涧泉水有多深呢！不知道他有什么样的功绩和德行啊。"（出《世说》）

黄叔度

郭泰到汝南，拜会袁奉高时，车子停在路上，马匹的鞍具也没有卸下。去拜访黄叔度，在那里留宿了两夜。人们问他原因，郭泰说："黄叔度像千顷波涛一样浩瀚，几经沉淀不改清澈本色，任你如何翻动搅拌不会混浊，他的才能的深邃和宽广让人看不清楚。"（出《世说》）

郭 泰

郭泰就像是屹立在高山之上，独自安然地俯视着脚下的深渊。天下有才能的人都对他充满尊敬仰慕之情，认为他的才能和品德超凡脱俗，无人能及。蔡伯喈曾对卢子干和马日磾说："我为很多人撰写刻在碑上的铭文，很多时候写的颂扬之词都让我感到惭愧，唯独对郭泰先生碑文里写的颂扬之词我没有任何感到惭愧的。"（出《世说》）

马融

郑玄在马融门下。融尝不解割裂书七事，而玄思其五，别令卢子幹思其二。融告幹曰："孔子谓子贡：'回也闻一知十，吾与汝弗如也。'今我与子，可谓是矣。"（出《世说》）

蔡邕

蔡邕评陈蕃、李膺先后，曰："陈仲举强于犯上，李元礼严于摄下，易。仲举三君之下，谢沈《汉记》曰：三君者，一时之所重，窦武、刘淑、陈蕃。元礼八俊之上。"薛莹《汉书》曰：李膺、王畅、荀绲、朱寓、魏明、刘佑、杜楷、赵典为八俊。（出《世说》）

顾邵

顾邵尝独谓庞士元曰："闻子知人，吾与足下孰愈？"士元曰："陶冶世俗，与时沉机，吾不如子；论霸王之余策，览倚伏之要最，吾亦有一日之长。邵亦能为之乎？"（出《世说》）

诸葛瑾兄弟

诸葛瑾、弟亮及从弟诞，并有盛名，各事一国。时以蜀得其龙，吴得其虎，魏得其狗。（出《世说》）

庞士元

庞士元至吴，吴人并友之。见陆绩、顾邵、全琮而为之目曰："陆子所谓驽马有逸足之用，顾子所谓驽牛可以负重致远。"或问："如目陆为胜邪？"曰："驽马虽精速，能致一人耳。驽牛一日

马融

郑玄是马融的门客，马融对“割裂书七事”并不清楚。而郑玄只知道其中的五件事，又让卢子干凭空想出两件。马融对卢子干说：“孔子对子贡说，颜回看到一就知道十，我和你都不如啊！我和你也就这样了。”（出《世说》）

蔡邕

蔡邕给陈蕃和李膺排先后时点评说：“陈蕃的优点是不怕冒犯皇帝，李膺是对下属严格要求。陈蕃应排在‘三君’的最后面，谢沈在《汉记》中说：“三君，就是当时为世人所推崇的窦武、刘淑、陈蕃三个人。李膺则排在‘八俊’之首。”薛莹在《汉书》中说：李膺、王畅、荀鲲、朱寓、魏明、刘佑、杜楷、赵典被世人评为八俊。（出《世说》）

顾邵

顾邵曾私下对庞士元说：“听说你能识人之明，那么我和你谁更厉害？”庞士元说：“论教化社会风俗的培养，顺应时代潮流这些方面，我不如你；可若论到国家称王称霸的计谋，克敌制胜的方法，也算是我的一个所长，这些事你顾邵能做到吗？”（出《世说》）

诸葛瑾兄弟

诸葛瑾和他的弟弟诸葛亮，堂弟诸葛诞，都是极具声名的人物，但他们却为不同的国家效力。人们说：蜀国得到诸葛亮，相当于得到了一条龙；吴国得到诸葛瑾是得到了一只虎；魏国得到诸葛诞是得到了一只狗。（出《世说》）

庞士元

庞士元到吴国，吴人都前来拜见他。见了陆绩、顾邵、全琮后，他说：“陆绩的特点是像马一样奔跑，值得一用；顾邵的特点像牛，能负重还走得很远。”有人问他：“陆绩和顾邵他们两人谁更好一

百里，所致岂一人哉！”吴人无以难。全子好声名，似汝南樊子昭。（出《世说》）

武陔

司马文王问武陔曰：“陈泰何如其父司空？”陔曰：“通雅博畅，能以天下声教为己任者，不如也；明练简至，立功立事，过之。”（出《世说》）

裴頠

冀州刺史杨淮二子，乔与髦，俱总角为成器。淮与裴頠、乐广友善，遣见之。頠性弘放，爱乔之有风韵，谓淮曰：“乔当及卿，髦小减也。”广性清淳，爱髦之有神检，谓淮曰：“乔自及卿，然髦尤精出。”淮笑曰：“我二儿之优劣，乃裴、乐之优劣也。”论者评之，以为乔虽高韵而无检局，乐言为得。然并为后之双隽。（出《世说》）

匈奴使

魏武将见匈奴使，自以形陋，不足怀远国，使崔季珪代当之，自捉刀立床头。事毕，令间谍问曰：“魏王何如？”使曰：“魏王雅望非常，然床头捉刀人，乃英雄也。”王闻之，驰杀此使。（出《商芸小说》）

恒温

晋殷浩既废，桓温语诸人曰：“少时与之共骑竹马，我弃去筹？”庞士元说：“马跑的速度虽然快，但只能载一人；牛一天也能行走百里，拉载的哪里又只是一个人呢？”吴人很是认同。庞士元又说：“全琮的声名很好，和汝南的樊子昭一样。”（出《世说》）

武陔

司马文王问武陔：“陈泰和他父亲司空相比如何？”武陔说：“渊博典雅，在天下的声名威望，还有以教化为己任这方面，比不上他父亲；但做事情精明干练，胜过他父亲。”（出《世说》）

裴頠

冀州刺史杨淮有杨乔和杨髦两个儿子，在小的时候就有一些才干。杨淮和裴頠、乐广之间的关系亲厚，于是他叫两个儿子来拜见他们。裴頠性格豪放，对杨乔的风度气质颇为赞赏。他对杨淮说：“以后杨乔肯定能赶上你，杨髦稍差一些。”乐广生性高洁纯朴，欣赏杨髦的聪明检点。他对杨淮说：“以后杨乔能赶上你，但杨髦更出色。”杨淮笑着说：“我两个儿子的优点和缺点，也是裴頠和乐广的优点和缺点。”时人评价说，虽然杨乔有风度有韵致，但少约束检点，还是乐广说的对。但他们都很出色，将来一定会成为杰出的人物。（出《世说》）

匈奴使

魏武王马上就要去见匈奴派来的使者，但他觉得自己的形象不好看，难以给边远国家留下好印象，便让崔季圭代替，而自己在旁持刀侍立。接见结束后，他派人问匈奴的使者：“魏王怎么样？”使者说：“魏王长得真不错，但他身旁的侍卫才是真正的英雄呢！”魏王听了，派人骑马追上这个使者，将他杀了。（出《商芸小说》）

桓温

东晋的殷浩被贬为平民，桓温对大家说：“小时候我和他一起

已，浩辄取之，故当出我下。”（出《世说新书》）

谢 鲲

明帝问谢鲲：“君自谓何如庾亮？”答曰：“端委庙堂，使百僚准则，臣不如亮；一丘一壑，自谓过之。”（出《世说新书》）

唐太宗

贞观五年，上谓长孙无忌等曰：“朕闻主贤则臣直。人固不自知，公宜论朕得失。”无忌曰：“陛下武功文德，跨绝古今，发号施令，事皆利物。臣顺之不暇，实不见陛下有愆失。”上曰：“朕欲闻己过，公乃妄相谀悦。今面谈公等得失，以为鉴诫。言之者可以无过，闻之者足以自改。”因曰：“无忌善于筹算，应对敏速。求之古人，亦当无比。兵机政术，或恐非其所长。高士廉涉猎古今，心术聪悟，临难不改节，为官亦无朋党。所少者骨鲠规谏耳。唐俭言辞俊利，善和解人，酒杯流行，发言启齿。事朕三载，遂无一言论国家得失。杨师道性纯善，自无愆过，而情实怯懦，未甚更事，急缓不可得力。岑文本性道敦厚，文章所长，持论恒据经远，自不负于理。刘洎性最坚贞，言多利益，然其意尚，然诺朋友，能自补阙，亦何以尚焉。马周见事敏速，性甚贞正。至于论量人物，直道而言，朕比任使，多所称意。褚遂良学问稍长，性亦坚正，既写忠诚，甚亲附于朕，譬如飞鸟依人，自加怜爱。”（出《唐会要》）

骑竹马玩，我丢掉不用的东西，殷浩都会捡起来，因此他不如我。”（出《世说新书》）

谢鲲

明帝问谢鲲：“你自己评价一下，你和庾亮相比有何长短处？”谢鲲回答道：“在规规矩矩地上朝当官，百官的楷模方面，庾亮胜过我；论胸中的真才实学，我自认为我比他厉害。”《世说新书》）

唐太宗

贞观五年，皇帝对长孙无忌等人说：“我听说只有有了英明的皇帝，才有敢于直言的大臣。人有时候对自己的认知不一定准确，大家就来评评我的优点和不足。”长孙无忌说：“皇上赫赫战功和礼乐教化把这个国家治理得很好，功绩比古今所有的帝王都要多。发布政令，做出各项决策，都十分正确和有效，我忙于执行皇上下达的命令，实在没有时间想到皇帝有什么过失的地方。”太宗说：“我想要听的是我做得不对的地方，你这是随意奉承讨好。今天就是要把各位的优点和不足当面讨论，作为以后鉴戒。不论说的对或不对都没有关系，听的人注意加以改正就好。”于是皇帝开始点评在场的官员，说：“长孙无忌善于谋划布局，反应敏捷，应答如流，这一点古人都不如他；但是领兵打仗和治理国家方面又不是他的强项。高士廉见多识广，思维敏捷，遇到困难也会坚持自己的立场，为官不搞党派。但不足的是，不能大胆表达自己的意见。唐俭为人爽快，善解人意，喜欢喝酒，敢于讲话，跟了我三年，却没有一句是和我议论国家大事的。杨师道性格纯朴善良，这当然是好的，然而实在是有些怯懦，办不了大事，什么时候都指望不上他能为你出力。岑文本性情诚朴宽厚，写文章喜欢引经据典，道理讲得明白透彻。刘洎最坚贞，说话大多涉及利益，其意图明确，若是答应朋友的事，他一定设法办成，但不提倡。马周处事灵活，忠诚正直。在识人方面，不客气地说，我比你们都高明一些。褚遂良学问不错，为人很坚强正直，亲近依附于我，就像靠近人的飞鸟一样，爱护是理所当然的。”（出《唐会要》）

李 勣

武德初，李勣得黎阳仓，就食者数十万人。魏徵、高季辅、杜正伦、郭孝恪皆客游其所，一见于众人之中，即加礼敬。平武牢获郑州长史戴胄，释放推荐之。当时认为有知人之鉴。（出《唐会要》）

又贞观元年，勣为并州都督。时侍中张文瓘为参军事。勣尝叹曰："张稚珪后来管萧，吾不如也。"待以殊礼。时有二僚，亦被礼接。勣将入朝，一人赠以佩刀，一人赠以玉带，文瓘独无所及，因送行二十余里。勣曰："谚云，千里相送，归于一别。稚珪何行之远也？可以还矣。"文瓘曰："均承尊奖，彼皆受赐而返，鄙独见遗，以此於悒。"勣曰："吾子无苦，老夫有说。某迟疑少决，故赠之以刀，戒令果断也；某放达小拘，故赠之以带，戒令检约也。吾子宏才特达，无施不可，焉用赠为？"因极推引。后文瓘累迁至侍中。（出《广人物志》）

薛 收

唐薛收与从父兄子元敬、族兄子德音齐名，时人谓之河东三凤。收与元敬俱为文学馆学士，时房杜等处心腹之寄，深相友托。元敬畏于权势，竟不狎。如晦常云："小记室不可得而亲，不可得而疏。"（出《谭宾录》）

李勣

唐朝武德初年，李勣得了黎阳粮仓，一时间来吃饭、领粮的人有数十万之多。魏徵、高季辅、杜正伦、郭孝恪都来此游玩，李勣在人群之中看到了，便和他们招呼致意。他整顿武王监狱时，发现郑州长史戴胄也被关押其中，李勣马上把戴胄释放然后向朝廷举荐，人们都看出李勣有识别人才的能力。（出《唐会要》）

贞观元年，李勣担任并州都督。张文瓘当时是参军事，李勣感叹："张文瓘以后会成为管仲、萧何那样的人物，我不如他啊！"也特别看重张文瓘。当时还有另外两个下属，李勣也很器重他们。李勣调入中央，临行前他分别送那两个下属一柄佩刀和一条玉带，唯独没有任何东西送给张文瓘。张文瓘送了他二十多里地。李勣说："古语有云：'送君千里，终有一别。'你为何送我这么远呢？回去吧！"张文瓘说："大家都得到了你的赞扬和肯定，都得到你的赏赐回去了，唯独我没有奖励任何东西，心中深为不安。"李勣说："你别不高兴，听我说，他们俩，一个处理事务优柔寡断，为此我送他一柄快刀，为的是提醒他以后处事要果断。一个放荡不羁，我赠给他一条带子，是为了提醒他以后要多检点和约束自己的行为。你才能宏博通达，什么事情都处理得很好，还要我送什么给你呢？"李勣极力举荐张文瓘，后来，张文瓘官至侍中。（出《广人物志》）

薛收

唐朝的薛收与堂侄元敬和同族侄子德音都有不错的名声，当时被人们称为"河东三凤"。薛收和元敬两人是文学馆的学士，房玄龄和杜如晦等人都想把他们拉拢为自己的心腹，于是各自托人前来游说，元敬对他们手中的权势敬畏不已，就和各方关系都不会很近，杜如晦经常说："像小记室这样的官员，不会因为得了谁的恩惠就亲近谁，也不会因没有得谁的恩惠就疏远谁。"（出《谭宾录》）

王 珪

贞观六年，上宴侍臣。谓王珪曰："卿识鉴精通，尤善谈论，自房玄龄等，咸宜品藻。又可自量，与诸子孰贤。"珪对曰："孜孜奉国，知无不为，臣不如玄龄；才兼文武，出将入相，臣不如李靖；敷奏详明，出纳惟允，臣不如彦博；繁繁理剧，众务必举，臣不如戴胄；谏诤为心，耻君不及尧舜，臣不如魏徵。至于激浊扬清，嫉恶好善，臣于数子，亦有微长。"太宗深然其言，群公亦各以为尽己所能，谓之确论。（出《唐会要》）

王师旦

贞观十九年，考功员外郎王师旦知举，考张昌龄、王公瑾策下。太宗叹曰："二人咸有词华。"对曰："体性轻薄，文绝浮艳，必不成令器。臣不上拔者，恐变陛下风雅。"帝以为名言。后如其言也。（出《谭宾录》）

杨 素

封德彝之少也，仆射杨素见而奇之，遂妻以侄女。常抚座曰："封郎必居此坐。"后讨辽东，封公船没，众皆谓死。杨素曰："封郎当得仆射，此必未死。"使人求之。公抱得一板，没于大海中，力尽欲放之，忽忆杨公之言，复勉力持之，胸前为板所摩击，肉破至骨。众接救得之。后果官至仆射。（出《定命录》）

王 珪

贞观六年，皇帝设宴款待群臣。皇帝对王珪说：“你在鉴定人才的优点和不足方面是强项，尤其擅长发表观点，就从房玄龄开始，你对他们逐个评价，再评价你和他们相比谁又更贤能。”王珪回答说：“论为国效力勤勤恳恳，只要能做到的就会竭尽全力去做，房玄龄比我厉害。文韬武略，出朝能当将军，入朝可以做宰相，我不如李靖。奏报陈述得详实，能把皇帝的命令向群臣百姓传达，将民众基层的建议向皇帝禀明，我不如彦博。复杂烦琐的事物处理，我不如戴胄。对皇帝能直言规劝，及时指出皇帝政务上的失误或不足，我不如魏徵。至于对于丑恶行为的揭发与批评，对于善良美好正义的弘扬，同各位相比，我觉得自己稍胜一筹。”太宗皇帝对他的观点非常赞同。大臣们也觉得他对自己的强项总结得十分精准。（出《唐会要》）

王师旦

贞观十九年，考功员外郎王师旦主持对举子的考核举荐工作。对张昌龄和王公瑾的政事、经义和文章考核完后，太宗皇帝感叹道：“这两人在对答和文章方面文采都不错。”王师旦却说：“这两人体态略显轻浮，见识显得浅薄，文章中语言用词华丽，日后成不了大器。我不向皇上举荐，以防影响皇帝对文章教化风气的改变。”皇帝认为他说得正确，后来的情况果如王师旦说的一样。（出《谭宾录》）

杨 素

封德彝年少时，仆射杨素见了后深感惊奇，于是便把侄女嫁给他。杨素常拍着自己的座椅说：“封德彝将来肯定会坐上这个位子。”后来征讨辽东，封德彝乘的船沉了，大家都以为他死了。杨素说：“封德彝是要坐上仆射之位的人，这次肯定不会死。”于是派人去寻，果然封德彝抱着一块木板漂在海上，就在力气耗尽想要放弃时，脑中想起杨素对他说过的话，就又拼尽全力坚持着。木板把胸

王义方

员半千本名余庆，师事王义方。义方重之，尝谓曰：“五百年一贤，足下当之矣。”因改名半千。（出《谭宾录》）

选 将

李勣每临阵选将，必相有福禄者而后遣之。人问其故，对曰：“薄命之人，不足与成功名。”君子以为知言。（出《谭宾录》）

英 公

高宗时，蛮群聚为寇。讨之辄不利，乃以徐敬业为刺史。彼州发卒郊迎，敬业尽放令还，单骑至府。贼闻新刺史至，皆缮理以待。敬业一无所问，处分他事毕，方曰：“贼皆安在？”曰：“在南岸。”乃从一二佐吏而往，观者莫不骇愕。贼初持兵觇望，及见船中无所有，乃更闭营藏隐。敬业直入其营内，告云：“国家知汝等为贪吏所苦，非有他恶，可悉归田，后去者为贼。”唯召其魁首，责以不早降，各杖数十而遣之。境内肃然。其祖英公闻之，壮其胆略，曰：“吾不办此。然破家者，必此儿也。”（出《国史异纂》）

口的肉都撞击摩擦得能看到了骨头，众人把他救了上来，后来，他真的当上了仆射。（出《定命录》）

王义方

员半千原名员余庆，在王义方手下做事，王义方对他很器重，曾说："德才兼备的贤士五百年才出一名，你就是这其中的一位。于是改名为半千。"（出《谭宾录》）

选将

每次打仗之前，挑选上阵或出征的将官时，李勣都会挑选那些面有福相的人派出去。人们问他原因，他说："命薄的人不会有成功的希望和取得功名的机会。"那些有学识的人认为这句话很有道理。（出《谭宾录》）

英公

唐高宗时，南方少数民族聚众为寇。朝廷多次派兵讨伐均失败了，于是派徐敬业为刺史，并命州府派兵马去城外接应。然而徐敬业却让接应他的士兵们先回去，独自骑着马到了州府。叛乱的贼兵听说来了新刺史，全都严阵以待。徐敬业一句敌兵的情况也不问，将其他事情都处理完了才问："贼兵在哪里？"有人回答说："在南岸。"徐敬业叫上两名参谋前往，看到的人是又惊又怕。贼兵刚开始拿着兵器观望，等看清徐敬业的船上并没有士兵后，便把营门关上然后躲了起来。徐敬业直接闯入敌人营内，对贼兵说："国家知道你们是被那些贪官污吏逼的，并没有犯下其他的罪行。你们可以全都回去种田，不回去种田的我可就按贼人处理了。"唯独把敌兵的首领找来，斥责他们为什么不早早投降，每人打了几十军棍就全放回去了。营寨内一片肃静，敌人都被他的威风和胆量震慑到了。徐敬业的爷爷英公知晓后，称赞他的胆略说："这件事我也办不到，但以后家族声誉被损坏的，肯定也会是这个孙儿了。"（出《国史异纂》）

刘奇

唐证圣中，刘奇为侍郎，注张文成、司马锽为御史。二人因申屠玚以谢。奇正色曰："举贤无私，何见谢？"（出《谭宾录》）

张鷟 自号浮休子

唐娄师德，荥阳人也，为纳言。客问浮休子曰："娄纳言何如？"答曰："纳言直而温，宽而栗，外愚而内敏，表晦而里明。万顷之波，浑而不浊，百练之质，磨而不磷，可谓淑人君子，近代之名公者焉。"

客曰："狄仁杰为纳言，何如？"浮休子曰："粗览经史，薄闲文笔，箴规切谏，有古人之风。剪伐淫祠，有烈士之操。心神耿直，涅而不淄。胆气坚刚，明而能断。晚途钱癖，和峤之徒与？"

客曰："凤阁侍郎李昭德，可谓名相乎？"答曰："李昭德志大而器小，气高而智薄，假权制物，扼险凌人，刚愎有余，而恭宽不足。非谋身之道也。"俄伏法焉。

又问："洛阳令来俊臣，雍容美貌，忠赤之士乎？"答曰："俊臣面柔心狠，行险德薄。巧辩似智，巧谀似忠，倾覆邦家，诬陷良善，其江充之徒欤？蜂虿害人，终为人所害。"无何，为太仆卿，戮于西市。

又问："武三思可谓名王哉？"答曰："三思凭藉国亲，位超衮职，貌象恭敬，心极残忍。外示公直，内结阴谋，弄王法以复

刘奇

唐朝证圣年间，刘奇任侍郎，举荐张文成、司马锽为御史。两人为了表示感谢特地委托申屠锡登门拜访，刘奇严肃地说："我只是为国家推荐有才能的人而已，又没有私心，有什么可谢的呢！"（出《谭宾录》）

张鷟自号浮休子

唐朝的娄师德是荥阳人，官职纳言。门客问浮休子："娄纳言这人性格怎么样？"浮休子说："娄纳言为人直爽又温和，宽厚又严肃，外表看上去愚笨但内心聪慧，看似糊涂内心跟明镜似的，如万顷波涛，虽深不可测但干净清澈，如经百炼的生丝，不易磨损，配得上'正人君子'的称号。"

门客又问："如果纳言换成狄仁杰来当会如何？"浮休子说："狄仁杰只懂一些简单的经典历史，会写一些简单的文章，敢于对皇帝直言，提出自己的意见和规劝，有古人风骨。主张将滥设的祠庙拆除，性格坚韧，内心强大光明，不同流合污。有胆略有气魄，处事英明果断。晚年喜爱钱财成癖，这不就和晋朝的和峤是一类人吗？"

门客问："凤阁侍郎李昭德，能被称为名相吗？"浮休子回答说："李昭德志向远大但才能不够，有气派但不够聪明，只会以权力来压制形势和人。刚愎自用有余，谦虚宽厚不足，不是处事的正确方法和手段，以后肯定会受到国法制裁。"

又问："洛阳令来俊臣，长相俊美，气质雍容华贵，是赤胆忠心的忠臣吗？"回答说："来俊臣的善良只是表面现象，喜欢冒险而德行不好，巧言善辩看上去很聪明，巧言奉承看上去忠心不二，但实际上破坏颠覆国家，诬蔑陷害忠良，是一个和汪充一样狠毒的人，他毒人害人像蜜蜂和蝎子一般，最后一定不会有好结果的。"后来，来俊臣当了太仆卿，在西市被杀。

又问："武三思能称为贤王吗？"回答说："武三思是靠他皇亲国戚的身份，职位超过三公，表面上对人谦和恭敬，内心却极为残忍，仇，假朝权而害物，晚封为德静王，乃鼎贼也，不可以寿终。”竟为节愍太子所杀。

又问：“中书令魏元忠，耿耿正直，近代之名臣也。”答曰：“元忠文武双阙，名实两空，外示贞刚，内怀趋附。面折张食其之党，勇若熊罴；谄事武士开之俦，怯同驽犬。首鼠之士，进退两端。虺蜥之夫，曾无一志。乱朝败政，莫匪斯人。附三思之徒，斥五王之族。以吾熟察，终不得其死然。”果坐事长流思州，忧恚而卒。

又问：“中书令李峤何如？”答曰：“李公有三戾，性好荣迁，憎人升进；性好文章，憎文才笔；性好贪浊，憎人受赂。亦如古者有女君，性嗜肥鲜，禁人食肉，性爱绮罗，断人衣锦；性好淫纵，憎人畜声色。此亦李公之徒也。”

又问：“司刑卿徐有功何如？”答曰：“有功耿直之士也。明而有胆，刚而能断。处陵夷之运，不偷媚以取容；居版荡之朝，不逊辞以苟免。来俊臣罗织者，有功出之；袁智弘锻炼者，有功宽之。蹑虎尾而不惊，触龙鳞而不惧。凤踌鸱枭之内，直以全身；豹变豺狼之间，忠以远害。若值清平之代，则张释之、于定国岂同年而语哉？”

又问：“司农卿赵履温何如？”答曰：“履温心不涉学，眼不识文，貌恭而性狠，智小而谋大，趑趄狗盗，突忽猪贪，晨羊诱外，不觉其死，夜蛾覆烛，不觉其毙，头寄于颈，其能久乎？”后从看似公正耿直，内心却隐藏阴谋，以法谋私，以权害人。武三思被封为德靖王后，想篡夺皇位，这个奸贼会死得很惨的。”后来，果然被节愍太子杀死。

又问：“中书令魏元忠，耿耿忠心，处事正直，应该能称得上当代的一位名臣了吧？”回答说：“魏元忠文才武略都有不足，名声和实际的功劳都没有。表面上忠贞刚勇，实际上趋炎附势，在折辱张食其时像熊罴一样勇敢，在奉迎武士开之流时又像条狗一样胆小，遇事像老鼠般犹疑不定，像毒蛇、蜥蜴般去毒害人，扰乱朝纲、败坏政治风气的就是这个人。他追随武三思，排斥李姓五王家族。在我看来，他最终会不得好死。”果然，后来他获罪被流放思州，最终忧愁愤恨而亡。

又问：“中书令李峤何如？”回答说：“李公有三种过失，他喜欢升迁，看到他人升官却心生怨恨；他喜欢写文章，对文章写得好的人却憎恨不已；他贪财，别人得到了钱财他恨得牙痒痒。就像古时候的一个女王，喜欢美食就不许别人吃肉，喜欢打扮就不许别人穿好看的衣服，喜欢放纵淫欲就禁止他人欣赏音乐和美色。女王和李峤他们是一类人。”

又问：“司刑卿徐有功如何？”回答说：“他为人正直，是个有功之臣。有智慧有胆略，处事刚勇果决。就算身处逆境之中，也不为了求得好处而投机取巧和奉承上司。即使身处政局不稳，社会动乱的时期，也会不顾自身安危而坚定自己的立场。来俊臣罗织罪名，因他有功在身而没有攻击他，袁智弘陷害忠良，因他功高而不敢将他牵涉其中。他踩着老虎尾巴而不害怕，碰到龙鳞也不惊惧，像凤凰在乌鸦群中峙立，因为人正大光明而免受陷害，如豹子混杂到了一群豺狼之中，因忠诚而使敌人也避开他。如果在和平盛世，张释之与于定国这两人能相提并论吗？”

又问：“司农卿赵履温怎么样？”回答说：“赵履温无才，不识字，外表谦恭而本性狠毒，不聪明但有大阴谋，犹豫徘徊如狗一般胆小又贪婪。就像早晨被诱骗出栏的羊，要被宰杀了还不知道；像扑向灯烛的夜蛾，将要被烧死却还不自知，脑袋只是暂时寄存在脖子事韦氏为逆，夷其三族。

又问："郑愔为选部侍郎，何如？"答曰："愔猖獗小子，狡猾庸人，浅学浮词，轻才薄德，狐蹲贵介，雉伏权门，前托俊臣，后附张易。折支德静之室，舐痔安乐之庭，鹑鸩栖于苇苕，鲂鲿游于沸鼎。既无雅量，终是凡材。以此求荣，得死为幸。"后果谋反伏诛。（出《朝野佥载》）

李峤

御史裴周使幽州日，见参谋姓胡，云是易州人，不记名。项有刀痕，问之，对曰："某昔为番官，曾事特进李峤。峤奖某聪明，每有诗什，皆令收掌。常熟视谓之曰：'汝甚聪明，然命薄。少官禄，年至六十已上，方有两政。三十有重厄，不知得过否。尔后轗轲，不得觅身名。'"

胡至三十，忽遇孙佺北征，便随入军。军败，贼刃颈不断。于积尸中卧，经一宿，乃得活。自此已后，每忆李公之言，更不敢觅官。于寺中洒扫，展转至六十。因至盐州，于刺史郭某家为客。有日者见之，谓刺史曰："此人有官禄，今合举荐，前十月当得官。"刺史曰："此边远下州，某无公望，岂敢辄荐举人？"俄属有恩赦，令天下刺史各举一人。其年五月，郭举此人有兵谋。至十月，策问及第，得东宫卫佐官，仍参谋范阳军事。（出《定命录》）

上，能长久吗？”赵履温后来因追随韦后叛乱，被诛杀三族。

又问：“郑愔做选部侍郎怎样？”回答说：“郑愔就是个猖狂狡猾的小人，无德无才，像蹲在贵族身边的狐狸，像拜伏在当权者门下的野鸡，人前假装奉承来俊臣，背地里又投靠张易，在武三思身下卑躬屈膝，在安乐公主家中谄媚屈服。像栖息在芦苇丛中的鸮鸩，又像游在开水锅里的鲂鲿。气质平庸，最终还是个普通的小人，靠这点伎俩钻营，只是找死。”果然，后来因谋反而被诛杀。（出《朝野佥载》）

李峤

御史裴周因公到幽州，会见了一位姓胡的参谋，胡参谋说自己是易州人，但忘记名字了。胡参谋脖子上有道刀疤，裴周问他这是怎么来的。胡参谋说：“当年，我在西南少数民族为官，是特进李峤的下属。李峤常常说我聪明，每次他的诗作都叫我整理存档。他常常看着我说：‘你虽聪明却命薄，缺少官禄。要到六十岁以后，才能当两任官。你三十岁时，会有一场大劫难，不知能不能躲过。日后也坎坷不得志，不要勉强自己谋求功名。’”

胡参谋三十岁那年，孙佺北征，他也参军一同北征。结果北征军战败，他的脖子被贼兵砍了一刀，万幸的是脖颈没断。他躺在尸体中过了一夜，活了过来。此后，他牢记李峤和他说过的话，再也不敢为自己谋求官职了，在庙里洒水扫地。时光过得飞快，胡参谋就到了六十岁，他来到盐州，在郭刺史家做门客。有位算命的见了他，然后对刺史说：“这人有官运，今年你就推荐他，十月以前能当官。”刺史说：“我这里偏远是一个向来不被重视的州，我自己都没有升官的希望，哪里还敢推荐举人？”不久，皇帝发下公文，叫全国各地的刺史每人荐举一人。郭刺史在五月推荐他，说他行军打仗很有谋略。到了十月，他参加政事和经文的考试被录用，初任命为东宫卫佐官，仍然参与和参谋范阳的军事。（出《定命录》）

郑杲

唐圣历中，侍郎郑杲注韩思复太常博士，元希声京兆府士曹参军，尝谓人曰："今年当选，得韩元二子，是吏部不负朝廷矣。"（出《谭宾录》）

卢从愿

唐景云中，卢从愿为侍郎。杜暹自婺州参军注郑县尉，后为户部尚书。卢自益州长史入朝，杜立于上，乃曰："选人定如何？"卢曰："亦由仆藻鉴，遂使明公展千里之足。"（出《谭宾录》）

裴宽

尚书裴宽罢郡西归，溯流停午，因维舟暂驻。见一人坐树下，衣服故弊，因命与语，大奇之，遂为知心，曰："以君才识，必自富贵，何贫也？"举一船钱帛奴婢贶之，客亦不让所惠。语讫上船，偃蹇者鞭扑之。裴公益奇之，其人乃张徐州也。（出《幽闲鼓吹》）

韦诜

润州刺史韦诜，自以族望清华，尝求子婿。虽门地贵盛，声名籍甚者，诜悉以为不可。遇岁除日，闲无事，妻孥登城眺览，见数人方于园圃有所瘗。诜异之，召吏指其所，使访求焉。吏还白曰："所见乃参军裴宽所居也，令与宽俱来。"诜诘其由，宽曰："某常自戒，义不以苞苴污其家。今日有人遗鹿，置之而去。既不能自欺，因与家童瘗于后园，以全其所守。不谓太守见之。"诜因降阶曰："某有息女，愿授君子。"裴拜谢而去。

郑杲

唐朝圣历年间，侍郎郑杲推荐思复为太常博士，元希声为京兆府士曹参军。他和别人说：“今年选拔官吏，有选到韩元二人，也算是吏部没有让朝廷失望了。”（出《谭宾录》）

卢从愿

景云年间，卢从愿任侍郎，杜暹经考核推荐从原来的婺州参军改任郑县尉，后来又改任户部尚书。卢从愿从益州长史调入京城，而此时杜暹的官职已经比他高了。杜暹问卢从愿：“如何确定和选拔官员？”卢从愿说：“由我来品评鉴别，才使你这只千里马得以迈开步子。”（出《谭宾录》）

裴宽

尚书裴宽从郡西辞职回来，逆水行舟至中午，中途休息。看到树下坐着一个人，衣着很破旧，于是他走过去与这人交谈，心中惊奇不已。然后把这人引为知己，说：“以你的才学，定是富贵之人才对，为何如今很贫穷呢？”就把一条船上的钱财和奴婢全都赠送给了这个人，这人坦然接受。说完话上船就用鞭子打那些困顿的人。裴宽更为惊讶，原来那人就是张徐州。（出《幽闲鼓吹》）

韦诜

润州刺史韦诜，认为自己家算得上有声望的世家豪族，他挑女婿，那些门第显要的人，在韦诜看来都不行。除夕当天，闲来无事，他和妻子儿女一起登上城楼眺望风景。忽然看到远处有几个人在一个园圃里掩埋着什么东西。韦诜觉得奇怪，便叫来差人指着那个地方，叫他去看看。差人回禀说：“那是参军裴宽的住所。韦诜差人把裴宽找来，问裴宽刚刚在埋什么。”裴宽说：“我常常告诫自己，不能接受他人贿赂而败坏家风。今天有人送来一只鹿，放下就走了。我不能自欺欺人，于是和仆人一起把它埋在屋后的园圃，以便不破坏自己定归谓其妻曰："尝求佳婿，今果得之。"妻问其谁，即向之城上所见瘗物者。明日复召来，韦氏举家视其帘下。宽衣碧衫，疏瘦而长，旧制，八品已下衣碧。入门，其家大噱，呼为鸜鹆。诜妻涕泣于帷下。既退，诜谓其妻曰："爱其女，当令作贤公侯之妻。奈何白如瓠者人奴之材？"诜竟以女妻之，而韦氏与宽偕老。其福寿贵盛，亲族莫有比焉。故开元天宝，推名家旧望，以宽为称首。（出《明皇杂录》）

裴谈

苏颋年五岁，裴谈过其父，颋方在，乃试诵庾信《枯树赋》。将及终篇，避谈字，因易其韵曰："昔年移柳，依依汉阴。今看摇落，凄怆江浔。树犹如此，人何以任。"谈骇叹久之，知其他日必主文章也。（出《广人物志》）

下的规矩，没想到让刺史大人给看到了。”于是韦诜放下身段对裴宽说：“我想要把女儿许配给你。”裴宽拜谢后走了。

韦诜回去对妻子说：“之前总想挑个好女婿，今天终于找到了。”妻子问他是谁，他告诉妻子，就是今天城上看到埋东西的人。第二天，又把裴宽叫来，全家人都在门帘后面看，见裴宽穿着八品以下官服，又瘦又高，旧制，八品以下的官员穿着绿色衣服。进门后，全家人都大笑，称裴宽是鹳鹊。韦诜的妻子在帷幕后面哭了。裴宽走后，韦诜对妻子说：“若是真的爱护女儿，就该让她做德才兼备大官的妻子，难道是为了找一个长得好看的奴才吗？”韦诜将女儿嫁给了裴宽。而韦氏和裴宽白头偕老，福寿尊贵，亲戚中没有人能与之相比的。开元天宝年间，推选名家望族时，裴宽排在第一位。（出《明皇杂录》）

裴谈

苏颋五岁时，裴谈来拜访他的父亲。苏颋正好在旁边，便叫他试着背诵庾信的《枯树赋》。背到文章末尾处，苏颋为了尊重裴谈，避开谈字，将谈字读成个任字。朗诵道：“昔年移柳，依依汉阴。今看摇落，凄怆江浔。树犹如此，人何以任。”裴谈深为惊叹，知道这个孩子以后在文学上一定会有所建树的。（出《广人物志》）

卷第一百七十 知人二

姚元崇

姚元崇与张说同为宰辅，颇怀疑阻，屡以事相侵，张衔之颇切。姚既病，诫诸子曰："张丞相与吾不叶，衅隙甚深。然其人少怀奢侈，尤好服玩。吾身殁之后，以吾尝同僚，当来吊。汝其盛陈吾平生服玩，宝带重器，罗列于帐前。若不顾，汝速计家事，举族无类矣。目此，吾属无所虞。便当录其玩用，致于张公，仍以神道碑为请。既获其文，登时便写进，仍先砻石以待之，便令镌刻。张丞见相事迟于我，数日之后，必当悔。若却征碑文，以刊削为辞，当引使视其镌刻，仍告以闻上讫。"

姚既殁，张果至，目其玩服三四。姚氏诸孤悉如教诫。不数日文成，叙述该详，时为极笔。其略曰："八柱承天，高明之位列；四时成岁，亭毒之功存。"后数日，果使使取文本，以为词未周密，欲重加删改。姚氏诸子乃引使者示其碑，乃告以奏御。使者复命，悔恨拊膺曰："死姚崇犹能算生张说，吾今日方知才之不及也远矣。"（出《明皇杂录》）

姚元崇

姚元崇和张说同为皇帝的辅政大臣，他们之间积怨很深，一直相互伤害。张说特别痛恨姚元崇，姚元崇病重，告诫几个儿子说："张丞相与我不和已久，积怨已深，但此人挥霍浪费，对服用和玩赏的东西最为喜欢。我死后，他肯定会以同僚的身份前来吊唁，你们多拿一些我平生喜欢的东西，比如饰有珍宝的带子，还有各种宝器摆到帐前。如果这些东西他连看都不看一眼，你们要马上快速地把家里的事情安排好，全家人肯定会遭到他的迫害。如果他注意这些东西，你们就不必担心了，把他看上的东西全都送给他，然后请他为我撰写碑文。等他写完碑文后，马上报给皇帝，可以提前把石料备好，尽快镌刻，告诉张说这些都是皇帝批准的。"

姚元崇死后，果然如预料的一样，张说来了。他对姚元崇的三四件宝器非常在意，姚元崇的儿子按父亲嘱咐的一一照做。几天后张说把写好的碑文送来，碑文中把姚元崇的生平写得很详细，文章写得非常好，大意说："姚元崇如撑天的八柱之一，应列入明智贤人行列中，虽一切随岁月成为过往，但他生前的教化政绩功劳永存于世。"又过了几天，张说又派使者来索要碑文，说有些词句还需要细细斟酌考虑，想拿回去修改。姚元崇的儿子引导使者去看那已经刻制好的石碑，并告诉使者这都是经过皇帝批准的。使者向张说回禀，张说悔恨地拍着胸说："姚元崇都死了，却还能算计活着的张说，我今天才知道，原来我与姚元崇相比，还差得远呢！"（出《明皇杂录》）

卢齐卿

卢齐卿开元初为幽州刺史。时张守珪为果毅，齐卿特相礼接。谓曰：“十年内知节度。”果如其言。（出《谭宾录》）

薛季昶

左相陈希烈初进士及第，曾与人制碑文。其人则天时破家，因搜家资，见其文，以为与反者通，所由便以枷杖送陈于府，见河南尹薛季昶，陈神色无惧，自辩其事百余言。薛尹观而奇之，便引上厅，谓之曰：“公当位极台铉，老夫当以子孙见托耳。”后陈位果至丞相。（出《定命录》）

元怀景

燕公说之少也，元怀景知其必贵，嫁女与之。后张至宰相，其男女数人婚姻荣盛，男尚公主，女为三品夫人。（出《定命录》）

张九龄

开元二十一年，安禄山自范阳入奏。张九龄谓同列曰：“乱幽州者，是胡也。”其后从张守圭失利，九龄判曰：“穰苴出军，必诛庄贾。孙武行令，犹戮宫嫔。守珪军令若行，禄山不宜免死。请斩之。”玄宗惜其勇，令白衣效命。九龄执谘请诛之。玄宗曰：“岂以王夷甫识石勒也？”后至蜀，追恨不从九龄言，命使酹于墓。（出《感定录》）

卢齐卿

开元初年，卢齐卿为幽州刺史，张守圭任果毅将军。卢齐卿特意前去迎接，并对他说：“你十年之内能升任到节度使。”后来果然和他说的一样。（出《谭宾录》）

薛季昶

左丞相陈希烈当初在刚考取进士时，曾给人撰写过一篇碑文。那人在武则天时因获罪被抄家。那篇碑文的手稿被人看到了，被人误会是罪犯的同党。办案人员把陈希烈抓到衙门来见河南尹薛季昶。陈希烈脸上不见丝毫惧怕之色，异常平静地为自己辩护，滔滔不绝地讲了一百多句话。薛季昶见了深感惊奇，便把他请到厅上来，对他说：“你以后能当丞相，我要把我的子孙都托付给你。”后来，陈希烈真的当上了丞相。（出《定命录》）

元怀景

燕公张九龄年少时，元怀景知道张九龄以后肯定位高显贵，于是把女儿嫁给了他。后来，张九龄官至宰相，家中儿女的婚姻都很荣耀，男儿为公主女婿，女儿为三品夫人。（出《定命录》）

张九龄

开元二十一年，安禄山从范阳到京城朝见皇帝，张九龄对同僚说：“以后扰乱幽州的人，就是这个北方的胡人。”后来张守圭打了败仗，张九龄在呈给皇帝的奏报中写道：“司马穰苴带兵出征，会诛杀庄贾、孙武发布军令，也会把宫中的嫔妃杀了。若要张守圭军令严明，不能免了安禄山的死罪，请下令把安禄山杀了。”但玄宗皇帝觉得安禄山作战勇猛，便只是免去安禄山的官职，然后继续留用。张九龄坚持要杀安禄山，玄宗皇帝说：“怎么可以用王夷甫看石勒的事来与这件事相提并论呢？”后来玄宗皇帝逃到蜀郡，想起张九龄的话懊悔不已，派人到张九龄的墓前祭奠。（出《感定录》）

王 丘

开元八年，侍郎王丘拔山阴县尉孙逖、进士王冷然，不数年皆掌纶诰。侍郎崔琳收残选人裴敦复、於特卿、卢恺等十数人，皆入台省。众以为知人。（出《谭宾录》）

杨穆弟兄

贞元中，杨氏、穆氏弟兄，人物气概，不相上下。或云："杨氏弟兄，宾客皆同；穆氏弟兄，宾客皆殊。"以此优劣，穆氏弟兄四人，赞、质、员、赏。时人谓赞俗而有格为酪，质美而多仁为酥，员为醍醐，赏为乳腐。（出《国史补》）

李 丹

郎中李丹典濠州，萧复处士寄家楚州白田。闻丹之义，来谒之。且无佣保，棹小舟，唯领一丱岁女僮。时方寒，衣复单弊，女僮尤甚。坐于客次，女僮门外求火燎手，且持其靴去。客吏忽云："郎中屈处士。"复即芒屩而入，丹揖之坐，略话平素。复忽悟足礼之阙，矍然。乃启丹曰："某为饥冻所迫，高堂慈母处分，令入关投亲知。无奴仆，有一小女僮。便令将随参谒。朝至此，僮騃恐惧公衙，失所在。客吏已通，取靴不得，去就疏脱，唯惶悚而已。"

丹曰："靴与履，皆一时之礼。古者解袜登席，即徒跣以为礼。靴，胡服也，始自赵武灵王，又有何典据？此不足介君子怀，但请述所求意。"遂留从容，复颐旨趋。乃云："足下相才，他日必领重事。"于是遣使于白田，馈遗复母甚厚。又饯复以匹马束帛，

王　丘

开元八年，侍郎王丘提拔了山阴县尉孙逖和进士王冷然。没过几年，他俩都被提任为纶诰（专门为皇帝起草文件的重要职务）。侍郎崔琳提拔推荐了裴敦复、于特卿、卢恺等十多人，后来这些人全都进入中央部门。大家都认为这两人有识人之明。（出《谭宾录》）

杨穆弟兄

贞元年间，杨家和穆家弟兄的相貌气度不相上下。有人评价说：“杨家男儿个个相同，穆家弟兄，每人的气质不相同。”于是人们按照心中的优劣排了顺序：穆赞、穆质、穆员、穆赏。时人品评穆赞脱俗又有风度像奶酪；穆质貌美又仁义，像酥油；穆员像美酒；穆赏像乳腐。（出《国史补》）

李　丹

郎中李丹调到濠州任刺史，有个读书人叫萧复，把家迁至楚州开荒种田，听说李丹为人仁义，便前去拜见。萧复自己划着一条小船，带着一个年纪尚幼的女仆就去了。由于天气寒冷，身上的衣服单薄，在客厅等候的女仆觉得太冷了，便到门外去找火烤手，把萧复的靴子一并带了出去。接待客人的官员说：“郎中怠慢先生了。”然后请他进去。萧复只好穿着草鞋就进去了，李丹与萧复相互行礼后坐下交谈。萧复忽然想着自己光着脚实在有失礼仪，又是惊慌又是尴尬，对李丹说：“我因为饥寒交迫，不得不在母亲的吩咐下入关投靠亲友。我只有一个未成年的女童，没有其他奴仆。说完便叫人让女童来参拜李丹，没想到女童害怕见官，竟自己跑了。萧复的靴子也让她带走了，萧复显得更加狼狈了。”

李丹说：“不论你穿靴子还是穿鞋，仅仅是一种礼节而已。古时候的人还脱了袜子坐在席上，以光脚作为一种讲礼貌的表示呢！靴子是西北少数民族的服饰，据说是从赵武灵王时才有人开始穿的，其实哪里有什么根据？这一点你不必放在心上，你只管把你的来意告

复后竟为相。(出《乾𦠆子》

郑 絪

刘瞻之先，寒士也。十许岁，在郑絪左右主笔砚。十八九，絪为御史，巡荆部商山，歇马亭，俯瞰山水。时雨霁，岩峦奇秀，泉石甚佳。絪坐久，起行五六里。曰："此胜概，不能吟咏，必晚何妨？"却返于亭，欲题诗。顾见一绝，染翰尚湿，絪大讶其佳绝。时南北无行人，左右曰："但向来刘景在后行二三里。"公戏之曰："莫是尔否？"景拜曰："实见侍御吟赏起予，辄有寓题。"引咎又拜。公咨嗟久之而去。

比回京阙，戒子弟涵、瀚已下曰："刘景他日有奇才，文学必超异。自此可令与汝共处于学院，寝馔一切，无异尔辈。吾亦不复指使。"至三数年，所成文章，皆辞理优壮。凡再举成名，公召辟法寺学省清级。乃生瞻，及第作相。(出《芝田录》)

苗夫人

张延赏累代台铉，每宴宾客，选子婿，莫有入意者。其妻苗氏，太宰苗晋卿之女也。夫人有鉴，甚别英锐，特选韦皋秀才曰：

诉我。”还让萧复安心，留他住下来休息。李丹还对萧复说：“你有做宰相的才华和能力，以后一定会担大任。”然后派人到萧复家中，给萧复母亲送了很多礼物，又为萧复设宴饯行，送了马匹和布匹给他。后来，萧复真的当了宰相。（出《乾䏲子》）

郑絪

刘瞻的父亲，原来是个贫穷的读书人。十岁在郑絪的身边整理笔墨砚台等书房的东西。十八九岁时郑絪当了御史，前往荆部商山巡视。途中在一座亭子里休息，恰好遇到雨过天晴，从亭子上俯瞰远处的山水，只见山色秀美，泉水分外不同。郑絪在亭子里坐了很久，起身走出五六里地说：“遇到如此美景，却没有留下诗作。就是赏景到天黑也没关系呀！”于是又返回亭子，想在亭子里题诗一首。他忽然发现，亭子上已经有人题了一首绝句，上面的墨迹还没有干。郑絪被这首诗惊艳到了，写得很好，可当时不论是往南还是向北都没有其他的行人。随行的人对郑絪说：“只有刘景是走在最后的，落后了二三里。”郑絪与刘景开玩笑说：“莫非这首诗是你题的？”刘景行了礼回答道：“实在是见侍御您欣赏风景想要作诗所致，特意作了首拙诗题在上面。”说完又自我检讨地行了一个礼，郑絪对此赞叹不已，又流连了很久才离开。

等巡视完回到京城，郑絪对家中后辈郑涵、郑瀚等人说：“刘景是个难得的人才，他在文学上肯定会有不凡的成绩，以后他和你们一起上学院读书，吃住和你们一样标准，我也不把他当仆人指派了。”三年后，刘景写出的文章，用词立意都十分出彩，科举高中，郑絪推荐他为辟法寺学省清级。刘瞻就是刘景的儿子，长大后参加科举榜上有名，最后当了宰相。（出《芝田录》）

苗夫人

张延赏家中几代人都是当大官的，常以举行宴会为名，想从客人中挑一个做女婿，但都没有让他满意的。他的妻子苗氏是太宰苗

“此人之贵，无以比俦。”既以女妻之。不二三岁，以韦郎性度高廓，不拘小节，张公稍悔之，至不齿礼。一门婢仆，渐见轻怠。唯苗氏待之常厚，其于众，多视之，悒怏而不能制遏也。张氏垂泣而言曰：“韦郎七尺之躯，学兼文武，岂有沉滞儿家，为尊卑见诮！良时胜境，何忍虚掷乎？”韦乃告辞东游，妻罄妆奁赠送。延赏喜其往也，赆以七驮物。每之一驿，则附递一驮而还。行经七驿，所送之物，尽归之矣。其所有者，清河氏所赠妆奁及布囊书策而已。延赏莫之测也。

后权陇右军事，会德宗行幸奉天，西面之功，独居其上。圣驾旋复之日，自金吾持节西川，以代延赏。乃改易姓名，以韦作韩，以皋作翱，莫敢言之也。至天回驿，去府城三十里，上皇旋驾，因以为名。有人特报延赏曰：“替相公者，金吾韦皋将军，非韩翱也。”苗夫人曰：“若是韦皋，必韦郎也。”延赏笑曰：“天下同姓名者何限，彼韦生应已委弃沟壑，岂能乘吾位乎？妇女之言，不足云尔。”初有巫瞽妪者，每述祸祟，其言多中。常云：“相公当直之神渐减，韦郎拥从之神日增。”皆以妖妄之言，不复再召。苗夫人又曰：“韦郎比虽贫贱，气凌霄汉。每以相公所谈，未尝一言屈媚，因而见尤。成事立功，必此人也。”

来早入州，方知不误。延赏忧惕，莫敢瞻视，曰：“吾不识人。”西门而出，凡是旧时婢仆，曾无礼者，悉遭韦公棒杀，投于蜀江。独苗氏夫人无愧于韦郎，贤哉乎！贤哉乎！韦公侍奉外姑，晋卿的女儿，她有识人辨才的本事，挑中了秀才韦皋。她说："韦皋以后的身份会很尊贵，无人能与他相比的。"于是把女儿嫁给了韦皋。过二三年，因为韦皋为人清高，又不拘小节，张延赏有点后悔选他当女婿了，以至于对韦皋不再以礼相待，家中的奴婢们也逐渐有些轻视他。只有苗夫人一如既往地对他好，其他人对他都不友善，这令他无比愁闷和气愤。妻子张氏哭诉道："韦皋堂堂七尺男儿，又文韬武略，怎么能一直在我们家中待着，让家人和奴婢轻视他。大好的青春年华，怎么能就此虚度？"于是韦皋同张延赏家中人辞行，准备独自东游，妻子张氏把自己的嫁妆首饰全都给他。张延赏对于他的离开是满心欢喜，给他备了七匹马驮的物品。但每到一个驿站，韦皋就放一匹马驮着东西返回家中，等过了七个驿站，张家送的东西又全返送回家中。韦皋所带的东西，只剩下妻子送的首饰和一个口袋以及一些书籍，张延赏都不知道还有这些的。

后来韦皋代理陇右军事，与德宗皇帝一起巡视奉天。西面的功劳，以他最大。皇帝回京城后，韦皋以金吾将军的身份镇守西川，接替张延赏的职位。只是此时的韦皋已经换了原来的姓名，将韦改作韩，皋改作翺，已经没有人敢叫他原来的名字了。到了天回驿，离西川府城还有三十里，皇上在这里还驾，所以命名"天回驿"。有人特意向张延赏报告说："来接替你的，是金吾将军韦皋，不是韩翺。"苗夫人说："如果是韦皋，肯定就是女婿韦郎。"张延赏笑着说："天下同名同姓的人太多了，之前的韦皋早已不知在哪个水沟里死掉了，怎么可能来接替我的位置？女人的话做不得准的。"当初有个姓昝的老巫，每次讲述灾祸，大多数都说中了。她经常说："护佑相公的神逐渐减少了，而随从韦郎的神日益增多了。"大家都认为是荒谬怪诞的话，不再征召了。苗夫人又说："当初韦皋虽贫贱，但通身都是英雄气。当时与你说话，没有一句是奉承你的话，由此可见，成事立功的肯定是他。"

第二天早上新官入城，才知苗夫人说的是对的。张延赏非常难堪，头都不敢抬。他说："我识人不明啊！"说完从城西门走了。那些当时对韦皋无礼的奴婢，全都被韦皋派人用棒子打死，扔到蜀江中。只有苗夫人无愧于韦皋，真是有远见！韦皋对待岳母比以前没当官过于布素之时。海内贵门，不敢忽于贫贱之婿。所以郭圆诗曰：“宣父从周又适秦，昔贤谁少出风尘。当时甚讶张延赏，不识韦皋是贵人。”（出《云溪友议》）

杜鸿渐

丞相杜鸿渐，世号知人。见马燧、李抱贞、卢新州杞、陆相贽、张丞相弘靖、李相蕃，皆云并为将相。既而尽然。许郭之徒，又何以加也。（出《嘉话录》）

杜佑

太司徒杜公，见张相弘靖曰：“必为宰相。”贵人多知人也如此。（出《嘉话录》）

梁肃

唐贞元中，李元宾、韩愈、李绛、崔群同年进士。先是，四君子之定交久矣，共游梁补阙肃之门。居二岁，肃未之面，而四贤造肃多矣，靡不偕行。肃异之，一旦延接，观等俱以文学为所称，复奖以交游之道。然肃素有人伦之鉴。观等既去，复止绛、群曰：“公等文行相契，他日皆振大名。然二君子位极人臣，勉旃，勉旃。”后二贤果如所言。（出《摭言》）

吕温

初，李绅赴荐，常以古风求知吕温。温谓员外郎齐照及弟恭曰：“吾观李二十秀才之文，期人必为卿相。”果如其言。诗曰：“春种一粒粟，秋成万颗子。四海无闲田，农夫犹饿死。锄禾日当时更好。此后，那些富贵家，再也不敢轻视贫贱女婿。郭圆写了一首诗说：“孔子从周又适秦，古来圣贤出风尘，可笑当日张延赏，不识韦皋是贵人。”（出《云溪友议》）

杜鸿渐

丞相杜鸿渐，大家都觉得他有识人之明。他见了马燧、李抱贞、新州的卢杞、陆贽、张弘靖、李蕃之后说：“这些人以后都是大将军或者是宰相。”后来这些人真的和他说的一样。许郭之流，拿什么和他相比呢？（出《嘉话录》）

杜佑

大司徒杜佑，见到后来的宰相张弘靖时说：“张弘靖将来肯定能当上宰相。”贵人大多都会识别人才。（出《嘉话录》）

梁肃

唐贞元年间，李元宾、韩愈、李绛、崔群同年考中进士。他们四人君子之交很久了，一天，他们一起去拜访补阙梁肃。两年间他们去拜访了很多次，但都没有见到梁肃。而他们每次都是四人同去的，梁肃也觉得奇怪，有一天，他们终于见了面。梁肃发现四人都以文学见长，又一起聊关于结交朋友方面的事。梁肃素来擅长辨别、鉴定人官禄命运。四人聊完起身将要告辞，梁肃把李绛和崔群叫住。对他们二人说：“你们四人都在文学领域很有才华，将来在这方面一定会声名大振。而你们二位将来能身居高位，努力，再努力！”后来两人果如他说的一样。（出《摭言》）

吕温

当初，李绅被举荐参加官员的考试，他常把自己写的古风拿去向吕温请教。吕温对员外郎齐照和弟弟吕恭说：“我读了李绅的文章，将来此人一定位列九卿，位极宰相那样的官职。”后来，李绅真的当

午，汗滴禾下土。谁知盘中餐，粒粒皆辛苦。”（出《云溪友议》）

顾和

张玄之、顾敷是顾和中外孙，皆少而聪慧。和并知之，而常谓顾胜，亲重偏至，张颇不厌。于时张年九岁，顾年七岁，和俱与至寺中，见佛般泥洹像，弟子有泣者，不泣者。和以问二孙。玄之谓：“彼亲故泣，彼不亲故不泣。”敷曰：“不然，由忘情故不泣，不能忘情故泣。”（出《世说新书》）

刘禹锡

刘禹锡曰：季龙挟弹弹人，其父怒之。其母曰：“健犊须走车破辕，良马须逸鞅泛驾，然后能负重致远。大言童稚，不奇不惠，必非异器定矣。”（出《嘉话录》）

韩愈

李贺以歌诗谒吏部韩愈。时为国子博士分司，时送客出归，极困。门人呈卷，解带旋读之。首篇《雁门太守行》云：“黑云压城城欲摧，甲光向日金鳞开。”却插带，急命邀之。（出《云溪友议》）

顾况

尚书白居易应举，初至京，以诗谒著作顾况。况睹姓名，熟视上了宰相。李绅送给吕温看的两首诗是："春种一粒粟，秋成万颗子。四海无闲田，农夫犹饿死。""锄禾日当午，汗滴禾下土。谁知盘中餐，粒粒皆辛苦。"（出《云溪友议》）

顾　和

张玄之、顾敷是顾和的中表孙子。顾和知道这两个孩子从小就聪明，但认为顾敷比张玄之要更厉害一些，内心比较偏向顾敷，对张玄之稍差一些。张玄之九岁，顾敷七岁时，顾和带着他俩去庙里观看佛祖涅巉，也就是死亡的画像。学生中有的哭了，有的没哭，顾和问二人是为何。张玄之说："感情深厚的就哭，感情一般的就不哭。"顾敷说："不是的，是那些修为深的人对喜怒哀乐这类事不轻易动感情，淡然若忘的忘情者就不哭，不忘情者就会哭。"

刘禹锡

刘禹锡说："季龙拿弹弓射人，他父亲非常生气。但他母亲却说：'强壮的牛犊才会把车前的辕木撞破，好马才会把脖子上的皮套挣脱，然后它们才能负重远行。如果小孩子不淘气，不做什么出格的事，将来也成不了大器。'"（出《嘉话录》）

韩　愈

李贺把自己所写的诗词呈给吏部韩愈，希望能结交和得到指点。韩愈当时分管国子博士，送走客人们后觉得很是困倦，这时看门人把李贺的诗歌呈上来。韩愈一边解开衣带一边漫不经心地读稿。第一首诗《雁门太守行》写道："黑云压城城欲摧，甲光向日金鳞开。"读到此处，韩愈赶紧又把衣带系上，并马上命人把李贺请回来。（出《云溪友议》）

顾　况

白居易去参加科举，刚到京城时，便带着写的诗歌去拜见著作白公曰："米价方贵，居亦弗易。"乃披卷，首篇曰："离离原上草，一岁一枯荣。野火烧不尽，春风吹又生。"却嗟赏曰："道得个语，居即易矣。"因为之延誉，声名大振。（出《幽闲鼓吹》）

于 邵

于邵性孝悌，内行修洁，老而弥笃。初，樊泽尝举贤良方正，一见于京师，曰："将相之材也。"不五年，泽为节度使，崔元翰近五十，始举进士。邵异其文，擢首甲科。且曰："不十年司诰命。"竟如其言。独孤绶举博学宏词，吏部考为第一，在中书，升甲科，人称允当。（出《谭宾录》）

李德裕

中令白敏中方居郎署，未有知者。唯朱崖相李德裕特以国器重之，于是缙绅间多所延誉。然而资用不充，无以祇奉僚友。一旦，相国遗钱十万，俾为酒肴之备。约省阁名士数人，克日同过其第。时秋暮沉阴，涉旬霖沥。贺跋任员外府罢，求官未遂，将欲出薄游。与白公同年登第，羸驹就门告别。阍者以俟朝客，乃以他去对之。贺跋驻车留书，备述羁游之意。白览书曰："丈夫处穷达，当有时命。苟不才者，以侥幸取容，未足为发身之道，岂得家畜饮馔，止邀当路豪贵。曩时登第贫交，今日闭门不接，纵使便居荣显，又安得不愧于怀？"遽令仆者命贺跋回车，遂以杯盘同费。俄佐郎顾况。顾况看到诗稿上白居易的名字，又凝视了白居易一会儿说：“长安米贵，居来不易。”等他打开诗稿，读的第一首诗是：“离离原上草，一岁一枯荣。野火烧不尽，春风吹又生。”却赞叹道：“能写出这么好的诗句，居来就容易了。”于是，顾况不断向人推荐和宣扬白居易的才学，白居易的名声也由此传播开来。（出《幽闲鼓吹》）

于邵

于邵对他的哥哥非常敬重，在家中也很注意检点自己的言行，年岁越大越是严格要求。最初，樊泽被推荐参加贤良方正品行方面的考试。于邵在京城一见到他便说：“樊泽将来是能担任大将和宰相的人才啊！”没出五年，樊泽就担任节度使。崔元翰快五十岁了，才被推荐去参加进士考试，于邵对他的文章很欣赏，录为甲科进士第一名，并说：“不出十年他会升到掌管起草皇帝公文的职位。”后来真如他说的一样。独孤绶被推荐参加博学宏词的考试，以第一名的成绩被吏部录取，并让他参加中书省主持的科举考试，大家都觉得很公平公正。（出《谭宾录》）

李德裕

白敏中刚任中书令时，别人都对他不了解，只有宰相李德裕十分器重他，把他当栋梁之材。于是，他的名气在官员和乡绅们之间宣扬。白敏中没钱，不能宴请同事和朋友。有一天，宰相给了他十万文用来置办酒菜。邀请了中书省的一些官员，还有一些名人名士，在约定日期来他家做客。当时正是晚秋，已经连续下雨一个多月。当时贺跋被免去了职务，新的官职还没有谋求到，准备出外游玩。他与白敏中是同年进士，临行前牵着马在白敏中门前，前来辞行。守门人正等着今天宴请的客人上门，将此事告诉了贺跋，贺跋停下车马写了封书信，信中告知了自己即将远游的事。白敏中看了信说：“男子汉大丈夫，不论身处逆境还是顺利发达，都是命运最好的安排。没本事而所约朝客，联骑而至，阍者具陈与贺跋从容，无不惋愕而去。

翌日，于私第谒见。相国询朝士来者为谁，白公对以宾客未至。适有同年出京访别，悯其龙钟委困，不忍弃之，留饮数杯，遂阙祗接。既负吹嘘之意，甘从谴斥之罪。相国称叹逾时云："此事真古人之道。由兹贵达，可以激劝浇薄。"不旬日，贺跋自使下评事，先授美官。白公以库部郎中入为翰林学士。未逾三载，便秉钧衡。其后五镇藩方，再居廊庙。蹈义怀仁，始终一致。流芳传素，士林美之。

大中初，边鄙不宁，吐蕃尤恣屈强。宣宗皇帝决于致讨，延英先问宰臣。公首奏兴师，遂为统帅，率沿边藩镇兵士数万，鼓行而前。时犬戎列阵于川，以生骑马数千匹，伏藏山谷。既而得于牒者，遂设奇兵待之。有蕃中酋帅，衣绯茸裘，系宝装带。所乘白马，骏异无比。锋镝未交，扬鞭出于阵面者数四，频召汉军斗将。白公诫兵士无得而应之。俄而驻军指挥，背我师百余步而立。有潞州小将骁勇善射，驰马弯弧而出，连发两箭，皆中项。跃马而前，抽短剑，踣于鞍上，以手扶挟，如斗殴之状。蕃军但呼噪助之，于鞍脱绯裘，解金带，夺马而还。师旅无不奋勇。既而大战沙漠，虏阵瓦解，乘胜追奔，几及黑山之下。所获驼马辎重，不可胜计，束手而降四三万人。先是河湟郡界在匈奴者，自此悉为唐土。宣宗初览捷书云："我知敏中必殄凶丑。"

的人想要凭着侥幸升官，这不是上进的正途。给牲畜吃的草料怎么能拿来招待英雄豪杰呢！考取进士时我们是好朋友，如今却闭门不见，就算日后当了大官，内心又怎能不感到惭愧呢？”于是命令仆人马上去把贺跋追回来，两人在家中喝酒。没多久，白敏中之前邀请的客人们全都骑着马来了，守门人告诉他们，白敏中正在招待贺跋，这些人带着惊奇和惋惜走了。

第二天，白敏中去拜见宰相，宰相问有哪些官员昨天去他家做客了。白敏中回答说没有去客人，昨天有同年进士朋友离京，去和他告别，因同情他的境遇，不忍抛弃，留下他喝了几杯酒，才没能迎接招待前去做客的官员，辜负了宰相抬举自己的一片美意，甘愿接受宰相的责罚。宰相李德裕称赞道：“这事真有几分古人的风格，为此提拔你们，现在这浮薄的社会风气会有所改变。”十天不到，贺跋从使下评事被提升为美官，白敏中由库部郎中改任翰林学士。又不到三年，白敏中便任了选拔官员的重要职位，后来五次出任镇守边关的关键职位。之后调回京城，一直以仁义行事，好名声四方传颂，赢得了上流社会知识分子的赞誉。

大中初间，边关动乱，藏族首领不服朝廷管教，宣宗皇帝决定讨伐。皇帝问宰相，听说白敏中最先提议出兵的，那就任白敏中为讨伐军的统帅，率边关各郡数万兵马数，击鼓进军。敌军首领率队在地势开阔的平地摆开阵势，白敏中派几千骑兵在山谷中埋伏，把敌人送信的士兵抓到了，于是增派奇兵等敌人进入圈套。敌军中有一个头目，穿红色服装，披毛皮大衣，腰间扎着镶满珠宝的腰带，骑一匹神骏无比的白马。还没开战，这位敌军首领便骑马四次冲出阵前，对朝廷军队发出挑衅，白敏中下令所有兵将禁止应战。不一会儿，敌军的队伍离白敏中的部队只百来步。潞州兵马中有一员小将，异常勇猛而且善于射箭，他骑马冲出队伍，弯弓朝敌军首领的脖子上连射两箭，两箭全中，小将跃马上前，抽出短剑把敌军首领刺死。在马背上用手扶持着，厮打着，敌人呐喊着为自己的首领助威。小将却在马上将敌军首领的大衣和战袍脱下来，解下镶了珠宝的带子，又夺回白马回到自己的队伍。将士们的士气受到鼓舞，于是奋勇杀敌。然后和敌军在白公凯旋，与同列宰辅进诗云：“一诏皇城四海颁，丑戎无数束身还。戍楼吹笛人休战，牧野嘶风马自闲。河水九盘收数曲，陇山千里镆诸关。西边北塞今无事，为报东南夷与蛮。”马相植诗云：“舜德尧仁化犬戎，许提河陇款皇风。指挥文武皆神筭，恢拓乾坤是圣功。四帅有征无汗马，七关虽戍已弢弓。天留此事还英主，不在他年在大中。”魏相扶诗云：“萧关新复旧山川，古戍秦原景象鲜。戎虏乞降归惠化，皇威渐被慑腥膻。穹庐远戍烟尘灭，神武光扬竹帛传。左衽尽知歌帝泽，从兹不更备三边。”崔相铉诗云：“边陲万里注恩波，宇宙群方洽凯歌。有地名王争解辫，远方戎垒尽投戈。烟尘永息三秋戍，瑞气遥清九折河。共偶圣明千载运，更观俗阜与时和。”（出《剧谈录》）

韦岫

唐丞相卢携，大中初，举进士。风貌不扬，语亦不正，呼“携”为“慧”。盖舌短也。韦氏昆弟皆轻侮之，独尚书岫加敬，谓昆弟曰：“卢虽人物甚陋，观其文章有首尾。斯人也，以此卜之，他日必为大用乎！”尔后卢果策名，竟登廊庙，奖拔岫至福建观察使。向时轻薄诸弟，率不展分。所谓以貌失人者，其韦诸季乎？（出《北梦琐言》）

知人僧

唐令公韦昭度少贫窭，常依左街僧录净光太师，随僧斋粥。

沙漠中展开了一场大战，敌军大败。朝廷的军队乘胜追击，直追到黑山脚下，缴获的马匹和物资多得不计其数。敌军中有三四万人被俘，之前被占领的城池，全都收复回来了。宣宗皇帝看到报捷公文便说："我就知道白敏中肯定能把敌人消灭掉。"

白敏中凯旋后与同为辅政大臣的几位官员给皇帝献词，白敏中写的是："一诏皇城四海颁，丑戎无数束身还。戍楼吹笛人休战，牧野嘶风马自闲。河水九盘收数曲，陇山千里锁诸关。西边北塞今无事，为报东南夷与蛮。宰相马植献诗说：舜德尧仁化犬戎，许提河陇款皇风。指挥文武皆神算，恢拓乾坤是圣功。四帅有征无汗马，七关虽戍已韬弓。天留此事还英主，不在他年在大中。宰相魏扶献的诗是：萧关新复旧山川，古戍秦原景象鲜。戎虏乞降归惠化，皇威渐被慑腥膻。穹庐远戍烟尘灭，神武光扬竹帛传。左衽尽知歌帝泽，从兹不更备三边。宰相崔铉的诗是：边陲万里注恩波，宇宙群方洽凯歌。有地名王争解辫，远方戎垒尽投戈。烟尘永息三秋戍，瑞气遥清九折河。共偶圣明千载运，更观俗阜与时和。"（出《剧谈录》）

韦岫

唐朝丞相卢携，在大中初年中进士时，长相和风度都不出众，因舌头短，说话又吐字不清晰，把携读成慧。韦家兄弟都对他充满了轻视和不屑，只有尚书韦岫很尊重他。韦岫对自己兄弟说："虽然卢携人长得不好看但他文章写得好。如果按照他写的文章来看，此人将来一定大有作为。"后来卢携果然通过了政事和经义的考试，进入中央担任重要职务，他提拔韦岫为福建观察使。当初轻视和侮辱卢携的韦家兄弟，后来都没成什么气候，以貌取人说的就是韦家兄弟。（出《北梦琐言》）

知人僧

唐朝中书令韦昭度，年轻时很穷，经常向左街僧录净光和尚求

净光有人伦之鉴，恒器重之。（出《摭言》）

蔡荆

唐蔡荆尚书为天德军使，衙前有小将顾彦朗、彦晖，知使院宅市买。荆有知人之鉴。或一日，俾其子叔向以下，备酒馔于山亭，召二顾赐宴。荆俄亦即席，约令勿起。二顾惶惑，莫谕其意。荆勉之曰：“公弟兄俱有封侯之相，善自保爱。他年愿以子孙相依。”因增其职级。洎黄寇犯阙，顾彦朗领本军，同立收复功，除东川，加使相。蔡叔向兄弟往依之，请叔向为节度副使，仍以丈人行拜之。军府大事，皆谘谋焉。大顾薨，其弟彦晖嗣之，亦使相。（出《北梦琐言》）

亚子

后唐庄宗年十一从晋王讨王行瑜。初令入觐献捷，昭宗一见，骇异之曰：“此子有奇表。”乃抚其背曰：“儿将来之国栋，勿忘忠孝于吾家。”乃赐鸂鶒酒卮、翡翠盘。十三读《春秋》，略知大义。骑射绝伦，其心豁如，采录善言，听纳容物，殆刘聪之比也。又云，昭宗曰：“此子可亚其父。”时人号曰“亚子”。（出《北梦琐言》）

助，与和尚们一起吃斋粥。净光和尚有识别人才的能力，一直以来都非常器重他。（出《摭言》）

蔡荆

唐朝尚书蔡荆任天德军使，手下有顾彦朗和顾彦晖两员小将。蔡荆能辨别人才，有一天，他要儿子蔡叔向在山上亭子里摆了酒席，请两员小将喝酒。蔡荆自己也赶来入座喝酒，并且让两人不用站起来，顾彦朗和顾彦晖心中惶恐不安又充满疑惑，不知蔡荆是何意。蔡荆勉励二人道："你们弟兄二人都有封侯的命格，你俩一定要爱护自己，我把子孙托付给你们。"后来，蔡荆把他们的职务提升。黄寇入侵边关时，顾彦朗率本部人马收复失地，立了大功，被任命为东川节度使。蔡叔向兄弟去投靠顾彦朗，于是顾彦朗任蔡叔向为节度副使，并以长辈之礼相待，军中和府里的事都向他征求意见。顾彦朗死后，弟弟顾彦晖继承了哥哥的职位，仍像哥哥在时待蔡叔向。（出《摭言》）

亚子

后唐庄宗十一岁时，随晋王讨伐王行瑜，每次都是他入关报捷。昭宗皇帝见了他，很是奇怪。他说："这孩子面相不一般。"还拍着他的肩背说："将来成为国家栋梁，一定要记得忠于我们李家呀。"还把鸂鶒酒杯和翡翠盘赏赐给他。庄宗十三岁时读《春秋》，就理解其中大意，他骑马射箭的本领也很高超，且胸怀豁达，善于听取他人的意见，有气度，能容人，和十六国时的刘聪可以相提并论。昭宗皇帝说："这孩子的才能仅比他的父亲差一些。"因此，当时的人尊称他为"亚子"。（出《北梦琐言》）

卷第一百七十一　精察一

李子萇

汉李子萇为政，欲知囚情。以梧槚为人，象囚人形，凿地为陷，以芦为郭，卧木囚其中。囚罪正是，木囚不动；囚冤侵夺，木囚动出。不知囚之精神著木人邪？将天神之气动木囚也？（出《论衡》）

袁　安

汉袁安为楚相。会楚王坐事，平相牵引，拘系者千余人。毒楚横暴，囚皆自诬。历三年而狱不决，坐掠幽而死者百余人。天用炎旱，赤地千里。安授拜，即控辔而行。既到，决狱事，人人具录辞状，本非首谋，为王所引，应时理遣。一日之中，延千人之命。其时甘雨滂霈，岁大丰稔。（出《汝南先贤传》）

严　遵

严遵为扬州刺史，行部，闻道傍女子哭而声不哀。问之，亡夫遭烧死。遵敕吏舆尸到，令人守之曰："当有物往。"更日，有蝇聚头所。遵令披视，铁锥贯顶。考问，以淫杀夫。（出《益都耆

李子苌

汉代时期，李子苌治理政事，想了解在牢狱中关押的囚犯的状况。李子苌把良木当作人体，将囚犯样子雕刻于良木上，在地面上挖出坑来用作牢狱，用芦苇制成牢狱的围墙，将卧倒的木人放在坑里。如果木人所象征的囚犯罪责被认定，那么木人位置不变；如果木人所象征的囚犯是被冤枉的，那么木人移动走出牢狱。不清楚是囚犯的精神依附于木人上，还是仙人的精神控制着木人？（出《论衡》）

袁安

汉朝时期，袁安是楚国丞相。赶上楚王获罪，被无辜连累、扣押的多达千人。这些人承受不了严刑拷打，被迫认罪。历经三年，这个案件依旧没有决断，扣押的人中因被幽禁拷打致死的多达上百人。天气炎热干旱，方圆几千里看不到庄家。袁安被任命受理此案件，立即骑马赴任。到达以后，即刻开始审理案件，他让每个人从实交代自己的情况，只要不是主犯，而是受到牵连的人，立刻开释。一日之内，延上千人之命。当时骤降甘霖，那一年庄稼获大丰收。（出《汝南先贤传》）

严遵

严遵作为扬州刺史，巡查部下时，听见路边一女子哭泣，然而哭声却不哀伤。严遵问她，女子说夫君被烧死了。严遵让人运来尸首，遣人看守，说：“应该有东西来找尸首。”隔天，尸首头部围聚着很多

旧传》)

李 崇

北齐顿丘李崇，陈留公诞之子。高祖时，为兖州刺史。兖州比多劫盗，崇乃村置一楼，楼悬一鼓，盗发之处，捶鼓乱击。四面诸村，始闻者挝鼓一通，次闻者复挝以为节，俄顷之间，声布百里。伏其险要，无不擒获。诸州置鼓，自此始也。世宗时，除扬州刺史。崇明察审，奸邪惮之，号曰“卧虎”。(出《谈薮》)

魏先生

魏先生生于周，家于宋，儒书之外，详究乐章。隋初，出游关右。值太常考乐，议者未平，闻先生来，竞往谒问。先生乃取平陈乐器，与乐官林夔、蔡子元等，详其律度，然后金石丝竹，咸得其所，内致清商署焉。太乐官敛帛二百段以酬之。先生不复入仕，遂归梁宋，以琴酒为娱。

及隋末兵兴，杨玄感战败，谋主李密亡命雁门，变姓名以教授。先生同其乡曲，由是遂相来往。常论钟律，李密颇能。先生因戏之曰：“观吾子气沮而目乱，心摇而语偷。气沮者新破败，目乱者无所主，心摇者神未定，语偷者思有谋于人。今方捕蒲山党，得非长者乎？”李公惊起，捉先生手曰：“既能知我，岂不能救苍蝇。严遵下令打开检查，看见铁锥在尸首头部扎着。一番拷问下，这个女子招供说是因为自己淫乱行为被夫君发现，因此杀死了夫君。（出《益都耆旧传》）

李崇

北齐时期，顿丘李崇乃是陈留公陈诞的儿子。高祖时期，李崇作为兖州刺史。兖州多强盗，于是李崇派人在每座村庄前建立一座岗楼，岗楼上吊挂一面鼓，如果村里出现强盗，村民就用力敲击鼓面。四面八方的各个村子，最先听到鼓声的村庄立刻击打鼓面，接着听到鼓声的村庄，也接连敲击鼓面，片刻时间，鼓声散布至百里之外。派人藏匿在地势险峻的地方，没有一次不将强盗缉拿的。各个州县设立鼓，就是从这时起源的。世宗皇帝时期，李崇任扬州刺史，他擅长侦查审理案子，奸诈邪恶的人忌惮他，号称他为卧虎。（出《谈薮》）

魏先生

魏先生诞生于北周时期，在宋国安家。魏先生不仅研究儒家经籍，还通晓乐理。隋代初，他出行旅游到关右。正好遇上太常寺考核乐理知识，参与评议的人看法不一致，听到魏先生来到此地，竞相前往拜谒讨教。于是魏先生拿出音准正确的乐器，同掌理音律的官署林夔、蔡子元等，仔细研究音律的衡量标准，继而将金属制乐器、石制磬、弦类乐器、管类乐器的音律调整至商声的位置。太乐官收集两百布帛酬谢魏先生。魏先生无意入朝为官，于是归家，以弹琴饮酒为乐。

到隋代晚年，兵戈兴起，正值杨玄感打了败仗，为其贡献谋策的人李密逃至雁门，更换姓名，以教书为生。魏先生和他住在同一地方，因此相互往来。两人常一同探究乐曲，李密对乐曲颇有见解。因此魏先生调侃他道："我发现你神态悲恸，眼神迷茫，内心摇摆不定，且言语敷衍。神态悲恸是因为不久前打了败仗；眼神迷茫是因为没有地方依靠；内心摇摆不定是因为心境无法安定；言语敷衍是我欤？”先生曰：“吾子无帝王规模，非将帅才略，乃乱世之雄杰耳。”李公曰：“为吾辩析行藏，亦当由此而退。”

先生曰：“夫为帝王者，宠罗天地，仪范古今。外则日用而不知，中则岁功而自立。尧询四岳，举鲧而殛羽山，此乃出于无私；汉任三杰，纳良而围垓下，亦出于无私也。故凤有爪吻而不施，麟有蹄突而永废者，能付其道，而永自集于时者，此帝王规模也。凡为将帅者，幕建太一旗，驱无战之师，伐有民之罪。乃雕戈既授，玉弩斯张，诚负羁之有言，那季良之犹在。所以务其宴犒，致逸待劳，修其屯田，观衅而动。遂使风生虎啸，不可抗其威，云起龙骧，不可攘其势。仲尼曰：‘我战则克。’孟柯云：‘夫谁与敌？’此将帅之才也。至有衷其才智，动以机钤，公于国则为帅臣，私于己则曰乱盗。私于己者，必掠取财色，屠其城池。朱亥为前席之宾，樊哙为升堂之客。朝闻夕死，公孙终败于邑中；宁我负人，曹操岂兼于天下。是忘辇千金之贶，陈一饭之恩，有感谢之人，无怀归之众。且鲁史之诫曰度德，连山之文曰待时。尚欲谋于人，不能惠于己。天人厌乱，历数有归。时雨降而袄祲除，太阳升而层冰释。引绳缚虎，难希飞兔之门，赴水持瓶，岂是安生之地？吾尝望气汾晋，有圣人生。能往事之，富贵可取。”

因为担心你曾经为杨玄感出谋划策的事情被发现。现今官府正在搜索逮捕你们一派的乱党，难道你并非好人？”李密害怕地站了起来，抓着他的手说：“你既然了解我，怎么能不救我呢？”魏先生说道：“你没有帝王格局，亦没有统帅谋略，仅仅是搅乱社会的杰出人士而已。”李密说：“我被你发现了行迹，应该从这里离开。”

魏先生说：“可以做帝王的人，能够宠爱包容天地，风范威慑古今。在内不纠缠日常琐事，只在意每年农事的收获，然后创立统治权。尧询问四方部落首领的建议，举荐鲧去治理水患，因没有成功，在羽山被杀死，这事在处理上毫无私情；汉代委派张良、萧和、韩信三人，采用良策，将项羽围剿在垓下，这也是没有私情的做法。因此凤凰拥有尖爪和利嘴而不用来攻击，麒麟有突出的铁蹄，但是永生都不用来攻击。可以把握自己的前路，而且不断适应时代，才是帝王的格局。但凡一个人能成为将帅之才，帐篷前会放着太一旗帜，驱策维护和平的军队，征讨有罪于人民的人。既然已经接纳了凋敝的兵器，统领兵权，担负起跟随者的未来，那么季良的威慑就仍然存在。因此务必要设宴犒赏军队，并且修整荒地，休养生息。观察敌方动向，从而调整战略部署，就可以掌控局势，如同猛虎长鸣，则大风四起，无法抵抗其威严，又如云涌升起，猛龙腾起，无法侵夺权势。孔仲尼说过：‘我只要迎战便可以攻克。’孟子说：‘谁敢与我为敌？’这便是能做将领的人才。从始至终具备才智的人发动智谋，为国家做贡献的人则可为统领者，自私自利的人则是叛乱盗窃之人。为一己私欲的人，必定会掠夺钱财与女色，屠戮城市。朱亥因受重视被作为前席的宾客，樊哙则因其勇猛作为客人登上厅堂。早上才听闻公孙的消息，晚上便听说其战败于邑中。宁可辜负他人的曹操又怎会兼济天下？于是忘记他人千金的馈赠，过去微小的恩情，因此有需要感谢之人，但没有归顺自己的人。且鲁史规劝人们说，要衡量自己的德行能否服人，《连山》中提到需静待时机。还想为他人谋算的话，不能做惠及自己的事情。上天和民众厌恶战争，事物发展是有规律的。如同天上下大雨可以驱散云雾之气，太阳升起就能将冰层融化。拿出绳索捆住猛虎，难以期待像抓兔子那样轻易。带着瓶子前往水李公拂衣而言曰："隋氏以弑杀取天下，吾家以勋德居人表。振臂一呼，众必响应。提兵时伐，何往不下？道行可以取四海，不行亦足王一方。委质于时，诚所未忍。汝真竖儒，不足以计事。"遂绝魏生。因寓怀赋诗，为乡吏发觉，李公脱身西走，所在收兵。北依黎阳，而南据洛口，连营百万，与王充争衡。首尾三年，终见败覆。追思魏生之言，即日遂归于唐，乃授司农之官。后复桃林之叛。魏生得道之士，不志其名，盖文真之宗亲也。（出《甘泽谣》）

李义琛

太宗朝，文成公主自吐蕃贡金数百，至岐州遇盗。前后发使案问，无获贼者。太宗召诸御史目之，特命李义琛前曰："卿神清俊拔，暂劳卿推逐，必当获贼。"琛受命，施以密计，数日尽获贼矣。太宗喜，特加七阶，锡金二十两。（出《御史台记》）

蒋恒

贞观中，卫州板桥店主张迪妻归宁。有卫州三卫杨真等三人投宿，五更早发。夜有人取三卫刀杀张迪，其刀却内鞘中，真等不之知。至明，店人追真等，视刀有血痕，囚禁拷讯。真等苦毒，遂自诬。上疑之，差御史蒋恒覆推。至，总追店人十五已上集。为人不足，且散。惟留一老婆年八十已上，晚放出。令狱典密觇之，曰：

边，怎么能是安宁之地？我以前观察汾晋之地的风气，会诞生圣贤之人。倘若你可以前往为其效力，便可获得富贵。”

李密挥动衣服说道：“隋炀帝凭借杀死父亲夺取天下，我凭借功勋与德行成为他人的表率。挥动手臂号召民众，民众必定呼应。率领军队征战，任何地方都可以攻下。道路顺利即可获得天下，道路不顺也可称霸一方。萎靡安置于此地，着实不能容忍。你是儒生，没有足够能力商计要事。”于是李密与魏先生断绝联系。因为李密为寄托情怀在墙上作诗，被乡中官吏觉察，他便往西面脱逃，所在地方招收士兵，于是从军。北面毗邻黎阳，南面盘踞洛阳，修筑数以万计的营地，与王充较量，历时三年，最终被打败。此刻追溯往昔忆起魏先生的言论，随即归安于唐。被授予司农的官职。而后再次反叛于桃林。魏先生是一个得道商人，只是史书中没有记载其名氏，很可能是文真的同宗亲属。（出《甘泽谣》）

李义琛

唐太宗在位期间，文成公主从吐蕃向唐太宗纳贡数百黄金，黄金到达岐州时，遭遇强盗被抢走。太宗前后多次发动官吏详问调查，都没法抓获强盗。唐太宗召见诸位御史遴选调查此事之人，特地将李义琛召到跟前说：“你心神清朗俊秀挺拔，暂且烦劳你去追捕强盗，定能抓住强盗。”李义琛接受唐太宗命令，实行秘密计策，不到几天就抓获强盗。唐太宗十分愉悦，特地晋升李义琛七级官阶，还恩赐二十两黄金。（出《御史台记》）

蒋恒

贞观时期，卫州板桥旅舍的店主张迪的妻子回去看望父母。有三名卫州警卫，名叫杨真等人来投宿，五更便早早出门了。夜晚有人拿出警卫的刀，将张迪杀害，又将刀收回内鞘，杨真等人毫不知情。等到天明，旅舍的人赶上杨真等人，查看刀身发现有血痕，便将杨真等人绑去县衙关押起来，进行拷问。杨真等人承受不了痛苦，于是承

“婆出，当有一人与婆语者，即记取姓名，勿令漏泄。”果有一人共语，即记之。明日复尔，其人又问婆：“使人作何推勘？”如是者三日，并是此人。恒总追集男女三百余人，就中唤与老婆语者一人出，余并放散。问之具伏，云：“与迪妻奸杀有实。”奏之，敕赐帛二百段，除侍御史。（出《朝野佥载》）

王璥

贞观中，左丞李行廉，弟行诠，前妻子忠，烝其后母，遂私将潜藏。云敕追入内，行廉不知，乃进状。奉敕推诘峻急，其后母诈以领巾勒项，卧街中。长安县诘之，云：“有人诈宣敕唤去，一紫袍人见留数宿，不知姓名，勒项送置街中。”忠惶恐，私就卜问，被不良人疑之，执送县。县尉王璥引就房内，推问不承。璥先令一人伏案褥下听之，令一人报云：“长使唤。”璥锁房门而去。子母相谓曰：“必不得承。”并私密之语。璥至开门，案下人亦起。母子大惊，并具承，伏法。（出《朝野佥载》）

李杰

李杰为河南尹。有寡妇告其子不孝。其子不能自理，但云：

认罪行。皇帝对此案有疑问，遣御史蒋恒从新审查。蒋恒到达后，旅舍内有十五个人赶会去了，人员不齐，于是遣散众人，仅仅留下一位年过八十的老婆婆。晚上放出老婆婆，命令办案官吏秘密跟踪老婆婆。蒋恒说："老婆婆放出去后，应当有想要和老婆婆交谈的人，即刻查出他的名字，切勿泄露消息。"果真有一个和老婆婆交谈的人，办案官吏即刻侦查出那个人的名字。第二天发生同样的事情，他又询问老婆婆，办案官吏对案件做了怎样的推演。接连三天，都是他。于是蒋恒征集三百多个男女。在其中叫出同老婆婆交谈的人，其他人都放出去了。此人在审问下全部招认。他说："与张迪的妻室有私情，因此杀害张迪。" 蒋恒将案件审讯结果上报皇帝，皇帝奖赏他两百段布帛，并任其为侍御史。（出《朝野佥载》）

王璥

贞观时期，李行廉任左丞相。他的弟弟李行的儿子李忠与继母有私情，于是悄悄将继母隐藏起来。并说继母是被皇帝召进宫内了，李行廉不了解真实情况，于是呈上陈述此事的文书。因为奉皇帝命令，审查尤为急切，继母装作被人勒紧了脖子，卧倒在街中央。长安县办案官吏问她，回答说："有人假奉皇帝命令宣我进宫，一位身着紫色衣服的人看见我，收留我几宿，我不知道他的名字，然后他勒住脖颈将我扭送至街上。"李忠听到惶恐不安，私下去占卜，被不良人怀疑，把他押到县衙里。县尉王璥将他领至房里，审问后李忠没有承认罪行。王璥先让一个人趴在房间床底下倾听，再命令一个人叫来继母；长使传唤，王璥锁住房门离开。王忠及继母相互告诫说："一定不能承认。"并私下商议应对之策。王璥归来开房门，藏在床底下的人也钻出来了。两人大惊失色，并且供认不讳，最终接受了法律审判。（出《朝野佥载》）

李杰

李杰作为河南尹。有一位寡妇控诉她儿子不孝敬自己。她的儿子

“得罪于母，死所甘分。”杰察其状，非不孝子，谓寡妇曰：“汝寡居，唯有一子，今告之，罪至死，得无悔乎？”寡妇曰：“子无赖，不顺母，宁复惜乎？”杰曰：“审如此，可买棺木，来取儿尸。”因使人觇其后。寡妇既出，谓一道士曰：“事了矣。”俄持棺至，杰尚冀有悔，再三喻之，寡妇执意如初。道士立于门外，密令擒之。一讯承伏，与寡妇私通，常为儿所制，故欲除之。杰放其子，杖杀道士及寡妇，便同棺盛之。（出《国史异纂》）

裴子云

卫州新乡县令裴子云好奇策。部人王敬戍边，留牸牛六头于舅李进处。养五年，产犊三十头。例十贯已上，敬还索牛。两头已死，只还四头老牛，余并非汝牛生，总不肯还。敬忿之，投县陈牒。子云令送敬付狱禁，叫追盗牛贼李进。进惶怖至县，叱之曰：“贼引汝同盗牛三十头，藏于汝家。”唤贼共对。乃以布衫笼敬头，立南墙之下。进急，乃吐款云：“三十头牛，总是外甥牸牛所生，实非盗得。”云遣去布衫，进见是敬曰：“此是外甥也。”云曰：“若是，即还他牛。”进默然。云曰：“五年养牛辛苦，与数头，余并还敬。”一县服其精察。（出《朝野佥载》）

不为自己申诉，只是说："冒犯母亲，即使死亡也甘愿。"李杰观察他的样子，并非不孝敬的儿子。向寡妇说道："你寡居多年，仅有一个儿子，如今控诉他，罪行致死，不后悔吗？"寡妇说："儿子是个无赖之徒，不孝顺母亲，怎么会怜惜呢？"李杰回道："如果真如你所说，那你就可以买好棺柩，为你儿子收尸了。"随后遣人悄悄跟在寡妇后面。寡妇出门后，对一个道士说："事情了结了。"俄顷带着棺柩来到县衙，李杰仍然期盼寡妇有后悔的意愿，多次开导寡妇，但她仍旧保持最初的想法。道士立于门外，李杰秘密下令擒获他。审讯下承认其罪行，他与寡妇有私情，常常被儿子约束，因此想除掉儿子。李杰将寡妇儿子放了，用棍棒打死道士和寡妇，把两人的尸体放在寡妇买的棺柩里。（出《国史异纂》）

裴子云

卫州新乡县令裴子云喜欢制定出人意料的计谋，其管辖境内的居民王敬驻守边疆，在舅舅李进处留下了六头母牛。舅舅养了五年，母牛产下三十头小牛。而且每头小牛价格在十贯钱之上，王敬回家后，前来索要牛。舅舅只是归还了四头老牛，剩下两头老牛已经死亡，舅舅说剩下的小牛不是王敬的母牛所产，不愿意归还。王敬十分生气，向县衙呈递诉状文书。裴子云下令把王敬送进监狱关起来，叫人追捕偷牛的盗贼李进。李进惶恐惧怕地进入县衙，裴子云呵斥李进说："盗贼带领你一起盗牛三十头，在你家藏着。"就喊盗贼一起对质。于是用布衫遮掩住王敬的头部，让他站在南墙下。李进焦急起来，才吐露心里的疑惑道："三十只小牛全都是外甥王敬的母牛所产，真的不是盗来的。"裴子云派人拿掉布衫，李进发现是王敬后说道，这便是外甥。裴子云说："如果确定是外甥，即可归还他的小牛。"李进沉默了。裴子云又说："这五年养牛十分辛苦，留给你几头牛，其余的一并归还给王敬。"一县的百姓都佩服他的严明苛察。"（出《朝野佥载》）

郭正一

中书舍人郭正一破平壤，得一高丽婢，名玉素，极姝艳，令专知财物库。正一夜须浆水粥，非玉素煮之不可。玉素乃毒之而进。正一急曰："此婢药我！"索土浆甘草服之，良久乃解。觅婢不得，并失金银器物余十事。录奏，敕令长安万年捉，不良脊烂，求贼鼎沸，三日不获。不良主帅魏昶有策略，取舍人家奴，选年少端正者三人，布衫笼头至街。缚卫士四人，问十日内已来，何人觅舍人家。卫士云："有投化高丽留书。"遣付舍人捉马奴，书见在。检云：金城坊中有一空宅，更无语。不良往金城坊空宅，并搜之。至一宅，封锁甚密。打锁破开之，婢及高丽并在其中。拷问，乃是投化高丽共捉马奴藏之。奉敕斩于东市。（出《朝野佥载》）

张楚金

垂拱年，则天监国，罗织事起。湖州佐史江琛取刺史裴光判书，割字合成文理，诈为徐敬业反书以告。差使推光，款书是光书，疑语非光语。前后三使推，不能决。敕令差能推事人，勘当取实。佥曰："张楚金可。"乃使之。楚金忧闷，仰卧西窗。日到，向看之，字似。补作平看则不觉，向日则见之。令唤州官集，索一瓮水，令琛投书于水中，字一一解散。琛叩头伏罪。敕令决一百，然后斩之。赏楚金绢百匹。（出《朝野佥载》）

郭正一

中书舍人郭正一在攻下平壤城后，得到了一个朝鲜的女婢，名叫玉素，生得尤为美艳，郭正一下令让她专门管治财物库。郭正一每晚会喝一碗浆水粥，玉素不煮他不喝。于是玉素在粥里下毒后，让他喝进去。郭正一发觉后急忙说："这女婢想毒死我！"并且索要地浆和甘草服用，很久才解了毒性。再想起寻找女婢已没有踪影，并且他还遗失金银器物十多件。将此事呈报朝廷后，皇帝让人去长安万年县抓犯人，有过恶迹的小吏把抓贼的事情闹得沸沸扬扬，三天仍旧没有收获。不良人统帅魏昶想出新策略，从中书舍人郭正一的奴仆中，选取三个年轻相貌端正的人，用布衣将头遮掩住，将她们领到街上。绑住四个负责警卫的士兵，询问他们十天以来，是否有人找郭正一家。士兵说："有一封投顺归化的朝鲜人遗留的信，遣人去郭正一家捉住养马的奴隶。"找到那封信。检查发现书信里说金城街巷有一座空宅子，再没说其他话。恶迹小吏去金城街巷的空宅子进行搜捕。到一栋封闭宅子前，砸开门锁，破开房门后进去，女婢和朝鲜人都在房里。乃是投顺归化的朝鲜人共同捉住马奴并隐藏的。而后遵从帝王命令将三人在东市斩首。（出《朝野佥载》）

张楚金

唐代垂拱时期，武则天监管国事，发生一些捏造罪责构陷他人的事件。湖州佐史江琛获取刺史裴光的书函，分割书函上的文字拼凑形成新的文章条理，装作是和徐敬业一同反叛的书函上诉朝廷。朝廷安排官吏审查裴光，书函的落款确实为裴光字迹，但是怀疑书函内容不似裴光言辞。先后派遣三名官吏，始终无法查明案件。武则天下令差擅长查案的人前去，查清真相。众人说："张楚金可以。"便派他前往调查。张楚金到达后忧愁烦闷，仰面躺在西窗下。阳光照过来，对着光线查看伪造书函，觉得书函上的字有蹊跷。平放着看不见，对着阳光就能看见。张楚金便下令召集州署官吏，并索要了一罐水，命江琛将书函放在水面上，书函上的字逐渐分解散开。江琛磕头认罪。武则天下令杖责一百，并将其斩首。赏张楚金绢布一百匹。（出《朝野佥载》）

董行成

怀州河内县董行成能策贼。有一人从河阳长店，盗行人驴一头并皮袋。天欲晓，至怀州。行成至街中见之，叱曰：“个贼住！”即下驴来，遂承伏。人问何以知之？行成曰：此驴行急而汗，非长行也；见人则引缰远过，怯也；以此知之。”捉送县。有顷，驴主寻踪至，皆如其言。（出《朝野佥载》）

张 鷟

张鷟为河阳县尉日，有构架人吕元伪作仓督冯忱书，盗粜仓粟。忱不认书，元乃坚执，不能定。鷟取吕元告牒，括两头，唯留一字，问：“是汝书，即注是字，不是，即注非字。”元乃注曰“非”。去括，即是元牒，且决五下。又括诈冯忱书上一字，以问之，注曰"是"。去括，乃诈书也。元连项赤，叩头伏罪。又有一客，驴缰断，并鞍失，三日访不获，告县。鷟推勘急。夜放驴出，而藏其鞍，可直五千钱。鷟曰：“此可知也。”令将却笼头放之，驴向旧喂处。鷟令搜其家，其鞍于草积下得之。人伏其能。（原缺出处，今见《朝野佥载》）

张松寿

张松寿为长安令，时昆明池侧有劫杀。奉敕，日内须获贼，如违，所由科罪。寿至行劫处，寻踪绪。见一老婆于树下卖食。至，

董行成

董行成是怀州河内县人，擅长查获盗贼。有一个从河阳老店来的人，盗取一位旅人的一头驴及皮质口袋。快天明时，董行成到达怀州。他在街边看见了盗贼，呵斥道："那个盗贼停下！"于是盗贼从驴上下来，就供认自己偷窃的罪责。人们询问他如何得知盗贼的，董行成说："此人骑驴走得快并有汗味，并非远行而来；看见人则拉缰绳超过，说明他胆怯。凭这些知道他是盗贼。"于是将盗贼捉拿押至县衙。不久，驴主人寻着行踪找到县衙，驴主人所说情况与董行成所说一致。（出《朝野佥载》）

张鷟

张鷟任河阳县尉时，吕元陷害他人，他假造出仓督冯忱的书信，陷害冯忱偷卖粮仓粮食。冯忱不认书信是自己所写，而吕元坚持就是冯忱所写，无法判定真相。张鷟把吕元写的状书拿来，遮住两边，仅留下一个字，问吕元："假设这是你写的，便写上'是'字，如果不是你写的，就写上'非'字。"吕元标注"非"字。去掉遮盖，正是吕元的状书，连着五次均是如此。又遮盖住假造的冯忱的书信，只留一字，问冯忱，他标注"是"字。去掉遮盖，乃是假造的书信。吕元羞愧得连脖子都发红，磕头认罪。又有一位旅客，驴的缰绳断了，驴子和鞍鞯一起丢失，寻找三天没有收获，状告至县衙。张鷟调查得很快，偷驴者夜晚将驴放出去，把鞍鞯隐藏起来，因为可价值五千钱。张鷟说道："顺着驴就可以找到鞍鞯。"下令除掉驴的笼头，并放走驴，这时驴走向先前被投喂的地方，张鷟下令调查这家人，在茅草堆积的地方发现鞍鞯。由此人们信服张鷟的能力。（原缺出处，今见《朝野佥载》）

张松寿

张松寿作为长安令，当时昆明池边出现劫持杀害的事件。张松寿奉皇帝的命令，必须在规定期限内抓获贼犯，如果违抗命令，涉以从骑驮来入县，供以酒食。经三日，还以马送旧坐处。令一腹心人看，有人共婆语，即捉来。须臾，一人来问："明府若为推逐？"即被布衫笼头，送县。一问具承，并赃并获。时人以为神明。（出《朝野佥载》）

苏无名

天后时，赏赐太平公主细器宝物两食合，所直黄金千镒。公主纳之藏中，岁余取之，尽为盗所将矣。公主言之，天后大怒。召洛州长史谓曰："三日不得盗，罪。"长史惧，谓两县主盗官曰："两日不得贼，死。"尉谓吏卒游徼曰："一日必擒之，擒不得，先死。"

吏卒游徼惧，计无所出。衢中遇湖州别驾苏无名，相与请之至县。游徼白尉："得盗物者来矣。"无名遽进至阶，尉迎问故。无名曰："吾湖州别驾也。入计在兹。"尉呼吏卒："何诬辱别驾？"无名笑曰："君无怒吏卒，抑有由也。无名历官所在，擒奸擿伏有名。每偷，至无名前，无得过者。此辈应先闻，故将来，庶解围耳。"尉喜，请其方。无名曰："与君至府，君可先入白之。"尉白其故，长史大悦。降阶执其手曰："今日遇公，却赐吾命，请遂其由。"无名曰："请与君求见对玉阶，乃言之。"于是天后召之，谓曰："卿得贼乎？"无名曰："若委臣取贼，无拘日月，且宽府县，令不追求，仍以两县擒盗吏卒，尽以付臣，臣为陛下取之，亦不出数十日耳。"天后许之。

案官吏将被定罪。张松寿到达案件发生地，查找案件线索。张松寿看到一位老婆婆在树下卖食物。张松寿让骑马的随从将老婆婆带到县衙，将饭菜好酒提供给她。三天后，仍旧用马送回以前的地方。命令一名心腹观察老婆婆，如果有人和老婆婆说话，便抓回县衙。没过多久，一个人询问老婆婆："官府是怎么审查案子的？"即刻被人用布衫盖住脑袋，扭送县衙。审问后，全部招认，赃物找到了，贼犯也抓到了。当时百姓们觉得张松寿像明察秋毫的神明一样。（出《朝野佥载》）

苏无名

武则天代理政事时期，赏赐给太平公主许多金银宝器，能装满两个食盒，其价值可达万两黄金。太平公主接纳并将其收藏起来，一年后取金银宝器的时候，全被窃贼盗走了。公主将此事告知武则天，天后很愤怒。召来洛州长史对他说："三天抓不住窃贼，就治你的罪。"长史十分惧怕，对两个县主办盗窃案的官吏县尉说："两天抓不住窃贼，处死你们。"县尉对负责巡查盗贼的官兵说："一天内一定要擒获窃贼，如果抓不到，首先处决你们。"

负责巡查盗贼的官兵十分恐慌，却想不出破案的计策。路上碰到湖州别驾苏无名，官兵们将苏无名邀至县衙。巡查盗贼的官兵对县尉说："找到偷东西的贼了。"苏无名便走到台阶处，县尉迎上前问其缘故。苏无名说："我是湖州别驾苏无名。在这和他们一起商议计谋。"县尉叫来官兵，斥责为何诬陷辱没别驾。苏无名笑道："您不要谴责官兵，他们这么说是有缘由的。我做官所管辖的地方，抓贼办案厉害被大家所知。没有小偷能在我面前逃过罪责。他们应该是听闻那些事，因此请我来，希望能找到破案的线索。"县尉万分喜悦，请教他破案办法。苏无名说道："我同您前去州府，您可以前行进入说明情况。"县尉向长史陈述苏无名出现的缘由，长史十分喜悦。恭敬走下台阶，握住苏无名的手说道："今日遇到您，像是上天再次赐予我生命，请教您此案我们应该怎么做。"苏无名回答说："请您与我前去谒见天后，那时我便言明破案关键。"于是天后便召见了苏无无名戒使卒："缓则相闻。"月余，值寒食。无名尽召吏卒，约曰："十人五人为侣，于东门北门伺之。见有胡人与党十余，皆衣缞绖，相随出赴北邙者，可踵之而报。"吏卒伺之，果得。驰白无名，往视之，问伺者："诸胡何若？"伺者曰："胡至一新冢，设奠，哭而不哀。亦撤奠，即巡行冢旁，相视而笑。"无名喜曰："得之矣。"因使吏卒，尽执诸胡，而发其冢。冢开，割棺视之，棺中尽宝物也。

奏之，天后问无名："卿何才智过人，而得此盗？"对曰："臣非有他计，但识盗耳。当臣到都之日，即此胡出葬之时。臣亦见即知是偷，但不知其葬物处。今寒节拜扫，计必出城，寻其所之，足知其墓。贼既设奠而哭不哀，明所葬非人也。奠而哭毕，巡冢相视而笑，喜墓无损伤也。向若陛下迫促府县，此贼计急，必取之而逃，今者更不追求，自然意缓，故未将出。"天后曰："善。"赐金帛，加秩二等。（出《纪闻》）

赵涓

永泰初，禁中失火，焚屋室数十间，与东宫稍迫近，代宗深惊疑之。赵涓为巡使，令即讯。涓周立案验，乃上直中官遗火所致名，对苏无名说："你抓获窃贼了吗？"苏无名说："倘若派我抓捕窃贼，不能规定时间，还要放宽府县时限，下令府县不再追查此案，并且将两县擒获盗贼的官兵，全都交付给我调用，为陛下擒获窃贼，不超过几十日。"天后允许了。

苏无名让官兵放缓调查进度。一个月后，正值寒食节，苏无名把官兵召集起来，下令说："十个人五个为一组，到东门及北门守着，如果看见有十几个胡人同行，都身穿丧服，相伴出城门往北邙方向走，可跟随他们并遣人回报。"官兵等在那里，果然看见胡人。即刻遣人禀告苏无名。苏无名前去观察情况，询问侦察者："这些胡人做什么了？"侦察者说："胡人到达一座新坟，陈设祭品祭奠，他们虽然在哭但是并不哀伤。然后撤下祭品，便在坟墓周围巡视，相互看着，发出会心微笑。"苏无名喜悦道："可以行动了。"于是派官兵将胡人全部抓住，挖那座坟墓。坟墓挖开后，剖开棺材查看，棺材中全是丢失的金银宝器。

将事件上报天后，天后询问苏无名："你才智超过常人，如何抓住窃贼的呢？"回答说："我并非有其他计谋，只是会辨识窃贼而已。当我到达都城的那天，正巧便看到那些胡人抬着棺材假装出殡的样子。我观察后便确定他们是窃贼，只是不清楚偷的东西埋在何处。今日寒食节扫墓，盘算胡人一定会出城，跟随胡人，便发现了坟墓。窃贼虽然摆设祭品，但是哭声却不哀伤，明确坟墓中埋的不是人。哭丧礼后，巡视坟墓，互相看着微笑，高兴的是坟墓没有被发现。如果天后陛下催促府县破案，那些窃贼着急谋划，一定会拿出金银宝器逃跑，如今我们不再着急破案，警惕心定会放松，因此没有将金银宝器取出。"天后说："很好。"赏赐苏无名黄金和丝绸，再加两级俸银。（出《纪闻》）

赵涓

永泰初年，宫苑起火，烧掉几十间屋宇，由于起火点与东宫距离近，唐代宗对此事产生极深的疑惑。赵涓作为巡使，受命审讯。赵涓周全考虑后备案进行调查，发现起火是源于当值中官遗留火种所也。推鞫明审，颇尽事情，代宗甚嘉赏焉。德宗在东宫，常感涓之究理详细。及典衢州，年老，韩滉奏请免其官。德宗见其名，谓宰相曰："岂非永泰初御史赵涓乎？"对曰："然。"即日拜尚书左丞。（出《谭宾录》）

袁滋

李汧公勉镇凤翔，有属邑编氓因耨田，得马蹄金一瓮。《汉书》武帝诏云：东岳见金，文有白麟神马之瑞。宜以黄金铸麟趾马蹄金，以叶瑞征。盖铸金象马蹄之状。其后民间多效之。里民送于县署，公牒将置府庭。宰邑者喜获兹宝，欲自以为殊绩。虑公藏主守不严，因使置于私室。信宿，与官吏重开视之，则皆为块矣。瓮金出土之际，乡社悉来观验，遽为变更，靡不惊骇。以状闻于府主。议者佥云："奸计换之。"遂遣理曹掾与军吏数人，就鞫其案。于是获金里社，咸共证。宰邑者为众所挤，拥沮莫能自由。既而诘辱滋甚，遂以易金伏罪。词款具存，未穷隐用之所。令拘絷仆隶，胁以刑辟。或云藏于粪壤，或云投于水中，纷纭枉挠。结成，具司备狱，以案上闻。汧公览之亦怒。

俄而因有宴，停杯语及斯事。列坐宾客，咸共谈谑。或云效齐人之攫，或云有杨震之癖。谈笑移时，以为胠箧穿窬，无足讶也。时袁相国滋亦在幕中，俯首略无词对。李公目之数四曰："宰邑者非判官懿亲乎？"袁相曰："与之无素。"李公曰："闻彼之罪，何致。赵涓明察审问，将案件过程全部调查清楚，代宗对赵涓尤为赏识。德宗那时是东宫太子，经常感叹赵涓推理事情清晰明了。到赵涓担任衢州刺史的时候，年龄已经大了，韩滉上奏请示皇帝为赵涓免职。德宗看到名字，询问宰相："难道不是永泰初年破案的赵涓御史？"宰相回答："是的。"不久后，皇帝委任赵涓为左丞。（出《谭宾录》）

袁滋

李汧公李勉镇守凤翔时，其管辖地区一个编入户籍的百姓，在田地里锄草的时候，掘出一坛马蹄形状的黄金。武帝诏书里说：东岳看见一块黄金，花纹有白麟神马的祥瑞。适合用黄金铸造麟足马蹄金，用叶子当作祥瑞的徽章。铸成金象马蹄的形状。后来民间多多效仿此事。村民便把黄金送到县衙里。县衙上奏文书至府庭，预备将黄金送至府庭。宰邑对于收获黄金十分喜悦，想作为突出政绩上奏邀功。考虑到黄金放在公家仓库守护不够严密，便将其放在自己家里。连宿几日后，宰邑与官吏重启观察黄金，发现黄金都变成了土块。黄金被挖掘出来的时候，乡里官员都前来查验，现在事情发生改变，没有人听到不吃惊的。于是用诉状上报州郡长官。议论此事的人都说："是被人用诡计偷走了黄金。"便遣理曹掾带领几名军吏来调查此案。因此挖出黄金的乡里百姓共同为此案证实。宰邑被大家排挤，变得悲伤，且没有自由。不久后遭受许多屈辱，承受不住屈辱便供认自己偷了黄金。供词也已签字画押，但是藏黄金的地方穷尽力气也没找到。于是下令逮捕奴仆，用刑罚恐吓他们。有的说藏在粪土里，有的说扔进了水里。大家都说自己有冤屈。案件审讯结束后，全都关进牢里，将审讯结果呈报朝廷。李勉查看审讯结果后十分生气。

不久李勉去赴宴，放下酒杯谈及这个案件。在座的宾客都将此事当作笑谈。有人说宰邑是模仿齐国人的掠夺行为，有人说他或许有杨震的癖习。谈笑了好久，都认为这是撬锁穿墙的偷窃性案件，没有值得惊讶的地方。袁滋也在宴席上，他垂头没有对此事作出评论。李勉看了他好几眼后说："宰邑是你的亲属吗？"袁滋说："我与不乐甚乎？”袁相曰：“甚疑此事未了，便请相公详之。”汧公曰：“换金之状极明，若言未了，当别有所见，非判官莫探情伪。”袁相曰：“诺。”

因俾移狱于府中案问。乃令阅瓮间，得二百五十余块，诘其初获者，即本质存焉。遂于列肆索金，镕写与块形相等。既成，始秤其半，已及三百斤矣。询其负担人力，乃二农夫，以竹舁至县境。计其金大数，非二人以竹担可举，明其即路之时，金已化为土矣。于是群疑大豁。宰邑者遂获清雪。汧公叹伏无已，每言才智不如。

其后履历清途，至德宗朝为宰相。愚常闻金宝藏于土中，偶见者或变其质。东都敦化坊有麟德废观，殿悉皆颓毁。咸通中，毕诚相国，别令营造，建基址间，得巨瓮，皆贮白银。辇材者与工匠三四十人，当昼，惧为官中所取，遂辇材木盖之，以伺昏黑。及夜，各以衣服包裹而归。明旦开之，如坚土削成为银梃。所说与此正同。（原脱出处，明抄本作“出献”二字，按见《剧谈录》卷上。）

他毫无干系。”李勉说：“听闻他的罪行，为何觉得你不开心？”袁滋说：“我只是猜忌此案尚未了结，望您细查此案。”李勉说：“偷黄金情况极为明晰，如果你说尚未了结，应当有其他见解，不是主理案件的人无法调查事实真伪。”袁滋说：“好的。”

于是将案件转至袁滋府衙调查。袁滋下令查看保存坛子的房子，发现了两百五十多块、与黄金形状相同的土块，追问最初得到黄金的百姓，即说明黄金是真实存在的。于是袁滋从商铺中贷取黄金，熔化浇铸成与土块相同大小的黄金。铸成后，称出一半黄金，已经重达三百斤了。然后袁滋询问运送黄金的两个农夫得知，是用竹质扁担将黄金运来的。经过估量发现，即使是一半黄金的重量，也不是两人能用竹质扁担抬起来的重量，便明白黄金在启程之前，就已经被换成土块了。这时群众的疑虑完全解除。于是宰邑才得以洗清冤屈。李勉叹服袁滋的才智，每次提起都认为自己不如他。

经历此事后，袁滋官途越发坦荡，德宗即位后，为当朝宰相。时常听闻黄金珠宝掩埋在土里，偶尔看到可能会变质。东都敦化坊有一座废弃道观，为麟德观，殿内建筑都被毁坏了。咸通时期，相国毕诚，下令另外修剪一座道观，修建地基时，发现一个巨大坛子，坛子里放的全是白银。运输材料的工人和建筑工匠共三四十人，当时正是白天，他们担心被官吏拿走，于是用运送来的木材将白银盖住，等晚上来取。到晚上，每个人都用衣服包裹着白银归家。第二天早晨打开发现，都变为削成白银形状的坚硬石块。所说的情况与此案完全相同。（原脱出处，明抄本作出猷二字，按见《剧谈录》卷上。）

卷第一百七十二　精察二

韩滉

韩滉在润州，夜与从事登万岁楼，方酣，置杯不悦。语左右曰：“汝听妇人哭乎？当近何所？”或对在某桥某街。诘朝，命吏捕哭者讯之。信宿，狱不具。吏惧罪，守于尸侧。忽有大青蝇集其首。因发髻验之，果妇私于邻，醉其夫而钉杀之。吏以为神。因问，晋公云：“吾察其哭声，疾而不惮，若强而惧者。王充《论衡》云：郑子产晨出，闻妇人之哭，拊仆之手而听。有间，使吏执而问之，即手杀其夫也。异日，其仆问曰：‘夫子何以知之？’子产曰：‘死于其所亲爱，知病而忧，临死而惧，已死而哀。今哭以死而惧，知其奸也。’”（出《酉阳杂俎》）

颜真卿

颜鲁公真卿为监察御史，充河西陇右军覆屯交兵使。五原有冤狱，久不决，真卿立辩之。天久旱，及狱决乃雨。郡人呼御史雨。（出《传载》）

韩 滉

韩滉在润州时，晚上同从事踏上万岁楼，喝得正畅快，突然放下酒杯，变得不高兴了。对附近侍从说："你们听到妇人在哭吗？应该就在周围的地方。"有人回应说在某座桥某条街。次日早晨，下令官吏逮捕哭泣的妇人，并对其进行审讯。连着审了两天，案件仍旧没有定论。官吏担心被韩滉责备，留在尸首旁。突然看见有大苍蝇汇聚于尸首头部。于是撩开头发查验，果然发现妇人与邻居有私情，灌醉夫君后，用钉子扎进他的头部，杀死夫君。官吏觉得韩滉真是神机妙算。于是询问他，韩滉说："我观察妇人的哭声后，虽然短促但是没有惊恐之色，像是勉强装出来的恐惧。"《论衡》里王充说，郑子产早上出家门，听见妇人的抽泣，拍着奴仆的手仔细倾听。不久后，遣人逮捕妇人询问，发现妇人亲手杀害夫君。隔日，奴仆询问他："先生是如何得知这件事的？"郑子产说："倘若是自己喜欢的人死去，知道其生病便会担忧，将死的时候便会害怕，已经死去的话则会哀伤。妇人的哭声是因丈夫死去了而害怕，从而得知妇人有私情。"（出《酉阳杂俎》）

颜真卿

鲁公颜真卿作为监察御史，前去担任河西陇右军覆屯交兵使。五原县有冤情，长久不能平反，颜真卿立即着手侦查案子。天气久旱不下雨，等到冤情平反，才降下雨来。郡县百姓将其称为御史雨。（出《传载》）

李景略

李景略，凉州人，寓居河东，阖门读书。李怀光为朔方节度，招在幕府。五原有偏将张光者挟私杀妻，前后不能断。光富于财，货狱吏，不能劾讯得实情。以景略验之，光伏辜。既而亭午，有女厉被发血身，膝行前谢而去。左右识光妻者，曰："光之妻也。"（出《谭宾录》）

李夷简

李相夷简未登第时，为郑县丞。泾军之乱，有使走驴东去甚急。夷简入白刺史曰："闻京城有故，此使必非朝命，请执问之。"果朱泚使于朱滔者。（出《国史补》）

孟 简

故刑部李尚书逊为浙东观察使，性仁恤，抚育百姓，抑挫冠冕。有前诸暨县尉包君者，秩满，居于县界，与一土豪百姓来往。其家甚富，每有新味及果实，必送包君。忽妻心腹病，暴至困惙。有人视者，皆曰："此状中蛊。"及问所从来，乃因土豪献果，妻偶食之，遂得兹病。此家养蛊，前后杀人已多矣。包君曰："为之奈何？"曰："养此毒者，皆能解之。今少府速将夫人诣彼求乞。不然，即无计矣。"

包君乃当时雇船携往。仅百余里，逾宿方达。其土豪已知，唯恐其毒事露，愤怒彼甚。包君船亦到，先登岸，具衫笏，将祈之，其人已潜伏童仆十余，候包君到，鞁履柱毬杖，领徒而出。包未及

李景略

李景略，凉州人士，在河东居住，关闭门扉专心读书。李怀光作为朔方节度使，将其招纳进幕府。五原县有一名叫张光的副将，因为心怀私念杀害妻子，先后派了几个侦查人员都不能破案。张光有很多财富，于是贿赂侦查人员，因此无法揭发案情得到真相。遣李景略前去查看，张光方才认罪。不久后到了中午，发现一个披着头发、满身是血的女鬼，跪着走到李景略面前，致谢后离开。附近有认识张光的妻子的人，说道："正是张光妻子。"（出《谭宾录》）

李夷简

丞相李夷简未考中进士的时候，作为郑县的县令。泾原兵在京城发动兵变，有一使者骑驴向东疾奔而去。李夷简进去对白刺史说："听闻京都出现变故，这个使者必定不是受到朝廷的任命，请将他抓捕审问。"果然发现是叛军头领朱泚派去给弟弟朱滔送信的使者。（出《国史补》）

孟简

刑部李逊曾任浙东观察使，其性情仁厚体恤，维护百姓，压制官僚主义。原先担任诸暨县尉的包君任期届满后，住在诸暨县边界处，和一个土豪劣绅往来。土豪家中十分富庶，每次有新食物或水果，一定会送给包君品尝，忽然妻子心腹出现病症，情绪暴躁，痛苦忧愁。看过的人都说："这症状是中了叫蛊的毒虫的毒。"然后询问毒虫从什么地方来的，回答说来源于土豪送的水果，妻子偶尔食用，患了此病。土豪集中养毒虫，先后杀害很多人。包君问道："应该怎么做？"有人告知他："养毒虫的人，都懂解毒之道。现在应该尽快将夫人带去土豪家里求助。如果不那么做，就没有其他办法了。"

于是包君雇佣船只，领着妻子一同前往土豪家。距离不过一百多里，过了一夜就到了。此时土豪已经得知两人要来，担心下毒的事情暴露，尤为愤怒。包君的船只到达后，先上岸，整理长衫，准备去求语，诟骂叫呼，遂令拽之于地，以毬杖击之数十，不胜其困。又令村妇二十余人，就船拽包君妻出，验其病状，以头捽地，备极耻辱。妻素羸疾，兼有娠，至船而殒。包君聊获余命。

及却回，土豪乃疾棹到州，见李公，诉之云："县尉包某倚恃前资，领妻至庄，罗织搅扰，以索钱物，不胜冤愤。"李公大怒，当时令人赍枷锁追。包君才到，妻尚未殓，方欲待事毕，至州论。忽使急到，遂被荷枷鏁身领去。

其日，观察判官独孤公卧于厅中睡次，梦一妇人，颜色惨沮，若有所诉者。捧一石砚以献，独孤公受之，意颇凄恻。及觉，因言于同院，皆异之。逡巡，包君到。李公令独孤即推鞫。寻其辩对，包君所居，乃石砚村也。郎惊异良久，引包君入，问其本末，包涕泣具言之。诘其妻形貌年几，乃郎梦中所见，感愤之甚。不数日，土豪皆款伏。

具狱过李公。李公以其不直，遂凭土豪之状。包君以倚恃前资，擅至百姓庄搅扰。决臂杖十下。土豪以前当县官，罚二十功。从事宾客，无不陈说。郎亦力争之，竟不能得。包君妻兄在扬州闻之，奔波过浙江，见李公，涕泣论列其妹冤死之状。李公大怒，以为客唁，决脊杖二十，递于他界。自淮南无不称其冤异，郎自此托疾请罢。

时孟尚书简任常州刺史，常与越近，具熟其事。明年，替李公助，土豪已经暗地藏匿十几个奴仆，待包君来，土豪穿着鞋子，抓着棍棒，带着奴仆去找包君。包君还没来得及开口，奴仆们的辱骂叫喊声便响了起来，然后下令将包君拽到地上，拿棍棒打了包君几十下，包君无法承受这样的疼痛。土豪又找来二十多个村里的妇女，靠近船只将包君的妻子拽出来，观察她的病情，抓着包君妻子的头发向地上撞，极尽屈辱。包君的妻子本就体弱易病，加上怀孕，回到船上便殒命了。包君勉强捡回一条命。

等回到家时，土豪便乘船快速到达州县，看见李逊控告包君说："包君仗着之前是县尉，带着他妻子去我的庄子，编造罪名，扰乱滋事，为了索取钱财，我十分冤枉愤怒。"李逊十分气愤，当即遣人拿着枷锁将包君逮捕回来。包君刚回家，妻子遗体还没有入殓，正想等着妻子的丧礼办完后，到州县理论。忽然州县的官兵到家里，给他戴上枷锁，将他带走。

当天，观察判官独孤公在厅内躺着睡觉，梦见一位妇女，神情忧伤沮丧，仿佛是想告诉他什么事。妇女手捧一座石砚送给独孤公，独孤公接受了石砚，对妇女甚是哀怜。睡醒后，把此事说与同院的人，都十分惊异。不久后，包君带到，李逊下令让独孤公审问他。于是独孤公找到包君进行审问。审问发现，包君住的村子正是石砚村。独孤公诧异了许久，把包君带进房间里，审问事情经过。包君哭着将事情全部告诉他。独孤公追问他妻子的样貌年纪，就是他梦里所看到的妇女。内心有所感触而愤慨。几天后，土豪服罪。

独孤公将案件详情上报给李逊。李逊认为独孤公审判不公，于是依照土豪的供述。包君仗着之前是县尉，私自到百姓的庄子里滋事。判决包君十下板子。土豪从前做县官，处罚其做工二十天。共同办理该案件的官吏都为包君说情。独孤公也尽力争取，竟然毫无成效。包君妻子的哥哥听说这件事，急忙赶到浙江，拜见李逊。他哭着论述他妹妹被冤死的凄惨情状。李逊尤为愤怒，认为他是说客。判决他脊杖二十下，并将他驱逐至州界外。淮南地界没人不觉得此案是有冤情的。独孤公自此案后推托称病，辞官归家。

那时孟尚书孟简作为常州刺史。常常到浙江地界，对此案了解甚为浙东观察使。乃先以帖，令录此土豪一门十余口。到才数日，李公尚未发，尽毙于州。厚以资币赠包君。数州之人闻者，莫不庆快矣。（出《逸史》）

李德裕

李德裕出镇浙右日，有甘露寺主事僧，诉交代得常住什物，被前主事僧隐用却常住金若干两。引证前数辈，皆有递相交割传领，文籍分明。众词皆指以新得替引隐而用之。且云，初上之时，交领分两既明，及交割之日，不见其金，鞫成具狱，伏罪昭然。然未穷破用之所，或以僧人不拘僧行而费之，以无理可伸，甘之死地。

一旦引宪之际，公疑其未尽，微以意揣之，人乃具实以闻曰：“居寺者乐于知事，前后主之者，积年已来，空放分两文书，其实无金矣。群众以某孤立，不杂洽辈流，欲乘此挤排之。”流涕不胜其冤。公乃悯而恻之曰：“此固非难也。”俯仰之间曰：“吾得之矣。”

乃立促召兜子数乘，命关连僧人对事，咸遣坐兜子。下帘子毕，指挥门下，不令相见，命取黄泥，各令摸前后交付下次金样，以凭证据。僧既不知形段，竟模不成。公怒，令劾前数辈等，皆一一伏罪。其所排者，遂获清雪。（出《桂苑丛谈》）

裴 休

裴休尚古好奇，掌纶诰日，有亲表调授邑宰于曲阜者。土人多。次年，孟简替代李逊任浙东观察使。于是先递上名帖，下令抓捕土豪家十几口人。孟简接任不到几天，李逊还没离开，就在州县将土豪一家处死。并且赠予包君很多财物。几州的百姓听闻这件事，无人不觉得庆幸喜悦。（出《逸史》）

李德裕

李德裕出任浙右时，甘露寺有一个主持事务的僧人控告以前的管事僧人，说他将寺里的东西藏起来用了，并且贪污若干金子。以之前几任主事作为依据，都有轮流递上移交手续，记录清晰。众人都说是他这个新主事隐藏起来用了。并且说，开始接任的时候，需要移交的文书及账目便很清晰，到了交接的当天，没有看见金子。于是定案调查，真相昭然若揭，于是那个主事认罪了。却没有查到金子耗费在哪里。便认为是主事僧人不遵守僧人操行把金子花掉了，主事僧人也不能伸张正义，甘心赴死。

到了审判的时候，李德裕疑惑案件还有不清楚的地方，仔细忖度此案细节，重新找主事僧人审问，僧人据实告诉他说："在寺里的人乐意主事，先后主事者多年以来，凭空伪造文书里金子的数额，原本并没有金子。那些管事孤立我，缘于我不和他们厮混，便借此事排斥我。"主事哭着说他无法承受他的冤屈。李德裕悲恸地说："洗刷冤屈不是很难的事情。"他思考一会说："我想到方法了。"

于是立刻催促人准备数顶无轿厢的轿子，命令相关僧人前来对质，令僧人坐在轿上。放下轿帘，指挥下属使他们无法相互看见，让人取些黄泥，让僧人分别模仿做出金子交接前后的样子，用作依据，僧人不清楚金子的样子，所以无法做出来。李德裕十分愤怒，派人揭发前几任主事僧人的罪状，他们全部认罪。那个被他们孤立的僧人，于是洗刷了冤屈。（出《桂苑丛谈》）

裴 休

裴休崇尚喜欢稀奇的古玩，负责执掌起草诏书，有表亲调任曲垦田，得古器曰盎，腹容三斗，浅项痹足，规口矩耳，朴素古丑，将蠹土壤者，既洗涤之后，磨砻之，隐隐有古篆九字带盎之腰。曲阜令不能辩。兖州有书生姓鲁，能八体书字者，召致于邑，出盎示之，曰："此大篆也。非今之所行者，虽某颇尝学之。是九字曰：齐桓公会于葵丘岁铸。"邑宰大奇其说。及以篆验，则字势存焉。

及辇致河东公之门，公以为麟经时物，得以言古矣，宝之犹钟玦郜鼎也。视草之暇，辄引亲友之分深者观之，以是京华声为至宝。公后以小宗伯掌贡举，生徒有以盎宝为请者。裴公一日设食，会门弟子，出器于庭，则离立环观，迭词以质。独刘舍人蜕以为非当时之物，近世矫作也。公不悦曰："果有说乎？"紫微曰："某幼专丘明之书，具载小白桓公九合诸侯，取威定霸，葵丘之会第八盟。又按《礼经》，诸侯五月而葬，同盟至，既葬，然后反虞，虞然后卒哭，卒哭然后定谥。则葵丘之役，实在生前，不得以谥称。此乃近世之矫作也。"裴公怳然而悟，命击碎，然后举爵尽饮而罢。（出《唐阙史》）

崔碣

崔碣任河南尹，惩奸剪暴，为天下吏师。先是有估客王可久者，膏腴之室。岁鬻茗于江湖间，常获丰利而归。是年，又笈贿适楚，始返棹于彭门，值庞勋作乱，阱于寇域，逾期不归。有妻美少，且无伯仲息裔之属。妻常善价募人，访于贼境之四裔，竟无究阜县的邑宰一职。当地人开荒田地的时候，发现一个称作盎的古代器具，盎容积为三斗，短脖鸟足，圆口方耳，质朴丑陋。将土壤拨开，将器具洗干净，将表面磨搓干净，隐约可以在盎的腰部看到九个古篆字体。曲阜县令也不能辨别。兖州有一位姓鲁的书生，能书写出八种不同字体，将书生召至县里，取出盎请书生分辨，书生说：“此字体是大篆，这不是如今在使用的字体，我以前认真学过它。这九个字分别是‘齐桓公会于葵丘岁铸。’”邑宰对书生的话觉得很惊异。待到用篆体字书查验，则发现字体的走势存在相似之处。

等到车辇到达河东公裴休的家门，裴休觉得那个器具是春秋时期的器具，可以称作古物，视作像钟玦郜鼎一样的珍宝。在起草诏书的空闲时间里，带着情谊深的亲戚朋友来观看器具。因此京都人都称其为最珍贵的宝物。裴休后来以小宗伯一职主持科举，学生中有想要观看盎的人。某天裴休设宴席，将门下弟子请至家中，在庭院中展示盎，众人并肩围观，纷纷发出品质佳的叹词。只有舍人刘蜕觉得此物不是春秋的器具，而是近代仿真品。裴休不愉快说道：“你说这话有什么依据？”刘蜕说：“我幼时专门研读左丘明的书籍，书中详细记载齐桓公齐小白九次聚集诸侯，取得威望，策定霸业，在葵丘的聚会是同盟国第八次联合。然后根据《礼经》记录，诸侯在五月安葬齐桓公，各路同盟都到了，然后开始进行葬礼，接着进行祭拜，祭拜后早晚哭丧，哭丧礼后定谥号。而葵丘之事是在齐桓公生前发生的，那时候还没有定谥号。因此说这是近代的仿真品。”裴休猛然清醒，命人砸碎盎，接着拿出酒杯，一口气喝完酒杯的酒。（出《唐阙史》）

崔碣

崔碣作为河南府尹，惩罚坏人，除掉恶势力，为全国官吏的表率。有一位叫王可久的商人，家境圆满。年年在全国各处售卖茶叶，常常带着丰厚利润归家。这一年，王可久又带着钱财去楚地做生意，坐船返回彭门的时候，恰好碰上庞勋反叛，被困在贼寇占领区域，超过日期没有归家。王可久有一位漂亮年轻的妻子，并且没有兄弟子其迹者。或曰："已戕于盗，帑其货矣。"

洛城有杨乾夫者善卜称。妻晨持一缣，决疑于彼。杨生素熟其事，且利其财，思以计中之。乃为端蓍虔祝，六位既兆，则曰："所忧岂非伉俪耶？是人绝气久矣，象见坟墓矣，遇劫杀与身并矣。"妻号咷将去，即又勉之曰："阳乌已晚，幸择良晨，清旭更问，当为再祝。"妻诚信之。他日，复往布算，宛得前卦。乃曰："神也异也，无复望也。"仍言号恸非所以成礼者，第择日举哀，绘佛饭僧，以资冥福。妻且悲且愧，以为诚言，无巨细事，一以托之。杨生主办，雅竭其志。则又谓曰："妇人茕独，而衷财贿，寇盗方炽，身之灾也，宜割爱以谋安适。"妻初不纳，夕则飞砾以惧之，昼则声寇以危之，次则役媒以饵之。妻多杨之义，遂许嫁焉。杨生既遂志，乃籍所有，雄据厚产。又逾月，皆货旧业，挈妻卜居乐渠之北。

明年，徐州平，天下洗兵，诏大憝就擒外，胁从其间者，宥而不问，给篆为信，纵归田里。可久髡裸而返，瘠瘁疥秽，丐食于路。至则访其庐舍，已易主矣。曲讯妻室，不知其所。展转饥寒，循路哀叫。渐有人知者，因指其新居。见妻及杨，肆目门首，欲为揖认，则诃杖诟辱，仅以身免。妻愕眙以异，复制于杨。可久不堪其冤，诉于公府。及法司按劾，杨生贿赂已行，取证于妻，遂诬其妄。时属尹正长厚不能辨奸，以诬人之罪加之。痛绳其背，肩扶出疆。可女等亲属。妻子用大价钱招募人在贼寇地界四处走访寻找丈夫的下落，竟然没有追查到丈夫的行踪。有人说：“王可久已经被强盗杀害，将货物与财物也被藏匿起来。”

洛城有一个以精通算卦著名的人，叫作杨乾夫。王可久妻子清晨拿着细绢，想请他推算丈夫的下落。杨乾夫预先了解王可久的事情，并且对他的钱财感兴趣，思考着算计王可久妻子。于是为她占卜，并进行诚恳祈祷，卦象出来后，对妻子说：“你担心的人是丈夫吗？如果是他，那已经死了很长时间了。卦象中可以看见他的坟墓。是遇到抢劫被杀害了。”妻子号啕大哭，正要离去，杨乾夫又勉励她说：“太阳已经升高，幸而选择清晨的好时辰占卜，他日清晨再来，再为你占卦。”王可久妻子十分信任他。改日，再次前往占卜，卦象仍与之前一致。于是说：“真是奇怪，应该是没期望了。”并且说号哭哀痛不是适宜的礼仪，应该选合适日期进行哀悼，绘制佛图，向僧人施饭，用来蓄积丈夫在阴间的福德。妻子既伤心又愧疚，认为是真诚的话，事情不分大小，全都托付给杨乾夫打理。杨乾夫主理丧礼，竭尽全力。杨乾夫又对王可久妻子说：“夫人独自一人十分孤单，家中钱财很多，贼寇又比较眼红，容易招致杀身之祸，应该忘记丈夫，另嫁他人过安定的生活。”妻子开始不接纳他的意见，杨乾夫晚间则扔碎石，让她惧怕，白日便说是盗贼在吓唬她，再差使媒人引诱她。妻子感谢杨乾夫之前的恩情，于是同意嫁与他。杨乾夫便得偿所愿，并且接收所有的财物，强占丰厚的家产。一个月后，又重新开始占卜的事业，领着妻子择地居住在乐渠的北面。

次年，徐州太平下来，战争停息，皇帝下令只抓住叛贼首领，其中被迫相从的人则宽恕他们，不予追究，给予文书作为证据，放他们归家。王可久光着头归来，瘦弱困病，一路乞讨为生。等到了自己家里，发现主人已经更换。又问妻子在哪里，也没人知道妻子在哪里。一直饥寒交迫，在路边哭喊。有知道妻子情况的人，告知妻子新家的位置。到地方后看见妻子及杨乾夫，站在门口尽力张望，想与妻子相认，于是杨乾夫拿棍子殴打他，言语辱骂他，只能逃开。妻子惊诧地看着王可久，又阻止杨乾夫的行为。王可久不能承受冤屈，状告官久冤楚相萦，殆将溘尽，命丝未绝，洛尹改更，则衔血赍冤于新政，亦不能辨。前所鞫吏，得以肆其毒于簧言。且曰："以狱讼旧政者，汉律在焉。则又裂膑，配邑之遐者，隶执重役。"可久双眦流血，两目枯焉。

时博陵公伊人燕居，备聆始卒。天启良便，再领三川。狱吏屏息，覆盆举矣。揽辔观风之三日，潜命就役所，出可久以至。乃敕吏掩乾夫一家，兼素鞫胥，同梏其颈。且命可久暗籍家之服玩，物所存尚夥，而鞫吏贿赂，丑迹昭焉。既捶其胁，复血其背，然后擢发折足，同瘗一坎。收录家产，手授可久。时离毕作冷，衣云复郁。断狱之日，阳轮洞开，通逵相庆，有出涕者。沉冤积愤，大亨畅，于是曰："古之循吏，孰能拟诸。"（出《唐阙史》）

赵 和

咸通初，有天水赵和者任江阴令，以片言折狱著声。犹是累宰剧邑，皆以雪冤获优考。至于疑似晦伪之事，悉能以情理之。时有楚州淮阴农，比庄俱以丰岁而货殖焉。其东邻则拓腴田数百亩。资镪未满，因以庄券质于西邻，货缗百万，契书显验，且言来岁赍本利以赎。

府。等到司法官吏审查此事，杨乾夫已经行贿了相关官员，在妻子那里求取证据，诬陷王可久妄言。当地所属的尹正长厚无法辨别是非，判王可久诬陷他人之罪，将他痛打一顿。王可久扶着肩膀离开此地。很久时间里王可久内心的冤屈萦绕不散，快被折磨至死，大约是生命尚未断绝，府尹变动，王可久便含着血泪向新府尹诉说冤屈，也不能分辨冤屈。之前审查此案的官吏，肆意说出诬陷王可久的谎言。并且说："他诬陷前任府尹，依照律法，需判车裂之刑，发配至遥远都邑从事苦役。"王可久双目淌血，眼泪快流干了。

当时博陵公在此地闲居，对于王可久的冤情始末有详细了解。天赐良机，崔碣被任命为河南府尹。掌管讼案、刑狱的官吏十分恐惧他，一些冤案也得以平反。崔碣下定决心澄清官吏作风，观察三天后，悄悄命人前往役所，将王可久带出役所。于是下令官吏趁其不备抓住杨乾夫一家，然后将审讯官一起逮捕，并且给脖子戴上了枷锁。然后让王可久暗中清点家中财物，留下的财物还很多，而杨乾夫贿赂官员的可耻行径已查明。于是下令捶打罪人的前胸和后背，并且剃掉头发，打断手脚，全部埋在一个坑穴里。没收被抢走的财物，亲手还给王可久。当时阴云密闭，天上快要下雨，天气变冷，不正风气得到压制。再次判案当天，天光大亮，每条街上都是互相庆贺的百姓，甚至有人痛哭流涕。沉积的冤屈与愤懑都在这时得到了昭雪与释放。百姓们说，古往今来的守法官吏，无人能与崔碣比较。（出《唐阙史》）

赵和

咸通初年，来自天水的赵和就任江阴令尹，以其简短的言语审判案件真相所闻名。于是接连调往政事烦琐的郡县做县令，每次都可以昭雪冤屈从而获得出众政绩。对于看起来有隐晦与虚假的案件，都能理智分析，做出正确判断。那时有一位来自楚州淮阴的务农者，庄子的人由于农作物丰收而经营商业。他东边的邻居开垦了几百亩良田。由于钱财物资不够，于是用庄子的契约作抵押品抵押给西边的邻居，贷给他一百万文钱，借据里写得很清楚。并且表明来年就可至期，果以腴田获利甚博，备财赎契，先纳八百缗。第检置契书，期明日以残资换券。所隔信宿，且恃通家，因不征纳缗之籍。明日，赍余镪至，遂为西邻不认。且以无保证，又乏簿籍，终为所拒。东邻冤诉于县，县为追勘，无以证明。宰邑谓曰："诚疑尔冤，其如官中所赖者券，乏此以证，何术理之？"复诉于州，州不能理，东邻不胜其愤。

远聆江阴之善听讼者，乃越江而南诉于赵宰。赵宰谓曰："县政地卑，且复逾境，何计奉雪？"东邻则冤泣曰："此地不得理，无由自涤也。"赵曰："第止吾舍，试为思之。"经宿召前曰："计就矣，尔果不妄否？"则又曰："安敢诬。"赵曰："诚如是言，当为置法。"

乃召捕贼之干者数辈，赍牒至淮壖，曰："有啸聚而寇江者，案劾已具。言有同恶相济者，在某处居，名姓形状，具以西邻指之，请梏送至此。先是邻州条法，唯持刀截江，无得藏匿。追牒至彼，果擒以还。"然自恃无迹，未甚知惧，至则旅于庭下。赵厉声谓曰："幸耕织自活，何为寇江？"囚则朗叫泪随曰："稼穑之夫，未尝舟楫。"赵又曰："证词甚具，姓氏无差，或言伪而坚，则血肤取实。"囚则大恐，叩头见血，如不胜其冤者。赵又曰："所盗幸多金宝锦彩，非农家所置蓄者，汝宜籍舍之产以辩之。"

以连本带利归还，赎取庄子契约。

到了还贷期限，果然用肥沃的田地获得较高的利益，准备钱财赎回庄契，首先缴纳八十万文钱。然后查验契约。约定明日用剩余钱财换回契约。由于仅仅隔了两三日，且两家交情深厚，于是并没有向西边的邻居索取已经交付的八十万文钱的契据。次日，他拿着余下的钱财到了西边邻居家，邻居不承认昨日已经交付了八十万文。并且既没有担保，又缺乏书面凭证，因此西邻一直拒不承认。东邻觉得冤屈，便向县衙控诉。县衙便进行查问，但苦于没有凭证。宰邑对东邻说："我确实怀疑你是被冤枉的，但是官府判案依赖的是证据，缺乏证据，什么方法可以审判此案呢？"便又去州府控诉。州府也不能审判。东邻不能忍受内心的愤怒。

听说江阴有一位善于审案的县令，于是越过长江，把诉状告到南边江阴县的赵县令那里。赵县令对他说："县衙政令地位卑微，并且又超过我所管辖的区域，我能有什么方法帮你申冤呢？"东邻则冤屈地哭着说："这个县衙如果无法受理，那我无法为自己洗清冤屈了。"赵和说："不如先在我家住下，我试着给你想想办法。"经过一晚，赵和召见东邻对他说："已经想到方法了，但是你果真没有妄言吗？"东邻又说："怎么敢说出污蔑的话？"赵和说："照你所说，我已经有办法了。"

于是赵和找了几个抓贼厉害的人，带着文牒到达淮壖，说道："有聚集在长江的贼寇，案子已经调查清楚。有人供认说有共同作恶的人，在某个地方居住着。根据姓名及外表的描述，指的便是西邻，便将西邻押送到县衙里。首先根据邻州条例法规，唯有拿刀于江上打劫的盗贼，任何人不得窝藏。因此携带文牒追到此处，果然抓人回来。"然而西邻仗着自己没有打劫事迹，因此并未惧怕。等他被押到县衙后，赵和斥责他说："有耕地能种田，会织布足以养活自己，为何要做江上盗贼？"西邻哭着大声说："我是耕种田地的人，从未坐过船。"赵和又说："证据清晰，姓名也吻合，如果你坚持弄虚作假，则要施重刑取得事实。"西邻十分恐慌，磕头磕出了血，像是受到天大的委屈，赵和又说："所幸你偷的东西多为金银财宝，不因意稍解。遂详开所贮者，且不虞东邻之越讼也。乃言稻若干斛，庄客某甲等纳到者；䌷绢若干匹，家机所出者；钱若干贯，东邻赎契者；银器若干件，匠某锻成者。赵宰大喜，即再审其事。谓曰："如果非寇江者，何谓讳东邻所赎八百千？"遂引诉邻，令其偶证。于是惭惧失色，祈死厅前。赵令梏往本土，检付契书，然后置之于法。（出《唐阙史》）

刘崇龟

刘崇龟镇南海之岁，有富商子少年而白皙，稍殊于稗贩之伍。泊船于江，岸上有门楼，中见一姬年二十余，艳态妖容，非常所睹。亦不避人，得以纵其目逆。乘便复言，某黄昏当诣宅矣。无难色，颔之微哂而已。

既昏暝，果启扉伺之。比之未及赴约，有盗者径入行窃。见一房无烛，即突入之，姬即欣然而就之。盗乃谓其见擒，以庖刀刺之，遗刀而逸，其家亦未之觉。商客之子旋至，方入其户，即践其血，汰而仆地。初谓其水，以手扪之，闻鲜血之气未已。又扪着有人卧，遂走出。径登船，一夜解维。比明，已行百余里。其家迹其血至江岸，遂陈状之。

主者讼穷诘岸上居人，云：某日夜，有某客船一夜径发。即差人追及，械于圉室，拷掠备至，具实吐之，唯不招杀人。其家以庖刀纳于府主矣，府主乃下令曰："某日大设，合境庖丁，宜集于毬是农家所储蓄的东西，你可以登记家中财产为自己辩解。”

西邻的意识稍微松懈下来。于是详细说出自己所储藏的家产，并且没有预料到东邻会越境来此处诉状。便说出自己有多少斛稻谷，是佃户家交纳的田租；有多少匹绸绢，是家中缝纫机所织；有多少贯银钱，是东邻赎回地契的钱；还有几件银器，是工匠锻造而成。赵和非常高兴。便进行深入审理。对西邻说：如果不是江上的贼寇，为什么隐瞒东邻所付的八百缗钱赎金？于是叫出申诉的东邻，让双方对质。于是西邻羞愧恐惧，脸色变了，在县衙厅堂求饶。赵和下令将西邻押送回当地，核查后，将地契还给东邻，并对西邻作了应有的处罚。（出《唐阙史》）

刘崇龟

刘崇龟坐镇南海的时候，有一位长相白皙的富家少年，同那些买贱卖贵获利的人不一样。一次在江边停船。岸上有一座门楼，门楼里有一位二十多岁的女子，姿色十分妖娆，并非平常所能看到的姿色。女子也不避讳外人，因此放纵其以目光相迎。并且乘机对她说：我天黑后去拜访你家。女子并无为难的神色，只微笑颌首。

天黑以后，女子果真敞开门扉等候他。没等到富家少年前来赴约，便有偷盗之人进来偷东西。看见一间房屋里没有点蜡烛，便迅速进入房间。女子立即开心地靠近。盗贼便认为他要被抓住了，便用屠刀刺向女子，然后扔下屠刀逃逸了。女子的亲人没有察觉情况。富家少年不久后到达女子家中，刚刚进入房间，便踩到了女子的血迹，因为太滑一下子摔倒在地上。最初以为是水，用手摸了摸，闻到止不住的鲜血气味。又摸到有尸体躺在地上，便迅速离开。径直上船，船走了一晚上。等到天明，已开出一百多里。女子家人跟着血迹到了江边，便向县衙述说情况。

主理此案的人深入追查岸上所居住的人，说：某一天晚上，有一客船驶出。于是派人追查到富家少年，为其戴上刑具关在监狱里，用刑罚审讯，少年说出真相。唯独不供认自己杀了人。女子家人将屠刀交给县衙长官。于是长官下令道：“某一天大摆宴席，聚集境内所场。以候宰杀。”屠者既集，乃传令曰：“今日既已，可翌日而至。乃各留刀于厨而去。”府主乃命取诸人刀，以杀人之刀，换下一口。来早，各令诣衙请刀，诸人皆认本刀而去。唯一屠最在后，不肯持刀去。府主乃诘之，对曰：“此非某刀。”又诘以何人刀，即曰：“此合是某乙者。”乃问其住止之处，即命擒之，则已窜矣。

于是乃以他因之合处死者，以代商人之子，侵夜毙之于市。窜者之家，旦夕潜令人伺之，既毙其假囚，不一两夕，果归家，即擒之。具首杀人之咎，遂置于法。商人之子，夜入人家，以奸罪杖背而已。彭城公之察狱，可谓明矣。（出《玉堂闲话》）

杀妻者

闻诸耆旧云：昔有人因他适回，见其妻为奸盗所杀，但不见其首，支体具在。既悲且惧，遂告于妻族。妻族闻之，遂执婿而入官丞，行加诬云：“尔杀吾爱女。”狱吏严其鞭捶，莫得自明，洎不任其苦，乃自诬杀人，甘其一死。

款案既成，皆以为不缪。郡主委诸从事，从事疑而不断。谓使君曰：“某滥尘幕席，诚宜竭节。奉理人命，一死不可再生，苟或误举典刑，岂能追悔也？必请缓而穷之。且为夫之道，孰忍杀妻？况义在齐眉，曷能断颈。纵有隙而害之，盍作脱祸之计也。或推病殒，或托暴亡，必存尸而弃首，其理甚明。”

有的屠夫于球场。让屠夫等着宰杀牲畜。”屠夫聚集后，便传达命令：“今天既然已经结束，可明日再来。下令各自在厨房留下自己的刀便离开了。”县衙长官命人取来屠夫们的刀，用杀人的刀调换其中一把刀。来日早上，派衙役拿出屠夫们的刀，众人都认领自己的刀离开了。只有一个屠夫最后留下，不愿意拿刀离开。县衙长官便询问他，他回道：“这并非我的屠刀。”长官又问是何人的刀，便说：“这应该是某人的屠刀。”于是询问某人的住宅，便下令逮捕他，发现已然逃窜。

于是用监狱里本该被处死的囚犯替代富家少年。夜晚于市井处死。逃窜者的家属，每日偷偷找人打听县衙消息，发现处死了“杀人犯”，不到一两天，杀人犯果然归家了，衙役立刻捉拿他。供认不讳其杀人过程，按律处死刑。富家少年夜闯民院，论私通罪，处以棍刑。彭城公审查案件可以说是明察秋毫。（出《玉堂闲话》）

杀妻者

听闻众位年高望重的人说，以前有一人外出归家后，看到妻子被奸人盗贼杀害。但没有头部，只有四肢、身体。他既哀伤又恐惧，于是将妻子死讯告知妻子家人。妻子家人听闻消息，便将女婿扭送见官。陷害女婿杀害自己喜爱的女儿。刑狱官吏对他刑讯逼供，此人无法自证清白，等到无法忍受拷打时，便承认自己杀了妻子，甘心赴死。

案子审清后，众人都认为此案是没错的。郡县长官将案件后续交给一位从事操办，从事对此案仍有疑问，所以尚未判定。对郡长说：“我不够称职，但是既然已经成为您的幕僚，实在应该竭力尽心。奉命审理人命案子，而人死不可复生，如果用错刑罚，哪里有后悔的余地呢？所以一定请您宽延期限，彻底查清案情。并且按照作为丈夫的情理，谁会忍心杀死自己的妻子？夫妻情义本在相敬如宾。怎会割断妻子的头颅。即使夫妻间有矛盾想杀害妻子，为何不做逃脱法律的打算？或者推故说妻子因病而死，或者推脱暴毙而亡，而必定留下妻子的尸体而抛弃她的头颅，这其中的道理是很清楚的。”

使君计其谳义，从事乃别开其第，权作狴牢。慎择司存，移此系者，细而劾之，仍给以酒食汤沐，以平人待之。键户棘垣，不使系于外。然后遍勘在城伍作行人，令各供通。近来应与人家安厝坟墓多少去处文状。既而一面诘之曰："汝等与人家举事，还有可疑者乎？"有一人曰："某于一豪家举事，共言杀却一奶子，于墙上舁过，凶器中甚似无物，见在某坊。"

发之，果得一女首级。遂将首对尸，令诉者验认。云："非也。"遂收豪家鞠之，豪家伏辜而具款。乃是杀一奶子，函首而葬之，以尸易此良家之妇，私室蓄之。豪士乃全家弃市。吁！伍辞察狱，得无慎乎？（出《玉堂闲话》）

许宗裔

蜀之将帅，鲜不好货。有许宗裔者，分符仗钺，独守廉隅。尝典剑州，民有致寇者，灯下认识暴客，待晓告巡，其贼不禁拷捶，远首其罪，囚而送州。宗裔引虑，缧囚纷诉，且言丝钩纨乃是家物，与劫主递有词说。宗裔促命两家缲丝车，又各赍紬纨卷时胎心，复用何物。一云杏核，一云瓦子，因令相退下紬线，见杏核，与囚款同。仍以丝钩安车，量其轻重大小，亦是囚家本物。即被劫者有妄认之过，巡捕吏伏拷决之辜，指顾之间，为雪冤枉，乃良吏也。（出《北梦琐言》）

郡县长官对从事的案件论断很是赞同，于是从事另外开辟一所宅院，姑且作为牢房。谨慎选择负责审理案件的官吏，将嫌疑犯移来宅院关押，并对嫌疑犯进行细致审问，依旧允许他饮用酒饭及沐浴，像对待普通人那样对他。锁住门，墙头插上荆棘，不让他和外界联系。接着勘察全城内的仵作行业的人，让他们讲出近来替人殡葬的次数、处所，并将情况记录成文书。接着一面追问他们：“你们在别人家中举办丧事，还有没有发现可疑的地方？”其中一个仵作说：“我在一户富豪家中操办丧事，都说是一位奶妈被杀害，抬棺材过墙时，棺材里似乎没有尸体，现在棺材还在某家坊肆。”

到坊肆中打开棺材，发现一女子的头颅。于是将头颅与妻子的尸首对接起来，让诉状者前来辨认。他们说：“不是那个人。”因此将富豪一家抓来进行审问，富豪一家承认有罪并签字画押。确是富豪杀死一位奶妈，将头颅放在棺材中埋葬，用奶妈的尸体调换了那位妻子的尸体，将她养在隐蔽的房间里。富豪一家在闹市被执行死刑。根据仵作的供词审理案件，怎能不慎重？（出《玉堂闲话》）

许宗裔

蜀郡鲜少有不贪心财物的将领。有一位叫许宗裔的为官者，虽然掌握大权，但是却坚守端方的品行。他曾经做过剑州的地方官。有个百姓家中遭受盗贼抢劫，灯光下看清了盗贼的容貌，等到天亮后告知官府，巡捕将贼抓住后，盗贼禁不住重刑，违心承认自己远远没做过的罪行，囚禁他并押送至州府。许宗裔传讯囚犯，询问罪状及重新入狱情况，囚徒多次申诉，说用丝钧成的缲丝工具是自己家中的物品，与被抢劫的人说法不一致。许宗裔命两个人带来自己家的缲丝车，带来卷细绸时用的胎心，然后询问所用的是什么物品。一人说是杏核，一人说是瓦片，于是令人当堂褪下绸线，发现胎心是杏核，与囚徒所说的一致。然后让官吏用丝钧安装好缲丝车，测量缲丝车的重量，则说明是囚徒家中的物品。即说明被抢劫的人有认错人的罪过，巡捕官吏承认了严刑逼供的罪过，很短的时间内，许宗裔为冤案昭了雪，他真是位贤能的官吏。（出《北梦琐言》）

刘方遇

镇州士人刘方遇家财数十万。方遇妻田氏早卒，田之妹为尼，常出入方遇家。方遇使尼发长，为继室。田有令遵者，方遇之妻弟也。善货殖，方遇以所积财，令令遵兴殖。方遇有子年幼，二女皆嫁。方遇疾卒，子幼，不能督家业。方遇妻及二女，以家财素为令遵兴殖，乃举族合谋，请以令遵姓刘，为方遇继嗣。即令鬻券人安美，为亲族请嗣券书。即定，乃遣令遵服斩衰居丧。

而二女初立令遵时，先邀每月供财二万。及后求取无厌，而石李二夫，教二女诣本府论诉云："令遵冒姓，夺父家财。"令遵下狱。石李二夫族与本府要吏亲党上在府帅判官、行军司马，随使都押衙，各受方遇二女赂钱数千缗，而以令遵与姊及书券安美同情共盗，俱弃市。人知其冤。府帅李从敏，令妻来朝，惧事发，令内弟弥缝。

侍御史赵都嫉恶论奏，明宗惊怒，下镇州，委副使符蒙按问，果得事实。自亲吏高知柔，及判官行军司马，并通货僧人、妇人，皆弃市。唯从敏初削官停任，中宫祈哀，竟罚一季俸。议者以受赂曲法杀人，而八议之所不及，失刑也。安重诲诛后，王贵妃用事故也。（出《北梦琐言》）

刘方遇

来自镇州的士大夫刘方遇家财可达数十万贯。刘方遇的妻子田氏早亡，田氏的妹妹是位道姑，常常与刘方遇家来往。刘方遇想让她蓄发，迎娶她做继室。田氏的弟弟田令遵善于经营生意，刘方遇便将他所积蓄的财产交给田令遵去经营，增值财产。刘方遇有一个年幼的儿子，两个女儿都嫁人了。刘方遇突然病死，儿子年幼，不能经管家中产业。刘方遇的继室及两个女儿，把家中财产交由田令遵打理，以求增值财产，然后全族共同谋划，让田令遵改姓刘，过继给刘方遇，继承他的家产。即刻召来契约文书的撰写者安美，为刘氏家族书写田令遵过继给刘方遇的文书。事情定下后，就让田令遵身着丧服守孝。

并且两个女儿在田令遵过继刘方遇时便约定，要挟每月提供两万文钱。之后两人索要无度，她们的丈夫石某、李某撺掇妻子去官府告状，说田令遵假冒刘氏，掠夺父亲财产。田令遵因此被关进监狱。石某、李某的同族人、官府主要官吏以及亲近信任的府帅判官、行军司马、随使都押衙等，分别接受了刘方遇两个女儿的贿赂几千缗钱，并且诬陷刘方遇妻子田氏、内弟田令遵伙同中间人安美，联合侵吞刘氏财产，将三人全部斩首于闹市。百姓都知道这是冤案。府帅李从敏担心东窗事发，让妻子入朝，找弟弟帮助掩饰案件漏洞。

侍御史赵都厌恶他们的行事，向皇帝奏报，后唐明宗皇帝大为震怒，亲自来到镇州，委派副使符蒙展开案件调查。果真查清案件真相。经过审讯后，从李从敏的心腹官吏，到判官行军司马、行贿的僧人、刘方遇两个女儿，全部斩首于闹市。唯独李从敏只是判处免职，中宫为其苦苦哀求，最后罚一个月的薪俸。众人议论李从敏收受贿赂，制造冤案，重新审理案件仍旧没有平反冤案，破坏了法度。安重诲被诛杀后，王贵妃因为意外灾祸而身故。（出《北梦琐言》）

卷第一百七十三　俊辩一

东方朔

汉武帝见画伯夷、叔齐形象，问东方朔："是何人？"朔曰："古之愚夫。"帝曰："夫伯夷、叔齐，天下廉士，何谓愚邪？"朔对曰："臣闻贤者居世，与之推移，不凝滞于物。彼何不升其堂、饮其浆，泛泛如水中之凫，与彼徂游。天子毂下，可以隐居，何自苦于首阳？"上喟然而叹。

又汉武游上林，见一好树，问东方朔，朔曰："名善哉。"帝阴使人落其树。后数岁，复问朔，朔曰："名为瞿所。"帝曰："朔欺久矣，名与前不同，何也？"朔曰："夫大为马，小为驹；长为鸡，小为雏；大为牛，小为犊；人生为儿，长为老；且昔为善哉，今为瞿所。长少死生，万物败成，岂有定哉！"帝乃大笑。（出《小说》）

匡　衡

匡衡字稚圭，勤学而无烛，邻人有烛而不与，衡乃穿壁引其光，以书映之而读之。邑人大姓文不识，家富多书，衡乃为其佣

东方朔

汉武帝观赏画中伯夷、叔齐的样子，询问东方朔："画中人物是谁？"东方朔回答："古时候愚昧的人。"汉武帝说："那是伯夷、叔齐，乃是天底下闻名的清廉之士，为何说他们愚昧？"东方朔回答："我听闻贤德的人居于世间，会与时代共同发展，不因何物停滞发展的脚步。他们为何不审理他们应该审理的案件、痛快饮酒，像野鸭一样在水中自在遨游？皇帝所居的国都之下，如若不想为官，哪里都可以隐居山野，何必待在首阳山让自己受苦？"汉武帝深有感慨而叹息。

有一天汉武帝在上林苑游玩，看见一棵生长茂盛的树木，询问东方朔这棵树是什么树。东方朔回答："这树名叫善哉。"汉武帝暗地派人削掉枝干。几年后，再一次问东方朔这是什么树，东方朔回答："这棵树名为瞿所。"汉武帝说："东方朔你骗我好久了，明明是一棵树，名字为何与之前不同？"东方朔回答说："以马为例，体型大的叫作马，体型小的叫作驹；长大的鸡叫作鸡，没长大的鸡叫作雏；体型大的牛是牛，体型小的牛为犊；人初生时叫小儿，长大后叫作老年人；因此以前这棵树叫善哉，如今叫瞿所。年轻与年老，生存与死亡，万物的成长与衰败，哪有一成不变的呢！"汉武帝听后放声大笑。（出《小说》）

匡衡

匡衡字稚圭，他努力学习，但是家中没有蜡烛照明。邻居家里有蜡烛，烛光却照不到他家，于是匡衡把墙壁凿了一个洞引来邻居家作，而不求直。主人怪而问之，衡曰："愿得主人书，遍读之。"主人感叹，资给以书，遂成大学。能说《诗》，时人为之语曰："无说《诗》，匡鼎来；匡说《诗》，解人颐。"鼎，衡小名也，时人畏服之如此，闻之皆解颐欢笑。衡邑人有言《诗》者，衡从之，与语质疑，邑人挫服，倒屣而去。衡追之曰："先生留听，更理前论。"邑人曰："穷矣。"遂去不顾。（出《西京杂记》）

边文礼

边文礼见袁奉高，失次序，奉高因嘲之曰："昔尧聘许由，面无怍色，先生何为颠倒衣裳？"文礼答曰："明府初临，尧德未彰，是以贱民颠倒衣裳耳。"（出《世说》）

荀慈明

荀慈明与汝南袁少朗相见，问颍川士，慈明先及诸兄。少朗叹之曰："但可私亲而已。"慈明答曰："足下相难，依据何经？"少朗曰："方问国士，始及诸兄，是以尤之。"慈明曰："昔祁奚内举不失其子，外举不失其仇，以为至公；公旦周文王之子，诗不论尧、舜之德，而颂文、武者何？先亲之义也。春秋之义，内中国而外诸夏，且不能爱其亲而爱他人者，不当以是勃德乎？"（出《世说》）

的烛光，让烛光映照在书上来读。同乡有个大户人家，姓文名不识，家中富有，有许多书本，匡衡便到他家去做工，却不求得相应的报酬。主人感到很奇怪，问他缘由，匡衡回答：“希望能借来您家中书籍，全部读遍。”文不识深为慨叹，就把书借给他，最终匡衡学有所成。匡衡可以解说《诗经》，当时百姓们为他作了一首歌说道：“无人可以解说《诗经》，让匡衡来，匡衡会讲解《诗经》，能解开人们的疑惑。”匡衡的小名是鼎，那是人们十分敬佩其才学，听了匡衡讲解《诗经》，可以解开疑惑，展颜欢笑。乡镇上有个会解说《诗经》的人，匡衡便跑去听，与此人就《诗经》讲解提出疑问，以求解答，同乡的人无法做出回应，对他非常折服，倒穿着鞋慌忙离开，匡衡追上他说：“先生请留步听我说，再梳理一下之前的疑问。”同乡的人说：“我无话可说。”于是头也不回地离开了。（出《西京杂记》）

边文礼

边文礼谒见袁奉高的时候，举止失措，袁奉高嘲笑边文礼说：“古时候唐尧聘请许由为官，脸上没有羞愧的表情，先生为何把衣服穿反了呢？”边文礼回答：“明府刚上任，高尚德行尚未彰显，所以我才穿反了衣裳。”（出《世说》）

荀慈明

荀慈明和来自汝南的袁少朗彼此会面，袁少朗向荀慈明打听颍川的才德之士，荀慈明首先提及自己的几位兄长。袁少朗感慨说：“才德之士只能依靠亲密的人扬名了吗？”荀慈明回答说：“您如此责难我，是依据什么法度纲常？”袁少朗说：“方才我询问你国家中优秀的人才，你却只提及了自己的兄长，所以我才责难你。”荀慈明说：“过去祁奚推举人才的时候，对内不避讳他的儿子，对外不错过与自己有仇的人，人们觉得这样是最公正的；周公旦乃是周文王的儿子，作诗时不去谈论尧舜的德行，而去歌颂周文王及周武王是什么原因呢？说明推崇亲人的道义是倡导的。春秋时期倡导的道义也

曹 植

魏文帝尝与陈思王植同辇出游，逢见两牛在墙间斗，一牛不如，坠井而死。诏令赋死牛诗，不得道是牛，亦不得云是井，不得言其斗，不得言其死，走马百步，令成四十言，步尽不成，加斩刑。子建策马而驰，既揽笔赋曰："两肉齐道行，头上戴横骨。行至凶士头，峍起相唐突。二敌不俱刚，一肉卧土窟。非是力不如，盛意不得泄。"赋成，步犹未竟。重作三十言自愍诗云："煮豆持作羹，漉豉取作汁。萁在釜下然，豆向釜中泣。本自同根生，相煎何太急。"（出《世说》）

诸葛恪

孙权暂巡狩武昌，语群臣曰："在后好共辅导太子，太子有益，诸群厚赏；如其无益，必有重责。"张昭、薛综并未能对。诸葛恪曰："今太子精微特达，比青盖来旋，太子圣睿之姿，必闻一知十，岂为诸臣虚当受赏。"孙权尝问恪："君何如丞相？"恪曰："臣胜之。"权曰："丞相受遗辅政，国富刑清，虽伊尹格于皇天，周公光于四表，无以远过。且为君叔，何宜言胜之邪？"恪对曰："实如陛下明诏，但至于仕于污君，甘于伪主，暗于天命，则不如臣从容清泰之朝，赞扬天下之君也。"权复问恪："君何如步骘？"恪答曰："臣不如之。"又问："何如朱然？"亦曰："不如之。"又问："何如陆逊？"亦曰："不如之。"权曰："君不如此三人，而言胜叔者何？"恪曰："不敢欺陛下，小国之有君，不如诸夏之亡，是以胜也。"（出《刘氏小说》）

是亲近国内，疏远各个诸侯国，况且不喜欢自己的亲族而去喜欢其他人，不是有违道德伦理的吗？”（出《世说》）

曹植

魏文帝曾和弟弟陈思王曹植同车外出游历，在墙里碰见两头牛在打架，一头牛体力不支，被另一头牛顶进井里死了。魏文帝下令创作一首诗，以死掉的那头牛作为素材，诗里不能提牛，也不能提井，不能提两头牛在打架，不能提死亡，骑马一百步，完成四十字的诗作，如果马走完一百步没有完成，就立刻处死。曹植驱赶马让它跑起来，然后拿起笔创作：“两肉齐道行，头上戴横骨。行至凼士头，峍起相唐突。二敌不俱刚，一肉卧土窟。非是力不如，盛意不得泄。”诗创作完成后，马竟然还未走完一百步。于是又创作出一首三十字的诗作，用来怜悯自己，诗里写道：“煮豆持作羹，漉豉取作汁。萁在釜下然，豆向釜中泣。本自同根生，相煎何太急。”（出《世说》）

诸葛恪

孙权暂时巡守于武昌，告诉大臣们：“从今往后要一起好生指导太子，太子学业有提升，众人都有丰厚的赏赐，如果他学业没有提升，定然会严厉惩罚。”张昭、薛综无言以对。诸葛恪说：“现在太子精深微妙，超群绝伦，等到皇帝归来，以太子通达睿智的资质，一定听到一点就能类推出很多，怎么可以让众臣白白受了赏赐？”孙权以前问过诸葛恪：“你能否比得上蜀国丞相诸葛亮？”诸葛恪说：“我胜过他。”孙权说：“诸葛亮接受皇帝遗命辅佐治理政事，国家富饶，刑罚公正，虽然伊尹受限于上天旨意，周公的光芒照耀至四方各个角落，也没有比诸葛丞相超过几何。并且作为你叔叔，如何能说超过自己的叔叔呢？”诸葛恪回答：“的确如同陛下您所言，但是如果为无道的君主做事，甘愿为不合法度的君主驱使，有违天意，那么不如像我从容尽忠于清朗康泰的政府，效力于天下人都称赞的君王。”孙权又问诸葛恪：“你能不能比得上步骘？”诸葛恪回答道：“我比不

车 浚

陆逊闻车浚令名，请与相见。谓曰："早钦风彩，何乃龙蟠凤峙，不肯降顾邪？"答曰："诚知公侯，敦公旦之博纳，同尼父之善诱。然蜥蜴不能假重云以升举，鹦雀不能从激风以飞扬，是以无因尔。"时坐上宾客，多是吴人，皆相顾谓曰："武陵蛮夷郡，乃有此奇人也。"浚曰："吴太伯端委之化，以改被发文身之俗。今乃上挺圣主，下生贤佐，亦何常之有？"逊叹曰："国其昌也，乃有斯人。"（出《刘氏小说》）

诸葛靓

诸葛靓在吴，于朝堂大会。孙皓问："卿字仲思，为何所思？"对曰："在家思孝，事君思忠，朋友思信，如斯而已。"（出《世说新语》）

蔡 洪

晋蔡洪赴洛中，人问曰："幕府初开，群公辟命，求英奇于仄陋，拔贤俊于岩穴。君吴楚之人，亡国之余，有何异才，而应斯举？"答曰："夜光之珠，不必出于孟津之河；盈尺之璧，不必采于昆仑之山，大禹生于东夷，文王出于西羌，贤圣所出，何必常上他。”再次询问能不能和朱然比，诸葛恪同样说：“比不上朱然。”又问能不能和陆逊比，也说：“不如陆逊。”孙权说：“你说比不上这三人，为什么说能胜过你叔叔？”诸葛恪说：“不敢欺瞒陛下，有君主的小国比不上消亡的诸侯国，因此说比得上他。”（出《刘氏小说》）

车浚

陆逊听闻车浚的美誉，邀请车浚前来会面。对车浚说：“早前敬重您的风度神采，怎能像龙一样盘卧，像凤一样巍然屹立，不愿归降于东吴？”车浚回答说：“确实知晓公侯、敦公旦的广博，招贤纳士，如同孔夫子般擅长诱导他人。但是蜥蜴不可以凭借重重云层升空，麻雀不能够借助狂风飞扬上天，因此是没有凭借的。”那时座席上的宾客，吴国人居多，都互相注视着说道：“武陵属于少数民族的郡县，才能有这样身怀异才的人。”车浚说：“吴太伯擅长教化百姓的穿衣风俗，便让东国人改掉了散发文身的风俗。当今上有吴国掌权的孙权贤明，下有贤能之士辅佐，这样的局面何尝容易出现？”陆逊感慨道：“国运强盛，是因为有此人。”（出《刘氏小说》）

诸葛靓

诸葛靓在吴国的时候，在朝堂参加重要的会议。孙皓问道：“你字仲思，是什么让你产生思考？”回答说：“在家的时候思考孝道，效忠君王时思考忠君之道，和朋友相处时思考信义之道，就是这样罢了。”（出《世说新语》）

蔡洪

晋代时，蔡洪前往洛中，别人询问他：“官僚府署刚刚成立，众位官吏接受上级命令，在狭窄陋室处寻找才智特出的人，在山野隐居处提拔才德出众的人。你是吴楚七国之乱后遗留的的，有什么突出的才能来参加此次举荐？”蔡洪回答道：“夜里发光的珠子不见处？昔武王伐纣，迁顽民于洛邑，得无诸君是其苗裔乎？”又问洪：“吴旧姓何如？”答曰：“吴府君圣朝之盛佐，明时之俊乂；朱永长理物之宏德，清选之高望；严仲弼九皋之鸿鹄，空谷之白驹；顾彦先八音之琴瑟，五色之龙章；张威伯岁寒之茂松，幽夜之逸光；陆士龙鸿鹄之徘徊，悬鼓之待槌。凡此诸君，以洪笔为锄耒，以纸札为良田，以玄墨为稼穑，以义礼为丰年，以谈论为英华，以忠恕为珍宝，著文章为锦绣，蕴五经为缯帛，坐谦虚为席荐，张议意为帏幕，行仁义为室宇，循道德为墙宅者矣。”（出《刘氏小说》）

范百年

宋梁州范百年因事谒明帝。帝言次，及广州贪泉，因问之曰：“卿州复有此水否？”百年答曰：“梁州唯有文川武乡，廉泉让水。”又问：“卿宅在何处？”曰：“臣居在廉让之间。”上称善。后除梁州刺史。（出《谈薮》）

张 融

吴郡张融字思光，长史畅之子，郎中纬之孙。融神明俊出，机辩如流，尝谒太祖于太极西堂，弥时之方登。上笑曰：“卿至何迟？”答曰：“自地升天，理不得速。”融为中书郎，尝叹曰：“不恨我不见古人，恨古人不见我。”融善草隶，太祖尝语曰：“卿书殊有骨力，但恨无二王法。”答曰：“非恨臣无二王法，亦恨二王无臣法。”（出《谈薮》）

得全出自孟津河里；狭小的玉石不见得都是从昆仑山上采集的，大禹在东夷出生，文王在西羌出生，贤士的诞生地不见得是固定的。往日周武王攻打商纣王，将不服从统治的人迁移至洛邑，难道你们这些人是他们的后代吗？”又询问蔡洪，吴国旧人如何。蔡洪回答说：“吴国府君均为皇帝的肱股之臣，政治清明的时代的才德之人，譬如治理政事德行崇高的朱永长，德高望重的清选，如同深远沼泽里的天鹅一样的严仲弼，幽谷中的白色骏马；顾彦先如同八种乐器中的琴瑟，又如五彩的龙纹，张威伯则如同严寒时节生长茂盛的松树，深夜里的月光；陆士龙如徘徊的天鹅，等人敲响的悬挂的鼓；所有这些人，将大笔当作锄具，将纸张当作肥沃的土地，将黑墨当作农事活动，将礼仪当作丰收之年，将谈论当作精华，将推己及人当作珍宝，创作出的文章作为美好的事物，蓄藏经典书籍作为丝绸，将维持谦虚作为座位，将发扬见解作为帐幕，将做仁义之事当作房舍，将遵循道德作为宅院的墙壁。”（出《刘氏小说》）

范百年

南朝时期，来自梁州的范百年因为有事禀报拜见明帝。明帝言谈之间提到了广州的贪泉，于是询问他说：“你所在的州县有这样的泉水吗？”范百年回答说：“梁州唯有文臣武将的乡县习俗淳美。”又询问范百年居住在何处，范百年说：“我居住在廉洁奉公的地方。”明帝对范百年表示赞许。其后委任范百年为梁州刺史。（出《谈薮》）

张　融

来自吴郡的张融字思光，为长史张畅的儿子，郎中张纬的孙子。张融睿智俊秀，出类拔萃，善于言辞，应答如流。以前在太极西堂拜谒太祖皇帝。过了很久方才到达。太祖皇帝笑着说：“你为什么到的这么晚？”张融回答说：“我从地上升至天上，理应不会太快。”张融为中书郎时，曾感慨道：“不遗憾我不能见到古人，遗憾的是古人不能见到我。”张融擅长书写草书和隶书，太祖皇帝曾经对张融说：

庾杲之

齐武帝尝谓群臣曰："我后当何谥？"莫有对者。王俭因目庾杲之对。杲之曰："陛下寿比南山，与日月齐明，千载之后，岂是臣子轻所度量。"时人称其辩答。（出《谈薮》）

王 俭

齐王俭字仲宝，金紫僧绰之子，侍中昙首之孙。少孤，幼有珪璋器，四五岁，与凡童有异。常为五言诗曰："稷契匡虞夏，伊吕翼商周。抚己愧前哲，敛衽归山丘。"故论者以宰相许之。后为吏部尚书，有客姓谭诣俭求官。俭曰："齐桓灭谭，那得有汝。"答曰："谭子奔莒，所以有仆。"俭赏之。帝常幸乐游宴，群臣奉乐。帝曰："好音乐，孰与朕同？"对曰："沐浴皇风，并沾比屋。亦既在齐，不知肉味。"帝称善。俭尝集才学之士，累物而丽之，谓之丽事，丽事自此始也。诸客皆穷，唯庐江何宪为胜，乃赏以五色花簟白团扇。宪坐簟执扇，意气自得。秣陵令王摛后至，操笔便成，事既焕美，词复华丽，摛乃命左右抽簟掣扇，登车而去。俭笑曰："所谓大力负之而趋。"（出《谈薮》）

“你的字非常独特，具有雄健的笔力，只是遗憾没有王羲之和王献之的气韵。”张融回答：“我并不遗憾我的字没有二王的气韵，只是遗憾二王没有我的气韵。”（出《谈薮》）

庾杲之

齐武帝曾对大臣们说：“我死后应当追封什么谥号？”无人能应答。王俭拿眼神暗示庾杲之做回应。庾杲之说：“陛下您生命像终南山那样长久，如同日月一样一直发光，很久以后才发生的事情，怎么是作为臣子的我们所能轻易决定的？”当时的百姓都称赞他的论辩答对能力。（出《谈薮》）

王　俭

齐国时期，王俭字仲宝，为贵官王僧绰的儿子，也是侍中王昙首的孙子。幼年丧父，他幼年的时候德行高尚，四五岁时，与平常儿童就有不同之处。曾作出一首五言诗：“稷契匡虞夏，伊吕翼商周。抚己愧前哲，裣衽归山丘。”因此讨论此事的人认为他可以做宰相。后来担任吏部尚书，有外来的姓谭的人拜访王俭求取官位。王俭说：“齐桓公灭了谭国，你怎么还在？”他回答说：“谭氏后代投靠莒国，因此我还在。”王俭听了十分欣赏。皇帝常常乐游设宴，大臣们提供乐曲助兴。皇帝说：“喜欢乐曲，谁和朕有相同想法？”王俭回答说：“沐浴在君主的教化下，老百姓均能感受恩德。并且既然已经在齐国，不知晓肉的味道。”皇帝称赞他的回答。王俭曾聚集有才华的人，积累好物品然后夸赞它，这称为丽事，这便是丽事的开始。诸位均词穷了，唯有来自庐江的何宪取得胜利，王俭将五色的花席和白色的团扇赏给他。何宪坐在花席子上，拿着团扇，一派骄傲得意。秣陵县令王摛后来到了这里，拿起笔便完成了创作，描述的事物既美轮美奂又辞藻华丽，王摛于是命令随行的人抽取花席子和团扇，上车便离开了。王俭笑说：“力气真的很大，拿到手就离开了。”（出《谈薮》）

周颙

汝南周颙隐居钟山，长斋蔬食。王俭谓之曰："卿在山中，何所啖食？"答曰："赤米白盐，绿葵紫蓼。"又曰："菜何者最美？"颙曰："春初早韭，秋暮晚菘。"颙历中书侍郎。（出《谈薮》）

王融

魏使宋弁至，敕王融兼主客郎中。融问弁曰："秦西冀北，实多骏骥，而彼所献，乃驽骀之不若，求名检事，殊为未知。且将信誓有时而爽，而駉駉牧马，或未能嗣。"弁曰："不容虚为之名，当是不习水土。"融曰："周穆马迹，遍周天下，若骐骥之性，因地而迁，则造父之策，有时而踬。"弁曰："卿何勤勤于千里？"融曰："卿国既名其优劣，聊以相访，若于千里必至，圣主将驾之鼓车。"弁不能答。（出《谈薮》）

李膺

梁李膺有才辩。武帝谓之曰："今之李膺，何如昔时李膺？"答曰："臣以为胜。昔时李膺，仕桓灵之朝；今之李膺，奉唐虞之主。"众皆悦服。（出《谈薮》）

商铿

东郡商铿名子为外臣，外臣仕为廷尉评，铿入谢恩。武帝问："卿名子外臣，何为令其入仕？"铿答曰："外臣生于齐季，故人思匿迹，今幸遭圣代，草泽无复遗人。"上大悦。（出《谈薮》）

周颙

来自汝南的周颙在钟山隐逸，长年食素及蔬菜。王俭对周颙说：“你住在钟山，以什么为食？”周颙回答说：“赤米白盐，绿葵紫蓼。”又说道：“什么菜最美味？”周颙说：“初春时节的韭菜，晚秋时节的蔬菜最美味。”周颙以前做过中书侍郎。（出《谈薮》）

王融

魏国使者宋弁到达后，王融奉命兼任主客郎中。王融询问宋弁：“秦西冀北地区确实有许多良马，然而你们进献的马，连劣马都比不上，为求名声应调查此事，结果尚且是未知数。并且早已立下诚信的誓约，为什么没有饲养肥壮的骏马？”宋弁说：“不能容忍虚假的话语，应该是不习惯当地水土。”王融说：“周穆王骑马的行迹遍布周朝各个角落，骏马的秉性会因为地点而变动，而造父养马的良策有时也行不通。”宋弁说：“你为何对培养千里马努力不倦？”王融说：“既然本国可以说出马匹的优劣，你若是造访，倘若真的进献千里马，君王将它驾着作为载鼓之车。”宋弁不能做出回应。（出《谈薮》）

李膺

梁国的李膺有机辩的才智。武帝对李膺说：“如今的李膺能不能比得上以前的李膺？”李膺回答说：“我认为能比得上，以前的李膺效忠于汉桓帝和汉灵帝所统治的朝代；如今的李膺，侍奉的是像唐尧与虞舜这样的君主。”大家都心悦诚服。（出《谈薮》）

商铿

来自东郡的商铿为儿子取名外臣。外臣入朝为官做廷尉评，商铿求见感谢武帝的恩德。武帝询问：“你的儿子名叫外臣，为何还让他入朝为官？”商铿回答说：“如果外臣处于没落的年代，那么他应该考虑隐藏起来，现在很幸运处在圣明的朝代，山野之间也不再有

萧琛

武帝尝以枣掷兰陵萧琛，琛仍取栗掷帝，正中面。曰：“陛下投臣以赤心，臣敢战栗于陛下。”琛尝于御座，饮酒于北使员外常侍李道固，不受，曰：“公庭无私礼，不容受卿劝。”众皆失色，恐无以酬。琛徐曰：“《诗》所谓：‘雨我公田，遂及我私。’”道固乃屈状受酒。琛历尚书左丞。（出《谈薮》）

朱淹

后魏太皇太后冯氏崩，齐使散骑常侍裴昭明来吊，欲以朝服行事。主客问之，昭明曰：“不听朝服行礼，义出何典？”著作佐郎朱淹接对，谓之曰：“吉凶不同，礼有成数，玄冠不吊，童孺共知。昔季孙将行，请遭丧之礼，千载之后，犹共称之。卿远自江南奉慰，不能式遵成事，乃云义出何典，行人得失，何甚异哉？”昭明曰：“齐帝昔崩，李彪通吊。于时初不素服，齐朝不以为报，那见苦得邀迫。”淹曰：“彼朝不遵高宗追远之慕，乃逾月即吉，李彪行吊之时，齐之君臣，皆以鸣玉盈廷，朱紫照日。彪既不被主人之命，何容独以素服间厕衣冠之中哉？来责虽高，未敢闻命。我皇帝仁孝之性，侔于有虞，谅暗已来，百官听于冢宰，卿岂得以此方彼也？”明乃摇手而言曰：“三皇不同礼，亦知得失所归。”淹曰：“若如来谈，卿以虞舜高宗非邪？”明对曰：“非孝无亲，请裁吊服，今为魏朝所逼，必获罪于本邦。”淹曰：“彼有君子，卿将命抗中，应有高赏；若无君子，但令有光国之誉，虽复非理得罪，亦复何嫌，南史董狐自当直笔。”高祖赏之，转著作郎。

隐居的能人异士了。”武帝十分喜悦。（出《谈薮》）

萧琛

武帝以前用红枣扔来自兰陵的萧琛，萧琛也取来栗子扔武帝，正中武帝的脸部。萧琛说：“陛下给臣一片赤诚之心，臣不敢不回报以战栗之心。”萧琛曾经在皇帝的御座旁，向北使员外常侍李道固敬酒，但李道固不接受他的敬酒，说道：“朝廷之上没有私交，无法接受你的敬酒。”众位大臣都改变了脸色，担心萧琛无法应答。萧琛慢条斯理地说道：“诗经里说道：‘雨点落在公家田地里，同时也会洒到我私人的田地里。’”于是李道固十分钦佩萧琛的回答，接下敬酒。萧琛过去还做过尚书左丞。（出《谈薮》）

朱淹

后魏的太皇太后冯氏去世，南齐使者散骑常侍裴昭明来凭吊，想身着朝会礼服去吊唁。北魏招待他的主人问他理由。裴昭明说：“不允许我身着朝服参加丧礼，这个礼仪出自哪部文献？”著作佐郎朱淹接待应对。对使者说：“喜事与丧事不一样，礼仪上有一定要求，大臣上朝戴的黑色帽子不适合吊唁，小孩都知道这项礼仪。昔日季孙准备出行，询问遇到丧事的礼仪，过了千年后，仍旧被众人称赞。你从遥远的江南前往凭吊，不能够遵照礼仪参与吊唁，却询问礼仪出自哪部文献，你作为使者，不明得失，让人多么诧异。”裴昭明说：“昔日齐国皇帝驾崩去世，李彪前往凭吊。当时没有身着丧服，齐国朝廷也并未抱怨，哪里像你们竭力逼迫我。”朱淹回道：“你们齐国不遵从礼仪，敬仰追念高宗，一月后便结束服丧，李彪前去凭吊时，齐国的君主和臣下均佩戴玉饰在朝堂商议政事，官员们颜色鲜艳的官服映照在日光下。李彪并未奉皇帝的指令，如何能单独穿上丧服置身于身着礼服的人群中呢？前往他国行事虽使命重要，但并不敢不遵从君主命令。我朝皇帝品行生性孝顺，从开始举办丧礼，到服丧期，众官便听命于冢宰处，你怎能把我们这里与你们那里比较齐又使员外郎何宪、主客邢宗庆来朝，遣淹接对。宗庆谓淹曰："南北连和既久，而比弃信绝好，为利而动，岂是大国善邻之义？"淹曰："夫为王者，不拘小节。中原有菽，工采者获多，岂得眷眷守尾生之信？且齐先王历事宋朝，荷恩积世，岂应便尔篡夺？"庆等相顾失色。何宪知淹昔从南入北，谓淹曰："卿何不作于禁而作鲁肃？"淹曰："我舍危就顺，欲追踪陈韩，何于禁之有？"宪不能答。（出《谈薮》）

崔光

后魏高祖名子曰恂、愉、悦、怿，崔光名子励、勗、勉。高祖谓光曰："我儿名傍皆有心，卿儿名傍皆有力。"答曰："所谓君子劳心，小人劳力。"上大嗟悦。（出《谈薮》）

陈元康

北齐河阳陈元康，刀笔吏也，善暗书。尝雪夜，太祖命作军书，顷尔数十纸，笔不暇冻。太祖喜曰："此人何如孔子！"自此信呢？”裴昭明摆摆手说道：“三位皇帝所遵礼仪不一样，我也知晓了其中所属的得失。”朱淹说：“如果这么说的话，你认为虞舜和高宗谁是谁非？”裴昭明回答：“不是孝道所为，也不近人情，请制作吊唁服装给我，如今受魏国胁迫，必然会得罪故国。”朱淹说：“倘若你们国家有贤明君子，你奉命来此，使命已完成，理应重重有赏，如果没有贤明君子，并且是为国争取荣誉的事情，即使违背情理，得罪人，又有什么地方不满意？董狐自然应当如实记录。”高祖皇帝欣赏他，调任他为著作郎。

齐国又让员外郎何宪、主客邢宗庆前去北魏，朝廷派朱淹接待应对。宗庆对朱淹说：“南齐与北魏交好已久，然而你背信弃义，断绝友好往来，为自己利益驱使，难道这遵从大国与邻国友好相处的情义？”朱淹说：“身为天子，不拘泥于小事情，中原地区长有豆类农作物，擅长采摘豆类的人收获颇丰，怎能像尾生一般眷恋地固守信义？而且南齐前代君王在宋朝任官，世代蒙受恩惠，怎能篡夺宋朝政权？”宗庆等人彼此相看，惊慌地变了脸色。何宪知晓朱淹昔日是从南齐到北魏的，对朱淹说：“你为何不做背弃魏投降汉朝的于禁，而要做效忠的鲁肃？”朱淹说：“我舍弃违背天意的南朝，归降顺应天意的北魏，想效仿陈平与韩信，和于禁有何关系？”何宪无言以对。（出《谈薮》）

崔光

后魏高祖分别为儿子起名为恂、愉、悦、怿。崔光为儿子取名为励、勖、勉。高祖皇帝对崔光说：“我儿子名字旁均带有心字，你儿子名字旁均带有力字。”崔光回答：“正所谓君子从事脑力劳动，小人从事体力劳动。”高祖听了十分赞叹且高兴。（出《谈薮》）

陈元康

北齐时期，来自河阳的陈元康是一位代办文书的小吏，擅长默写东西。曾经在一个下雪的晚上，太祖皇帝命令陈元康撰写军事文函，

任焉。故时人谓之语曰：“三崔两张，不如一陈元康。”三崔：暹、季舒、昂也。两张：德微、纂也。（出《谈薮》）

李谐

北齐顿丘李谐，彭城王嶷之孙，吏部尚书平之子。少俊爽，有才辩。为黄门侍郎，除名，作《述身赋》。其略曰：“独浩然而任己，同虚舟而不系。既未识其所以来，岂知其所以逝。于是得丧同遣，忘怀自深。遇物栖息，触地山林。虽类西浮之迹，何异东都之心？”

除散骑常侍，为聘梁使。至梁，遣主客范胥迎接。胥问曰：“今犹可暖，北间当少寒于此。”谐答曰：“地居阴阳之正，寒暑适时，不知多少。”胥曰：“所访邻下，岂是侧景之地？”谐曰：“是皇居帝里，相去不远，可得统而言之。”胥曰：“洛阳既称盛美，何事迁邺？”谐曰：“不常厥邑，于兹五迁。王者无外，所在关河，复何怪？”胥曰：“殷人毁厄，故迁相圮耿，贵朝何为而迁？”谐曰：“圣人藏往知来，相时而动，何必候于隆替。”胥曰：“金陵王气，肇于先代，黄旗紫盖，本出东南，君临万邦，故宜在此。”谐曰：“帝王符命，岂得与中国比隆。紫盖黄旗，终于入洛。”胥默而无答。江南士子，莫不嗟尚。事毕，江浦赋诗曰：“帝献二仪合，黄华千里清。边笳城上响，寒月浦中明。”（出《谈薮》）

他一会儿便撰写了几十张内容，笔端的墨汁尚未来得及冻结。太祖皇帝喜悦道："这个人怎么这么像孔夫子？"从此对陈元康很信任，并加以任用。因而当时百姓称这个事情为："三崔两张比不上一位陈元康。"三崔指的是：崔暹、崔季舒、崔昂。两张指的是：张德徽、张纂。（出《谈薮》）

李谐

北齐时期，来自顿丘的李谐为彭城王李嶷的孙子，吏部尚书李平的儿子。他年少便才智过人，豪放直爽，具备机辩的才智。担任黄门侍郎时，抛开本来身份，创作出一篇讲述自身经历的作品，文章大致意思为："自己正大刚直，孑然一身，如同不系缆绳任其漂流的舟楫。既不清楚自己为何而来，又怎么能清楚为何而去，便将得失心一同抛弃，越来越不放在心上。随处隐居，不论山林荒野。虽有向西漂泊的想法，与想去东都的想法没什么不同。"

授职散骑常侍，奉命做出使梁国的使臣。到梁国后，梁国派主客范胥接待。范胥询问李谐："南方现今还暖和吗？北地此时应该有点寒冷了。"李谐回答："此地处于阴阳正中间，冷暖时间适宜，不清楚有什么不同。"范胥说："倘若拜访你们国家，哪里是风景好的地方？"李谐说："应该是皇宫帝都，相差无几，可以总结起来说。"范胥说："既然称赞洛阳兴盛华美，为什么要迁都邺城呢？"李谐说："不经常在一处房屋居住，便数次迁居。皇帝也没有例外，只要还在国土之上，又有什么怪异。"范胥说："殷朝人为了破坏灾厄，于是迁至圮耿，你们国家因为什么迁都？"李谐说："品行高洁的人将往事记在心中，对未来有所预见，观察时机，采取行动，没必要等时势变化再行动。"范胥说："金陵的帝王气息始于古代，天空出现状似黄旗紫盖的云气，帝王原本出于东南方向，君王掌握天下，所以应在此处。"李谐说："帝王受命于上天，怎可与中国同等兴盛？帝王之气最终还是落于洛阳。"范胥沉默，没有应答。江南学子没人不称赞崇尚李谐的。事情办完后，李谐于江边赋诗道："帝献二仪合，黄华千里清。边笳城上响，寒月浦中明。"（出《谈薮》）

卢 恺

礼部尚书范阳卢恺兼吏部选，达野客师为兰州总管，客师辞曰："客师何罪，遣与突厥隔墙？"恺曰："突厥何处得有墙？"客师曰："肉为酪，冰为浆，穹庐为帐毡为墙。"恺，中书监子刚之子也。（出《谈薮》）

卢思道

武阳太守卢思道，常晓醉，于省门，见从侄赉。赉曰："阿父何处饮来？凌晨嵬峨。"思道曰："长安酒，二百价，不嵬峨，何嵬峨？"赉，燕郡公景仁之子，中书侍郎景裕之犹子，位历太常卿。（出《谈薮》）

王元景

王元景尝大醉，杨遵彦谓之曰："何太低昂？"元景曰："黍熟头低，麦熟头昂，黍麦俱有，所以低昂矣。"（出《谈薮》）

卢 恺

来自范阳的卢恺作为礼部尚书，同时担任吏部选，推举达野客师担任兰州总管，客师推脱道："我有什么罪过，要派我去与突厥一墙之隔的地区？"卢恺说："突厥什么地方有墙壁？"客师回说："把肉当作食物，冰作为饮品，以天为帐子，以毡子为墙壁。"卢恺为中书监卢子刚的儿子。（出《谈薮》）

卢思道

武阳太守卢思道在某天清晨喝醉了。在省门遇到了自己堂房侄子卢贲。卢贲说："叔叔从什么地方喝酒来的？凌晨如此高大雄伟。"卢思道说："在长安喝的酒，价格两百钱，不高大，什么东西高大雄伟？"卢贲为燕郡公卢景仁的儿子，曾为太常卿。（出《谈薮》）

王元景

曾经王元景喝醉的时候，杨遵彦对王元景说："为什么有时低头有时抬头？"王元景说："黍子成熟了低头收黍子，麦子成熟了抬头收麦子，黍子和麦子都有了，因此有时低头有时抬头。"（出《谈薮》）

卷第一百七十四　俊辩二幼敏附

俊辩

阳 玠

隋京兆杜公瞻，卫尉台卿犹子也。尝邀阳玠过宅，酒酣，因而嘲谑。公瞻谓："兄既姓阳，阳货实辱孔子。"玠曰："弟既姓杜，杜伯尝射宣王。"殿内将军陇西牛子充，寮友推其机辩，尝谓玠曰："君阳有玠，恐不任厨。"玠曰："君牛既充，正可烹宰。"又见玠食芥菹，曰："君身名玠，何得复啖芥菹？"对曰："君既姓牛，何得不断牛肉？"有太仓令张策者，在云龙门与玠议理屈，谓玠曰："卿本无德量，忽共叔宝同名。"玠抗声曰："尔既非英雄，敢与伯符连讳。"太子洗马兰陵萧诩爽俊有才辩，尝谓玠曰："流共工于幽州，易北恐非乐土。"玠曰："放驩兜于崇山，江南岂是胜地。"录尚书晋昌王唐邕闻诸省官曰："卿等宜道本州宝物。"定州人以绫绮为宝，沧州人以鱼盐为宝。及至玠，邕曰："卿幽州人，以何物为宝？"答曰："刺史严明，文武奉法，此幽州之宝也。"邕有愧色。（出《谈薮》）

俊辩

阳 玠

隋朝时期，京兆尹杜公瞻乃是卫尉杜台卿的侄子。杜公瞻曾约请阳玠造访自家宅院。酒喝得正尽兴，两人便互相打趣。杜公瞻说：“哥哥也姓阳，阳货欺辱过孔子。”阳玠说：“弟弟也姓杜，杜伯曾用箭射死了宣王。”殿内将军是来自陇西的牛子充，同僚称赞他的机智善言，他曾对阳玠说：“你的羊有疥疮，大概不能拿来下厨。”阳玠说：“你的牛已经长得结实了，恰好能宰了煮着吃。”又看阳玠在吃芥葅（芥根腌制的咸菜），说：“你名叫玠，怎能也吃芥葅呢？”阳玠回答说：“你既然是牛姓，怎么还在吃牛肉？”有一位叫张策的太仓令，与阳玠在云龙门讨论事情时，自知理亏，对阳玠说：“你原本没有什么德行与气量，却不想与叔宝名字相同。”阳玠高声说：“你既然并非英雄，为什么敢与孙策名讳相同？”来自兰陵的太子洗马萧诩豪爽秀俊，且才智机辩，曾对阳玠说：“共工流放于幽州，易北地区恐怕并非安定的地方。”阳玠说：“在崇山一带释放欢兜，江南又怎能算风景名胜。”录尚书晋昌王唐邕报告各位省官说：“你们应当道出自己州县的珍贵的东西。”定州人将丝织品作为珍宝，沧州人将海产作为珍宝。到阳玠的时候，唐邕问：“你们幽州人把什么物品作为珍宝？”回答说：“刺史执法严明，文武官员奉行法令，这便是幽州人

薛道衡

隋吏部侍郎薛道衡尝游钟山开善寺，谓小僧曰："金刚何为努目？菩萨何为低眉？"小僧答曰："金刚努目，所以降伏四魔，菩萨低眉，所以慈悲六道。"道衡怃然不能对。（出《谈薮》）

薛 收

唐薛收在秦府，檄书露布，多出于收，占辞敏速，皆同宿构，马上即成，曾无点窜。（出《谭宾录》）

张后裔

张后裔在并州，太宗就受《春秋左氏传》。后因召入赐宴，言及平昔。从容谓曰："今日弟子何如？"后裔对曰："昔孔子领徒三千，徒者无子男之位，臣翼赞一人，即为万乘主，计臣此功，愈于先圣。"太宗大悦，即赐马五匹。后为礼部尚书，陪葬献陵。（出《谭宾录》）

崔仁师

崔仁师为度支郎中，尝陛奏度支钱物数千言，手不执本。太宗怪之，令杜正伦赍本。仁师对唱，一无差殊。刑部以反逆缘坐，兄弟没官为轻，改从死。仁师议，以为父子天属，昆季同气，诛其父子，足累其心，此而不顾，何爱兄弟。既欲改法，请审商量。竟从仁师议。（出《谭宾录》）

的珍宝。”唐邕面上显出愧色。（出《谈薮》）

薛道衡

隋朝时期，吏部侍郎薛道衡曾在钟山开善寺游玩，对年轻僧人说：“金刚为何愤怒地睁着眼睛，菩萨为何低着头？”年轻僧人回答说：“金刚愤怒地睁着眼睛，因此能制服各方妖魔，菩萨低着头，因此给予众生安乐与慈悲。”薛道衡十分怅然，无法应答。（出《谈薮》）

薛 收

唐朝时期，薛收在秦王府当差，秦王府的檄文书函多数是薛收写的，言辞灵敏迅速，均如同事先构想出来的，一挥而就，从来不需要删改。（出《谭宾录》）

张后裔

张后裔在并州的时候，太宗皇帝邀张后裔教授《春秋左氏传》。后来受皇帝召见，参加宴席，言语间提及往昔时光。从容地对张后裔说：“今天的弟子如何？”张后裔回答道：“过去孔夫子带领三千弟子，弟子中没有能达到子爵和男爵这样的爵位的人，我辅佐一人，便是当今国君，我的功绩胜过先世圣人。”太宗皇帝十分愉悦，即刻赏赐张后裔五匹骏马。而后任用他做礼部尚书。并且死后陪葬于献陵。（出《谭宾录》）

崔仁师

崔仁师作为度支郎中，曾经向陛下口述数千笔财物的经费开支，太宗皇帝十分诧异，让崔仁师一边口述，命人一边用账本核实，结果毫无差错。刑部觉得叛贼的兄弟因连坐被论罪，只是没收家产，罪责过轻，应更改为一同处死。崔仁师觉得父子关系天性相连，兄弟同气连枝，杀死父子，完全能够撼动兄弟内心，如此情况仍旧不顾亲情，

卢庄道

卢庄道，范阳人也，天下称为名家。聪慧敏悟，冠于今古。父彦与高士廉有旧。庄道少孤，年十二，造士廉。廉以故人子，引令坐。会有上书者，庄道窃窥览，谓士廉曰："此文庄道所作。"士廉怪谓曰："后生勿妄言。"为轻薄之行，请诵之，果通。复请倒通，又通。士廉称叹久之。乃跪谢曰："此文实非庄道所作，向傍窥而记耳。"士廉取他文及案牍，命读之，一览而倒诵。并呈示所撰文章，士廉具以闻。

太宗召见，策试擢第。年十六授河池尉，满二岁，制举擢甲科。召见，太宗曰："此是朕聪明小儿邪？"特授长安尉。太宗将省囚徒，庄道年才二十，县令以幼年，惧不举，将以他尉代之。庄道不从。时系囚四百余人，俱预书状。庄道但闲暇，不之省也。令丞等忧惧，屡以为言，庄道从容自若。翌日，太宗召囚。庄道乃徐书状以进，引诸囚入，庄道对御评其罪状轻重，留系月日，应对如神。太宗惊叹。即日拜监察御史。（出《御史台记》）

何谈友爱兄弟。于是想要改善法令，请求进行周密商议。然后崔仁师的主张竟然定下来了。（出《谭宾录》）

卢庄道

卢庄道属于范阳人士，天下人称卢庄道为有名的大家。天资聪明领悟力高，遥遥领先于古今之人。他的父亲卢彦与高士廉曾有交往。卢庄道幼年丧父，十二岁时前往造访高士廉。因为他是老朋友的儿子，高士廉带他进屋坐下。有会试上考试的学者向高士廉送上文章请他赐教，卢庄道暗地窥视，对高士廉说："这是我作的文章。"高士廉责备卢庄道说："年轻人不要信口胡说。"这是轻佻的行为，让他背诵出那篇文章，果真全部背出来了。又请卢庄道反着背出，仍旧背诵通顺。高士廉称赞了很久。然后卢庄道跪着向高士廉道歉说："这文章的确不是我写的，只是在一旁窥视时记下了内容。"高士廉拿着别的文章及公文，让他读出来，他看过一遍就能反着背诵出来。并向高士廉呈上自己写的文章。高士廉将卢庄道之事上奏太宗。

太宗召见了卢庄道，以经义或政事设问卢庄道，他便中了进士。十六岁时任命他为河池尉，任期满两年后，参加科举得中甲科进士。太宗皇帝召见他，说道："这便是我朝聪慧的孩童。"特地授予长安尉的官职。太宗皇帝即将考察监狱内的犯人，卢庄道刚刚二十岁，县令觉得他年纪太小，担心他无法完成事情，便想让其他县尉替代他。卢庄道不服从。当时监狱内囚禁了四百多个犯人，全部预备了案件文牒。卢庄道尽管有闲暇时间，也不前往视察。县令与县丞们十分担忧恐惧，数次以言语相告，卢庄道仍旧不慌不忙。次日，太宗皇帝召见犯人，卢庄道才从容取出案件文牒进行审问，引领犯人进来，卢庄道在太宗皇帝面前，评估犯人罪行及判决的轻重，核实犯人的拘留时间，处理应对起来如有神助。太宗皇帝既诧异又赞叹。不久后便授予卢庄道监察御史的官职。（出《御史台记》）

许敬宗

高宗东封，窦德玄骑而从。上问德玄曰："濮阳古谓之帝丘，何也？"德玄不能对。许敬宗策马前对所问，上意称善。敬宗退而告人曰："大臣不可无学，吾向见德玄不能对，心实羞之。"德玄闻之曰："人各有能有不能，善守其拙，不强所不知也。"李勣曰："敬宗多闻，信美矣，德玄之言，亦善也。"（出《谭宾录》）

胡楚宾

胡楚宾属文敏速，每饮酒半酣而后操笔。高宗每令作文，必以金杯盛酒，令饮，便以杯赐之。（出《谭宾录》）

裴琰之

裴琰之作同州司户，年才弱冠，但以行乐为事，略不为案牍。刺史谯国公李崇义怪之而问户佐，佐曰："司户达官儿郎，恐不闲书判。"既数日，崇义谓琰之曰："同州事物固系，司户尤甚，公何不别求京官，无为滞此司也。"琰之唯诺。复数日，曹事委积，诸窃议以为琰之不知书，但遨游耳。

他日，崇义召之，厉色形言，将奏免之。琰之出，谓其佐曰："文案几何？"对曰："遽者二百余。"琰之曰："有何多，如此逼人。"命每案后连纸十张，仍命五六人以供研墨点笔。左右勉唯而已。琰之不之听，语主案者略言事意，倚柱而断之，词理纵横，文华灿烂，手不停缀，落纸如飞。倾州官僚，观者如堵墙，惊叹之声不已也。案达于崇义，崇义初曰："司户解判邪？"户佐曰："司户

许敬宗

高宗皇帝游历泰山，行封禅事，昭告天下太平。窦德玄乘马跟从。皇帝询问窦德玄："古代把濮阳称作帝丘，为什么？"窦德玄无法应答。许敬宗骑马上前应答皇帝所询问的事情，皇帝称赞他答得很妙。许敬宗退下后，告诉他人说："大臣不能不懂学识，我方才看窦德玄无法应答，内心着实觉得羞耻。"窦德玄听说后，道："每个人都有能够做到的和不能做到的事情，擅长安于接受自己的愚钝，不去强求自己所不懂的东西。"李勣说："许敬宗见识广博，确实是好的，窦德玄的话也值得赞许。"（出《谭宾录》）

胡楚宾

胡楚宾撰写文章时灵敏迅捷，往往在喝酒喝得半醉的时候，便开始拿笔写文。高宗皇帝每次让他撰写文章，必定先给酒杯盛满酒，让他饮用，并且将酒杯也给予他。（出《谭宾录》）

裴琰之

裴琰之作为同州司户，年纪刚刚二十岁，但是把消遣娱乐作为正事，几乎不处理公文。刺史谯国公李崇义责备他，于是询问户佐。户佐说："司户是高官的儿子，大概对判决文书不精通。"几天后，李崇义对裴琰之说："同州的事务很多，作为司户更加繁忙，你为什么不另外求取其他京都官位，没有理由停滞此处。"裴琰之只应答，表示同意。又是几天后，司户事务积聚了很多，众人私下讨论，认为裴琰之不懂得处理文书，只知道消遣娱乐。

过后某一天，李崇义召来裴琰之，严厉体现在脸色及言辞间，说要上奏朝廷罢免他的官职。裴琰之走出去，询问户佐道："公函案卷共有多少？"回答说："有两百多份急需办理的案卷。"裴琰之说："这有什么多的，这样强逼我。"命令人在每份案卷后放十张纸，还令五六个人为他研墨，以笔蘸墨。身边的人尽力做事。裴琰之只让主理案件的官员大致说出事件情状，不听具体情状，靠着柱子决断案太高手笔，仍未之奇也，比四五十案，词彩弥精。”崇义悚怍，召琰之，降阶谢曰：“公之词翰若此，何忍藏锋，成鄙夫之过。”是日名动一州。数日，闻于京邑。寻擢授雄州司户。（出《御史台记》）

苏颋

苏颋聪悟过人，日诵数千言。虽记览如神，而父瓌训励严至，常令衣青布襦，伏于床下，出其胫受榎楚。及壮而文学该博，冠于一时，性疏俊嗜酒。及玄宗既平内难，将欲草制书，甚难其人。顾谓瓌曰：“谁可为诏？试为思之。”瓌曰：“臣不知其他，臣男颋甚敏捷，可备指使。然嗜酒，幸免沾醉，足以了其事。”玄宗遽命召来，至时宿酲未解，粗备拜舞，尝醉呕殿下，命中人扶卧于御前，玄宗亲为举衾以覆之。既醒，授简笔，立成。才藻纵横，词理典赡。玄宗大喜，抚其背曰：“知子莫若父，有如此邪？”由是器重，已注意于大用矣。韦嗣立拜中书令，瓌署官告，颋为之辞，薛稷书，时人谓之三绝。

颋才能言，有京兆尹过瓌，命颋咏尹字。乃曰：“丑虽有足，甲不全身，见君无口，知伊少人。”瓌与东明观道士周彦云素相往件，文章辞藻飘逸，文采绚丽，手丝毫没有停顿，下笔迅速敏捷。州县的官僚都前来观看，旁观人群如同一面墙被堵得严严实实，惊讶称赞的声音不停。审理过的案卷到李崇义处，最终李崇义问道："裴琰之司户审理案卷了吗？"户佐说："司户审案能力太高了，让人感到非常惊奇，大概有四五十件案子，判词华丽精妙。"李崇义惶恐羞愧，召见裴琰之，从台阶上走下来，道歉说："你的文笔如此之好，怎么忍心藏住锋利的笔锋，让我对你产生不解。"当日裴琰之的声名撼动整个州县。几天后，闻名于京都。随即被提升为雄州司户。（出《御史台记》）

苏颋

苏颋的聪明与悟性高于平常人，每日可以背诵诗文几千句。尽管记诵阅览如有神助，但是苏颋的父亲苏瑰的教诲十分苛刻，常常让他穿着青衣短袄趴在床下，伸出小腿遭受棒打。等到苏颋长至壮年，文学渊博，一时间位居第一。苏颋生性放达超逸，嗜好饮酒。等唐玄宗平定了韦后内乱后，想起草制定诏书，但是难以找到可以起草诏书的人。看向苏瑰说："谁可以起草诏书？试着替我思考这件事。"苏瑰说："我不了解其他人，我的儿子苏颋写文章灵敏迅捷，可以预备着供您差遣。但是他嗜好饮酒，侥幸没有喝醉的话，足够了结这件事。"唐玄宗急忙命人召来苏颋，苏颋到的时候宿醉未醒，粗略准备后，跪拜太宗皇帝，因为喝醉在宫殿下呕吐，命宦官将苏颋搀扶着躺在皇帝面前，玄宗皇帝亲手拿起被子盖上。不久后苏颋酒醒了，拿起皇帝给予的笔书写，立刻就完成了。才思与文采飘逸，文章情理典雅，玄宗皇帝十分高兴。摸着他的背说："没有比父亲更了解儿子的人，说的就是这样吧？"于是得到皇帝看重，已经准备重用他。韦嗣立接受任命做中书令，命苏瑰官署草拟任命书，苏颋为任命书草拟言辞，由薛稷记录，当时被百姓称作三绝。

苏颋刚学会说话的时候，有一位京兆尹造访苏瑰，让苏颋以尹字作诗。于是苏颋说："丑虽有足，甲不全身，见君无口，知伊少人。"苏瑰与东明观道士周彦云平日相互交往，周彦云想为他的师父立碑，来，周时欲为师建立碑碣，谓瓌曰：“成某志，不过烦相君诸子，五郎文，六郎书，七郎致石。”瓌大笑，口不言而心服其公。瓌子颋第五，诜第六，冰第七，诜善八分书。（出《明皇杂录》）

王勮

王勮，绛州人，开元中任中书舍人。先是五王出阁，同日受册，有司忘载册文，百官在列，方知阙礼。勮召小吏五人，各执管，口授分写，一时俱毕。（出《摭言》）

李白

开元中，李翰林白应诏草《白莲花开序》及《宫词》十首，时方大醉，中贵人以冷水沃之，稍醒。白于御前，索笔一挥，文不加点。（出《摭言》）

柳芳

李幼奇者，开元中，以艺干柳芳。尝对芳念百韵时，芳已暗记，便题之于壁，不差一字。谓幼奇曰：“此吾之诗也。”幼奇大惊异之，有不平色。久之徐曰：“聊相戏耳，此君所念也。”因请幼奇更诵所著文章，皆一遍能写。（出《尚书故实》）

想请苏颋写碑文，于是对苏瑰说："想完成我的心愿，只是需要烦劳您的几位公子，由五郎创作碑文，六郎书写碑文，七郎将碑文刻在石碑上。"苏瑰十分高兴，嘴上不言语，但是内心钦佩他的公正。苏瑰的儿子里，排第五的是苏颋，排第六的是苏诜，排第七的是苏冰，苏诜擅长八分书。（出《明皇杂录》）

王勮

开元年间，王勮是绛州人士，作为中书舍人。在此以前，五位皇子封王后前往封地，同一天接受册命，官吏忘带册封文书，百官上朝时，才知道缺少册封文书。王勮招来五名小官吏，各自拿着笔，王勮口头述说内容，五名小吏分开抄写，很短时间内便完成了册封文书。（出《摭言》）

李白

开元时期，李白作为翰林学士，接受诏命草拟白莲花开花的引言，以及十首以帝王宫廷日常琐事为素材的诗，那时李白正好喝得烂醉，显贵宦官拿来冷水泼他，他略微转醒。李白来到皇帝跟前，索要了一支笔，一动笔便很快就完成了，文章无须改正。（出《摭言》）

柳芳

开元时期，有一个叫李幼奇的人，凭借才艺去拜谒柳芳。曾经对着柳芳念百韵诗，柳芳听的时候已经暗自记下，便在墙壁上写出诗句，与李幼奇念得诗句不错一字。便对李幼奇说："这是我的诗作。"李幼奇十分惊异，显出不满的脸色。一段时间后，柳芳缓缓说道："我只是和你揶揄，这是你刚刚念的时候我记下的。"于是让李幼奇再诵读一首自己写的文章，柳芳都是听了一遍就能背出来。（出《尚书故实》）

王藻

王藻、王素，贞元初应举，齐名第十四。每偕往还通家，称十四郎。或问，曰："藻、素也。"（出《传载》）

韩愈

李河南素替杜公兼。时韩吏部愈为河南令，除职方员外，归朝，问前后之政如何，对曰："将兼来比素。"（出《传载》）

李程

李相国程执政时，严謩、严休皆在南省。有万年令阙，人多属之。李云："二年不知謩。"（出《传载》）

李吉甫

宪宗久亲政事，忽问京兆尹几员。李相吉甫对曰："京兆尹三员：一员大尹，二员少尹。"以为善对。（出《国史补》）

王生

或问罗浮王生曰："为政难易？"曰："简则易。"又问："儒释同否？"曰："直则同。"（出《国史补》）

辛丘度

元和十五年，辛丘度、丘纾、杜元颖同时为遗补。令史分直，故事但举其姓曰："辛、丘、杜当入。"（出《传载》）

王藻

贞元初年，王藻、王素参与科考，都是第十四名。每次他们一起来往世交家中，被叫作十四郎，有人询问十四郎是谁，回答说：“是王藻、王素。”（出《传载》）

韩愈

来自河南的李素替任杜公兼。那时出自吏部的韩愈担任河南令，后任职方员外，返回朝廷后，有人询问李素和杜公兼任职期间的政事处理得如何，韩愈答道：“用杜公兼来与李素比较，自是杜公兼不如李素。”（出《传载》）

李程

丞相李程管理政事期间，严谟、严休都就职于尚书省。有万年令的职位缺额，许多人都属意这个职位。李程说：“两年没有与严谟交流了。”（出《传载》）

李吉甫

长久以来宪宗皇帝亲自管理政事，突然询问京兆尹有几位。丞相李吉甫回答道：“京兆尹有三位，一位大尹，二位少尹。”大家都觉得回答得好。（出《国史补》）

王生

一些人询问来自罗浮的王生：“治理政事是困难还是容易？”王生说：“简化政事则比较容易。”再询问：“儒家和佛家是不是相同？”王生说：“诚恳坦率则与之相同。”（出《国史补》）

辛丘度

唐元和十五年，辛丘度、丘纾、杜元颖同一时间作为预备官吏。令史为了区别三人的候补顺位，特意依照他们的姓氏举荐道：“辛、

温庭筠

会昌毁寺时，分遣御史检天下所废寺，及收录金银佛像。有苏监察者不记名，巡检两街诸寺，见银佛一尺已下者，多袖之而归。人谓之“苏扛佛”。或问温庭筠：“将何对好？”遽曰：“无以过密陀僧也。”（出《尚书故实》）

柳公权

柳公权，武宗朝在内庭。上尝怒一宫嫔久之，既而复召。谓公权曰：“朕怪此人，然若得学士一篇，当释然也。”目御前蜀笺数十幅授之。公权略不伫思，而成一绝曰：“不分前时忤主恩，已甘寂寞守长门。今朝却得君王顾，重入椒房拭泪痕。”上大悦，锡锦彩二百匹，令宫人上前拜谢之。（出《摭言》）

权德舆

权丞相德舆言无不闻，又善廋词。尝逢李二十六于马上，廋词问答，闻者莫知其所说焉。或曰：“廋词何也？”曰：“隐语耳。”语不曰：“人焉廋哉！人焉廋哉！”此之谓也。（出《嘉话录》）

东方朔

汉武帝尝以隐语召东方朔。时上林献枣，帝以杖击未央前殿

丘、杜应当入选。”（出《传载》）

温庭筠

会昌年间，破坏寺院期间，皇帝分别派遣御史前往查看各处废弃的寺院，并且收纳金银佛像。有一位未记载姓名的苏监察，巡查两条街道的每个寺院，看见长一尺以下的银佛像，藏了几个在衣袖中后返回家中。百姓称他“苏扛佛”。有人问温庭筠：“怎么看待这个称号才好？”他立马说道：“没有比密陀僧更合适的解读了。”（出《尚书故实》）

柳公权

武宗时期，柳公权是宫内官吏。曾经很长一段时间里，武宗皇帝对一位嫔妃发怒，之后皇帝再一次召见侍妾。对柳公权说：“我怪罪这个人，但是倘若能获得学士的一篇文章，我应当可以对她释怀了。”武宗给下属递眼色，将桌案上的几十幅蜀地所制的华美纸张给予柳公权。柳公权没有任何思考，便作成一首诗道：“不分前时忤主恩，已甘寂寞守长门。今朝却得君王顾，重入椒房拭泪痕。”皇帝十分喜悦，赐给他两百匹华美的丝织品，让嫔妃走上前，行礼感谢柳公权。（出《摭言》）

权德舆

丞相权德舆不存在没听过的事情，而且擅长隐语。经常与李二十六郎相逢于马上，用隐语相互问答，听说的人没人清楚他们在说什么。有人说：“廋词是什么？”回答说：“是隐语。”不直说：“有什么可隐瞒的呢！有什么可隐瞒的呢！”这便是他们对彼此说的话。（出《嘉话录》）

东方朔

汉武帝过去召见东方朔，与他猜隐语。那时上林苑进献大枣，槛曰："叱叱，先生束束。"朔至曰："上林献枣四十九枚乎？朔见上以杖击槛两木，两木林也，束束枣（棗）也，叱叱四十九也。"（出《东方朔传》）

又

东方朔常与郭舍人于帝前射覆。郭曰："臣愿问朔一事，朔得，臣愿榜百；朔穷，臣当赐帛。"曰："客来东方，歌讴且行。不从门入，逾我垣墙。游戏中庭，上入殿堂。击之拍拍，死者攘攘。格斗而死，主人被创。是何物也？"朔曰："长喙细身，昼匿夜行，嗜肉恶烟，常所拍扪，臣朔愚戆，名之曰蚊。"舍人辞穷，当复脱裈。（出《东方朔传》）

李彪

后魏孝文皇帝尝殿会群臣酒酣欢极，帝因举卮属群臣及亲王等酒曰："三三横，两两纵，谁能辨之赐金钟。"御史中尉李彪曰："沽酒老妪瓮注坻，屠儿割肉与称同。"尚书左丞甄琛曰："吴人浮水自云工，技儿掷袖在虚空。"彭城王勰曰："臣思解此是习字。"高祖即以金钟赐彪。朝庭服彪聪明有如，甄琛和之亦速。（出《伽蓝记》）

班蒙

唐太保令狐相绹，出镇淮海日支使班蒙与从事俱游大明寺之西廊。忽观前壁所题云："一人堂堂，二曜同光，泉深尺一，点去冰旁，二人相连，不欠一边，三梁四柱烈火然，除却双勾两日全。"诸宾幕顾之，驻足良久，莫之能辨。独班蒙曰："一人，岂非大字乎？

汉武帝拿起棍子击打未央正殿的门框说："叱叱，先生束束。"东方朔走到跟前说："是不是上林苑进献了四十九颗大枣？东方朔看汉武帝用棍子击打门框上的两块木头，两木即为林，束束加起来就是枣字，叱叱即为七七，即四十九。"（出《东方朔传》）

又

东方朔常常在汉武帝面前与郭舍人斗谜。郭舍人说："我有一件事情要询问东方朔，如果东方朔猜到我想问什么，我甘心受一百杖刑，如果东方朔没猜到，我理当被赐予丝织品。"郭舍人开始出谜语："客来东方，歌讴且行。不从门入，逾我垣墙。游戏中庭，上入殿堂。击之拍拍，死者攘攘。格斗而死，主人被创。郭舍人询问东方朔是什么东西。"东方朔说："长喙细身，昼匿夜行，嗜肉恶烟，常所拍扪，臣朔愚戆，名之曰蚊。"郭舍人无话可说，当即脱下裤子准备接受杖刑。（出《东方朔传》）

李彪

过去后魏孝文皇帝在宫殿内设宴，款待众位官员，喝酒喝得正尽兴欢快，皇帝举起酒杯，对众位官员与亲王劝酒说道："三三横，两两纵，谁能分辨出来是什么，便赏赐金钟。"御史中尉李彪说："沽酒老妪瓮注瓨，屠儿割肉与称同。"尚书左丞甄琛说："吴人浮水自云工，技儿掷袖在虚空。"来自彭城的王勰："我想答案是习字。"高祖皇帝就将金钟赏赐给李彪。朝廷上下钦佩李彪聪慧有想法。甄琛也迅速附和。（出《伽蓝记》）

班蒙

唐朝太保衔丞相令狐绹，出任镇海的那天，差遣班蒙和从事一起在大明寺西廊游玩。突然看到眼前的墙壁上写道："一人堂堂，二曜同光，泉深尺一，点去冰旁，二人相连，不欠一边，三梁四柱烈火燃，除却双勾两日全。"众位幕僚停下脚步看了很久，没人能分辨其二曜者日月，非明字乎？尺一者十一寸，非寺字乎？点去冰，水字；二人相连，天字；不欠一边，下字；三梁四柱而烈火然，无（無）字；两日除双勾，比字；得非大明寺水，天下无比乎？”众皆洗然曰：“黄绢之奇智，亦何异哉！”称叹弥日。询之老僧曰：“顷年有客独游，题之而去，不言姓氏。”（出《桂苑丛记》）

幼敏

陈元方

汉末，陈太丘寔与友人期行，过期不至，太丘舍去。去后乃至，其子元方，年七岁，在门外戏。客问元方：“尊君在否？”答曰：“待君不至，已去。”友人便怒曰：“非人，与人期行，相委而去。”元方曰：“君与家君期日中时，过申不来，则是无信，对子骂父，则是无礼。”友人惭，下车引之，元方遂入门不顾。（出《商芸小说》）

孙 策

吴孙策年十四，在寿阳诣袁术。始至，俄而刘豫州备到，便求去。袁曰：“刘豫州何关君？”答曰：“不尔，英雄忌人。”即出，下东阶，而刘备从西阶上，但转顾视孙之行步，殆不复前。（出《语林》）

锺 毓

锺毓、锺会，少有令誉，年十三，魏文帝闻之，语其父繇曰：

意思。唯独班蒙说："一人难道不是大字吗？二曜即日月，不是明字吗？尺一即十一寸，不是寺字吗？冰字去掉二点即水字；二人连接即天字；不字缺少一边即下字；三梁四柱燃起烈火即无字；两个日字除掉双勾即比字；字字相连莫不是大明寺水，天下无比？"众人都明朗道："黄绢的惊人才智又有什么惊奇的！"众人一整天都在称赞。询问的老和尚说："近年有一位独自游玩的旅客，写了这个谜语便离开了，没有说姓名。"（出《桂苑丛记》）

幼敏

陈元方

汉代末期，太丘陈寔与友人相约出行，过了约定日期，友人未到，陈寔舍弃友人便离开了。陈寔离开后友人才来，陈寔的儿子陈元方七岁年纪，在门外游戏。友人问陈元方："你父亲在家吗？"陈元方回答说："等不到您，已然离开。"友人便发怒说："不是人，跟人相约出行，竟抛弃我自己离开了。"陈元方说："你和我父亲相约时间是正午，过了正午没到，便是没有诚信，在儿子面前辱骂父亲，便是没有礼节。"友人十分羞愧，走下车驾去拉陈元方，陈元方就迈进门里不理会他。（出《商芸小说》）

孙 策

东吴孙策十四岁的时候，在寿阳造访袁术。刚刚到达，不久豫州的刘备便到了，便请求离开。袁术说："刘备与你有何关联？"孙策回答说："不是这样，英雄要忌讳他人。"出了门，走下东边的台阶，刘备由西边的台阶走上来，只回头看到孙策的行走步伐，便不再前行。（出《语林》）

锺 毓

锺毓、锺会年少便有美誉，十三岁时，魏文帝听闻二人美誉，对

“令卿二子来。”于是敕见。毓面有汗，帝问曰：“卿面何以汗？”毓对曰：“战战惶惶，汗出如浆。”复问会：“卿何以不汗出？”会对曰：“战战栗栗，汗不得出。”又值其父昼寝，因共偷服散酒。其父时觉，且假寐以观之：毓拜而后饮，会饮而不拜。既问之，毓曰：“酒以成礼，不敢不拜。”又问会何以不拜，会曰：“偷本非礼，所以不拜。”（出《小说》）

孙齐由

孙齐由、齐庄二人小时诣庾公。公问齐由何字，曰：“齐由。”公曰：“欲何齐邪？”曰：“齐许由。”又问齐庄何字，答曰：“齐庄。”公曰：“欲齐何邪？”曰：“齐庄周。”公曰：“何不慕仲尼而慕庄周？”答曰：“圣人生知，故难慕。”庾公大喜小儿答对。（出《世说新语》）

陆琇

后魏东平王陆俟，代人也，聪悟有才略。子馥有父风，高崇见而赏之，谓朝臣曰：“吾常叹其父智过其躯，此逾于父矣。”为相州刺史，迁太仆。馥子琇，年九岁。馥谓曰：“汝祖东平王有十二子，我为嫡长，承袭家业。吾今年老，属汝幼童，讵堪为陆氏宗首乎？”琇对曰：“苟非斗力，何患童稚。”馥奇之，立为嫡。（出《谈薮》）

王绚

宋王景，僧朗之子，美风貌，善玄言。与谢庄、张畅、何偃，俱他们的父亲锺繇说："让你的两个儿子来见我。"于是二人奉命进见。锺毓脸上出了汗。魏文帝问锺毓："为什么你脸上出汗了？"锺毓回答说："战战兢兢，出汗如同出水。"又问锺会："为什么你没有出汗呢？"锺会回答说："战战兢兢，汗液不能排出。"一日，遇到父亲白日休息，趁机一起偷喝散酒，父亲当时发现了，然后假装睡着窥探他们；锺毓先施礼后饮酒，锺会饮酒没有施礼。于是询问二人，锺毓说："饮酒是规定的礼仪，不敢不施礼。"又问锺会为什么不施礼，锺会说："偷窃本就不合礼仪，因此不施礼。"（出《小说》）

孙齐由

孙齐由、孙齐庄二人幼年时候造访庾公。庾公问齐由什么姓氏，答："齐由。"庾公说："想与谁看齐？"齐由说："向许由看齐。"又问齐庄什么姓氏，回答说："齐庄。"庾公说："想与谁看齐？"齐庄说："与庄周看齐。"庾公说："为何不向往成为孔子而向往成为庄周呢？"齐庄说："孔圣人生来博知，因此不敢向往。"庾公听到孩子的应答十分欢喜。（出《世说新语》）

陆琇

后魏东平王陆俟是继承者，聪慧颖悟，有才能与谋略。他的儿子陆馥有父亲的风范。高宗皇帝看见他十分赏识，对朝廷官员说："我常常赞叹他父亲智力胜过身体，而他的智力又胜过父亲。"陆馥担任相州刺史，调任太仆。陆馥儿子陆琇九岁。陆馥对他说："你的祖父东平王有十二位儿子，我是嫡长子，承继家产，我现在年迈，家产将归属于你，能不能堪堪作为陆氏宗族的首领？"陆琇回答说："只要不是拼力气，何须担忧我年纪小。"陆馥很诧异，将陆琇立为嫡长子。（出《谈薮》）

王绚

北宋时期，王景是王僧朗的儿子，丰逸俊秀，擅长讲授深奥的道有盛名。于是景文本名彧。与明帝名同，故称字。长子绚年五六岁，警悟。外祖何尚之赏异焉，尝教读《论语》，至“郁郁乎文哉”，因戏之曰：“可改‘邪邪乎文哉。’”绚应声答曰：尊者之名，安可为戏？便可道‘草翁之风则舅’。”《论语》曰“草上之风则偃”，偃尚之子也。绚卒于秘书丞。（出《谈薮》）

萧遥欣

南齐曲江公萧遥欣少有神采干局。为童子时，有一小儿左右弹飞鸟，未尝不应弦而下。遥欣谓之曰：“凡戏多端，何急弹此？鸟自云中翔，何关人事？”小儿感之，终身不复捉弹。尔时年十一。士庶多竞此戏，遥欣一说，旬月播之，远近闻者，不复为之。（出《谈薮》）

房氏子

唐韦陟有疾，房尚书琯使子弟问之。延入卧内，行步悉籍茵毯，房氏子袜而登阶，侍婢皆笑之。举朝以为韦氏贵盛，房氏清俭，俱为美谈。（出《国史补》）

张 琇

张童子者名琇，审素之子也。开元二十二年，琇杀殿中侍御史杨万顷于阙下，复父仇也。初审素受赇事发，诏万顷按之。万顷按审素过入，故坐诛，家属徙边。琇会赦得还，时未冠，乃追复前怨，与其弟瑝手刃万顷于都城。闻者骇之。帝嘉其孝，将释之。有司以专杀抗论，琇坐死。时人哀之，葬于邙山，为疑冢焉，盖惧杨理。王景和谢庄、张畅、何偃四人均有很高的名望。其实王景的本命叫王彧。与明帝名讳相同，因此称为景。王景的大儿子王绚只有五六岁，但机警聪明。外祖父何尚之欣赏他的优异。曾指导他学习《论语》，读到“郁郁乎文哉”的时候，便同他戏谑说：“能改为‘邪邪乎文哉。’”王绚跟出声回答说：“尊重之人的名讳如何能戏谑，如此这般就能说草翁之风则舅。”《论语》说：“草上之风则偃”，偃便是何尚之的儿子。王绚最后死于秘书丞就职期间。（出《谈薮》）

萧遥欣

南齐时期，曲江公萧遥欣小时候便神采飞扬，办事稳妥。在孩童时期，附近有一个小孩在用弹弓打飞鸟，飞鸟无不随着弹弓击打落下。萧遥欣对小孩说：“游戏多种多样，为什么要用弹弓打落飞鸟？飞鸟在空中翱翔，与人的事情有什么关系？”小孩十分感触，一生不再用弹弓捉鸟。那时萧遥欣十一岁。很多当地百姓都把用弹弓打鸟当成游戏，萧遥欣说了以后，一个月便传扬开来，远处和近处的百姓听到后，都不再打鸟了。（出《谈薮》）

房氏子

唐朝时期，韦陟身患疾病，尚书房琯遣学生慰问他。迎接学生进了卧室里，脚下走过的路都铺着地毯，房氏子弟穿着袜子走上台阶，侍女都在取笑他们。整个朝廷都觉得韦氏家族高贵显赫，房氏家族则清廉俭朴。都是为人称赞的美事。（出《国史补》）

张　琇

张家有一位儿童叫张琇，是张审素的儿子。开元二十二年，张琇于宫廷外杀害了殿中侍御史杨万顷，为报杀父之仇。最初张审素接受贿赂的事情暴露，召来杨万顷审查此案。审案过程中杨万顷失之偏颇，因此张审素被处死，家属则流放边境。张琇得到赦免，得以回归朝廷，那时还没及冠，于是追究以前父亲的恩怨，和他的弟弟张瑝宗之所发也。故虞部员外郎顾云诔之曰：“冒法复仇，信难逃于刑典；忘身徇孝，诚有契于《礼经》。且从古以来，谁人不死？得其死矣，夫可恨欤？”（出《顾云文集》）

浑 瑊

浑太师瑊年十一，随父释之防冬。朔方节度张齐丘戏问：“将乳母来否？”其年立跳荡功。后二年，拔石堡城，收龙驹岛，皆有奇效。（出《国史补》）

在都城亲手杀死杨万顷。听闻此事的人都十分惊骇。皇帝称赞他有孝心，想放了他们。办案部门以擅自杀人之罪抗议释放他，张琇便被处死。当时人们十分伤心，张琇埋在邙山，为了迷惑人，没有说明坟冢位置，大概是担忧杨万顷家里人去挖墓。因此虞部员外郎顾云作出张琇的悼书说："违反法规去报仇，的确难逃法典制裁，舍弃自身遵从孝道，确实遵循礼仪制度。并且由古至今，谁不会死亡？死得有价值，有什么可怨恨的呢？"（出《顾云文集》）

浑瑊

太师浑瑊十一岁的时候，跟着父亲浑释之参与冬季边防行动。朔方节度张齐丘戏谑着问道："带着乳母吗？"那一年浑瑊便立下冲锋陷阵的功勋。过了两年，攻取石堡城，收回龙驹岛，都有突出的功劳。（出《国史补》）

卷第一百七十五　幼敏

贾逵

汉贾逵五岁，神明过人。其姊韩瑶之妇，瑶无嗣，而妇亦以贞明见称。闻邻里诸生读书，日抱逵隔篱而听，逵静听无言，姊以为喜。年十岁，乃暗诵六经。姊谓逵曰："吾家穷困，不曾有学者入门。汝安知天下有三坟五典，而诵无遗句邪？"逵曰："忆姊昔抱逵往篱下，听邻家读书，今万不失一。"乃剥庭中桑皮以为牒，或题于扉屏，且诵且记。期年，经史遍通。门徒来学，不远万里，或襁负子孙，舍于门侧，皆口受经文。赠献者积廪盈仓。或云："贾逵非力耕所得，诵经口倦，世为舌耕。"（出《王子年拾遗记》）

李百药

唐李百药七岁能属文。齐中书舍人陆乂，常遇其父德林宴集。有说徐陵文者云："刈琅邪之稻。"坐客并称无其事。百药进曰："《传》称鄅人籍稻，注云：'鄅国在琅邪开阳县。'"人皆惊喜云："此儿即神童。"百药幼多疾，祖母以百药为名。名臣之子，才行相继，四海名流，莫不宗仰。藻思沉郁，尤长五言。虽樵童牧竖，亦皆吟讽。及悬车告老，怡然自得，穿地筑山，文酒谭宾，以

贾逵

汉朝时期，五岁的贾逵智慧过人。贾逵的姐姐是韩瑶的妻子，韩瑶没有子嗣，而妻子也因为坚贞贤惠受到称赞。听闻街坊家里有学生们在读书，姐姐就每日隔着篱笆怀抱贾逵听读书声，贾逵仔细地听读书声，没有言语，姐姐很喜悦。到了十岁，便已经会默诵六经。姐姐对贾逵说："咱家很穷，老师不曾进过家门。你如何知晓世界上有《三坟》《五典》这些书呢？还全都记得，没有遗漏的句子。"贾逵说："记得姐姐以前抱着我去篱笆下，听街坊家学生读书，现在背诵起来才毫无差错。"贾逵用在庭院中剥离下的桑树皮来写字。或者在门扉及墙壁上书写。边读边记。一年的工夫，经籍和史书都精通了。学生不远万里前来求学，有的人甚至用襁褓背着自己的子孙，住在他家附近，贾逵便亲口教授他们经书典籍。学生们捐献了很多粮食，积累起来装满家里的粮仓。有人说："贾逵不靠努力耕田获得收益，而是不断用嘴巴教授经书获利，终身以教书谋生。"（出《王子年拾遗记》）

李百药

唐朝时期，李百药七岁便能撰写诗文。与中书舍人陆琇看齐，曾经遇到他的父亲李德林聚会设宴。有客人说起徐陵文章中提到刘琅邪之稻。在座宾客都说没有此事。李百药上前说："《春秋传》里说鄅国人种植稻谷，杜预注解说，鄅国在琅邪境内。"众人都惊喜地说："这个孩童是神童。"李百药年少多病，祖母便将百药作为他的名字，他是有名的贤臣的儿子，先人的才智德行得以继承，四方疆界的知名人士无不推崇景仰。他文思深沉飘逸，特别善于做五尽平生之志，年八十五。先是和太宗《帝京篇》，手诏曰：“卿何身之老而才之壮？何齿之宿而意之新乎？”子安期，永徽末迁中书舍人，三代皆掌制诰。安期孙羲仲又为中书。（出《谭宾录》）

王勃

王勃字子安，六岁能属文。清才浚发，构思无滞。年十三，省其父至江西。会府帅宴于滕王阁。时帅府有婿善为文章，帅欲夸之宾友，乃宿构《滕王阁序》，俟宾合而出之，为若即席而就者。既会，帅果授笺诸客，诸客辞。次至勃，勃辄受。帅既拂其意，怒其不让，乃使人伺其下笔。初报曰：“南昌故郡，洪都新府。”帅曰：“此亦老生常谈耳。”次曰：“星分翼轸，地接衡庐。”帅沉吟移晷。又曰：“落霞与孤鹜齐飞，秋水共长天一色。”帅曰：“斯不朽矣。”（出《摭言》）

元嘉

元嘉少聪俊，左手画圆，右手画方，口诵经史，目数群羊，兼成四十字诗，一时而就，足书五言绝：六事齐举。代号神仙童子。（出《朝野佥载》）

言诗。不管是打柴的童子还是牧童，他都会吟咏赞颂。等到年老辞官，怡然自得，打柴耕田，设宴招待宾客，饮酒赋诗，尽力完成一生的志向，终年八十五岁。昔日与太宗帝文章唱和，太宗亲手写诏书说道：“为什么你身体衰老，才智却处于壮年？为什么牙齿泛旧了，思想仍旧如此有新意？”永徽末年，李百药的儿子李安期改任中书舍人，李氏三代均承担草拟皇帝诏令的职责。李安期的孙子李羲仲仍旧担任中书舍人。（出《谭宾录》）

王勃

王勃字子安，六岁时就能撰写诗文。卓越的才能迅速显现出来，构思流畅。十三岁的时候，王勃前往江西拜望自己的父亲。恰好碰上府帅在滕王阁设宴。府帅女婿擅长做文章，府帅想在宾客友人前夸赞女婿，于是让女婿提前构想出滕王阁序，等客人聚集后，当场书写出来，装作是当场作出的诗文。到宴会当天，府帅果真给众位宾客发笺纸，众位宾客都推辞拒绝。纸张发到王勃时，他立即接下纸张。府帅见他违反自己的本意，对王勃不推辞的行为感到愤怒，于是派人观察王勃写的内容并向他报告。第一次来人禀报说：“南昌故郡，洪都新府。”府帅说：“这属于陈腔滥调啊。”第二次来人禀报说：“星分翼轸，地接衡庐。”府帅沉吟许久。再次禀报说：“落霞与孤鹜齐飞，秋水共长天一色。”府帅说：“这是不朽的杰作。”（出《摭言》）

元嘉

元嘉年少聪颖秀美，可以左手画圆，右手画方，朗声背诵经学史书，用眼睛计算羊群数量，同时写成四十字的诗句，一会儿就能完成，用脚写出五言绝句，同时做六件事。因此外号是神仙童子。（出《朝野佥载》）

毛俊男

并州人毛俊诞一男，四岁，则天召入内试字，《千字文》皆能暗书，赐衣裳放还。人皆以为精魅所托，其后不知所终。（出《朝野佥载》）

苏 颋

苏瓌初未知颋，常处颋于马厩中，与佣保杂作。一日，有客诣瓌，候厅事，颋拥彗趋庭，遗堕文书。客取视之，乃咏《昆仑奴》诗也。其词云："指头十颋墨，耳朵两张匙。"客心异之。久而瓌出，与客淹留。客笑语之余，因咏其诗，并言形貌，问瓌何人，非足下宗族庶孽邪？瓌备言其事，客惊贺之，请瓌加礼收举，必苏氏之令子也。瓌自是稍亲之。适有人献瓌兔，悬于廊庑之下。瓌乃召颋咏之，颋立呈诗曰："兔子死阑殚，持来挂竹竿。试将明镜照，何异月中看。"瓌大惊奇，骤加顾礼。由是学问日新，文章盖代。（出《开天传信记》）

刘 晏

玄宗御勤政楼，大张乐，罗列百妓。时教坊有王大娘者，善戴百尺竿，竿上施木山，状瀛州方丈，令小儿持绛节，出入于其间，歌舞不辍。时刘晏以神童为秘书正字，年方十岁，形状狞劣，而聪悟过人。玄宗召于楼中帘下，贵妃置于膝上，为施粉黛，与之巾栉。玄宗问晏曰："卿为正字，正得几字？"晏曰："天下字皆正，唯朋字未正得。"贵妃复令咏王大娘戴竿，晏应声曰："楼前百戏竞争新，唯有长竿妙入神。谁得绮罗翻有力，犹自嫌轻更著人。"玄

毛俊男

并州人毛俊诞出一位男童，男童四岁时，武则天召见他进宫考验文章。千字的文章都可以默写出来。赐给男童衣服便让他归家。百姓都觉得男童是妖精鬼怪转世。那之后便不知晓他的下落了。（出《朝野佥载》）

苏颋

苏瑰最初不知晓苏颋的才华，苏颋常常在马舍里，和雇工一同做工。某天，造访的客人在厅堂里等待苏瑰，苏颋拿着扫帚经过庭院，遗落一份文章。客人拿来查看，是描述南海国人做昆仑奴的诗文。诗里说："指头十颋墨，耳朵两张匙。"客人内心十分惊异。不久后苏瑰出现，客人谈笑的闲暇时间里，咏唱苏颋的两句诗，并说出他的外形容貌。询问苏瑰是谁，是否为苏氏宗族的庶男。苏瑰详细说出苏颋的事情，客人很惊诧，并恭贺苏瑰，让苏瑰增加礼金送他学习，参加科举，一定是苏氏的好儿郎。苏瑰自此对苏颋略微亲近一些。正巧有人送兔子给苏瑰，挂在廊屋下。苏瑰便找来苏颋，让他写咏兔子的诗作，苏颋即刻呈上诗文："兔子死阑殚，持来挂竹竿。试将明镜照，何异月中看。"苏瑰十分惊异，立刻增加礼金，送他学习知识。因此苏颋的学问每天都在更新，文章胜过同代人。（出《开天传信记》）

刘晏

玄宗皇帝驾临勤政楼，官吏大肆张罗艺伎节目，上百位艺人分布在节目名单内。那时教坊有一位王大娘，擅长用头顶长竿。竿上施加木山，形似瀛州方丈仙山，命小孩手持红色竹节，来往于木山间不断唱歌跳舞。那时刘晏因为是神童，担任秘书正字，年纪只有十岁，他外貌难看，但是聪明颖悟超于常人。玄宗皇帝在阁楼里的帘布下召见他，贵妃将他放置在膝盖上，为他涂抹脂粉，用梳子帮他梳发。玄宗皇帝问刘晏："你是秘书正字，改正过多少字？"刘晏说："全天下

宗与贵妃及诸嫔御欢笑移时，声闻于外，因命牙笏及黄文袍以赐之。（出《明皇杂录》）

林 杰

林杰字智周，幼而聪明秀异，言发成文，音调清举。年六岁，请举童子。时父肃为闽府大将，性乐善，尤好聚书，又妙于手谭，当时名公多与之交。及有是子，益大其门。廉使崔侍郎干亟与迁职，乡人荣之。杰五岁，父因携之门脚，至王仙君霸坛，戏问童子能是乎？杰遂口占云："羽客已归云路去，丹炉草木尽凋残。不知千载归何日，空使时人扫旧坛。"父初不谓眇岁之作，遽臻于此。群亲益所惊异，递相传讽，乡里喧然。自此日课所为，未几盈轴。

明年，遂献唐中丞扶。唐既伸幅窥吟，耸耳皆吹，命子弟延入学院。时会七夕，堂前乞巧，因试其乞巧诗。杰援毫曰："七夕今朝看碧霄，牵牛织女渡河桥。家家乞巧望秋月，穿尽红丝几万条。"唐惊曰："真神童也。"以是乡人群来求看，填塞门巷。杰又精于琴棋及草隶书，俱自天然，不假师受。唐因与宾从棋，或全局输者。令罩之勿触，取童子来，继终其事。杰必指踪出奇，往往返胜。曲尽玄妙，时谓神助。后复业词赋，颇振声问。有仙客入壶中赋云："仙客以变化随形，逍遥放情。处于外则一壶斯在，入其中则万象俱成。飞阁重楼，不是人间之壮。奇花异木，无非物外之名。"

的错字都可以改正，唯独朋党无法纠正。”贵妃又命他做出咏唱王大娘顶竿的诗，刘晏出声回答：“楼前百戏竞争新，唯有长竿妙入神。谁得绮罗翻有力，犹自嫌轻更著人。”玄宗皇帝和贵妃、众位妃嫔笑了很长时间，笑声在外面都能听到，于是玄宗皇帝下令将朝笏和黄文袍赐给刘晏。（出《明皇杂录》）

林 杰

林杰字智周，年少便聪慧优异，话说出来就是一篇文章，声调清脆悠扬。林杰六岁时，乡里便举荐他。当时父亲林肃作为闽府大将，喜欢做善事，特别爱好收集书，且擅长对弈，当时的达官望族都想和他交往。等到林肃有了林杰，门楣越发壮大。廉使崔千升迁任侍郎一职，乡里百姓都觉得与有荣焉。林杰五岁时，父亲便拉着他拜访客人，到了王仙君霸坛，旁人戏谑地问孩童能作诗吗，林杰立刻即兴吟诵：羽客已归云路去，丹炉草木尽凋残。不知千载归何日，空使时人扫旧坛。父亲最初也不认为小孩子作的诗竟能到如此地步。亲眷们则愈加惊诧，互相传诵，乡里的人十分震惊。从那以后每天功课就是做几首诗。

次年，将林杰诗作赠予中丞唐扶品读。唐扶展开诗作察看吟诵，尤为称赞，让林杰作为子弟进入学院学习。适逢七夕节，女子在庭院里乞巧，唐扶便让林杰试作一首乞巧诗。林杰提笔书写：“七夕今朝看碧霄，牵牛织女渡河桥。家家乞巧望秋月，穿尽红丝几万条。”唐扶惊讶地说：“是真正的神童。”因此乡里的百姓们都前来围观，门庭里巷都站满了人。林杰还擅长奏琴、对弈、草书和隶书，都是生来便会的，并未受到老师指导。唐扶同宾客下棋，有时碰到棋局快输了的情况。让人将棋局盖住，不得触碰，把林杰找来，继续完成残局。林杰必能指挥谋划，想出奇着，往往能重获胜利。下棋思路巧妙，那时百姓都说如有神助。后来林杰重新探究诗词歌赋，兴起颇高的声望。有词赋《仙客入壶中赋》里说：“仙客以变化随形，逍遥放情。处于外则一壶斯在，入其中则万象俱成。飞阁重楼，不是人间之壮。奇花异木，无非物外之名。”

至九岁，谒卢大夫贞、黎常侍殖，无不嘉奖。寻就宾见日，在宴筵。李侍御远、赵支使容深所知仰，不舍斯须。《和赵支使咏荔枝》诗尤佳，云：“金盘摘下排朱果，红壳开时饮玉浆。”刘副史立作奇童传，刘制使重为序，以贻之。

至年十七，方结束琴书，将决西迈。无何七月中，一旦天气澄爽，书堂前忽有异香氛氲，奇音响亮。家人出户观，见双鹤嘹唳，盘空而下，雪翎朱顶，徘徊庭际。杰欣然舍笔，跃下庭前，抱得一只。其父惊讶，恐非嘉兆，令促放，逡巡溯空而去。亲邻闻兹，咸来贺肃曰：“家藏书栉比，乃类筵鳣之表祥也。”及夕，杰偶得疾，数日而终。则知杰乃神仙谪下人世，魂灵已蜕于鹤耳。不然者，何亡之速也？（出《闽川士传》）

高定

高定，真公郢之子。为《易》合八出，以画八卦，上圆下方，八则为重，转则为演，七转而六十四卦，六甲八节备焉。著外传二十二篇。定小字董二，时人多以小字称。初年七岁，读《尚书》至《汤誓》，问父曰：“奈何以臣伐君？”答曰：“应天顺人。”又问曰：“用命赏于祖，不用命戮于社，岂是顺人？”父不能对。（出《国史补》）

李德裕

李德裕神俊，宪宗赏之，坐于膝上。父吉甫，每以敏辩夸于同列。武相元衡召之，谓曰：“吾子在家，所嗜何书？”意欲探其志也。德裕不应。翌日，元衡具告吉甫，因戏曰：“公诚陟大痴耳。”

林杰到了九岁，前去拜谒大夫陆贞、常侍黎殖，没人不称赞他。几天后，在宴席上拜见在场宾客，侍郎李远和支使赵容深深敬慕他的学识，片刻不停。林杰与赵容支使共同做的《咏荔枝》的诗句尤为精妙。诗里道："金盘摘下排朱果，红壳开时饮玉浆。"副史刘立为林杰创作出《神童传》，制使刘重为他作序言，赠予林杰。

到林杰十七岁时，便不继续奏琴学习，决定向西远行。不久后便七月中旬了，一日天色清朗，突然书房前散出一阵奇异的香味，同时奇怪的声音尤为响亮。林杰走出家门察看，望见一对声音清亮的白鹤自空中回旋而下，翎毛似雪，头顶朱红，盘旋在庭院里。林杰喜悦地搁下笔，跑着来到庭院前，搂住一只白鹤。父亲十分惊诧，担心不是好兆头，急忙让他放开白鹤，白鹤停留了一会，便朝着天空飞去。亲属和邻居听闻此事，都前来恭贺林肃说："家里藏书很多，正是丰厚兴旺的吉祥寓意。"等到日落，林杰忽然患病，几天后便死去了。百姓们才知晓林杰是贬谪下凡的神仙，那日他的灵魂已附在白鹤身上离开了。否则为什么这么快就死了？（出《闽川士传》）

高定

高定是真公高郢的儿子，擅长易图八卦之道，用来绘制八卦图，上圆下方，八则是重心，转动则是在推演，七转则是六十四卦，六甲八节俱备。高定编著了二十二篇外传。高定小名是董二，当时人们都用小名称呼他。七岁那年初，看到《汤誓》篇，询问父亲："臣子讨伐君主怎么办？"父亲回答说："顺应天意，合乎人心。"又问他："服从命令就在先祖前行赏，不服从命令就在神位前惩罚，哪里算是顺从人心？"父亲无言以对。（出《国史补》）

李德裕

李德裕才智卓越，宪宗皇帝赏识他，抱他坐在膝盖上。父亲李吉甫常常在同僚面前夸赞儿子聪敏机辩。宰相武元衡召来李德裕，对他说："你在家里喜欢看什么书籍？"想探问他的志趣，李德裕没吉甫归责之，德裕曰："武公身为帝弼，不问理国调阴阳，而问所读书，书者成均礼部之职也。其言不当，所以不应。"吉甫复告，元衡大惭。由是振名。（出《北梦琐言》）

白居易

白居易，季庚之子，始生未能言，默识之无二字，乳媪试之，能百指而不误。间日复试之，亦然。既能言，读书勤敏，与他儿异。五六岁识声韵，十五志诗赋，二十七举进士。贞元十六年，中书舍人高郢掌贡闱，居易求试，一举擢第。明年，拔萃甲科。由是习《性相近远》《求玄珠》《斩白蛇》等赋，为时楷式，新进士竞相传于京师矣。会宪宗新即位，始用为翰林学士。（出元稹《长庆集序》）

崔 铉

魏公崔相铉，元略之子也。为童儿时，随父访于韩公滉，滉见而怜之。父曰："此子尔来诗道颇长。"滉乃指驾上鹰令咏焉。遂命笺笔，略无伫思，于是进曰："天边心性架头身，欲拟飞腾未有因。万里碧霄终一去，不知谁是解绦人。"滉益奇之，叹曰："此儿可谓前程万里也。"

大历三年，侍郎崔郾下及第，果久居廊庙，三拥节旄。大中咸通之中，时推清名重德。宣宗皇帝常朝罢，谓侍臣曰："崔铉真贵人，裴休真措大。"初李石镇江陵，辟为戎卒，一旦拂袖而去。既入京，登上第，俄升翰苑。李未离荆渚，崔既秉钧衡，李乃驰笺有应答。次日，武元衡详细将事情告知李吉甫，且戏谑道："你的孩子实在是个痴人啊。"李吉甫回家后斥责李德裕，李德裕说："武元衡作为君王的辅佐之士，不问治国之策，使阴阳有序，却问我念书的事，念书成功的人皆就职于礼部。他言语不妥当，因此没有应答。"李吉甫又将李德裕的话告知武元衡，武元衡十分羞惭。从此声名大振。（出《北梦琐言》）

白居易

白居易是白季庚的儿子，刚生下不能言语之时，就暗中记住"之无"两个字，乳娘考验他，他可以用手指出正确的字百次且不失误。隔天再次考验，依旧如此。能说话后，读书十分勤勉机敏，不同于他人的孩子。五六岁能认得诗文韵律。十五岁便可以赋诗，二十七岁考中进士。贞元十六年，中书舍人高郢掌管科举，白居易求取考试，一举登第。次年，提拔官吏时中进士甲科，自此创作出《性习相近远赋》《求玄珠》《斩白蛇》等诗文，作为那时诗文的模范，他的诗文在京都中被参与科考的进士争相传播。宪宗皇帝刚登基，然后便任用他为翰林学士。（出元稹《长庆集序》）

崔铉

魏公宰相崔铉是崔元略的儿子，孩童时期随着父亲造访韩滉。韩滉看见他十分怜爱。崔元略说："最近这个小孩作诗才能大有长进。"于是韩滉指向空中的鹰让他咏唱。让人给他纸和笔，崔铉不经任何思考便完成诗作，于是上前说道："天边心性架头身，欲拟飞腾未有因。万里碧霄终一去，不知谁是解绦人。"韩滉越发惊异。赞叹地说："这个孩子将来可以说前途远大。"

大历三年，侍郎崔铉参加科考考取进士，果真长期为朝廷效力，多次身居要职。大中咸通之中，当时推崇官员声誉清廉，德行高尚，宣宗皇帝下朝后，对侍臣说："崔铉是真的贵人，裴休是真的贫苦。"原本李石坐镇江陵，召来崔铉做士卒，一日之内便甩袖离去。

贺之曰："某早拜光尘，叨承眷与，深蒙异分，屡接清言。幸曾顾于厚恩，俯见循于末契。去载分麾南楚，拜节西秦。思贤方咏于嘉鱼，栖止实惭于威凤。宾筵初启，曾陪樽俎之欢。将幕未移，已存陶镕之下。光生邻部，喜溢辕门。岂唯九土获安，斯亦一方多幸。"乃掌记李骘之词也，于今播于众口。（出《南楚新闻》）

李琪

李琪名族也，父敬，唐广明中佐王铎滑州幕。琪生而敏异，十岁通六籍，遂博览文史，如寤宿习。十三，词赋诗颂，大为时贤亲赏。府帅王铎闻而异之，然每见所作，亦有疑志。

铎尝留其父敬及幕府帅饮，密遣人以汉祖三杰赋题试之，俟毕持去。赋尾云："得士则昌，非贤罔共。龙头之友斯贵，鼎足之臣可重。宜哉项氏之所以亡，一范增而不能用。"铎骇曰："此儿大器也。"将欲发其文价，乃以赋示坐客，一席称奖。

他日总角谒铎，铎顾曰："适蜀中诏到，用夏州拓跋思恭为京北收复都统，可作一诗否？"即秉笔立制云："飞骑经巴栈，鸿恩及夏台。将从天上去，人自日边来。此处金门远，何时玉辇回。早平关右贼，莫待诏书催。"铎益奇之，因执琪手曰："此真凤毛也。"时年十四岁。

进京城后，科举考试中考中进士，不久便升任翰林院。李石没离开江陵，崔铉执掌政权后，李石便寄信恭贺他说："我早前便见识过你的风韵，蒙受照顾，深承关心，多次同你高谈。幸而顾念曾经的大恩，垂头便忆起二人交谊。离开的日子里我还在江陵，你却身在京都。思念贤者方才咏唱好鱼，麻雀停留其实是羞愧见到瑞鸟。初时宴席上，曾经与你欢畅饮酒。感情没有改变，已经保存在酒杯里了。光荣照耀周围地区，喜悦传播至宫门。何止是九州土地获得安定，乃是一方百姓的幸事。"是掌记李骘记录下的，在今天通过众人之口传扬出去。（出《南楚新闻》）

李琪

李琪是名门贵族，父亲李敬是唐代广明中佐滑州王铎的幕僚。李琪天生聪敏优异，十岁便精通六经。既而广泛阅览文史书籍。不管是睡觉还是休息时间都在想着学习。十三岁时，写出的词赋诗歌极受亲戚的欣赏。府帅王铎听说后十分惊诧。每次看见他的作品，内心存有疑虑。

王铎曾留下他的父亲李敬，晚上在府里饮酒，秘密遣人用汉高祖三杰作为诗作题目考他，待他作完诗，便拿着离开了。诗作的结尾说道："获得贤士国家才能强盛，不是贤者则不和他一起做事。起引导作用的朋友弥足珍贵，肱股之臣要十分看重。项羽江山消亡的原因是拥有范增而没有重用。"王铎惊骇地说："这个孩童必成大才。"王铎打算提升李琪诗作的声价，便将诗作展示给座上宾客观赏，宴席上的宾客都在夸赞他。

某天李琪拜谒王铎，王铎瞧着李琪说："恰巧蜀中的诏书来了，委任夏州拓跋思恭作为京北收复都统，可为此事作诗一首吗？"李琪随即提笔作出一首诗写道："飞骑经巴栈，鸿恩及夏台。将从上天去，人自日边来。此处金门远，何时玉辇回。早平关右贼，莫待诏书催。"王铎愈加惊异，拿起他的手说："你确实是才华杰出的人物啊。"那年他刚十四岁。

明年丁母忧，因流寓青齐间。然糠照薪，俾夜作昼，览书数千卷，间为诗赋。唐僖宗再幸梁洋，窃赋云：“哀痛不下诏，登封谁上书。”至昭宗庙，联中科第。又忽忽不乐，恨未得转四体，为训诰之语。及梁祖受禅，琪始自前殿中侍御史，擢翰林学士。（出《李琪集序》）

刘神童

刘神童者，昭宗朝以乡荐擢第，时年六岁矣。帝召于便殿复试之，神童朗讽经书，初无微误，帝大称，因掇御盘果实赐之。左右侍臣俱有羡色。故都官郑谷赠之诗曰：“习读在前生，僧谭足可明。还家虽解苦，登第未知荣。时果曾沾赐，春关不任情。灯前犹恶卧，寱语诵书声。”（出《郑谷诗集》）

路德延

路德延，儋州岩相之犹子也。数岁能为诗。居学舍中，尝赋《芭蕉》诗曰：“一种灵苗异，天然体性虚。叶如斜界纸，心似倒抽书。”诗成，翌日传于都。会儋州坐事诛，故德延久不能振。光化初，方就举擢第，大有诗价。又为《感旧诗》曰：“初骑竹马咏芭蕉，尝忝名卿诵满朝。五字便容过绛帐，一枝寻许折丹霄。岂知流落萍蓬远，不觉推迁岁月遥。国境永宁身未立，至今颜巷守箪瓢。”

天祐中，授左拾遗。会河中节度使朱友谦领镇，辟掌书记。友谦初颇礼待之，然德延性浮薄骄慢，动多忤物。友谦稍解体，德延乃作《孩儿诗》五十韵以刺友谦。友谦闻而大怒，有以掇祸，乃因醉沉之黄河。诗实佳作也，尔后虽继有和者，皆去德延次年，他母亲去世，便流落居住于青齐地区。但是他把糟糠当作柴火烧着照亮，把晚上当成白天一般，阅览数千卷书籍，也作出了许多诗文。唐僖宗再度巡幸梁洋时，李琪暗地作出诗赋道："哀痛不下诏，登封谁上书。"到唐昭宗时期，李琪参与科举并入选了。然后又闷闷不乐的，遗憾自己没用四种字体写出训诫教导的言辞。等到后梁太祖皇帝即位，李琪方从前殿中侍御史升任为翰林学士。（出《李琪集序》）

刘神童

昭宗皇帝时期，刘神童经乡里举荐参与科考，并中选了，那年他六岁。皇帝在偏殿召见他进行复试，刘神童高声朗诵经籍，毫无差错，皇帝非常赞赏，于是拾取御盘里的水果赏给他。周围的侍臣都表现出艳羡的样子。因此都官郑谷送给他一首诗写道："习读在前生，僧谭足可明。还家虽解苦，登第未知荣。时果曾沾赐，春关不任情。灯前独恶卧，呓语诵书声。"（出《郑谷诗集》）

路德延

路德延是儋州路岩相的侄子。几岁便能写诗。在家中自学时，曾经做出一首咏唱芭蕉的诗词写道："一种灵苗异，天然体性虚。叶如斜界纸，心似倒抽书。"诗赋完成后，次日便在京都传播出去。不久后父亲犯下罪行被杀害，因此路德延久久不能振作。光化初年，路德延才参与科考中选，诗文声价大大提升。他再次作出一首感慨的诗作道："初骑竹马咏芭蕉，尝忝名卿诵满朝。五字便容过绛帐，一枝寻许折丹霄。岂知流落萍蓬远，不觉推迁岁月遥。国境永宁身未立，至今颜巷守箪瓢。"

天祐年间，路德延被委任做左拾遗。正逢河中节度使朱友谦治理乡镇，授予掌书记一职，朱友谦最初用周全的礼仪待他。但是路德延性格轻佻傲慢，多次行事忤逆朱友谦的意愿。朱友谦便厌恶了他。路德延为了讥讽朱友谦，作出一首五十韵的儿歌。朱友谦听到远矣。

诗曰："情态任天然，桃红两颊鲜。乍行人共看，初语客多怜。臂膊肥如瓠，肌肤软胜绵。长头才覆额，分角渐垂肩。散诞无尘虑，逍遥占地仙。排衙朱榻上，喝道画堂前。合调歌《杨柳》，齐声踏《采莲》。走堤冲细雨，奔巷趁轻烟。嫩竹乘为马，新蒲掉作鞭。莺雏金旋系，猧子采丝牵。拥鹤归晴岛，驱鹅入暖泉。杨花争弄雪，榆叶共收钱。锡镜当胸挂，银珠对耳悬。头依苍鹘裹，袖学拓枝揎。酒殢丹砂暖，茶催小玉煎。频邀寿花插，时乞绣针穿。宝匣拏红豆，妆奁拾翠钿。短袍披案褥，劣帽戴靴毡。展画趋三圣，开屏笑七贤。贮怀青杏小，垂额绿荷圆。惊滴沾罗泪，娇流污锦涎。倦书饶娅姹，憎药巧迁延。弄帐鸾绡映，藏衾凤结缠。指敲迎使鼓，箸拨赛神弦。帘拂鱼钩动，筝推雁柱偏。棋图添路画，笛管欠声镌。恼客初酣睡，惊僧半入禅。寻蛛穷屋瓦，探雀遍楼椽。抛果忙开口，藏钩乱出拳。夜分围榾柮，朝聚打秋千。折竹装泥燕，添丝放纸鸢。互夸轮水碓，相效放风旋。旗小裁红绢，书幽截碧笺。远铺张鸽网，低控射蝇弦。吉语时时道，谣歌处处传。匿窗肩乍曲，遮路臂相连。斗草当春迳，争毬出晚田。柳旁慵独坐，花底困横眠。等鹊潜篱畔，听蛩伏砌边。傍枝拈舞蝶，隈树捉鸣蝉。平岛跨蹺上，层崖逞捷缘。嫩苔车迹小，深雪履痕全。竞指云生岫，齐呼月上天。蚁窠寻径斸，蜂穴绕阶填。樵唱回深岭，笙歌下远川。垒材为屋木，和土作盘筵。险砌高台石，危挑峻塔砖。忽升邻舍树，逾上后池船。项橐称师日，甘罗作相年。明时方在德，劝尔减狂颠。"

后十分愤怒，有人撺掇他加害路德延。趁他喝醉将其丢进黄河。路德延的诗的确是好诗。之后虽然有人用原本的韵脚重新作诗，都与路德延的诗作差得很远。

诗里说："情态任天然，桃红两颊鲜。乍行人共看，初语客多怜。臂膊肥如瓠，肌肤软胜绵。长头才覆额，分角渐垂肩。散诞无尘虑，逍遥占地仙。排衙朱榻上，喝道画堂前。合调歌杨柳，齐声踏采莲。走堤冲细雨，奔巷趁轻烟。嫩竹乘为马，新蒲掉作鞭。鵙雏金旋系，猧子采丝牵。拥鹤归晴岛，驱鹅入暖泉。杨花争弄雪，榆叶共收钱。锡镜当胸挂，银珠对耳悬。头依苍鹘裹，袖学拓枝揎。酒殢丹砂暖，茶催小玉煎。频邀寿花插，时乞绣针穿。宝匣拿红豆，妆奁拾翠钿。短袍披案褥，劣帽戴靴毡。展画趋三圣，开屏笑七贤。贮怀青杏小，垂额绿荷圆。惊滴沾罗泪，娇流污锦涎。倦书饶娅姹，憎药巧迁延。弄帐鸾绡映，藏衾凤结缠。指敲迎使鼓，箸拨赛神絃。帘拂鱼钩动，筝推雁柱偏。棋图添路画，笛管欠声镌。恼客初酣睡，惊僧半入禅。寻蛛穷屋瓦，探雀遍楼椽。抛果忙开口，藏钩乱出拳。夜分围榾柮，朝聚打秋千。折竹装泥燕，添丝放纸鸢。互夸轮水石岂，相效放风旋。旗小裁红绢，书幽截碧笺。远铺张鸽网，低控射蝇弦。吉语时时道，谣歌处处传。匿窗肩乍曲，遮路臂相连。斗草当春迳，争球出晚田。柳旁慵独坐，花底困横眠。等鹊潜篱畔，听蛩伏砌边。傍枝拈舞蝶，隈树捉鸣蝉。平岛跨跷上，层崖逞捷缘。嫩苔车迹小，深雪履痕全。竞指云生岫，齐呼月上天。蚁窠寻迳劚，峰穴绕阶填。樵唱回深岭，笙歌下远川。垒材为屋木，和土作盘筵。险砌高台石，危挑峻塔砖。忽升邻舍树，逾上后池船。项橐称师日，甘罗作相年。明时方在德，劝尔减狂癫。"

韦庄

韦庄幼时，常在华州下邽县侨居，多与邻巷诸儿会戏。及广明乱后，再经旧里，追思往事，但有遗踪，因赋诗以记之。又途次逢李氏诸昆季，亦尝赋感旧诗，《下邽》诗曰："昔为童稚不知愁，竹马闲乘绕县游。曾为看花偷出郭，也因逃学暂登楼。招他邑客来还醉，才得先生去始休。今日故人无处问，夕阳衰草尽荒丘。"又《逢李氏弟兄》诗曰："御沟西面朱门宅，记得当时好弟兄。晓傍柳阴骑竹马，夜隈灯影弄先生。巡街趁蝶衣裳破，上屋探雏手脚轻。今日相逢俱老大，忧家忧国尽公卿。"

韦 庄

韦庄年少时常常寄居在华州下邽县，大多嗜好与附近巷子里的孩子们一同玩耍。待到广明之乱后，再次经过故居，追念过往，仍遗留熟悉的感觉。于是作诗一首留作纪念。路上又碰上年少时的友人李氏兄弟，便再次作出怀念过往的诗文，在下邽县作诗写道："昔为童稚不知愁，竹马闲乘绕县游。曾为看花偷出郭，也因偷学暂登楼。招他邑客来还醉，才得先生去始休。今日故人无处问，夕阳衰草尽荒丘。"碰上李氏兄弟写道："御沟西面朱门宅，记得当时好弟兄。晓傍柳阴骑竹马，夜隈灯影弄先生。巡街趁蝶衣裳破，上屋探雏手脚轻。今日相逢俱老大，忧家忧国尽公卿。"

卷第一百七十六　器量一

乐　广　刘仁轨　娄师德　李　勣　李日知　卢承庆　裴　冕
郭子仪　宋　则

乐　广

晋乐令广女适大将军成都王颖。王兄长沙王乂，执权于洛，遂构兵相图。长沙亲近小人，远外君子，凡在朝者，人怀危惧。乐令既处朝望，加有婚亲，小人谗于长沙。尝问乐令，神色自若，徐答曰："广岂以五男易一女。"由是释然，无复疑意。（出《世说新语》）

刘仁轨

唐刘仁轨为左仆射，戴至德为右仆射，皆多刘而鄙戴。时有一老妇陈牒，至德方欲下笔，老妇顾左右曰："此刘仆射？戴仆射？"左右以戴仆射言。急就前曰："此是不解事仆射，却将牒来。"至德笑，令授之。戴仆射在职无异迹，当朝似不能言。及薨后，高宗叹曰："自吾丧至德，无所复闻，当其在时，事有不是者，未尝放我过。"因出其前后所陈，章奏盈箧，阅而流涕，朝廷始追重之。（出《国史异纂》）

乐　广

西晋时期，尚书令乐广的女儿嫁与大将军成都王司马颖。因为司马颖的哥哥长沙王司马乂在洛阳掌握政权，担忧政权旁落，便图谋交战于司马颖。长沙王亲近小人远离君子，所有朝中为官者内心十分恐惧。尚书令乐广不但在朝中有威望，且与长沙王有姻亲，长沙王听信小人说乐广的谗言，曾经询问乐广。乐广镇静自如，慢慢答道：“我女儿与长沙王有姻亲，但我还有五个儿子，我怎么可能用五个儿子的性命去交换一个女儿的性命？”长沙王听后心中疑惑解除了，再不怀疑乐广。（出《世说新语》）

刘仁轨

唐高宗时期，刘仁轨担任左仆射，戴至德担任右仆射，众人均尊重刘仁轨但轻蔑戴至德。有一位老妇人向官府递交诉状，戴至德正想提笔批复老妇人，老妇人看看周围侍从问道：“这位是刘仆射还是戴仆射？”周围侍从说这是戴至德仆射。她急忙向前说道：“这是不能解决事情的仆射，将诉状还我。”戴至德笑着令人还她诉状。戴至德仆射在位时没有优异的政绩，在朝中似乎也沉默寡言，等到戴至德死去，唐高宗叹惋地说：“从我失去戴至德开始，再没有可以听取意见的地方，他在职期间，我处事有过失时，他从来没有放任我的过失。”于是拿出戴至德在职期间呈递的奏疏，奏疏装满了一箱子，唐高宗阅览后就哭了，大家这才知晓他是一位值得崇敬的贤者。（出《国史异纂》）

娄师德

纳言娄师德，郑州人，为兵部尚书，使并州，接境诸县令随之。日高至驿，恐人烦扰驿家，令就厅同食。尚书饭白而细，诸人饭黑而粗。呼驿长责之曰："汝何为两种待客？"驿将恐，对曰："邂逅浙米不得，死罪。"尚书曰："卒客无卒主人，亦复何损。"遂换取粗饭食之。

检校营田，往梁州，先有乡人姓娄者为屯官，犯赃，都督许钦明欲决杀令众。乡人谒尚书，欲救之。尚书曰："犯国法，师德当家儿子，亦不能舍，何况渠。"明日宴会，都督与尚书曰："犯国法俱坐。"尚书曰："闻有一人犯国法，云是师德乡里，师德实不识，但与其父为小儿时共牧牛耳，都督莫以师德宽国家法。"都督遽令脱枷至，尚书切责之曰："汝辞父娘，求觅官职，不能谨洁，知复奈何？"将一楪䭔饼与之曰："噇却，作个饱死鬼去！"都督从此舍之。

后为纳言、平章事。父检校屯田，行有日矣，谘执事早出，娄先足疾，待马未来，于光政门外横木上坐。须臾，有一县令，不知其纳言也，因诉身名，遂与之并坐。令有一丁，远觇之，走告曰："纳言也。"令大惊，起曰："死罪。"纳言曰："人有不相识，法有何死罪。"令因诉云："有左嶷，以其年老眼暗奏解，某夜书表状亦得，眼实不暗。"纳言曰："道是夜书表状，何故白日里不识宰相。"令大惭曰："愿纳言莫说向宰相，纳言南无佛不说。"公左右皆笑。

娄师德

纳言娄师德是郑州人士，担任兵部尚书，巡查并州，接近交界处时，许多县令前往接待他。太阳高挂时到达驿馆，他担心人多叨扰驿馆人家，让众人在厅堂一同进食。他发现自己的米饭洁白细密，其他人的米饭则黧黑粗陋。喊来驿长，责问他："你为何招待客人用两种米？"驿长十分惊恐，回答说："我暂时得不到洁白细米，该被处死。"娄师德说："宾客突然来到而主人没法弄到细米，又为什么损耗细米呢？"于是换取粗米饭食用。

娄师德前往梁州审查屯田，有同乡姓娄的屯官贪赃枉法，都督许钦明打算处死他以示儆戒。屯官拜谒娄师德，想向他求救。娄师德说："即使是我娄师德的亲生儿子，触犯国法，也不能免罪，何况是你？"次日宴会间，都督许钦明跟娄师德说："触犯国法一并获罪。"娄师德说："我听见有一个触犯国法的人，称是我的乡亲，我着实不知道那人，而我只是小时候和他父亲一同放过牛，都督不可因为我放宽国家法度。"都督随即令人给屯官解脱枷锁，带至大堂。娄师德严厉责备他："你告别父母，求取官位，为官却不能严谨廉洁，还有什么办法？"将一碟堆饼递给他说，"吃吧，做个饱死鬼！"许钦明便释放了那个人。

后来娄师德任纳言平章事。再次审查屯田，定下出行日期后，商议让侍从提前出发，娄师德有脚疾，等了一会儿马，没有来，便坐在光政门外的横木上等着。不久后，有一位不认识娄师德的县令，告诉娄师德自己的名字、身份，便和娄师德并排坐在横木上。县令随从远远看见了，走近告知他："他是纳言。"县令非常吃惊，起身说："是我该死。"娄师德说："你不认识我才和我平排坐，依法不至死罪。"县令便告诉他："有一位叫左嶷的人，因为年纪大了视力不佳申请辞官，然而请辞书便是在某天晚上写出来的，视力其实不差。"娄师德说："你既能夜晚写请辞书，那是什么原因让你白天不认识我呢？"县令十分羞惭地说："但愿纳言不要告知宰相，不说便是我的佛祖了。"娄师德周围的侍从都笑出声来。

使至灵州，果驿上食讫，索马，判官谘，意家浆水亦索不得，全不祇承。纳言曰："师德已上马，与公料理。"往呼驿长责曰："判官与纳言何别？不与供给？索杖来。"驿长惶怖拜伏。纳言曰："我欲打汝一顿，大使打驿将，细碎事，徒涴却名声。若向你州县道，你即不存生命，且放却。"驿将跪拜流汗，狼狈而走。娄目送之，谓判官曰："与公踬顿之矣。"众皆怪叹。其行事皆此类。浮休子曰："司马徽、刘宽，无以加也。"（出《朝野佥载》）

李昭德为内史，师德为纳言，相随入朝。娄体肥行缓，李屡顾待，不即至。乃发怒曰："可耐杀人田舍汉。"娄闻之，乃笑曰："师德不是田舍汉，更阿谁是？"师德弟拜代州刺史，将行，谓之曰："吾以不才，位居宰相。汝今又得州牧，叨遽过分，人所嫉也，将何以全先人发肤？"弟长跪曰："自今后，虽有人唾某面上，某亦不敢言，但拭之而已。以此自勉，庶不为兄忧。"师德曰："此适为我忧也。夫人唾汝者，发怒也。汝今拭之，是恶其唾。恶而拭，是逆人怒也。唾不拭，将自干，何如？"弟笑而受之。武后年，竟保宠禄。（出《国史异纂》）

李 勣

唐英公李勣为司空，知政事。有一番官者参选被放，来辞英公。公曰："明朝早，向朝堂见我来。"及期而至，郎中并在傍。番官至辞，英公嚬眉谓之曰："汝长生不知事尚书侍郎，我老翁不识字，无可教汝，何由可得留，深负愧汝，努力好去。"侍郎等惶惧，遽问其姓名，令南院看榜，须臾引入，注与吏部令史。

到了灵州，娄师德在驿馆吃完饭后，派人把马牵来，判官问道：“你把饭吃了，我们连水都没有喝到，没人尊重我们。”娄师德说：“我已经上马，为你们料理这件事情。”于是找来驿馆将领责问他：“判官与我有区别吗？为什么不给他们吃喝？把棍子拿来。”驿馆将领害怕得跪伏于地。娄师德说：“我想殴打你一顿，然则使臣打驿馆官吏是小事，却污了声名。若是同你的州县上级汇报，你便得丢了命，我暂时不追究此事了。”驿馆将领流着汗向娄师德跪拜感谢，狼狈离开。娄师德目送他的身影，对判官说：“已经为你解决困难了。”众人都非常惊叹。他的行事作风便是这样。浮休子说：“司马徽、刘宽，没人能出其左右。”（出《朝野佥载》）

李昭德是內史，娄师德是纳言，一起入朝为官。娄师德体态肥硕，行动缓慢，李昭德多次停下脚步候他，仍然跟不上。于是李昭德生气地说“不可忍耐！你这个天杀的种地人。”娄师德听后，笑着说：“我不是种地人，那谁是呢？”娄师德的弟弟被授代州刺使一职，临别时，娄师德说：“我没有才能，身居宰相。如今你又担任州牧，着实蒙恩过多，会使他人嫉妒，那么怎么才可以顾全生命？”弟弟直身跪下说：“自今日起，即便有人在我脸上吐口水，我都不会言语，只会将口水擦掉，以此自我勉励，但愿不让哥哥为我担心。”娄师德说：“这正是我所忧心的，如果有人向你吐口水，是他在生气，你擦拭了口水，说明你不喜欢他向你吐口水。不喜欢所以擦掉便会使他愈发生气。应该不擦拭唾液让它自干，如何？”弟弟笑着受教了。武则天时期，竟保全了宠幸与富贵。（出《国史异纂》）

李勣

唐代太宗时期英国公李勣身为司空，参加政事决策。有一个番外的官员被罢免外放，来向李勣辞行。李勣说：“明天早朝，你到朝房来见我。”等到第二天来到朝房，李勣手下的侍郎都在身边。番官过来请辞，李勣皱着眉头对手下的侍郎说：“你平日里不知道怎么接待尚书的吗，我是个老头儿不认识字，没有什么可以教你了，也不能再留下你，我深感愧疚，你自己离去好好努力吧。”这个侍郎听了英公时为宰相，有乡人尝过宅，为设食，客裂却饼缘。英公曰："君大少年，此饼，犁地两遍熟，概下种锄埘，收刈打飏讫，硙罗作面，然后为饼。少年裂却缘，是何道？此处犹可，若对至尊前，公作如此事，参差斫却你头。"客大惭悚。

浮休子曰："宇文朝，华州刺史王罴，有客裂饼缘者，罴曰：'此饼大用功力，然后入口。公裂之，只是未饥，且擎却。'客愕然。又台使致罴食饭，使人割瓜皮大厚，投地。罴就地拾起，以食之，使人极悚息。今轻薄少年裂饼缘，割瓜侵瓤，以为达官儿郎，通人之所不为也。"（出《朝野佥载》）

李日知

唐刑部尚书李日知自为畿赤，不曾行杖罚，其事克济。及为刑部尚书，有令史受敕三日，忘不行者，尚书索杖剥衣，唤令史总集，欲决之。责曰："我欲笞汝一顿，恐天下人称你云，撩得李日知嗔，吃李日知杖，你亦不是人，妻子亦不礼汝。"遂放之，自是令史无敢犯者。设有稽失，众共责之。（出《朝野佥载》）

卢承庆

卢尚书承庆，总章初考内外官。有一官督运，遭风失米。卢考很害怕，赶紧问番官叫什么名字，领着他去南院看榜，很快又领了回来，让去他吏部做了令使。

李勣身为宰相时，有同乡人来他家走动，留下吃饭，客人吃饭的时候将饼的边缘撕下来不吃。李勣说："你还是年轻人，这个饼，要犁两遍地，还要下种锄地侍弄，收割以后还要打场，用磨来磨成面，这样才能做成饼。你年纪轻轻却不吃饼的边缘，这是什么道理？你在我这里就算了，如果是在皇上面前，还要做这种事情，皇上肯定要砍了你的头。"客人感觉十分惭愧。

浮休子说："宇文朝华州刺使王罴，也遇到过客人将饼边撕开不吃的事情，王罴说：'做成这个饼用了很大的精力，然后才能吃到嘴里。你现在把饼边撕开不吃，只是还没有饿，你就这样拿着。'客人惊讶不已。还有一次部下和王罴一起吃饭，让人将瓜皮很厚的地方削掉，扔在地上。王罴就这样捡起来，吃了，这个人害怕极了。现在一些不注重礼节没礼貌的年轻人撕开饼边不吃，将瓜皮扔掉，都以为自己是达官贵族，实则这些事情普通人都不会去做的。"（出《朝野佥载》）

李日知

唐代刑部侍郎李日知在做地方官时辖区收成不好，但是也从来没有打过别人板子，这件事情做得十分克制。等做了刑部尚书后，有一个令使接受任务已经过了三天，还没有去处理，李日知叫人拿来板子脱了他的衣服，将所有令使集合过来，准备处罚他。后又责备他说："我本来打算打你一顿，但是害怕天下人说你的不是，说你能把李日知惹毛，让李日知杖责你，这样别人又拿你不当人来看，你妻子也不看中你了。"于是就放过他，从这以后令使们没人敢再犯错。偶尔有出错的人，所有人都会责备他。（出《朝野佥载》）

卢承庆

尚书卢承庆，负责管理各级官吏的考评。有一位负责督查漕运的之曰："监运失粮，考中下。"其人容止自若，无一言而退。卢重其雅量，改注曰："非力所及，考中中。"既无喜容，亦无愧词。又改曰："宠辱不惊，可中上。"（出《国史异纂》）

裴冕

李齐物，天宝初为陕州刺史，开砥柱之险，石中铁犁铧有平陆字，因改河北县为平陆县。齐物性褊急，怒陕县尉裴冕于州城大路，冠冕之士鄙之。后冕为宰相，除齐物太子宾客。时人嘉冕不报私怨。（出《谭宾录》）

郭子仪

郭子仪为中书令，观容使鱼朝恩请游章敬寺，子仪许之。丞相意其不相得，使吏讽，请君无往。邠吏自中书驰告郭公，军容将不利于公，亦告诸将。须臾，朝恩使至，子仪将行，士衷甲请从者三百人。子仪怒曰："我大臣也，彼非有密旨，安敢害我！若天子之命，尔曹胡为？"独与童仆十数人赴之。朝恩候之，惊曰："何车骑之省也？"子仪以所闻对，且曰："恐劳思虑耳。"朝恩抚胸捧手，呜咽挥涕曰："非公长者，得无疑乎？"（出《谭宾录》）

子仪有功高不赏之惧，中贵人害其功，遂使盗于华州，掘公之先人坟墓。公裨将李怀光等怒，欲求物捕其党。及公入奏，对扬之日，但号泣自罪。因奏曰："臣领师徒，出外征伐，动经岁年，害官员，遭遇大风损失了大米。卢承庆考核的时候说："监察的粮草丢失，考核中下。"被考核的官员神情自若，什么都没说就退下了。卢承庆觉得这个人有雅量，又将评语改为："粮草丢失之事并非力所能及，考核中中。"此人并未表现开心，也没有表现出惭愧。卢承庆又将评语改为："遇事宠辱不惊，考核中上。"（出《国史异纂》）

裴冕

李齐物，唐天宝初年为陕州刺使，在任期间开山筑路，在乱石中发现有一铁铧子上面有平陆两个字，因此将陕州河北县改名为平陆县。李齐物本人有些急性子，在大路上对陕县县尉裴冕发怒，最后有身份的人都看不起裴冕。后来裴冕成为宰相，将李齐物任命为太子宾客。世人都称赞裴冕为人公正，以德抱怨。（出《谭宾录》）

郭子仪

郭子仪做中书令时期，观容使鱼朝恩邀请他一起去章敬寺游玩，郭子仪应允。宰相觉得他们两个之间不和谐，派遣部下告诉他，让他不要赴约。郭子仪的属下也都赶紧跑来告诉他，观军容肯定会做不利于他的事情，还将这些话告诉其他将军。没多久，鱼朝恩派的人过来，郭子仪准备走，手下的三百人都全副武装想和他一起去。郭子仪生气地说："我是朝廷重臣，他没有天子的密旨，岂敢来害我？如果他有天子的命令，怎么能让你们胡来？"独自带着十几个奴仆离开。鱼朝恩等郭子仪到来，见到这情形惊讶地说："你怎么就带了这几个人轻装就来了？"郭子仪将别人和他说的告诉鱼朝恩。对鱼朝恩说："我不会费尽心机去想这些事情。"鱼朝恩捶胸顿足痛哭流涕地说："如果不是您这样有远智的，怎么会相信我呢？"（出《谭宾录》）

郭子仪因为功劳很大时常感到担忧，宦官中有人嫉妒他功劳大，于是安排人去华洲偷盗，暗中挖了郭子仪的祖坟偷了里面的陪葬品。郭子仪手下的将军李怀光等人十分愤怒，想要搜集物证将他们逮捕。郭子仪入朝后，对着皇帝哭着说臣有罪。因为这事对皇帝上奏人之兄，杀人之父多矣。其有节夫义士，刃臣于腹中者众。今构隳辱，宜当其辜。但臣为国之心，虽死无悔。”由是中外翕然莫测。

公子弘广常于亲仁里大启其第，里巷负贩之人，上至公子簪缨之士，出入不问。或云：王夫人赵氏爱女，方妆梳对镜，往往公麾下将吏出镇去，及郎吏，皆被召，令汲水持帨，视之不异仆隶。他日，子弟焦列启谏，公三不应。于是继之以泣曰：“大人功业已成，而不自崇重，以贵以贱，皆游卧内，某等以为虽伊霍不当如此也。”公笑而谓曰：“尔曹固非所料。且吾官马粟者五百匹，官饩者一千人，进无所往，退无所据。向使崇垣扃户，不通内外，一怨将起，构以不臣，其有贪功害能徒，成就其事，则九族齑粉，噬脐莫追。今荡荡无间，四门洞开，虽谗毁是兴，无所加也，吾是以尔。”诸子皆伏。《郭氏旧史》说：辛云景曾为公之吏使，后除潭州都督，将辞，累日不获见。夫人王氏及赵氏爱女及谓云景曰：“汝弟去，吾为汝言于令公。”云景拜于庭。夫人傅粉于内，曰：“吾大喜，且喜汝得一吃饭处。”赵氏女临阶濯手，令云景汲水。夫人曰：“放伊去。”云景始趋而去矣。

永泰元年，仆固怀恩卒，诸蕃犯京畿，子仪统众御之。至泾阳，而虏已合。子仪率甲士二千出入。虏见而问曰：“此何人也？”报曰：“郭令公。”回纥曰：“令公在乎？怀恩谓吾，天可汗已弃四说："我带领着手下的人，常年在外打仗，一打就是好几年，这中间害过别人的兄弟，也杀过别人的父亲。其中有想为丈夫报仇的妻子，想捅我的人比比皆是。我现在受到的侮辱，就是因为他们都是无辜的。但是我为国尽忠的忠心，就是到死也不会后悔。"因为这个，中外所有人都看不清郭子仪的性情。

郭子仪的儿子郭弘广在长安亲仁里建造宅邸，巷子里面的沿街小贩，还有读书人或者簪缨世族之士，出入皆不受影响。有人说："郭子仪的妻子王夫人和女儿，恰好正在梳妆的时候，有郭子仪麾下的将士前来辞行，他们到的时候，全都被召唤进来，让妻子女儿给他们端茶倒水拿洗脸巾，看待她们与普通的奴仆差不多。"后来，他的孩子一起给他提意见，郭子仪推三阻四不回答。于是她们整日流泪说："大人的事业已经做成，就算自己不自恃贵重，那也不能以贵为贱呀，所有人都能进卧室里面，我们觉得就算是伊尹、霍光那样的人也不会这样去做的。"郭子仪笑着回答她们："你们都没有猜到我的想法。我们家光是吃皇粮的马就有五百匹，领官银的就有上千人，如果进都没地方进，退也没地方守，就像盖起了高墙阻挡别人，这样不通内外，如果有人诬告我们，构陷我有谋反之心，再加上贪财好功的人出来作证，这要是成功了，我们家九族都会被碎成粉末的，到时候就算咬肚脐眼都来不及了。现在家中院落空荡荡没有空间，四门都开着，想要陷害的人就算向皇上进谗言，也没有罪名加给我，我就是为了这个。"孩子们都表示很佩服。《郭氏旧史》说：辛云景曾经是郭子仪的吏使，后来升任潭州都督，将要辞别郭子仪时，却好几天都见不到他。于是，夫人王氏以及赵氏爱女对辛云景说："你去吧，我们替你跟郭令公说。"辛云景便在庭内礼拜。夫人王氏在屋子里傅粉打扮，说："我很高兴，你找到了一个吃饭的地方。"赵氏爱女在阶旁洗手，让辛云景给他打水。夫人说："让他走吧。"辛云景才快步离开。

唐代宗永泰元年期间，大将仆固怀恩去世，各番外民族联合进攻京城，郭子仪统领众人抵御外敌。到了泾阳，番外各族的军队已经会合。郭子仪率领兵士两千人御敌。外族首领头目问："领兵的这个人是谁？"手下回答："此人是郭令公。"回纥首领说："郭令公怎海，令公殂谢，中国无主，故某来。今令公在，天可汗在乎？”子仪报曰：“皇帝万寿无疆。”回纥皆曰：“怀恩欺我。”子仪使谕之。回纥曰：“令公若在，安得见之？”子仪出。诸将皆曰：“戎狄不可信也，请无往。”子仪曰：“虏有数十倍之众，今力不敌，奈何？但至诚感神，况虏乎？”诸将请选铁骑五百为从，子仪曰：“此适足为害也。”及传呼曰：“令公来！”初疑，皆持兵注目以待之。予仪乃数十骑徐出，免胄劳之曰：“安乎？久同忠义，何至于是。”回纥皆舍兵降马曰：“是吾父也。”

子仪长六尺余，貌秀杰。于灵武加平章事，封汾阳王，加中书令。图形凌烟阁，加号尚父，配飨代宗庙庭。有子八人，婿七人，皆重官。子暧，尚升平公主，诸孙数十人。每诸生问安，颔之而已。事上诚荩，临下宽厚。每降城下邑，所至之处必得志。前后连罹幸臣程元振、鱼朝恩等，谮毁百端。时方握强兵，或临戎敌，诏命征之，未尝以危亡回顾。亦遇天幸，竟免患难。

田承嗣方跋扈，狠傲无礼，子仪尝遣使至魏州，承嗣辄望拜，指其膝谓使者曰：“此膝不屈于人若干岁矣，今为公拜。”麾下老将若李怀光辈数十人，皆王侯重贵，子仪麾指进退如仆隶焉。始光弼齐名，虽威略不见，而宽厚得人过之。岁入官俸二十四万，私利不预焉。其宅在亲仁里，居其地四分之一，通永巷，家人么还在世？仆固怀恩和我说，大唐的皇帝已经放弃了他的江山，郭令公也死了，中国没有主人了，我才过来的。现在郭令公还在，大唐的皇帝也在吗？”郭子仪派人来说：“我们皇帝万寿无疆。”回纥头领说：“仆固怀恩骗了我们。”郭子仪派人过来传话。回纥头领说：“郭令公真的在吗，我能见见他吗？”郭子仪准备出去会见他。手下诸位将领都说：“戎狄的人不能相信，请不要过去。”郭子仪说：“外族人的部队是我们的十几倍之多，我们的军队打不过他们，这有什么办法？至诚的精神是可以感动上天的，更何况是外族人呢？”各位将领想要挑五百个骑兵做他的护卫，郭子仪说：“这件事做出来肯定是自找麻烦的。”命令人前去呼喊：“郭令公来了！”少数民族首领刚开始不相信，全部都拿着兵器严阵以待。郭子仪率领十几个骑兵缓缓走出，除去头盔说：“你们还好吗？你们忠于朝廷这么久，又为什么要做这些事呢？”回纥首领和兵士都下马然后说：“这是我们父辈的事情。”

郭子仪身长六尺有余，仪表堂堂。唐肃宗在灵武封他为平章政事，又封他为汾阳王，然后加中书令官职。将他的画像挂在凌烟阁，又加封号为尚父，去世后配享代宗庙庭的供奉。郭子仪共有儿子八人、女婿七人，全都是很重要的官职。儿子郭暖，娶了升平公主。共有几十个孙子孙女。每次过来请安的时候，他只是点点头罢了。郭子仪对上忠于国家，对下宽厚待人。每次打下城池，所到的地方打仗都会顺利。幸臣中的程元振、鱼朝恩这些人，很多次诋毁污蔑他。之前他率领重兵，或是作战期间，接受皇帝召见的命令，都没有因为担忧过自己的生命安全而退缩。也算是上天保佑，他一直都十分平安。

田承嗣嚣张跋扈，傲慢且无礼，郭子仪曾经派遣使者到魏州，田承嗣前去拜访，指着自己的膝盖对使者说：“我这个膝盖已经很多年没有向别人屈膝了，近日就为了郭令公破例吧。”郭子仪麾下的老将像李怀光等人，都是封过王侯的重臣，郭子仪指挥他们十分自然就像自己的奴仆一样。当年郭子仪和李光弼齐名，虽然威严略有不同，但是在宽厚待人这方面是超过李光弼的。郭子仪家中每年的俸三千，相出入者，不知其居。代宗不名，呼为大臣。天下以其身存亡为安危者殆二十年。校中书令考二十四年，权倾天下而朝不忌，功盖一代而主不疑，侈穷人欲而君子不罪。富贵寿考，繁衍安泰，终始人伦之盛无缺焉。卒年八十五。（出《谭宾录》）

宋则

宋则家奴执弩弦断，误杀其子，则不之罪。（出《独异志》）

禄有二十四万两，其他私下的收入未在其中。郭子仪住在长安的亲仁里，宅子占了整个亲仁里的四分之一，亲仁里的巷子四处通达，郭子仪的家人奴仆共有三千人，有从亲仁里出入的人，都不知道哪一家是郭子仪的宅子。唐代宗从来不叫他的名字，只唤为大臣。天下的安危靠他支撑了二十年。他做中书令一共二十四年。权力大到一人之下万人之上而朝廷并不忌惮，功劳是这一代里面最大的而皇帝从不怀疑，生活十分奢侈但是没人对他不满。郭子仪一生富贵安康，子孙繁衍顺利，终生享受天伦之乐没有遗憾。去世的时候八十五岁。（出《谭宾录》）

宋则

宋则家奴拉弓的时候拉断了弓弦，不小心将他的儿子射死，宋则并没有追究他的罪过。（出《独异志》）

卷第一百七十七　器量二

陆象先

唐陆兖公象先为同州刺史，有家僮遇参军不下马，参军欲贾其事，鞭背见血，曰：“卑吏犯公，请去。”兖公从容谓之曰：“奴见官人不下马，打也得，不打也得。官人打了，去也得，不去也得。”参军不测而退。（出《国史补》）

元　载

鱼朝恩于国子监高坐讲《易》，尽言鼎卦，以挫元载、王缙。是日，百官皆在，缙不堪其辱，载怡然。朝恩退曰：“怒者常情，笑者不可测也。”（出《国史补》）

董　晋

董晋与窦参同列，时政事决在窦参，晋但奉诏唯诺而已。既而窦参骄盈犯上，德宗渐恶之。参讽晋，奏给事中窦申为吏部侍郎。上正色曰：“岂不是窦参遣卿奏也？”晋不敢隐讳。上因问参过失，晋具奏之。旬日，参贬官。晋累上表辞官，罢相，受兵部尚书，寻除东都留守。会汴州节度李万荣疾甚，其子乃为乱。以晋为汴州节度使。

陆象先

唐朝陆兖公陆象先做同州刺史时期，他的家僮在路上遇到参军没有下马行礼，参军想将这件事宣传出去，将家僮的背部用马鞭打得出了血，然后对陆象先说："卑职冒犯了刺史大人，请让我离开吧。"陆象先从容地说："家里奴才遇见参军没有下马，打也可以，不打也可以。参军既然已经打了，那走也可以，不走也可以。"参军参不透他什么意思便自行离开。（出《国史补》）

元 载

鱼朝恩在国子监高坐讲解《易经》，说了很多关于八卦的事情，用来挫败元载和王缙。当天，文武百官大多都在场，王缙不堪侮辱十分愤怒，但是元载却怡然自得。鱼朝恩讲完后退下来说："听到这些发怒是人之常情，面带笑容的最让人琢磨不透。"（出《国史补》）

董 晋

唐德宗时期董晋和窦参都是宰相，关于时事政治的事情都由窦参决断，董晋只会按照皇上的命令唯唯诺诺地听从。慢慢窦参变得骄傲自满目中无人，唐德宗对他也很不满。窦参命令董晋，让他上奏给皇上让给事中给窦申做吏部侍郎。唐德宗正色道："这是不是窦参让你过来上奏的？"董晋说了实话不敢隐瞒。唐德宗问窦参是否有什么过错，董晋将知道的全部禀告。过了几天，窦参被贬官。董晋也上奏了好几次想要辞官，唐德宗便免了宰相之位，重新将他任命为兵部尚书。后来又想让他去洛阳驻守。刚好赶上汴州节度使李万荣病情严重，他的儿子叛逆作乱，朝廷便将董晋任命为汴州节度使。

时晋既授命，唯将判官傔从十数人，都不召集兵马。既至郑，瑄武将吏都无至者。晋将吏及郑州官吏皆惧，共劝晋云：“都虞候邓惟恭合来迎候。承万荣疾甚，遂总领军事，今相公到此，尚不使人迎候，其情状岂可料耶？恐须且回避，以候事势。”晋曰：“某奉诏为汴州节度使，准敕赴任，何可妄为逞留。”人皆忧其不测，晋独恬然。来至汴州数十里，邓惟恭方来迎候，晋俾其不下马。既入，仍委惟恭以军众。惟恭探晋何如事体，而未测浅深。

初万荣既逐刘士宁，代为节度使，委兵于惟恭。及疾甚，李乃归朝廷。惟恭自以当便代居其位，故不遣候吏，以疑惧晋心，冀其不敢进，不虞晋之速至。晋之速至留以近，方迎，然心常怏怏。惟恭以骄盈慢法，潜图不轨，配流岭南。朝廷恐晋柔懦，寻以汝州刺史陆长源为晋行军司马。晋宽厚，谦恭简俭，每事因循多可，兵粗安。长源性滋彰云为，请改易旧事，务从峭刻。晋初皆许之，及案牍已成，晋乃且罢。又委钱谷支计于判官孟叔度，轻佻，好慢易军人，人皆恶之。

晋卒于位。卒后十日，汴州大乱，杀长源、叔度，军人脔食之。长源轻言无威仪，自到汴州，不为军州所礼重。及董晋疾亟，令之节度晋后事，长源便扬言：“文武将吏多弛慢，不可执守宪章，当尽以法绳之。”由是人人怨惧。叔度性亦苛刻，又纵恣声色，数至乐营，与诸妇人戏，自称孟郎。由是人轻而恶之。（出《谭当时董晋接受诏令，只带了十几个判官和随从一起出发，连兵马都没有召集。抵达郑州，瑄武军的人并没有来接他。董晋的部下和郑州官吏十分惧怕，大家都劝董晋说：“汴州节度府的都虞侯邓惟恭理应过来迎接我们的。他现在趁李万荣病重，夺取了总领军事兵权，现在大人到了这里，他也没有让人来迎接，他怎么想的我们根本无法预料。恐怕我们需要暂时回避一下，静待时机。”董晋回答说：“我奉陛下的命令任职节度使，需要准时上任，没有理由在这里逗留不止。”众人都很忧心他会遭遇不测，只有董晋自己毫不担心。到了离汴州几十里外的地方，邓惟恭方迟迟前来迎接，董晋看他并不下马。到了节度衙门，依然让邓惟恭负责之前的军事。邓惟恭只清楚董晋是朝廷派来的节度使，但不清楚他的深浅。

当初李万荣将前任节度使刘士宁驱逐，自己做了节度使，然后将兵权交给邓惟恭。等到他生病，李万荣才表示归顺并接受朝廷的管制。邓惟恭觉得自己理所应当替代李万荣成为节度使，所以不派人去接董晋，想以此让董晋有所疑惧，希望董晋害怕不敢进汴州，没想到董晋会来得这样快。董晋快到并临近汴州时，邓惟恭才前去迎接，但心里感到不快。董晋以邓惟恭骄纵傲慢、暗中图谋不轨的罪名，将邓惟恭发配到岭南，朝廷又害怕董晋软弱，派遣汝州刺史陆长源，做董晋的行军司马。董晋个性宽厚，待人谦恭有礼，每次决定事情都按照之前的制度去做，部队也大致安分。陆长源性格开朗好动，处理军务的时候想要按照自己的意思来做，更改旧制并要求甚严。董晋刚开始也全都同意，等到陆长源将具体方案制定好，董晋又不同意实行。董晋将管理钱粮的事派给判官孟叔度，孟叔度为人轻浮，经常怠慢不尊重兵士，大家都讨厌他。

后来董晋在汴州节度使任上去世。去世后十天，汴州地方大乱，叛军将行军司马陆长源和节度判官孟叔度杀死，将他们的肉煮成粥给军人分来吃。陆长源说话太过随意没有威严，从他到汴州后，地方官员和将军都不在意他。等到董晋病重，命令陆长源在他死后负责主管军务，当时他就放大话说：“汴州的文官武将散漫没有规矩，不干正事也不守规矩，应该依法惩治。”因为这个其他人都对他又恨

宾录》）

裴度

裴晋公度为门下侍郎，过吏部选人官，谓同过给事中曰：“吾徒侥幸至多，此辈优一资半级，何足问也。一生注定未曾退量。”公不信术数，不好服食。每语人曰：“鸡猪鱼蒜，逢著则吃；生老病死，时至即行。”其器抱弘达皆此类。（出《因话录》）

又晋公在中书，左右忽白以印失所在，闻之者莫不失色。度即命张筵举乐，人不晓其故，窃怪之。夜半宴酣，左右复白印存，度不答，极欢而罢。或问度以其故，度曰：“此徒出于胥吏辈盗印书券耳。缓之则存，急之则投诸水火，不复更得之矣。”时人伏其弘量，临事不挠。（出《玉泉子》）

于頔

郑太穆郎中为金州刺史，致书于襄阳于司空頔。郑傲倪自若，似无郡使之礼。书曰：“阁下为南溟之大鹏，作中天之一柱。骞腾则日月暗，摇动则山岳颓。真天子之爪牙，诸侯之龟镜也。太穆孤幼二百余口，饥冻两京。小郡俸薄，尚为衣食之节。赐钱一千贯，绢一千匹，器物一千两，米一千石，奴婢各十人。”且曰：“分千树一叶之影，即是浓阴。减四海数滴之泉，便为膏泽。”于公览书，亦不嗟讶。曰：“郑使君所须，各依来数一半，以戎费之际，不全副其本望也。”

又怕。孟叔度为人苛刻，又放纵贪恋财色，经常去妓馆，和里面的女人调笑，自称之为孟郎。大家都十分看轻并厌恶他。（出《谭宾录》）

裴度

裴晋公裴度做门下侍郎时，前往吏部挑选官员，与一起过去的给事中说：“我升官的路途有很多侥幸事件，我这辈的人想要升个一级半级很难，都没有我的机遇好。我这一生都没有想过会被贬官。”裴度之前不相信算命之事，也不贪图衣裳吃食。经常和他人说：“鸡肉、猪肉、鱼肉等肉类，遇到了就吃，生老病死都是顺其自然，时间到了就死去。”他的气量就是这样十分弘大。（出《因话录》）

裴晋公做中书令时，左右的人忽然说官印丢失不见了，听到这件事的人都十分惊慌。裴度命令下人设宴唱歌跳舞，众人都不知道他是什么意思，私下觉得他很奇怪。等到夜深酒酣过半，左右的人又说官印还在，裴度并不回答，只是尽情娱乐。有人问裴度官印都丢了你为什么还这样，裴度回答说：“这肯定是手下的小官拿去偷偷盗印了。不着急处理官印就回来了，如果立马处理，这小官肯定着急会将它扔到水里或者用火烧了，这样就再也找不到了。”世人都说他气度弘大，遇事临危不惧。（出《玉泉子》）

于頔

郑太穆郑郎中之前身为金州刺史，给在襄阳的于司空写信。郑太穆信中语气随意傲慢，没有任何礼貌。信中说：“阁下就像南海的大鹏鸟，就像天上的砥柱。飞翔的时候日月都没有光芒，山岳也要为之动摇。阁下也是天子的股肱之臣，是诸侯官员的模板。我郑太穆家中共有二百多口人，在东西两京两个地方忍冻挨饿。我管理的地方小俸禄很少，一直需要勤俭节约为衣食操劳。所以想请你给我一千贯钱、一千匹绢布、一千两银两用来买器物，一千石大米，然后再给我十名奴婢。”并且还说：“这对你来说就像是千树之一叶不足挂齿，但对我来说就是大树遮阴。对你来说就像是四海里面的几滴水，对我便是汪洋恩泽。”于頔看完信，并不感到惊讶也没叹气。说：“郑太穆需又有匡庐符戴山人，遣三尺童子，赍数尺之书，乞买山钱百万。公遂与之，仍加纸墨衣服等。又有崔郊秀才者寓居于汉上，蕴积文艺，而物产罄县。无何与姑婢通，每有阮咸之纵。其婢端丽，饶音伎之能，汉南之最姝也。姑贫，鬻婢于连帅，连帅爱之。以类无双，给钱四十万，宠盼弥深。郊思慕无已，即强亲府署，愿一见焉。其婢因寒食果出，值郊立于柳阴，马上连泣，誓若山河。崔生赠之以诗曰："公子王孙逐后尘，绿珠垂泪滴罗巾。侯门一入深如海，从此萧郎是路人。"或有嫉郊者，写诗于座。于公睹诗，令召崔生，左右莫之测也。郊甚忧悔而已，无处潜遁也。及见郊，握手曰："侯门一入深如海，从此萧郎是路人。便是公制作也？四百千小哉，何惜一书，不早相示。"遂命婢同归。至帏幌奁匣，悉为增饰之，小阜崔生矣。

初有客自零陵来，称戎昱使君席上有善歌者，襄阳公遽命召焉。戎使君不敢违命，逾月而至。及至，令唱歌，歌乃戎使君送伎之什也。公曰："丈夫不能立功业，为异代之所称，岂有夺人姬爱，为己之嬉娱。"遂多以缯帛赠行，手书逊谢于零陵之守也。云溪子曰："王敦驱女乐以给军士，杨素归德言妻。临财莫贪，于色不吝者罕矣。时人用为雅谈。历观相国挺特英雄，未有于襄阳公者也。"戎使君诗曰："宝钿香娥翡翠裙，妆成掩泣欲行云。殷勤好取襄王意，莫向阳台梦使君。"（出《云溪友议》）

要的东西，按照数量都给一半吧，现在军费花费太大，不能全部都如他的心愿。”

在匡卢又有一个叫符戴的山人，他派了一个小书童带着亲手写的信找到于頔，想要乞求于頔给一百万钱将匡卢山买下来。于頔便给了他，还赠送了纸墨和各种衣服。另外还有一个叫崔郊的秀才住在汉上，他擅长艺术，住的是一个贫穷的县。崔郊与姑姑的婢女私通，经常不拘礼法也不约束自己的行为。此婢女生得貌美端丽，歌舞弹唱都很厉害，在汉南属于最美的女人了。崔郊姑姑家境贫寒，将婢女卖给于頔，于頔十分喜爱这个婢女。觉得她容貌无双，给了四十万枚钱，宠爱更深。崔郊十分思念这个婢女，于是独自跑到于頔府邸附近，希望可以见她一次。这个婢女果然在寒食节当天出门，崔郊当时正等在柳树下，相见后两人相拥而泣，在山水间发誓永不分开。崔郊赠给她一首诗说：“公子王孙逐后尘，绿珠垂泪滴罗巾。侯门一入深如海，从此萧郎是路人。”旁边有人嫉妒崔郊，将诗记下来给众人看。于頔也看到诗，令人将崔郊召唤过来，左右人都不知道他什么意思。崔郊自己也很害怕担心，但是又没地方可以逃。于頔见了崔郊，握着他的手说：“侯门一入深如海，从此萧郎是路人。这首诗是先生写的吗？四十万钱只是一个小数目，怎么能比上这首诗，先生应该早点写信告知我。”于是命令女婢和崔郊一起离开。至于妆匣首饰，全都相赠并给予了丰厚的嫁妆，崔郊夫妻这下也算小有家产了。

之前客人从零陵来，说在太守戎昱家宴席上看到一个歌唱很好听的女子，于頔于是让人召她过来。戎昱官职卑微不敢违抗，一个多月后将那女子送过来。到了后，于頔让她唱歌，那女子唱的歌和所用的乐器都是戎昱赠送的。于頔说：“大丈夫应该建功立业，成为后代的典范，岂能在这里夺人所爱，用来自己开心玩乐呢？”于是送给女子丰厚的赠礼，亲自写信并向戎昱致歉。云溪子说：“晋朝王敦曾经把乐伎送给军士，隋朝杨素将赵德言的妻子归还于他。他们都是贪财好色的榜样，在财色上不吝啬的人十分少见。世人将这种行为称之为雅谈。纵观历代成为宰相的人，都没有可以超越于頔这种器量弘大的。”戎昱写的歌词是：“宝钿香娥翡翠裙，妆成掩泣欲行

武元衡

武黄门之西川，大宴。从事杨嗣复狂酒，逼元衡大觥，不饮，遂以酒沐之，元衡拱手不动。沐讫，徐起更衣，终不令散宴。（出《乾𦠆子》）

李 绅

李相绅镇淮南。张郎中又新罢江南郡，素与李隙，事具别录。时于荆溪遇风，漂没二子，悲戚之中，复惧李之仇己，投长笺自首谢。李深悯之，复书曰："端溪不让之词，愚罔怀怨。荆浦沉沦之祸，鄙实悯然。"既厚遇之，殊不屑意。张感涕致谢，释然如旧交，与张宴饮，必极欢醉。

张尝为广陵从事，有酒妓尝好致情，而终不果纳。至是二十年，犹在席。目张悒然，如将涕下。李起更衣，张以指染酒，题词盘上，妓深晓之。李既至，张持杯不乐。李觉之，即命妓歌以送酒。遂唱是词曰："云雨分飞二十年，当时求梦不曾眠。今来头白重相见，还上襄王玳瑁筵。"张醉归，李令妓随去。（出《本事诗》）

又

刘尚书禹锡罢和州，为主客郎中。集贤学士李绅罢镇在京，

云。殷勤好取襄王意，莫向阳台梦使君。”（出《云溪友议》）

武元衡

武元衡官职为黄门侍郎，前往西川，地方设宴款待他。宴会上西川从事杨嗣喝了很多酒，逼着武元衡也用大酒杯喝酒，武元衡拒绝不喝，杨嗣就把酒浇在他身上说给他洗澡，武元衡拱手不动。等他浇完酒，才慢慢站起来更衣，这才没有让宴会冷场。（出《乾𦠆子》）

李 绅

李丞相绅官职为淮南节度使。有张姓郎中在江南郡守任上罢官，此人素来和李绅有嫌隙，做事总是和他对着来。这人罢官后遇到风翻船，两个儿子都被淹死，十分悲痛自己的不幸，他害怕会遭到李绅的报复，便写了长信致歉。李绅十分怜悯他，于是在回信中说：“之前有过的争论，我肯定不会怨恨。对于江上发生的灾难，我内心十分难过。”用这种方式对待张郎中，李绅仍然觉得做得不好。张郎中感动流涕，两人冰释前嫌重新做了很好的朋友，李绅每次和张郎中喝酒，都喝得十分痛快。

张郎中之前在广陵当官，和一位风尘女子相处极好，但是最终没有成为眷属。等到二十年后，在李绅家中喝酒。与该女子相逢，两人四目相对，眼泪很快流下来。李绅起身去换衣服的工夫，张郎中用手指蘸着酒，在木盘上写上词，这名女子暗暗记住词。李绅回来后，张郎中端着酒杯不怎么开心。李绅有所察觉，随即命令女子唱歌用来佐酒。女子便唱了刚记下的词：“云雨分飞二十年，当时求梦不曾眠。今来头白重相见，还上襄王玳瑁筵。”张郎中酩酊大醉，李绅便让该女子一同归去。（出《本事诗》）

又

刘尚书刘禹锡在和州任上罢官，改任职为主客郎中。此时集贤学慕刘名，尝邀至第中，厚设饮馔。酒酣，命妙妓歌以送之。刘于座上赋诗曰："鬟髻梳头宫样妆，春风一曲杜韦娘。司空见惯浑闲事，断尽江南刺史肠。"李因以妓赠之。（出《本事诗》）

卢 携

故相卢携为监察日，御史中丞归仁绍初上日，传语携曰："昔自渭东推事回，韛袋中何得有绫四十匹，请出台。"后携官除洛阳县令，寻改郑州刺史，以谏议征入。至京，除兵部侍郎，入相。自洛阳入相一百日。数日，问何不见归侍郎，或对云："相公大拜请假。"携即除仁绍兵部尚书，人情大洽也。（出《闻奇录》）

归崇敬

归崇敬累转膳部郎中，充新罗册立使。至海中流，波涛迅急，舟船坏漏。众咸惊骇，舟人请以小艇载。崇敬曰："舟人凡数十百，我岂独济？"逡巡，波涛稍息，举舟竟免为害。（出《谭宾录》）

夏侯孜

夏侯孜，有王生与孜同在举场。王生有时价，孜且不侔矣。尝落第，偕游于京西凤翔，连帅馆之。一日，从事有宴召焉。酣，从事以骰子祝曰："二秀才明年若俱得登第，当掷堂印。"王生自负才雅，如有得色，怒曰："吾诚浅薄，与夏侯孜同年乎？"不悦而去。孜及第，累官至宰相。王生竟无所闻。孜在蒲津，王生之子不知其士李绅也从任上罢官归京，他仰慕刘禹锡的大名，便邀请他到家里赴宴，准备了丰盛的酒席宴请。喝完酒后，李绅让一个美妙的歌妓唱歌献给刘禹锡。刘禹锡便在席上赋诗说："髼髼梳头宫样妆，春风一曲杜韦娘。司空见惯浑闲事，断尽江南刺史肠。"李绅听到后便将歌妓送给他。（出《本事诗》）

卢 携

之前卢携做监察御史时期，归仁绍刚刚升任为御史中丞，他传话给卢携说："你以前在浉东做推事回来后，驮的袋子里面有四十匹绫子，请将这些拿到御史台。"后来卢携做洛阳县令，又改做郑州刺史，以谏议大夫官职被征入朝。到了京城，又被任命为兵部侍郎，随即又任职宰相。卢携从洛阳县令到成为宰相也不过是一百天而已。没过几天，卢携问为什么没有看到归侍郎呢，于是有人回答他："在你举行宰相仪式的时候他便请假了。"卢携立即提拔归仁绍做了兵部尚书，所有的人都十分欣喜。（出《闻奇录》）

归崇敬

归崇敬经过几次升迁后任职膳部郎中，还充当了新罗册立使。乘船到新罗，大海中波涛汹涌，坐的船坏了开始漏水。船上的人都十分害怕，开船的人说先将归崇敬用小船带走。归崇敬说："船上还有这么多人，我怎么可以独自逃跑？"船还是不能行进，等到海浪稍微平静，船上的人都没有受伤。（出《谭宾录》）

夏侯孜

夏侯孜，与王姓读书人一起参加科举考试。王姓考生有很高的声望，夏侯孜没有办法比较。但两人全都没有考中，于是结伴去游玩京西凤翔，在节度使处居住。有一日，节度府的从事开了宴会请他们一起。喝得酒酣，从事拿出骰子对他们说："两位秀才明年如果都可以考中，那就会掷一个印堂出来。"王姓学子觉得自己学问极好，本故，偶获孜与父平昔所尝来往事礼札十数幅，皆孜手迹也。欣然掣之以谒孜，孜即见，问其所欲，一以依之。即召诸从事，以话其事。（出《玉泉子》）

陈敬瑄

陈太师敬瑄虽滥升重位，而颇有伟量。自镇西川日，乃委政事于幕客，委军旅于护戎。日食蒸犬一头，酒一壶。一月六设曲宴。即自有平生酒徒五人狎昵。焦菜一碗，破三十千。常有告设吏偷钱，拂其牒而不省。营妓玉儿者，太师赐之卮酒，拒而不饮，乃误倾泼于太师，污头面，遽起更衣。左右惊忧，立候玉儿为齑粉。更衣出，却坐，又以酒赐之。玉儿请罪。笑而恕之。其宽裕率皆此类。（出《北梦琐言》）

葛周

梁葛侍中周镇兖之日，尝游从此亭。公有厅头甲者，年壮未婿。有神彩，善骑射，胆力出人。偶因白事，葛公召入。时诸姬妾并侍左右，内有一爱姬，乃国色也，专宠得意，常在公侧。甲窥见爱姬，目之不已。葛公有所顾问，至于再三，甲方流眄于殊色，竟忘其对答。公但俯首而已。既罢，公微哂之。或有告甲者，甲方惧，但云神思迷惑，亦不计忆公所处分事。数日之间，虑有不测之罪。公知其忧甚，以温颜接之。未几，有诏命公出征，拒唐师于河来还挺得意的，听了这话生气地说："我知道我学识浅薄，但也不至于和夏侯孜同年考中！"脸色很不高兴地离开。第二年夏侯孜考中及第，官运亨通后来做到了宰相。王姓学子却无人问津。夏侯孜在蒲津做官时期，王生的儿子不明情况，偶然间看到夏侯孜与父亲来往的书信和礼品单子有十几副之多，且都是夏侯孜亲笔。他高兴地拿着这些东西去见夏侯孜，夏侯孜接见他，问他有什么想要的，并且全部照办，而且还召集他的属下，说起了当年的事情。（出《玉泉子》）

陈敬瑄

陈太师陈敬瑄升任高官的过程有点稀里糊涂，但他为人十分大度。自从镇守西川以来，便将行政事务都交给幕僚处理，将军务委托给手下的部将。他每天蒸吃一条狗，喝一壶酒。每个月设置六次宴会款待众人。经常和当时五个关系好的酒徒一起狎妓喝酒。吃一桌菜，大概就花掉三十千钱。有人来上报说管钱人自己偷钱用，他把报告丢到一边不去理会。军妓中有个叫玉儿的，陈敬瑄赏赐酒给她，玉儿拒绝不喝，还失误将酒泼向陈敬瑄，陈敬瑄的头、脸都脏了，于是起身换衣服。左右的人十分惊慌，猜想玉儿可能会被剁成肉酱。陈敬瑄换了衣服出来，坐下后没发火，还再次赏酒给玉儿喝。玉儿请罪，陈敬瑄笑着宽恕了她。陈敬瑄待人坦率宽厚大概就是这样的。（出《北梦琐言》）

葛　周

梁代葛侍中葛周镇守兖州时期，曾出游坐在亭中。手下有一个传事的小头目甲，正直壮年尚未娶妻生得颇为英俊，擅长骑马射箭，胆色过人。偶然间有事禀报，葛周召他觐见。当时他的侍妾在左右伺候。其中有一个宠妾，国色天香，葛周十分专宠，常常让她在身边伺候。甲见到这爱妾，一直看停不下来。葛周有事情问他话，问了好几次，甲都留恋这绝美的容貌，竟然忘记回话。葛周只是摇了摇头而已。之后，便有些生气。有人告诉甲这件事，甲十分害怕，只是说自己当时神思不清楚，也将葛周吩咐的事情忘记了。好几天都担心自己会上。时与敌决战，交锋数日，敌军坚阵不动。日暮，军士饥渴，殆无人色。公乃召甲谓之曰：“汝能陷此阵否？”甲曰：“诺。”即揽辔超乘，与数十骑驰赴敌军，斩首数十级。大军继之，唐师大败。

及葛公凯旋，乃谓爱姬曰：“大立战功，宜有酬赏，以汝妻之。”爱姬泣涕辞命，公勉之曰：“为人之妻，可不愈于为人之妾耶？”令具饰资妆，其直数千缗。召甲告之曰：“汝立功于河上，吾知汝未婚，今以某妻，兼署列职，此女即所目也。”甲固称死罪，不敢承命。公坚与之，乃受。噫！古有绝缨盗马之臣，岂逾于此。葛公为梁名将，威名著于敌中。河北谚曰，“山东一条葛，无事莫撩拨”云。（出《玉堂闲话》）

不会被处罚。葛周知晓他有些害怕，便十分温和对待他。没过多久，有诏命让葛周率部出征，在河上抵御唐师。两军在河上决战。连续交锋好几天，唐师队伍丝毫不乱。傍晚时分，士兵饥渴难耐，疲惫得好像死人一样。葛周便把甲召唤过来说：“你能攻破这个阵法吗？”甲说：“可以。”随即骑上马，率领几十个骑兵去往敌军，杀了敌方几十个人。葛周率领大部队赶紧跟上，随即大败唐师。

葛周凯旋归来，便对他的爱妾说：“甲立了很大的功劳，我应该重赏给予酬劳，你去做他的妻子吧。”爱妾流着眼泪推辞。葛周继续勉励她说：“你去做他的正房妻子，还不比做我的侍妾好吗？”并且帮她准备了嫁妆，价值几千缗。然后葛周把甲召来说：“你在河上战争中立了大功，我知道你还没有成亲，现在将某赏赐于你做妻子，你以后不管做到什么职位，这个女子都是你需要一直关注的人。”甲连忙称自己死罪，不敢答应。葛周坚持要给他，他才接受。噫，古代绝缨盗马的故事，也比不过葛周做的这件事。葛周是梁代名将，威名在敌军中十分响亮。河北有一条谚语说：“山东有个叫葛周的人，无事切莫要去撩拨他。”（出《玉堂闲话》）

卷第一百七十八　贡举一

总叙进士科

进士科，始于隋大业中，盛于贞观永徽之际。缙绅虽位极人臣，不由进士者，终不为美。以至岁贡，恒不减八九百。其推重，谓之白衣公卿，又曰一品白衫。其艰难，谓之三十老明经，五十少进士。其负倜傥之才，变通之求，苏张之辩说，荆聂之胆气，仲由之武勇，子房之筹画，弘羊之书算，方朔之诙谐，咸以是而晦之。修身慎行，虽处子之不若。其有老死于文场者，亦无所恨。故有诗曰："太宗皇帝真长算，赚得英雄尽白头。"李肇曰："进士为时所尚久矣，是故俊人由此出者，终身为文人。"故争名常切，为时所弊。其都会谓之举场；通称谓之秀才；投刺谓之乡贡；得第谓之前进士；互相推敬，谓之先辈；俱捷谓之同年；近年及第，未过关试，皆称新及第进士。所以韩中丞仪，常有知闻近过关试。议以一篇记之曰：短行轴了付三铨，休把新衔恼必先。今日便称前进士，好留春色与明年。有司谓之座主；京兆府考而升者，谓之等第；外府不试而贡者，谓之拔解；然拔解亦须预托人为词赋，非谓白荐。将试相保，谓之合保；群居而赋，谓之私试；造请权要，谓之关节；激扬声价，谓之还往。既捷，列姓名于慈恩寺塔，谓之题名；大宴于曲江亭子，谓之曲江会；曲江大会在关试后，亦谓闻喜宴。后同年各有所之，亦谓之为离会可也。籍而入选，谓之春闱；不捷而醉饱，谓之打毷氉；匿名造榜，谓之无名子；退而肄业，谓之过夏；执业以出，谓之夏课；挟藏入试，谓之书策：此其大略者也。其风俗系于先达，其制置存于有

总叙进士科

进士科，起源于隋炀帝大业时期，唐太宗贞观、高宗永徽年间才开始兴盛。臣子中无论地位多高，不是科举进士做官的，终究感觉很是遗憾。每年科举考试，举子有八九百人。大家推要举子，赞誉他们是“白衣公卿”，又被称为一品白衫。科举考试是很艰难的，经常有三十多岁还没有考中的老明经，五十岁考中进士还能称为少年进士。那些自恃风流倜傥、懂得变通，有张仪、苏秦的辩说之才，有荆轲、聂政的勇气胆量，有仲由的勇武果敢，有张良的足智多谋，有桑弘羊的精明书算，有东方朔的诙谐多智，都因这而晦暗。修身养性谨言慎行，如同处子一样洁身自好。有些人一生都没有考中进士，依然没有怨恨。所以有诗说：“太宗皇帝真长算，赚得英雄尽白头。”李肇说过：“进士被世人尊敬推崇了很长时间，所以由进士出身做官的人，才算真正的文人才子。”所以当时的读书人都争先恐后地参加科举，科举制度的弊端也很多。举子们参加初考的地方叫举场，考中的人统称为秀才；地方官名帖保送的称为乡贡；在京都会试考中的人统称为前进士；这些人互相推崇敬重，称之为先辈；同年科考的称之为同年；没有几年才考中进士，但是没有通过吏部主持考试的人都称为“新及第进士。”所以御史中丞韩仪，经常听说他刚通过了考试。有人用一首诗记录这件事，诗云：“短行轴了付三铨，休把新衔恼必先。今日便称前进士，好留春色与明年。”负责的主考官称之为座主；在京兆府参加考试通过的，称之为等第；从地方举荐未经考试，称之为拔解；然而拔解也需要提前托别人把自己的诗赋上进给考官，不是什么都没有就能得到举荐的。快要考试前要互相担保，称之为合保；众人一起学习诗词文章，称之为私试；请有权有势的人点拨，称之为关节；大家互相

司。虽然，贤者得其大者，故位极人臣，常十有二三；登显列十有六七，而元鲁山、张睢阳有焉，刘关、元修有焉。（出《国史补》）

进士归礼部

俊秀等科，此皆考功主之。开元二十四年，员外郎李昂性不容物，乃集贡士与之约曰："文之美恶，悉之矣。考校取检，存乎至公。如有请托于人，当悉落之。"昂外舅常与进士李权邻居相善，遂言之于昂，昂果怒，集贡人，数权之过。权谢曰："人或猥知，窃闻于左右，非求之也。"昂因曰："观众君子之文，信美矣。然古人云，瑜不掩瑕，忠也。其词或有不典雅，与众详之若何？"皆曰："唯。"权出谓众曰："向之言，其意属我也。昂意在此，吾落必矣，又何籍焉。"乃阴求昂瑕。

他日，昂果摘权章句小疵，榜于通衢以辱之。权拱而前，谓昂曰："礼尚往来，鄙文之不臧，既得而闻矣，而执事昔以雅什，尝闻推崇，称之为还往。京试结束考中后，将姓名列在榜单中贴在慈恩寺塔上，称之为题名；曲江亭设立宴会，称之为曲江会。曲江大会在关试通过之后，又称为“闻喜宴”。其后所有考中之人都有了自己的职位，这又称离会就行了。被地方举荐参加春天的乡试，称之为春闱；春闱没有考中的人，称之为鼫鼫；使用假名字参加考试的，称之为无名子；没有考中准备再考一次的，称之为过夏；带着写好的文章参加考试的，称之为夏课；拿着写好的小抄参加考试，称之为画策；科举考试的规矩大致就是这样。这些科举规矩都是先达们创立的，其中规章制度都记录在有司衙门。所以，有才能的贤者都会遵循这些要求，最后做到最高官位的，十人中有二三人都是如此；做到很明显职位的十个里面有六七个都是，其中元鲁山、张睢阳同样如此，刘关、元修也是这样的。（出《国史补》）

进士归礼部

京试俊秀科考试，都是由考功员外郎做主考官。唐玄宗开元二十四年年间，员外郎李昂性子倔强不容有瑕，考试前将所有参与考试的学生召集在一起约定说：“大家写的文章好坏，都可以在卷子里体现出来。考官批阅卷子，一定会十分公正。如果有请托说情的人，我会让这些人落榜的。”李昂的外舅之前跟进士李权住邻居相处得很好，于是去向李昂说情，李昂果然十分愤怒，召集了所有参加考试的贡生，数落李权犯的错。李权谢罪说：“我做了愚蠢的事，只是私下和身边人说了下，并没有让他们说情。”李昂说：“我看诸位的文章，写得都很好。但是古人说过，再好的玉石也有瑕疵，这是正确的。如果你们文章中有用词不合适的地方，我会详细地和大家说，可以吗？”众人都回答说：“是。”李权出去以后对其他人说：“员外郎刚才的话，主要是对我说的。李昂这样看我，我一定会落榜的，这样还有什么希望呢？”于是私底下搜集李昂的错处。

没几天，李昂果然从李权的文章中找出小瑕疵，将这些写在榜文中贴在集市羞辱李权。李权拱手向李昂行礼，站出来说：“礼尚往来，我文章写得不好，大家都知道了，但您之前的文章言论，很多于道路，愚将切磋，可乎？”昂怒而应曰：“有何不可！”权曰：“耳临清渭洗，心向白云闲，岂执事之词乎？”昂曰：“然。”权曰：“昔唐尧老耄，厌倦天下，将禅许由，由恶闻，故洗耳。今天子春秋鼎盛，不揖让于足下，而洗耳何哉？”昂闻惶骇，诉于执政，谓权狂不逊，遂下权吏。初昂强复，不受嘱请。及有势位，求者莫不允从。由是廷议以省郎位轻，不足以伏多士，乃命吏部侍郎专知焉。（出《摭言》）

府解

京兆府解送，自开元天宝之际，率以在上十人，谓之等第。必求名实相副，以滋教化之源。小宗伯倚而选之，或悉中第。不然，十得其七八。苟异于是，则往往牒贡院，请放落之由。暨咸通、乾符，则为形势吞爵临制，近同及第。得之者首相夸诧，车服多侈靡，不以为僭，仍期集人事，真实之士不复齿矣。所以废置不定，职此之由。（出《摭言》）

诸州解

同华解与京兆无异，若首送，无不捷者。元和中，令狐楚镇三峰，时及秋赋。榜云：“特置五场试。”盖诗、歌、文、赋、帖经为五。常年以清要诗题求荐者，率不减十数人。其年莫有至者，虽不远千里而来，闻是皆寝去。惟卢弘正独诣华请试。公命供帐酒馔，侈靡于往时。

人也都听说过，我想和您切磋一下，可以吗？”李昂生气地回答说：“这有什么不可以？！”李权说：“耳临清渭洗，心向白云闲。这是执事之前说过的话吗？”李昂说：“是的。”李权说：“之前的唐尧年纪太大，厌倦了天下政事，准备禅位于许由，许由不想听他说话，所以说要洗耳。当今天子春秋正盛，年富力强，没有禅让皇位给你的想法，那你洗耳是为何？”李昂听了以后十分惶恐，将这事向执政的上级报告，说李权狂妄出言不逊，于是将李权抓了起来。刚开始李昂主考很正直，不听任何人的求情。后来他很有势力以后，向他求情的人他都没有拒绝。因为此事廷议认为考功员外郎职务不高，不能让众多读书人服从，于是后来都让吏部侍郎专管科举考试。（出《摭言》）

府　解

京兆府举荐学子的事情，是从唐玄宗开元、天宝年间开始的。每年举荐学子十人以上，称之为等第。要求必须名副其实，以巩固教化之基。小宗伯主持从这些人中选拔，他们有可能全部考中。不然，也有可能十个里面考中七八个。假如出现特殊情况，需要先告诉礼部贡院，然后由礼部贡院放榜后说明原因。到了咸通、乾符年间，很多制度都迫于形势改变，等第的人和同中第的人很相似。他们彼此之间互相夸赞吹捧，穿的衣服和坐的车十分奢靡，不觉得这种行为僭越，仍然期待集中在一起共事，真正有学问的人不齿与他们为伍。所以后来的废置不定，就是因为这些事情。（出《摭言》）

诸州解

各地方举荐的学子和京兆府的没什么区别，如果是举荐的第一名，大部分都可以考中。元和中期年间，令狐楚镇守着三峰，此时正值秋试期间。出榜说：“先举行五场考试。”五场考试分别是诗、歌、文、赋、帖经。之前很多举子都是通过诗歌求荐，一般会有十几个人。但今年一个都没有，有些人从千里之外而来，听说这个情况后华之寄客毕纵观于侧。弘正自谓独步。楚命日试一场，务精不务敏也。弘正已试两场，马植下解状。植将家子，从事辈皆窃笑。楚曰："此未可知。"既而试《登山采珠赋》。略曰："文豹且异于骊龙，采斯疏矣。白石又殊于老蚌，剖莫得之。"楚大伏其精当，遂夺弘正解头。后弘正自丞郎使判盐铁，俄而为植所据。弘正以手札戏植曰："昔日华元，已遭毒手。今来鹾务，又中老拳。"大中中，纥干峻与魏铢争府元，而纥干屈居其下。翌日，铢暴卒，时父皋方镇南海。由是为无名子所谤曰：离南海之日，应得数斤。当北斗之前，未销一捻。因此峻兄弟皆罢举。皆斯于时号张三头。进士状头，宏词敕头，京兆解头。（原缺出处，今见《摭言》卷二。）

试杂文

垂拱元年，吴道古等二十七人及第。榜后敕批云："略观其策，并未尽善。若依令式，及第者惟止一人。意欲广收，通滞并许及第。"后至调露二年，考功员外刘恩立奏，议加试帖经与杂文，文高者放入策。寻以则天革命，事复因循。至神龙二年，方行三场试。故恒列诗赋题目于榜中矣。（出《摭言》）

也都选择离开。只有卢弘正独自一人参加考试。令狐楚让人给他提供住处和酒食，待遇优厚超过往日。

令狐楚让幕僚毕纵在他身边观察他的言行举止。卢弘正只有自己一个人考试。令狐楚就下令每天只考一场，只追求质量而不追求速度。卢弘正刚考完两场试，马植也来参加考试。马植属于将门子弟，很多人私下嘲笑他和卢弘正一起考试。令狐楚说："这事还没有定论呢。"马值考试考《登山采珠赋》。里面这样说道："文豹和骊龙是不同的，去山上采珠子就能看出区别。白石和老蚌也是不一样的，割开石头不会得到珠子。"令狐楚觉得马植论述十分精准，于是夺了卢弘正的解头给马植。之后卢弘正做了丞郎使负责盐铁事务，但是收入又被马植占据。卢弘正自己写信取笑马值："当年考试你是第一名，现在这点事情都要伸毒手。"大中年间中期，纥干峻和魏铢竞争府试第一名，最后纥干峻遗憾落败。到第二天，魏铢突然暴毙，当时纥干峻父亲正在镇守南海，因此有无名氏匿名诽谤说：纥干峻的父亲离开南海的时候，一定会带回来很多钱。魏铢和纥干峻竞争第一期间，没人经受得住你捻一捻手指。因为这事，纥干峻的兄弟全都拒绝参加地方考试。张又新当时又被称之为张三头。进士科第一名称为"状头"，宏词科第一名称为"敕头"，京兆府的第一名称为"解头"。（原缺出处，今见《摭言》卷二。）

试杂文

武则天垂拱元年年间，吴道古和其余二十七人考中进士及第。考试发榜后批示说："略微看了下他们写的策略，并非尽善尽美。如果按照规定，考中的应该只有一个人。本来就打算多收些人，故而才让他们全都考中。"后来到调露二年，考功员外郎刘思上奏请示增加帖经和杂文的考试，帖经和杂文排名靠前的才能参加策论考试。没多久武则天便取代了唐政权，考试制度又恢复了之前的样子。到神龙二年，才开始施行三场的考试制度。所以后来考试题目中增加了诗和赋。（出《摭言》）

内出题

开成中，高谐知举。内出《霓裳羽衣曲赋》《太学创置石经诗》。进士试诗赋，自此始也。（出《卢氏杂说》）

放杂文榜

常衮为礼部，判杂文榜后云：“他日登庸，心无不锐。”通宵绝笔，恨即有余。所放杂文过者，常不过百人。鲍祭酒防为礼部，帖经落人亦甚。时谓之“常杂鲍帖”。（出《传载故实》）

放 榜

贞观初，放榜日，太宗私幸端门，见进士于榜下缀行而出，喜谓侍臣曰：“天下英雄入吾彀中矣。”进士榜头，竖粘黄纸四张，以毡笔淡墨，衮转书曰“礼部贡院”四字。或曰，文皇顷以飞帛书之。又云，象阴注阳受之状。进士旧例，于都省御考试，南院放榜。南院乃礼部主事受领文书于此。凡版样及诸色条流，多于此例之。张榜墙乃南院东墙也，别筑起一堵高丈余，外有壖垣。未辨色，即自北院将榜，就南院张之。元和六年，为监生郭东里决破棘篱，篱在壖垣之下，南院正门外亦有之。坼裂文榜，因之后来，多以虚榜自省门而出，正榜张亦稍晚。（出《摭言》）

又

郑薰知举，放榜日，唯舍人毕诚到宅谢恩。至萧仿放榜日，并

内出题

开成年间中期，高谐身为科举考试主考官。宫内出的题目是《霓裳羽衣曲赋》和《太学创置石经诗》。后来进士考试中增加诗和赋的题目，就是从这里开始的。（出《卢氏杂说》）

放杂文榜

常兖在礼部当官，批阅杂文考试试卷后说：“想要写的文章可以做到拜相的水平，绝对要有独特锐利的新意。”他虽然经常通宵达旦，但写出来的文章总是不满意。批阅能通过的杂文，经常不超过一百人。后来鲍防也做了礼部的祭酒，他在帖经上要求十分严厉。世人将他们称之为“常杂鲍帖”。（出《传载故实》）

放 榜

唐贞观初年。科举放榜之时，唐太宗私下来到端门，看到进士们从考试的榜下陆陆续续走出来，高兴地对侍臣说：“天下英雄人才都入了我朝。”进士榜榜头，竖着粘黄纸四张，写的字以淡墨为主，榜头的地方用大毛笔写“礼部贡院”四个字。有人说，这字应该是皇帝自己写的。也有人说，这字像是鬼神写的。进士考试的旧例，是需要经过礼部和皇帝考核的，考中的名单在南院张贴。南院是礼部主事官员受领文书的地方。但凡是书的版面模型以及各种体例、纲目，大多都陈列在这。张贴榜单的地方，是南院的东墙，东墙是专门盖的一丈高的墙，外面有房檐。天没亮的时候，先从北院把榜单拿出来，然后拿到南院去贴。元和六年，国子监的学生从东边过来看榜把棘篱墙给踩破了，篱在壖垣的下边，南院正门外面也有棘篱。贴榜单的墙也被推倒了，因为这样，后来变成了先由礼部贴一个虚榜，正式的榜单稍微晚点才贴出来。（出《摭言》）

又

郑薰做主考官的时候，放榜当日，只有舍人毕诚登门道谢。等到

无朱紫及门。时论诮之。(出《卢氏杂说》)

五老榜

天复元年，杜德祥榜，放曹松、王希羽、刘象、柯崇、郑希颜等及第。时上新平内难，闻放新进士，喜甚。诏选中有孤贫屈人，宜令以名闻，特敕授官。故德祥以松等塞诏，各授校正。制略曰："念尔登科之际，当予反正之年。宜降异恩，各膺宠命。"松，舒州人，学贾司仓为诗，此外无他能，时号松启事为送羊脚状。希羽，歙州人，词艺优博。松、希羽，甲子皆七十余。象，京兆人；崇、希颜，闽人。皆以诗卷及第，亦俱年逾耳顺矣。时谓五老榜。(出《摭言》)

谢 恩

放榜后，状元已下，到主司宅门，下马缀行而立，敛名纸通呈，门人并叙立于阶下，北上东向。主司列席褥，东面西向。主事揖状元已下与主司对拜。拜讫，状元出行致词，又退著行，各拜，主司答拜。拜讫，主司云："请诸郎君叙中外。"状元已下，各各齿叙，便谢恩。余人如状元礼。礼讫，主事云："请状元曲谢名第，第几人谢衣钵。"衣钵谓得主司名第。其或与主司先人同名第，即谢大衣钵，如践世科，即感泣而谢。谢讫，登，即状元与主司对座。于时公卿来看，皆南行叙座。饮酒数巡，便起，赴期集院。或云，此礼部不恒，即有于都省至谢，公卿来看者，或不坐而即回马也。三日后，又曲谢。其日，主司方一一言及荐导之处，俾其各谢挈维之力。苟特达而取，

萧倣做主考官的时候，放榜当日，并没有什么穿官服的人登门道谢。当时的人都讥笑萧倣。（出《卢氏杂说》）

五老榜

天复元年，杜德祥负责科考的事情，选了曹松、王希羽、刘象、柯崇、郑希颜五人考中进士。当时皇帝刚将内乱平定，听说开放了恩科进士榜，十分欣喜。皇帝下令说从里面挑选孤老贫困的人，他亲自授官。杜德祥用曹松等五人来搪塞，皇帝授予他们校正的官。授官的文书说："当你们考中进士的时候，恰好是我平定内乱之年。我会给予你们特殊的恩惠，各自领受皇命吧。"曹松乃舒州人士，学习的是贾谊、司马相如的诗词，除了这个没什么拿得出手的能耐，当时听闻曹松的为人处世像极了捧献羊腿的样子。王希羽，歙州人士，诗词琴棋都十分优秀。曹松和王希羽，都是年过甲子七十多岁的老人。刘象，京都人士；柯崇、郑希颜，都是福建人士。他们都是以诗出众考中进士的，也都是过了耳顺之年了。世人称他们为五老榜。（出《摭言》）

谢　恩

科考放榜之后，状元以下，需要率进士到礼部门前，下马缓慢行走，将所有人的名字写在纸上呈给主考官，其他人按照考试的排名并排站立在台阶下，从北面上台阶面向东边站立。主事官坐在席褥上，席褥在东边面朝西边。主事官请状元向其他主事官行礼，主事官回拜。行礼完毕，状元站出来致词，说完退回去，集体再行礼，主事官回礼。拜完后，主事官说："请各位谈谈朝里朝外。"于是，状元以下按照年龄排序发表了各自的看法，说完后便行礼谢恩。其他的人都像状元一样行礼。行礼结束，主事官说："请状元遍谢名第，排名第几的人要谢衣钵。"衣钵指的是主管考试官贞的排名，有些新中进士与主管官员先人考试排名一样，这就是"谢大衣钵"，如践世科，就是感动的流泪而谢。谢恩完毕，登座，就是状元按照规定坐在主考官前

亦要言之矣。(出《摭言》)

期集

谢恩后，方诣期集院。大凡未敕下已前，每日期集。两度诣主司之门。然三日后，主司坚请已，即止。同年初到集所，团司所由辈参状元后，更参众郎君。拜讫，俄有一吏当中庭唱曰："诸郎君就坐。"双东只西。其日醵罚不少。又出抽名纸钱，每人十贯文。其叙名纸，见状元，俄于众中骞抽三五个，便出此钱。铺底钱。自状元已下，每人三十贯文。(出《摭言》)

过堂

敕下后，新及第进士过堂。其日，团司先于光范门里东廊供帐，备酒食。同年于此候宰相上堂后，于时主司亦命召知闻三两人，会于他处。此筵罚钱不少。宰相既集，堂吏来请名纸。生徒随座主至中书，宰相横行，都堂门里叙立。堂吏通云："礼部某姓侍郎领新及第进士见相公。"俄而有一吏，抗声屈主司。及登阶，长揖而退。立于门侧，东向。然后状元以下叙立阶上。状元出行行，致词云："今月某日，礼部放榜，某等幸忝成名，皆在相公陶镕之下，不任感惧。"状元在左右，即云梦瞿。言揖退位。乃自状元已下，一一自称姓名讫。堂吏云："典客。"主司复长揖，领生徒退。诣舍人院，主司栏入。舍人公服鞹鞋，延接主司。然舍人礼貌谨敬有面。这时候其他的官员可以前来观看，观看的官员从南边进来依次坐下。喝过几巡酒，全部起身，退到期集院里面去。或者说，这一项礼部不固定。有在都省致谢，公卿前来观看，有人不坐就骑马返回的。等到三天后，再谢恩一次。当天，主事官会一一问他们文章以及举荐的官员，会指出他们各自看中谁的文章。如果有特殊的文章要选取，也同样要说出来。（出《摭言》）

期集

进士谢完皇恩后，然后去期集院集合。只要皇上的任职令还没下来，他们每天都要去集合。还要去两次主考官的衙门前。等到第三天后，主考官表示可以了，然后停止。同年考中的进士到期集园后，需要集体先参拜状元，然后同科再互相行礼。行礼过后，由礼部的官吏唱道："诸位进士们请就坐。"排名双数的坐在东边，单数的西边。当天喝酒，不喝的人要罚酒。然后每人出"抽名纸钱"、每个人十贯。写上各自的名字，交给状元，有时候只是抽三五个人出这个钱。铺底钱。从状元郎开始，每个人出三十贯钱。（出《摭言》）

过堂

任职诏命下来后，新考中的进士需要过堂。过堂当天，团司主事者先在光范门东边走廊设置坐席，准备酒菜。同年考中的进士们在这里等宰相就座，然后礼部主事官率领其他两三个人，在别的地方会合。看下办这次宴会需要花多少钱。宰相入座后，堂吏找来进士们的名单。进士们随着主事官的带领来到中书省，宰相横坐在前面，进士面对宰相站立。堂吏念道："礼部某侍郎领新考中进士及第参拜宰相大人。"随后又一个官吏上来，大声说所有人安静。然后登上台阶，行礼后退下。站立在门侧，面朝东边。然后从状元开始按照排名登上阶梯站立。状元独自出来，致词说："今月的某日，礼部放榜单，我们考中进士，都是因为宰相大人的指教，我们既敬畏您的威严，又感谢您的培养。"在状元左右的人，就是"云梦瞿"。说完以后行礼加，随事叙杯酒。然于阶前补席褥，舍人登席，诸生皆拜，舍人答拜。状元出行致词，答拜。又拜如初，便出。于廊下候主司出，一揖而已。当时诣宅谢恩，便致饮席。（出《摭言》）

题名

神龙已来，杏园宴后，皆于慈恩塔下题名，同年中推一善书者。已时他有将相，则朱书之。及第后，知闻或遇未及第时题名处，则为添前字。故昔人有诗云：“曾题名处添前字，送出城人乞旧衣。”（出《摭言》）

关试

吏部员外于南省试判两节，试后授春关，谓之关试。诸生谢恩，其日称门生，谓之一日门生。自此方属吏部矣。（原缺出处，今见唐《摭言》卷三。）

宴集

曲江亭子，安史未乱前，诸司皆有，列于岸浒。幸蜀之后，皆烬于兵火矣，唯尚书省亭子存焉。进士开宴，常寄其间。既撤馔，则移乐泛舟，都为恒例。宴前数日，行市骈阗于江头。其日，公卿家倾城纵观于此，有若东榻之选者十八九。钿车珠幕，栉比而至。或曰：乾符中，薛能为大京兆尹，杨知至将携家游。致书于退下。从状元之后，剩下的人一一报告自己的姓名和名次。堂吏继续说：“典客。”主事官向众官员行礼，领着进士们退下台阶。然后去到舍人院，主事官先进去。由舍人穿着官服鞋子，迎接主事官。舍人迎接的仪式需要礼貌、谦恭、有规矩，接着向进士们逐个敬酒。台阶上铺着席子和褥子，舍人登上就座，诸位进士向他行礼，舍人还礼。然后状元再出来致词，舍人继续还礼。重新再行礼，结束后离开。进士要在廊下等着主事官先离开，然后再行一次礼。这时就可以谢恩，随即开宴。（出《摭言》）

题名

唐中宗神龙时代以来，考中的进士参加过杏园宴之后，需要到慈恩塔下把名字一一写上去，同年考中的人推荐一位写字优秀的来写。如果这里面有做到将相的人，则用朱红色笔重新写一遍。中了进士后，如果是有及第前在别的地方题过名字，需要在前面添加一个前字。所以之前有人写诗说：“能在题名处加上前字的人，就算是丢弃的衣服也有人抢着要。”（出《摭言》）

关试

考中的进士先由吏部员外在南省问明情况试考两次，然后吏部颁发证明，称之为关试。考中的进士谢恩，称自己为天子门生，也叫作一日门生。从这以后这些人就归吏部负责分配。（原缺出处，今见唐《摭言》卷三。）

宴集

宴会的场地在曲江亭子，安史之乱没发生前，每个部门都有独自的曲江亭子，大部分建在水池边。唐玄宗逃到蜀地幸存后，亭子都被兵士放火烧了，只有尚书省的亭子还在。进士举行宴会，经常在曲江亭子举办。喝完酒后，可以移步到池上泛舟，这已经成为习惯。举办宴会之前的几天，进士们骑马列队从河边走过。当天，老百姓能，假舫子，已为新人所假。能答书曰：“已为四十子之鸠居。”知至得书，怒曰：“昨日郎吏，敢此无礼。”能自吏部郎中拜京兆少尹，权知大尹。

开成五年，李景让中榜。于时上在谅暗，乃放新人游宴，率常雅饮。诗人赵嘏以诗寄之曰：“天上高高月桂丛，分明三十一枝风。满怀春色向人动，遮路乱花迎马红。鹤驭迥飘云雨外，兰亭不在管弦中。居然自是前贤事，何必青楼倚翠空。”

宝历，杨嗣复具庆下，继放两榜。时於陵自东洛入觐，嗣复率生徒迎于潼关。既而大宴于新昌里第，於陵与所执坐于正寝，公领诸生翊坐于两序。时元白俱在，皆赋诗于席上，唯刑部侍郎杨汝士诗后成，元白览之失色。诗曰：“隔坐应须赐御屏，尽将仙翰入高冥。文章旧价留鸳掖，桃李新阴在鲤庭。再岁生徒陈贺宴，一时良史尽传馨。当时疏传虽云盛，讵有兹筵醉醁醽。”汝士其日大醉，归来谓子弟曰：“我今日压倒元白。”（出《摭言》）

和达官贵人们都可以观看评论，这些人里面十个有八九个都会被官员看中选为女婿。好车和珠宝贵重之物，鳞次栉比。有人说：乾符年间，薛能为京兆尹，杨知至准备携带家眷出门游玩。写信给薛能，想要借船出行。不过船已经被新的进士们借出去。薛能回信说："船已经被四十个进士占据了。"杨知至收到回信，生气地说："昨天还是一阶小官，今日就敢这么无礼。"薛能之前做的是吏部郎中小官，后来才升迁为京兆少尹，全权处理京兆府事宜。

唐文宗开成五年，李景让考中进士。当时皇上病情危重，放李景让来到宫内游玩赏宴，率领众人风雅地喝酒。诗人赵嘏写诗送给李景让说："汝士其日大醉。归来谓子弟曰：我今日压倒元白。天上高高月桂丛，分明三十一枝风。满怀春色向人动，遮路乱花迎马红。鹤驭回飘云雨外，兰亭不在管弦中。居然自是前贤事，何必青楼倚翠空。"

唐敬宗宝历年间，杨嗣几次上奏说庆州已经归顺朝廷，应该开放恩科两榜。当时，杨于陵从洛阳来到长安觐见皇帝，杨嗣复率领着进士们去潼关迎接。然后在自己府中开宴请，杨于陵和他带来的人坐在正位上，杨嗣复领着诸位进士们分别坐在两边。当时元稹和白居易都在现场，即兴在席间作诗，刑部侍郎杨汝士是最后写完的。元稹和白居易读了他的诗后大惊失色。杨汝士写的是："隔坐应须赐御屏，尽将仙翰入高冥。文章旧价留鸳掖，桃李新阴在鲤庭。再岁生徒陈贺宴，一进良史尽传馨。当时疏传虽云盛，讵有兹筵醉醁醽。"杨汝士当天喝得酩酊大醉。回去后和家中子弟说："我今天写的诗元稹和白居易都比不过。"（出《摭言》）

卷第一百七十九 贡举二

杜正玄

隋仁寿中，杜正玄、正藏、正伦，俱以秀才擢第。隋代举进士，总一十人，正伦一家三人。（出《谭宾录》）

李义琛

武德五年，李义琛与弟义琰，三从弟上德同年三人进士。义琛等陇西人，世居邺城。国初草创未定，家业素贫乏，与上德同居，事从姑，定省如亲焉。随计至潼关，遇大雪，逆旅不容，有咸阳商人见而怜之，延与同寝处。居数日，雪霁而去。琛等议鬻驴，以一醉酬之。商人窃知，不辞而去。复先赠以稻粮。琛后宰咸阳，召商人。与之抗礼亲厚。位至刑部侍郎、雍州长史。义琰相高宗，上德司门郎中。（出《摭言》）

陈子昂

陈子昂，蜀射洪人，十年居京师，不为人知。时东市有卖胡琴者，其价百万。日有豪贵传视，无辨者。子昂突出于众，谓左右：“可辇千缗市之。”众咸惊问曰：“何用之？”答曰：“余善此乐。”或有好事者曰：“可得一闻乎？”答曰：“余居宣阳里。”指其第处：“并具有酒，明日专候。不唯众君子荣顾，且各宜邀召闻名者齐

杜正玄

隋文帝仁寿时期，杜正玄、杜正藏、杜正伦三人，都从秀才考中了进士。隋代的进士考试，每年只录取十名，这一年杜正伦三兄弟全部考中。（出《谭宾录》）

李义琛

唐高祖武德五年时期，李义琛和弟弟李义琰，以及三堂弟李上德同年考中进士。李义琛几人是陇西人，祖辈世代居住在邺城。国家政权在建立初期尚不稳定，李义琛也是贫寒出身，他与上德一起住，跟随自己的姑姑，对待从姑就像亲生母亲一样。兄弟三人商量去潼关，路上遇到大雪，饥寒交迫没有地方住，有一位咸阳商人看他们可怜十分同情，于是邀请他们几人一起住。住了数天，雪天才过去。李义琛三人商量将骑的驴卖掉，请商人喝一次酒表示感谢。商人偷偷听到他们的计划，没有告别就离开了，并将事先准备好的粮食赠送给他们。后来李义琛做了咸阳县丞，将商人请来，用平等的礼仪招待。李义琛后来位居刑部侍郎又做了雍州长史。李义琰在唐高宗时期做了宰相，李上德做到了司门郎中。（出《摭言》）

陈子昂

陈子昂，四川省射洪县人士，居住在京城已经十年，没有人认识他。当时东边市场有个卖胡琴的人，胡琴价值百万。每日都有富贵之人前去观看，但并没有了解胡琴的人。陈子昂突然从人群中走出来，对左右的人说，我用一千缗来交换这个东西。众人都很惊讶地问："这个东西应该怎么用？"陈子昂回答说："我擅长这件乐器。"里面赴，乃幸遇也。”来晨，集者凡百余人，皆当时重誉之士。子昂大张宴席，具珍羞。食毕，起捧胡琴，当前语曰：“蜀人陈子昂有文百轴，驰走京毂，碌碌尘土，不为人所知。此乐贱工之役，岂愚留心哉！”遂举而弃之。舁文轴两案，遍赠会者。会既散，一日之内，声华溢都。时武攸宜为建安王，辟为记室，后拜拾遗。归觐，为段简所害。（出《独异志》）

王维

王维右丞年未弱冠，文章得名，性闲音律，妙能琵琶。游历诸贵之间，尤为岐王之所眷重。时进士张九皋声称籍甚，客有出入公主之门者，为其地，公主以词牒京兆试官，令以九皋为解头。维方将应举，言于岐王，仍求庇借。岐王曰：“贵主之强，不可力争，吾为子画焉。子之旧诗清越者可录十篇，琵琶新声之怨切者可度一曲，后五日至吾。”维即依命，如期而至。岐王谓曰：“子以文士请谒贵主，何门可见哉！子能如吾之教乎？”维曰：“谨奉命。”

岐王乃出锦绣衣服，鲜华奇异，遣维衣之，仍令赍琵琶，同至公主之第。岐王入曰：“承贵主出内，故携酒乐奉宴。”即令张筵，诸伶旅进。维妙年洁白，风姿都美，立于行，公主顾之，谓岐王曰：“斯何人哉？”答曰：“知音者也。”即令独奉新曲，声调哀切，满坐动容。公主自询曰：“此曲何名？”维起曰：“号《郁轮袍》。”公主大奇之。岐王因曰：“此生非止音律，至于词学，无出其右。”公主尤异之，则曰：“子有所为文乎？”维则出献怀中诗卷有好奇的人问：“我们有机会听到吗？”陈子昂说：“我就住在宜阳城里。我的地址就在这处，明天我会准备好酒，专门恭候。不光你们可以来光顾，还可以邀请一些有名的人一起来，这是我的荣幸。”第二天清晨，家中聚集了一百多人，都是颇具声望的人士。陈子昂大开宴席，都是好酒好菜。吃过饭后，起身捧出胡琴，陈子昂对客人们说：“四川蜀州人士陈子昂有文章好几百个卷轴，在京城奔走，碌碌无为并不受人重视。这个乐器并不值什么钱，我怎么会将它放在心上？”于是举起胡琴将它扔掉。然后将他写在帛上的文章拿出来摆了两案子，全部赠送给来的客人。聚会散了后，一天之内，陈子昂名满京都。当时武攸宜是建安王，请陈子昂做自己的记室，之后陈子昂又做拾遗。再后来回家省亲，被段简所害。（出《独异志》）

王维

王维年少尚未弱冠的时候，以文章写得好出名。比较喜欢音乐，琵琶弹得也好。在诸多亲贵之间来往，最看重他的是岐王。当时进士张九皋也有很高的名望，客人中有出入公主府的人，推荐张九皋的文章，公主写信给当时京都的主考官，命令他让张九皋做第一名解头。王维也想要参加考试，将此事告诉岐王，请求岐王帮助。岐王说把你之前的诗选出来十首清越的，琵琶曲子中比较怨切的也准备一曲，五天后再来我这里。之后王维按照约定，如期而至。岐王对王维说：“你现在用文士的身份去拜访公主，肯定见不到她！你能按照我教你的去做吗？”王维回答说：“谨遵教诲。”

岐王拿出华丽的绫罗绸缎，鲜艳无比，让王维换上这些华丽的衣服，捧着琵琶，一起到公主府去。岐王到了后对公主说：“我趁着你出宫的机会拜访，带着好酒还有好的音乐庆祝。”公主命令准备酒席，得到命令的诸人进入跳舞。王维长得好看又纯洁，姿势仪态也很美好，站在那里，公主看见他，问岐王说：“这人是谁？”岐王回答说：“他是一位通晓音律的人。”随即让王维独奏新谱写的曲子，琵琶声调哀哀切切，在座的人都十分动容。公主问道：“这首曲子的名字是什么？”王维起身回答说：“叫《郁轮袍》。”公主觉得很奇怪。

呈公主。公主既读，惊骇曰：“此皆儿所诵习，常谓古人佳作，乃子之为乎？”因令更衣，升之客右。维风流蕴藉，语言谐戏，大为诸贵之钦瞩。岐王因曰：“若令京兆府今年得此生为解头，诚为国华矣。”公主乃曰：“何不遣其应举？”岐王曰：“此生不得首荐，义不就试，然已承贵主论托张九皋矣。”公主笑曰：“何预儿事，本为他人所托。”顾谓维曰：“子诚取，当为子力致焉。”维起谦谢。公主则召试官至第，遣宫婢传教，维遂作解头，而一举登第矣。

及为太乐丞，为伶人舞黄师子，坐出官。黄师子者，非一人不舞也。天宝末，禄山初陷西京，维及郑虔、张通等，皆处贼庭。洎克复，俱囚于宣杨里杨国忠旧宅。崔圆因召于私第，令画数壁。当时皆以圆勋贵无二，望其救解，故运思精巧，颇绝其能。后由此事，皆从宽典；至于贬黜，亦获善地。今崇义里窦丞相易直私第，即圆旧宅也，画尚在焉。维累为给事中，禄山授以伪官。及贼平，凡缙为北都副留守，请以己官爵赎之，由是免死。累为尚书右丞。于蓝田置别业，留心释典焉。(出《集异记》)

杨暄

杨国忠之子暄，举明经，礼部侍郎达奚珣考之，不及格，将岐王说："这个年轻人不仅精通音律，他写的诗词歌赋，没有人能够超过他。"公主觉得王维更不同寻常了，于是问道："你做过什么文章吗？"王维将怀里抱着的文章呈献给公主。公主读了以后，非常吃惊地说："这些都是我儿子和其余人平时所读的，经常说是古人写的，这都是你写的吗？"于是让他换了衣服，将席位升到客位的首席，王维风流倜傥，谈吐幽默诙谐，很受在座的达官贵人喜欢。岐王说："如果今年京兆府的考试王维可以做第一名解头，那肯定是国家的荣耀。"公主说："为什么不让他去参加科举考试呢？"岐王说："这个年轻人没人举荐他做第一，他是不肯去参加考试的，不过听说公主已经举荐张九皋做第一了。"公主笑着说："我之前并不干预年轻人的事，这本是受他人所托才去做的。"然后对王维说："你确实是可取之才，我会为你尽力争取的。"王维起身谦恭道谢。公主将主考官叫到家里，派遣使女传达自己的意思，于是王维科举考试得了第一名解头，一举夺魁高中。

后来王维身为太乐丞，教舞女们跳黄师子舞，随即被罢官。跳黄师子舞并不能一个人跳。天宝末年，安禄山刚开始率军攻打长安，王维和郑虔、张通等人，全都投降于他的朝廷。张洎赶走安禄山，将他们囚禁在宣杨里杨国忠的旧宅里。崔圆把王维召到自己家，让他在墙壁上画画。当时都觉得崔圆是最显贵的大人，王维也指望他可以解救自己，所以作画的时候构思精妙，将自己的绝活都展示出来。后来因为这件事，其他人也都得到了恩典；就算被贬黜的，也都能去好一点的地方。长安崇义里窦丞相买到的宅邸，就是崔圆之前的房子，之前画的画还在。之前王维的官职是给事中，安禄山攻陷长安后授给王维伪官。平定安禄山之乱后，凡缙做了北都副留守，想要用他的官爵来赎王维犯的罪，于是王维被免去死刑，慢慢升到尚书右丞的官位。后来在蓝田买了房子置办家业，专心研究佛法。（出《集异记》）

杨暄

杨国忠的儿子杨暄，被举荐的理由是通晓经书，由礼部侍郎达黜落，惧国忠而未敢定。时驾在华清宫，珣子抚为会昌尉。珣遽召使，以书报抚，令候国忠，具言其状。抚既至国忠私第，五鼓初起，列火满门，将欲趋朝，轩盖如市。国忠方乘马，抚因趋入，谒于烛下。国忠谓其子必在选中，抚盖微笑，意色甚欢。抚乃白曰："奉大人命，相君之子试不中，然不敢黜退。"国忠却立大呼曰："我儿何虑不富贵，岂藉一名，为鼠辈所卖！"即不顾，乘马而去。抚惶骇，遽奔告于珣曰："国忠恃势倨贵，使人之惨舒，出于咄嗟，奈何以校其曲直？"因致暄于上第。既为户部侍郎，珣才自礼部侍郎转吏部侍郎，与同列。暄话于所亲，尚叹己之淹徊，而谓珣迁改疾速。（出《明皇杂录》）

萧颖士

萧颖士开元二十三年及第，恃才傲物，曼无与比。常自携一壶逐胜郊野，偶憩于逆旅，独酌独吟。会有风雨暴至，有紫衣老人领一小僮避雨于此。颖士见之散冗，颇肆陵侮。逡巡，风定雨霁，车马卒至，老人上马，呵殿而去。颖士仓忙觇之，左右曰："吏部王尚书。尚书名丘。"颖士常造门，未之面，极惊愕。明日，具长笺造门谢。丘命引至庑下，坐责之。且曰："所恨与子非亲属，当庭训之耳。"顷曰："子负文学之名，踞忽如此，止于一第乎？"颖士终扬州功曹。（出《明皇杂录》）

奚珣负责考核他，考后并不及格，准备宣布杨暄落榜，又害怕杨国忠的势力不敢公布结果。当时皇帝正在华清池，达奚珣儿子达抚为会昌县尉。于是达奚珣召来儿子，让他带着自己的书信，前去拜见杨国忠，将所有情况告诉他。达抚来到杨国忠家门前，刚刚五更天，杨国忠家里烛火通明，杨国忠准备去参加早朝，冠盖和护卫人数众多，他刚打算骑马，达抚赶紧跑过去，在烛光下参拜。杨国忠感觉他儿子肯定高中，手扶华盖微微笑，表现得十分高兴。达抚告诉他说："奉父亲的命令来告诉宰相大人，您的儿子没有考中，但是父亲不敢随意公布落榜。"杨国忠立马大声说道："我儿子还需要忧愁没有富贵荣华吗，怎么会在乎一个进士名号，决不被你们这些鼠辈出卖！"便不管达抚，自行骑马离开。达抚十分惶恐，立即赶回去告诉父亲说："杨国忠觉得自己是有权有势的勋贵，他想要收拾谁就会让这人很惨，没有人敢在他面前大声出气，怎么能用正常的是非曲直去说服他呢？"达奚珣只能宣布杨暄中举并在前几名。杨暄升任户部侍郎，达奚珣才由礼部侍郎成为吏部侍部，两人官职相同。杨暄对自己的亲信说，感叹自己升迁得太慢，而达奚珣升官太快了。（出《明皇杂录》）

萧颖士

萧颖士在唐玄宗开元二十三年考中进士。本人恃才傲物，无比傲慢，常常带着一壶酒到郊外野地喝酒，偶然间在一个地方休息，自斟自饮吟诗作对。刚好赶上暴风雨来临，有一个紫色衣服的老人领着一个小孩也在这里避雨。萧颖士见老人散漫自在，便口出不逊肆意侮辱。等雨停了，风雨退去天气晴朗，车马和仆人很快就来了，老人上马，随从吆喝着众人离开了。萧颖士连忙跑去打听，旁边的人告诉他说："此人是吏部王尚书。尚书名丘。"以前萧颖士经常求见，都没能见到，这时十分惊愕。第二日，萧颖士写了很长的信去尚书家中赔罪。王尚书命人把萧颖士领到偏房的门廊下，坐下来便责备他。然后说："很遗憾和你不是亲人，不然我肯定会当着所有人的面教训你。"过了一会儿又说，"你自负盛名，才会傲慢成这样，我看你也只能中个进士了。"后来萧颖士死在扬州功曹的任上。（出《明皇杂录》）

乔彝

乔彝，京兆府解试时，有二试官。彝日午扣门，试官令引入，则已臐醉。视题曰《幽兰赋》，彝不肯作，曰："两个汉相对，作得此题，速改之。"遂改《渥洼马赋》，曰："此可矣。"奋笔斯须而成。警句云："四蹄曳练，翻瀚海之惊澜。一喷生风，下湘山之乱叶。"便欲首送。京兆曰："乔彝峥嵘甚，以解副荐之可也。"（出《幽闲鼓吹》）

许孟容

许孟容进士及第，学究登科，时号锦袄子上著莎衣。蔡京与孟容同。（出《摭言》）

张正甫

李丞相绛，先人为襄州督部。方赴举，求乡荐。时樊司空泽为节度使，张常侍正甫为判官，主乡荐。张公知绛有前途，启司空曰："举人中悉不如李秀才，请只送一人。诸人之资，悉以奉之。"欣然允诺。又荐绛弟为同舍郎，绛感泽殊常之恩，不十年登庸。泽之子宗易为朝官，人问宗易之文于绛，绛戏而答曰："盖代。"时人因以盖代为口实。相见论文，必曰："莫是李三盖代否？"及绛为户部侍郎也，常侍为本司郎中。因会，把酒请侍郎唱歌，李终不唱而哂之，满席大噱。（出《嘉话录》）

乔彝

乔彝，参加京兆府考试的时候，有两个考官。中午时分乔彝去扣门求见，考官让手下将他领进来，考官喝得醉醺醺。看到题目是让写《幽兰赋》，乔彝便不肯做，说：“两个大男人相对而坐，怎么能写《幽兰赋》，请赶紧换个题目。”考官便将题目更改为《渥洼马赋》。乔彝说：“这个题目可以。”拿起笔很快就写好了。写了这样的警句：“马的四蹄撒开，大海的浪涛都为之翻滚沸腾。打喷嚏生出的风，都能刮得湘山树叶纷乱纷飞。”考官准备将他定为第一名。京兆府尹说：“乔彝这个人太过锋芒毕露，让他当第二名就可以了。”（出《幽闲鼓吹》）

许孟容

许孟容考中进士，又去考学究科，世人都说他这是在锦衣上面又套了一层草做的衣服。同时期的蔡京和许孟容是一样的。（出《摭言》）

张正甫

李丞相名叫绛，先人祖辈曾经是襄州都督部属。李绛准备赴考，想要找人举荐。当时樊泽身为节度使，张正甫是节度判官，负责主管乡荐事宜。张正甫知道李绛是有前途的人，就向樊泽禀告说：“举子中没有人能比上李绛，我们可以只举荐他一个人。将准备赠送给其他举子的物资都给他。”樊泽欣然答应。又同时推荐李绛的弟弟做同舍郎，李绛深深感谢樊泽的恩惠，不到十年的时间就做到了宰相，樊泽的儿子樊宗易也在朝为官。有人问李绛樊宗易的文章怎么样，李绛玩笑地说道：“此乃盖世文章。”当时世人就将盖代作为好的名声。每看到新的文章，都会说：“这是不是李三盖代过的文章？”李绛做户部侍郎时。张正甫是当时的户部郎中。一次聚会，张正甫拿着酒请李绛唱歌，李绛不唱微微一笑，在座所有人哄堂大笑。（出《嘉话录》）

阎济美

阎济美，前朝公司卿许与定分，一志不为，某三举及第。初举，刘单侍郎下杂文落。第二举，坐王侍郎杂文落第。某当是时，年已蹭蹬，常于江激往径山钦大师处问法。是春，某既下第，又将出关。因献坐主六韵律诗曰：“謇谔王臣直，文明雅量全。望炉金自跃，应物镜何偏。南国幽沉尽，东堂礼乐宣。转今游异士，更昔至公年。芳树欢新景，青云泣暮天。唯愁凤池拜，孤贱更谁怜。”座主览焉。问某，今年何者退落？具以实告，先榜落第，座主赧然变色，深有遗才之叹。乃曰：“所投六韵，必展后效。足下南去，幸无疑将来之事。”某遂出关。

秋月，江东求荐，名到省后，两都置举，座主已在洛下。比某到洛，更无相知，便投迹清化里店。属时物翔贵，囊中但有五缣，策蹇驴而已。有举公卢景庄已为东府首荐，亦同处焉。仆马甚豪，与某相揖，未交一言。久乃问某曰：“阎子自何至止？”对曰：“从江东来。”敬奉不敢怠。景庄一旦际暮醉归，忽蒙问某行第，乃曰：“阎二十，消息绝好，景庄大险。”某对曰：“不然，必先大府首荐。声价已振京洛，如某远地一送，岂敢望有成哉？”景庄曰：“足下定矣。”

十一月下旬，遂试杂文。十二月三日，天津桥放杂文榜，景庄与某俱过。其日苦寒，是月四日，天津桥作铺帖经，景庄寻被绌落，某具前白主司曰：“某早留心章句，不工帖书，必恐不及格。”主司曰：“可不知礼闱故事。”亦许诗赎。某致词后，纷纷去留。某

阎济美

阎济美，前朝的公司卿对他有定评，所以他一心应考，考了三次才中。第一次考试，刘侍郎将他的杂文批了落榜。第二次考试，王侍郎又将他的杂文批落。到了第三次考试，阎济美年纪已经大了，之前渡江到径山向钦大师请教问法。正值春天，阎济美因为考试落第，准备回老家，便向主考赠送了一首六韵诗："蹇谔王臣直，文明雅量全。望鈫金自跃，应物镜何偏。南国幽沈尽，东堂礼乐宣。转今游异士，更昔至公年。芳树欢新景，青云泣暮天。唯愁凤池拜，孤贱更谁怜。"主考官读了他的诗，问阎济美今年落榜的原因是什么。阎济美把两次考试都不中的原因据实相告，主考官听完后变了脸色，深深叹息自己遗失了好的人才。于是说："你送来的六韵诗，以后肯定会有用处的。你现在去南方，不用担心以后的事情。"阎济美便回老家了。

秋天科考的时候，江东向朝廷举荐阎济美，名字报到中书省礼部，长安和洛阳分别设立考场，主考官已经提前到了洛阳。阎济美到了洛阳，但是没有认识的人，于是住在清化里一个客栈里。当时物价很贵，阎济美身上只有五串钱，另还有一头瘸驴。有另一个举子卢景庄是洛阳举荐的，也同样住在这个客栈。卢景庄身边跟着不少仆人和高头大马，与阎济美初次见面作揖，并没有任何交谈。一段时间后卢景庄问阎济美："你是从哪里来的？"阎济美回答说："从江东来。"对卢景庄十分敬重不敢懈怠。有一天晚上卢景庄喝了酒回来，醉意朦胧地问你是阎老几？阎济美回答说："阎二十，这消息很意外，卢景庄十分震惊自己遇到了对手。"阎济美说："不可能，你有洛阳官员的举荐，在京城和洛阳已经有了名声，像我从远方来的人，怎么能奢望有什么成就呢？"卢景庄说："你肯定会考中的。"

十一月下旬，考试杂文。十二月三日，天津桥放杂文考中的榜单。卢景庄和阎济美都通过了。这几天天气十分苦寒，当月四日，在天津桥考试帖经，卢景庄落榜，阎济美对考官说："我之前只看重读书写作，没有注重写字的工整，感觉应该会不及格了。"主考官说："不了解考试的礼仪规矩，可以用诗词歌赋来代替。"说完这些话，有人走又遽前白主司曰："侍郎开奖劝之路，许作诗赎帖，未见题出。"主司曰："赋天津桥望洛城残雪诗。"某只作得二十字。某诗曰："新霁洛城端，千家积雪寒。未收清禁色，偏向上阳残。"已闻主司催约诗甚急，日势又晚，某告主司："天寒水冻，书不成字。"便闻主司处分："得句见在将来。"主司一览所纳，称赏再三，遂唱过。

其夕，景庄相贺云："前与足下并铺，试《蜡日祈天宗赋》，窃见足下用鲁丘对卫赐。据义，卫赐则子贡也，足下书卫赐作驷马字，唯以此奉忧耳。"某闻是说，反思之，实作驷马字，意甚惶骇。比榜出，某滥忝第，与状头同参座主，座主曰："诸公试日，天寒急景，写札杂文，或有不如法。今恐文书到西京，须呈宰相，请先辈等各买好纸，重来请印，如法写净送纳，抽其退本。"诸公大喜。及某撰本却请出，驷字上朱点极大。座主还阙之日，独揖前曰："春间遗才，所投六韵，不敢惭忘，聊副素约耳。"（出《乾䉤子》）

潘炎

侍郎潘炎，进士榜有六异：朱遂为朱滔太子；王表为李纳女婿，彼军呼为驸马；赵博宣为冀定押衙；袁同直入番为阿师；窦常二十年称前进士；奚某亦有事。时谓之六差。窦常新及第，薛某给事宅中逢桑道茂。给事曰："窦秀才新及第，早晚得官。"桑生曰："二十年后方得官。"一坐皆哂，不信。然果耳五度奏官，皆敕不下，即摄职数四。其如命何！（出《嘉话录》）

了有人留下坚持应考。阎济美又走到主考官前面说："考官大人已经说明了出路，请允许我以诗代替帖试，请您出题目。"主考官说："请为《天津桥望洛城残雪》作诗。"阎济美又写了二十字，诗云："新霁洛城端，千家积雪寒。未收清禁色，偏向上阳残。"此时主考官催着交卷，比较着急，天色又已经很晚，阎济美对考官说："天寒地冻，写的字不成形。"便听到主考官吩咐说："把写完的拿过来吧。"主考官看完阎济美写的诗，十分满意，表示通过。

等到晚上，卢景庄表示祝贺并说："考试的时候我同你临桌，考题《蜡日祈天宗赋》，我偷偷看到看见你用孔子对卫赐的典故。根据记载，卫赐就是子贡，你把卫赐错写成了卫驷，我当时很替你担心。"阎济美听了他的说法，反思了下，确实错写成了卫驷，感觉十分惶恐。等放出榜来，考中了，阎济美跟考第一的状元一起拜见考官。主考官说："你们考试的时候，天气寒冷交卷又急，写的杂文，或许有一些并不符合格式。恐怕你们的文章送到长安后呈给丞相不甚合适。现在你们去买好新纸，重新给你们盖印，按照正确的格式抄好，将你们的旧试卷拿回去。"考试的举子非常开心。阎济美把之前的试卷拿出来，写错的驷字上面被朱红笔点了一个很大的圈。主考官带着卷子准备回长安时，单独对阎济美说："春闱考试的时候没有录取你很遗憾，你送给我的六韵诗，我没有忘记，这次录取你代表我是说话算数的。"（出《乾𦠆子》）

潘炎

礼部侍郎潘炎担任主考官，进士榜有六处奇异之处：朱遂是朱滔的太子；王表是李纳的女婿，同窗称他为驸马；赵博宣是冀定押衙；袁同直做番王的国师；窦常在二十年后才得到官职；奚某也同样有说道。世人将他们称之为六差。窦常新中进士及第，薛某在给事中府中偶遇桑道茂。给事中说："窦常刚刚考中进士，什么时候可以授官职？"桑道茂说："二十年后才能做官。"在座的人都十分不屑，并不相信。果然五次奏请给窦常官职，皇上都没有批下，只能一直做暂时署理的临时官。这就是他的命运吗？（出《嘉话录》）

令狐峘

大历十四年改元建中，礼部侍郎令狐峘下，二十二人及第。时执政间有怒荐托不从，势拟顷覆。峘惶恐甚，因进其私书。上谓峘无良，放榜日窜逐，不得与生徒相面。后十年，门人田敦为明州刺史，峘量移本州别驾，敦始使陈谢恩之礼。（出《摭言》）

熊执易

熊执易通于《易》义。建中四年，侍郎李纾试《易简知险阻论》。执易端座割析，倾动场中，一举而捷。（出《国史补》）

令狐峘

唐代宗大历十四年间将年号改为建中，礼部侍郎令狐峘以下，共有二十二人考中进士及第。当时执政中的权贵有人愤愤不平因为自己举荐的人没被录取，准备找他的错处将他罢官。令狐峘十分害怕，将这些人请托送来的信件呈送给代宗皇帝。皇帝认为令狐峘这样并不好，便在发榜时将他罢官，还不让他跟进士们见面。十年后，他的学生田敦做了明州刺史，令狐峘被朝廷重新任命为明州别驾，田敦才终于有机会向令狐峘行谢师礼。（出《摭言》）

熊执易

熊执易对《易经》读得很熟悉。唐代宗建中四年期间，侍郎李纾考熊执易《简知险阻论》。熊执易正襟危坐条理清晰，在场所有人都被他震惊了，然后考试一举高中。（出《国史补》）

卷第一百八十　贡举三

常　衮　宋　济　牛锡庶　崔元翰　湛　贲　尹　枢　李　程
蔡南史　牛僧孺　杨虞卿　苗　缵　费冠卿　李固言　殷尧藩
施肩吾　张正甫　冯　陶　张　环　杨三喜

常衮

唐德宗初即位，宰相常衮为福建观察使治其地。衮以辞进，乡县小民，有能读书作文辞者，亲与之为主客之礼。观游宴飨，必召与之。时未几，皆化翕然。于时欧阳詹独秀出，衮加敬爱，诸生皆推服。闽越之人举进士，繇詹始也。詹死于国子四门助教，陇西李翱为传，韩愈作哀辞。（出韩愈《欧阳詹哀词序文》）

宋济

唐德宗微行，一日夏中至西明寺，时宋济在僧院过夏。上忽入济院，方在窗下，犊鼻葛巾抄书。上曰："茶请一碗。"济曰："鼎水中煎，此有茶味，请自泼之。"上又问曰："作何事业？"兼问姓行。济云："姓宋第五，应进士举。"又曰："所业何？"曰："作诗。"又曰："闻今上好作诗，何如？"宋济云："圣意不测……"语未竟，忽从辇递到，曰："官家、官家。"济惶惧待罪。上曰："宋五大坦率。"后礼部放榜，上命内臣看有济名。使回奏无名，上曰："宋五又坦率也。"（出《卢氏小说》）

或有客讥宋济曰："白袍子何纷纷？"济曰："为朱袍、紫袍

常衮

唐德宗刚继位做皇帝时，宰相常衮还只是福建的观察使。常衮中进士是因为博学多才辞藻华丽，对于乡村的老百姓，如果有读书写作优秀的人，他会亲自请他们做客。如果出门游玩或者吃饭宴请必定会和他们一起。没几年时间，辖区人人安居乐业。当时欧阳詹在这些读书人中特别优秀突出。常衮十分厚爱敬重他，其余读书人也都敬佩。闽越人士中进士的，欧阳詹属于第一个。后来欧阳詹死在国子监四门助教的任上，陇西人李翱为欧阳詹作自传，韩愈为欧阳詹作悼文。（出韩愈《欧阳詹哀词序文》）

宋济

唐德宗微服私访出行，夏天有一日来到西明寺。当时宋济在西明寺僧院避暑过夏。德宗忽然进到院子里面，宋济正在窗下，戴着头巾屏息凝神地抄书。德宗说："请给我一碗茶水喝。"宋济回答说："壶里正在烧开水，杯子里有旧茶水，你泼了然后自己倒水。"德宗又问宋济："你在干什么呢？"并问他叫什么、在家排行第几。宋济说："姓宋，在家排行老五，正在准备科举考试。"德宗又说："你比较擅长什么？"宋济答："作诗。"德宗又问："听闻当今圣上也喜欢作诗。你觉得他作的诗如何？"宋济回答说："皇上的诗不好做评价……"还没等话说完，德宗的马车忽然来了，众人齐声呼喊："官家、官家。"宋济惊恐地跪下请罪。德宗说："宋五十分坦率。"后来礼部放榜当天，德宗命令内臣去看有没有宋济的名字。内臣回来说没有，德宗又说："宋老五依然很坦率。"（出《卢氏小说》）

后来有人讥笑宋济说："你一介白丁有什么忙碌的？"宋济说：

纷纷耳。”（出《国史补》）

牛锡庶

牛锡庶性静退寡合，累举不举。贞元元年，因问日者，曰：“君明年合状头及第。”锡庶但望偶中一第尔，殊不信也。时已八月，未命主司。偶至少保萧昕宅前，值昕杖策，将独游南园。锡庶遇之，遽投刺，并贽所业。昕独居，方思宾友，甚喜，延与之语。及省文卷，再三称赏。因问曰：“外间议者以何人当知举？”锡庶对曰：“尚书至公为心，必更出领一岁。”昕曰：“必不见命。若尔，君即状头也。”锡庶起拜谢。复坐未安，忽闻驰马传呼曰：“尚书知举。”昕遽起。锡庶复再拜曰：“尚书适已赐许，皇天后土，实闻斯言。”昕曰：“前言期矣。”明年果状头及第。（出《逸史》）

崔元翰

崔元翰为杨炎所引，欲拜补阙，恳曰：“愿举进士，由此独步场中。然不晓程试，先求题目为地。”崔敖知之。旭日，都堂始开，敖盛气白主司曰：“若出白云起封中题，敖请退。”主司为其所中，卒愕然换之。是岁，二崔俱捷。（出《国史补》）

“为了当官的袍子忙碌呀。”（出《国史补》）

牛锡庶

牛锡庶性格安静不合群，考了好几年科举都没有中。唐德宗元年，找人去给自己算命问原因，算命的人回答说：“你明年就会状元及第。”牛锡庶只希望这次可以考中，根本不信自己能中状元。到了第二年八月，朝廷还没有确定主考官。牛锡庶偶然间来到少保萧昕家门前，看到萧昕拄着拐杖，想要独自到南园游玩。牛锡庶看到，忙递上自己的帖子，并说明自己所擅长的事情。萧昕一人独居，很想有亲朋好友与自己为伴，十分欣喜。把牛锡庶请到屋里一起聊天。看到牛锡庶作的文章，再三称赞。萧昕问：“外面有没有议论这次是谁担任主考官？”牛锡庶回答说：“外面人都说你最公平公正，肯定会主持这科考试的。”萧昕说：“现在还没有得到任命。如果真是那样。那你就是这次的状元了。”牛锡庶站起身感谢。还没坐好，忽然听到有人驰马而来的声音，传命说：“萧昕为科举主考官。”萧昕站起来领命。牛锡庶立即再拜了拜说：“尚书刚才答应我的事情，皇天后土，全都听见了。”萧昕说：“我说过的话绝对会算数的。”到了第二年牛锡庶果然考了状元及第。（出《逸史》）

崔元翰

崔元翰由杨炎举荐，打算做补阙一职。崔元翰恳求说：“希望科举能考中进士，在考场中做最优秀的人。但是不知道考试的题目，希望可以提前知道题目。”崔敖知道了这件事。考试当天清晨，考场堂门刚开，崔敖十分生气地对主考官提建议说：“如果考现在封存好的题目，那我就不考试了。”主考官知道崔敖知晓了考场题目泄漏，惊讶之后换了考试题目。这次考试，崔元翰和崔敖都考中了进士。（出《国史补》）

湛贲

彭伉、湛贲俱袁州宜春人，伉妻又湛姨也。伉举进士擢第，湛犹为县吏。妻族为置贺宴，皆官人名士，伉居席之右，一座尽倾。湛至，命饭于后阁，甚无难色。其妻忿然责之曰：“男子不能自励，窘辱如此，复何为容？”湛感其言，孜孜学业。未数载，一举登第。伉常侮之，其时伉方跨驴，纵游于郊郛。忽有家僮驰报：“湛郎及第。”伉失声而坠。故袁人谑曰：“湛贲及第，彭伉落驴。”（出《摭言》）

尹极

贞元七年，杜黄裳知举。闻尹极时名籍籍，乃微服访之，问场中名士，极唯唯。黄裳乃具告曰：“某即今年主司也，受命久矣，唯得一人，某他不能尽知，敢以为请。”极耸然谢曰：“既辱下问，敢有所隐？”即言子弟有崔元略，孤进有沐藻、令孤楚数人。黄裳大喜。其年极状头及第。试《珠还合浦赋》，藻赋成，忽假寐，梦人告曰：“何不叙珠来去之意？”既寤，乃改数句，又谢恩。黄裳谓藻曰：“叙珠来去，如有神助。”（出《闽川名士传》）

李程

李程贞元中试《日五色赋》，先榜落矣。初出试，杨於陵省宿归第，遇程于省门，询之所试。程探靴靿中得赋稿，示之。其破题曰：“德动天鉴，祥开日华。”於陵览之，谓程曰：“公今须作状

湛贲

彭伉和湛贲两个都是袁州宜春人士，两人又是连襟的关系。彭伉科举考中了进士，湛贲只是一个县吏。妻子娘家为彭伉举办庆祝的宴会，参加宴会的人都是官员和有声望的人，彭伉坐在宴席右首上，座上的所有人都很羡慕。湛贲到了后，让他在后面房子吃饭，湛贲并不觉得为难。妻子十分生气地责备他说："身为男子不能勉励自己进步，受到这样的侮辱，你还有什么脸面？"湛贲对她说的话很有感触，于是孜孜不倦地刻苦学习。没过几年，一举考中进士。彭伉经常羞辱湛贲，当时彭伉正骑着驴，随心所欲地在野外游玩，忽然家中书童骑马来汇报说："湛贲考中进士了。"彭伉失声从驴上掉下来。因此袁州人取笑说："湛贲考中进士，彭伉听闻落驴。"（出《摭言》）

尹枢

唐德宗贞元七年，杜黄裳任科举主考官。他听说尹枢名气很盛，就穿了普通的衣服去拜访他，问今年参加科考的人中，比较有名的是谁。态度十分恭敬。杜黄裳告诉他说："在下就是今年科举的主考官。很早之前就委派了任命，我只了解其中一个，其他人并不清楚，你能介绍下其他人吗？"尹枢很感动道谢说："您既已询问我，我哪敢有所隐瞒呢？"然后说太学中有崔元略，乡荐的有沐藻、令狐楚等众人。杜黄裳十分欣喜。当年科举尹枢考中了状元及第。试题中有《珠还合浦赋》。沐藻的赋刚完成，睡着之后，做梦有人告诉他："为什么不写珠子来去的含义？"沐藻醒来，将文章又改了几句，谢恩时杜黄裳表示感谢。杜黄裳说："你文章中关于珠子来去的解释，简直如有神助。"（出《闽川名士传》）

李程

李程在唐德宗贞元年间参加《日五色赋》的考试，开始被批落榜。出了考场，碰到杨于陵从衙门出来回家，杨于陵问李程考的怎么样。李程探身从靴筒掏出考试中赋的手稿，展开给杨于陵看。赋的元。”翌日，杂文无名。於陵深不平，乃于故册子末缮写，而斥其名氏，携之以诣主文。从容绐之曰：“侍郎今者新赋试，奈何用旧题？”主文辞以“非也”。於陵曰：“不止题目，向有人赋此，韵脚亦同。”主文大惊。於陵乃出程赋示之。主文叹赏不已。於陵曰：“当今场中若有此赋，侍郎何以待之？”主文曰：“无则已，有即非状无不可也。”於陵曰：“苟如此，侍郎已遗贤矣，此乃李程所作。”亟命取程所纳而对，不差一字。主文因而致谢，谋之於陵，于是擢为状元，前榜不复收矣。或云出榜重收。

程后出镇大梁，闻浩虚舟应宏词，复赋此题，颇虑浩愈于己，专驰一介取原本。既至，将启缄，尚有忧色。及睹浩破题曰：“丽日焜煌，中含瑞光。”程喜曰：“李程在里。”（出《摭言》）

蔡南史

贞元十二年，驸马王士平与义阳公主反目。蔡南史、独孤申叔播为乐曲，号《义阳子》，有团雪散雪之歌。德宗闻之怒，欲废科举，后但流斥南史乃止。（出《国史补》）

牛僧孺

牛僧孺始举进士，致琴书于灞浐间，先以所业谒韩愈、皇甫湜。时首造愈，值愈他适，留卷而已。无何，愈访湜，时僧孺亦及开题写道："德动天鉴，祥开日华。"杨于陵看完后，对李程说："你这次应该是状元的。"第二天，杂文考试中又没李程的名字。杨于陵深深感到不公平。于是在以前的试题集后面写上李程的文章，并没有署名，拿着去见主考官，很从容地骗他说："侍郎这次考的赋题，怎么是以前的旧题目？"主考说肯定不会的。杨于陵说："不只题目是之前的，而且也有人写过这个赋，连韵脚都是一样的。"主考官大吃一惊。杨于陵把李程的赋拿给主考官看。主考官看后十分欣赏。杨于陵说："如果这次考试中有人作的也是这个赋，侍郎应该怎么办？"主考官说："没有就算了，有的话肯定非状元不可了。"杨于陵说："如果是这样，那侍郎已经将优秀的人才丢失了，这赋是李程写出来的。"主考官命令手下将李程考试卷子拿来比对，果然每个字都是一样的。主考官因此向杨于陵致谢，并同杨于陵商议此事。于是李程重新被选定为状元，前面的榜不作数重新更正。或者称为发布榜单之后重新收回。

李程后来做官镇守大梁，听说一个叫浩的人也去参加宏词科考试，考的也是这个题目，李程担心浩的赋比自己好，特意派人前去把浩的文章取来。拿到后，快要开启时，仍然感到忧虑。读到浩的破题是："丽日辉煌，中含瑞光。"李程高兴地说："这题解的没有超过自己的范围。"（出《摭言》）

蔡南史

唐德宗贞元十二年期间，驸马王士平和义阳公主关系恶劣以致反目。蔡南史和独孤申叔两人为他们演奏乐曲，曲名叫《义阳子》，其中部分歌词有团雪散雪的意思。德宗知道后十分生气，准备将科举废除，不过后来只是将蔡南史流放便作罢了。（出《国史补》）

牛僧孺

牛僧孺在中进士之前，带着琴和书在山水间游玩。然后用自己写的文章拜访韩愈和皇甫湜。先拜访韩愈，恰好韩愈不在家，他留门。二贤览刺忻然，同契延接，询及所止。对曰："某方以薄伎小丑呈于宗匠，进退惟命，一囊犹置于国门之外。"二公披卷，卷首有《说乐》一章。未阅其词，遽曰："斯高文，且以拍板为何等？"对曰："谓之乐句。"二公相顾大喜曰："斯高文必矣。"僧孺因谋所居，二公沉然良久，乃曰："可于客户税一庙院。"僧孺如所教。造门致谢，二公又诲之曰："某日可游青龙寺。"薄暮而归，二公联镳至彼，因大署其门曰："韩愈、皇甫湜同访几官不遇。"翌日，辇毂名士咸观焉。奇章之名，由是赫然矣。僧孺既及第，过堂，宰相谓曰："扫厅奉候。"僧孺独出曰："不敢。"众耸异之。（出《摭言》）

杨虞卿

杨虞卿及第后，举宏词，为校书，来淮南就李鄘婚姻。遇前进士陈商，启护穷窘，虞卿未相识。闻之，倒囊以济。（出《摭言》）

苗 缵

苗粲子缵应举，而粲以中风语涩，而心绪至切。临试，又疾亟。缵乃为状："请许入试否？"粲犹能把笔，淡墨为书曰："入入！"其父子之情切如此。其年，缵及第。（出《嘉话录》）

下文章便离开。没过多久，韩愈前去拜访皇甫湜。适逢牛僧孺也来拜访。韩愈和皇甫湜看了牛僧孺的拜帖十分欣喜，两人一同接见他，问牛僧孺有什么打算。牛僧孺回答说："我带着拙劣的文章拜见两位前辈，听凭两位的指点，现在只有行囊并没有功名和其他的事情要做。"韩愈和皇甫湜打开文章，开头的篇目叫《说乐》。两人还没有看接下来的内容，就直接说："这肯定是好文章。定下来的拍板是什么？"牛僧孺回答说："说的是乐句。"两人相望十分高兴地说："这肯定是一篇极好的文章。"牛僧孺说自己正在找居住的房子，两人沉默考虑许久，然后说："可以在寺院里面租一个房子。"牛僧孺按照他们说的办。又登门拜谢，韩愈和皇甫湜又教诲他说："某日你可以去青龙寺游览一下。"等晚一点再回来。当天韩愈和皇甫湜共同坐车到牛僧孺居住的地方。在大门上题字说："韩愈、皇甫湜一同拜访牛僧孺没有见到人。"第二天，京都许多名人都去参观他们的题字。牛僧孺的大名，从这时候开始变得有名望。牛僧孺参加科举考试，过堂的时候，宰相说："要把房间打扫干净用来接待。"牛僧孺独自应声说："不敢不敢。"这让参加过堂考试的进士们都感到十分惊讶。（出《摭言》）

杨虞卿

杨虞卿科考中举，以宏词科中进士，领校书一职，到淮南和李鄘家的女儿成亲。路上遇到前进士陈商，陈商说起自己的窘迫和贫穷，杨虞卿和陈商并不认识。但听了他的诉说，还是选择倾囊相助。（出《摭言》）

苗缵

苗粲的儿子苗缵准备参加科举考试，苗粲中风了不能说话，但希望儿子高中的心很急切。临近考试，苗粲的病情更加严重。苗缵便将在纸上写："允许我去考试吗？"苗粲尚且还能拿笔，轻轻地在纸上写："入入！"父子之间的感情令人十分感动。当年科考，苗缵考中了进士。（出《嘉话录》）

费冠卿

费冠卿元和二年及第，以禄不及亲，永怀罔极之念，遂隐于池阳九华山。长庆中，殿中侍御史李行修举冠卿孝节，征拜右拾遗。制曰："前进士费冠卿尝与计偕，以文中第。禄不及于荣养，恨每积于永怀。遂乃屏身丘园，绝迹仕进。守其至性，十有五年。峻节无双，清飙自远。夫旌孝行，举逸人，所以厚风俗而敦名教也。宜陈高奖，以儆薄夫。擢参近侍之荣，载伫移忠之效，可右拾遗。"冠卿竟不应征命。（出《摭言》）

李固言

李固言生于凤翔庄墅，性质厚，未熟造谒。始应进士举，舍于亲表柳氏京第。诸柳昆仲，率多谑戏。以固言不闲人事，俾信趋揖之仪。候其磬折，密于头巾上贴文字云："此处有屋僦赁。"固言不觉。及出，朝士见而笑之。许孟容为右常侍，于时朝中薄此官，号曰貂脚，颇不能为后进延誉。固言始以所业求见，谋于诸柳。诸柳与导行卷去处，先令投许常侍。固言果诣之，孟容谢曰："某官绪闲冷，不足发君子声彩。虽然，亦藏之于心。"又睹头巾上文字，知其朴质。无何，来年许知礼闱，乃以固言为状头。（出《摭言》）

殷尧藩

元和九年，韦贯之榜，殷尧藩杂文落矣。阳汉公乃贯之前榜

费冠卿

费冠卿在唐宪宗元和二年考中进士，有了荣誉想念之前去世的亲人，觉得没有办法报答父母养育之恩，于是隐居在池阳的九华山上。穆宗长庆年间，殿中侍御史李行修举荐费冠卿孝道仁厚，请求征召其重新入朝官拜右拾遗。朝廷征文说："前进士费冠卿是优秀的人才，之前以文才考中进士。因为有了荣誉不能孝敬去世的双亲，心中每日都在悔恨。于是在山中隐居种田，不肯入朝做官。为父母守孝道，已经十五年。这样仁孝至深、清风朗朗基本无人能比。表扬孝道、举荐人才，才能使民风淳朴敦厚。这种行为应当给予最高奖励，用来教育那些不孝顺长辈的人。可以到皇帝的身边伺候，给其他的臣子起到效仿的作用，可以做右拾遗一职。"费冠卿最后却没有答应征召。（出《摭言》）

李固言

李固言生于凤翔乡野，性格温厚，没有人给名帖推荐。前去参加科举考试，住在京中表亲柳氏家中。柳家的诸多兄弟，经常率众嘲笑他，讥笑他不明白人情世故，觉得没有人举荐肯定考不上，都在等候听他落榜的消息，还在李固言的头巾上偷偷写着："此处有屋出租。"李固言完全不知道。等到出门，见到他的人都偷着笑。许孟容当时的官职是右常侍，在朝廷中是一个没权势的官，世人称常侍官为貂脚，没什么能力替年轻人说话。李固言想用自己的文章去求人指教，跟柳氏兄弟一同商量。柳氏兄弟便把他带到许孟容的住所，让他去见许常侍。李固言按照他们说的拜访，许孟容谢道说："我只是一个闲官，没能力为你发声帮助你。但是，你的心意我已经记下了。"又看到李固言头巾上贴的纸条，知道他忠厚淳朴。第二年许孟容做了科考主考官，便让李固言做了状元。（出《摭言》）

殷尧藩

元和九年，韦贯之主持科举考试。殷尧藩写的杂文落选。阳汉

门生，盛言尧藩之屈，贯之为之重收。（出《摭言》）

施肩吾

施肩吾元和十年及第。以洪州之西山乃十二真君羽化之地，灵迹具存，慕其真风，高蹈于此。尝赋《闲居遣兴》七言诗一百韵，大行于世。（出《摭言》）

张正甫

张正甫为河南尹，裴度衔命伐淮西，置宴府西亭。裴言一举人词艺，好解头。张正色曰："相公此行何为也？争记得河南解头。"裴有惭色。（出《摭言》）

冯 陶

冯宿之三子陶、韬、图，兄弟连年进士及第，连年登宏词科。一时之盛，代无比焉。当太和初，冯氏进士及第者，海内十人，而公家兄弟叔侄八人。（出《传载故实》）

张 环

张环兄弟七人并举进士。（出《谭宾录》）

杨三喜

杨敬之拜国子司业，次子载进士及第，长子三史登科，时号杨三喜。（出《摭言》）

公是韦贯之的学生，他竭力分辩殷尧藩受的委屈，韦贯之便重新将殷尧藩录取。（出《摭言》）

施肩吾

施肩吾在元和十年考中进士及第。他认为洪州西山，是十二真君羽化升仙的地方，灵秀古迹都在，他十分羡慕，便到那里去隐居。曾作闲居遣兴七言诗一百韵，当时广为世人传诵。（出《摭言》）

张正甫

张正甫做河南尹的时候，裴度奉命前去讨伐淮西，张正甫在府中西亭设宴款待。裴度说知道一个举人的文采很好，地方考试应该让他做解头。张正甫正色说："宰相这次奉命出来所为何事？还有时间为他人争解头？"裴度感到十分惭愧。（出《摭言》）

冯　陶

冯宿有三个儿子分别是冯陶、冯韬、冯图，兄弟三人连续考中进士及第，登上宏词科。这时的风光是鼎盛时期，世代都没有过。在太和初年，冯氏家族中进士的，全国一共十人。而冯宿一家的兄弟叔侄就占了八个。（出《传载故实》）

张　环

张环兄弟七人同时考中进士及第。（出《谭宾录》）

杨三喜

杨敬之做了国子司业的官职，彼时二儿子杨载中了进士及第，大儿子杨三史也被举荐入科举考试。世人将他们称为杨三喜。（出《摭言》）

卷第一百八十一　贡举四

李逢吉

元和十一年，岁在丙申，李逢吉下三十三人皆取寒素。时有语曰："元和天子丙申年，三十三人同得仙。袍似烂银文似锦，相将白日上青天。"李德裕颇为寒进开路。及谪官南去，或有诗曰："八百孤寒齐下泪，一时回首望崖州。"（出《摭言》）

章孝标

章孝标元和十三年下第。时辈多为诗以刺主司，独章为《归燕》诗，留献侍郎庾承宣。承宣得时，展转吟讽，诚恨遗才，仍候秋期，必当荐引。庾果重典礼曹，孝标来年擢第。群议以为二十八字而致大科，则名路可遵，递相砻砺也。诗曰："旧累危巢泥已落，今年故向社前归。连云大厦无栖处，更望谁家门户飞。"（出《云溪友议》）

刘　轲

刘轲慕孟轲为文，故以名焉。少为僧，止于豫章高安之果园。后复求黄老之术，隐于庐山。既而进士登第。文章与韩柳齐名。

李逢吉

元和十一年，就是丙申年，李逢吉在内的三十三个进士都是从贫寒之士当中选拔出来的。当时俗语流传道："元和天子丙申年，三十三人同得仙。袍似烂银文似锦，相将白日上青天（元和天子在朝的丙申年，三十三个人一同高中了进士。身穿的袍子像银子，写出的文章像锦缎，和白日一起在青天上高悬）。"李德裕为寒门进士开了许多路。李德裕被贬南下的时候，有人写了首诗说："八百孤寒齐下泪，一时回首望崖州（八百多寒门举子纷纷落下了眼泪，一时都在回头向崖州远眺）。"（出《摭言》）

章孝标

章孝标在元和十三年落第。当时有很多人写诗讽刺主考官，只有章孝标写了一首《归燕》诗，献给了侍郎庾承宣。庾承宣得到这首诗后，到处吟诵，只遗憾当时没能把人才选拔出来，就等待秋天大考之时，要引荐章孝标。结果庾承宣果然成为了主考官，第二年章孝标也被提拔为进士。众人议及此事，认为因为写了二十八个字中了状元，这种方式可以效仿，于是便接连着互相磨砺。诗曰："旧累危巢泥已落，今年故向社前归。连云大厦元栖处，更望谁家门户飞。"（出《云溪友议》）

刘轲

刘轲仰慕孟子的行文，因此以轲为自己的名字。刘轲小的时候做过和尚，在豫章高安果园居住。后来又追求道家信仰，在庐山隐居。

（出《摭言》）

崔群

崔群元和自中书舍人知贡举。夫人李氏因暇，尝劝树庄田，以为子孙之业。笑曰：“予有三十所美庄良田，遍在天下，夫人何忧？”夫人曰：“不闻君有此业。”群曰：“吾前岁放春榜三十人，岂非良田邪？”夫人曰：“若然者，君非陆贽相门生乎？”曰：“然。”夫人曰：“往年君掌文柄，使人约其子简礼，不令就试。如君以为良田，即陆氏一庄荒矣。”群惭而退，累日不食。（出《独异志》）

李翱女

李翱江淮典郡。有进士卢储投卷，翱礼待之，置文卷几案间，因出视事。长女及笄，闲步铃阁前，见文卷，寻绎数四。谓小青衣曰：“此人必为状头。”迨公退，李闻之，深异其语。乃令宾佐至邮舍，具白于卢，选以为婿，卢谦让久之，终不却其意。越月随计，来年果状头及第。才过关试，径赴嘉礼。催妆诗曰：“昔年将去玉京游，第一仙人许状头。今日幸为秦晋会，早教鸾凤下妆楼。”后卢止官舍，迎内子，有庭花开，乃题曰：“芍药斩新栽，当庭数朵开。东风与拘束，留待细君来。”人生前定，固非偶然耳。（出《抒情诗》）

贺拔惎

王起长庆中再主文柄，志欲以白敏中为状元，病其人与贺拔

然后进士及第。刘轲的文章和韩、柳齐名。（出《摭言》）

崔 群

崔群元和年间担当中书舍人时曾做主考官。夫人李氏在崔群闲暇的时候曾经劝过丈夫建立田庄，给子孙留下点产业。崔群笑道："我有三十所上乘的田庄，遍布天下，夫人又担心什么呢？"李氏夫人说："我没听说你有这么多产业啊。"崔群说道："我前年春天放的大榜上中举的三十人，难道不是良田吗？"李氏夫人道："如果这样的话，你不算是陆贽宰相的门生吗？"崔群回答道："是啊。"夫人说道："以前你做主考官的时候，让人告诉陆贽的儿子简礼，不让他参加考试。如果你把门生叫作良田，那陆贽家的田庄算是荒了。"崔群惭愧地下堂，好几天没有吃饭。（出《独异志》）

李翱女

李翱在江淮担当郡守。有一名叫卢储的进士交给他一份试卷，李翱以礼相待，把卷子放在了桌子上，便出家门办事去了。李翱的长女刚刚及笄，闲来无事，走到李翱的房前，看到卷子，仔细地翻读了好几遍，对自家的婢女说："这个人一定会成为状元。"等到李翱办事回来，一听说此事，十分惊讶，便让自己的幕僚、宾客到邮舍，把事情的详细经过告诉了卢储，还要选他做女婿。卢储谦让了很多次，也没能退却李翱的好意。一月后参加科举，来年果然状元及第。刚过了关试，便直接参加了婚礼，写了一首《催妆诗》道："昔年将去玉京游，第一仙人许状头。今日幸为秦晋会，早教鸾凤下妆楼。"之后，卢储在官舍迎接夫人，当时院中的花正在盛放，便又题诗道："芍药斩新栽，当庭数朵开。东风与拘束，留待细君来。"人生前定，固然不是出于偶然。（出《抒情诗》）

贺拔惎

王起在长庆年间再次担当主考官，想要提携白敏中为状元，但綦还往。綦有文而落拓。因密令亲知申意，俾敏中与綦绝。前人复约，敏中忻然，皆如所教。既而綦造门，左右绐以敏中他适，綦迟留不言而去。俄顷敏中跃出，连呼左右召綦，于是悉以实告。乃曰：“一第何门不致？奈轻负至交。”相与尽醉，负阳而寝。前人睹之，大怒而去。告于起，且云：“不可必矣。”起曰：“我比只得白敏中，今当更取贺拔綦矣。”（出《摭言》）

李宗闵

李宗闵知贡举，门生多清秀俊茂，唐伸、薛庠、袁都辈，时谓之玉笋班。（出《因话录》）

庾承宣

庾承宣主文后六七年，方授金紫。时门生李石先于内庭恩赐矣。承宣拜命之初，石以所服紫袍金鱼拜献座主。（出《摭言》）

张 祐

张祐元和长庆中深为令狐楚所知。楚镇天平日，自草荐表，令以新旧格诗三百篇随表进献。辞略曰：“凡制五言，合苞六义。近多放诞，靡有宗师。前件人久在江湖，早攻篇什。研几甚苦，搜索颇深。流辈所推，风格罕及。谨令录新旧格诗三百首，自光顺门进献，望请宣付中书。”祐至京师，方属元稹在内庭。上因召问祐之词藻高下。稹对曰：“张祐雕虫小巧，壮夫耻不为者。或奖激之，恐变陛下风教。”上颔之，由是失意而归。祐以诗自悼曰：“贺又讨厌白敏中和贺拔惎来往。贺拔惎此人有文采，但是太放浪不羁。王起便让亲信暗中令白敏中知道自己的意思，让白敏中和贺拔惎断交。王起的亲信前去回复，白敏中十分高兴，都按王起亲信所说行事。随后贺拔惎来到白敏中门下，旁人骗贺拔惎说白敏中去了其他地方，贺拔惎在白敏中家中迟迟停留，不肯离开。不久白敏中跳了出来，连着叫左右叫来贺拔惎，把实情全盘托出，说道："一个状元有什么了不得的？我怎么能轻易辜负至交啊！"便和贺拔惎一起喝得大醉，在太阳底下睡觉。王起的亲信看到，大怒着离开了，把此事告诉了王起，说道："此事看来没法强求。"王起说道："我以前只想提拔白敏中，现在应该把贺拔惎一并提拔上来。"（出《摭言》）

李宗闵

李宗闵做考官的时候，所录取的门生大多清秀、俊俏、意气风发，如唐伸、薛庠、袁都等人。当时的人们称他们为玉荀班。（出《因话录》）

庾承宣

庾承宣做考官之后六七年，才在内廷得做高官。当时他的门生李石已经做了高官了。庾承宣刚得到升官的任命，李石便把自己穿戴的紫袍、金鱼拜献给老师。（出《摭言》）

张　祐

张祐在元和、长庆年间就被令狐楚所知了。令狐楚做天平节度使的时候，亲自书写推荐的奏章，命令张祐把自己的新诗、旧诗随着表章一起进献。其辞大概是说："凡写五言诗的人，多要包含六义。最近的诗风却多放浪、荒诞，没有所宗。之前张祐就在江湖飘零，早就攻读这些篇章，十分艰苦地研读，探索的内容十分有深度。同辈的诗人所推崇的风格，很少有能赶得上的。我便让他选了三百首新旧格律诗，从光顺门进献，希望能交给中书。"张祐到了京城后，正赶上

知章口徒劳说，孟浩然身不更疑。”（出《摭言》）

卢求

杨嗣复第二榜卢求者，李翱之子婿。先是翱典合淝郡，有一道人诣翱言事甚异。翱后任楚州，或曰桂州。其人复至。其年嗣复知举，求落第。嗣复，翱之妹婿，由是颇以为嫌。因访于道人，言曰：“细事，亦可为奏章一通。”几砚纸笔，复置醇酎数斗于侧，其人以巨杯引满而饮。寝少顷而觉，觉而复饮酒尽，即整衣冠北望而拜，遽对案手疏二缄。迟明授翱曰：“今秋有主司，且开小卷。明年见榜，开大卷。”翱如所教。寻报至，嗣复依前主文，即开小卷。词云：“裴头黄尾，三求六李。”翱奇之，遂寄嗣复。已有所贮，彼疑漏泄。及放榜，开大卷，乃一榜焕然，不差一字。其年，裴求为状元，黄驾居榜，次则卢求耳。余皆契合。后翱领襄阳，其人又至，翱愈敬异之。谓翱曰：“鄙人再来，盖仰公之政也。”因命出诸子，熟视，皆曰不继翱之所得。遂遣诸女出拜之。乃曰：“尚书他日外孙三人，皆位至宰辅。”后求子携、郑亚子畋、杜审权子让能，皆为将相。（出《摭言》）

元稹在内廷任职。皇帝便召来元稹，问张祜的词藻如何。元稹说道："张祜所作的不过是雕虫小技，大丈夫不愿意去作的东西。如果您要奖赏、激励他，恐怕会改变您的风教。"皇帝点头同意了元稹的意见。于是张祜失意而归。张祜便用诗哀悼自己道："贺知章徒然为李白费尽唇舌，孟浩然再有文采也会被怀疑。"（出《摭言》）

卢求

杨嗣复第二榜的门生卢求是李翺的女婿。之前，李翺掌管合淝郡，有一个道人前去会见李翺，说了一些很奇怪的事情。李翺后来掌管楚州，这个道人又前来告知。当年杨嗣复做考官，卢求没能中举。杨嗣复是李翺的妹夫。李翺因此有些嫌恨杨嗣复，便去询问这个道人。道人说道："小事，也可以写一份奏章。"道人准备了桌案、砚台、宣纸、毛笔，又在一边放了几斗好酒。道人用大杯装满酒，喝了下去，睡了一会儿便起来了。醒来之后又大喝一通，随即整理衣冠，向北而拜，又在桌子上写了两封信。快到黎明，告知李翺道："今年秋天考试，打开这封小的；明年开榜，打开这封大的。"李翺按照道人所说行事。不久下人来报，杨嗣复还和以前一样主考，便打开了小的信封，上面说道："裴头黄尾，三求六李。"李翺以此为奇事，便把此信寄给杨嗣复。杨嗣复便藏了起来，怕被泄露出去。等到放榜的时候，又把大的信封打开，竟然和大榜一字不差。当年，裴求做了状元，黄驾是第二名，之后就是卢求。其余都一一相合。后来李翺兼管襄阳，道人又来拜望。李翺更加敬重、惊异。道人对李翺说："我之所以又来，是仰慕你的功业。"李翺便叫出几个儿子。道人仔细地观察后，对李翺道："他们都无法继承你的功业。"李翺又把自己的女儿叫来拜见道人。道人说道："有朝一日你的三个外孙都会位至宰辅。"后来卢求的儿子卢携、郑亚的儿子郑畋、杜审权的儿子杜让能都成为了将相之才。（出《摭言》）

杜 牧

崔郾侍郎既拜命，于东郡试举人。三署公卿，皆祖于长乐传舍。冠盖之盛，罕有加也。时吴武陵任太学博士，策蹇而至。郾闻其来，微讶之。及离席与言，武陵曰：“侍郎以峻德伟望，为明天子选才俊，武陵敢不薄施尘露。向者偶见大学生数十辈，扬眉抵掌读一卷文书。就而观之，乃进士杜牧《阿房宫赋》。若其人，真王佐才也。侍郎官重，恐未暇披览。”于是缙笏，朗宣一遍。郾大奇之。武陵请曰：“侍郎与状头。”郾曰：“已有人。”武陵曰：“不然，则第三人。”郾曰：“亦有人。”武陵曰：“不得已，即第五人。”郾未遑对。武陵曰：“不尔，却请此赋。”郾应声曰：“敬依所教。”既即席，白诸公曰：“适吴太学以第五人见惠。”或曰：“为谁？”曰：“杜牧。”众中有以牧不拘细行问之者，郾曰：“已许吴君，牧虽屠狗，不能易也。”崔郾东都放榜，西都过堂。杜紫微诗曰：“东都放榜未花开，三十三人走马回。秦地少年多酿酒，即将春色入关来。”（出《摭言》）

刘 蕡

大和二年，裴休等二十三人登制科。时刘蕡对策万余字，深究治乱之本。又多引《春秋》大义，虽公孙弘、董仲舒不能肩也。自休已下，靡不敛衽。然以指斥贵幸，不顾忌讳，有司知而不取。时登科人李邵诣阙进疏，请以己之所得，易蕡之所失。疏奏留中。蕡期月之间，屈声播于天下。（出《摭言》）

杜牧

侍郎崔郾收到了就任主考官的命令之后，在东都考取举人。三省的各位公卿都来自长乐宫传舍，很少有所出官员比此处多的。当时吴武陵担任太学博士，骑着瘸驴前来。崔郾听说吴武陵来了，稍微有些惊讶。等到离席交谈的时候，吴武陵说：“您以高尚的品德、威望，给天子选取有才能之人，我怎敢不尽我的微薄之力呢？之前偶然见到十几个大学生，十分开心地一起读一卷文章。我近前一看，原来是进士杜牧的《阿房宫赋》。像这种人，真的可以称得上是王佐之才啊！您位高权重，恐怕没有闲暇观览他的文章。”于是插上笏板，大声朗读了一遍。崔郾十分惊奇。吴武陵向崔郾请求道：“请您把状元赐给杜牧。”崔郾回答道：“已经有人了。”吴武陵说：“如果状元不行，那就请您赐第三名给杜牧。”崔郾应声答道：“也已经有人了。”吴武陵说：“如果实在不得已，那就请您赐第五名给杜牧。”崔郾还没来得及回答，吴武陵就说：“如果还是不行，那就请把这篇赋还给我。”崔郾应声说道：“那就按照您的意思办好了。”回到席上之后，崔郾和席上的各位公卿说道：“刚才吴太学已经把第五名恩赐给了我。”有人说：“第五名是谁？”崔郾回答道：“杜牧。”有人认为杜牧不拘小节，以此询问崔郾，崔郾回答道：“我已经答应吴武陵了，即使杜牧是屠狗之辈，也不能改变名次了。”崔郾在东都洛阳放榜，进士们在西都长安过堂。杜牧诗说：“东都放榜未花开，三十三人走马回。秦地少年多酿酒，即将春色入关来。”（出《摭言》）

刘蕡

大和二年，裴休等二十三个人参加殿试。当时刘蕡所写对策有一万多字，深刻地追究了治国、乱国的根本原因，又多用春秋大义说明，即使是公孙弘、董仲舒也无法比肩。从裴休以下，没有不避让的。但是因为他指摘、斥责那些贵族、受宠幸之人，不顾忌讳，所以有司知道他有才却不肯取用。当时的进士李邵进宫上疏，请求用自己的所得去换刘蕡所失去的。李邵的奏疏被留在了宫中。一月之间，刘蕡被委屈的声名广布天下。（出《摭言》）

刘蕡，杨嗣复之门生也。既直言忤，中官尤所嫉怒。中尉仇士良谓嗣复曰："奈何以国家科第，放此风汉耶？"嗣复惧，答曰："嗣复昔与蕡及第时，犹未风耳。"（出《玉泉子》）

薛保逊

薛保逊好行巨编，自号金刚杵。太和中，贡士不下千余人，公卿之门，卷轴填委，为阍媪脂烛之费。因之平易者曰："若薛保逊卷，即所得倍于常也。"（出《摭言》）

贾岛

贾岛不善呈试，每试，自叠一幅。巡铺告人曰："原夫之辈，乞一联，乞一联。"（出《摭言》）

毕諴

毕諴及第年，与一二人同行，听响卜。夜艾人稀，久无所闻。俄遇人投骨于地，群犬争趋。又一人曰："后来者必衔得。"（出《摭言》）

裴德融

裴德融讳皋，值高锴知举，入试。主司曰："伊讳皋，某棋下就试，与及第，困一生事。"后除屯田员外郎。时卢简求为右丞。裴与除郎官一人同参，到宅，右丞先屈前一人入。从容多时，前人启云："某与新除屯田裴员外，同祗候右丞，裴员外在门外多时。"卢遽使驱使官传语曰："员外是何人下及第？偶有事，不得奉见。"裴仓遑失错，骑前人马出门去。（出《卢氏杂说》）

刘蕡是杨嗣复的门生。刘蕡直言忤逆之后，宦官们十分记恨他。中尉仇士良对杨嗣复说：“怎么能趁着国家科举的时候，把这种疯子放进来呢？”杨嗣复十分害怕，回答道：“当初我让刘蕡及第的时候，他还没有发疯。”（出《玉泉子》）

薛保逊

薛保逊喜欢创作长篇大论式的文章，自称“金刚杵”。太和年间，贡士不下一千人，当朝官员的家中装满了这些贡士的书画，经常被老妇人用来点灯。因此那些人说道：“如果是薛保逊的书画，价格应该能比别人高一倍。”（出《摭言》）

贾 岛

贾岛不擅长写奏状，每次考试的时候，都要把奏状叠成一摞。监考说：“又是你啊。拿一张纸来，拿一张纸来。”（出《摭言》）

毕 諴

毕諴中状元那年，和一两个人同行，听响声以断吉凶。夜里十分安静，没有路人，什么也听不到。不久碰到一个人把骨头扔到地上，很多狗趋之若鹜。又一个人说道：“后来的那个一定能叼得到。”（出《摭言》）

裴德融

裴德融十分忌讳“皋”字。当时高锴担任主考，裴德融前往考试。主考官说道：“你忌讳‘皋’这个字，去下面考试吧。”让他中了举，却被生计所困。后来裴德融被提拔为屯田员外郎。当时卢简求担任右丞，裴德融和另外一个被提拔为郎官的人一起前去参谒。到了卢简求的宅中，卢简求先让前一个人进去。聊了很长时间后，另一个人说道：“我和新被提拔的屯田郎裴员外一起来参谒您，裴员外已经在门外很长时间了。”卢简求随即命传信官传话道：“裴员外是谁家

裴思谦

高锴第一榜，裴思谦以仇士良关节取状头。锴庭谴之，思谦回顾厉声曰："明年打春取状头。"第二年，锴知举，诫门下不得受书题。思谦自怀士良一缄入贡院。既而易以紫衣，趋至阶下，白锴曰："军容有状，荐裴思谦秀才。"锴不得已，遂接之。书中与思谦求巍峨，锴曰："状元已有人。此外可副军容旨。"思谦曰："卑吏面奉军容处分，裴秀才非状元，请侍郎不放。"锴俯首良久曰："然则略要见裴学士。"思谦曰："卑吏便是。"思谦人物堂堂，锴见之改容。不得已，遂从之。（出《摭言》）

李 肱

开成元年秋，高锴复司贡籍。上曰："夫宗子维城，本枝百代。封爵使宜，无令废绝。常年宗正寺解送人，恐有浮薄，以忝科名。在卿精拣艺能，勿妨贤路。其所试赋，则准常规，诗则依齐梁体格。"乃试《琴瑟合奏赋》《霓裳羽衣曲》诗。主司先进五人诗，其最佳者李肱，次则王收《日斜见赋》，则《文选》中《雪》《月赋》也。况肱宗室，德行素明，人才俱美，敢不公心，以辜圣教。乃以榜元及第。《霓裳羽衣曲》诗，李肱云："开元太平时，万国贺丰岁。梨园献旧曲，玉座流新制。凤管递参差，霞衣统摇曳。宴罢水殿空，辇余春草细。蓬壶事已久，仙乐功无替。讵肯听遗音，圣明知善继。"上览之曰："近属如肱者，其不忝乎？有刘安之识，可令著书；执马孚之正，可以为传。秦嬴统天下，子弟同匹夫，根本之

的门生及第？我偶然有事，没法召见。”裴德融仓皇失措，骑了前一位的马出门离开了。（出《卢氏杂说》）

裴思谦

高锴第一次做主考的时候，裴思谦动用了仇士良的关系要取得状元。高锴当堂谴责裴思谦，裴思谦回头大声说道：“第二年立春我要取得状元。”第二年，依然是高锴主持科举，告诫手下不能把卷子交给裴思谦。裴思谦自己揣着仇士良的一封信进了贡院，然后换上紫色的衣服，来到台阶之下，对高锴说：“仇士良有信，要你推荐裴思谦秀才。”高锴不得已，接下这封信。信里，仇士良替裴思谦求取状元。高锴说道：“状元已经有人选了。除此之外，随仇士良的便。”裴思谦说道：“我面奉仇士良的意思。如果裴思谦不是状元，请您不要放榜。”高锴低头想了很长时间，说道：“那我要见见裴学士。”裴思谦说道：“我就是裴思谦。”裴思谦长得相貌堂堂，裴锴一见便改了态度，不得已，便同意了裴思谦。（出《摭言》）

李 肱

开成元年的秋天，高锴又去担任主考官。皇帝说道：“宗室之人譬如一国之城墙，是从先王处代代相传下来的。因此要让他们的爵位合宜，不让他们的香火陨灭。宗正寺所解送的各个宗室子弟，恐怕才名有所浮夸，辱没了科举。你要精选那些有才能的人，不要挡住了贤者的前途。科举用的赋按常规录取，诗就用齐梁体选拔人才。”于是科举出题琴瑟合奏赋、霓裳羽衣曲诗。主考官先上交了五首诗，最好的是李肱，其次就是王收。日影刚要西仄，李肱的赋就已经写完了，是《文选》中《雪赋》《月赋》这种一流的作品。况且李肱身为宗室子弟，德行被人称道，才貌俱佳，高锴不敢不公平对待，辜负皇上的期望，便提携李肱为榜首状元。霓裳羽衣曲诗，李肱写道：“开元太平时，万国贺丰岁。梨园献旧曲，玉座流新制。凤管递参差，霞衣统摇曳。宴罢水殿空，辇余春草细。蓬壶事已久，仙乐功无替。讵肯听

不深固，曹冏曷不非也。”（出《云溪友议》）

苏景胤 张元夫

太和中，苏景胤、张元夫为翰林主人。杨汝士与弟虞卿及弟汉公，尤为文林表式。故后进相谓曰：“欲入举场，先问苏张。苏张犹可，三杨杀我。”大中、咸通中，盛传崔慎相公常寓尺题于知闻。或曰：“王凝、裴瓒、舍弟安潜，朝中无呼字知闻，厅里绝脱靴宾客。”凝终宣城，瓒礼部尚书，安潜侍中。太平王崇、窦贤二家，率以科目为资，足以升沉后进。故科目举人相谓曰：“未见王窦，徒劳谩走。”（出《摭言》）

后有东西二甲，东呼西为茫茫队，言其无艺也。（出《卢氏杂说》）

开成、会昌中，又曰：“郑杨段薛，炙手可热。”又有薄徒，多轻侮人。故裴泌应举，行《美人赋》以讥之。又有大小二甲；又有汪巳甲；又有四字，言深耀轩庭也；又有四凶甲；又芳林十哲，言其与内臣交游，若刘晔、任息、姜垍、李岩士、蔡铤、秦韬玉之徒。铤与岩士，各将两军书题，求状元。时谓之对军解头。太和中，又有杜顗、窦纲、萧嶰，极有时称，为后来领袖。文宗曾言进士之盛。时宰相对曰：“举场中自云：乡贡进士，不博上州刺史。”上笑之曰：“亦无奈何。”（出《卢氏杂说》）

遗音，圣明知善继。”皇上看完了，说道：“最近有李肱这些人，宗室可以说是大放异彩了。如果他有刘安一样的学识，那就让他去写书；如果他有司马孚一样的操守，那就让他去立传。秦朝嬴姓统一天下之后，子弟就和普通人一样，根不深蒂不固，曹冏不批评秦朝又批评谁呢？”（出《云溪友议》）

苏景胤　张元夫

太和年间，苏景胤、张元夫担任翰林学士。杨汝士和弟弟杨虞卿、杨汉公担任文坛领袖。因此后来的举子彼此告诉：“欲入举场，先问苏张。苏张犹可，三杨杀我。”大中咸通年间，人们都传言崔慎常常在信里跟别人说：“有人说王凝、裴瓒和我的弟弟崔安潜，朝中没人直呼他们的字号，家中没有能让他们脱靴的宾客。”王凝最后官居宣城太守，裴瓒最后官居礼部尚书，崔安潜最后官居侍中。太平郡的王崇、窦贤两家，全都以科举人才为资本，足够让后来人中举或落榜。因此各科的举人相诉道：“没有见到王、窦二家，白白地前来参加考试。”（出《摭言》）

后来东西各有一榜，东榜的举子称西榜举子为茫茫队，嘲笑他们没有才学。（出《卢氏杂说》）

开成、会昌年间，又有郑、杨、段、薛四家，权势滔天。还有一些轻薄之士，多轻慢、侮辱他人。因此裴泌考试的时候，写了一篇《行美人赋》以讽刺这些人。又有大甲、小甲、汪巳甲，还有取四字名字来炫耀门庭的、还有叫四蚕甲的。还有芳林十哲，是说他们和重臣整日交游，比如刘晔、任息、姜垍、李岩士、蔡铤、秦韬玉之徒，都在芳林十哲之列。蔡铤和李岩士各带一路人马所求状元，当时人称此事为对军解头。太和年间，杜颛、窦纲、肖嶰非常为人称道，后来成为了文坛领袖。唐文宗曾说过进士之盛况。当时的宰相说道：“考场中都说：‘乡贡的进士，当不上贵州的刺史。’”文宗笑道：“这也无可奈何。”（出《卢氏杂说》）

卷第一百八十二　贡举五

崔蠡

唐崔蠡知制诰日，丁太夫人忧，居东都里第。时尚清苦俭啬，四方寄遗，茶药而已，不纳金帛。故朝贤家不异寒素。虽名姬爱子，服无轻细。崔公卜兆有期，居一日，宗门士人有谒请于蠡者，阍吏拒之，告曰："公居丧，未尝见他客。"乃曰："某崔家宗门子弟，又知尊夫人有卜远之日，愿一见公。"公闻之，延入与语。直云："知公居缙绅间，清且约，太夫人丧事所须，不能无费。某以辱孙侄之行，又且赀用稍给，愿以钱三百万济公大事。"蠡见其慷慨，深奇之。但嘉纳其意，终却而不受。此人调举久不第，亦颇有屈声。

蠡未几服阕，拜尚书右丞，知礼部贡举。此人就试，蠡第之为状元。众颇惊异，谓蠡之主文，以公道取士，崔之献艺，由善价成名。一第则可矣，首冠未为得。以是人有诘于蠡者。答曰："崔某固是及第人，但状头是某私恩所致耳。"具以前事告之。于是中外始服，名益重焉。（出《芝田录》）

崔蠡

唐朝崔蠡被任命为知制诰，因为要给母亲守孝，在洛阳的房中居住。当时风气崇尚清苦、节俭，探病时多送茶叶、药物，很少有探病送钱的。因此朝中官员家中和寒门子弟没有两样。即使是他们的宠妾、爱子，身上也没有金银细软。崔蠡占好了下葬的日期，一天后，一名崔氏子弟前来谒见崔蠡，被守门的小吏拒之门外，说道："崔公正在服丧，没有接见过其他客人。"这名崔氏子弟答道："我是崔家宗室的子弟，又得知崔公已经卜得了下葬的日期，希望能见一见崔公。"崔蠡听说了，便邀请此人进屋交谈。此人开门见山道："我知道您任官期间，清廉节俭，但是太夫人丧事有所需要，肯定会有所花销。我作为太夫人的孙辈，手里还算有点银子，希望能用三百万钱为太夫人的丧事尽心。"崔蠡见他出手慷慨，感到十分惊奇，只表示感谢他的好意，最终还是没有收下。后来此人屡次考试都不中举，经常发表一些认为自己委屈的言论。

崔蠡结束丧期，官任右丞，主管礼部的科举考试。此人参加考试，崔蠡把他定为状元。众人十分惊异，都说崔蠡主管考试，凭借公道选拔人才；崔氏子弟所展现的文采，是因为对国家财政合理的评价而成名。但是中第可以，中状元就有点过誉了。因此有人向崔蠡询问此事。崔蠡回答道："那个人本来就应该及第。不过提拔他为状元是我私人恩情所致。"然后把事情详细地告诉了询问此事的人。于是礼部内外都心服口服，而崔蠡的名气也越来越大。（出《芝田录》）

卢肇

李德裕抑退浮薄，奖拔孤寒。于时朝贵朋党，德裕破之，由是结怨，而绝于附会，门无宾客。唯进士卢肇，宜春人，有奇才。德裕尝左宦宜阳，肇投以文卷，由此见知。后随计京师，每谒见，待以优礼。旧例：礼部放榜，先呈宰相。会昌三年，王起知举，问德裕所欲，答曰："安用问所欲为，如卢肇、丁棱、姚鹄。岂可不与及第邪？"起于是依其次而放。(出《玉泉子》)

丁棱

卢肇、丁棱之及第也，先是放榜讫，则须谒宰相。其导启词语，一出榜元者，俯仰疾徐，尤宜精审。时肇首冠，有故不至，次乃棱也。棱口吃，又形体小陋。迨引见，即俯而致词。意本言棱等登科，而棱赪然发汗，鞠躬移时，乃曰："棱等登，棱等登。"竟不能发其后语而罢，左右皆笑。翌日，有人戏之曰："闻君善筝，可得闻乎？"棱曰："无之。"友人曰："昨日闻棱等登棱等登，非筝声邪？"(出《玉泉子》)

顾非熊

顾非熊，况之子，滑稽好辩，凌轹气焰子弟，为众所怒。非熊既为所排，在举场垂三十年，屈声聒人耳。会昌中，陈商放榜，上怪无非熊名。召有司追榜，放及第。时天下寒进，皆知劝矣。诗人刘得仁贺诗曰："愚为童稚时，已解念君诗。及得高科晚，须逢圣主知。"(出《摭言》)

卢肇

李德裕革掉那些冗官，奖赏、选用那些寒门子弟。当时朝中贵族所结成的朋党，全都被李德裕打破了，因此朝中贵族与李德裕结下怨仇，不肯依附李德裕的势力，李德裕门前也没有什么宾客。只有进士宜春人卢肇有奇才。李德裕曾经被贬到宜阳做官，卢肇把自己的文章投给李德裕，因此被李德裕所知。后来前往京城科举，每次谒见李德裕的时候，李德裕都用大礼相待。旧例：礼部科举考试放榜之前，先要呈给宰相观看。会昌三年，王起主考，问李德裕想要提拔谁。李德裕说道："又何必问我想要提拔谁呢？像卢肇、丁棱、姚鹄这样的人，怎么能不让他们及第呢？"于是王起便按照这个顺序放了榜。（出《玉泉子》）

丁棱

关于卢肇、丁棱中举之事，在放榜之前需要前往谒见宰相。一开始陈词的榜首说话需要张弛有度，十分谨慎。当时卢肇中了状元，有事没能前去。第二名就是丁棱。丁棱口吃，长得又矮又丑。等到宰相引见他的时候，他就弯着腰前去致辞。丁棱本意要说自己等待登科，却突然汗流浃背，鞠躬了很长时间，才说："棱等登，棱等登。"最后没能说完后面的话。旁边的人都嘲笑他。第二天，有人跟他开玩笑说："听说你擅长弹筝，能让我听听吗？"丁棱说道："我哪儿会弹筝。"朋友说道："我昨天听着棱等登、棱等登来着，那不是你弹筝吗？"（出《玉泉子》）

顾非熊

顾非熊是顾况家的公子。其为人滑稽，喜欢和别人辩论，经常浇灭那些世家子弟的气焰，众人都很气愤。顾非熊被排挤之后，在考场考了将近三十年，遍地都是为顾非熊叫屈的人。会昌年间，陈商放榜，皇帝怪他没有把顾非熊的名字放在榜上，便下诏让有关部门追记顾非熊及第。当时天下的寒门举子，都被激励了。诗人刘得仁给顾

李德裕

李德裕以己非由科第，恒嫉进士举者。及居相位，贵要束子。德裕尝为藩府从事日，同院李评事以词科进，适与德裕官同。时有举子投文轴，误与德裕。举子既误，复请之曰："某文轴当与及第李评事，非与公也。"由是德裕志在排斥。（出《玉泉子》）

张濆

张濆会昌五年陈商下状元及第。翰林覆，落濆等八人。赵胃南贻濆诗曰："莫向春风诉酒杯，谪仙真个是仙才。犹堪与世为祥瑞，曾到蓬山顶上来。"（出《摭言》）

宣宗

宣宗酷好进士及第，每对朝臣问及第。苟有科名对者，必大喜，便问所试诗赋题目，拜主司姓名。或有人物稍好者，偶不中第，叹惜移时。常于内自题"乡贡进士李道龙"。（出《卢氏杂说》）

卢渥

唐陕州廉使卢渥，在举场甚有时称。曾于浐水逆旅，遇宣宗皇帝微行，意其贵人，敛身回避。帝揖与相见，乃自称进士卢渥。帝请诗卷，袖之，乘骡而去。他日对宰臣，语及卢渥，令主司

非熊写贺诗道：“愚为童稚时，已解念君诗。及得高科晚，须逢圣主知。”（出《摭言》）

李德裕

李德裕因为自己不是因科举及第的，便很嫉妒那些进士及第的人。等到李德裕身居相位，经常凭借自己高贵的地位压制这些举子。李德裕当初做藩府从事的时候，同院的李评事是词科的进士，正好和李德裕官职相同。当时有举子给李评事投去文章，错投给了李德裕。该举子投错之后，又向李德裕请求道：“我的文章本来应该投给李评事，不是要投给您的。”因此李德裕就一直想排斥这个举子。（出《玉泉子》）

张 濆

张濆在会昌五年陈商做主考的时候进士及第。翰林院核查后，张濆等八个人落榜了。赵胃南给张濆写了一首诗道：“莫向春风诉酒杯，谪仙真个是仙才。犹堪与世为祥瑞，曾到蓬山顶上来。”（出《摭言》）

宣 宗

唐宣宗特别喜欢进士及第之人，总会询问朝臣是哪科及第的。一旦有回答是进士及第的，他一定会十分高兴，就会询问考试时诗、赋的题目以及主考官的姓名。那些有文采的人偶然落第，总是会叹息很长时间。唐宣宗甚至在自己的内宫里题了“乡贡进士李道龙”七个字。（出《卢氏杂说》）

卢 渥

唐朝陕州廉访使卢渥当时在考场上名声很大。卢渥曾经在浐水住店，正碰见宣宗微服私访，卢渥觉得他是贵人，便回到房间躲了起来。唐宣宗有意和他相见，卢渥便自称是进士卢渥。唐宣宗请他献擢第。渥不自安，恐僭冒之辱。宰相问渥与主上有何阶缘，渥乃具陈因由，时亦不以为忝，盖事业亦得之矣。渥后自廉察入朝，知举，遇黄寇犯阙，不及终场。赵崇大夫戏之曰："出腹不生养主司也。"然卢家未尝知举，卢相携耻之，拔为主文章，不果也。（出《北梦琐言》）

刘蜕

荆南解比号天荒。大中四年，刘蜕以是府解及第。时崔铉作镇，以破天荒钱七十万资蜕。蜕谢书略曰："五十年来，自是人废；一千里外，岂曰天荒？"（出《摭言》）

苗台符 张读

苗台符六岁能属文，聪悟无比。十余岁博览群籍，著《皇心》三十卷，年十六及第。张读亦幼擅词赋，年十八及第。同年进士，又同佐郑薰少师宣州幕。二人常列题于西明寺东廊，或窃注之曰："一双前进士，两个阿孩儿。"台符十七不禄，读位至礼部侍郎。（出《摭言》）

许道敏

许道敏随乡荐之初，获知于时相。是冬，主文者将莅事于贡院，谒于相门。相大称其卓苦艺学，宜在公选。主文受命而去。许潜知其旨，则磨砺以须，屈指试期，大挂人口。俄有张希复员外结婚于丞相奇章公之门。亲迎之夕，辟道敏为傧。道敏乘其喜气，纵酒飞章，摇佩高谭，极欢而罢。无何，时相敷奏不称旨，移秩他上诗卷，藏在袖子里，骑着骡子就离开了。有一天和宰相对话，谈及卢渥其人，命令主考官提拔卢渥做状元。卢渥感到十分不安，恐怕自己得了僭越之罪。宰相问卢渥和皇帝有什么机缘，卢渥便把之前的事由仔细说给宰相，当时的人都觉得这件事不算什么耻辱。大概是卢渥当时已经成功立业了。后来卢渥从廉察任上入朝，担任主考，正赶上黄巢进犯，没能考到最后一场。大夫赵崇调笑道："你这个大肚子当不了主考官。"然而卢家确实没有当过主考。宰相卢携以此为耻，便提拔卢渥为主考，却没有成功。（出《北梦琐言》）

刘　蜕

荆南一带成为进士的人向来被称为天荒。大中四年，刘蜕在荆南府及第。当时崔铉坐镇荆南，用"破天荒"的钱七十万资助刘蜕。刘蜕推辞的信上说："五十年来，从我这儿开始就停止了；如今一千里外的地方，怎么能还称作天荒呢？"（出《摭言》）

苗台符　张读

苗台符六岁就能写文章，聪明、悟性无人能比。十多岁就博览群书，写了三十卷《皇心》。十六岁就及第了。张读也从小就擅长吟诗作赋，十八岁就及第了。二人是同一年的进士，又都在少师郑薰处做幕僚。两个人经常在西明寺的东走廊一起题诗。有人偷偷作注文道："一双前进士，两个阿孩儿。"苗台符十七岁就去世了，而张读做到了礼部侍郎。（出《摭言》）

许道敏

许道敏一开始被乡里推荐的时候，被当时的宰相所知。当年冬天，主考官将要主考前，去拜望丞相。丞相对许道敏的苦学、才能大加称赞，认为他应该成状元。主考官收到宰相的命令就离开了。许道敏打听到丞相的意思，便磨砺自己，等待考试的时机。到了考试那天，被人们大加称赞。不久张希复员外和丞相牛僧孺结为姻亲。

郡。人情恐异，主文不敢第于甲乙。自此晦昧壈坎，不复振举。继丁家故，乖二十载。至大中六年崔玙知举，方擢于上科。时有同年张读一举成事，年十有九。乃道敏败于垂成之冬，傧导张希复之子，牛夫人所生也。（出《唐阙史》）

崔殷梦

崔殷梦，宗人瑶门生也。夷门节度使龟从之子，同年首冠於壤。壤白瑶曰："夫一名男子，饰身世以为美，他不可以等将也。近岁关试内，多以假为名，求适他处，甚无谓也。今乞侍郎，不可循其旧辙。"瑶大以为然。一日，壤等率集同年诣瑶起居。既坐，瑶笑谓壤等曰："昨得大梁相公书，且欲崔先辈一到。骏马健仆，往复当不至稽滞，幸诸先辈留意。"壤以坐主之命，无如之何。（出《玉泉子》）

颜 标

郑侍郎薰主文，举人中有颜标者，薰误谓是鲁公之后。时徐方未宁，志在激劝忠烈，即以标为状元。及谢恩日，从容问及庙院，标曰："标寒进也，未尝有庙院。"薰始大悟，塞默而已。寻为无名子所嘲曰："主司头脑太冬烘，错认颜标作鲁公。"（出《摭言》）

迎亲那天晚上，牛丞相叫来许道敏做婚姻的傧相。许道敏借着他的喜气，纵酒为乐，下笔成章，高谈阔论，尽兴而归。不久，因为当时丞相上奏的事情不合皇帝心意，被贬到其他地方，主考因人情变故，不敢把许道敏提拔成榜首。从此后许道敏的前途十分晦暗、坎坷，一蹶不振。随后又为父母守孝，二十年没走好运。到了大中六年崔玙主考的时候，才被提拔为进士。当时同年的张读一举成名，时年十九岁，正是许道敏功败垂成那一年的冬天做傧相的张希复的儿子，是牛夫人所生的子嗣。（出《唐阙史》）

崔殷梦

崔殷梦是李瑶的门生，是夷门节度使崔龟从的儿子。与他同年中举的第一名叫於壤。於壤对李瑶说："作为一名男子，可以用自己的门庭给自己妆点，但是其他事情不能一概而论。最近关试的时候，人们多用自己的门庭美化自己的名声，以求到别处做官，实在是没有什么好说的。如今我们求取侍郎一职，千万不能重蹈覆辙。"李瑶十分认同。一天，於壤等人带领同年及第的人们前往李瑶的居所。所有人都坐下之后，李瑶笑着对於壤等人说道："昨天我收到了崔龟从的信，想要让你们和崔殷梦一同前去会面。马匹已经准备停当，半途应该不会出现什么问题，请各位留意一下。"於壤因为这是李瑶的命令，也没有什么办法。（出《玉泉子》）

颜　标

侍郎郑薰做主考官的时候，有一个叫颜标的举人，郑薰误以为他是颜真卿的后人。当时徐州一带还没有平定，郑薰想要激励忠烈之士，便提拔颜标为状元。等到颜标谢恩那天，郑薰从容地问及其家世的时候，颜标说道："我是寒门举子，没有什么宗庙。"郑薰这才觉悟，只是沉默无言而已。随即被无名之士嘲笑道："主司头脑太冬烘，错认颜标作鲁公。"（出《摭言》）

温庭筠

温庭筠灯烛下未尝起草，但笼袖凭几，每赋一韵，一吟而已。故场中号为温八吟。(出《摭言》)

卢 彖

崔沆及第年，为主罚录事。同年卢彖俯近关宴，坚请假，往洛下拜庆。既而淹缓久之，及同年宴于曲江亭子，彖以雕幰载妓，微服亸鞚，纵观于侧。遽为团司所发，沆判之，略曰："深挽席帽，密映毡车。紫陌寻春，便隔同年之面；青云得路，可知异日之心。"(出《摭言》)

翁彦枢

翁彦枢，苏州人，应进士举。有僧与彦枢同乡里，出入故相国裴公垍门下。以其年耄优惜之，虽中门内，亦不禁其出入。手持贯珠，闭目以诵佛经，非寝食，未尝辍也。垍主文柄，入贡院。子勋、质，日议榜于私室，僧多处其间，二子不之虞也。其拟议名氏，迨与夺进退，僧悉熟之矣。归寺而彦枢访焉，僧问彦枢将来得失之耗。彦枢具对以无有成遂状。僧曰："公成名须第几人？"彦枢谓僧戏己，答曰："第八人足矣。"

即复往裴氏之家，二子所议如初，僧忽张目谓之曰："侍郎知举邪？郎君知举邪？夫科第国家重事，朝廷委之侍郎，意者欲侍郎划革前弊，孤贫得路。今之与夺，率由郎君。侍郎宁偶人邪？且郎君所与者，不过权豪子弟，未尝以一贫人艺士议之，郎君可

温庭筠

温庭筠在灯下写诗的时候，从来不打草稿，只是笼起袖子，倚着案子，每写一句诗，吟唱一次而已。因此考场里都称温庭筠为“温八吟”。（出《摭言》）

卢　彖

崔沆中举那一年，是主罚录事。同年卢彖在临近曲江宴会时坚决请假，说要前往洛阳省亲。但他又在此地逗留了很多时日，等到同年们在曲江亭举办宴会时，卢彖用精美的轿子载着歌妓，自己穿着便服，信马而行，引来人们围观，随即便被团司发觉。崔沆判了他的罪，判词大略如下：“戴着蔽日的席帽，人群密密地围着毡车。在京郊的大道上寻花问柳，就这样与同年断了情谊。现在才刚刚踏上仕途就如此，他日之心便可了解了。”（出《摭言》）

翁彦枢

翁彦枢是苏州人。他去参加科举时，一个和他是老乡的僧人，经常在前相国裴垣家中做客。因为僧人年近耄耋，因此裴家很优待他，即使是内室，也让僧人随意出入。僧人也只是手拿着佛珠，闭着眼睛背诵佛经，除非睡觉、吃饭，否则从不停止。当年裴垣主考，进入了贡院。裴垣的两个儿子裴勋、裴质天天在内室议论大榜，这位僧人总在一旁听着，裴垣的两个儿子没有防备。他们所拟定的人，或是提拔，或是贬黜，都被僧人记得滚瓜烂熟。等到僧人回到寺中，翁彦枢前去拜望，僧人问翁彦枢对前途的期盼。翁彦枢没有什么想法。僧人说道：“你考试想成第几名？”翁彦枢以为僧人跟他开玩笑，便回答道：“第八名就行。”

僧人便又去裴垣家中，裴垣的两个儿子还在像一开始一样讨论。僧人忽然睁开眼睛，对他们说道：“是侍郎主考呢，还是你们主考呢？科举是国家大事，朝廷把此事交给侍郎，是为了让侍郎铲除那些尸位素餐的人，而你们所给的进士，基本上都是豪门子弟，却没有乎？”即屈其指，自首及末，不差一人，其豪族私仇曲折，毕中二子所讳，勋等大惧。即问僧所欲，且以金帛啖之。僧曰：“贫僧老矣，何用金帛为？有乡人翁彦枢者，徒要及第耳。”勋等曰：“即列在丙科。”僧曰：“非第八人不可也。”勋不得已许之。僧曰：“与贫僧一文书来。”彦枢其年及第，竟如其言。（出《玉泉子》）

刘虚白

刘虚白与裴垣早同砚席，垣主文，虚白犹是举子。试杂文日，帘前献一绝句云：“二十年前此夜中，一般灯烛一般风。不知岁月能多少，犹著麻衣侍至公。”孟棨年长于魏公，放榜日，棨出行曲谢，沆泣曰：“先辈吾师也。”沆泣，棨亦注。棨出入场籍三十年。长孙藉与张公旧交，公兄呼藉。公尝讽其改图，藉曰：“朝闻道，夕死可矣。”（出《摭言》）

封定卿

大中后，进士尤盛。封定卿、丁茂珪，举子与其交者，必先登第，而二公各二十举方成名。何进退之相悬也？先是李都、崔雍、孙瑝、郑嵎四君子，蒙其眄睐者因是进升。故曰：“欲得命通，问瑝、嵎、都、雍。”（出《北梦琐言》）

冯 藻

唐冯藻，常侍宿之子，涓之叔父，世有科名。藻文彩不高，酷爱名第，已十五举。有相识道士谓曰：“某曾‘入静’观之，此生无一个寒门子弟、一个有才能的人居于榜中。你们觉得行吗？”因此用手指一个一个数，从头到尾，不差一人，所说的豪族之间的恩怨纠纷，全都是两位公子所忌讳的。裴勋二人因此十分害怕，就问僧人想要什么，还用财物贿赂他。僧人说道：“我已经老了，要钱有什么用呢？不过是我有一个老乡想要中举而已。”裴勋二人说道：“这就给他放到榜末，可以吗？”僧人说道：“必须是第八才行。”裴勋不得已，就答应了僧人。僧人说道：“给我写一张文书。”当年翁彦枢果然及第，就和他自己所说的一样。（出《玉泉子》）

刘虚白

刘虚白和裴垣早年间就是同窗。等到裴垣主考的时候，刘虚白还是考试的举子。当时考试杂文的时候，刘虚白在主考官的帘子前献了一首绝句道：“二十年前此夜中，一般灯烛一般风。不知岁月能多少，犹着麻衣侍至公。”孟棨比魏公崔沆年长。放榜当天，孟棨出列感谢崔沆，崔沆哭泣道：“您就是我的老师。”崔沆大哭，孟棨也泪如雨下。孟棨在考场考了三十年。长孙藉和张公是旧交，张公以兄称呼长孙藉。张公曾经劝长孙藉另谋生计。长孙藉说道：“朝闻道，夕死可矣。”（出《摭言》）

封定卿

大中年间以后，考取进士蔚然成风。能和封定卿、丁茂珪结交的举子，必定能够先中举，可是封、丁各考了二十次才得以成名。为什么前后差得如此悬殊呢？之前，有四君子：李都、崔雍、孙瑝、郑嵎，如果被他们看中了，就会被选为进士。因此谚语有言：“欲得命通，问瑝、嵎、都、雍。”（出《北梦琐言》）

冯　藻

唐朝的冯藻是常侍冯宿的儿子、冯涓的叔叔，几代人都因科举而成名。冯藻虽然文采不足，但是特别喜欢考取名次，已经考了十五名第，但有官职也。”亦未之信。更应十举，已二十五举矣。姻亲劝令罢举，且谋官。藻曰：“譬如一生无成，更誓五举。”无成，遂三十举，方就仕宦。历卿监峡牧，终于骑省。（出《北梦琐言》）

赵琮

赵琮妻父为钟陵大将。琮以久随计不第，穷悴甚，妻族益相薄，虽妻父母不能不然也。一日，军中高会，州郡谓之春设者，大将家相率列棚以观之。其妻虽贫，不能无往。然所服故弊，众以帷隔绝之。设方酣，廉使忽驰吏呼将，将惊且惧。既至，廉使临轩，手持一书笑曰：“赵琮得非君子婿乎？”曰：“然。”乃告之：“适报至，已及第矣。”即授所持书，乃榜也。将遽以榜奔归，呼曰：“赵郎及第矣！”妻之族即撤去帷障，相与同席，竞以簪服而庆遗焉。（出《玉泉子》）

次科举。有认识冯藻的道士对冯藻说："我曾经'入静'看过你的命运，你一生没有名次，只有官职。"冯藻也不肯相信，又参加了十次科举考试，算下来已经参加了二十五次了。他的妻家劝他不要再考试了，应该前去谋取官职。冯藻说道："如果我此生真一无所成，就再让我考五次科举吧。"结果终究没能考上。考了三十次科举，才前去当官。历任卿监峡牧等职，最终做到骑省。（出《北梦琐言》）

赵琮

赵琮的岳父是钟陵将军。赵琮考了很长时间科举，穷困潦倒，他的妻族也更瞧不上他，妻子、岳父、岳母都一样。一天，军中大摆春设酒宴，将军家属全都在一旁观看。虽然他的妻子贫穷，但是又不能不去。然而穿得衣衫褴褛，众人只好用帷幕隔绝赵琮一家。饮宴正酣，廉访使忽然派官吏叫来钟陵将军，钟陵将军又惊又怕。到了廉访使处，廉访使在大厅前去接待，手里拿着一封信，笑道："赵琮是你的女婿吗？"钟陵将军说道："是。"于是廉访使告知钟陵将军："刚才捷报送来了，你的女婿中了！"然后便把信交给了钟陵将军。钟陵将军一看，原来是科举的榜单。钟陵将军立即拿着榜飞奔回饮宴之处，大呼道："赵琮中了！"赵琮的妻族立即撤去帷帐，和赵琮夫妇在一席吃饭，最后还把簪子、衣服送给赵琮夫妇以为庆祝。（出《玉泉子》）

卷第一百八十三 贡举六

刘 邺

刘邺字汉藩，咸通中，自长春宫判官召入内庭，特赐及第。韦保义以兄在相位，应举不得，特赐及第，擢入内庭。（出《摭言》）

叶 京

叶京，建州人也，极有赋名。向游大梁，常预公宴，因与监军使面熟。及至京师时已遂登科，与同年连镳而行。逢其人于通衢，马上相揖。因之谤议喧然，后颇至沉弃。终于太学博士。（出《摭言》）

李 蔼

李蔼应举功勤，敏妙绝伦，人谓之束翅鹞子。咸通二年及第。（出《卢氏杂说》）

房 珝

房珝，河南人，太尉之孙，咸通四年垂成而败。先是名第定矣，无何写试之际，仰泥土落，击翻砚瓦，污试纸。珝以中表重地，祗荐珝一人，主事不获已，须应之。珝既临曙，更请印副试。主司不诺，遂罢。（出《摭言》）

刘邺

刘邺字汉藩。唐懿宗中期，从长春宫判官任上被召进朝廷，特赐进士及第。韦保义因为哥哥在朝中担任宰相，不得参加科举，特赐进士及第，选入内廷。（出《摭言》）

叶京

叶京，建州人，他的赋名盖一时。叶京曾经到大梁游玩，经常参加官僚的宴会，因此和监军使相熟悉。等到京城的时候，都已经中举了，和同年考中的进士驾着一辆车。在路上碰着同年中举之人，他也只是在马上作揖。因此朝廷对他的诽谤、议论层出不穷。最后只做到太学博士。（出《摭言》）

李蔼

李蔼为了科举勤学苦练，聪明绝伦，人们称他为被绑住了的鹞子。咸通二年李蔼中举。（出《卢氏杂说》）

房珝

房珝是河南人，他是房琯太尉的孙子。咸通四年将要考中，却没能考中。本来在考试之前名次已经定下了，怎料在考试的时候，头顶房屋的泥土掉了下来，把砚台给打翻了，脏污了考卷。房珝觉得河南是天下中枢，只推荐了自己一个人，主持考试的不得已，一定会答应他的请求。于是在天就将亮时，房珝便向主考官要求换一张考卷。主考官不同意，他就没能考上进士。（出《摭言》）

汪 遵

许棠，宣州泾县人，早修举业。乡人汪遵者幼为小吏，洎棠应二十余举，遵犹在胥徒。然善为绝句诗，而深晦密。一旦辞役就贡，会棠送客至灞浐，忽遇遵于途中。棠讯之曰："汪都，都者，吏之呼也。何事至京？"遵对曰："此来就贡。"棠怒曰："小吏无礼！"而果与棠同砚席，棠甚侮之。后遵成名五年，棠始及第。（出《摭言》）

刘允章

刘允章题目《天下为家赋》，给事中杜裔休讲疏论。事虽不行，时以为当。崔澹《至仁伐不仁赋》，亦颇招时议。薛耽《盛德日新赋》，韵脚云："循乃无已。"刘子震通状，请改为"修"字，当时改正。（出《卢氏杂说》）

王 凝

王凝清族重德，冠绝当时。每就寝息，必叉手而卧，或虑梦中见其先祖。曾牧绛州，于时司空图方应进士举，自别墅到郡。谒见后，更不访亲知，阍吏遽申司空秀才出郭矣。或入郭访亲知，即不造郡齐。王知之，谓其专敬，愈重之。及知举，司空一捷，列第四人登科。同年讶其名姓甚暗，成事太速，有浮薄者号之为司徒空。王知有此说，因召一榜门生开筵，宣言于众曰："某切忝文柄，今年榜贴，全为司空先辈一人而已。"由是图声彩益振。（出《北梦琐言》）

汪 遵

许棠是宣州泾县人，早年便攻读了很多科举的课本。有一个叫汪遵的同乡人，许棠考了二十多次科举了，汪遵还在当小吏。汪遵擅长作绝句，但是深藏不露。一日，汪遵辞去小吏的差事前去考取进士，正赶上许棠送客人到了灞浐之界，两人在途中相遇。许棠问汪遵道："汪都，都，是对小吏的称呼。你上京城干什么去啊？"汪遵回答道："我去考试。"许棠发怒道："你实在太无礼了！"结果汪遵和许棠在一个考场。许棠极尽侮辱之能事。后来汪遵考中进士五年了，许棠才及第。（出《摭言》）

刘允章

刘允章出的科举试题为《天下为家赋》，给事中杜裔休上疏议论此事。虽然没有改换试题，但是时人都认为应该改换。崔澹以"至仁伐不仁赋"为题，也颇被当时人议论。薛耽以《盛德日新赋》为题，以"循乃无已"为韵脚。刘子震给薛耽写通状，请求把循改为修，当时立刻就被改正了。（出《卢氏杂说》）

王 凝

王凝的族人都十分看重德行，被认为是当时最有德行的家族。每次王凝就寝的时候，一定要叉手睡觉，可能考虑到会在梦中见到自己的祖先。王凝曾经做过绛州州牧。当时司空图刚刚参加科举，从自己的别墅到了郡中。谒见王凝之后，就不用去拜访亲人、至交。守门小吏就强调：司空图已经出了城门。有时司空图前来访问亲人、至交，也不再去访问王凝。王凝得知此事，认为这是司空图对自己的尊敬，便愈加看中他。等到王凝主考的时候，司空图大捷，成了第四名。同年中举的人惊讶他没有什么名气就得中了，成功得太快。有些轻薄的人称司空图为"司徒空"。王凝知道有这种说法，就召开了一次同榜进士的宴会，对众人说道："我不敢主考。今年之所以主考，不过是为了司空图一个人而已。"因此司空图名声大噪。（出《北梦琐言》）

卢尚卿

咸通十一年，以庞勋盗据徐州，久屯戎卒，连年飞挽，物力方虚，因诏权停贡举一年。是岁，进士卢尚卿自远至关，闻诏而回。乃赋《东归》诗曰："九重丹诏下尘埃，深璅文闱罢选才。桂树放教遮月长，杏园终待隔年开。自从玉帐论兵后，不许金门谏猎来。今日霸陵桥上过，关人应笑腊前回。"（出《年号记》）

李 尧

李尧及第，在偏侍下，俯逼起居宴。霖雨不止，因遣赁油幕以张去声。之。尧先人旧庐升平里，凡用钱七百缗。自所居连亘通衢迨之一里余，参御辈不啻千余人，鞯马车舆，阗咽门巷，往来无有沾湿者。而金壁照耀，别有嘉致。尧时为丞相韦保衡所委，干预政事，号为李八郎。其妻又南海韦宙女，恒资之金帛，不可胜纪。（出《摭言》）

高 湜

咸通十二年，礼部侍郎高湜知举。榜内孤贫者，公乘亿有赋三百首，人多书于壁。许棠有《洞庭》诗尤工，时人谓之许洞庭。最者有聂夷中，少贫苦，精于古体。有《公子家》诗云："种花满西园，花发青楼道。花下一禾生，去之为恶草。"又咏《田家》诗云："父耕原上田，子劚山下荒。六月禾未秀，官家已修仓。"又云："锄田当日午，汗滴禾下土。谁念盘中餐，粒粒皆辛苦。"又云："二月卖新丝，五月粜新谷。医得眼前疮，剜却心头肉。我愿君王心，化为光明烛。不照绮罗筵，只照逃亡屋。"所谓言近意远，合三百篇之旨也。（出《摭言》）

卢尚卿

咸通十一年，因为强盗庞勋占据了徐州，在徐州屯了很多兵，所以连年打仗，国库正是空虚之时，朝廷因此下诏暂停一年科举。当年，进士卢尚卿从远处回到关中，听见下了这个诏书就返回了原地，还写了一首东归诗，道："九重丹诏下尘埃，深琐文闱罢选才。桂树放教遮月长，杏园终待隔年开。自从玉帐论兵后，不许金门谏猎来。今日霸陵桥上过，关人应笑腊前回。"（出《年号记》）

李尧

李尧中举后，从城郊的小房子出发参加宴会。当时连绵大雨，就派人借来油布盖住房子。李尧先祖的旧房子在升平里，当年是花七百钱买下来的。从李尧住的地方到大街约有一里长，驾车的人不只一千人，车水马龙把来往的路都给堵住了，来往的行人没有滴雨沾身。道路被装潢得富丽堂皇，别有一番雅致。李尧当时为丞相韦保衡所委托参与政事，被称为李八郎。他的妻子又是南海韦宙的女儿，韦宙一直资助李尧，资助的钱财数不胜数。（出《摭言》）

高湜

咸通十二年，礼部侍郎高湜主考。榜上的寒门子弟，公乘亿有三百篇赋，人们多把他的赋写在墙上。许棠有一首叫《洞庭》的诗，写得十分工整，当时的人称许棠为许洞庭。其中最突出的代表是聂夷中，从小十分贫苦，精通古体诗。有一首《公子家》写道："种花满西园，花发青楼道。花下一禾生，去之为恶草。"又有一首吟咏《田家》的诗道："父耕原上田，子劚山下荒。六月禾未秀，官家已修仓。"还有一首道："锄田当日午，汗滴禾下土。谁念盘中餐，粒粒皆辛苦。"还有一首道："二月卖新丝，五月粜新谷。医得眼前疮，剜却心头肉。我愿君王心，化为光明烛。不照绮罗筵，只照逃亡屋。"正合人们所说的言辞浅显易懂但是道理深远，符合《诗经》言浅意深的旨要。（出《摭言》）

公乘亿

公乘亿，魏人也，以词赋著名。咸通十三年，垂三十举矣。尝大病，乡人误传已死。其妻自河北来迎丧，会亿送客至坡下，遇其妻。始夫妻阔别，积十余岁。亿时在马上，见一妇粗缞跨驴，依稀与妻类，因睨之不已。妻亦如是。乃令人诘之，果亿。内子与之相持而泣。路人叹异之。后旬日，亿登第矣。（出《摭言》）

孙龙光

孙龙光，崔殷梦下状元及第。前一年，尝梦积木数百，龙光践履往复。既而请一李处士圆之，处士曰："贺郎君，喜来年必是状元。何者？已居众材之上。"（出《摭言》）

王 璘

长沙日试万言，王璘词学寓赡，非积学所致。崔詹事廉问，持表荐之于朝。先是试之于使院，璘请书吏十人，皆给几砚。璘袗绨扪腹，往来口授，十吏笔不停辍。首题《黄河赋》，三十字数刻而成。又《鸟散余花落》诗三十首，援毫而就。时忽风雨暴至，数幅为回飙所卷，泥滓沾渍，不胜舒卷。璘曰："勿取，但将纸来。"复纵笔一挥，斯须复十余篇矣。时未停午，已积七千余言。崔公语试官曰："万言不在试限，但请召来饮酒。"《黄河赋》复有僻字百余，请璘对众朗宣，旁若无人。至京，时路岩方当轴，遣一介召之。璘意在沽激，曰："请俟见帝。"岩闻之，大怒，亟命奏废万言科。璘杖策而归，放旷于杯酒间，虽屠沽无间然矣。（出《摭言》）

公乘亿

公乘亿是魏地人，凭借词赋知名当世。咸通十三年，已经考了近三十次科举了。曾经得了一场大病，乡里人误传公乘亿已经死了。公乘亿的妻子从河北来接丧，正赶上公乘亿把客人送到坡下，遇见了他的妻子。夫妻分别已经十多年了。当时公乘亿在马上，看到一个穿着粗布衣服、骑着驴的妇人，好像是自己妻子一样，就盯着这个女子看。他的妻子也盯着他看。公乘亿的妻子找人询问，结果果然是公乘亿。夫妻二人相拥而泣。路人也为之感叹、动容、惊奇。之后十几天，公乘亿就中了举。（出《摭言》）

孙龙光

孙龙光是崔殷梦主考时及第的状元。考试前一年，曾经梦见自己在许多树上走来走去。之后孙龙光请了一个李姓隐士解梦。隐士对他说道："恭喜你啊！来年你一定是状元。为什么呢？因为孙龙光已在众材之上了。"（出《摭言》）

王 璘

长沙进行日试万言科的考试。王璘此人在词章上的学问功底深厚，不是简单积累学问就能达到的。詹事崔廉问上表向朝廷推荐他。之前在使院考核他的时候，王璘请求十个书吏，给他们准备好桌案和砚台。王璘紧了紧衣服，摸了摸肚子，来来回回告诉书吏们怎么写，十个书吏一直埋头苦写，无法停笔。第一篇写的是黄河赋，三千个字，几刻钟就完成了。又写了三十首《鸟散余花落》，也是一挥而就。当时忽然风雨交加，有几张卷子被大风刮跑了，上面沾了很多泥，打不开了。王璘说道："不用拿那几张纸了。只要再拿几张新纸就行。"之后就又大笔如椽地写作，一会儿就又写了十几篇诗。当时还没有到中午，就已经写了七千多字了。崔廉问对试官说："不用非以一万字为限。"便把王璘叫来饮酒。《黄河赋》里有一百多个生僻字，崔廉问让王璘对着众人大声朗读，王璘旁若无人地朗读。王璘到了

蒋凝

乾符中，蒋凝应宏词。为赋止及四韵，遂白而去。试官不之信，逼请所谓，凝以实告。既而比之诸公，凝有德色。试官叹息久之。顷刻之间，播于人口。或称之曰："白头花钿满面，不若徐妃半妆。"（出《摭言》）

吴融

吴融字子华，广明、中和间久负屈声。虽未擢第，同人率多执贽谒之，如先达。有王图者工词赋，投卷凡旬月。融既见之，殊不言图之臧否，但问图曰："吏曾得卢休信否？何坚卧不起？惜哉！融所得不如他。"休，图之中表，长于八韵，向与融同砚席，晚年抛废，归镜中别墅。（出《摭言》）

卢光启

卢光启先人伏法，光启兄弟修饰赴举，谓亲知曰："此乃开荒也。"然其立性周谨。著《初举子》一卷，即进取诸事，皆此类也。策名后，扬历台省，受知于租庸张濬。濬出征并汾，卢每致书疏，凡一事别为一幅。朝士至今效之，盖重叠别纸，自光启始也。唐末举人，不问事行文艺，但勤于请谒，号曰精切，亦皆法于光启尔。

京城，当时路岩做主考官，派人前去召来王璘。王璘想要获得更大的名声，对路岩说："请等我见了陛下之后再说。"路岩听到，勃然大怒，立即上奏废除日试万言一科。王璘拄着拐杖回到长沙，把自己放纵于杯酒之中，和屠夫、酒家没有什么两样。（出《摭言》）

蒋凝

乾符年间，蒋凝参加宏词一科的考试。作赋的时候只写了四个韵，之后就告知试官，表示要离开考场。试官不信，就逼问他原因。蒋凝把实情告诉了试官。试官便把他的卷子和其他人的做了比较，蒋凝的卷子有一种道德之味。试官叹息了很长时间。过了不久，大家都口口相传。有人因此称赞蒋凝道："白头花钿满面，不若徐妃半妆。"（出《摭言》）

吴融

吴融字子华，广明、中和年间，人们都觉得他很冤。虽然吴融没能被提拔为状元，但很多同辈都带着礼物前去谒见他，像对待前辈一样对待他。有一个擅长词赋的叫王图的人，给吴融投去他的文章有近一个月。吴融接待他之后，对王图的文章丝毫不置褒贬之辞，只是问王图道："你曾经收到过卢休的信吗？为什么一定要卧床不起呢？太可惜了！我能得出的评判不如卢休。"卢休是王图的表亲，善于写律诗，曾经和吴融是同窗。晚年以为壮志未酬，就回到了镜中的小院。（出《摭言》）

卢光启

卢光启的先人被判处了死刑。卢光启兄弟改名换姓前去参加考试，对自己的亲人、朋友说道："这一次我们兄弟是去开荒的。"卢光启生性十分谨慎，所写的一本《初举子》，对前去参加科举等事，都做得十分周全。卢光启中举之后，做了台省等官，被租庸张浚所知。张浚每次去并州、汾州打仗，卢光启都会给他写封信，一件事就写一其族弟汝弼尝为张濬出征判官，传檄四方，其略云："致赤子之流离，自朱耶之版荡。"自谓人曰："天生朱耶赤子，供我之笔也。"（出《北梦琐言》）

王彦昌

王彦昌太原人，家世簪冕，推于鼎甲。广明岁驾幸西蜀，敕赐及第。后为嗣薛王知柔判官。昭宗幸石门时，宰臣学士不及随驾，知柔以京兆尹权中书，事属近辅。表章继至，勤于批答。知柔以彦昌名闻，遂命权知学士。居半岁，出拜京兆尹，加左常侍、大理卿。为寺胥所累，南迁。（出《摭言》）

杜 昇

杜昇父宣猷终宛陵。昇有词藻。广明岁，苏导给事刺剑州，昇为军卒。驾幸西蜀，例得召见，特敕赐绯。导寻入内庭，韦中令自翰长拜主文。昇时已拜小谏，抗表乞就试，从之。登第数日，有敕复前官并服色。议者荣之。（出《摭言》）

昇自拾遗赐绯，却应举及第。又拾遗，时号著绯进士。（出《卢氏杂说》）

郑昌图被嘲附

广明年中，凤翔副使郑侍郎昌图未及第前，尝自任以广度弘封。朝中的士人到今天还在效仿他的做法。大概分事奏疏，就是从卢光启开始的。唐朝末年的举人，不重视德行、文采，只是勤于拜见达官贵族，做事十分精详，都是取法于卢光启。他的族弟卢汝弼曾经担任张浚的出征判官，给四方传发檄文，内容大概是说："天下赤子流离失所，都是由于朱温发难。"自己对别人说道："老天生下朱温，就是用来养活我们的。"（出《北梦琐言》）

王彦昌

王彦昌是太原人，家族累世公卿，世家都把太原王氏当作首领。广明年间，皇帝前往西蜀之地，下旨赐给王彦昌进士及第。后来做了薛王李知柔的判官。唐昭宗在石门的时候，朝廷的大臣没能跟着唐昭宗一起逃出，李知柔以京兆尹的官职兼领中书，职权接近宰相。上给李知柔的表章相继而至，李知柔都会勤奋批阅。李知柔因为王彦昌很有名望，就任命他暂任学士之职。过了半年，王彦昌被任命为京兆尹，又加以左常侍大理卿的职务。后来因为被大理寺的胥史相牵累，王彦昌被贬到了南方。（出《摭言》）

杜 昇

杜昇的父亲杜宣猷在宛陵去世。杜昇十分有文采。广明年间，给事中苏导在剑州担任刺史，杜昇在苏导手下做一名士兵。当时皇帝逃奔西蜀，按旧例召见杜昇，特地下旨赐他绯衣。苏导不久进入内廷任职。当时翰林韦中令主考，当时杜昇已经担任拾遗，上表请求参加考试，皇帝同意了他的表奏。中举后几天，皇帝特下诏命恢复杜昇之前的官职，并仍赐绯衣，当时的人都觉得杜昇很光荣。（出《摭言》）

杜昇在拾遗任上被赐绯衣，辞官去应考及第，又恢复了拾遗的官职，当时人们称他为"着绯进士"。（出《卢氏杂说》）

郑昌图被嘲附

广明年间，凤翔副使、侍郎郑昌图在没有及第之前，曾经觉得自襟，不拘小节，出入游处，悉恣情焉。洎至舆论喧然，且欲罢举。其时同里有亲表家仆，自宋亳庄上至，告其主人云：昨过洛京，于谷水店边，逢见二黄衣使人西来，某遂与同行。至华岳庙前，二黄衣使与某告别，相揖于店后面，谓某曰："君家郎君应进士举无？"仆曰："我郎主官已高，诸郎君见修学次。"又问曰："莫亲戚家儿郎应无？"曰："有。"使人曰："吾二人乃是今年送榜之使也，自泰山来到金天处，押署其榜，子幸相遇。"仆遂请窃窥其榜，使者曰："不可，汝但记之。"遂画其地曰："此年状头姓，偏傍有'阝'，名两字，下一字在口中。榜尾之人姓，偏傍亦有此'阝'，名两字，下一字亦在口中。记之记之。"遂去。郑公亲表颇异其事，遂访岐副具话之。具勉以就试。昌图其年状头及第，榜尾邹希回也。姓名画点皆同。（出《玉堂闲语》）

又咸通中，以进士车服僭差，不许乘马。时场中不减千人，谁势可热手，亦皆骑驴。或嘲之曰："今年敕下尽骑驴，短袖长秋满九衢。清瘦儿郎犹自可，就中愁杀郑昌图。"相国魁伟甚，故有此句。（出《摭言》）

程贺

唐崔亚郎中典眉州，程贺以乡役充厅仆，其弟在州曹为小书吏。崔公见贺风味有似儒生，因诘之曰："尔读书乎？"贺降阶对曰："薄涉艺文。"崔公指一物，俾其赋咏。雅有意思，因令归。选日，装写所业执贽，甚称奖之，俾称进士，依崔之门，更不他岐。凡二十五举及第。每入京，馆于博陵之第，常感提拔之恩。亚卒之日，贺为崔公缞服三年，人皆美之。（出《北梦琐言》）

己胸怀非常广大，不拘小节，出入游玩，都玩得很开。等到舆论哗然的时候，就想放弃科考了。当时同乡有一个表亲家的家仆，从宋亳庄上来到郑家，对郑家主人说："昨天我经过洛阳，在谷水店旁看见两个穿着黄衣服的使者从西而来，我就想和他们同行。到了华山庙前，两个使者跟我道别，我们就在店后作揖告别。两位跟我说道：'你家公子是不是要中举了？'我回答道：'我家主人已经是很大的官了。各个公子还在上学。'二人又问道：'那有没有亲戚家的孩子考试？'我说：'有。'使者说道：'我们两个人是今年送榜的使者，从泰山来到金天，押送、签署此榜文，幸而你与我们相遇。'我就请求看一眼他们手里的榜，使者说道：'不行。你只要记住我说的话就好了。'于是就在地上画道：'今年状元姓氏的偏旁里有一个"阝"，名字是两个字，第二个字在口中。榜尾一人的姓氏也有此偏旁，也是两个字的名字，下一个字也在口中。切记切记！'"于是就离开了。郑昌图的表亲觉得此事十分惊奇，就把这件事告知了郑昌图。郑昌图勉强前去考试。当年郑昌图考中了头名，榜尾是邹希回，所说的姓名、位置全都和使者所述一样。（出《玉堂闲语》）

又咸通年间，因为进士的车、衣服的规格僭越了等级，就不允许进士骑马。当时考场中至少有一千人，即使家门势力炙手可热，也只能骑驴。有人嘲讽道："今年敕下尽骑驴，短袖长鞦满九衢。清瘦儿郎犹自可，就中愁杀郑昌图。"因为相国郑昌图十分魁梧，所以才有这句话。（出《摭言》）

程贺

唐朝的郎中崔亚掌管眉州，程贺出徭役充当官厅仆人，他的弟弟在州里当书吏。崔亚见程贺的气质有点像儒生，就问程贺道："你读过书吗？"程贺走下台阶回答道："曾经稍微接触过一点。"崔亚手指一物，让程贺作赋吟咏，颇有风雅之味，就命令程贺回去了。考试之日，程贺装好了所写的文章，拿好礼物，前去拜见崔亚，崔亚十分赞赏他，称程贺为进士，程贺就此投入崔亚门下，不再投奔其他人。程贺一共考了二十五次才考上进士。每次入京，都在博陵住下，感念崔

陈 峤

陈峤谒安陆郑諴，三年，方一相面。从容諴谓峤曰：“识闵廷言否？”峤曰：“偶未知闻。”諴曰：“不妨与之往还，其人文似西汉。”（出《摭言》）

秦韬玉

秦韬玉出入田令孜之门。车驾幸蜀，韬玉已拜丞郎，判鹾。及小归公主文，韬玉准敕放第，仍编入其年榜中。韬玉致书谢新人，皆呼同年。略曰：“三条烛下，虽阻文闱，数仞墙边，幸同恩地。”（出《摭言》）

陆 扆

陆扆举进士，属僖宗幸梁洋，随驾至行在，与中书舍人郑损同止逆旅。扆为宰相韦昭度所知，欲身事之速了，屡告昭度，昭度曰：“奈已深夏，复使何人为主司？”扆以郑损对，昭度从之。因令扆致意，榜贴皆扆自定。其年六月，状头及第。后在翰林署，时苦热，同列戏之曰：“今日好造榜矣。”然扆名冠一时，兄弟三人，时谓三陆，希声及威也。（出《北梦琐言》）

张 曙

张曙、崔昭纬，中和初西川同举，相与诣日者问命。时曙自恃

亚提拔的恩德。崔亚去世的时候，程贺为崔亚穿了三年孝服，人们因此都称赞程贺。（出《北梦琐言》）

陈峤

陈峤前去拜谒安陆的郑諴，三年才见到一次。郑諴从容地对陈峤说："你认识闵廷言吗？"陈峤答道："碰巧没有听过这个人的大名。"郑諴说道："你不妨与他交往。他的文章有西汉大家的风气。"（出《摭言》）

秦韬玉

秦韬玉经常在田令孜的府邸出入。皇帝逃亡蜀地，秦韬玉被授任丞郎，主管贩盐事务。小归公做主考官时，秦韬玉被皇帝圣旨钦定中举，把秦韬玉的名字编入当年的榜中。秦韬玉给新中举的人写信感谢，称呼这些人为同年。信上大概说："三条烛下，虽阻文闱，数仞墙边，幸同恩地。"（出《摭言》）

陆扆

陆扆中了举，跟着唐僖宗一起逃奔梁洋，随着皇帝到了行宫，和中书舍人郑损一起到旅馆。陆扆被宰相韦昭度所知，想要赶快把自己的事情解决，就每每催促韦昭度。韦昭度说道："奈何已经到了暮夏，让谁当主考官呢？"陆扆想让郑损当主考。韦昭度同意了，就让陆扆前去致意。榜上名次都是陆扆自己决定的。当年六月，陆扆状元及第。后来在陆扆在翰林署任职，当时天气酷热，同事就嘲笑他道："今天是造榜的好日子啊。"陆扆名冠一时，他兄弟三人，当时的人称他们为三陆，分别是他、他的弟弟陆希声和陆威。（出《北梦琐言》）

张曙

张曙、崔昭纬在中和初年一同在西川中举，一起去找占卜者占才名籍甚，人皆目为将来状元。崔亦分居其下。无何，日者殊不顾曙，第目崔曰："将来万全高第。"曙有愠色。日者曰："郎君亦及第，然须待崔家郎君拜相，当此时过堂。"既而曙果以惨恤不终场，昭纬其年首冠。曙以篇什刺之曰："千里江西陪骥尾，五更风小失龙鳞。昨夜浣花溪上雨，绿杨芳草为何人？"崔甚不平。会夜饮，崔以巨觥饮张，张推辞再三。崔曰："但吃却，待我作宰相，与郎君取状头。"张拂衣而去，因之大不叶。后七年，崔自内廷大拜。张后于裴贽下及第，果于崔下过堂。（出《摭言》）

崔昭矩

崔昭矩，大顺中裴贽下状元及第。翌日，兄昭纬登庸。王倜，丞相鲁公损之子。倜及第。翌日，损登庸。倜过堂别见，归点亲迎拜席曰："状元及第，榜下版巡。"脱白期月，无疾而卒。（出《摭言》）

贾泳

贾泳父修有义声。泳落拓，不拘细碎。尝佐武臣倅晋州，时昭宗幸蜀。三榜裴相贽，时为前主客员外。客游至郡，泳接之傲睨。裴尝簪笏造泳，泳戎装一揖曰："主公尚书邀放鹞子，勿怪。"如此偬偬而退，裴贽颇衔之。后裴三主文柄，泳两举为裴所黜。既而谓门人曰："贾泳老倒可哀，吾当报之以德。"遂放及第。（出《摭言》）

卜。当时张曙自认为才名远播，人们都觉得他是将来的状元。崔昭纬也自居张曙之下。结果不一会儿，占卜者一眼都不瞧张曙，只是看着崔昭纬说："你将来会当状元。"张曙脸色有点愠怒。占卜者说道："你也会中举，但是得等到崔昭纬拜相之后，你再去过堂。"然后张曙果然因为丧事没能考完试，崔昭纬拔得当年头筹。张曙便用文章讽刺道："千里江西陪骥尾，五更风小失龙鳞。昨夜浣花溪上雨，绿杨芳草为何人？"崔昭纬因此愤愤不平。当时在夜里喝酒，崔昭纬用非常大的酒杯给张曙劝酒，张曙再三推辞。崔昭纬说道："你喝完这杯酒，等我做宰相的时候，帮你取得状元。"张曙拂衣而去，因此二人十分不和。七年之后，崔昭纬在内廷被任命为宰辅，张曙后来在裴贽门下中举，果然在崔昭纬那儿过了堂。（出《摭言》）

崔昭矩

崔昭矩于大顺年间在裴贽手下中举。第二天，他的哥哥崔昭纬中选。王倜是丞相王损的儿子。王倜中了举了，第二天，王损中选。王倜到堂中谒见了王损。归点时王损亲自迎接道："状元及第，榜下版巡。"中举几个月之后，王倜无疾而终。（出《摭言》）

贾泳

贾泳的父亲贾修非常仗义。贾泳也十分豪放，不拘小节。贾泳曾经帮助武将把守晋州。当时唐昭宗前往蜀地，第三榜的状元丞相裴贽担任主客员外之职，到郡里游学。贾泳十分傲慢地接待裴贽。裴贽曾经十分正式地拜谒贾泳，贾泳穿着军装作了个揖，道："尚书大人邀请我前去放鹞子，莫要怪罪。"于是便急忙地离去了。裴贽十分怨恨贾泳。后来裴贽三次担当主考，贾泳两次被裴贽贬黜。后来裴贽对自己的门生说道："贾泳已经老了，也很悲哀，我应该用恩德回报他。"于是便放贾泳中举了。（出《摭言》）

卷第一百八十四　贡举七

昭　宗

昭宗皇帝颇为孤进开路。崔凝覆试，但是子弟，无问文章高下，率多退落，其间屈人颇多。孤寒中，唯程晏、黄韬擅场之外，其余以呈试考之，滥得亦不少矣。然如王贞白、张蠙律诗，赵观文古风之作，皆臻前辈之阃阈者也。（出《摭言》）

韦　甄

韦甄及第，势固万全矣。然未知名第高下，未免挠怀。俄聆于光德里南街，忽睹一人扣一板门甚急。良久，轧然门开，呼曰："十三官尊体万福。"既而甄果是第十三人矣。（出《摭言》）

刘　纂

刘纂者，商州刘蜕之子也，亦善为文。乾宁中，寒栖京师，偶与一医士为邻。纂待之甚至，往往假贷之，其人即枢密使门徒。嗣薛王为大京兆，医工因为知柔诊脉。从容之际，盛言纂之穷且屈，知柔甚领览。会试官以解送等第，禀于知柔。知柔谓纂是开府门前人医者之言，必开府之意也，非解元不可。由是以纂居首送，纂亦莫知其由。自是纂落数举，方悟。竟无以自雪。（出《摭言》）

昭宗

唐昭宗给寒门的进士开了很多路。崔凝核查考试结果，只要是士卒子弟，无论文章好与不好，全都没能中举，其中很多人十分冤屈。寒门子弟中，只有程晏、黄韬在临场考试中中举。其他人大多因为举荐而考中，滥竽充数的人也有不少。但是，比如王贞白、张蠙的律诗，赵观文的古文，也能够超越很多人。（出《摭言》）

韦甄

韦甄已经知道自己一定能中举了，但不知道排名如何，心里十分好奇。不久后在光德里南街听消息。忽然，韦甄看到一个人用力砸门。很长时间之后，门应声而开。里面喊道："十三官尊体万福。"然后韦甄果然是第十三名。（出《摭言》）

刘纂

刘纂是商州人刘蜕的儿子，也很擅长写文章。乾宁年间，在京师熬过时光，偶然和一个医生做了邻居。刘纂对这个医生特别好，还总借给他钱。这个人是枢密使的门徒。薛王做大京兆的时候，医生就给薛王李知柔诊脉。在诊脉的间隙，就极言刘纂十分穷困、委屈。李知柔领会、了解了此事。正赶上考官把榜单送到了他的府上，并告给了他，李知柔说刘纂是枢密使门前的医生说的，一定是枢密使的意思，要把他提拔为解元。因此就把刘纂当作榜首，刘纂也不知道为什么。后来刘纂因此落了好几榜，才明白过来，但是自己也无法辩

锺 傅

唐朝自广明庚子之乱，甲辰，天下大荒，车驾再幸岐梁。饥殍相望，郡国率不以贡士为意。江西节帅锺傅起于义聚，奄有疆土，充庭述职，为诸侯表式，而乃孜孜以荐贤为急务。虽州里白丁，片文只字求贡于有司者，莫不尽礼接之。至于考试之辰，设会供帐，甲于治平。行乡饮之礼，尝率宾佐临视，拳拳然有喜色。后大会以饯之，筐篚之外，率皆资以桂玉。解元三十万，解副二十万，其余皆不减十万。垂三十载，此志未尝稍息。时举子者以公卿关节，不远千里而求首荐，岁常不下数辈。

卢文焕

卢文焕，光化二年状元及第，颇以宴醵为急务。常府开宴，同年皆患贫，无以致之。一旦给以游齐国公亭子，既自皆解带从容。焕命团司牵驴。时柳璨告文焕，以驴从非已有。文焕曰："药不瞑眩，厥疾弗瘳。"璨甚衔之。居四年，璨登庸，文焕忧戚日加。璨每遇之曰："药不瞑眩，厥疾弗瘳。"（出《摭言》）

赵光逢

光化二年，赵光逢放柳璨及第。光逢后三年不迁。时璨自内庭大拜，光逢始以左丞征入。未几，璨坐罪诛死，光逢膺大用，居重地十余岁。上表乞骸，守司空致仕。二年，复征拜上相。（出

驳。(出《摭言》)

锺 傅

唐僖宗广明之乱当年，天下饥荒四起。唐僖宗逃到岐王李茂贞、梁王朱温处。当时遍野都是饿殍，各个州郡都不把贡士当一回事。江西节度使锺傅从绿林起兵，才管理一方事物，任用人才，并按时进京述职，给天下诸侯做了一个表率。锺傅又十分认真地把求贤当作第一要务，即使是州里只会写几句话、几个字的文盲，只要向乡里求取贡生，锺傅都毕恭毕敬地接待他们。到了考试的时候，锺傅又设下宴会，给考生接风洗尘、搭建住所，比治世的考场条件还要好。乡试的时候，锺傅曾经前来观看考试的情况，面露喜色。之后又设下宴会给这些举子们饯行，除此之外，剩下的钱都用来资助桂王。赏给解元三十万钱、赏给解副二十万钱，其他人也不少于十万。将近三十年，锺傅的措施一点儿也没变。当时的举子有好多通过公卿的关系不远千里求锺傅推荐自己的，一年得有好几批人。

卢文焕

卢文焕于光化二年中举，非常喜欢一起聚会。但是同年的进士都很贫苦，没办法参与。一天早上，卢文焕骗他们说一起去齐国公的亭子游玩，之后自掏腰包。卢文焕命团司牵驴，当时柳璨告诉卢文焕，说这匹驴不是自己的。卢文焕便对他说："你不吃药吃到头晕目眩，你的病是好不了的。"柳璨十分衔恨他。过了四年，柳璨被任用了，卢文焕忧虑交加。于是柳璨每次遇见卢文焕就说："你不吃药吃到头晕目眩，你的病是好不了的。"(出《摭言》)

赵光逢

光化二年，赵光逢让柳璨中了进士。后来赵光逢三年都没有升官。当时柳璨从内廷被拜为宰辅，赵光逢才被征召任命为左丞。不久，柳璨犯罪被杀，赵光逢才被重用了十几年。后来上表告老还乡，

《摭言》）

卢延让

卢延让光化三年登第。先是延让师薛能为诗，词意入癖，时人多笑之。吴融向为侍御史，出官峡中。延让时薄游荆渚，贫无卷轴，未遑贽谒。会融表弟滕籍者，偶得延让百篇。融既览，大奇之。且曰："此无他贵，语不寻常耳。"于是称之于府主成汭。时故相张公职于是邦，常以延让为笑端。及融言之，咸所改观。由是大获举粮，延让深所感激。然犹困循，竟未相面。值融赴急征，寻入内庭，孜孜于公卿间称誉不已。光化戊午岁，来自襄之南。融一见如旧相识，延让呜咽流涕，于是攘臂成之矣。（出《摭言》）

韦贻范

罗隐、顾云俱受知于相国令狐绹。顾虽鹾贾之子，而风韵详整。罗亦钱塘人，乡音乘刺。相国子弟每有宴会，顾独预之。风韵谈谐，莫辨其寒素之士也。顾文赋为时所称，而切于成名。尝有启事陈于所知，只望丙科尽处，竟列于尾株之前也。罗既频不得意，颇怨望，竟为贵游子弟所排，契阔东归。黄寇事平，朝贤议欲召之。韦贻范沮之曰："某与同舟而载，虽未相识，舟人告云：'此有朝官。'罗曰：'是何朝官，我脚夹笔，亦可敌得数辈。'必若登科通籍，吾徒为粃糠也。"由是不果召。（出《北梦琐言》）

然后在司空位上退休。两年之后，又被提拔为上相。（出《摭言》）

卢延让

卢延让于光化三年及第。之前，卢延让拜薛能为师学诗，他的诗写得十分诡谲怪诞，当时的人都嘲笑卢延让。吴融曾经担任过侍御史，去峡中做官。当时卢延让在荆州各地漂流，穷得连卷轴都没有，没来得及拜谒吴融。正赶上吴融的表弟滕籍偶然得到了卢延让的一百首诗，吴融一看，觉得卢延让的诗很好，就说："这些诗不是一般人能写出来的。"便向府主成汭称赞卢延让。当时相国张公在此任职，经常把卢延让当作笑柄。等到吴融称赞卢延让后，这些人全都对卢延让产生改观。因此卢延让获得了很多资助。但是卢延让依旧很贫困，没能见上吴融一面。当时吴融被急令征回京城，不久入内廷，在公卿间孜孜不倦地称赞卢延让。光化年间戊午年，卢延让从襄南进京。吴融一见到卢延让就像见到旧识一样。卢延让痛哭流涕，于是两人成了至交。（出《摭言》）

韦贻范

罗隐、顾云全都被相国令狐绹所知。顾云虽然是盐商的儿子，但是十分有风度。罗隐也是钱塘人，但是他说话口音特别重。令狐绹家的子弟每次饮宴的时候，只有顾云一个人参加。顾云言谈举止风流而诙谐，没人能看出来他是寒门子弟。当时顾云的文赋被人称道，而且顾云急于考中进士。顾云曾经给朋友写过信，告诉朋友自己求名心切，只希望最后一等里倒数几名就可以了。罗隐频频不能中举之后，心里十分怨恨，最后被贵族子弟排挤出去，辞别之后就回到钱塘。黄巢之乱被平定之后，朝里的贤臣想要召来罗隐做官。韦贻范阻挠道："我和罗隐曾经在一条船上。虽然我们素不相识，但划船的人告诉他说：'这里有朝中的官员。'罗隐说道：'什么朝官不朝官？我拿脚写字，也能写得过几个。'如果让他中了举，那我们都称糟糠了。"于是便没有召见罗隐。（出《北梦琐言》）

杨玄同

唐天祐年，河中进士杨玄同老于名场，是岁颇亦彷徨，未涯兆朕，宜祈吉梦，以卜前途。是夕，梦龙飞天，乃六足。及见榜，乃名第六。则知固有前定矣。（出《玉堂闲话》）

封舜卿

封舜卿梁时知贡举。后门生郑致雍同受命，入翰林为学士。致雍有俊才，舜卿才思拙涩，及试五题，不胜困弊，因托致雍秉笔。当时识者，以为座主辱门生。同光初致仕。（出《北梦琐言》）

高辇

礼部贡院，凡有榜出，书以淡墨。或曰："名第者，阴注阳受，淡墨书者，若鬼神之迹耳。此名鬼书也。"范质云：未见故实，涂说之言，未敢为是。尝记未应举日，有登第者相告，举子将策名，必有异梦。今聊记忆三数梦，载之于此。

高辇应举，梦雷电晦冥，有一小龙子在前，吐出一石子，辇得之。占者曰："雷电晦冥，变化之象，一石十科也。将来科第，其十数矣。"及将放榜，有一吏持主文贴子至，问小吏姓名，则曰姓龙。询其名第高卑，则曰第十人。又郭俊应举时，梦见一老僧屐于卧榻上，蹒跚而行。既寤，甚恶之。占者曰："老僧上座也，著屐于卧塌上行，屐高也，君其巍峨矣。"及见榜，乃状元也。王汀应举时，至滑州旅店，梦射王慎徽，一箭而中。及将放榜，或告曰："君名第甚卑。"汀答曰："苟成名，当为第六人。"及见榜，果如所言。或者问之，则告以梦："王慎徽则前年第六人及第，今射而中之，故知

杨玄同

唐天祐年间，河中进士杨玄同在考场考了好多年。这一年也很彷徨，也没有考中的兆示，觉得应该祈求做一个好梦，以此来卜问自己的前途。当天晚上，梦见龙飞到天上，这只龙有六只脚。等到见到榜单，看见自己排名第六，于是知道这些事是天数所定。（出《玉堂闲话》）

封舜卿

封舜卿在后梁做主考官。后来门生郑致雍一同接受命令，当翰林学士。郑致雍有才能。封舜卿才思拙劣，才考了五道题，就已经撑不住了，便让郑致雍执笔。当时的有识之士，都认为是主考官让门生蒙耻。同光初年，封舜卿告老还乡。（出《北梦琐言》）

高　辇

礼部贡院一旦出榜，都用淡墨书写。有人说："书写榜上的名次，是阴阳造化所致，用淡墨写出来的字，就像鬼神留下的痕迹一样。"范质说道："没有见到真实情况，这种道听途说的言论，我不敢当真。曾记得我没考试的时候，有个考中了的告诉我，举子如果考上，一定会做奇怪的梦。我还记得我做了三个梦，把它们记载在这儿。"

当时高辇参加考试的时候，梦见一天晚上电闪雷鸣，自己面前有一个小龙，吐出了一个石子，被高辇捡起来了。占卜的人说道："晚上电闪雷鸣，是要有变化发生，一个石子就是第十名。估计你要考到十多名吧。"等到放榜的时候，有一个小吏拿着主考官的请帖到来。高辇问小吏的姓名，小吏说自己姓龙。问自己的考试名次，小吏说是第十名。另有一个叫郭俊的人考试的时候，梦见一个老僧在自己的床上猜来猜去，蹒跚前行。等到郭俊醒了之后，对此事十分厌恶。占卜的人说道："老僧一般都在座位上，而这位老僧却穿着鞋在你的床上走。木屐都是高的，恐怕你要高中了吧！"等到看到榜的时候，果然中了状元。王汀参加科举时，到了滑州歇脚，梦到自己放箭射向王慎亦此科第也。”质于癸巳年应举，考试毕场。自以孤平初举，不敢决望成名，然忧闷如醉。昼寝于逆旅，忽有所梦。寐未吪间，有九经蒋之才相访。即惊起而坐，且告以梦。梦被人以朱笔于头上乱点，己牵一胡孙如驴许大。蒋即以梦占之曰：“君将来必捷，兼是第三人矣。”因问其说，即曰：“乱点头者，再三得也；朱者，事分明也；胡孙大者为猿，筭法圆三径一，故知三数也。”及放榜，即第十三人也。（出《玉堂闲话》）

氏族

李 氏

后魏孝文帝定四姓，陇西李氏大姓，恐不入，星夜乘鸣驼，倍程至洛，时四姓已定讫。故至今谓之驼李焉。（出《朝野佥载》）

王 氏

太原王氏，四姓得之为美，故呼为钐镂王家，喻银质而金饰也。（出《国史补》）

七 姓

高宗朝，以太原王，范阳卢，荥阳郑，清河博陵二崔，赵郡陇西二李等七姓，其族望耻与诸姓为婚，乃禁其自相姻娶。于是不征，一箭就中了。等到快要放榜的时候，有人跟王汀说："你的名次非常低。"王汀说道："如果能中举的话，我应该是第六名。"等到榜出来后，果然和王汀说的一样。刚才那位就问王汀怎么回事，王汀把梦告诉了他。王慎征就是前一年中举的第六名，如今王汀射中了王慎征，因此知道自己是第六名。我在癸巳年间攻取科举。考完试之后，觉得自己年幼第一次考试，不敢盼望能够考上，但是内心就像醉了一样郁闷。早上在旅店睡觉，忽然做了一个梦。觉还没醒，正好有一个明经科的蒋之才前来拜访。我就惊醒了，坐在床上，把梦告诉了他。我梦见我被别人在头上用朱砂笔乱点，我牵着一个像驴一样大的猢狲。蒋之才就用梦给我占卜道："你一定能考中，而且是第三名。"我就问他为什么这么说。他就说："乱点头，是再三的意思。朱红色是指事情分明。大的猢狲就是猿猴，算法里讲圆周长三，直径长一，因此知道你得第三。"等到放榜，果然我就是第十三名。（出《玉堂闲话》）

氏族

李氏

北魏孝文帝要定下四个大姓。陇西的李氏是一个大家族，恐怕自己选不上，便连夜驾着骆驼，日夜兼程赶到洛阳。当时四姓已经定下来了。因此到今天还把李姓称为驼李。（出《朝野佥载》）

王氏

太原王氏是四姓之一，被称为美谈。因此人们都把太原王氏叫作钐镂王家，是说他们家内如银，外如金。（出《国史补》）

七姓

唐高宗时，因为太原王氏、范阳卢氏、荥阳郑氏、清河崔氏、博陵崔氏、赵郡李氏和陇西李氏七个世家的族人耻于和诸姓通婚，朝

敢复行婚礼，密装饰其女以送夫家。（出《国史异纂》）

李积

李积，酒泉公义琰侄孙，门户第一而有清名。常以爵位不如族望，官至司封郎中、怀州刺史，与人书札，唯称陇西李积。（出《国史补》）

崔湜

崔仁师之孙崔湜、涤等昆仲数人，并有文翰，列官清要。每私宴之际，自比王谢之家。谓人曰：“吾之门第及出身官历，未尝不为第一。丈夫当先据要路以制人，岂能默默受制于人？”故进取不已，而不以令终。（出《摭言》）

类例

世有《山东士大夫类例》三卷。其有非士族及假冒者，多不见录。署云相州僧昙刚撰。后柳冲亦明族姓，中宗朝为相州刺史。询问旧老，云：“自隋已来，不闻有僧昙刚。”盖惧嫉于时，故隐其名氏。（出《国史补》）

李峤

初，李峤与李迥秀同在庙堂，奉诏为兄弟。又西祖王璋与信安王祎同产，故赵郡陇西二族，昭穆不定，一会之中，或孙为祖，或祖为孙。（出《国史补》）

廷便下令不让七姓互相通婚。因此不敢再举行婚礼，就只好暗地里打扮自己家女儿送到夫家。（出《国史异纂》）

李积

李积是酒泉公李义琰的侄孙。门户可称第一，而且颇有廉洁之名。他的爵位常比不上自己家族的郡望，虽然官至司封郎中、怀州刺史，但是给人写信的时候只是自称陇西李积。（出《国史补》）

崔湜

崔仁师的孙子崔湜、崔涤兄弟几人全都很有文采，都官居要职。每次私人宴会的时候，自比为王谢之家。崔氏兄弟对人说："我们的门第和出身、官职，没有不是第一的。大丈夫应该把重要位置先占据以节制他人，怎么能默默受制于人呢？"因此他们都不断进取，但是都没能有一个好结局。（出《摭言》）

类例

世传三卷《山东士大夫类例》。有的不是士族或者是假冒士族的人，都不被录入。上面写着相州僧昙刚撰写。后来柳冲也被列为士族，唐中宗一朝担任相州刺史。柳冲询问隋朝遗老，隋朝遗老回答道："隋朝以来，没听说过有僧昙刚这个人。"大概是因为这个人怕被别人记恨，便隐去了他的姓名。（出《国史补》）

李峤

一开始，李峤和李迥秀都在朝为官，受诏书拜为兄弟。而西祖王李璋和信安王李祎又是亲兄弟。因此赵郡、陇西二族的辈分不定，有的时候孙子变成了爷爷，有的时候爷爷又变成了孙子。（出《国史补》）

张说

张说好求山东婚姻，当时皆恶之。及后与张氏亲者，乃为甲门四姓。郑氏不离荥阳，又岗头卢、泽底李、土门崔，皆为鼎甲。（出《国史补》）

杨氏

杨氏，自杨震号关西孔子，葬于潼关亭，至今七百余年，子孙犹在阌乡故宅，天下一家而已。（出《国史补》）

李益

李尚书益有宗人庶子同名，俱出于姑臧公。时人谓尚书为文章李益，庶子为门户李益，而尚书亦兼门地焉。尝姻族间有礼会，尚书归，笑谓家人曰："大甚笑，今日局席，两个坐头，总是李益。"（出《因话录》）

庄恪太子妃

文宗为庄恪选妃，朝臣家子女者悉被进名，士庶为之不安。帝知之，召宰臣曰："朕欲为太子婚娶，本求汝郑门衣冠子女为新妇，闻在外朝臣，皆不愿共联作亲情，何也？朕是数百年衣冠。"无何神尧打家罗诃去，因遂罢其选。（出《卢氏杂说》）

白敏中

白敏中为相，尝欲以前进士侯温为子婿。且有日矣，其妻卢氏曰："身为宰相，愿为我婿者多矣。己既姓白，又以侯氏儿为婿，必为人呼作侯白尔。"敏中为之止焉。敏中始婚也，已朱紫矣，尝戏其妻为接脚夫人。又妻出，辄导之以马。妻既憾其言，每出，必命撤其马，曰："吾接脚夫人，安用马也。"（出《玉泉子》）

张说

张说喜欢和山东人结亲家，当时人都很讨厌张说。等到后来和张说结亲的人，都变成了最高等的世族。荥阳郑氏、岗头卢氏、泽底李氏、土门崔氏，都摇身一变变成最高的世族。（出《国史补》）

杨氏

杨氏自从杨震号称关西孔子，葬在潼关亭之后，到今天已经七百多年了，子孙还在旧地居住，天下仅此一家而已。（出《国史补》）

李益

有一个和李益同名的宗室的庶子，和李益一样，都是姑臧公的后代。当时人把尚书李益称为文章李益，把庶子李益称为门户李益，当然，尚书李益也有门户。李益曾经参加婚礼，回到家，就笑着对家人说："实在是太好笑了。今天参加婚礼的两个首座，都是李益。"（出《因话录》）

庄恪太子妃

唐文宗给庄恪太子选妃，朝臣家的女儿都在其列，士人、庶人都感到十分不安。唐文宗得知此事，召来宰臣说道："我要给太子娶亲，本来要求郑氏的千金做媳妇，但是听说在外的朝臣都不愿意和宗室联姻，这是为什么呢？李氏也是个几百年的世家大族。"不久庄恪太子暴毙，便罢选了。（出《卢氏杂说》）

白敏中

白敏中做宰相的时候，想招之前的进士侯温做女婿很长时间了。他的妻子卢氏说："你身为宰相，想做咱们家女婿的人多了。既然我们姓白，又找侯氏的人做女婿，一定有人叫我们侯白。"白敏中因此没有招侯温为女婿。白敏中刚结婚的时候，已经当了大官，曾经跟妻子开玩笑说她是接脚夫人。他妻子每次出门，都要白敏中帮她牵

汝州衣冠

汝州衣冠，无非望族，多有子女。有汝州参军亦令族内于一家求亲，其家不肯曰："某家世不共轩冕家作亲情。"（出《卢氏杂说》）

黄 生

有黄生者，擢进士第。人问与颇同房否，对曰："别洞。"黄本溪洞豪姓，生故以此对。人虽哈之，亦赏其直实也。（出《尚书故实》）

马。妻子很气这句玩笑话，每次出门，就命令把马撤下，说道："我一个接脚夫人，用什么马呢？"（出《玉泉子》）

汝州衣冠

在汝州做官的基本都是望族，家里很多都有子女。有一个汝州参军也让族人到一家去求亲，这家人不肯，说道："我家从来不和名门望族结姻。"（出《卢氏杂说》）

黄生

有一个姓黄的学子中了进士。有人问他愿不愿意住在一起，黄生回答道："别洞。"黄生本来是溪洞的豪门，因此黄生把屋子叫作洞。人们虽嘲笑黄生，但是也很欣赏他正直、实诚的一面。（出《尚书故实》）

卷第一百八十五　铨选一

蔡　廓

宋废帝时，以蔡廓为吏部尚书。录尚书徐羡之谓中书令傅亮曰：“黄门已下，悉委蔡，吾徒不复历怀。自此已上，故宜共参同异。”廓闻之曰：“我不能为徐羡之署纸尾也。”遂辞不拜。（出《建康实录》）

谢　庄

宋谢庄字希逸，侍中微之子，黄门思之孙。美仪容，善谈论，工书属文，好言玄理。少为文帝所赏，帝一见之，辄叹曰：“蓝田生美玉，岂虚也哉？”庄代颜峻为吏部尚书。峻容貌严毅，常有不可犯之色。庄风姿温美，人有喧诉，常欢笑答之。故时人语曰：“颜吏部瞋而与人官，谢吏部笑不与人官。”庄迁中书令侍中，谥曰宪。庄家世无年五十者。庄年四十二，祖四十七，曾祖四十三，高祖三十。子朏、瀹，并知名。（出《谈薮》）

刘林甫

唐武德初，因隋旧制，以十一月起选，至春即停。至贞观二年，刘林甫为吏部侍郎，以选限促，多不究悉，遂奏四时听选，随

蔡廓

刘宋废帝时，任命蔡廓为礼部尚书。录尚书徐羡之对中书令傅亮说道：“黄门侍郎以下的事宜，全都交给蔡廓就好，我们不必再劳心了。黄门侍郎以上的事情，我们再去发表意见。”蔡廓听说后，说道：“我不能给徐羡之打下手。”于是把废帝的任命拒绝了。（出《建康实录》。）

谢庄

刘宋谢庄字希逸，是侍中谢微的儿子，黄门侍郎谢思的孙子。谢庄长得十分英俊，善于谈论，工于书法，擅长写文章，喜欢谈论玄学妙理。谢庄自幼被宋文帝所赏识。宋文帝每次见到谢庄，都会感叹：“蓝田出产美玉，难道是假的吗？”谢庄后来代替颜峻担任礼部尚书。颜峻长得十分严厉，看起来似乎完全不能跟他开玩笑。而谢庄风流倜傥，温和俊美，人们有什么要争论的事，谢庄经常满面笑容地回答。因此当时人谚语说道：“颜峻虽然恐怖，但是愿意把官职授予别人；谢庄虽然和顺，但是却很少授予别人官职。”后来谢庄升迁到中书令、侍中，谥号为宪。谢庄一家世世代代没有活过五十岁的。谢庄四十二岁，谢庄的祖父四十七岁，曾祖父四十三岁，高祖父三十岁。谢庄的儿子谢朏、谢瀹，全都知名当世。（出《谈薮》）

刘林甫

唐武德初年，按照隋朝的制度，十一月的时候开始选官，到春天的时候就停下。到了贞观二年，刘林甫做了吏部侍郎，觉得选官时间

到注拟。当时以为便。(出《唐会要》)

张 说

武德七年，高祖谓吏部侍郎张说曰："今年选人之内，岂无才用者，卿可简试将来，欲縻之好爵。"于是说以张行成、张知运等数人应命。时以为知人。(出《唐会要》)

温彦博

贞观元年，温彦博为吏部郎中，知选，意在沙汰，多所摈抑，而退者不伏，嚣讼盈庭。彦博惟骋辩与之相诘，终日喧扰。颇为识者所嗤。(出《唐会要》)

戴 胄

贞观四年，杜如晦临终，请委选举于民部尚书戴胄，遂以兼检校吏部尚书。及在铨衡，颇抑文雅而奖法吏，不适轮辕之用。物议以是刺之。(出《唐会要》)

唐 皎

唐贞观八年十一月，唐皎除吏部侍郎。常引人入铨，问何方稳便。或云：其家在蜀，乃注与吴。复有云：亲老，先住江南，即唱之陇右。论者莫测其意。有一信都人希河朔，因绐云：愿得江淮，即注与河北一尉。由是大被选人绐言欺之。(出《唐会要》)

的界限太短了，就上奏希望四季都能够选官。当时都认为这个提议十分便利。（出《唐会要》）

张说

武德七年，唐高祖对吏部侍郎张说说：“今年选官，难道没有什么人才可以任用？你可以选拔、考核一下将来的人才，我要用爵位留下他们。”因此张说选拔了张行成、张知运等几个人回复命令。当时都认为张说很了解人才。（出《唐会要》）

温彦博

贞观元年，温彦博担任吏部郎中，主管选拔人才，想要把那些无用之人淘汰掉，因此对候选的人大力打压。被打压的人不服气，十分喧闹地与温彦博争吵。温彦博和这些人互相盘诘，每天都十分吵闹。他们的行为被有识之士所嘲笑。（出《唐会要》）

戴胄

贞观四年，杜如晦临死之前，请求把选官之事委任给民部尚书戴胄。于是就任命戴胄兼任吏部尚书。等到戴胄开始主管选官之事的时候，经常打压文雅之士，重用依法治国的小吏，并不能左右逢源。因此人们议论的时候都在讽刺他。（出《唐会要》）

唐皎

唐贞观八年十一月，唐皎被任命为吏部侍郎。唐皎曾经让人参加选官，问那个人在哪里做官比较合适。有人答道：“这个人家在蜀地，就把他派到吴地去吧。”又有人说：“他的亲人、高堂都在江南，唐皎就让他在陇右当官。”没有人知道唐皎是什么意思。有一个信都人想要去河朔，就骗唐皎说：“我想要去江淮之地。”唐皎就把他委派为河北的一个尉官。因此唐皎就总被参加选官的人给欺骗。（出《唐会要》）

杨师道

贞观十七年，杨师道为吏部尚书。贵公子，四海人物，未能委练，所署多非其才。深抑势贵及亲党，将以避嫌。时论讥之。（出《唐会要》）

高季辅

贞观十七年，吏部侍郎高季辅知选。凡所铨综，时称允惬。至十八年于东都独知选事，上赐金镜一面，以表清鉴。（出《唐会要》）

薛元超

永徽元年，中书舍人薛元超好汲引寒俊，尝表荐任希古、高智周、郭正一、王义方、孟利真等十余人。时论称美。（出《唐会要》）

杨思玄

龙朔二年，司列少常伯杨思玄恃外戚贵，待选流多不以礼而排斥之。为选者夏侯彪所讼，御史中丞郎余庆弹奏免官。时中书令许敬宗曰："必知杨吏部之败。"或问之，对曰："一彪一狼，共著一羊，不败何待！"（出《唐会要》）

张仁祎

唐总章二年十一月，吏部侍郎李敬玄委事于员外张仁祎。有识略干能，始造姓历，改修状抹铨替等程式。敬玄用仁祎之法，铨总式序。仁祎感国士见委，竟以心劳，呕血而死。（出《唐会要》）

杨师道

贞观十七年，杨师道担任吏部尚书。杨师道颇以世族公子为贵，而四海的人才却不能被提拔。因此大家都说杨师道不是吏部尚书的材料。杨师道便又打压有权有势的贵族和自己的亲族，以此避嫌。当时人都因此事而嘲讽他。（出《唐会要》）

高季辅

贞观十七年，吏部侍郎高季辅主管官员的选拔。高季辅所给出的选拔结果，当时人都认为恰当、合适。贞观十八年，高季辅在洛阳独自主管选拔官员一事，皇上赐给高季辅一面铜镜，以此表彰高季辅的清廉。（出《唐会要》）

薛元超

永徽元年，中书舍人薛元超喜欢选拔、引荐寒门才子，曾经上表推荐任希古、高智周、郭正一、孟利真等十多个人。当时都传为美谈。（出《唐会要》）

杨思玄

龙朔二年，司列少常伯杨思玄倚仗外戚的身份提高地位，对待参加选官的人不能以礼相待，反而十分排斥，就被参选的夏侯彪告发。御史中丞郎余庆上奏弹劾他，皇帝免了杨思玄的官。当时的中书令许敬宗说道：“我知道杨吏部一定会输了这场官司。”有人问许敬宗原因，许敬宗回答道：“一头虎、一条狼一起跟一只羊对质，杨思玄怎么可能不败呢？”（出《唐会要》）

张仁祎

总章二年十一月，吏部侍郎李敬玄把事务交给了员外张仁祎。张仁祎有胆识、有谋略，第一次按照官员的姓氏编写了官员的履历册子，又修改了选官的程式。李敬玄用张仁祎的办法，重新选编了选官

裴行俭

咸亨二年，有杨炯、王勃、卢照邻、骆宾王，并以文章见称。吏部侍郎李敬玄咸为延誉，引以示裴行俭。行俭曰："才名有之，爵禄盖寡。杨应至令长，余并鲜能令终。"是时苏味道、王勮未知名，因调选，遂为行俭深礼异。仍谓曰："有晚生子息，恨不见其成长，二公十数年当居衡石，愿识此辈。"其后果如其言。行俭尝所引偏裨将有程务挺、张虔勗、崔智辔、王方翼、党金毗、刘敬同、郭待封、李多祚、黑齿常之，尽为名将。（出《唐会要》）

三人优劣

长寿二年，裴子余为鄠县尉。同列李朝隐、程行谌皆以文法著称，子余独以词学知名。或问雍州长史陈崇业，三人优劣孰先。崇业曰："譬之春兰秋菊，俱不可废。"

刘 奇

证圣元年，刘奇为吏部侍郎，注张文长、司马锽为监察御史。二人因申屠玚以谢之，奇正色曰："举贤本自无私，二君何为见谢？"（出《唐会要》）

狄仁杰

圣历初，狄仁杰为纳言，颇以藻鉴自任，因举桓彦范、敬晖、

的程式。张仁祎感念李敬玄把任务委任给他，最后因为劳心劳力，吐血而死。（出《唐会要》）

裴行俭

咸亨二年，有杨炯、王勃、卢照邻、骆宾王四个人都以文章被人称道。吏部侍郎李敬玄想为他们扩大名气，就把这四个人的文章给裴行俭看。裴行俭说道：“这四个人虽有才气，但是恐怕不会有官爵。杨炯可能能当一个县令，但是其他人恐怕不会有好结局。”当时苏味道、王勮还没有名气，因为中举被选为官吏，因而被裴行俭所礼遇。裴行俭还对二人说：“我有一个晚生的儿子，我很遗憾不能看见他的成长。你们十几年后应该能位列要职，希望你们照看一下他。”后来这六个人果然和裴行俭说的一样。裴行俭所引荐的偏将还有程务挺、张虔勗、崔智䛒、王方翼、党金毗、刘敬同、郭待封、李多祚、黑齿常之等人，他们后来都成为了著名的将领。（出《唐会要》）

三人优劣

长寿二年，裴子余担任鄠县县尉。裴子余的同事李隐朝、程行谌都因为文章出名，只有裴子余以诗闻名。有人问雍州长史陈崇业这三个人的优劣。陈崇业回答道：“就好像春天的兰花、秋天的菊花，各有各的好处，没有什么优劣。”

刘奇

证圣元年，刘奇担任吏部侍郎，选拔张文长和司马锽担任监察御史。这两个人通过申屠玚向刘奇致谢。刘奇正色言道：“我选拔人才，本来就是无私选拔，两位为什么要谢我呢？”（出《唐会要》）

狄仁杰

圣历初年，狄仁杰担任纳言一职，自称自己能选出人才，于是举崔玄暐、张柬之、袁恕己等五人，后皆有大勋。复举姚元崇等数十人悉为公相。圣历中，则天令宰相各举尚书郎一人。仁杰独荐其子光嗣，由是拜地官员外，莅事有声。则天谓之曰："祁奚内举，果得人也。"（出《唐会要》）

郑杲

圣历二年，吏部侍郎郑杲，注韩思复为太常博士，元稀声京兆士曹。尝谓人曰："今年掌选，得韩、元二子，则吏部不负朝廷矣。"（出《唐会要》）

薛季昶

长安三年，则天令雍州长史薛季昶，择僚吏堪为御史者。季昶以问录事参军卢齐卿，齐卿举长安县尉卢怀慎、李体光，万年县尉李义、崔湜，咸阳县丞倪若冰，盩厔县尉田崇壁，新丰县尉崔日用。后皆至大官。（出《唐会要》）

邓渴

弘道元年十二月，吏部侍郎魏克己铨综人毕，放长榜，遂出得留人名。于是衢路喧哗，大为冬集人授引指摘，贬为太子中允，遂以中书舍人邓玄挺替焉。又无藻鉴之目，及患消渴，选人因号邓渴。（出《唐会要》）

李至远

如意元年九月，天官郎中李至远权知侍郎事。时有选人姓用了桓彦范、敬晖、崔玄暐、张柬之、袁恕己五个人。后来这五个人都建了很大的功劳。狄仁杰又举荐了姚元崇等几十个人为公卿。圣历年间，武则天命令宰相各自举荐一个尚书郎。只有狄仁杰推荐了自己的儿子狄光嗣，被武则天任命为地官员外郎，在其职位颇有声望。武则天对狄仁杰说道："如果是祁奚举荐自己的儿子，那么确实可以称得上是得到了人才。"（出《唐会要》）

郑杲

圣历二年，吏部侍郎郑杲选拔韩思复担任太常博士一职，选拔元稀声担任京兆士曹一职。郑杲曾经对人说："今年我主管选拔官员，得到韩思复、元稀声这两个人才，我们吏部可以说没有辜负朝廷所望了。"（出《唐会要》）

薛季昶

长安三年，武则天让雍州长史薛季昶选拔可以担任御史一职的官员。薛季昶向录事参军卢齐卿询问主意，卢齐卿推选长安县尉卢怀慎和李体光、万年县尉李义、崔湜、咸阳县丞倪若冰、周至县尉田崇壁、新丰县尉崔日用几人为御史。后来这些人全都做了大官。（出《唐会要》）

邓渴

弘道元年十二月，吏部侍郎魏克己主持科考完之后，放出了榜单，将考中的人名张贴了出去。因此大街小巷都在因此事而喧闹，魏克己也被人们所指责，被贬为太子中允。朝廷便任命中书舍人邓玄挺接任魏克己的职位。邓玄挺没有识别人才的慧眼，又患有消渴症，因此被选拔的举子们称为"邓渴"。（出《唐会要》）

李至远

如意元年九月，天官郎中李至远暂任吏部侍郎。当时有一个选人刁，又有王元忠，并被放。乃密与令史相知，减其点画，刁改为丁，王改为士。拟授官后，即添成文字。至远一览便觉曰："今年铨覆万人，总识姓名，安有丁士者哉？此刁某王某者。"省内以为神明。（出《唐会要》）

张文成

唐张文成曰："乾封以前，选人每年不越数千；垂拱以后，每岁常至五万。人不加众，选人益繁者，盖有由矣。尝试论之：祇如明经进士，十周三卫，勋散杂色，国官直司，妙简实材，堪入流者十分不过一二。选司考练，总是假手冒名。势家嘱请，手不把笔，即送东司，眼不识文，被举南馆。正员不足，权补试摄检校之官。贿货纵横，赃污狼籍。流外行署，钱多即留。或帖司助曹，或员外行案。更有挽郎辇脚，营田当屯，无尺寸功夫，并优与处分。皆不事学问，唯求财贿。是以选人冗冗，甚于羊群；吏部喧喧，多于蚁聚。若铨实用，百无一人。积薪化薪，所从来远矣。"（出《朝野佥载》）

郑愔 崔湜

唐郑愔为吏部侍郎，掌选，赃污狼籍。引铨，有选人系百钱于靴带上。愔问其故，答曰："当今之选，非钱不行。"愔默而不言。时崔湜亦为吏部侍郎，掌铨。有选人引过，分疏云："某能翘关负米。"湜曰："若壮，何不兵部选？"答曰："外边人皆云，崔侍郎下，有气力者即得。"（出《朝野佥载》）

姓刁，还有一个叫王元忠的选人，全都没有被选上。于是二人秘密和令史打通关节，把他们姓名的笔画减下去几笔，把刁改为丁，王改为士，等到授予官职之后，再添上笔画。谁知李至远一看就发觉了，说道："今年考核的这么多人我都知道姓名。哪儿有什么姓丁的姓士的？这是刁某某和王某某。"省内都把李至远看成神明。（出《唐会要》）

张文成

唐朝的张文成说："乾封以前，每年选出的官不到几千；垂拱之后，每年选拔的官员人数常常能到达五万。人口没有变多，但是选举的人员来越繁冗，应当是有其原因。我试着讨论一下：就比如明经这科的进士，无论是十周三卫、各色的勋爵、国家直接管理的人员，还是选用的真材实料，能够入眼的人不超过十之一二。那些负责选官的主考，总是借人之手冒名顶替。那些有势力的家族一旦叮嘱、请求，手里连笔都不用拿，眼睛连字儿都不认识就送到朝廷当官。如果正官不足，那就补任、兼任检查、考核的官员。以致贿赂到处都是，在外部的官位有钱就可以留下。有的可以帮助官员打下手，有的帮助员外做事，还有那些给别人抬轿子、在家种地的，不费吹灰之力，就能收到优越的对待。这些人从不治学，只是收取贿赂，因此选人就十分冗杂，比羊群还要乱；吏部只知道互相吵，比蚂蚁还要杂乱。每次选出来的有真才实学的官员，百无一人。厝火积薪这种事，不是一天两天能形成得了的。"（出《朝野佥载》）

郑愔　崔湜

唐朝的郑愔担任吏部侍郎，主管选官，赃款到处都是。选官之前，有一个待选的人在鞋带上系上了一百钱。郑愔问他原因，这个人回答道："如今选官，不使钱选不上。"郑愔默默无言。当时崔湜也担任吏部侍郎，主管选官。有个待选的人要参加考试，写道："我能够背着粮食越过关卡。"崔湜说道："如果你有勇力，为什么不去参加

糊名

武后以吏部选人多不实，乃令试日自糊其名，暗考以定等第。判之糊名，自此始也。武后时，投匦者或不陈事，而有嘲谑之言。于是乃置使，先阅其书奏，然后投之。匦院有司，自此始也。

（出《国史异纂》）

兵部的选举？”此人回答道：“外边人都说崔侍郎这儿只要有力气就能被选上。”（出《朝野佥载》）

糊名

武则天因为吏部选拔人才的时候大多不实，便命令考试的时候把名字都糊上，之后再进行考试，以此来确定等级。考试糊名自此开始。武则天之后，投意见箱的人都不陈述问题，只会嘲讽。武则天便设置了接受意见的使者，先看这些人的上书，然后再投进意见箱。匦院自此开始才有管理者。（出《国史异纂》）

卷第一百八十六　铨选二

斜封官

唐景龙年中，斜封得官者二百人，从屠贩而践高位。景云践祚，尚书宋璟、御史大夫毕构，奏停斜封人官。璟、构出后，见鬼人彭卿受斜封人贿赂，奏云："见孝和怒曰：'我与人官，何因夺却？'"于是斜封皆复旧职。伪周革命之际，十道使人，天下选残明经进士及下村教童蒙博士，皆被搜扬。不曾试练，并与美职。尘黩士人之品，诱悦愚夫之心。庸才者得官以为荣，有才得官以为辱。昔赵王伦之篡也，天下孝廉秀才茂异，并不简试，雷同与官。市道屠沽，亡命不轨，皆封侯略尽。太府之铜不供铸印，至有白版侯者。朝会之服，貂者大半。故谣云："貂不足，狗尾续。"小人多幸，君子耻之。无道之朝，一何连类也，惜哉！（出《朝野佥载》）

卢从愿

景云元年，卢从愿为侍郎，精心条理，大称平允。其有冒名伪选，虚增功状之类，皆能擿发其事。典选六年，颇有声称。时人曰："前有裴、马，后有卢、李。"裴即行俭，马谓戴，李谓朝隐。（出《唐会要》）

斜封官

唐景龙年间，不从正途得到官职的两百多个斜封人，都是从屠沽之辈登上高位。景云年间，唐睿宗登基之后，宋璟和御史大夫毕构上奏停止这种不从正途授予官职的斜封。宋璟、毕构出了朝廷，见鬼人彭卿收到了斜封人的贿赂，上奏道："我梦到孝和皇帝发怒道：'我授予别人官职，为什么要夺去呢？'"因此这些斜封人全都恢复了旧职。武周革命的时候，各地都需要人才，那些天下选出来的明经进士以及村里教儿童开蒙的老师，全都被举荐，没有经过检阅考查，就给他们很肥的差事，让士人们斯文扫地，让那些愚笨的百姓们蠢蠢欲动。没有才能的人以做官为荣，有才能的人以做官为耻。当初赵王司马伦篡位的时候，天下的孝廉、秀才、茂才根本不需要选拔，全都给予官职。无论是屠沽之辈还是亡命之徒，全都被封了官爵。太府的铜印都不再重铸，甚至有人拿着白板做的官印。早上朝会的时候，一大半的人都穿着貂皮大衣。因此歌谣说道："貂皮如果不够，就用狗的尾巴来接。"小人多被宠幸，君子都以此为耻。无道的朝廷，为什么都这么相似呢！太可惜了！（出《朝野佥载》）

卢从愿

唐景云元年，卢从愿担任吏部侍郎，精心地办理公务，被大家称赞十分公允。如果有冒名顶替或者凭空捏造功劳之类的事情，卢从愿都会揭发出来。卢从愿掌管选官六年，在外颇有美名。当时人说道："前有裴、马，后有卢、李。"裴指裴行俭，马指马戴，李指李朝隐。（出《唐会要》）

韦抗

景云二年，御史中丞韦抗加京畿按察使。举奉天县尉梁昇卿、新丰尉王倕、金城县尉王水、华原县尉王焘为判官。其后皆著名位。（出《唐会要》）

张仁愿

景云二年，朔方总管张仁愿奏用监察御史张敬忠、何奕，长安县尉寇泚，鄠县尉王易从，始平县主簿刘体微分判军事；义乌县尉晁良贞为随军。后皆至大官。（出《唐会要》）

杜暹

景云二年，卢从愿为吏部侍郎。杜暹自婺州参军调集，补郑县尉。后暹为户部尚书，从愿自益州长史入朝。暹立在卢上，谓之曰："选人定何如？"卢曰："亦由仆之藻鉴，遂使明公展千里足也。"（出《唐会要》）

魏知古

先天元年，侍中魏知古尝表荐洹水县令吕太一、蒲州司功参军齐瀚、右内率府骑曹柳泽。及为吏部尚书，又擢密县尉宋遥，左补阙袁晖、封希颜，伊阙县尉陈希烈。其后咸居清要。（出《唐会要》）

卢齐卿

开元元年，卢齐卿为幽州刺史。时张守珪为果毅，特礼接之。谓曰："十年内当节度。"果如其言也。（出《唐会要》）

韦抗

景云二年，御史中丞韦抗被提拔为京畿按察使，举荐了奉天县尉梁升卿、新丰尉王倕、金城县尉王水、华原县尉王焘四人为判官。后来这些人都名位双收。（出《唐会要》）

张仁愿

景云二年，朔方总管张仁愿上疏选拔监察御史张敬忠、何奕、长安县尉寇泚、鄠县尉王易从、始平县主簿刘体微几人分别管理军事，又提拔义乌县尉晁良贞为随军。后来这几个人都成了大官。（出《唐会要》）

杜暹

景云二年，卢从愿担任吏部侍郎。杜暹从婺州参军补任郑县尉。后来杜暹升为户部尚书，卢从愿从益州长史任上入朝。杜暹的地位在卢从愿之上，对卢从愿说道："你选出的人才如何？"卢从愿回答道："也是因为我鉴别人才的才能，才能让您展现您的才能。"（出《唐会要》）

魏知古

先天元年，侍中魏知古曾经上表向朝廷推荐洹水县令吕太一、蒲州司功参军齐瀚、右内率府骑曹柳泽。等到魏知古担任了吏部尚书之后，又提拔了密县县尉宋遥、左补阙袁晖、封希颜和伊阙县尉陈希烈。后来这些人都做了清正的公卿。（出《唐会要》）

卢齐卿

开元元年，卢齐卿担任幽州刺史。当时张守珪担任果毅都尉，卢齐卿以大礼接待他，还对张守珪说："十年之内你会成为节度使。"结果果如卢齐卿所说。（出《唐会要》）

王丘

开元八年七月，王丘为吏部侍郎，擢山阴尉孙逖、桃林尉张镜微、湖城丞张晋明、进士王泠然、李昂等。不数年，登礼闱，掌纶诰焉。（出《唐会要》）

崔琳

十一年十二月，吏部侍郎崔琳铨日，收选残人卢怡、裴敦复、於号卿等十数人。无何，皆入台省。众以为知人。（出《唐会要》）

裴光庭

开元十八年，苏晋为侍郎，而侍中裴光庭每过官，应批退者，但对众披簿，以朱笔点头而已。晋遂榜选院，门下点头者，更引注拟。光庭以为侮己，不悦。时有门下主事阎鳞之为光庭腹心，专主吏部过官。每鳞之裁定，光庭随口下笔。时人语曰："鳞之口，光庭手。"（出《唐会要》）

薛据

开元中，薛据自恃才名，于吏部参选，请授万年录事。诸流外官共见宰执诉云："录事是某等清要官，今被进士欲夺，则某等色人，无措手足矣。"遂罢。（出《摭言》）

李林甫

自开元二十年，吏部置南院，始悬长名，以定留放。时李林甫知选，宁王私谒林甫曰："就中乞一人。"林甫责之。于是榜云：

王丘

开元八年七月，王丘担任吏部侍郎，提拔了山阴县尉孙逖、桃林县尉张镜微、湖城县丞张晋明、进士王泠然、李昂等人。没过几年，这些人都升堂入室，专门给皇帝撰写诏书。（出《唐会要》）

崔琳

开元十一年十二月，吏部侍郎崔琳选拔官员那天，选拔了残疾人卢怡、裴敦复、於号卿等十几个人。不久，这些人都被重用了。大家都认为崔琳颇识人才。（出《唐会要》）

裴光庭

开元十八年，苏晋担任侍郎。侍中裴光庭每次选官，对于应该退选的那些人，只是当众批示，用红笔在姓名上点一点而已。于是苏晋就在选院张贴榜单，在门下被点姓名的，在名下再写上应选应退。裴光庭认为苏晋这是在侮辱自己，十分不悦。当时裴光庭门下有一个主事阎麟之，是裴光庭的心腹，专门主管吏部选官。每次阎麟之决定之后，裴光庭就随着他所说的下笔。当时的谚语说道："阎麟之嘴里所说的，就是裴光庭所写的。"（出《唐会要》）

薛据

开元年间，薛据自恃才华、名气去吏部参加官员选拔，请求让他担任万年录事。各个在外当官的人一起见主管官员选拔的人说道："录事是我们这些人的重要官职，一旦被进士夺取，那我们这些人该把手脚放在哪里呢？"主管官员便没有把职位授予薛据。（出《摭言》）

李林甫

从开元二十年开始，吏部设置南院，把选用官员的名单张贴出来，以此决定选用的人选。当时李林甫掌管选官，宁王偷偷拜谒李林

"据其书判，自合得留；缘属宁王，且放冬集。"（出《国史补》）

张 说

中书舍人张均知考，父左相张说知京官考，特注曰："父教子忠，古之善训。祁奚举子，义不务私。至如润色王言，章施帝载，道参坟典，例绝常功，恭闻前烈，尤难其任。岂以嫌疑，敢挠纲纪？"考上下。（出《玄宗实录》）

张 奭

苗晋卿典选，御史中丞张倚男奭参选，晋卿以倚子思悦附之。考等第凡六十四人，奭在其首。苏考蕴者为蓟令，乃以选事告禄山。禄山奏之，玄宗乃集登科人于花萼楼前重试，升第者十无一二。奭手持试纸，竟日不下一字，时人谓之拽白。上大怒，贬倚。敕曰："庭闱之间，不能训子；选调之际，乃以托人，天下为戏谈。"晋卿贬安康。（出《卢氏杂说》）

杨国忠

天宝十载十一月，杨国忠为右相兼吏部尚书，奏请两京选人，铨日便定留放，无少长各于宅中引注。虢国姊妹垂帘观之，或有老病丑陋者，皆指名以笑，虽士大夫亦遭诉耻。故事，兵、吏部注官讫，于门下过侍中给事中，省不过者谓退量。国忠注官，呼左甫道："我希望在里面挑选一个人。"李林甫斥责了宁王。因此李林甫张贴告示道："根据此人试卷判断，本来应该可以留下；但是因为宁王的缘故，等到冬天考试的时候再定。"（出《国史补》）

张说

中书舍人张均主持官员考核，他的父亲左相张说主持京官考核。因此张说特地嘱咐张均道："父亲教育儿子要忠于朝廷，是古往今来优良的家训。春秋晋国的祁奚举用自己的儿子，是出于大义，从来没有考虑过私情。至于像润色陛下的言辞、用文章将陛下的行为记录下来、用自己的治国理念参照古代的方式、建立空前绝后的功勋，这是最困难的任务。我又怎会为了避嫌而干扰国家的纲纪呢？"考张均上下。（出《玄宗实录》）

张奭

苗晋卿担任主管选官的职位，当时御史中丞张倚的公子张奭参选，苗晋卿想要倚靠张奭讨好、依附张倚。苗晋卿选了六十四个人，张奭是第一。有一个蓟县县令苏考蕴把此事告诉了安禄山。安禄山将此事上奏给唐玄宗，唐玄宗便叫来登科的人到花萼楼之前重新考试，能够考上的不到十分之一二。张奭手里拿着试卷，一天也没写一个字儿，当时的人称张奭为拽白。唐玄宗震怒，贬了张倚的官。唐玄宗下旨道："在家中不能教育儿子，在选调的时候却要托付别人，因此天下都把这件事当成个笑话。"苗晋卿被贬到安康。（出《卢氏杂说》）

杨国忠

天宝十年十一月，杨国忠担任右相，兼任吏部尚书之职。杨国忠上奏请求在长安、洛阳选拔人才，选拔当天便定下能不能通过考核，无论老少都要到杨国忠宅中签名。虢国夫人姐妹垂下帘子偷窥这些人。如果有年老、得病、丑陋的人，姐妹就指着这些人的名字相陈希烈于坐隅。给事中行列于前曰："既对注拟，即是过门下了。"希烈等腹悱而已。侍郎韦见素、张倚皆衣紫，与本曹郎官藩屏外排比案牍，趋走语事。乃谓帘中杨氏曰："两个紫袍主事何如？"杨乃大噱。选人郑愔附会其旨，与二十余人率钱于勤政楼设斋，兼为国忠立碑于尚书省南。所注吏部三铨选人，专务鞅掌，不能躬亲，皆委典及令史孔目官为之。国忠但押一字，犹不可遍。（出《唐续会要》）

陆贽

贞元八年春，中书侍郎平章事陆贽，始复令吏部每年集选人。旧事，吏部每年集人，其后遂三数年一置选。选人并至，文书多，不可寻勘，真伪纷杂，吏因得大为奸巧。选人一蹉跌，或十年不得官。而官之阙者，或累岁无人。贽命吏部分内外官员为三分，计阙集人，岁以为常。其弊十去七八，天下称之。（出《唐会要》）

郑余庆

刘禹锡曰："宣平郑相之铨衡也，选人相贺，得入其铨。"刘禹锡曰："予从弟某在郑铨，注湖州一尉，唱唯而出。郑呼之却回曰：'如公所试，场中无五六人。一唱便受之，此而不奖，何以铨衡？公要何官，去家稳便。'曰：'家住常州。'乃注武进县尉。选人翕然，畏而爱之。及后作相，过官又称第一，其有后于鲁也。"又云："陈讽、张复元各注畿县，请换县，允之。既而张却请不换。郑榜了，引张才入门，已定不可改。时人服之。"（出《嘉笑。虽然是士大夫也深感耻辱。按照旧例，兵部、吏部的给事中在前面说道：“既然已经结束了，那你就被录用了。”陈希烈等人也只是在肚子里吐槽而已。侍郎韦见素、张倚全都穿着紫色的官服，还有一些在一个单位工作的同事，全都在屏风外面列着的案子旁坐着，要准备前行说事情。便对帘子里的杨国忠说道：“这两个穿紫衣服的主事怎么样？”杨国忠便大笑。选人郑愬猜到了杨国忠的意思，和二十个人带着钱到勤政楼设斋饭，还给杨国忠在尚书省南立了碑。杨国忠所掌管的吏部三铨授职和其他事物从来不自己掌管，全都交给典史、令史和孔目官办理。杨国忠只是签个字而已，还不是所有文件都签字。（出《唐续会要》）

陆贽

贞元八年的春天，中书侍郎平章事陆贽开始恢复让吏部重新选人。按照旧例，吏部每年都会冬集选官。随后就三年多一次选官。候选者纷至沓来，文书浩如烟海，没办法快速检查，真伪混杂，因此官员们都趁此机会偷奸耍滑。被选拔的人一旦没选上，可能十年都得不到官职；可没有人上任的官职，却常年没有人担任。陆贽便命令吏部内外官员分为三部分，记录缺少的、前来考试的人的人数，每年都如此执行。因此这个弊端解决了十之七八。天下都因此称赞陆贽。（出《唐会要》）

郑余庆

刘禹锡说：“宣平丞相郑余庆选人，如果候选者能够被选中，都会互相称贺。”刘禹锡又说：“我的从弟被郑余庆选中，被任命为湖州县尉，答应着就出来了。郑余庆又叫他，他就退回去。郑余庆说道：‘这次考试，像你这样的人，场中连五六个都凑不齐。你却答应一声就接受了。如果这种人我不进行奖赏，还怎么选拔人才呢？你当哪儿的官离家比较近、比较方便？’我从弟回答道：‘我家住在常州。’郑余庆便授予他武进县尉一职。所有的候选人郑余庆都一视同仁，候

话录》）

裴遵庆

裴遵庆罢相，知选。朝廷优其年德，令就第注官。自宣平坊榜引士子，以及东市两街。时人以为盛事。（出《国史补》）

李绛

长庆初，吏部尚书李绛议置郎官十人，分判南曹，吏人不便。旬日出为东都留守。自是选曹成状，常速毕。（出《国史补》）

李建

李建为吏部郎中，常曰："方今秀茂，皆在进士。使仆得志，当令登第之岁，集于吏部，使尉紧县；既罢复集，稍尉望县；既罢乃尉畿县，而升于朝。大凡中人，三十成名，四十乃至清列，迟速为宜。既登第，遂食禄；既食禄，必登朝。谁不欲也？无淹翔以守常限，无纷竞以来奔捷。下曹得其循举，上位得其更历。"就而言之，其利甚博。议者多之。（出《国史补》）

选者们全都又害怕、又敬爱他。等到后来郑余庆担任宰相，他选举官员又是第一，可以说是后代的鲁恭了。”刘禹锡还说：“陈讽、张复元各自掌管京畿的一个县，请求互换县，郑余庆同意了。后来张复元又推辞不换。郑余庆发完榜之后，才把张复元带来，这时已经无法更换了。当时人都佩服郑余庆。”（出《嘉话录》）

裴遵庆

裴遵庆被罢黜了宰相的职位，担任选官之职。朝廷认为他的德行优良，让他在宅子里选官。裴遵庆从宣平坊张榜召集候选者，候选者排到了东市的两条街。当时人都认为这是个非常盛大的场面。（出《国史补》）

李 绛

长庆初年，吏部尚书李绛计议添加十个郎官的职位，以此分散南曹的势力，但是小吏们都觉得不是很方便。十几天后，李绛出京担任东都留守。从此选官有了固定的文书，处理事情很迅速。（出《国史补》）

李 建

李建担任吏部郎中时，经常对别人说：“如今的年轻人才，都想考中进士。如果让我得偿夙愿，一定让那些当年考中进士的人一起到吏部，让县中县尉的职位一个不缺。等到任职期满，再把他们集中到吏部，让他们从县尉升任县令。之后让他们管理京畿诸县，随后让他们入朝为官。一般人大概都三十岁成名，四十岁就可以到朝中做官了，这样的速度正好。一旦中举，就能当官；一旦当官，就一定能入朝，谁又不期望如此呢？不能通过竞争，只是守着常规、寻找捷径，下面的官循规蹈矩，上面的官变本加厉。这样的话，他们获得的利益就越来越多。”议论的人都认为李建的观点很好。（出《国史补》）

崔安潜

崔安潜东洛掌选。时选人中不能显其名姓，窃顾云启事投献者。崔公不之知，大赏叹，召之与语，便注一超资县令。后有人白，崔公方悔。（出《卢氏杂说》）

崔安潜

崔安潜在洛阳掌管选官一事。当时有一个不能显露姓名的候选者，偷偷贿赂那些收送试卷的人。崔安潜不知道真相，对这位候选者大加赞赏，还叫来此人和他交谈。崔安潜便破格授给此人超出他资历的县令。后来有人告诉了崔安潜，崔安潜才后悔了。（出《卢氏杂说》）

卷第一百八十七　职官

宰相

凡拜相礼，绝班行。府县载沙填路，自私第至于子城东街，名曰沙堤。有服假，或问疾，百僚就第。有司设幕次，排班。元日冬至立仗，大官皆备珂伞，列烛有五六百炬，谓之火城。宰相火城将至，则皆扑灭以避。宰相判四方之事有都堂，处分有司有堂帖，下次押名曰花押，黄敕既下，小异同曰黄帖，宰相呼为堂老。初百官早朝，必立马建福望仙门外。宰相则于光宅车坊，以避风雨。元和初，始置待漏院。（出《国史补》）

上事

凡中书门下，并于西省上，以便礼仪。五品以上，宰相送上，乃并卿参。（出《国史补》）

苏瓌

景龙三年，苏瓌除尚书右仆射。时公卿大臣初拜官者，例计献食，名曰烧尾。瓌因侍内宴，将作大匠宗晋卿谓曰："拜仆射，竟不烧尾，岂不善邪？"帝默然。瓌奏曰："臣闻宰相者，主阴阳，

宰相

凡是举行授予宰相的仪式，当天都要暂停上朝。京兆及周边府县都要装着沙子填平从自己的宅子到子城东街的道路，叫作沙堤。除了身有假期或看病，其他的人都要去参加仪式。相关人员帮忙安排次序。大年初一或者冬至这一天要摆出仪仗队，各个大官都要准备嵌有珠宝的伞，摆上五六百个蜡烛，称作“火城”。宰相一旦要到火城，就把这些蜡烛扑灭，以防火灾的发生。宰相处理各地事宜的时候有都堂，处理官员事宜有堂帖，按照次序给公文签名叫作“花押”，皇上的敕命下达，宰相的命令叫作黄帖。因此，宰相被称呼为堂老。一开始，百官早朝的时候，一定会在伏望仙门之外停马。宰相则在光宅车坊停马，以此来躲避风雨。元和初年，才开始设置待漏院。（出《国史补》）

上事

凡是中书省、门下省的官吏，上奏折一定要经过尚书省，以此顺应礼仪。五品以上官员的奏折也由宰相送给皇帝，和一众公卿一起决定。（出《国史补》）

苏瓌

景龙三年，苏瓌被任命为尚书右仆射。当时有公卿大臣被任命后要按例献上食物，称为“烧尾宴”。苏瓌正在服侍皇帝饮宴，将作大匠宗晋卿对苏瓌说：“苏大人被授予尚书右仆射之职，却不举行

助天理物。今粒食踊贵，百姓不足，臣见宿卫兵，至有三日不得食者。臣愚不称职，所以不敢烧尾。”（出《谭宾录》）

两 省

谏议无事不入，每遇入省，有厨食四孔炙。中书舍人时谓宰相判官。宰相亲嫌，不拜知制诰为屦脚。又云：“不由三字，直拜中书舍人者，谓之拡额裹头。”其制诰之本，出自王言，皆人主所为。故汉光武时，第五伦为督铸钱掾，见诏书而叹曰：“此圣明主也，一见决矣。”近者凡有诏敕，皆责成群下。褒贬之言，哲王所慎。凡百具寮，王公卿士，始褒则谓其珪璋特达，善无可加；旋有贬黜，则比以斗筲下才，罪不容责。同为一士之行，固出君上之言，愚智生于倏忽，是非变于俄顷。盖天子无戏言，言之苟失，则取尤天下。（出《卢氏杂说》）

独孤及

独孤及求知制诰，试见元载。元知其所欲，迎谓曰：“制诰阿谁堪？”及心知不我与而与他也，乃荐李纾。时杨炎在阁下，忌及之来，故元阻之，乃二人力也。（出《嘉话录》）

烧尾宴，是不是不太好？”皇帝默然不语。苏瓌上奏道：“我听说宰相是主管阴阳、帮助皇帝治理天下的。如今粮食这么贵，百姓连饭都吃不起。我看那些守卫的士兵，有三天不吃饭的。我愚笨不能称职，所以不敢举行烧尾宴。”（出《谭宾录》）

两省

谏议大夫如果没有事情，不能进入门下省。每次进入门下省，就有厨师做四孔烤肉相待。中书舍人当时被称为宰相判官。无论宰相喜欢还是不喜欢，都不能让知制诰打下手。又有人说：“不经过三个字直接被授予中书舍人之职的人，被称为‘挞额裹头’。”知制诰所写的字，全都是皇上所言所做。因此汉光武帝的时候，第五伦担任督铸钱掾，看见诏书便感叹道：“这是一个圣明的君主啊！一见诏书就能判断出来。”进来凡有诏书、敕命，都要求下属去写。诏书的褒贬之辞，英明的君主对此十分慎重。凡是文武百官、王公卿士，一开始想要褒奖这些人，就说他们仿佛珪璋一样，没有比他们再好的人了；随即想要批评这些人，就说他们像斗筲一样为下等之才，罪不容诛。品评的都是一个人，也全是出自君王，随即是非、贤愚错位颠倒。天子无戏言，如果一旦失言，就会被天下人所笑。（出《卢氏杂说》）

独孤及

独孤及想要担任知制诰，就试图去谒见元载。元载知道独孤及想要什么，便上前迎接独孤及，对他说道：“谁能担当知制诰一职呢？”独孤及知道元载不会把知制诰给自己，而是想给别人，便推荐了李纾。当时杨炎在中书阁任职，也很忌惮独孤及来中书省任官，所以元载阻止了独孤及担任知制诰，这是元载、杨炎二人阻止的结果。（出《嘉话录》）

参酌院

长庆初，穆宗以刑法为重。每大狱，有司断罪，又令给事中、中书舍人参酌出入之，百司呼为参酌院。（出《国史补》）

阳 城

阳城居夏县，拜谏议大夫；郑锢居阌乡，拜拾遗；李周南居曲江，拜校书郎。时人以转远转高，转近转卑。（出《国史补》）

吕 温

通事舍人宣诏，旧命拾遗团句把麻者，盖谒者不知书，多失句度，故用拾遗低摘声句以助之。及吕温为拾遗，被唤把麻，不肯去，遂成故事。拾遗不把麻者，自吕始也。时柳宗元戏吕云："幸识一文半字，何不与他把也？"（出《嘉话录》）

韦 绚

开成末，韦绚自左补阙为起居舍人。时文宗稽古尚文，多行贞观、开元之事。妙选左右史，以魏謩为右史，俄兼大谏，入阁秉笔。直声远闻，帝倚以为相者，期在旦暮。对剔进谏，细大必行。公望美事，朝廷拭目，以观文贞公之风彩。会文宗晏驾，时事变移，遂中辍焉。时绚已除起居舍人，杨嗣复于殿下先奏曰："左补阙韦绚新除起居舍人，未中谢，奏取进止。"帝颔之。李珪招而引之，绚即置笔札于玉阶栏槛之石，遽然趋而致词拜舞焉。左史得中谢，自开成中至武宗即位，随仗而退，无复簪笔之任矣。遇簪笔之际，因得密迩天颜。故时人谓两省为侍从之班，则登选者不为

参酌院

长庆初年，唐穆宗认为刑法很重要。每次有大的案件，在相关部门判刑的时候，唐穆宗又命令给事中、中书舍人一起参与判刑、斟酌行事。百官因此称刑部为参酌院。（出《国史补》）

阳　城

阳城居住在夏县，被授予谏议大夫一职；郑锢在阌乡，被授予拾遗一职；李周南在曲江，被授予校书郎一职。因此当时的人认为调得越远，官升得越高；调得越近，官升得越低。（出《国史补》）

吕　温

门下省的通事舍人宣读诏书时，以前都会命令拾遗前去指点句读。大概是因为这些人都不怎么看书，总把句子读错，因此用拾遗简单地指点句读以作辅助。等到吕温做拾遗的时候，被叫去指点句读，吕温却不肯去。拾遗不去指点句读，也是从吕温开始。当时柳宗元跟吕温开玩笑道："幸而认识几个字、几篇文章，为什么不前去指点指点呢？"（出《嘉话录》）

韦　绚

开成末年，韦绚从左补阙一职被提拔为起居舍人。当时唐文宗喜欢效仿古人、崇尚文章，经常采用一些贞观、开元时期的政策。唐文宗仔细选拔左史、右使，任命魏謩为右史，不久又让魏謩兼任大谏官，进入朝廷记录一朝之事的地方。魏謩正直的名声远播天下，唐文宗马上就要将魏謩提拔为丞相。魏謩对进谏直言严加拣选，无论是大事、小事一定要施行，朝廷内外都拭目以待魏謩的美行、风采。正赶上唐文宗驾崩，当时的局势变化莫测，魏謩任相一事便胎死腹中了。当时韦绚已经被任命为起居舍人，杨嗣复在太子面前上奏道："左补阙韦绚新被任命为起居舍人，没有前去谢恩，这件事就算了吧。"皇帝同意了。李珪便招来韦绚，韦绚便把笔和手札放在台阶上，

不达矣。(出《嘉话录》)

李程

李程为翰林学士，以阶前砖日影为入候。程性懒，每入必逾八砖，故号为八砖学士。(出《传载》)

杂说

两省相呼为阁老，尚书丞郎相呼为曹长，员外郎、御史、拾遗相呼为院长。上可兼下，下不可兼上。侍御史相呼为端公。(出《国史补》)

御史

御史故事，大朝会则监察押班，常参则殿中分班，入阁则侍御史监奏。盖含元殿最远，用八品宣政其次，用七品紫宸最近，用六品殿中得立花砖，绿衣用紫案褥之类，号为七贵。监察院长与同院礼隔，语曰："事长如事端。"凡上堂绝言笑，有不可忍，杂端大笑，则合座皆笑，谓之烘堂。烘堂不罚。大夫、中丞入三院，罚直尽放。其轻重尺寸，由于吏人，而大者存之黄卷。三院上堂，有除改者不得终食。唯刑部郎中得终之。(出《国史补》)

同州御史

王某云："往岁任官同州，见御史出案，回止州驿，经宿不立刻前往致辞、拜谢。从开成年间起到武宗即位止，一般臣下都随着仪仗退下，基本不怎么记事。等到记事的时候，可以近距离看见皇上的面目。因此当时都称两省跟侍从一样，被选中的人没有不发达的。（出《嘉话录》）

李程

李程担任翰林学士的时候，人们都把台阶前面出现日影的时候当作上班的时刻。李程十分懒散，每次上班一定要日影超过八块砖。当时的人都称李程为八砖学士。（出《传载》）

杂说

中书省、门下省的官员互称阁老，尚书丞、郎互称曹长，员外郎、御史、拾遗互称院长。上级可以代理下级的事务，下级不可以代理上级的事物。侍御史互称端公。（出《国史补》）

御史

按照唐朝御史的惯例，大朝会由监察主事，朝见皇帝的时候分班站立，入阁则由侍御史监察、办理。可能因为含元殿最远；宣政殿要八品参与，紫宸殿最近，要七品参与；六品可以在殿中花砖上站立。绿衣以上品级的官员就有桌子等，被称为“七贵”。监察院长和同院其他同事按照礼仪应该隔开。谚语说道：“对待长官要和对待事情一样恭敬。”凡是上司不能轻易言笑，如果实在是忍不了，开怀大笑了，那就称为“哄堂”。哄堂大笑不受罚。大夫、中丞如果到三院办公，就要罚款了。至于轻重尺寸，随着官吏个人爱好变化。大的案件要记录进存档中。三院上堂，如果有被提拔或改任的官员，就会立即停止发俸，只有刑部郎中没有受到这种惩罚。（出《国史补》）

同州御史

王某人说：“往年我在同州当官，见到御史因公事出京，回到同发。忽索杂案，又取印历，锁驿门甚急，一州大扰。有老吏窃哂，乃因庖人以通宪胥，许以百缣为赠。明日未明，御史已启驿门，尽还案牍，乘马而去。”（出《国史补》）

崔薳

崔薳为监察，巡囚至神策军，为吏所陷。张盖而入，又讽军中索酒食，意欲结欢。窦文场怒，立奏。敕就台鞭于直厅而流之。自是巡囚不至禁军。（出《国史补》）

严武

宝应二年，大夫严武奏在外新除御史，食宿私舍非宜，自此乃给公乘。元和中，元稹为监察，与中使争驿厅，为其所辱，始有敕：“节度观察使，台官与中使先到驿者，得处上厅。”为定制。（出《国史补》）

押班

凡大朝会，监察押班不足，则使下侍御史，因朝奏者摄之。（出《国史补》）

台门

御史台门北开，盖取肃杀就阴之义，故京台门北开矣。按《邺郡故事》云：御史台在宫城西南，其门北开。史故城御史台亦北开。龙朔中，置桂坊，为东朝宪府，门亦北开。然都御史台门南州的驿馆住下，住了一晚上还没有离开。忽然，御史急忙搜索了一些繁琐的公文，又取来官印、简历，急忙锁上馆驿的门就离开了，整个州都为此讨扰不宁。有些年老的小吏暗地里嘲笑，便通过厨师通融好了小吏，答应厨师以一百匹缎子做谢礼。第二天天没亮，御史已经打开驿馆的门，把公文全都交还衙门，上了马扬长而去了。”（出《国史补》）

崔蘧

崔蘧担任监察御史的时候，到神策军去巡视囚犯，被小吏所诬陷。崔蘧的仆役在去巡查的时候，打着伞进入，在军中大放厥词地索要酒饭，想要和这些军士们结欢。窦文远十分生气，马上就上奏给皇帝，皇帝下旨就在御史台直厅鞭笞了崔蘧，把崔蘧流放了。从此监察御史不到禁军营中巡查。（出《国史补》）

严武

宝应二年，大夫严武上奏在外新提拔的御史的吃住都不是很方便。从此以后，在外办事的御史就全都赐给公家的车。元和年间，元稹做监察御史，和宫中使者争夺驿馆，被其所辱。从此之后才有敕命，命令节度使、观察使、台官、中使，谁先到驿馆，谁就住在好的驿厅，成为之后的规则。（出《国史补》）

押班

凡是大朝会，如果管理场地的监察御史人手不足，就驱使侍御史，通过上朝上奏让侍御史代理职责。（出《国史补》）

台门

御史台的门向北开，大概是取肃杀、阴寒的意思，因此京城的御史台就向北开了。按照《邺郡故事》所说，御史台在宫城西南，所以门向北开着。以前京都的御史台也向北开。龙朔年间，设置了桂坊，是

开。当时创造者不经，反于故事，同诸司，盖以权宜邪？（出《御史台记》）

又北开者，或云：是隋初移都之时，兵部尚书李圆通兼御史大夫，欲向省便近，故开北门。（出《谭宾录》）

历五院

台仪，自大夫已下至监察，通谓之五院御史。国朝历践五院者共三人焉：李尚隐、张延赏、温造也。（出《尚书故实》）

韩 皋

韩皋为御史中丞，常有所陈，必于紫宸殿，对百僚而请，未尝诣便殿。上谓之曰："我与卿言，于此不尽，可来延英，当与卿从容，或无遗事。"亲友或谓皋曰："自乾元已来，群臣启事，皆诣延英，方得详尽。公何独于外庭，对众官以陈之，无失于慎密乎？"韩曰："御史，天下之持平也。摧刚直枉，唯在公共。所言之事，贵人知之，奈何求请便殿，避人窃语，以私国家之法。且延英之置也，肃宗皇帝以苗晋卿年老艰步，故设之。后来臣僚得诣便殿，多以私自售，希求恩宠，欲尽其身。奈何以此为望哉！"（出《传载》）

东朝的宪府，门也朝北开。然而御史台的门却朝南开。当时建设御史台的人没有经过周密的策划，和旧例不同，大概是权宜之计吧？（出《御史台记》）

另外，北开一事，还有人说，是隋朝初年迁都的时候，兵部尚书李圆通兼任御史大夫，想要让去御史台的路比较方便，因此就建设了北门。（出《谭宾录》）

历五院

按照御史台的礼仪，从御史大夫到监察御史，统称为五院御史。唐朝历任了五院御史的人一共有三个：分别是李尚隐、张延赏和温造。（出《尚书故实》）

韩皋

韩皋担任御史中丞的时候，经常上奏。每次朝见的时候，一定要在紫宸殿当着百官的面向皇上请求，从来不去便殿参谒皇上。皇上对他说道："我跟你所说的话，在这儿说不完。你可以来延英殿，我会跟你随意一点谈话，把事情都谈得详尽一点。"韩皋的亲友对韩皋说道："从乾元年间以来，群臣每次向皇帝陈述事情，都要去延英殿，才能够说得仔细、说得详尽。你为什么一定要在紫宸殿，当着百官的面陈述事宜呢？这恐怕不够缜密吧。"韩皋说道："御史中丞应该是天下最公正的官员。想要摧毁那些顽固的想法、更正大家所犯的错误，只有在公共地方才能解决。我所说的这些事，贵人一旦知道了，就会到便殿求情，以防别人私下议论，以此来躲避国家法律的制裁。况且之所以设置延英殿，是因为肃宗皇帝认为苗晋卿年老难以前行，因此才设置此殿。后来各个官员都得以到此殿参谒，多数都是为了自己谋利，向陛下延求恩宠，保住自己。我怎么会以此为望呢！"（出《传载》）

杂说

谏院以章疏之故，忧患略同。台中则务纠举。省中多事，旨趋不一，故言遗补相惜，御史相憎，郎官相轻。（出《国史补》）

使职

开元已前，于外则命使臣，否则止。自置八节度十采访，始有坐而为使。其后名号益广。于是有为使则重，为官则轻。故天宝末有佩印至三十者，大历中请俸有至千贯者。今在朝太清宫、太微宫、度支、盐铁、转运、知苑、闲厩、左右巡、分察、监察、馆驿、监仓、监库、左右街。外任则节度、观察、诸军、押蕃、防御、团练、经略、镇遏、招讨、榷盐、水陆运、营田、给纳、监牧、长春宫。有时而置者，则大礼、礼仪、会盟、删定、三司、黜陟、巡抚、宣慰、推覆、选补、礼会、册立、吊祭、供军、粮料、和籴。此其大略，经置而废者不录。宦官内外悉谓之使。旧为权臣所绾，州县所理，今属中人者有之。（出《国史补》）

尚书省

郎官故事：吏部郎中二厅，先小铨，次格式；员外郎二厅，先南曹，次废置。刑部分四覆，户部分两赋，其制尚矣。旧说，吏部为省眼，礼部为南省舍人，考功度支为振行，比部得廊下食。以饭从者，号比盘。二十四曹呼左右司为都公。省中语曰：后行祠屯，不博中行都门；中行礼部，不博前行驾库。（出《国史补》）

杂说

谏议院因为经常上奏章的原因，他们担心的事情大体相同。而御史台则经常忙于纠正过失、举用人才。门下省则有各种各样的事，他们的想法大多数都不一样。因此大家都说："遗补相惜，御史相憎，郎官相轻。"（出《国史补》）

使职

开元之前，有对外事物就任命使臣，否则就不任命使臣。自从设置了八个节度使、十个采访使，才有皇帝在京还有使者的例子。之后名号就越来越多。有的时候做使者的权力大，做官的权力却小。因此，天宝末年有佩了三十个印的，大历年间有俸禄达到千贯钱的使臣。如今，在朝有太清宫、太微宫、度支、盐铁、转运、知苑、闲厩、左右巡、分察、监察、馆驿、监仓、监库、左右街等使者，在外则有节度使、观察使、诸军、押蕃、防御、团练、经略、镇遏、招讨、榷盐、水陆运、营田、给纳、监牧、长春宫等使者，有些是临时设置的，比如大礼、礼仪、会盟、删定、三司、黜陟、巡抚、宣慰、推覆、选补、礼会、册立、吊祭、供军、粮料、和籴这些使者。这些只是大概。有一些经过沿革的使者都没有记录下来。宦官在朝廷内外也都被称为使者。之前这些职务都被权臣所控制，州县中所处理的事务，有的也归这些宦官所任的使者们管理。（出《国史补》）

尚书省

郎官旧例，吏部郎中有两个厅子，第一个厅子用于小型选官，第二个用于制定规则法度。员外郎也有两个厅子，一个是南曹，一个是用以废止、策划事情的厅子。刑部分为四个部分，户部分为两个部分，他们的制度就更麻烦了。按照旧的说法，吏部是尚书省的省眼，礼部是尚书省的舍人，考功司、度支司被称为实行命令的人，而比部则只能再长廊之下吃饭，再下面陪同吃饭的叫作比盘。二十四曹都称呼左右司为都公。尚书省中的俗语说，后行的庙宇不如中行的都

崔日知

崔日知历职中外，恨不居八座。及为太常卿，于都寺厅事后起一楼，正与尚书省相望。时人谓之崔公望省楼。（出《国史异纂》）

度 支

故事，度支案，郎中判入，员外判出，侍郎总疏押案而已。贞元已后，始为使额。郎官当直，发敕为重。水部员外郎刘约直宿，会河北系囚配流岭南，夜发敕，直宿令史不更事，唯下岭南，不下河北。旬月后，本州闻奏，约遂出官。（出《国史补》）

柳 阚

吏部甲库有朱泚伪黄案数百道，省中常取戏玩，已而藏之。柳阚知甲库，始白执政，于都堂集八座、丞郎焚之。（出《国史补》）

省 桥

尚书省东南隅通衢有小桥，相目为拗项桥，言侍御史及殿中久次者至此，必拗项南望南宫也。都堂南门道东有古槐，垂阴至广。相传夜深闻丝竹之音，省郎有入相者，欲谓之音声。祠部呼为水去声。厅，言其清且冷也。（出《因话录》）

门，中行的礼部不如前行管国库的。（出《国史补》）

崔日知

崔日知在京城、外地都任过官职，颇以没能当过八座为遗憾。等到崔日知担任太常卿的时候，在都寺厅事后面新建的一个楼里办公，正和尚书省相望。当时人们都称此事叫“崔公望省楼”。（出《国史异纂》）

度支

按照旧例，度支的公事分派中，度支郎中管理资金流入，度支员外管理资金支出，度支侍郎只是管理签名而已。贞元之后，才开始设置度支使。度支司的郎官的职务以颁布皇帝的诏告为主。水部员外郎刘约当时正在值夜班，正赶上河北被押送的囚犯被发配到岭南，皇帝深夜发下敕命，值夜班的令史不靠谱，只把命令传给了岭南，并没有把命令传给河北。十多天之后，本州的主管听说此事上奏给了皇上，皇上便把刘约贬官，调出了京城。（出《国史补》）

柳阔

吏部储藏甲胄的仓库里有朱泚几百件造反性质的公文。尚书省中的官员经常取出这些公文以供娱乐，之后再把它们藏入国库。柳阔管理仓库之后，才告诉当时执政的官员，在都堂之上把八座丞郎都叫来，当着他们的面将这些东西全部焚毁。（出《国史补》）

省桥

尚书省东南方的大路上有一座小桥，大家都把它称为拗项桥。这是说侍御史和经常在殿中停留的官员一旦到了这儿，一定会扭着脖子望向南边的宫殿。都堂南门道有一棵古槐，有非常大的树荫。相传夜深之后能听到音乐声。有一个担任丞相的尚书省郎官，想要称此古槐为音声。后来祠部把这棵古槐叫作水厅，是说这棵古槐之下清

秘书省

唐初，秘书省唯主写书贮掌勘校而已。自是门可张罗，迥无统摄官属。望虽清雅，而实非要剧。权贵子弟及好利夸侈者率不好此职。流俗以监为宰相病坊，少监为给事中、中书舍人病坊，丞及著作郎为尚书郎病坊，秘书郎及著作左郎为监察御史病坊。言从职不任繁剧者，当改入此省。然其职在图史，非复喧卑，故好学君子厌于趋竞者，亦求为此职焉。（出《两京记》）

鱼袋

朝仪鱼袋之饰，唯金银二等。至武后，乃改五品以铜。中宗反正，从旧。（出《国史异纂》）

莎厅

京兆府判司，特云西法士。此两厅事多。东士曹厅，时号为念珠厅，盖判案一百八道；西士曹厅为莎厅，厅前有莎，周回可十五步。京兆府，时云不立两县令，不坐两少尹。两县引马到府门，传门而报。两尹入厅，大尹亦到厅，不得候两尹坐后出，不得候两尹立后出。其京兆府县之重，亦表大尹之尊。京兆府掾曹，时人云倚团省郎。河中府司录厅亦有绿莎。昔好事者相承常溉灌。天祐已后，为不好事者除之。（出《闻奇录》）

净而凉爽。（出《因话录》）

秘书省

唐朝初年，秘书省只掌管书写、校对一些公文而已。因此门可罗雀，从来没有总管它的官署。虽然名声不错，但是并不能掌握重权。因此那些权贵的子弟以及喜欢收钱、十分奢侈的人都不喜欢这个职位。世人都说，秘书监是宰相的病房，少监是给事中、中书舍人的病房，秘书丞、著作郎是尚书郎的病房，秘书郎、著作左郎是监察御史的病房。是说这些职位下来的不掌握重权的人，都要改入秘书省。然而秘书省主要的职责是掌管国家资料，不喧闹也不卑贱。因此那些厌倦竞争的好学的君子，也都想征求进秘书省。（出《两京记》）

鱼袋

按朝廷的礼仪，鱼袋这种饰品有金银两个等级。武则天时把五品官员的鱼袋改为铜饰品。唐中宗拨乱反正，仍然按照旧制。（出《国史异纂》）

莎厅

京兆府尹所属的判司特称为西法士。这两个厅的事务特别繁杂。东士曹厅当时被称为念珠厅，因为判一百零八道的案子。西士曹厅被称为莎厅，厅前有莎草，走一周大约有十五步长。京兆府当时有说法叫，不能有两个县令在此站候，不能有两个少尹在此坐候。如果有两个县令到京兆府门，需要按顺序报门而入。两个府尹到了大厅中，京兆府尹也到了大厅中，那么两个府尹不能同时坐着，也不能同时站着。这是为了表现京兆府、京兆县的重要性，也是为了表现京兆府尹的尊贵。京兆府中的掾曹，当时人都称他们叫“倚团省郎”。河中府的司录厅中也有绿色的莎草。当初那些喜欢养花养草的人相继灌溉。天祐之后，被那些不喜欢养花草的人给除掉了。（出《闻奇录》）

卷第一百八十八　权幸

张易之　王　准　王毛仲　李林甫　卢　绚　李辅国　韦渠牟
鱼朝恩　元　载　路　岩　高　湘　卢　隐

张易之

张易之、昌宗，时初入朝，官位尚卑，谄附者乃呼为五郎、六郎，自后因以成俗。张昌仪兄弟恃易之、昌宗之宠，所居奢溢，逾于王者。末年，有人题其门曰："一两丝，能得几时络？"昌仪见之，遽命笔续其下曰："一日即足。"未几祸及。张昌宗之贵也，武三思谓之王子晋后身，为诗以赠之，诗至今犹存。（出《国史异纂》）

王　准

王鉷之子准为卫尉少卿，出入宫中，以斗鸡侍帝左右。时李林甫方持权恃势。林甫子岫为将作监，亦入侍帷幄。岫常为准所侮，而不敢发一言。一旦准尽率其徒过驸马王瑶私第。瑶望尘趋拜，准挟弹，命中于瑶巾冠之上，因折其玉簪，以为簪笑乐。遂致酒张乐，永穆公主亲御匕，公主即帝之长女也，仁孝端淑，颇推于戚里，帝特所钟爱。准既去，或有谓瑶曰："鼠辈虽恃其父势，然长公主，帝爱女，君待之或阙，帝岂不介意邪？"瑶曰："天子怒，无所畏；但性命系七郎，安敢不尔？"时人多呼为七郎。其盛势横暴，人之所畏也如是。（出《明皇杂录》）

张易之

张易之、张昌宗刚入朝为官的时候，官职还很低，那些谄媚地依附他们的人称他们为五郎、六郎。之后就变成了习惯。张昌仪兄弟倚仗张易之、张昌宗受宠，日子过得越来越奢侈，甚至超越了王侯。到了武则天末年，有人在张昌仪家的门上题写道："一两丝能编多长时间衣服呢？"张昌仪见到此语，便命令下人用笔接着写道："一天就足够了。"没有多长时间，祸事就牵连到了张昌仪一家。张昌宗富贵的时候，武三思称张昌宗是王子晋的转世，写了一首诗送给张昌宗。这首诗现在还流传在世。（出《国史异纂》）

王 准

王鉷的儿子王准担任卫尉少卿的时候，经常在宫中进进出出，用斗鸡来侍奉皇帝。当时李林甫正掌握大权。李林甫的儿子李岫担任将作监，便在皇帝身边当侍卫。李岫经常被王准侮辱，却一个字也不敢说。一天早上，王准带着他的党羽经过驸马王瑶的私人府邸。王瑶远远看见尘土，便上前跪拜。王准拿着弹弓，打在了王瑶的冠中之上，打折了王瑶的玉簪，王准拿着玉簪，以此取乐。王准摆了酒席、设下丝竹，永穆公主亲自为他们拿着勺子。永穆公主是皇帝的长女，为人仁慈、孝顺，端正大方，颇被亲戚邻居所赞扬，皇帝特别喜爱她。王准离开之后，有人对王瑶说："王准虽然倚着他父亲的权势，但是长公主是陛下的爱女，你这么对待她，陛下难道不会介意吗？"王瑶说道："天子生气，我并不畏惧；但是我的性命悬在七郎手里，怎么敢不这么办呢？"当时人们多称王准为七郎。王准仗势欺人，横行暴虐，人们害怕他到这种程度。（出《明皇杂录》）

王毛仲

王毛仲本高丽人，玄宗在藩邸，与李宜得服勤左右，帝皆爱之。每侍宴，与姜皎同榻，坐于帝前。既而贵倨恃旧，益为不法。帝常优容之，每遣中官问讯。毛仲受命之后，稍不如意，必恣其凌辱，而后遣还。高力士、杨思勗忌之颇深，而未尝敢言于帝。毛仲妻李氏既诞育三日，帝命力士赐以酒食金帛甚厚，仍命其子为五品官。力士既还，帝曰："毛仲喜否，复有何词？"力士曰："出其儿以示臣，熟眄襁中曰：'此儿岂不消三品官？'"帝大怒曰："往诛韦氏，此贼尚持两端，避事不入，我未尝言之。今敢以赤子恨我邪？"由是恩义益衰。帝自先天在位后十五年，至开府者唯四人。后父王仁皎、姚崇、宋璟、王毛仲而已。（出《明皇杂录》）

李林甫

张九龄在相位，有謇谔匪躬之诚。玄宗既在位年深，稍怠庶政。每见帝，无不极言得失。李林甫时方同列，闻帝意，阴欲中之。时欲加朔方节度使牛仙客实封，九龄因称其不可，甚不叶帝旨。他日，林甫请见，屡陈九龄颇怀诽谤。于时方秋，帝命高力士持白羽扇以赐，将寄意焉。九龄惶恐，因作赋以献；又为《归燕》诗以贻林甫，其诗曰："海燕何微眇，乘春亦暂来。岂知泥滓贱，只见玉堂开。绣户时双入，华轩日几回。无心与物竞，鹰隼莫相猜。"林甫览之，知其必退，恚怒稍解。九龄洎裴耀卿罢免之日，自中书至月华门，将就班列，二人鞠躬卑逊，林甫处其中，抑扬自得。观者窃谓一雕挟两兔。俄而诏张、裴为左右仆射，罢知政事。林甫视其诏，大怒曰："犹为左右丞相邪？"二人趋就本班，林甫目送之。公卿已下视之，不觉股栗。（出《明皇杂录》）

王毛仲

王毛仲本来是高丽人。唐玄宗在藩王封地的时候，王毛仲和李宜在一旁复试，唐玄宗十分喜爱他。每次侍奉宴席的时候，王毛仲都和姜皎在一张床上，坐在唐玄宗的前面。高力士和杨思勖十分忌惮王毛仲，但是没敢跟唐玄宗说过。王毛仲的妻子李氏生孩子三天之后，唐玄宗命令高力士赐予王毛仲丰盛的礼物，还封他的儿子为五品官。高力士回来之后，唐玄宗问道："王毛仲高兴吗？他说了什么？"高力士说道："他把儿子抱出来给我看，仔细地看着襁褓中的儿子，说道：'我这个儿子不应该给一个三品官吗？'"唐玄宗大怒道："当初诛杀韦氏的时候，这个蠡贼就摇摆不定，躲避事情不出来，我还没找他算账。今天却因为一个小屁孩对我表达不满？"从此王毛仲的恩宠就日益转衰。唐玄宗登基十五年之内，只有皇后的父亲王仁皎、姚崇、宋璟、王毛仲四个人做到了开府。（出《明皇杂录》）

李林甫

张九龄做宰相的时候，诚心谏主，事必躬亲。唐玄宗在位时间太长，对于一些政事略显懈怠。但张九龄每次见唐玄宗的时候，都要极言一件事情的得失。李林甫此时才当上宰相，看皇上的脸色，就想暗地里中伤张九龄。当时唐玄宗想要给朔方节度使牛仙客加封，张九龄认为不能这么做，很不合唐玄宗的意思。有一天，李林甫请求谒见唐玄宗，屡次陈述张九龄心怀不轨。当时正是秋天，唐玄宗命令高力士拿着白羽扇赐给张九龄，要把自己的意思传递给他。张九龄诚惶诚恐，便做了一篇赋上交给唐玄宗；又写了一首归燕诗赠送给李林甫。这首诗是这么写的："海燕何微眇，乘春亦暂来。岂知泥滓贱，只见玉堂开。绣户时双入，华轩日几回。无心与物竞，鹰隼莫相猜。"李林甫一看，知道张九龄一定会急流勇退，心里的愤怒才稍微发泄出去。张九龄到裴耀卿被罢免的那天为止，从中书省到了月华门，站在群臣列中，两个人再三鞠躬，十分谦逊。李林甫也在朝列之中，却呼风唤雨。看到这一幕的人都称之为"一雕挟两兔"。不久唐

卢绚

玄宗宴于勤政楼下，巷无居人。宴罢，帝犹垂帘以观。兵部侍郎卢绚谓帝已归宫掖，垂鞭按辔，横纵楼下。绚负文雅之称，而复风标清粹。帝一见，不觉目送之，问左右曰："谁？"近臣具以绚名氏对之，帝亟称其蕴藉。是时林甫方持权忌能，帝之左右宠幸，未尝不厚以金帛为贿。由是帝之动静，林甫无不知之。翌日，林甫召绚之子弟谓曰："贤尊以素望清崇，今南方藉才，圣上有交广之寄，可乎？若惮遐方，即当请老。不然，以宾詹仍分务东洛，亦优贤之命也。"子归而具道建议可否，于是绚以宾詹为请。林甫恐乖众望，出于华州刺史。不旬月，诬其有疾，为郡不理，授太子詹事，员外安置。（出《明皇杂录》）

李辅国

玄宗为太上皇，在兴庆宫居。久雨初晴，幸勤政楼。楼下市人及街中往来者，喜且泫然曰："不期今日再得见太平天子。"传呼万岁，声动天地。时肃宗不豫，李辅国诬奏云："此皆九仙媛、高力士、陈玄礼之异谋也。"下矫诏迁太上皇于西内，给其扈从部曲，不过老弱三二十人。及中逵，攒刃曜日，辅国统之。太上皇惊，欲坠马数四，赖左右扶持乃上。高力士跃马而前，厉声曰："五十玄宗又下诏让张九龄、裴耀卿担任左右仆射，又罢黜为知政事。李林甫见到诏书，勃然大怒道："你们二人还要当左右丞相吗？！"张九龄、裴耀卿二人只好回到自己列中，李林甫目送着他们回列。公卿以下的人看见李林甫，不觉大腿发抖。（出《明皇杂录》）

卢绚

唐玄宗在勤政楼下设宴，巷子里没有居住的人。宴会结束，唐玄宗还放下帘子向外看去。兵部侍郎卢绚说唐玄宗已经回到禁宫，放下辫子、按住马辔头，直奔勤政楼下。卢绚向来有文雅的名声，而又风雅标致。唐玄宗一见卢绚，不由得目光就随着他走，问身边的侍从道："这是谁？"身边人回答是卢绚。唐玄宗经常称卢绚含蓄有内涵。当时李林甫正在掌权，妒贤嫉能，唐玄宗身边所宠幸的人，李林甫全都用重礼贿赂。因此唐玄宗的动静李林甫全都知道。第二天，李林甫叫来卢绚的子弟，告诉他们说："你们的父亲向来十分有名望，清正崇高，如今南方需要有才能的人，陛下担心交州、广州的事，你们觉得怎么样？如果不想去南方，就赶紧告老还乡，不然，就以宾詹的职务回归东都洛阳，这也是陛下优待贤者的命令。"卢绚的儿子回家便把李林甫所说的建议仔细地说给卢绚听，问卢绚能否听从，卢绚便请求回洛阳当宾詹。李林甫害怕违背了大家的意愿，便让卢绚出任华州刺史。没到一个月，诬陷卢绚生了病，在郡里不管事，因此授予卢绚太子詹事之职，安置卢绚为员外。（出《明皇杂录》）

李辅国

唐玄宗当太上皇的时候，在兴庆宫居住。当时下了很长时间的雨，刚刚放晴，唐玄宗就去了勤政楼。楼下做买卖的人和街上过路的人都喜极而泣道："没想到如今我们还能看见太平天子啊！"便一一高呼万岁，声音惊动了天地。当时唐肃宗病得十分严重，李辅国便污蔑道："这些都是九仙媛、高力士、陈玄礼造反的手段。"李辅国便得以矫诏把唐玄宗搬到西殿，分给唐玄宗的从人全都是老弱病残，年太平天子，李辅国汝旧臣，不宜无礼，李辅国下马！”辅国不觉失辔而下。宣太上皇诰曰：“将士各得好生。”于是辅国令兵士咸韬刃于鞘中，齐声云：“太上皇万福。”一时拜舞。力士又曰：“李辅国拢马！”辅国遂著靴，出行拢马，与兵士等护侍太上皇，平安到西内。辅国领众既退，太上皇泣持力士手曰：“微将军，阿瞒已为兵死鬼矣。”既而九仙媛、力士、玄礼长流远恶处，此皆辅国之矫诏也。时肃宗大渐，辅国专朝，意西内之复有变故也。（出《戎幕闲谈》）

韦渠牟

贞元末，太府卿韦渠牟、金吾李齐运、度支裴延龄、京兆尹嗣道王实，皆承恩宠事，荐人多得名位。时刘师老、穆寂皆应科目，渠牟主持穆寂，齐运主持师老。会齐运朝对，上嗟其羸弱，许其致政，而师老失授。故无名子曰：“太府朝天升穆老，尚书倒地落刘师。”又渠牟因对德宗，德宗问之曰：“我拟用郑絪作宰相，如何？”渠牟曰：“若用此人，必败陛下公事。”他日又问，对亦如此。帝曰：“我用郑絪定也，卿勿更言。”絪即昭国司徒公也。再入相位，以清俭文学，号为贤相，于今传之。渠牟之毁滥也。（出《嘉话录》）

只有二三十个人。到了大道上，李辅国所统领的军队刀光烁烁。唐玄宗大惊，好几次差点跌落马下，幸而身旁的随从在旁边扶持着才得以上马。高力士跃马上前，大声呵斥道：“这是在位五十年的太平天子，你李辅国不过是一个旧臣，不得无礼，李辅国立刻下马！”李辅国不自觉地就下了马。高力士又宣读太上皇的诰命道：“各个将士都应该遵守自己的职责。”于是李辅国命令兵士全都把刀收回刀鞘，齐声说道：“太上皇万福。”一时拜谒、歌颂不绝。高力士又说道：“李辅国收住马！”李辅国便穿上靴子，勒住缰绳，和兵士一起护卫、侍奉唐玄宗平安到达了西宫。李辅国所带领的士兵退下后，唐玄宗哭着抓住高力士的手说：“如果没有将军，我恐怕已经成为刀下亡魂了。”随即九仙媛、高力士和陈玄礼都被流放到偏远地区，都是李辅国矫诏所为。当时唐肃宗一病不起，李辅国把持朝政，恐怕西宫有变故，故而为之。（出《戎幕闲谈》）

韦渠牟

贞元末年，太府卿韦渠牟、金吾李齐运、度支裴延龄和京兆尹嗣道王实等人，都被皇帝所宠信，他们所推荐的人都身居要职。当时刘师老、穆寂全来参加考试，韦渠牟主持穆寂的考试，李齐运主持刘师老的考试。正赶上李齐运上朝复命，皇帝怜惜李齐运体弱多病，同意他告老还乡，因此刘师老就没能被任用。所以当时有个人说：“太府朝天升穆老，尚书倒地落刘师。”之后韦渠牟去回复唐德宗的命令。唐德宗问韦渠牟道：“我想任用郑絪为丞相，怎么样？”韦渠牟说道：“如果您任用他，一定会败坏国事。”之后又去问韦渠牟此事，韦渠牟还是这样回答。唐德宗说道：“我一定要任用郑絪，你不要再说了。”郑絪就是昭国司徒公，他两次被授任宰相，因为清正节俭，被人们称为贤德的宰相，如今还在传颂。韦渠牟的坏话并没有起到什么作用。（出《嘉话录》）

鱼朝恩

鱼朝恩专权使气，公卿不敢仰视。宰臣或决政事，不预谋者，则睚眦曰："天下之事，岂不由我乎？"于是帝恶之。而朝恩幼子令徽，年十四五，始给事于内殿。帝以朝恩故，遂特赐绿。未浃旬月，同列黄门位居令徽上者，因叙立于殿前，恐其后至，遂争路以进。无何，误触令徽臂。乃驰归，告朝恩，以班次居下，为同列所欺。朝恩怒，翌日，于帝前奏曰："臣幼男令徽，位居众寮之下，愿陛下特赐金章，以超其等。"不言其绯而便求紫。帝犹未语，而朝恩已令所司，捧紫衣而至，令徽即谢于殿前。帝虽知不可，强谓朝恩曰："卿男著章服，大宜称也。"鱼氏在朝动无畏惮，他皆仿此。其同列黄门，寻逐于岭表。及朝恩被杀，天下无不快焉。（出《杜阳杂编》）

元载

元载在中书，有丈人自宣州货所居来投，求一职事。中书度其人材不任职事，赠河北一函书而遣之。丈人惋怒，不得已，持书而去。既至幽州，念破产而来，止得一书，书若恳切，犹可望。乃折视之，更无一词，唯署名而已。大悔，怒欲回。念已行数千里，试谒院寮。院寮问："既是相公丈人，岂无缄题？"曰："有。"判官大惊，立命谒者上白。斯须，乃有大校持箱，复请书。书既入，馆之上舍，留连积月。及辞去，奉绢一千匹。（出《幽闲鼓吹》）

鱼朝恩

鱼朝恩在朝中武断专横、颐指气使，公卿都不敢抬头看他。宰辅有时决定事情，没有告诉鱼朝恩，鱼朝恩便瞪眼发怒说："天下的事，难道不都是由我决定吗？"因此皇上便开始厌恶鱼朝恩了。鱼朝恩的幼子鱼令徽当时十四五岁，在内殿当给事中。皇帝因为鱼朝恩的缘故，特地赐给鱼令徽绿衣。没到一个月，有一个官职在鱼令徽之上的黄门郎，要在殿前侍立，恐怕自己迟到，便夺路而进，不久，果然不小心碰到了鱼令徽的胳膊。鱼令徽便赶回家，告诉了鱼朝恩说自己被同事欺负了。鱼朝恩勃然大怒，第二天，就在皇帝面前上奏道："我的小儿子鱼令徽位居于百官之下，希望陛下能够特别赐予金牌，以显示他等级的尊贵。"没说要给儿子求绯色的衣服，就开始向皇帝索要紫色的衣服了。皇帝还没说话，鱼朝恩已经命令有司捧来紫衣了。鱼令徽便到殿前谢恩。皇帝虽然知道这样有逾礼制，也只好勉强对鱼朝恩说："你的小儿子穿紫衣实在是太合适了。"鱼朝恩在朝肆无忌惮，其他人也都学着鱼朝恩的模样。那个冲撞了鱼朝恩的黄门郎，不久就被流放到岭南。等到鱼朝恩被杀，天下没有不拍手称快的。（出《杜阳杂编》）

元载

元载在中书省任职的时候，他的老丈人把宣州的房子卖了前来投奔元载，想要求个一官半职。中书省觉得以这个人的才能不能任职，便给了他河北的一封信打发他走了。元载的老丈人十分生气，不得已，便拿着信走了。到了幽州，想到自己为了投奔元载都破产了，却只得到一封信。如果这封信里的言辞十分恳切，那还有点盼头。于是便打开了这封信，结果发现信里面一个字也没有，只有一个署名。元载的老丈人十分后悔，怒气冲天想要回京。但是一想，自己已经走了好几千里了，就尝试着去拜见幽州的院僚。院僚问道："你既然是元载的老丈人，难道你没有信吗？"元载的老丈人回答道："有。"判官十分惊讶，便立刻命令报信的人传信给老爷。不一会儿，就有一个大又元载子伯和势倾中外，福州观察使寄乐妓十人。既至，半岁不得送。使者窥伺门下出入频者，有琵琶康昆仑最熟，厚遗求通。既送妓，伯和一试奏，尽以遗之。先有段和尚善琵琶，自制《西梁州》。昆仑求之不与。至是以乐之半赠之，乃传焉。今曲调《梁州》是也。（出《幽闲鼓吹》）

路岩

路岩出镇坤维也，开道中衢，恣为瓦石所击。故京尹温璋，诸子之党也。岩以薛能自省郎权知京兆府事，李蠙之举也。至是岩谓能曰："临行劳以瓦砾相饯。"能徐举手板对曰："旧例，宰相出镇，府司无例发人防守。"岩有惭色，懿宗晚节，朝政多门。岩年少固位，邂逅致此，一旦失势，当歧路者，率多仇隙。附丽音离。之徒，钓射时态，志在谀媚，雷同一词，中外腾沸，其实未然也。始岩淮南与崔铉作支使，除监察。不十年，城门不出，而致位卿相。物禁太盛，暴贵不祥，良有以哉！初铉以岩为必贵，常曰："路十终须与他那一位也。"自监察入翰林，铉犹在淮南，闻之曰："路十如今便入翰林，如何到老！"皆如所言。（出《玉泉子》）

校拿着箱子，请求查阅元载老丈人的来信。信交到上级手里，上级官员把元载的老丈人请到上房，留了好几个月。等到辞别离开之后，又送给他一千匹丝绢。（出《幽闲鼓吹》）

元载的儿子元伯和的权势压倒朝廷内外。福州观察使因此赠送了元伯和十个乐妓。到了京城，半年也没能把她们送过去。使者便打听了几个频繁出入中书省的人，有一个弹琵琶的康昆仑最为熟悉，便给康昆仑送了一份大礼，请求他打通关节。把妓女送去之后，元伯和听她们弹奏，不是很满意，就全都送给了康昆仑。之前有一个姓段的和尚擅长弹琵琶，自己编写了《西梁州》一曲。康昆仑向其索要谱子，段和尚不同意。这时，康昆仑把得到的乐妓送给和尚一半，和尚才把谱子传给康昆仑。这个曲子就是今天的曲调《梁州》。（出《幽闲鼓吹》）

路岩

路岩出京镇守西南的时候，在中间开路，被人扔了瓦片和石头。当初的京兆尹温璋，是牛僧儒一党。路岩认为薛能从省郎暂管京兆府的事宜，是李蠙推荐了薛能的结果。至此，路岩对薛能说："临行时多谢你用瓦砾给我饯行。"薛能举起笏板说道："按照旧例，宰相出京镇守外地时，各府县没有义务发兵为你防守。"路岩面带羞惭之色。唐懿宗晚年的时候，政治举措由几家势力决定。路岩年少就已经有很高的地位了，一旦失势了，别的势力中掌权的人大多都是仇人。而那些趋炎附势、一开始依靠路岩的人也都随着路岩败势，向别的势力卑躬屈膝，都说着一样的话。朝廷与民间的议论，其实并非如此。当初路岩在淮南给崔铉做副手，被任命为监察使。没到十年，不出城门，就已经成为公卿、宰相了。事物发展的势态忌讳太盛，突然变得尊贵并不吉利，难道不是有原因的吗？当初崔铉认为路岩一定会位至卿相，经常说："路岩终究是要做到那个位置的。"等到路岩从监察使转入翰林的时候，崔铉还在淮南，听说此事，说道："路岩如今就进了翰林院，怎么能熬到老呢？"果真都如崔铉所言。（出《玉泉子》）

高湘

元和初黜八司马：韦执谊崖州，韩泰虔州，柳宗元永州，刘禹锡朗州，韩晔饶州，凌准连州，程异柳州。及咸通，韦保衡、路岩作相，除不附己者十司户：崔沆循州，李渎绣州，萧遘播州，崔彦融雷州，高湘高州，张颜潘州，李贶勤州，杜裔休端州，郑彦持义州，李藻费州。内绣州、潘州、雷州三人不回。初，高湜与弟湘少不相睦。咸通末，既出高州，湜雅与路岩相善，见岩，阳救湘。岩曰："某与舍人皆是京兆府荷枷者。"先是刘瞻志欲除岩，温璋希旨，别制新枷数十待之。瞻以人情附己，不甚缄密，其计泄焉。故居岩之后，湜既知举，问岩所欲言。时岩以去年停举，已潜奏，恐有遗滞，请加十人矣，既托湜以五人。湜喜其数寡，形于言色。不累日，十人制下，湜未知之也。岩执诏，笑谓湜曰："前者五人，侍郎所惠也。今之十人，某自致也。"湜竟依其数放焉。湘到任，嗔湜不佑己，尝赋诗云："唯有高州是当家。"（出《玉泉子》）

卢隐

卢隐、李峭皆滑帅王铎之门生，前后黜辱者数矣。隐、峭物议，以为咸衽席不修。隐以从兄携为相，特除右司员外郎。右丞崔沆不听隐省上，仍即见携于私第。携未知之，欣然而出。沆曰："员外前日入省，时议未息，今复除纠司员外，省中固不敢辞，他曹惟相公命。"携大怒，驰入曰："舍弟极屈，即当上陈。"既上，

高湘

元和初年，计划新政的八位司马被贬：韦执谊被贬到崖州，韩泰被贬到虔州，柳宗元被贬到永州，刘禹锡被贬到朗州，韩晔被贬到饶州，凌准被贬到连州，程异被贬到柳州。咸通年间，韦保衡、路岩担任宰相，贬谪了十个不肯依附自己势力的司户：崔沆被贬到循州，李渎被贬到绣州，萧遘被贬到播州，崔彦融被贬到雷州，高湘被贬到高州，张颜被贬到潘州，李贶被贬到勤州，杜裔休被贬到端州，郑彦持被贬到义州，李藻被贬到费州。其中，被贬到绣州、潘州和雷州的三个人不被允许回京。高湜和弟弟高湘从小就不和。咸通末年，高湘被贬到高州。高湜向来和路岩关系很好，见到路岩，假装要把高湘救出来。路岩说道："我和我朋友都是京兆府的待罪之身。"之前，刘瞻立志要除掉路岩，温璋了解了刘瞻的意思之后，便另外做了几十个枷锁等着路岩。刘瞻以为自己跟别人关系很好，做得并不是很缜密，他的计策就被泄露出去了，因此他的官职在路岩之下。高湜掌管科举之后，就问路岩想说什么。当时路岩因为去年停止了科考，暗地里上奏给了皇上，恐怕有遗漏的人才，请求增加十个名额，托请高湜增加五个名额。高湜一听说人数很少，十分高兴，喜形于色。没过几天，增加十个人的诏命下来了，高湜还不知道。路岩拿着诏书，笑着对高湜说："之前的五个人，是你帮我办的。这次的十个人，是我自己取得的。"高湜最终按照路岩告诉自己的数目放了榜。高湘到任，很生气高湜不照应自己，曾经写诗道："唯有高州是当家。"（出《玉泉子》）

卢隐

卢隐、李峭都是滑州元帅王铎的门生，前后罢免、侮辱过好多人。人们私下里议论卢隐、李峭，都认为是皇帝不修德政的原因。卢隐仗着自己从兄卢携为丞相，破格提拔为右司员外郎。右丞相崔沆不同意卢隐在尚书省任职，便私下里会见卢携商讨此事。卢携不知道此事，非常高兴地来见崔沆。崔沆说道："卢隐员外之前在尚书省任沆乃求假。携即时替沆官。沆谓人曰："吾见丞郎出省郎，未见省郎出丞郎。"隐初自太常博士除水部员外，为右丞李景温揖焉。迨右司之命，景温之旨也。至是而遂其志矣。是时谏官亦有陈其疏者，携曰："谏官似狗，一个吠，辄一时有声。"（出《玉泉子》）

职的时候，大家对他的议论还没平息。如今又要让他担任纠司员外，我们不敢从命。其他的官随您的便。”卢携勃然大怒，进入内宅说道：“我弟弟卢隐实在是太冤了。我这就把事情禀告给皇上。”卢携上奏之后，崔沆就请求歇假。卢携便立刻让人代替了崔沆的位置。崔沆对别人说道：“我听说过丞郎出任省郎的，没听说过省郎出任丞郎的。”卢隐一开始担任太常博士，又被提拔为水部员外郎，被右丞相李景温所敬佩。让卢隐担任右司员外郎，就是李景温的意思。这样李景温才遂了心愿。这时谏官也有上述陈论此事的，卢携说道：“谏官就像狗一样，一个叫起来，一时半会儿一群狗都开始叫。”（出《玉泉子》）

卷第一百八十九　将帅一

关　羽　简　文　李　密　刘文静　李金才　李　靖　郭齐宗
唐休璟　李尽忠　封常清　李光弼

关 羽

蜀将关羽善抚士卒而轻士大夫，张飞敬礼士大夫而轻卒伍。二将俱不得其中，亦不得其死。（出《独异志》）

简 文

晋简文道光武云：“汉世祖雄豪之中，最有俊令之体，贤达之风。高祖则倜傥疏达，魏武则猜忌狭吝。”（出《简文谈疏》）

李 密

唐高祖报李密书曰：“天生蒸人，必有司牧。当今为牧，非子而谁？老夫年余知命，愿不及此。欣戴大弟，攀鳞附翼。唯冀早膺图箓，以宁兆庶。宗盟之长，属籍见容。复封于唐，斯荣足矣。殪商辛于牧野，所不忍言；执子婴于咸阳，非敢闻命。”密得书甚悦，示其部下曰：“唐公见推，天下不足可定。”

后密兵败，王伯当保河阳，密以轻骑归之，谓伯当曰：“兵败矣，久苦诸君。我今自刎，请以谢众。”伯当抱密号叫。密复曰：“诸公幸不相弃，当共归关中。密身虽愧无功，诸君必保富贵。”

关羽

蜀汉的将军关羽善于抚慰士卒，却十分轻视士大夫；张飞尊重士大夫，却十分轻视士兵。关、张所做都有些过激，也没能死得其所。（出《独异志》）

简文

晋简文帝司马昱评论汉光武帝道："汉世祖（即汉光武帝）在汉朝的各代雄健、豪侠的皇帝之中，最具美德、最为贤达。汉高祖太过倜傥、太过豪放，魏武帝则太过猜忌、太过小气。"（出《简文谈疏》）

李密

唐高祖回复李密的信里说："老天让众百姓生存，一定就要有能管理这些百姓的人。当今能够治理百姓的，不是你又是谁呢？我现在已经老了，颇知天命，希望不要引火上身。我愿尊你为统治者，我能够攀个龙附个凤就行了。只希望你能够早点称帝，以安定天下百姓。我们这儿宗盟的长者，都希望带着人口受到您宽容的处置。如果能再把我封到唐地，那我身上的荣光就足够了。在牧野杀死纣王、在咸阳捉住子婴，这种事情不是我们敢惦记的。"李密得到信十分高兴，向自己的部下炫耀道："唐公把此事推辞给我，看来天下马上就能被我平定了。"

后来李密兵败，王伯当坚守河阳，李密带领轻骑兵投奔了王伯当，对王伯当说："我兵败了，这么长时间苦了你们了。我如今自刎而死，以此向你们谢罪。"王伯当抱着李密大哭。李密又说道："幸而你伯当赞其计。从入关者尚二万人。高祖遣使迎劳，相望于道。密大喜，谓其徒曰："吾虽举事不成，而恩结百姓。山东连城数百，知吾至，尽当归唐。比于窦融，勋亦不细。岂不以一台司见处乎？"及至京，礼数益薄，执政者又来求财，意甚不平。寻拜光禄卿，封邢国公。未几，闻其所部将帅皆不附世充。高祖复使密领本兵往黎阳，招其将士敌时者。以经略王充，王伯当为左武卫，亦令副密。行至桃林，高祖复征之。密惧，谋叛。伯当止密，不从。

密据桃林县城，驱掠畜产，直趋南山，乘险而东。遣人使告张善相，令应接。时史万宝留镇熊州，遣盛彦师率步骑数十追蹑。至陆浑县南七十里，彦师伏兵山谷。密军半度，横出击之，遂斩密，年三十七。时徐勣在黎阳，为密坚守。高祖遣使，将密首以招之，勣发丧行服，备君臣之礼，表请收葬，大具威仪。三军皆缟素，葬于黎阳山南五里。故人哭之，多有呕血者。（出《谭宾录》）

刘文静

刘文静者为晋阳令，坐与李密连姻，隋炀帝系于郡狱。太宗以文静可与谋议，入禁所视之。文静大喜曰："天下大乱，非汤、武、高、光之才，不能定也。"太宗曰："卿安知无人？禁所非儿女之情相忧而已，故来与君图举大计。"文静曰："乘虚入关，号令们还没有抛弃我，我盘算我们不如一起投奔关中。虽然我身无寸功，至少能让你们保住富贵。”王伯当支持他的想法。跟着李密入关的人还有两万多。唐高祖派使者迎接这些劳累的士兵，在路上远远地等着他们。李密十分高兴，对他的军队说道：“我起义虽然没有成功，但是确实给百姓恩德了。山东好几百座城，知道我到此地了，一定会归降唐朝的。我的功劳相比窦融，也没有差到哪里去。窦融难道不也成为了一个台司吗？”等到李密到了京城，唐高祖对待李密的礼数就越来越差。那些当政的人又来向李密索要财物，李密心里愤愤不平。不久，李密被拜为光禄卿，封为邢国公。随后，听说他的旧部将帅都不归附王世充。唐高祖又派李密带着自己的军队前往黎阳，招降他旧部的将士，以此抑制王世充。王伯当担任左武卫，唐高祖让他做李密的副官。走到桃林，唐高祖又叫李密回去。李密十分害怕，便谋反了。王伯当劝止李密，李密没有听从。

李密据守桃林县城，派士兵抢夺牲畜、粮食，直向南山奔去，依着险要的路线向东行进。李密派人告诉张善相，让他前来接应。当时史万宝在熊州留守，派盛彦师带着步兵、骑兵几十人追击李密。盛彦师到了陆浑县南七十里，在山谷处埋伏人马。李密的军队才过了一半，盛彦师突然出击截断，便杀了李密。李密时年只有三十七岁。当时徐勣在黎阳，为李密坚守黎阳。唐高祖派使者把李密首级送给徐勣以招降他，徐勣发丧、穿着孝服，行了君臣之礼，上表请求收起李密的尸体，将他安葬，十分有威仪。三军都穿着孝服，把李密葬在了黎阳山南五里的地方。李密的旧人哭李密，有很多人把血都咯出来了。（出《谭宾录》）

刘文静

刘文静担任晋阳县令，因为和李密联姻，隋炀帝把他关到郡中的监狱。唐太宗认为刘文静可以谋事，就进入监狱探望刘文静。刘文静十分高兴，说道：“天下大乱，不是商汤、周武王、汉高祖、汉光武帝这种才能，就无法平定。”唐太宗说道：“你怎么知道没有这样的人呢？不过是被儿女之情耽误了而已。因此我来和你共图大事。”

天下，不盈半岁，帝业可成。”太宗笑曰：“尹言正合人意。”后使于突厥，文静谓曰：“愿与可汗兵马同入京师，人众土地入唐公，财帛金宝入突厥。”即遣骑二千，随文静而至。高祖每引重臣同座共食。文静奏曰：“宸极位尊，帝座严重，乃使太阳俯同万物，臣下震恐，无以措身。”（出《谭宾录》）

李金才

太宗尝进白高祖曰：“代传李氏姓膺图箓，李金才位望崇贵，一朝族灭，大人受命讨捕，其可得乎？诚能平贼，即又功当不赏。以此求免，其可得乎？”高祖曰：“我一夜思量，汝言大有理。今日破家灭身亦由汝，化家为国亦由汝。”（出《谭宾录》）

李 靖

贞观十四年，侯君集、薛万钧等破高昌，降其王麹智盛，执之，献捷于观德殿。以其地为西州，置交河、柳中等县。其界东西八百里，南北五百里，汉戊己校尉之地。初突厥屯兵浮图城，与高昌为影响。至是惧而来降，其地为延州。突厥颉利可汗使执失思力入朝谢罪，请为蕃臣。太宗遣唐俭等持节出塞安抚之。李靖、张公谨于定襄谋曰：“诏使到彼，虏必自宽。”选精骑，赍二十日粮，乘间掩袭，遇其斥候，皆以俘随，奄到纵击，遂灭其国。获义城公主，虏男女十万，颉利乘千里马奔于西偏。灵州行军张宝相，擒之以献。（出《谭宾录》）

刘文静说道："不如趁虚入关，号令天下。不到半年，就可以成就帝业了。"唐太宗笑道："您所说的正合我意。"后来刘文静出使突厥，对突厥可汗说道："希望能和您的兵马一起进入京城，人马和土地归唐公，钱财归突厥。"突厥可汗便派两千骑兵随刘文静到都城。唐高祖总会带着重臣在座位上一起吃饭。刘文静上奏道："您的地位十分尊贵。您这种行为，就像太阳下来和万物平起平坐。我们十分惊恐，不知道手脚该怎么放。"（出《谭宾录》）

李金才

唐太宗曾经告诉唐高祖道："我们代代相传，李氏上受天命。当初李金才位高权重，一日身受灭族之祸，您接到命令抓捕李金才，能抓到吗？即使您能平定李金才，有此功劳，朝廷也不会赏你。以此免除灾祸，能做到吗？"唐高祖说道："我想了一夜，你说的话实在是太有道理了。如今，我一家覆灭也是因为你，我从公侯变成帝王也是因为你。"（出《谭宾录》）

李　靖

贞观十四年，侯君集、薛万钧等攻下了高昌，高昌王曲智盛投降，侯君集、薛万钧抓住了曲智盛，在观德殿献俘。朝廷便把高昌之地设立为西州，设置了交河、柳中等县。西州的地界，东西长八百里，南北长五百里，和汉朝戊己校尉的地盘一致。当初突厥在浮图城屯兵，和高昌互为犄角之势。至此，突厥十分害怕，前来投降，突厥的地盘被设立为延州。突厥的颉利可汗派执失思力入朝谢罪，请求成为一方的藩镇。唐太宗派唐俭等人拿着信物出塞安抚突厥可汗。李靖、张公谨在定襄谋划道："传诏的使者一旦到了突厥，突厥一定会宽心。"便精选了骑兵，带着二十天的军粮，乘机偷袭突厥。路上碰到间谍，李靖、张公谨便把他们抓住，以俘虏身份随军。刚一到，便突击了突厥。李靖、张公谨便灭了突厥，抓获了义成公主，捕获了十万男女。颉利可汗乘着千里马跑到西方偏远地区。灵州行军张宝相把颉利可汗抓住献给了朝廷。（出《谭宾录》）

郭齐宗

高宗问："兵书所云，天阵、地阵、人阵，各何谓也？"员半千越次对曰："臣睹载籍，此事多矣。或谓天阵、星宿孤虚也；地阵、山川向背也；人阵、编伍弥缝也。"郭齐宗对曰："以臣愚见则不然。夫师出以义，有若时雨，得天阵也；兵在足食足兵，且耕且战，得地之利，此地阵也；卒乘轻利，将帅和睦，此人阵也。若用兵，使三者去一，其何以战？"高宗嗟赏之，擢拜左卫胄曹也。（出《卢氏杂说》）

唐休璟

西突厥诸蕃不和，举兵相攻。安西道绝，表奏相继。天后命唐休璟与宰相商度事势。俄顷间草奏，使施行。后十余日，安西诸州表奏兵马应接程期，一如休璟所画。天后谓休璟曰："恨用卿晚。"因任之为相。（出《谭宾录》）

李尽忠

唐天后中，契丹李尽忠、万荣之破营府也，以地牢囚汉俘数百人。闻麻仁节等诸军欲至，乃令守囚霫等绐之曰："家口饥寒，不能存活。求待国家兵到，吾等即降。"其囚日别与一顿粥，引出安慰曰："吾此无饮食养汝，又不忍杀汝，总放归若何？"众皆拜伏乞命。乃绐放去。至幽州，具说饥冻逗留。兵士闻之，争欲先入。至黄獐峪，贼又令老者投官军，送遗老牛瘦马于道侧。麻仁节等三军，弃步卒，将马先争入，被贼设伏横截。军将被索缚之，生擒节等。死者填山谷，罕有一遗。（出《朝野佥载》）

郭齐宗

唐高宗问道："兵书上说的那些天阵、地阵、人阵，都是什么？"员半千越级回答道："我看到论述这些东西的典籍实在是太多了。有人说天阵指星宿有没有空虚的，地阵指山川的走向，人阵指军队如何编制、变化。"郭齐宗说道："依我来看却不然。军队应当凭借正义出动，就像应节的雨，这就是天阵适宜；军队有粮草、有兵力，能耕种、能打仗，占据地理，这就是地阵适宜；能够利用士卒的轻锐、将军、元帅一团和气，这就是人阵适宜。如果用兵，在这其中去掉一个，那还拿什么打仗呢？"唐高祖嗟叹着给予郭齐宗赏赐，把他升为左卫胄曹。（出《卢氏杂说》）

唐休璟

西突厥各个藩镇不和睦，因此带兵互相攻击。安西道因此不通，上奏的表章络绎不绝。武则天便命令唐休璟和宰相商量当时的局势。不一会儿便起草完要上奏的表章，请求武则天批准施行。十几天后，安西各州上奏说，兵马应接按期而到。正象唐休璟计划的那样。武则天对休璟说："恨我重用你晚了。"因此，唐休璟被任为宰相。（出《谭宾录》）

李尽忠

唐武则天时期，契丹的李尽忠、万荣攻占荣府，在地牢囚禁了数百个汉人俘虏。听说麻仁节等人的军队将要赶到，李尽忠便令看守监狱的霫人欺骗俘虏道："我们家里都十分贫寒，无法存活。只希望等到国家的军队到这儿，我们就会投诚。"囚犯每天都会另加一碗粥，狱卒以此安慰他们说："我们没有饭可以养你们，又不忍心杀了你们，除了把你们放了，我们还能怎么办呢？"众人连忙跪倒，匍匐求饶。李尽忠等人便假装放了这些俘虏。这些俘虏到了幽州之后，详细地把事情的经过告知了麻仁节等人。军士听说此事，争先恐后地想要进入。到了黄獐峪，李尽忠等贼人又命令老人们向官军投诚，把

封常清

封常清细瘦目颣，脚短而跛。高仙芝为夫蒙灵察都知兵马使，常清为仙芝傔。会达览部落皆叛，自黑山北向，西趋碎叶。使仙芝以骑二千邀截之。常清于幕中潜作捷书，仙芝所欲言，无不周悉。仙芝异之。军回，仙芝见判官刘眺、独孤峻等，遂问曰："前者捷书，何人所作？副大使何得有此人？"仙芝曰："即傔人封常清也，见在门外马边。"眺等揖仙芝，命常清进坐与语，如旧相识。

后仙芝为安西节度使，奏常清为节度判官。仙芝每出征讨，常令常清知留后事。常清有才学，果决。仙芝乳母子郑德铨已为郎将，威望动三军。德铨见常清出其门，素易之，走马突常清而去。常清至使院，命左右密引至厅，经数重门，皆随后闭之。常清案后起谓之曰："常清起自细微，预中丞傔，中丞再不纳，郎将岂不知乎？今中丞过听，以常清为留后使，郎将何得无礼，对中使相凌。"因叱之，命勒回，即杖六十，面仆地曳出。仙芝妻及乳母于门外号哭救之，不得。后仙芝见常清，遂无一言，常清亦不之谢。后充安西节度使。

老牛、瘦马送到路旁。麻仁节的军队一见，立刻撇下步兵，骑着马争抢战利品，被贼人设伏拦腰截断。各军的将领全被绳索绑住，贼人活捉了麻仁节等将领。死者的尸体堆满了山谷，基本没有一个活下来的。（出《谭宾录》）

封常清

封常清身材短小、瘦骨嶙峋，眼睛有一点小毛病，腿比较短，还有点跛。高仙芝担任夫蒙灵察都知兵马使，封常清给高仙芝当副手。当时达览各部落全员造反，他们的势力从黑山起向北，一直向西延续到碎叶。朝廷便让高仙芝带领两千骑兵从中截断。封常清私下写了一封告捷的信，高仙芝想写的，封常清没有一件是没想到的。高仙芝因此十分惊奇。等到班师的时候，高仙芝见到了判官刘眺、独孤峻等人。刘、独孤二人问道："之前的那封告捷信是谁写的？副大使里还有这样的人才吗？"高仙芝说："这是我的副手封常清，他正在门外的马旁边等待召见呢。"刘眺等人向高仙芝拱了拱手，便命封常清进大厅坐着一起交谈。刘眺等人好像见到了旧日好友一样。

后来高仙芝担任了安西节度使，上表推荐封常清担任节度判官。高仙芝每次出外征讨的时候，经常命令封常清留下管理后勤事宜。封常清十分有才，做事果断。高仙芝乳母的儿子郑德铨当了郎将，他的威望传遍三军。郑德铨一向轻视封常清，见到封常清从高仙芝的屋子出来，便驱马撞了封常清一下才离开。封常清到达使院，命令心腹偷偷把郑德铨引到厅里，过了好几道门，随即关上了这些门。封常清从桌子后站起来，对郑德铨说道："我从寒门崛起，想要当高中丞的副手，但是高中丞每次都不同意，您难道不知道吗？如今高中丞不听谗言，把管理后方的重任交给我，您怎么能如此无理，跟高中丞唱反调呢？"严厉斥责了郑德铨，命令下人绑住他，当即打了六十杖，郑德铨的脸贴着地被拖了出去。高仙芝的妻子和乳母在外面大哭，想要救郑德铨出来，也没有救成。后来高仙芝见到封常清，一句话也不说，封常清也没有向高仙芝谢罪。后来封常清补任了安西节度使。

天宝十四载，朝于华清宫。玄宗问以凶逆之事，计将安出。常清乃大言以慰玄宗之意曰："臣请挑马棰渡河，计日取逆胡首，悬于阙下。"玄宗忧而壮其言。至东都，旬朔，召募六万。频战不利，遂与高仙芝退守潼关。仙芝副荣王琬领五万人进击。十二月十日至陕州，十一日常清败于东京，十三日禄山入东京。常清奔至陕州。以贼锋不可当，乃烧太原仓，引兵退趋潼关，缮修守具。贼寻至关，不能入，仙芝之力。

乃削常清官爵，令白衣于仙芝军效力。监军边令诚每事干之，仙芝多不从。令诚入奏事，具言奔败之状。玄宗怒，遣令诚斩之。常清临刑上表。既刑，陈其尸于蘧蒢之上。令诚谓仙芝曰："大夫亦有恩命。"仙芝遽下至常请所刑处。仙芝曰："我退罪也，死不敢辞。然以我为减截兵粮及赐物，则诬我也。"谓令诚曰："上是天，下是地，兵士皆在，岂不知乎？"兵士齐呼曰："枉！"其声殷地。仙芝目常清尸曰："封二，子从微至著，我引拔子，代我为节度。今日又与子同死于此，岂命也乎？"遂斩之。（出《谭宾录》）

李光弼

李光弼讨史思明，师于野水渡，既夕还军，留其卒一千人。谓雍颢曰："贼将高晖、李日越、喻文景皆万人敌也。思明必使一人劫我。我且去之，子领卒待贼于此。至勿与战，降则俱来。"其日，思明召日越曰："李君引兵至野水，此成擒也。汝以铁骑宵济，为天宝十四年，在华清宫朝见唐玄宗。唐玄宗请教封常清如何处理叛贼，封常清为了安慰玄宗，说大话道：“我请命手拿马鞭渡过黄河，不用几天就可以把胡人的首级取来，悬挂在午门之下。”唐玄宗虽然很担心，但仍然认为封常清之言十分大气。封常清到了洛阳，十天就招来了六万新兵，连战失利，便和高仙芝一起退守潼关。高仙芝的副将荣王李琬带领五万兵马攻击胡人，十二月十日行军到陕州，十一日封常清在洛阳战败，十三日安禄山入侵洛阳。封常清便逃到了陕州，认为贼人的士气锐不可当，便火烧了太原的仓库，带着军队退到潼关，准备防守的器具。贼人不久就到了潼关，但没能攻下潼关，这都是凭借着高仙芝的力量。

朝廷便下诏削掉了封常清的官爵，命令封常清以布衣身份帮高仙芝出力。监军边令诚什么事都要干预，但是高仙芝多数不肯同意。边令诚便入朝启奏，把封常清战败的具体情况都上报给了唐玄宗。唐玄宗大怒，便派边令诚斩杀封常清。封常清临刑之前给唐玄宗上了奏章。封常清受刑之后，边令诚把他的尸体扔在了竹席上。边令诚对高仙芝说：“您也有陛下下达的诏命。”高仙芝立刻便走到了封常清行刑的地方。高仙芝说道：“我退兵之罪，即使死了也不冤枉；然而说我克扣兵粮、私藏御赐之物，那就是诬陷了。”又对边令诚说道：“皇天在上，后土在下，各个士兵也都在此，他们难道不知道我的行为吗？”军士齐呼：“冤枉！”声音惊天动地。高仙芝看着封常清的尸体，说道：“封二，你从寒门变成显官，是我所提拔的，帮我管理军队的需求；如今又和你一起在此丧生，难道这就是天命吗？”边令诚便斩杀了高仙芝。（出《谭宾录》）

李光弼

李光弼讨伐史思明的时候，在野水渡驻扎。到了晚上退兵的时候，留下了一千名士卒。李光弼对雍颢说道：“贼人的将领高晖、李日越、喻文景，全都是以一敌万的将领。史思明一定会派一个人前来劫营。我先暂且离开此地，你带着士兵们在这儿等着敌人。敌人到了，千万不要和他们交战。他们若是投降，你就带着他们一起回来。”当我取之。”命曰：“必获李君，不然无归！”日越引骑五百，晨压颢军。颢阻濠休卒，吟啸相视。日越怪之，问曰：“太尉在乎？”曰：“夜去矣。”“兵几何？”曰：“千人。”“将谓谁？”曰：“雍颢也。”日越沉吟久，谓其下曰：“我受命必得李君，今获颢，不塞此望，必见害，不如降之。”遂请降。颢与之俱至。

光弼又尝伏军守河阳，与史思明相持经年。思明有战马千匹，每日洗马于河南，以示其多。光弼乃于诸营检获牝马五百匹，待思明马至水际，尽驱出之。有驹絷于城中，群牝嘶鸣，无复间断，思明战马，悉浮渡河，光弼尽驱入营。

光弼又尝在河阳，闻史思明已过河，远回趋东京。至，谓留守韦陟曰：“贼乘我军之败，难与争锋。洛城无粮，又不可守。公计若何？”陟曰：“加兵陕州，退守潼关。”光弼曰：“此盖兵家常势，非用奇之策也。不若移军河阳，北阻泽潞，据三城以抗之。胜即擒之，败即自守。表里相应，使贼不敢西侵，此则猿臂之势也。”思明至偃师，光弼悉令将士赴河阳，独以麾下五百余骑为殿军，当石桥路，秉烛徐行，贼不敢逼。乙夜达城。迟明，思明悉众来攻，诸将决死而战，杀贼万余众，生擒八十人，器械粮储万计。擒其大将徐璜玉、李秦。思明大惧，退筑城以相拒。

天，史思明召来李日越，说道："李光弼带着兵在野水驻扎，这是送上门当俘虏啊。你带着铁骑趁夜渡河，帮我拿下李光弼。"又下命令道，"一定要抓住李光弼，不然就不要回来了！"李日越带着五百铁骑，早上便逼近了雍颢的军队。雍颢手下在河边护栏休息的士卒便用口哨互相暗示。李日越十分奇怪，便问这些士兵道："李光弼太尉还在营中吗？"士卒回答道："太尉已经趁夜离开了。""你们现在还有多少军队？"士卒回答道："还有一千人。""你们的将领是谁？"士卒回答道："是雍颢。"李日越沉吟良久，对自己的部下说道："我接到命令一定要抓住李光弼。如今抓到了雍颢，不能满足史思明对我的期望。我一定会被史思明杀了的。不如我们就投降吧。"于是李日越便请求投降。雍颢和李日越一起来到了李光弼的帐下。

李光弼曾经派军队守卫河阳，和史思明对峙了好几年。史思明有一千匹战马，每天在河南清理马匹，以此告诉李光弼自己有很多马匹。李光弼便在各个营寨中搜集五百匹母马，等到史思明的马从水中出来的时候，就把这些母马叫出来。因为有小马被绑在城里，母马疯狂发出叫声，声不绝耳，史思明的战马因此全都渡过河，被李光弼赶入营中。

李光弼曾经在河阳，听说史思明已经渡过了黄河，便远远地回奔洛阳。李光弼到了洛阳，对留守的韦陟说道："贼人趁着我军打了败仗追击我军，我军难以和敌军争夺锋芒。洛阳没有粮食，又无法防守。你觉得该怎么办？"韦陟说道："不如在陕州加强把守的兵力，退守潼关。"李光弼说道："这是军事家的通常行动，算不上出奇制胜之策。我们不如把军队移到河阳，阻断南下泽、潞的必经之路，据守三座城池，以此对抗史思明的军队。如果赢了，就能抓住史思明。如果败了，也足以闭关自守。内外照应，贼人便不敢向西进军，这是猿臂之阵。"史思明到了偃师，李光弼就命令将士前赴河阳，只带着麾下五百多骑兵断后，占据了石桥的路，贼人不敢逼近。到了半夜，李光弼的军队便到达了河阳城。黎明时分，史思明发动所有军队前来攻城，众将抱着必死的决心和史思明军战斗，杀了一万多贼人，又活捉了八十多贼人，缴获了数以万计的军事器具和粮草，还抓获了史思光弼将战，谓左右曰："凡战危事，胜负击之。光弼位为三公，不可死于贼手。事之不捷，誓投于河。"适城上见河稍远，恐或急事难至，遂置剑于靴中，有必死之志。及是战胜，于城西西望拜舞，三军感动。

移镇临淮，舁疾而行，径赴泗州。光弼之未至河南也，田神功平刘展后，逗留于杨府，尚衡、殷仲卿相攻于兖郓，来瑱旅拒而还襄阳，朝廷患之。及光弼至徐州，史朝义退走，田神功遽归河南。尚衡、殷仲卿、来瑱皆惧其威名，相继赴关。吐蕃将犯上都，手诏追光弼率众赴长安。光弼与程元振不叶，观天下之变，迁延不至。

初光弼用师严整，天下服其威名。凡所号令，诸将不敢仰视。及其有田神功等诸军，皆不受其制。因此不得志，愧耻成疾，薨于徐州，年五十七。其母衰老，庄宅使鱼朝恩吊问。（出《谭宾录》）

明军的大将徐璜玉、李秦授。史思明十分恐惧，便退军筑城，以此与李光弼对峙。

李光弼在战前对身边人说道：“战争是极其危险的事情，与胜负息息相关。我李光弼身居三公之位，不能屈辱地死在贼人的手里。如果战事没能成功，我便发誓投水自尽。”李光弼看见城上和黄河离得比较远，担心如果事情太突然了，难以到达黄河，便把剑放在了靴子里，抱定了必死之心。等到这场战役胜利之后，李光弼在城西向西拜谢、舞蹈，三军为之震撼、动情。

后来李光弼到临淮去镇守，带着疾病赶路，直接到达了泗洲。李光弼还没到河南，田神功在平定刘展之乱后，在杨府逗留，尚衡和殷仲卿在兖州、郓城之地交战，来瑱抵挡着他们回到了襄阳。朝廷十分担心他们的问题。等到李光弼到了徐州，史朝义退了军，田神功马上就回到了河南。尚衡、殷仲卿、来瑱都畏惧他们的威名，便相继回到了自己所守的关隘。吐蕃当时将要侵犯京城，皇帝手写诏书请求李光弼带领军队前赴长安。李光弼因为和程元振不和，便袖手旁观天下形势，拖延着不肯前赴京城。

当初李光弼用兵威严、整齐，天下都佩服李光弼的威名。李光弼发出号令的时候，将领们没有敢抬头看的。等到有田神功等军队不受李光弼的管辖，李光弼因此郁郁不得志，羞愧耻辱得了疾病，在徐州病逝，时年五十七岁。李光弼的母亲衰老，皇帝命令鱼朝恩前往安慰李光弼的家人。（出《谭宾录》）

卷第一百九十　将帅二杂谲智附

马燧

李怀光使徐庭光以精卒六千守长春宫，马燧乃挺身至城下呼庭光，庭光则拜于城下。燧度庭光心已屈，乃谓曰："我来自朝廷，可西面受命。"庭光复西拜。燧曰："公等皆禄山已来首建大勋，四十余年功伐最高，奈何弃祖父之勋力，为族灭之计耶？从吾言，非止免罪，富贵可图也。"贼徒皆不对。燧曰："尔以吾言不诚。今相去数步，尔当射我。"乃披襟示之。庭光感泣俯伏，军士亦泣，乃率其下出降。燧乃以数骑径入城，处之不疑，莫不畏伏。众大呼曰："复得为王人矣！"

浑瑊私谓参佐曰："瑊谓马公用兵，与仆不相远，但怪累败田悦。今睹其行师料敌，不及远矣。"燧勇力智强，常先计后战。将战，亲自号令。士卒无不感动，战皆决死，未尝奔北。兵胜冠于一时。然力能擒田悦，而不能纳蕃师伪疑，而保其必盟。平凉之会，为结赞所绐，关中摇动。此所谓才有余而心不正。（出《谭宾录》）

马燧

李怀光派徐庭光带领六千精兵在长春宫守卫，马燧便挺身而出，到城楼下呼唤徐庭光，徐庭光便向城下叩拜。马燧觉得徐庭光已经有屈服之心，就对徐庭光说道：“我从朝廷来，你可以向西拜谢圣恩。”马燧说道：“各位都是安史之乱以来身居首功的重臣，四十年来，你们家族居功至伟。为什么你们要放弃来自爷爷、父亲的勋爵，换来灭族的结果呢？如果你们向我投降，我能保证，不仅免了你们的罪，还可以享受富贵。”贼人都不愿说话。马燧又说道：“你们是觉得我说的话不是真的？如今我就距离你们几步之遥，你们可以用弓箭射杀我。”便打开衣襟给贼人看。徐庭光感激涕零，五体投地，士兵们也都泪流满面。徐庭光便带着自己的手下出城投降。马燧带着几个骑兵进了城，一点也不怀疑，因此徐庭光和部下没有不畏惧、降伏的。众人高呼道：“我们又是唐王的人了！”

浑瑊私下里对自己的副将说道：“我认为马燧用兵和我差不多，奇怪的是，他怎么能多次打败田悦。如今看到马燧行军用兵、料敌先机，我跟马燧差得实在是太远了。”马燧有勇有谋，经常先进行计划、后开始打仗。即将开战时，都要亲自号令军队。士卒没有不感动的，每次打仗都怀着必死之心，从来没有打输过，军队常胜，名冠一时。然而马燧虽然能够俘获田悦，但是却不能看出接纳吐蕃军队的问题，为他们担保一定要结盟。平凉之会，马燧被尚结赞所欺骗，关中为此震动。这就是人们所说的虽有才能，但是心术不正。（出《谭宾录》）

严振

德宗銮驾之幸梁洋，中书舍人齐映为之御。下洋州青源川，见旌旗蔽野。上心方骇，谓泚兵有谙疾路者，透秦岭而要焉。俄见梁帅严振具櫜鞬，拜御马前，具言君臣乱离，呜咽流涕。上大喜，口敕升奖，令振上马前去，与朕作主人。映身本短小，声气抑扬，乃曰：“严振合与至尊导马，御膳自有所司。”顷之，上次洋州行在，召映，责以儒生不达时变，烟尘时，须姑息戎帅。映伏奏曰：“山南士庶，只知有严振，不知有陛下。今者天威亲临，令巴蜀士民，知天子之尊，亦足以尽振为臣子之节。”上深嘉叹。振闻，特拜谢映。时议许映。（出《乾䐉子》）

温造

宪宗之代，戎羯乱华。四方征师，以静边患。诏下南梁，起甲士五千人，令赴关下。将起，帅人作叛，逐其帅，又惧朝廷讨伐，因团集拒命者岁余。宪宗深以为患，择帅者久之。京兆尹温造请行。宪宗问其兵储所费，温曰：“不请寸兵尺刃而行。”

至其界，梁人觇其所来，止一儒生，皆相贺曰：“朝廷必不问其罪，复何患乎？”温但宣诏敕安存，至则一无所问。然梁帅负过，出入者皆不舍器仗，温亦不械之。他日，毬场中设乐，三军下士，并任执带弓剑赴之，遂令于长廊之下就食。坐筵之前，临阶南北两行，悬长索二条，令军人各于面前索上，挂其弓剑而食。逡巡，行酒至，鼓噪一声，两头齐抨其索，则弓剑去地三丈余矣。军人大乱，无以施其勇，然后阖户而斩之。五千余人，更无噍类。其

严振

唐德宗前往梁洋的时候，中书舍人齐映为唐德宗驾车。到了洋州青源川，唐德宗见到遍地都是旗帜，内心极其恐惧，说是朱泚有些熟悉近路的军队在秦岭地区占据要地。不多时，见到梁州统帅严振准备好了马具，拜倒在唐德宗的马前，说起了君臣在离乱中走散的情况，说的时候声音呜咽，痛哭流涕。唐德宗大喜，口头下诏给严振升官、赏赐，让严振上马，给唐德宗带路。齐映身材矮小，但是说话却铿锵有力。便对唐德宗说："严振本来就应该给您牵马，您的餐食有专门负责的部门。"不久，唐德宗到洋州的行宫住下，叫来齐映，斥责他是一个不懂得人情世故的儒生。天子蒙尘的时候，要对军队统帅宽容。齐映说道："山南的士人、百姓，只知道天下有严振此人，却不知道有您。如今您亲临此处，就应该让巴蜀的士人、百姓知道您的尊贵，也足以让严振尽自己臣子之节。"唐德宗十分赞同。严振听说之后，前去拜谢齐映。当时的议论都认为齐映做得对。（出《乾䐁子》）

温造

唐宪宗时，西方的外族祸乱中原。四方都在募兵以安定边疆的祸患。诏书到了南梁，南梁调动了五千甲兵，让他们去关下平患。刚要行军，士兵作乱，赶走了他们的统帅，作乱的军队又恐怕朝廷讨伐自己，便聚集在一起抗命不尊，盘踞了一年多。唐宪宗十分担心，给他们选了很长时间元帅。京兆尹温造主动请缨。唐宪宗问温造需要多少兵马、粮草，温造说道："我不需要一点武器。"

温造到了南梁人的地界，南梁人探听到来的只是一个儒生，全都互相庆贺道："朝廷一定不问我们的罪，我们还担心什么呢？"温造只是宣读了诏书，安抚了南梁的众人，其他什么都没问。然而南梁的统领身负罪责，因此命令出入的士兵都带着武器，温造也不抓捕南梁的统领。一日，南梁的统领设摆乐会，找三军将士参加，并且让他们带着弓剑赴宴，在长廊下面吃饭。筵席开始之前，在台阶南北的两边，挂着两根大绳子，命令军人在绳子上挂上自己的弓剑再吃饭。

间有百姓随亲情及替人有赴设来者甚多，并玉石一概矣。南梁人自尔累世不敢复叛。余二十年前职于斯，故老尚历历而记之矣。（出《王氏见闻》）

高骈

咸通中，南蛮围西川，朝廷命太尉高骈，自天平军移镇成都。戎车未届，乃先以帛。书军号其上，仍书一符，于邮亭递之，以壮军声。蛮酋惩交阯之败，望风而遁。先是府无罗郭，南寇才至，遽成煨烬，士民无久安之计。骈窥之，画地图版筑焉。虑畚锸将施，亭堠有警，乃命门僧景仙奉使入南诏，宣言躬自巡边。自下手筑城日，举烽直至大渡河，凡九十三日，楼橹矗然，旌旆竟不行。而骠信詟栗，不假兵以诈胜，斯之谓也。（出《北梦琐言》）

南蛮

唐南蛮侵轶西川，苦无亭障。自咸通已后，剑南苦之，牛丛尚书作镇，为蛮寇凭凌，无以抗拒。高骈自东平移镇成都，蛮犹扰蜀城。骈先选骁锐救急，人人背神符一道。蛮觇知之，望风而遁。尔后僖宗幸蜀，深疑作梗，乃许降公主。蛮王以连姻大国，喜幸逾常。因命宰相赵隆眉、杨奇鲲、段义宗来朝行在，且迎公主。高太尉自淮海飞章云："南蛮心膂，唯此数人，请止而鸩之。"迄僖宗还京，南方无虞，用高公之策也。杨奇鲲辈皆有词藻。途中诗云："风里浪花吹又白，雨中风影洗还清。江鸥聚处窗前见，林狖啼不一会儿，大家开始喝酒，突然响起一阵鼓声，绳索两边的绳子全被撤掉了，弓剑离他们吃饭的地方只有三丈多高了。士兵们因此大乱，没地方施展自己的勇力，便被关门斩杀了。五千多人，没有一个人活着。期中有很多百姓因为亲情或者替人赴宴，也都玉石俱焚了。南梁人从此好几世不敢反叛。我二十年前曾经在南梁做官，因此老了还能依稀记起一点。（出《王氏见闻》）

高骈

咸通年间，南蛮围攻西川地区。朝廷命令太尉高骈从天平军转移去镇守成都。军队还没到西川，高骈先在布上写下旗号，又写了一张神符，经过邮亭传递此符，以此壮大军队的声势。南蛮的首领吃了交阯打败仗的亏，望风而逃。之前，西川府没有环绕一周的城池，南蛮刚到，城墙就变成了灰烬。因此士人、百姓不能长治久安。高骈一见，便画了地图，建了城墙。高骈考虑到当时马上要春耕了，应该设立亭子以观察军情，便命令守门僧人景仙身负使命进入南诏，扬言高骈要亲自巡逻边境。等到开始着手筑城的时候，高骈带着军队举着火把直达大渡河。一共九十三天，城楼、箭楼都设置好了，军队始终没有行进，而南诏却十分恐惧。不用一兵一卒，以诈术取胜，说的就是高骈。（出《北梦琐言》）

南蛮

唐代时南蛮侵犯西川，西川府苦于没有屏障的城墙。咸通之后，剑南地区总被侵扰。牛丛坐镇剑南，每每被南蛮欺凌，无法反抗。高骈从东平被调任去镇守成都时，南蛮前去侵犯成都，高骈便先选好骁勇的骑兵前去救急，让他们每个人都背一道神符。南蛮侦查到之后，望风而逃。后来唐僖宗到蜀地避难，十分担心南蛮从中作梗，便答应让公主前去联姻。南蛮王因为和大国联姻，十分高兴，因而命令宰相赵隆眉、杨奇鲲、段义宗到行宫朝见唐僖宗，再迎娶公主回南诏。太尉高骈急忙从淮海寄来书信，说道："南蛮王的心腹只有这几

时枕上听。”词甚清美。（出《北梦琐言》）

张 濬

张相濬富于权略，素不知兵。昭宗朝，亲统扈驾六师，往讨太原，遂至失律，陷其副帅侍郎孙揆。寻谋班师，路由平阳。平阳即蒲之属郡也，牧守姓张，即蒲帅王珂之大校。珂变诈难测，复虑军旅经过，落其诡计。濬乃先数程而行，泊于平阳之传舍。六军相次，由阴地关而进。濬深忌晋牧，复不敢除之。张于一舍郊迎，既驻邮亭，濬令张使君升厅，茶酒设食毕。复命茶酒，不令暂起，仍留晚食。食讫，已晡时，又不令起，即更茶数瓯。至张灯，乃许辞去。自旦及暮，不交一言。口中咀少物，遥观一如交谈之状。珂性多疑，动有警察。时侦事者寻已密报之云：“敕史与相国密话竟夕。”珂果疑，召张问之曰：“相国与尔，自旦至暮，所话何？”对云：“并不交言。”王殊不信，谓其不诚，戮之。六师乃假途归京，了无纤虑。后判邦计，诸道各致纨绮之类。并不受之，乃命专人面付之曰：“尔述吾意，以此物改充军行所费之物。锅幕布槽啖马药，土产所共之物，咸请备之。”于是诸藩镇欣然奉之，以至军行十万，所要无阙，皆心匠之所规画。梁祖忌之，潜令刺客杀之于长水庄上。（出《玉堂闲话》）

个人，请您留下这几个人，鸩杀了他们。”等到唐僖宗回到京城，南方一点叛乱都没有，都是因为采用了高骈的策略。杨奇鲲等人都十分有才华。在前往唐僖宗行宫的路上所作的诗写道：“风里浪花吹又白，雨中风影洗还清。江鸥聚处窗前见，林狖啼时枕上听。”诗写得清雅而美丽。（出《北梦琐言》）

张 濬

丞相张濬很擅长权谋，但一向不懂军事。唐昭宗时，张濬亲自统治六军，前去讨伐太原，结果因为没有治兵之法，折了副帅兵部侍郎孙揆。张濬不久便策划撤军，取道于平阳。平阳是蒲州下属的郡，县令姓张，是蒲帅王珂的大校。王珂此人阴险狡诈，让人防不胜防，张濬考虑到军队经过平阳可能会中王珂的诡计。因此张濬便先走了几程，在平阳的旅舍住下。大军相连着驻扎，从阴地关进军。张濬十分讨厌平阳的张县令，但是又不敢除掉他。张县令在一舍地之外的郊外迎接张濬，到了邮亭，张濬让张县令入堂，摆下了茶饭。吃完饭后，张濬又派人设下茶酒，又下命令让张县令暂时不要离开，留下他晚上吃饭。吃完饭，已经到了傍晚，张濬又不让他离开，灌了张县令几杯茶。到了该点灯的时候，张濬才允许张县令离开。从早晨到晚上，张濬没有和张县令说一个字，但是嘴里总是咀嚼着一些零食，远远看去像是在交谈。王珂生性多疑，凡是有一点儿小动作都会特别机警地察觉到。当时侦察兵马上就报告给王珂道：“张县令和张丞相聊到了晚上。”王珂果然起了疑心，召来张县令问道：“你和张丞相从早上到晚上都说了什么？”张县令回答道：“我们俩并没有说话。”王珂完全不相信，说张县令不忠诚，便把他杀了。因此六军能够平安从平阳借路回到京城，一点不用考虑其他细节。后来张濬管理国家大计，各道都送给他各种丝绸布匹，但是他并不接受，还命令专人当面交付给他们，说道：“你说明我的意思，把这些东西都改成军中所需的物资，比如锅、帷幕、布匹、马槽、治马病的药，还有一些土产，请他们帮我准备准备。”于是各路藩镇十分高兴地送给他军需物品，故而军队有十万之众，但是军需从来没短缺过。这都是张

刘鄩

后唐晋王之入魏博也，梁将刘鄩先屯洹水，寂若无人。因令觇之，云："城上有旗帜来往。"晋王曰："刘鄩多计，未可轻进。"更令审探，乃缚刍为人，缚旗于上，以驴负之，循堞而行，故旗帜婴城不息。问城中羸者曰："军已去二日矣。"果趋黄泽，欲寇太原，以霖潦不克进。计谋如是。（出《北梦琐言》）

张勍

伪蜀先主王建始攻围成都，三年未下。其纪纲之仆，有无赖轻生勇悍者百辈，人莫敌也。建尝以美言啖之曰："西川号为锦花城，一旦收克，玉帛子女，恣我儿辈快活也。"他日，陈敬瑄、田令孜以城降，翌日赴府，预戒骄暴诸子曰："我与尔累年战斗，出死入生，来日便是我一家也。入城以后，但管富贵，即不得恣横。我适来差张勍作斩斫马步使，责办于渠。女辈不得辄犯。若把到我面前，足可矜恕，或被当下斩却，非我能救。"诸子闻戒，各务戢敛。然张勍胸上打人，堆叠通衢，莫有敢犯。识者以建能戒能惜，不陷人于刑，仁恕之比也。（出《北梦琐言》）

濬精心策划得到的结果。后梁太祖十分忌惮他，便暗地命刺客在长水庄上刺杀了张濬。（出《玉堂闲话》）

刘鄩

后唐晋王占据魏博的时候，后梁的将领刘鄩在洹水屯兵，安静得像没有人一样。晋王就让人探查敌情，探子回报："城上有旗帜来回挥动。"晋王说道："刘鄩此人诡计多端，不能轻易进军。"便命令探子仔细地侦查，原来是刘鄩绑了几个草人，把旗子放在上面，让驴驮着它们在城墙上走来走去。探子问城中留下的比较瘦弱的人，回答说："刘鄩的军队已经离开两天了。"结果晋王前往黄泽，想要侵犯太原，因为下大雨没能进军。刘鄩的计谋如此巧妙。（出《北梦琐言》）

张勍

前蜀的先主王建围攻成都，三年也没能攻下成都城。王建认了一百多个没有依靠、轻生效死、勇猛强悍的死士为干儿子，没有人能够抵挡得了。王建曾经用好言诱惑他们道："成都号称锦花城，一旦你们攻下成都，里面的财物、女人，随便你们享用。"一天，陈敬瑄、田令孜献城投降。第二天，王建军前往西川府厅，提前告诫自己这些骄纵、暴力的儿子们道："我和你们一起战斗了这么多年，出生入死，之后我们就是一家人了。进入城池之后，富贵的生活随便你们过，但是不能太过于放纵、强横。我刚才派张勍担任斩斫马步使，让他帮我办事。你们不能总犯错。如果他押着你们到我面前，我还能救得了你们；如果被当场斩首，那就不是我能救得了的了。"王建的儿子们听到告诫，便全都努力收敛自己。然而张勍在街上随便打人，伤者堆满了街道，也没人敢违抗。有识之士认为王建懂得告诫、懂得爱惜人才，不让人才受到刑法的制裁，可以说是仁恕了。（出《北梦琐言》）

王 建

邛黎之间有浅蛮焉，世袭王号，曰刘王、杨王、郝王。岁支西川衣赐三千分，俾其侦云南动静。云南亦资其觇成都盈虚。持两端而求利也。每元戎下车，即率界上酋长诣府庭，号曰参元戎。上闻自谓威惠所致，其未参间，潜禀于都押衙，且俟可否。或元戎慰抚大将间，稍至乖方，即教甚纷纭。时帅臣多是文儒，不欲生事。以是都押赖之，亦要姑息。蛮蜑凭凌，若无亭障，抑此之由也。

王建始镇蜀，绝其旧赐，斩都押衙山行章以令之。邛峡之南，不立一堠，不戍一卒，十年不敢犯境。末年，命大将许存征蛮，为三王泄漏军机，于是召三王而斩之，时号因断也。昔日之患三王，非不知也，时不利也。故曰："有非常之功，许公之谓也。"先是唐咸通中，有天竺三藏僧经过成都。晓五天胡语，通大小乘经律论。以北天竺与云南接境，欲假途而还。为蜀察事者识之，絷于成都府，具得所记朝廷次第文字，盖曾入内道场也。是知外国来廷者，安知非奸细乎？（出《北梦琐言》）

杂谲智

魏太祖

魏武少时，尝为袁绍好为游侠。观人新婚，因潜入主人园中，夜叫呼云："有偷儿至。"庐中人皆出观，帝乃抽刃劫新妇，与绍

王建

邛黎之地有一个叫浅蛮的民族，世袭王号，分别叫作刘王、杨王和郝王。浅蛮一年要花费三千份西川的衣服，让人们侦查云南的动静；云南也资助三王窥探成都的虚实。三王便在两方摇摆以求取利益。每次元帅下车，三王便率领境内的酋长前去府厅拜谒，把此行为叫作参元戎。皇上听他们说是圣朝恩威并施才把他们吸引来的，就在他们还没来见谒的时候，暗中禀告管理监押犯人的衙门，让他们等待抓捕三王的机会。等到元帅抚慰将军的时候，便去不太安定的一方挑唆别人引起事端。当时镇守西川的元帅多是文臣、儒生，不喜欢无端生事，管理监押犯人的机构因为需要他们，也想要姑息三王。南蛮趁此洗劫西川，也是由于这个原因。

到了王建在蜀地镇守的时候，便切断了以前给予三王赏赐的旧例，斩杀了都押衙的山行章以号令都押衙。邛峡的南边不设立城楼、不设置守卫，南蛮人十年都不敢侵犯西川。前蜀末年，王建命令大将许存征讨南蛮，因为三王泄露了军机，便召来三王，斩杀了他们。当时人们都称三王从此不再沿袭。之前以三王为祸患，不是朝廷不知道，是不合天时，不足以灭了三王。因此才说："有非常之功，说的就是许存。"唐朝咸通年间，有天竺三藏僧人经过成都，三藏僧人懂得五天胡语，通晓大乘、小乘的经书、律和论。因为北天竺和云南接境，因此想要从云南取道，被蜀地有眼力的人得知，将其关在了成都府，得到了三藏僧人记下的有关朝廷的文字。大概是这个僧人曾经进过道场。以此可以得知，外国来朝廷朝觐的人，如何得知他就不是奸细呢？（出《北梦琐言》）

杂谲智

魏太祖

魏武帝少年的时候，曾经和袁绍四处游乐。有一次二人去看别人新婚，半路潜入主人的院子里。当时正是晚上，二人便在园中喊还出。失道，坠枳棘中，绍不能动，帝复大叫：“偷儿今在此！”绍惶迫自掷出，俱免。魏武又尝云：“人欲危己，己辄心动。”因语所亲小人曰：“汝怀刃密来，我心必动，便戮汝。汝但勿言，当后相报。”侍者信焉，遂斩之。谋逆者挫气矣。又袁绍年少时，曾夜遣人以剑掷魏武，少下不著。帝揆其后来必高，因帖卧床上，剑果高。魏武又云：“我眠中不可妄近，近辄斫人，亦不自觉，左右宜慎之。”后乃佯冻，所幸小人，窃以被覆之，因便斫杀。自尔莫敢近之。（出《小说》）

村妇

昭宗为梁主劫迁之后，岐凤诸州，各蓄甲兵甚众，恣其劫掠以自给。成州有僻远村墅，巨有积货。主将遣二十余骑夜掠之。既仓卒至，罔敢支吾。其丈夫并囚缚之，罄搜其货，囊而贮之。然后烹豕犬，遣其妇女羞馔，恣其饮啖。其家尝收莨菪子，其妇女多取之熬捣，一如辣末。置于食味中，然后饮以浊醪。于时药作，竟于腰下拔剑掘地曰：“马入地下去也。”或欲入火投渊，颠而后仆。于是妇女解去良人执缚，徐取骑士剑，一一断其颈而瘗之。其马使人逐官路，棰而遣之，罔有知者。后地土改易，方泄其事。（出《玉堂闲话》）

道："小偷来了！"屋里的人便都出厅观看，魏武帝就拿了一把刀劫持新娘，和袁绍一起出来了。结果半途迷了路，袁绍踩进了灌木丛中，不能动弹。魏武帝便又大叫道："小偷在这儿呢！"袁绍一受惊，便自己跑了出来，因此幸免于难。魏武帝又曾经说过："如果别人想对我不利，我的心就会突然剧烈跳动。"他对自己亲近的侍从说道："你带着刀偷偷前来，我一定会心动，就会杀了你。你不要说出去，之后我会报答你。"侍从同意了，魏武帝便杀了他。从此想要谋害魏武帝的人就灰心丧气了。袁绍年轻的时候，曾经派人夤夜把剑投向魏武帝，稍稍有点偏下了，没能投中。魏武帝揣测之后刺客一定会刺得偏高，便贴在床上，果然剑刺得又偏高了一点。魏武帝又说："我睡觉的时候不可轻易接近，一旦接近了，我就会把人杀了。我自己也不知道。我的仆从们应该小心一点。"后来魏武帝假装睡觉冻着了，他所宠幸的仆从偷偷给他把被子盖上，魏武帝便杀了这个仆从。从此没有人敢近魏武帝的身了。（出《小说》）

村妇

唐昭宗被后梁朱温赶走之后，岐州、凤州等各个州都储备了很多兵马，恣意抢劫财物以充足自己。成州有一个偏远的村庄，有很多攒下来的财物，成州的诸将便派二十多名骑兵前去抢劫。因为这些骑兵仓促到达村里，村里人很少敢说话。骑兵们便把村中的男子绑了起来，搜刮了他们身上的全部财物，藏在袋子里。之后便煮了猪肉、狗肉，派村中的村妇做饭，自己喝得酩酊大醉。村民家里种了很多莨菪子，村妇采了下来研磨成粉末，像辣末一样。然后把粉末放进食物里，又给这些士兵喝了许多浊酒。当时药效发作，竟然有人从腰中拔出剑来，说道："马匹都进了地里。"有人想要投火自焚，有人想要投河自尽，最后都跌倒在地、不省人事。于是村中的村妇便把他们的丈夫解开，之后缓缓地拿着骑兵们的剑，把他们全都杀了，之后埋在村里。这些骑兵的马就让别人赶到官道上，用马鞭赶走了，没有人知道它们的去向。后来土地改换主人，此事才泄露出来。（出《玉堂闲话》）

卷第一百九十一　骁勇一

菑丘訢

周世，东海之上，有勇士菑丘訢以勇闻于天下。过神泉，令饮马。其仆曰："饮马于此者，马必死。"丘訢曰："以丘訢之言饮之。"其马果死。丘訢乃去衣拔剑而入，三日三夜，杀二蛟一龙而出。雷神随而击之，十日十夜，眇其左目。要离闻而往见之，丘訢出送有丧者。要离往见丘訢于墓所曰："雷神击子，十日十夜，眇子左目。夫天怨不旋日，人怨不旋踵。子至今弗报，何也？"叱之而去。墓上振愤者不可胜数。要离归，谓人曰："菑丘訢天下勇士也，今日我辱之于众人之中，必来杀我。暮无闭门，寝无闭户。"丘訢至夜半果来，拔剑柱颈曰："子有死罪三，辱我于众人之中，死罪一也；暮无闭门，死罪二也；寝不闭户，死罪三也。"要离曰："子待我一言而后杀也。子来不谒，一不肖也；拔剑不刺，二不肖也；刃先词后，三不肖也。子能杀我者，是毒药之死耳。"丘訢收剑而去曰："嘻，天下所不若者，唯此子耳。"（出《独异志》）

甾丘䜣

周朝时候，东海上有一个叫甾丘䜣的勇士，凭借勇气闻名天下。一日，甾丘䜣路过神泉，命令仆人喂马喝水。仆人说道："如果让马在这儿喝水，马一定会死的。"甾丘䜣说道："按我的话饮马。"结果甾丘䜣的马果然死了。甾丘䜣脱掉衣服，跳进神泉，花了三天三夜，杀了两条蛟龙、一条龙才出来。雷神随即用雷攻击他，降了十天十夜的雷，导致甾丘䜣的左眼失明。要离听说了，便前去与甾丘䜣会面。当时甾丘䜣出去送葬了。要离便在坟墓边和甾丘䜣见面，对他说道："雷神如此打击你，十天十夜，还让你的左眼失明。上天震怒，很快就会有所显示；人有怨恨，很快便会采取行动。你却至今没有报复，为什么呢？"要离呵斥了甾丘䜣便离开了。坟墓边震怒的人数不胜数。要离回到家里，对人说道："甾丘䜣是天下闻名的勇士。如今我在众人面前侮辱他，他一定会来杀我。晚上不要关大门，睡觉的时候不要把卧室门完全关上。"到了半夜，甾丘䜣果然来到要离家中，拔出剑抵着要离的脖子道："你有三条死罪：在众人面前辱骂我，是第一条死罪；晚上不关大门，是第二条死罪；睡觉的时候不把卧室门完全关上，是第三条死罪。"要离说道："你等我把话说完你再杀我。你来见我，却不通报姓名，这是你的第一处不贤；拔出宝剑，却不直接把我杀了，这是你的第二处不贤；先拔出刀，后跟我讲道理，这是你的第三处不贤。即使你能杀了我，也不过是用毒药杀了我一样而已。"甾丘䜣听完，便收起宝剑离开了，说道："唉！天下我所比不过的人，只有要离啊。"（出《独异志》）

朱遵

汉朱遵仕郡功曹。公孙述僭号，遵拥郡人不伏。述攻之，乃以兵拒述，埋车绊马而战死。光武追赠辅汉将军，吴汉表为置祠。一曰：遵失首，退至此地，绊马讫，以手摸头，始知失首。于是土人感而义之，乃为置祠，号为健儿庙。后改勇士祠。（出《新津县图经》）

赵云

蜀赵云，字子龙，身长八尺，姿容雄伟。居刘备前锋，为曹公所围，乃大开门，偃旗鼓。曹公引去，疑有伏兵。云于后射之，公军大骇，死者甚多。备明日自来，视昨日战处，曰："子龙一身都是胆也。"（出《赵云别传》）

吕蒙

吴吕蒙随姊夫邓当击贼，时年十六，呵叱而前，当不能禁。归言于母曰："贫贱难可居，设有功，富贵可致。"又曰："不探虎穴，安得虎子。"果成大名。（出《独异志》）

魏任城王

魏任城王章，武帝子也。少而刚毅，学阴阳纬候之术，诵《六韬》《洪范》之书数千言。武帝谋伐吴，问章，取其利师之决。王善左右射，好击剑，百步中于悬发。乐闻国献彪虎，文如锦斑，以铁为槛。骁勇之徒，莫放轻视。章曳虎尾以绕臂，虎弭无声矣。莫不伏其神勇。时南越献白象子，在帝前，手顿其鼻，象伏不动。文帝

朱 遵

汉朝的朱遵曾经担任过郡里的功曹。公孙述僭号称帝的时候，朱遵带着郡里的人反抗。公孙述带兵攻打朱遵新津郡，朱遵就带着人马抵挡公孙述。后来朱遵因为车毁马亡而战死。汉光武帝追赠朱遵为辅汉将军，吴汉上表给朱遵建立祠堂。一说，朱遵没了脑袋，退到新津，马也被绊倒，用手摸了摸自己的头，才知道自己没了脑袋。因此当地人十分感动，以其为义，便给朱遵建立了一个祠堂，称为健儿庙。后来被改为勇士祠。（出《新津县图经》）

赵 云

蜀汉赵云，字子龙，身长八尺，长得十分高大。赵云担任刘备军前锋时，被曹操围困，便大开城门，偃旗息鼓。曹操因为怀疑有伏兵就撤退了。赵云便在敌人后方射击，曹操的军士们十分害怕，死了很多人。刘备第二天到了战场，看到前一天交战的地方，说道："子龙全身都是胆啊！"（出《赵云别传》）

吕 蒙

吴国的吕蒙曾经跟着姐夫邓当一起攻打贼人的军队，当年吕蒙十六岁，大喊着往前冲，邓当没办法制止。吕蒙回去，对母亲说道："贫穷的日子太难过了。假如能立下功劳，我们就能过富贵的日子了。"还说："不入虎穴，焉得虎子？"后来吕蒙果然出了大名。（出《独异志》）

魏任城王

曹魏的任城王曹章，是魏武帝的儿子。任城王年少便刚强、有韧性，曾经学习阴阳、谶纬一类的东西，还读过《六韬》《洪范》这些几千字的书。魏武帝策划讨伐孙吴，询问任城王的意见，最后采纳了一些对军事行动有利的策略。任城王善于射箭，还喜欢击剑，百步之内可以射中挂着的头发。乐闻国献给曹魏一头彪虎，身上的花纹像铸万钧钟置崇华殿前，欲徙之，力士百人，引之不动，章乃负之而趋。四方闻其神勇，皆寝兵自固。帝曰：“以王权武吞并吴蜀，如鸱衔腐鼠耳。”章薨，如汉东平王葬礼。及丧出，空中闻数百人泣声。送丧者皆言，昔乱军伤杀者皆无椁，王之仁惠，收其朽骨。死者欢于九土，精灵知其怀感。故人美王之德。国史撰《任城旧事》二卷。至东晋初，藏于秘阁。（出《拾遗录》）

桓石虔

晋桓石虔有才干，趫捷绝伦，随父豁在荆州。于猎围中，见猛兽被数箭而伏。诸督将素知其勇，戏令拔箭。石虔因急往，拔一箭，猛虎踞跃，石虔亦跳，高于猛兽，复拔一箭而归。时人有患疾者，谓曰：“桓石虔来。”以怖之，病者多愈。（出《独异志》）

杨大眼

后魏杨大眼，武都氐难当之孙。少有胆气，跳走如飞。高祖南伐，李冲典选征官，大眼求焉。冲不许。大眼曰：“尚书不见知，为尚书出一技。”便以绳长三丈，系髻而走，绳直如矢，马驰不及。见者莫不惊叹。冲曰：“千载以来，未有逸材若此者。”遂用锦缎绣出来的斑点，用铁栏杆围着。即使是骁勇的将士，也不敢轻视这头彪虎。任城王却拽着老虎的尾巴绕在自己的胳膊上，老虎便寂然无声了。在场的武官没有不佩服任城王的勇气的。当时南越国献上了一只白象，放在了魏文帝面前。任城王用手拽住白象的鼻子，白象便趴在地上不肯动弹。魏文帝铸造了一座重达万钧的铜钟，放在了崇华殿前，想要把它搬走。找来了一百个力士，还是搬不走。任城王便背上它，把它搬到了崇华殿前。各国听说任城王如此勇猛，全都不敢兴兵，以求自保。魏文帝对任城王说道："以任城王的勇猛，前去攻打蜀国、吴国，就像猫头鹰吃死了的老鼠一样轻松。"任城王过世，魏文帝按照汉朝东平王的体制设摆葬礼。等到出殡的时候，听到空中有好几百人哭泣的声音。送葬的人都说，当初被乱军杀死的人都没有棺材，任城王心怀仁慈，便把他们的尸骨全都收殓了起来。因此死者的灵魂得到洗礼，心怀感恩。人们都称赞任城王的美德。魏国的史官写了两卷《任城旧事》，到了东晋初年，便被藏在国家图书馆了。(出《拾遗录》)

桓石虔

晋朝的桓石虔很有才干，身手矫健无双，跟着父亲桓豁住在荆州。打猎的时候，在包围圈里看到猛兽中了好几箭，趴在地上。各个总督向来知道桓石虔勇猛，就开玩笑让桓石虔前去拔箭。桓石虔急忙上前，拔了一支箭，猛兽疼得跳了起来，桓石虔跳得比它还高，又拔了一支箭才回来。当时有人得了病，一说桓石虔来了吓唬病人，病人就能给吓好。(出《独异志》)

杨大眼

北魏的杨大眼，是武都氐人杨难当的孙子。杨大眼年少便十分有胆量，跑跳像飞一样轻松。北魏高祖南征的时候，尚书李冲掌管南征将领的选拔事宜，杨大眼毛遂自荐，李冲不同意。杨大眼说道："您可能不太了解我。我可以为您表演一下我的技术。"说完便拿来为军主，稍迁辅国将军。王肃初归国也，谓大眼曰："在南闻君之名，以为眼如车轮。今见，乃不异人眼。"大眼曰："若旗鼓相望，瞋眸奋发，足使君亡魂丧胆，何必大如车轮？"当代推其骁果，以为张关不过也。（出《谈薮》）

麦铁杖

麦铁杖，韶州翁源人也。有勇力，日行五百里。初仕陈朝，常执伞随驾。夜后，多潜往丹阳郡行盗。及明，却趁仗下执役。往回三百余里，人无觉者。后丹阳频奏盗贼踪由，后主疑之，而惜其材力，舍而不问。陈亡入隋，委质于杨素。素将平江南诸郡，使铁杖夜泅水过扬子江，为巡逻者所捕。差人防守，送于姑苏，到庱亭，遇夜。伺守者寐熟，窃其兵刃，尽杀守者走回，乃口衔二首级，携剑复浮渡大江。深为杨素奖用，后官至本郡太守。今南海多麦氏，皆其后也。（出《岭表录异》）

彭 乐

北齐将彭乐勇猛无双。时神武率乐等十余万人，于沙苑与宇文护战。时乐饮酒，乘醉深入，被刺。肝肚俱出，内之不尽，截去之，复入战。护兵遂败，相枕籍死者三万余人。（出《独异志》）

了一根三丈长的绳子，绑在自己的发髻上跑了起来，绳子像箭一样一直走直线，快马都追不上杨大眼的脚步。见到的人没有不惊叹的。李冲说道：“千年以来，从来没见过这样的人才。”因此李冲便选用杨大眼为元帅。不久，杨大眼便升迁为辅国将军。王肃刚归顺北魏的时候，对杨大眼说道：“我在南朝，听说过您的名号，还以为您的眼睛像车轮一样大呢。如今看来，和别人的眼睛没什么区别嘛。”杨大眼说道：“两军交战的时候，我只要瞪圆双眼，奋力杀敌，足以让您魂飞魄散，又为什么一定要像车轮一样大？”当时的人夸赞杨大眼骁勇善战，认为即便是张飞、关羽也比不了杨大眼。（出《谈薮》）

麦铁杖

麦铁杖是韶州翁源人，勇猛强壮，一天能走五百里路。当初麦铁杖在陈朝做官，经常拿着伞跟随在皇帝驾前。到了晚上，经常暗地里到丹阳郡抢劫。天一亮，麦铁杖又回到皇帝身边做事。来回三百多里路，没人能够察觉。后来丹阳频频上奏强盗的行踪，后主怀疑是麦铁杖做的，但是又爱惜麦铁杖的才能，因此便没有问麦铁杖的罪。陈朝灭亡之后，麦铁杖进了隋朝，在杨素手下任职。杨素要平定江南各个郡，派麦铁杖夤夜沿着泗水到达扬子江，被巡逻的人抓到了，派人送到姑苏，严加看管。半路到达庱亭，在此过夜。麦铁杖等到看管的人睡熟了，便偷来兵刃，把看守的人全都杀了，又回到泗水，嘴里叼着两个人头，拿着剑，又渡过了扬子江。因此麦铁杖深为杨素奖励、任用。后来麦铁杖官至韶州太守。如今南海很多姓麦的，全都是麦铁杖的后代。（出《岭表录异》）

彭　乐

北齐的将领彭乐勇猛无双。当时北齐神武帝带着彭乐等十多万军队，在沙苑和宇文护交战。彭乐喝了酒，趁着醉兴深入敌营，被刺得肝脏都流了出来。彭乐试图把内脏装回去，没能装完，便把留在外面的内脏全都斩断，又回敌营浴血奋战。宇文护的军队因此大败，遍地相重叠的尸体大概得有三万多人。（出《独异志》）

高开道

隋末，高开道被箭，镞入骨，命一医工拔之，不得。开道问之，云："畏王痛。"开道斩之。更命一医云："我能拔之。"以一小斧子，当刺下疮际，用小棒打入骨一寸，以钳拔之。开道饮啖自若，赐医工绢三百匹。后为其将张金树所杀。（出《独异志》）

杜伏威

隋大业末，杜伏威与陈稜战于齐州，裨将射中伏威额。怒曰："不杀射者，终不拔此箭。"由是奋入，获所射者，乃令拔箭，然后斩首。稜乃大败。（出《独异志》）

尉迟敬德

王充兄子琬使于窦建德军中，乘炀帝所御骏马，铠甲甚鲜。太宗曰："彼所乘真良马也。"尉迟敬德请往取之。乃与三骑，直入贼军擒琬，引其马以归，贼众无敢当者。敬德常侍宴庆善宫，时有班在其上者，敬德怒曰："汝有何功，合坐我上？"任城王道宗次其下，解喻之，敬德勃焉，拳殴道宗，目几至眇。（出《谭宾录》）

柴绍弟

唐柴绍之弟某，有材力，轻趫迅捷，踊身而上，挺然若飞，十余步乃止。太宗令取赵公长孙无忌鞍鞯，仍先报无忌，令其守

高开道

隋朝末年，高开道中了箭，箭头刺进了骨头里。高开道便命令一个医生拔了箭头，没能拔出来。高开道问医生怎么回事，医生回答道："怕您疼。"高开道就杀了这个医生，又找了一个医生。医生说道："我能拔出来。"就用一个小斧子，在刺入伤口的时候，用小棒子把斧子打进骨头一寸，用钳子把箭头拔了出来。高开道吃喝自如，赐给医生三百匹绢。后来高开道被自己手下的将领张金树所杀。（出《独异志》）

杜伏威

大业末年，杜伏威和陈棱在齐州交战，陈棱的一个副将射中了杜伏威的额头。杜伏威大怒道："如果我不杀了那个射我的人，我一辈子不拔这支箭！"因此冲入战场，抓住了那个射箭的士兵，才令人帮他把箭拔下来，把射箭的那个人斩首了。陈棱因此一败涂地。（出《独异志》）

尉迟敬德

王世充的侄子王琬被派往窦建德军中，骑着隋炀帝骑着的骏马，铠甲的颜色十分鲜艳。唐太宗说道："他骑的那匹马可真是好马啊！"尉迟恭请求去取来那匹马。唐太宗便给了尉迟恭三个骑兵，尉迟恭带着人直接进入敌军军营抓住了王琬，牵着他的马回了军营。贼人的军队里没有人敢抵挡尉迟恭。后来尉迟恭在庆善宫侍宴，当时有排名在尉迟恭前面的人，尉迟恭大怒，说道："你有什么功劳，敢排在我的前面？"任城王李道宗在尉迟恭的后面，想要劝解劝解，尉迟恭大怒，用拳头殴打李道宗，差点把眼睛打坏。（出《谭宾录》）

柴绍弟

唐朝柴绍的弟弟柴某，有才能，身手轻盈矫捷，一旦跳起，看起来跟飞一样，跳出十多步的距离才停下。唐太宗让柴氏取来赵公长孙备。其夜，见一物如鸟，飞入宅内，割双镫而去，追之不及。又遣取丹阳公主镂金函枕，飞入内房，以手捻土公主面上，举头，即以他枕易之而去。至晓乃觉。尝著吉莫靴走上砖城，且至女墙，手无攀引。又以足蹈佛殿柱，至檐头，捻椽覆上。越百尺楼阁，了无障碍。太宗奇之曰："此人不可处京邑。"出为外官。时人号为壁龙。太宗尝赐长孙无忌七宝带，直千金。时有大盗段师子从屋上椽孔间而下露，拔刀谓曰："公动即死。"遂于枕函中取带去，以刀拄地，踊身椽孔间出。（出《朝野佥载》）

秦叔宝

唐太宗每临阵，望贼中骁将骁士，炫耀人马，出入来去者，颇病之，辄命秦叔宝取之。叔宝应命跃马，负枪而进，必刺之于万众之中，人马俱倒。及后叔宝居多疾病，谓人曰："吾少长戎马，前后所经二百余阵，屡中重疮，计吾出血亦数斛矣，何能不病乎？"（出《谭宾录》）

薛仁贵

唐太宗征辽东，驻跸于阵。薛仁贵著白衣，握戟櫜鞬，张弓大呼，所向披靡。太宗谓曰："朕不喜得辽东，喜得卿也。"后率兵击突厥于云州。突厥先问唐将为何，曰："薛仁贵也。"突厥曰："吾闻薛仁贵流会州死矣，安得复生？"仁贵脱兜鍪见之，突厥相视失色，下马罗拜，稍遁去。（出《谭宾录》）

无忌的马鞍，并先通知给长孙无忌，让长孙无忌提防着。到了晚上，守卫们只见到一个像鸟一样大的东西飞进宅子，把掩盖马鞍的遮蔽物给割开了。守卫们想要追赶的时候，已经来不及了。唐太宗又派柴氏去取丹阳公主的镂金函枕，柴氏飞进内房，拈了一撮土撒在公主的脸上，公主抬起头的时候，就用其他的枕头把镂金函枕换走离开了。公主到了早上才发觉。柴氏又曾穿着吉莫靴走上砖砌的城墙，到了小墙，手里没有能把握的地方。便又用脚踩着佛柱，到了房檐头，从大梁踩着上了城楼。柴氏翻越百尺高的楼阁，一点儿障碍都没有。唐太宗十分惊奇，说道："不能让这个人待在京城。"便让他出任外部官员。当时人们都称柴氏为壁虎。唐太宗曾经赐给长孙无忌一条七宝带，价值千金。当时有一名叫段师子的大盗，从房屋上面大梁的洞孔进入房中，拔刀说道："您要是动一下您就会死。"便从枕头里拿走了宝带，用刀拄在地上，纵身从大梁的孔洞里跳了出去。（出《朝野佥载》）

秦叔宝

唐太宗每次来到军阵，看到贼人军队里勇猛的兵将炫耀自己的实力，在营门进进出出，十分反感，便总让秦琼攻下敌营。秦琼接到命令上了马，背着枪闯入敌营，一定要在乱军之中用枪乱刺，敌军全都人仰马翻。等到后来秦琼闲居时，全是疾病，对人说道："我年轻的时候就在军队中，前前后后打了两百多次仗，每次都身负重伤，算起来出的血都能装好几斛了，怎么能不得病呢？"（出《谭宾录》）

薛仁贵

唐太宗征讨辽东时，在阵前站立。只见薛仁贵身穿白衣，拿着戟，摸着箭袋，打开弓大声呐喊，所向披靡。唐太宗对薛仁贵说道："我高兴的不是得到了辽东之地，而是得到了你啊！"后来薛仁贵带兵在云州攻击突厥。突厥的先锋问对阵的唐朝将领的身份，薛仁贵报上了自己的姓名。突厥先锋说道："我听说薛仁贵已经被流放到

公孙武达

唐左武卫大将军公孙武达有膂力。尝遇贼，尽劫其衣物，逼武达索靴，武达授足与之。贼俯就引靴，武达殴之，死于手下，以其兵仗御余寇，获免。（出《谭宾录》）

程知节

唐裴行俨与王充战，先驰赴敌，为流矢所中，坠于地。程知节救之，杀数人，充军披靡。知节乃抱行俨，重骑而还，为充骑所逐，刺槊洞过。知节回身，捩折其槊，斩获者，与行俨皆免。（出《谭宾录》）

薛 万

唐契苾何力征辽东。以骑八百，遇贼合战，被槊中腰，为贼所窘。尚辇奉御薛万备单马入杀贼骑，救何力于群贼之中，与之俱出。何力气尽，束疮而战，贼乃退。（出《谭宾录》）

李楷固

唐天后时，将军李楷固，契丹人也，善用绢索。李尽忠之败也，麻仁节、张玄遇等并被绢将。獐鹿狐兔，走马遮截，放索绢之，百无一漏。鞍马上弄弓矢矛矟，状如飞仙。天后惜其材，不杀，会州死了，怎么可能复活呢？”薛仁贵便摘下盔甲会见了突厥士兵。突厥人面面相觑，面无血色，下马陆续拜了几拜，便逃走了。（出《谭宾录》）

公孙武达

唐朝的左武卫大将军公孙武达非常有力气。公孙武达曾经遇见一伙贼人，抢走了他的衣服，还逼着公孙武达索要他的靴子，公孙武达便把脚递给了贼人。贼人正在低头脱靴的时候，被公孙武达打死。公孙武达又拿了这个人的兵器抵御其他贼人，最后幸免于难。（出《谭宾录》）

程知节

唐朝的裴行俨和王世充交战的时候，裴行俨一马当先奔赴敌阵，结果被箭射中，倒在了地上。程知节救起裴行俨，杀了好几个人，王世充的军队一败如水。程知节便抱起裴行俨，骑着一匹马回来，被王世充的骑兵追上，被槊捅了个对穿。程知节扭过头来，折断了追兵的槊，杀了追兵，才和裴行俨死里逃生。（出《谭宾录》）

薛　万

唐初，契苾何大力征讨辽东，带着八百骑兵，路遇敌人，与之交战，被槊刺中了腰，为贼人所困。尚辇奉御薛万单枪匹马闯入包围圈杀死贼人，把契苾何从贼人中救了出来。契苾何力气已经用尽了，薛万包扎好他的伤口，又去与敌人战斗，敌人才退了兵。（出《谭宾录》）

李楷固

唐朝武则天掌权的时候，有一个将军叫李楷固，是契丹人，擅长使用套索。李尽忠打了败仗，麻仁节、张玄遇等人都被套索套住了。无论是獐子、鹿、狐狸、兔子，还是飞奔的马，只要是李楷固用了套

用以为将。稍贪财好色，出为潭州乔口镇将，愤恚而卒也。（出《朝野佥载》）

王君㚟

唐王君㚟摄御史中丞，判凉州都督事。玄宗于广达楼，引君㚟及妻夏氏宴设，赐金帛。夏氏亦勇决，每君㚟临阵，夏氏亦有战功。凉州有回纥、契苾、思结、浑四部落为酋长。君㚟微时往来凉府，为回纥所轻。及君㚟为河西节度使，回纥等怏怏，耻在麾下。君㚟奏回纥等部落难制，潜有谋叛，遂留四部都督。后四部落党与谋叛君㚟以复怨。会吐蕃间道往突厥，君㚟率精骑往肃州掩之。还至甘州南巩笔驿，四部落伏兵突起，君㚟与贼力战，自朝至晡，左右尽死，遂杀君㚟。（出《谭宾录》）

宋令文

唐宋令文者有神力。禅定寺有牛触人，莫之敢近，筑圈以阑之。令文怪其故，遂袒裼而入。牛竦角向前，令文接两角拔之，应手而倒，颈骨皆折而死。又以五指撮碓觜，壁上书得四十字诗。为太学生以一手挟讲堂柱起，以同房生衣于柱下压之，许重设酒，乃为之出。令文有三子，长之问有文誉，次之悊善书，次之悌有勇力。之悌后左降朱鸢。会贼破驩州，以之悌为总管击之。募壮士得八人。之悌身长八尺，被重甲，直前大叫曰：“獠贼，动即死！”贼七百人，一时俱挫，大破之。（出《朝野佥载》）

索，百发百中。李楷固在马上耍弄弓箭枪矛，就像马上的天仙一样。武则天爱惜他的才能，没有杀李楷固，而是任命他为将军。李楷固因为有一点贪财、好色，被出调为潭州桥口镇将，最后愤怒、忧郁而亡。（出《朝野佥载》）

王君㚟

唐朝的王君㚟代理御史中丞一职，兼管凉州都督事务。当时唐玄宗在广达楼设宴，接见王君㚟和他的妻子夏氏，赐给夫妻俩很多财物。夏氏十分骁勇，每次王君㚟出阵的时候，夏氏都会立下战功。当时凉州有回纥、契苾、思结、浑四四个部落。王君㚟年轻时往来凉州府，被回纥人轻视。等到王君㚟担任河西节度使的时候，回纥人怏怏不乐，耻于在王君㚟麾下任职。王君㚟便上奏朝廷说，回纥等部落难以管制，私下有谋反的意图，于是扣留下了四个部落的都督。后来四个部落的人策划谋反，以此报复王君㚟，正赶上吐蕃人从凉州借道前往突厥，王君㚟带领精兵前往肃州偷袭吐蕃。回军路上，在甘州南面的巩笔驿站落脚，这时四个部落的伏兵突然杀出，王君㚟和他们力战，从清晨打到傍晚，身边的人都死光了，四个部落的贼人才杀死了王君㚟。（出《谭宾录》）

宋令文

唐朝的宋令文天生神力。当时禅定寺有一头牛疯狂撞人，没有人敢接近它，大家便做了一层栅栏拦住了牛。宋令文觉得奇怪，就光着膀子进去了。牛抖了抖犄角冲向宋令文，宋令文接住了牛的双角，用力拔起，牛应声而倒，脖子的骨头全都被折断了，气绝而亡。宋令文还曾经用五指在米缸上刻画，还用手在墙上写了四十字的诗。宋令文做太学生时，曾经用一只手把讲堂的柱子给举了起来，把同房的太学生的衣服压在柱子下面，让他答应请客，才让同房的太学生离开。宋令文有三个儿子，长子宋之问文名很大，次子宋之逊擅长书法，小儿子宋之悌也有力气。后来宋之悌被贬到朱鸢，正逢贼人攻占欢州，

彭博通

唐彭博通者，河间人也，身长八尺。曾于讲堂阶上，临阶而立。取鞋一緉，以臂夹，令有力者后拔之，鞋底中断，博通脚终不移。牛驾车正走，博通倒曳车尾，却行数十步，横拔车辙深二尺，皆纵横破裂。曾游瓜步江，有急风张帆，博通捉尾缆挽之，不进。（出《朝野佥载》）

李 宏

唐定襄公李宏，虢王之子，身长八尺。曾猎，遇虎搏之，踣而卧，虎坐其上。奴走马旁过，虎跳攫奴后鞍。宏起，引弓射之而毙。宏及奴一无所伤。（出《朝野佥载》）

辛承嗣

唐忠武将军辛承嗣轻捷。曾解鞍绊马，脱衣而卧，令一人百步，走马持枪而来。承嗣鞴马解绊，著衣擐甲，上马盘枪，逆拒刺马，擒人而还。承嗣后与将军元帅奖驰骋，一手捉鞍桥，双足直上捺蜻蜓，走马二十里。与中郎裴绍业于青海被吐番所围。谓绍业曰："将军相随共出。"绍业惧，不敢。承嗣曰："为将军试之。"单马持枪，所向皆靡，却迎绍业出。承嗣马被箭，乃跳下，夺贼壮马乘之，一无所伤。裴旻与幽州都督孙佺北征，被奚贼所围。旻马上朝廷便任命宋之悌为总督攻打贼人。宋之悌招募了八个壮士。宋之悌身长八尺，身穿重甲，直接上前大叫道：“你们这些恶贼，谁敢动，我就要了他的命！”七百多个贼人，一时全被吓住了，因此宋之悌大破贼兵。（出《朝野佥载》）

彭博通

唐朝的彭博通是河间人，身长八尺。彭博通曾经站在讲堂的台阶上，对着台阶站着，拿出来一双鞋，用胳膊夹着这双鞋，让有力气的人把鞋拽出来。鞋底都被拽断了，彭博通连脚都没有动一下。有一头牛正驾着车跑路，彭博通倒拽着车尾，往后走了有几十步，把车辙拉开二尺多深，左右上下全都裂开了。彭博通曾经去瓜步江游玩，当时风太急，船帆自己张开了，彭博通捉住缆绳的尾巴，死死拽住，船因此没有行进。（出《朝野佥载》）

李宏

唐朝的定襄公李宏，是虢王的儿子，身高八尺。有一次李宏前去打猎，半路遇到了老虎，便空手和老虎搏斗。结果跌倒了，老虎骑在了他的身上。正巧一个仆人骑着马从旁边路过，老虎就跳起来抓住了仆人骑的马的后鞍。李宏趁此时机连忙起身，张开弓射杀了老虎。李宏和仆人都毫发无伤。（出《朝野佥载》）

辛承嗣

唐朝的忠武将军辛承嗣身手十分矫捷。辛承嗣曾经解开马鞍、马索，脱了衣服躺在地上，让一个人从百步之外骑马扛枪来战。辛承嗣装上马鞍，套上缰绳，穿上衣服，披上盔甲，上了马，扛上枪，来迎击敌人，刺杀了对方的马，捉住了这个人，才回到营中。后来辛承嗣和将军、元帅以骑马为赌注，辛承嗣一手把着马鞍，倒立着骑了二十里路。后来辛承嗣和中郎将裴绍业在青海被吐蕃人围困，辛承嗣对裴绍业说道：“你就跟着我一起出去。”裴绍业有些畏惧，不敢

立走，轮刀雷发，箭若星流，应刀而断。贼不敢取，蓬飞而去。（出《朝野佥载》）

闯出。辛承嗣对裴绍业说道：“我先为你演示一遍。”便单枪匹马冲入敌阵，所向披靡，又回来迎接裴绍业一起闯出去。辛承嗣的马被别人射中，辛承嗣便跳下马，夺走了贼人一匹比较强壮的马，毫发无损。裴旻和幽州都督孙佺北征的时候，被奚贼围困住了。裴旻在马上站着赶路，用刀的方式像雷一样快，即使弓箭像流星一样迅猛，也被裴旻一刀斩断。贼人不敢近裴旻的身，便飞速逃走了。（出《朝野佥载》）

卷第一百九十二　骁勇二

来　瑱

唐来瑱，天宝中至赞善大夫，未为人所知。安禄山叛逆，诏朝臣各举智谋果决才堪统众者，左拾遗张镐荐瑱有纵横才略。表入，即日召见，称旨，拜颍川太守，充招讨使，累奏战功。肃宗即位，以瑱武略，尤加任委。北收河洛，属群贼蜂起，频来攻战，皆为瑱所败。贼等惧之，号为来嚼铁。（出《谭宾录》）

哥舒翰

唐哥舒翰捍吐蕃，贼众三道从山相续而下，哥舒翰持半段折枪，当前击之，无不摧靡。翰入阵，善使枪，追贼及之，以枪搭其肩而喝。贼惊顾，翰从而刺其喉，皆高三五丈而坠。家僮左车年十五，每随入阵，辄下马斩其首。（出《谭宾录》）

马　璘

唐广德元年，吐蕃自长安还至凤翔，节度孙守直闭门拒之。围守数日，会镇西节度马璘领精骑千余，自河西救杨志烈回，引兵入城。迟明，单骑持满，直冲贼众，左右愿从者百余骑。璘奋击大呼，贼徒披靡，无敢当者。翌日，又逼贼请战。皆曰：“此将不惜

来瑱

唐朝的来瑱，天宝年间做到了赞善大夫，但是不被人所知。安禄山叛乱的时候，唐玄宗召来群臣，让他们各自举荐有智谋、才能能够统领众人的人才。左拾遗张镐推荐来瑱，说来瑱有勇有谋。奏章传到唐玄宗处，唐玄宗当天便召见了来瑱，宣读了旨意，授予来瑱颍川太守一职，暂任招讨使，屡次上奏战功。唐肃宗继位的时候，因为来瑱有武略，十分重用来瑱。来瑱北上收付河洛，当时群盗纷纷造反，屡次前来交战，都被来瑱打败了。贼人十分害怕他，称来瑱为来嚼铁。（出《谭宾录》）

哥舒翰

唐朝的哥舒翰固守以防御吐蕃的攻击，贼人分兵三路从山上陆续下来，哥舒翰拿着一根折断的枪，上前攻击贼人，所向披靡。哥舒翰擅长用枪。当时哥舒翰刚入阵中，赶上了贼人，把枪搭在贼人的身上，大喝了一声。贼人大惊，正要回头看的时候，哥舒翰随即刺向贼人的喉咙，全都飞了三五丈才掉下来。哥舒翰的家僮左车，年纪才十五岁，每次都随着哥舒翰闯入敌阵，下马斩杀敌人的首级。（出《谭宾录》）

马璘

唐广德元年，吐蕃从长安返回到凤翔，节度使孙守直一直关上城门据守。吐蕃围攻了孙守直好几天，正赶上西节度使马璘带着一千多精骑兵，从河西救援杨志烈返回，带着军队进入了城池。到了黎明时分，马璘单枪匹马，拉满弓，直接闯进敌营。身边愿意跟着马璘的有

死，不可当，且避之。”（出《谭宾录》）

白孝德

唐白孝德为李光弼偏将。史思明攻河阳，使骁将刘龙仙率骑五千，临城挑战。龙仙捷勇自恃，举足加马鬣上，嫚骂光弼。光弼登城望之，顾诸将曰：“孰可取者？”仆固怀恩请行，光弼曰：“非大将所为，历选其次。”左右曰：“孝德可。”光弼召孝德前，问曰：“可乎？”曰：“可。”光弼问所加几何人而可。曰：“独往则可，加人多不可。”光弼曰：“壮哉！”终问所欲，对曰：“愿备五十骑于军门，候入而继进，及请大众鼓噪以假气，他无用也。”光弼抚其背以遣之。孝德挟二矛，策马截流而渡。半济，怀恩贺曰：“克矣。”光弼曰：“未及，何知其克？”怀恩曰：“观其揽辔便僻，可万全。”龙仙始见其独来，甚易之，足不降鬣。稍近欲动，孝德摇手止之，若使其不动，龙仙不之测。又止龙仙。

孝德曰：“侍中使予致词，非他也。”龙仙去三十步，与之言，亵骂如初。孝德伺便，因瞋目曰：“贼识我乎？”龙仙曰：“何也？”曰：“国之大将白孝德。”龙仙曰：“是猪狗乎？”发声虓然，执矛前突，城上鼓噪，五十骑亦继进。龙仙矢不及发，环走堤上，孝德一百多士兵。马璘振奋着攻击敌军，向敌军大呼，敌军望风披靡，没有人敢前去抵挡。第二天，马璘又逼着吐蕃军队决战。吐蕃人都说："这个人不怕死，我们挡不住他，还是避开吧。"（出《谭宾录》）

白孝德

唐朝的白孝德曾经担任李光弼的偏将。史思明攻打河阳时，派遣勇将刘龙仙带领五千骑兵，到城门去挑战。刘龙仙自恃勇猛，举起脚踩在马身上，谩骂李光弼。李光弼登城，看到李龙仙谩骂自己，回头对诸将说道："谁能前去捉住刘龙仙？"仆固怀恩请命前去对战。李光弼说道："不用大将，用一个偏将就行了。"李光弼的身边人说道："白孝德可以。"李光弼召来白孝德上前问道："你能胜任吗？"白孝德回答道："可以。"李光弼问白孝德还需要多少人马，白孝德说道："我一个人就可以了。加的人多了反倒碍手碍脚。"李光弼说道："真有勇气啊！"最后又问白孝德还需要什么，白孝德回答道："希望能在城门前面准备五十个骑兵，等到我闯入敌阵的时候让他们跟在我后面，另外还要请大家为我们击鼓助长士气，其他就不需要什么了。"李光弼摸了摸他的后背，派他前去和刘龙仙交战。白孝德拿着两支长矛，骑着马横跨过江。白孝德过了一半，仆固怀恩向李光弼庆贺道："已经胜利了！"李光弼说道："白孝德还没有到达敌营，你是如何得知已经胜利的呢？"仆固怀恩说道："我见白孝德揽辔上前，弯弯扭扭的，就知道这场战役他已经有万全之策了。"刘龙仙一开始看到白孝德是一个人前来，便不把他放在心里，连马镫都没有踩。白孝德离刘龙仙越来越近，刘龙仙刚要行动，白孝德挥手让他停下，像不想让他行动一样。刘龙仙不知道白孝德是什么意思，刚要行动，又被白孝德阻止了。

白孝德说道："侍中派我前来致辞，并没有想干什么其他事情。"刘龙仙在三十步距离之外和白孝德对话，像一开始一样谩骂李光弼。白孝德趁着这个机会，便瞪大了眼睛，说道："贼人！你认识我吗？"刘龙仙说："你是哪位？"白孝德回答道："我是国家的大将白孝德！"刘龙仙说道："是猪还是狗啊？"白孝德大声喊叫，拿着矛

逐之，斩首提之归。（出《谭宾录》）

李正己

唐李正己本名抱玉。侯希逸为平卢军帅，希逸母即正己姑也。后与希逸同至青州，骁健有勇力。宝应中，军众讨史朝义，至郑州。回纥方强恣，诸节度皆下之。正己时为军候，独欲以气吞之，因与角逐，众军聚观。约曰："后者批之。"即逐而先，正己擒其领而批其颡，回纥屎液俱下。众军呼突，繇是不敢暴。会军人逐希逸，希逸奔走。众立正己为帅，朝廷因授平卢节度使。（出《谭宾录》）

李嗣业

唐李嗣业领安西、北庭行营，常为先锋将，持棒冲击，众贼披靡。与九节度围贼，因中流矢，数日疮欲愈。卧于帐中，忽闻金鼓声乱。问之，知战。因阚，疮中血如注，奄然而卒。（出《谭宾录》）

马勋

唐德宗欲幸梁洋，严振遣兵五千至盩厔以俟南幸。其将张用诚阴谋叛背，输款于李怀光，朝廷忧之。会梁州将马勋至，上临轩与之谋。勋曰："臣请计日至山南，取节度符召之；即不受召，臣当斩其首以复命。"上喜曰："几日当至？"勋克日时而奏，上勉劳而遣之。勋既得振符，乃与壮士五十人偕行出骆谷。用诚以为未知其向刘龙仙突进，城上的军士们打起鼓，后面派来的五十个骑兵也到了。刘龙仙的箭没来得及射出，便逃跑到堤上了，被白孝德赶上，斩下首级，提着首级回了营。（出《谭宾录》）

李正己

唐朝的李正己本来叫李抱玉。侯希逸担任过平卢军帅，侯希逸的母亲就是李正己的姑姑。后来李正己和侯希逸一起到了青州。李正己此人骁勇、有力气。宝应年间，李正己参军攻打史朝义，到了郑州。回纥势力正盛，各个节度使都对回纥低声下气。当时李正己正担任军候，只有他想要用气势压倒回纥，便和回纥兵们角逐，各路兵马都前去参观。两方约定，战败者需要挨打。李正己赢了之后，便抓着回纥人的脖子打他的额头，回纥兵吓得屁滚尿流，各路兵马都大声助威，从此之后，回纥兵再也不敢横行了。正值士兵把侯希逸赶走了，大家立了李正己为元帅。朝廷便授予李正己平卢节度使的头衔。（出《谭宾录》）

李嗣业

唐朝的李嗣业兼任安西北庭行营，经常担任先锋，拿着棒子上前冲锋，一众贼人望风而逃。后来李嗣业和九个节度使一起围攻贼人，因为被箭射中，养了好几天伤，马上就要痊愈了。忽然，听见城外金鼓齐鸣，便问身边人，知道外面正在打仗。李嗣业便起身观看，突然，箭疮崩裂，血如泉涌，立刻就过世了。（出《谭宾录》）

马　勋

唐德宗想要到梁洋避难，严振派五千兵马到周至等待唐德宗的到来。结果严振的将领张用诚阴谋反叛，给李怀光提供资金来源，朝廷十分担忧。恰逢梁州的将领马勋赶到，唐德宗在屋子里和马勋商量对策。马勋说道：“我请求算日子赶到山南，取来节度使的信物召见张用诚；如果他不肯被召见，我会将他斩首来回复您的命令。”

叛，以数百骑迓勋。勋与俱之传舍。用诚左右森然。勋曰：“天寒且休。”军士左右皆退，勋乃令人多焚其草以诱之，军士争附火。勋乃令人从容出怀中符示之曰：“大夫召君。”用诚惶骇起走，壮士自背束其手而擒之。不虞用诚之子居后，引刀斫勋。勋左右遽承其臂，刀不甚下，微伤勋首。遂格杀其子，而仆用诚于地，令壮士跨其腹，以刃拟其喉曰：“声则死之！”勋驰就其军，营士已被甲执兵。勋大言曰：“汝等父母妻孥皆在梁州，弃之从人反逆，将欲灭汝族耶？大夫使我取张用诚，不问汝辈。乃何为乎？”众詟伏。于是缚用诚，遣送洋州，振杖杀之，拔其二使总其众。勋以药自封其首，来复命，愆约半日。（出《谭宾录》）

汪节

太微村在绩溪县西北五里。村有汪节者，其母避疟于村西福田寺金刚下，因假寐，感而生节。节有神力，入长安，行到东渭桥，桥边有石狮子，其重千斤。节指而告人曰：“吾能提此而掷之。”众不信之。节遂提狮子投之丈余，众人大骇。后数十人不能动之，遂以赂请节，节又提而致之故地。寻而荐入禁军，补神策军将。尝对御，俯身负一石碾，置二丈方木于碾上，木上又置一床，床上坐龟兹乐人一部，奏曲终而下，无厌重之色。德宗甚宠惜，累有赏赐。

唐德宗大喜道："几天能到？"马勋算好日子、时辰告诉了唐德宗，唐德宗勉励了他，派他前去解决张用诚的问题。马勋得到了严振的信物，便和五十个壮士一起出了骆谷。张用诚以为严振不知道自己造反了，就带着几百个骑兵前去迎接马勋。马勋和他一起住在驿馆。张用诚的侍卫感觉到一股凉意，马勋说道："天冷了，你们先下去休息吧。"张用诚的士兵和侍卫都退下之后，马勋便令人烧了张用诚的粮草，士兵们全都前去救火。马勋让人不急不慢地拿出怀里的信物给张用诚看，说道："严振大夫叫您有事。"张用诚十分惊恐，要起身逃跑，壮士们从背后绑住了张用诚的手，抓住了他。没料到张用诚的儿子在后面，要拿刀砍死马勋。马勋的侍卫抵着张用诚儿子的手臂，刀没能砍下去，稍微伤到了马勋的头。马勋便派侍卫杀了张用诚的儿子，把张用诚按到地上，命令壮士跨在张用诚的肚子上，用刀在张用诚的喉咙上比划，说道："你敢出声我就杀了你！"马勋急忙赶到张用诚的军队，营中的甲士已经穿好了铠甲，拿好了兵器。马勋大声说道："你们的父母妻子儿女都在梁州，你们却抛弃家人，跟别人一起造反，是想灭了自己的一族吗？严振大夫让我来抓捕张用诚，不问你们的罪。你们为什么还要造反呢？"众人被震慑，全都伏罪。马勋便绑住了张用诚，派人送到洋州，把张用诚给杖杀了，又除掉了张用诚的两个使者，统领了他的军队。马勋亲自用药封存了张用诚的首级，来梁洋复命，只迟到了半天。（出《谭宾录》）

汪节

太微村坐落在绩溪县西北五里的地方。村里有一个叫汪节的人，他的母亲当初在村西福田寺金刚的下面躲避疟疾，打了会儿瞌睡，因此受感应才生了汪节。汪节天生神力，进入长安，走到东渭桥，桥边有石狮子，有千斤之重。汪节指着石狮子告诉别人道："我能把它提起来，扔出去。"众人都不相信汪节。汪节便把石狮子提起来，扔出一丈多，众人都十分惊惧。后来几十个人也动不了汪节，便用贿赂请求汪节，汪节便又把石狮子提起来，把它放回原位。不久有人把他推荐到禁军，被补任为神策将军。汪节曾经对着唐德宗的面，弯

虽拔山拽牛之力，不能过也。（出《歙州图经》）

彭先觉

唐彭先觉叔祖博通膂力绝伦。尝于长安与壮士魏弘哲、宋令文、冯师本角力。博通坚卧，命三人夺其枕。三人力极，床脚尽折，而枕不动。观者逾主人垣墙，屋宇尽坏，名动京师。尝与家君同饮，会瞑，独持两床降阶，就月于庭。酒俎之类，略无倾泄矣。（出《御史台记》）

王俳优

唐乾符中，绵竹王俳优者有巨力。每遇府中飨军宴客，先呈百戏。王生腰背一船，船中载十二人，舞《河传》一曲，略无困乏。（出《北梦琐言》）

锺 傅

安陆郡有处士姓马忘其名，自云江夏人，少游湖湘，又客于钟陵十数年。尝说江西锺傅，本豫章人，少倜傥，以勇毅闻于乡里。不事农业，恒好射猎。熊鹿野兽，遇之者无不获焉。一日，有亲属酒食相会，傅素能饮，是日大醉。唯一小仆侍行，比暮方归。去家二三里，溪谷深邃，有虎黑文青质，额毛圆白，眈眈然自中林而出。百步之外，顾望前来。仆夫见而股栗，谓傅曰：“速登大树，以逃生命。”傅时酒力方盛，胆气弥粗。即以仆人所持白梃，山立着腰背着一个石碾，把两丈见方的木块放在石碾上，木块上又放了一张床，床上坐着一个龟兹来的乐师，乐师奏完了曲子，下了木块，汪节没有一点觉得重的感觉。唐德宗十分宠信、爱惜汪节，经常给汪节赏赐。即使是拔山、拽牛的力量，也比不了汪节的力量。（出《歙州图经》）

彭先觉

唐朝彭先觉的叔祖彭博通，武力惊人，曾经在长安和壮士魏弘哲、宋令文、冯师本三人比力气。彭博通躺着，让三个人去夺他的枕头。三个人用尽了吃奶的力气，床脚都折断了，枕头还是纹丝不动。围观的人全都进了屋主人的院子，把屋子都给挤坏了，因此名声传遍了京城。彭博通曾经和自己的父亲一起喝酒，正赶上晚上，一个人拿了两张床下台阶，在庭院里面看月亮。床上的酒菜，没有洒掉一点。（出《御史台记》）

王俳优

唐朝乾符年间，绵竹有个叫王俳优的人，有很大的力气。每次府里犒劳将士、宴请宾客，都要耍百戏。王俳优腰上背着一艘船，船里载着十二个人，跳了一曲《河传》，一点也不感到疲倦。（出《北梦琐言》）

锺傅

安陵郡有一个姓马的处士，忘记了自己的名字。他说自己是江夏人，少年间曾经到洞庭湖、湘江一代游学，又在钟陵客居了十多年。马处士讲，曾经有一个江西人，叫作锺傅，本来是豫章人，少年时风流倜傥，凭借勇猛、刚毅在乡里闻名。锺傅不务农，却一直很喜欢打猎。无论是熊、鹿还是什么其他野兽，被锺傅碰上没有不被抓到的。一天，有亲属带着酒菜相会，锺傅向来喜欢喝酒，当天喝得酩酊大醉，只有一个小仆人在旁边伺候，喝到晚上才回家。喝酒的地而拒之。虎即直搏傅，傅亦左右跳跃，挥杖击之。虎又俯伏，傅亦蹲踞。须臾，复相拏攫。如此者数四。虎之前足，搭傅之肩，傅即以两手抱虎之项，良久。虎之势无以用其爪牙，傅之勇无以展其心计。两相擎据，而仆夫但号呼于其侧。其家人怪日晏未归，仗剑而迎之。及见相捍，即挥刃前斫。虎腰既折，傅乃免焉。数岁后，江南扰乱，群盗四集，傅以斗虎之名，为众所服，推为酋长，竟登戎帅之任，节制钟陵。镇抚一方，澄清六郡。唐僖昭之代，名振江西。官至中书令。（出《耳目记》）

墨君和

真定墨君和，幼名三旺。世代寒贱，以屠宰为业。母怀妊之时，曾梦胡僧携一孺子，面色光黑，授之曰："与尔为子，他日必大得力。"既生之，眉目棱岸，肌肤若铁。年十五六，赵王镕初即位，曾见之，悦而问曰："此中何得昆仑儿也？"问其姓，与形质相应，即呼为墨昆仑，因以皂衣赐之。

是时常山县邑屡为并州中军所侵掠，赵之将卒疲于战敌，告急于燕王李匡威，率师五万来救之。并人攻陷数城。燕王闻之，躬方离锺傅的家大约有二三里路，溪谷特别深，有一头黑色花纹、青色毛皮、头上有一块白色圆形花纹的老虎虎视眈眈地从林中走出，从百步以外的距离奔锺傅主仆而来。仆人见到老虎，大腿颤得直不起来，对锺傅说道："我们赶紧爬到树上逃生吧！"锺傅当时酒气冲天，胆量更大，便拿起仆人的白色棍子，在山上站着，以抵挡老虎。老虎直接扑向锺傅，锺傅左右横跳，挥动手里的木杖打击老虎。老虎匍匐着，锺傅也趴下来。不一会儿，一人一虎又打成了一团。这个过程重复了好几次。老虎的前爪搭在了锺傅的肩膀上，锺傅便用两只手掐住老虎的脖子。过了很长时间，老虎没办法利用自己的爪子和牙齿，锺傅也没办法施行他的计划。一人一虎只是互相对峙着，只有仆人在锺傅的身旁叫喊。锺傅的家人觉得太阳落山了，锺傅还没回家，就很奇怪，便拿着宝剑前去迎接。看到一人一虎正在僵持，锺傅的家人便挥剑前去砍老虎。把老虎拦腰砍为两段后，锺傅才得免于祸患。几年之后，江南大乱，各路强盗纷纷起势，锺傅因为曾经和老虎打斗，众人都佩服他，便把他推为酋长，最后成为了元帅，管理钟陵，镇守一方，让钟陵六郡没有风波。唐僖宗、唐昭宗之世，锺傅的名气传遍江西。后来锺傅做到了中书令。（出《耳目记》）

墨君和

真定的墨君和小时候叫作三旺，世代贫寒，以做屠夫为业。墨君和的母亲怀墨君和时，曾经梦见一个外国的僧人带着一个小孩儿，这个小孩儿的脸黑得反光。僧人把小孩交给墨君和的母亲，说道："把他交给你当儿子，有一天一定会十分有力。"墨君和出生之后，眉眼棱角分明，肌肤的颜色好像铁一样。墨君和十五六岁的时候，赵王李镕刚刚继位，一见到墨君和，便十分高兴地问道："这儿怎么有昆仑人呢？"便问了墨君和的姓氏，发现和墨君和的长相一样，便把墨君和叫作墨昆仑，还赐了他一件黑衣服。

当时，常山县城总被并州的军队侵略、掠夺，赵王的军士们因为打仗都十分疲惫，便向燕王李匡威告急，李匡威带五万军队前来救援。并州人攻陷了好几个城池，燕王听说之后，亲自带着五万骑兵，领五万骑，径与晋师战于元氏。晋师败绩。赵王感燕王之德，椎牛酾酒，大犒于稾城，辇金二十万以谢之。燕王归国，比及境上，为其弟匡俦所拒。赵人以其有德于我，遂营东圃以居之。燕主自以失国，又见赵主之方幼，乃图之。遂从下矣上伏甲，俟赵王旦至，即使擒之。赵王请曰："某承先代基构，主此山河，每被邻寇侵渔，困于守备。赖大王武略，累挫戎锋，获保宗祧，实资恩力。顾惟幼懦，夙有卑诚，望不忽忽，可伸交让。愿与大王同归衙署，即军府必不拒违。"燕王以为然，遂与赵王并辔而进。

俄有大风并黑云起于城上，俄而大雨，雷电震击。至东角门内，有勇夫袒臂旁来，拳殴燕之介士。即挟负赵主，逾垣而走，遂得归公府。王问其姓名，君和恐其难记，但言曰："砚中之物，王心志之。"左右军士，既见主免难，遂逐燕王。燕王退走于东圃，赵人围而杀之。明日，赵王素服哭于庭，兼令具以礼敛，仍使告于燕主。匡俦忿其兄之见杀，即举全师伐赵之东鄙。将释其愤气，而致十疑之书。赵王遣记室张泽以事实答之，其略曰："营中将士，或可追乎；天上雷霆，何人计会？"词多不载。

赵主既免燕主之难，召墨生以千金赏之，兼赐上第一区，良田万亩，仍恕其十死，奏授光禄大夫。终赵王之世，四十年间，享其富贵。当时闾里，有生子或颜貌黑丑者，多云："无陋，安知他日不及墨昆仑耶？"（出《刘氏耳目记》）

在元氏城和并州军队交战，并州军大败而归。赵王感念燕王救急之恩，杀了牛、斟上酒，在槁城大肆犒劳燕王，送给燕王二十万钱来答谢。燕王回到燕国，到了边境的时候，被自己的弟弟李匡俦拒之国外。赵人因为燕王对自己有恩，便营建了东圃让燕王居住。燕王因为丢掉了封国，又看赵王年纪尚小，便要图谋赵国，让甲兵在下面埋伏着。等到赵王早上到了，便派甲兵们抓住赵王。赵王请求道："我继承了先祖的基业，掌管我国的河山，每次贼人入侵的时候，我都被守备困扰。幸亏依靠您的大略，累次挫败敌人的军队，才得以保住宗庙，实在是多亏了您的帮助。只是我年幼、懦弱，只有一颗的卑微诚心，希望您不要忽视我，跟我认真地交流御寇的事宜。希望能和您一起回到府衙，到了府上，一定不会拒绝您。"燕王认为赵王说的是真的，便和赵王一起骑马回府。

不一会儿，忽然刮起了大风，城上悬着许多黑云。随即狂风骤雨大作，电闪雷鸣。等到二人到了东角的门内，有一个勇士光着身子从一旁赶来，用拳头殴打了燕王的侍卫，然后带着赵王越墙离开了，赵王才得以回到公府。赵王问墨君和的名字，墨君和恐怕赵王记不住，就说道："您心里记住我是砚台里的东西就行了。"身边侍卫的军士看见赵王得以免难，就把燕王赶走了。燕王退至东圃，赵国人把燕王围住，之后杀了燕王。第二天，赵王身穿白衣在庭上哭丧，又命手下按照王的礼节下葬，还派使者告诉燕王李匡俦。李匡俦恼火自己的哥哥被杀，便倾全国之兵攻打赵国东境。李匡俦为了发泄自己的怒火，还给赵王寄去了一封十疑信。赵王派记室张泽把事情仔细地回复李匡俦。信的大概内容是："营中的将士，或许可以追思；可是天上降下雷霆，谁能想得到呢？"信里的内容多数没有记载。

赵王既免于燕王之难，叫来墨君和，赏赐了他千金，还赐给了他一块地、一万亩良田，恕他十次死罪，上奏请封为光禄大夫。赵王之世为止，墨君和享了四十多年富贵。当时乡里有生孩子面貌又黑又丑的，都说道："一点儿也不丑。你怎么知道有朝一日我儿子比不上墨君和呢？"（出《刘氏耳目记》）

周归祐

燕之旧将周归祐，蓟门更变之际，以剑柱心，刃自背出而不死。奔于梁，为骑将之先锋焉。十五年，夹河百战，通中之疮，往往遇之。后唐庄宗入洛，为仇者于猎场席地俾坐，满挽而射，贯腋而出，创愈无恙。仕至郡牧节度留后。竟死于牖下。（出《北梦琐言》）

王宰

丁丑岁，蜀师戍于固镇。有巨师曰费铁觜者，本于绿林部下将卒，其人也，多使人行劫而纳其货。一日，遣都将领人攻河池县。有王宰者失其名少壮而勇，只与仆隶十数辈止于公署。群盗夜至，宰启扉而俟之，格斗数刻，宰中镞甚困，贼将逾其阈。小仆持短枪，靠扉而立，连中三四魁首，皆应刃而仆，肠胃在地焉。群盗于是舁尸而遁。他日，铁觜又劫村庄，才合夜，群盗至村。或排闼而入者，或四面坏壁而入，民家灯火尚荧煌。丈夫悉遁去，唯一妇人以杓挥釜汤泼之，一二十辈无措手，为害者皆狼狈而奔散。妇人但秉杓据釜，略无所损濩。旬月后，铁觜部内数人，有面如疮癞者，费终身耻之。（出《玉堂闲话》）

周归祐

燕国将领周归祐，蓟门更变之时，用剑刺穿自己的心，刀刃从后背刺出，但是却没有死。后来周归祐投奔到后梁，做了骑兵先锋。十五年间，在河两边打了近百场战役，经常会有被刺穿的伤口。后唐庄宗进入洛阳的时候，把仇人放在猎场，让他们席地而坐，把弓拉满，要射杀这些仇人，当时从周归祐的腋下穿了出去，伤好了之后一点病都没有。周归祐后来官至郡牧节度留后，最后死在了窗户下面。（出《北梦琐言》）

王宰

丁丑年，蜀国的军队在固镇戍守。有一个叫费铁觜的头领，本来是绿林里的一个小喽啰。此人经常派人杀人越货。一天，费铁觜派都将代人攻打河池县，有一个姓王的官员从小就强壮、勇猛，只带着十几个仆人前往公衙。这些盗贼夜里赶到河池县，王氏打开门等着他们，跟他们搏斗了几刻钟，王氏的箭快用光了，贼人的将领就越过了府门。王氏有一个小仆人，拿着短枪，靠着门站着，连着刺中了好几个贼人的头目，刀子一到，人就倒下了，肠子、胃流了一地。盗贼们便举起头目的尸体逃走了。一天，费铁觜又去抢劫村庄，刚到晚上，贼人们就到达了村落。有的人推门而入，有的人打坏墙壁闯进去，当时民家的灯还点着，男人全都跑了。只有一个妇人拿着铁勺从锅中搬汤泼这些贼人，一二十人措手不及，因此为害乡里的贼人便四散奔逃了。这个妇人只是拿着勺子，靠近锅子，其他的什么损失都没有。十多天之后，费铁觜的手下有好几个人脸上生了疮，费铁觜终身以此为耻。（出《玉堂闲话》）

卷第一百九十三　豪侠一

李亭　虬髯客　彭闼　高瓒　嘉兴绳技　车中女子

李亭

汉茂陵少年李亭好驰骏狗，逐狡兽，或以鹰鹞逐雉兔，皆为嘉名。狗则有修豪、獒睫、白望、青曹之名；鹰则有青翅、黄眸、青冥、金距之属；鹞则有从风、孤飞之号。（出《西京杂记》）

虬髯客

隋炀帝之幸江都也，命司空杨素守西京。素骄贵，又以时乱，天下之权重望崇者，莫我若也。奢贵自奉，礼异人臣。每公卿入言，宾客上谒，未尝不踞床而见，令美人捧出，侍婢罗列，颇僭于上。末年益甚。一日，卫公李靖以布衣来谒，献奇策，素亦踞见之。靖前揖曰："天下方乱，英雄竞起，公为帝室重臣，须以收罗豪杰为心，不宜踞见宾客。"素敛容而起，与语大悦，收其策而退。

当靖之骋辩也，一妓有殊色，执红拂，立于前，独目靖。靖既去，而拂妓临轩，指吏问曰："去者处士第几？住何处？"吏具以对，妓颔而去。靖归逆旅，其夜五更初，忽闻扣门而声低者，靖起问焉，乃紫衣戴帽人，杖揭一囊。靖问："谁？"曰："妾杨家之红拂妓也。"靖遽延入，脱衣去帽，乃十八九佳丽人也，素面华衣而拜。靖惊。答曰："妾侍杨司空久，阅天下之人多矣，未有如公者。丝萝非独生，愿托乔木，故来奔耳。"靖曰："杨司空权重京师，

李亭

汉朝有一个叫李亭的茂陵少年。李亭喜欢牵着狗捕猎野兽，有的时候也放鹞鹰追野鸡、野兔。李亭给跟着自己打猎的动物都起了好听的名字：狗就叫修豪、周睫、白望、青曹；鹰就叫青翅、黄眸、青冥、金距一类名字；鹞子就叫从风、孤飞这些名号。（出《西京杂记》）

虬髯客

隋炀帝前往江都，便命令杨素在西京把守。杨素此人向来骄傲，自视甚高，又因为当时天下大乱，认为天下又有重权、又有名望的，没有一个能比得上自己的。因此自己平时用度的规格比一般人臣都要高上一级。每次公卿进入府中和杨素商议事情，或者是宾客前来参谒，他总是在床上召见别人，命令美人捧出瓜果茶点，让自己的侍妾站在一旁，颇有僭越的意思。到了晚年，杨素变本加厉。一天，卫公李靖以布衣的身份前来参见杨素，献上奇策，杨素也是坐在床上会见他。李靖上前作揖道："天下正值乱世，英雄四起，您作为皇室忠臣，应该想到收罗豪杰，不应该在床上会见宾客。"杨素整理好仪容，和李靖交谈，十分高兴，用了李靖的政策才肯叫人离开。

李靖在高谈阔论的时候，有一个绝美的妓女，手里拿着红拂，只是看着李靖。李靖离开之后，红拂女便临轩，指着小吏问："刚才离开的是第几个处士？住在何处？"小吏回答之后，红拂女点了点头便离开了。李靖回到旅馆，当夜的五更左右，忽然听见有人低声敲门。李靖起身去看，是一个穿着紫衣服、戴着帽子的人，手里的拐杖上面系了一个袋子。李靖问道："门外是谁？"回答道："我是杨素家里拿着红拂的那个妓女。"李靖急忙请此人进屋，红拂女脱去外衣、帽子，如何？”曰：“彼尸居余气，不足畏也。诸妓知其无成，去者众矣，彼亦不甚逐也。计之详矣，幸无疑焉。”问其姓，曰：“张。”问伯仲之次，曰：“最长。”观其肌肤仪状，言词气性，真天人也。靖不自意获之，益喜惧，瞬息万虑不安，而窥户者足无停履。既数日，闻追访之声，意亦非峻，乃雄服乘马，排闼而去。

将归太原，行次灵石旅舍。既设床，炉中烹肉且熟，张氏以发长委地，立梳床前，靖方刷马。忽有一人，中形，赤髯而虬，乘蹇驴而来，投革囊于炉前，取枕欹卧，看张氏梳头。靖怒甚，未决，犹刷马。张氏熟观其面，一手握发，一手映身摇示，令勿怒。急急梳头毕，敛袂前问其姓。卧客曰：“姓张。”对曰：“妾亦姓张，合是妹。”遽拜之，问第几。曰：“第三。”问妹第几？曰：“最长。”遂喜曰：“今日多幸，遇一妹。”张氏遥呼曰：“李郎且来拜三兄。”靖骤拜，遂环坐。曰：“煮者何肉？”曰：“羊肉，计已熟矣。”客曰：“饥甚。”靖出市买胡饼，客抽匕首，切肉共食。食竟，余肉乱切炉前食之，甚速。客曰：“观李郎之行，贫士也，何以致斯异人？”曰：“靖虽贫，亦有心者焉。他人见问，固不言。兄之问，则无隐矣。”具言其由。曰：“然则何之？”曰：“将避地太原耳。”客曰：“然吾故非君所能致也。”曰：“有酒乎？”靖曰：“主人西则酒肆也。”靖取酒一斗。酒既巡，客曰：“吾有少下酒物，李郎能同之乎？”靖曰：“不敢。”于是开革囊，取出一人头并心肝。却收头囊中，以匕首切心肝共食之。曰：“此人乃天下负心者心也，衔之十年，今始是一个十八九岁的佳人。红拂女没有化妆，穿着华丽的衣服，望着李靖便拜。李靖大惊。红拂女回答道："我侍奉杨素很长时间了，看遍了天下的人，没有能比得上您的。菟丝、女萝独自无法生存，希望能把自己托付给您这棵乔木，因此前来投奔。"李靖说道："杨司徒在京城位高权重，该怎么办呢？"红拂女回答道："杨素身上一股将死之气，不足畏惧。各个妓女都知道杨素一事无成，离开的人太多了。杨素也不怎么追究。我已经谋划好了，希望您不要怀疑。"李靖询问红拂女的姓氏、排行，红拂女告诉李靖自己姓张，在家中排行老大。李靖观察红拂女的肌肤和仪容、说话的风度、气性，宛如天上的人一样。李靖没想到能得到红拂女，心里又高兴又害怕，一时间内心十分不安，来偷看的人络绎不绝。几天之后，李靖听到杨素追查的消息，但是并不是很严厉，李靖便穿好衣服、骑好马，推开门离开了。

李靖要回到太原，在灵石的旅舍住了一晚。铺好了床，炉中的肉也快煮熟了，张氏便把头发放到地上，在床前站着梳头。李靖正在刷马，忽然看到有一个人，身材适中，胡子是红色的，还往上翘，骑着一头瘸驴来到旅店，把皮囊放在火炉前面，拿来枕头一躺，看张氏梳头。李靖十分生气，但是还没有爆发，就还在那儿刷马。张氏仔细看了看虬髯客的脸，一手抓着头发，一手在身前比划，示意李靖不要发怒。张氏急忙疏好了头发，收好袖子上前问虬髯客的姓氏。虬髯客说道："我姓张。"红拂女说道："我也姓张，算是您的妹妹。"因此拜虬髯客为兄长。红拂女问虬髯客排行第几，虬髯客说自己排行第三；虬髯客又问红拂女排行第几，红拂女说自己在家中行大。虬髯客便高兴道："今天太幸运了，遇见了一个妹妹。"红拂女便远远喊道："李靖，快来拜见三哥。"李靖马上就拜见了三哥。三个人便围着坐在一起。虬髯客说道："你们这煮的是什么肉？"红拂女答道："是羊肉。应该已经熟了。"虬髯客说道："我有点饿了。"李靖便出了门去买胡饼，虬髯客抽出匕首，切肉吃饼。吃完之后，把剩下的肉在炉前切好分着吃了，吃得特别快。虬髯客对李靖说道："我看李郎的情况，好像是贫穷之士，怎么能娶到这么漂亮的女子？"李靖说道："我虽然贫穷，但是也是有心之人，别人如果问我，我不会获，吾憾释矣。”又曰：“观李郎仪形器宇，真丈夫，亦知太原之异人乎？”曰：“尝见一人，愚谓之真人，其余将相而已。”“其人何姓？”曰：“同姓。”曰：“年几？”曰：“近二十。”“今何为？”曰：“州将之爱子也。”曰：“似矣，亦须见之，李郎能致吾一见否？”曰：“靖之友刘文静者与之狎，因文静见之可也。兄欲何为？”曰：“望气者言太原有奇气，使吾访之。李郎明发，何时到太原？”靖计之：“某日当到。”曰：“达之明日方曙，我于汾阳桥待耳。”讫，乘驴而其行若飞，回顾已远。靖与张氏且惊惧，久之曰：“烈士不欺人。”固无畏，但速鞭而行。

及期，入太原，候之相见，大喜，偕诣刘氏。诈谓文静曰：“以善相思见郎君。”迎之。文静素奇其人，方议论匡辅，一旦闻客有知人者，其心可知，遽致酒延焉。既而太宗至，不衫不履，裼裘而来，神气扬扬，貌与常异。虬髯默居坐末，见之心死。饮数巡，起招靖曰：“真天子也。”靖以告刘，刘益喜自负。既出，而虬髯曰：“吾见之，十八九定矣，亦须道兄见之。李郎宜与一妹复入京，某说的，但是如果是您问我，我便不再隐瞒了。”便把来龙去脉仔细地说给虬髯客。虬髯客说道：“那么你们之后要去哪里呢？”李靖说道：“我们要去太原避难。”虬髯客说道：“我可不是你能叫得来的呀！”又说道：“还有酒吗？”李靖说道：“旅店的西边就是酒馆。”李靖便去打了一斗酒。喝了一巡，虬髯客说道：“我有一点下酒菜，你能跟我一起吃吗？”李靖说：“不敢推辞。”虬髯客便打开了一个漂亮的袋子，拿出一个人头和一个心、一个肝，之后把人头放进袋子里，用匕首切好心肝一起吃了。虬髯客说道：“这个人是负心之人，我恨了他十年，如今才把他抓住，我的仇终于报了。”又说道：“我看你的仪容和气量，真算得上是大丈夫，应该也知道太原城里的奇人吧？”李靖说道：“我曾经见过一人，我只说他是真命天子，其他的人都不过是将相之才而已。”虬髯客问道：“这人姓什么？”李靖说：“和我同姓。”“如今多大年纪？”李靖说：“快到二十岁了。”“如今此人从事什么职业？”李靖说：“他是我们太原守将的爱子。”虬髯客说道：“确实有点儿相像，我应该见他一面。你能让我见他一面吗？”李靖说道：“我的朋友刘文静跟他很亲近，我可以通过刘文静见他一面。三哥见他想要干什么？”虬髯客说道：“望气的人说太原有不一样的云气，让我前去打听打听。假如我们明天动身，什么时候能到太原？”李靖算出某天能到。虬髯客说道：“你到了的第二天的清晨，我在汾阳桥旁等你。”说完便骑上自己的瘸驴，飞一样走了。李靖回头看时，发现虬髯客已经走远了。李靖和红拂女又惊讶又害怕。缓了一会儿，说道：“壮士不会欺骗别人。”二人便没有什么好怕的，只是赶快赶路。

到了日子之后，进入太原，在约定好的地方等待见面，彼此都十分高兴，一起去会见了刘文静。李靖骗刘文静道：“我挺想念你的，因此前来跟你见一见面。”刘文静便前来迎接。刘文静向来认为李靖与人不同，正议论着国家大计，忽然听李靖说有一个能够读心的客人，便设下酒宴把虬髯客请来。随即唐太宗便到了，衣衫不整，但是气宇轩昂，容貌和常人不同。虬髯客默默地坐在酒席末列，见到唐太宗，便死了心。虬髯客又在席上喝了几巡，便起身叫来李靖，对日午时，访我于马行东酒楼下，下有此驴及一瘦骡，即我与道兄俱在其所也。”

公到，即见二乘，揽衣登楼，即虬髯与一道士方对饮。见靖惊喜，召坐，环饮十数巡。曰：“楼下柜中有钱十万，择一深隐处，驻一妹毕，某日复会我于汾阳桥。”如期登楼，道士虬髯已先坐矣。共谒文静。时方弈棋，揖起而语心焉。文静飞书迎文皇看棋。道士对弈，虬髯与靖旁立为侍者。俄而文皇来，长揖而坐，神清气朗，满坐风生，顾盼暐如也。道士一见惨然，下棋子曰：“此局输矣，输矣。于此失却局，奇哉！救无路矣，知复奚言？”罢奕请去。既出，谓虬髯曰：“此世界非公世界也，他方可图，勉之，勿以为念。”因共入京。虬髯曰：“计李郎之程，某日方到。到之明日，可与一妹同诣某坊曲小宅。愧李郎往复相从，一妹悬然如磬，欲令新妇祗谒，略议从容，无令前却。”言毕，吁嗟而去。

靖亦策马遄征，俄即到京，与张氏同往，乃一小板门，扣之，有应者拜曰：“三郎令候一娘子李郎久矣。”延入重门，门益壮丽，奴婢三十余人罗列于前。奴二十人引靖入东厅，非人间之物。巾妆梳栉毕，请更衣，衣又珍奇。既毕，传云三郎来，乃虬髯者，纱帽裼裘，有龙虎之姿。相见欢然，催其妻出拜，盖天人也。遂延他说道："这个人真有天子之风度。"李靖把此事告诉了刘文静，刘文静十分高兴，又有点自负。李靖从刘文静家中出来，虬髯客对李靖说道："我看后，十有八九就是他了，但是也需要让我的道兄看一看。你最好和我妹妹张氏一起进京，某天的午时，在马行东边的酒楼下面找我，酒楼下面有这头驴和一匹瘦弱的骡子，那就是我们二人所在之处。"

李靖到了京城，穿好衣服上了楼，就见到虬髯客和一个道士正在对饮。虬髯客见到李靖，十分惊喜，叫他前来落座，在那儿喝了十几巡酒。虬髯客说道："我楼下柜子里有十万钱，你找一个能隐居的地方，安置好我妹妹之后，某天在汾阳桥和我再会。"李靖按照约定的日子上了楼，道士和虬髯客已经坐好了。三人便又一起会见刘文静。刘文静当时正在下棋，看到三人前来，便起身把自己的想法告知了三个人。刘文静便写了信请唐太宗来看棋。刘文静和道士对弈，虬髯客和李靖侍立一边。不一会儿，唐太宗到了，作了个长揖便坐下了，令人觉得他神清气爽，在座的人只觉像清风吹过，双目炯炯有神。道士一见唐太宗，便面色不善，按下棋子，说道："这局输了，输了。在这儿输了，还真是太妙了！没办法挽回棋局了，我还能说什么呢？"下完棋便请示离开了。道士出了刘文静的宅子，对虬髯客说道："这个世界不是你的世界，你还是想想别的地方吧。加油，不要再想了。"二人便一起进了京城。虬髯客又对李靖说道："算起你的行程，得某天才能到京城。到京城第二天，你可以和我妹妹一起拜望某街某巷的住宅。辛苦你来来回回跟着我奔波，让妹妹独守空房。这次我想让你们亲近亲近，稍微从容一点，不要再被我呼来唤去了。"说完之后，便叹息着离开了。

李靖驱马全速行路，不久便到了京城，和张氏一起前往。就找到了一个小木板做的门，李靖敲了敲门，前来应答的人拜了拜，说道："三公子让我们等小姐和李郎很长时间了。"便把他们请进好几重门之内，门越来越华丽，有三十多个奴婢列在前面。二十个仆人把李靖带入东厅。东厅华丽得不像人间的事物。把李靖夫妻打扮好了之后，又让他们换好衣服。衣服十分珍贵、绮丽。换完了衣服，有人唤中堂，陈设盘筵之盛，虽王公家不侔也。四人对坐，牢馔毕，陈女乐二十人，列奏于前，似从天降，非人间之曲度。食毕行酒，而家人自西堂舁出二十床，各以锦绣帕覆之。既呈，尽去其帕，乃文簿钥匙耳。虬髯谓曰："尽是珍宝货泉之数，吾之所有，悉以充赠。何者？某本欲于此世界求事，或当龙战三二年，建少功业。今既有主，住亦何为？太原李氏真英主也，三五年内，即当太平。李郎以英特之才，辅清平之主，竭心尽善，必极人臣。一妹以天人之姿，蕴不世之略，从夫之贵，荣极轩裳。非一妹不能识李郎，非李郎不能遇一妹。圣贤起陆之渐，际会如期，虎啸风生，龙腾云萃，固当然也。将余之赠，以奉真主，赞功业，勉之哉！此后十余年，东南数千里外有异事，是吾得志之秋也。妹与李郎可沥酒相贺。"顾谓左右曰："李郎一妹，是汝主也。"言毕，与其妻戎装乘马，一奴乘马从后，数步不见。

靖据其宅，遂为豪家，得以助文皇缔构之资，遂匡大业。贞观中，靖位至仆射。东南蛮奏曰："有海贼以千艘，积甲十万人，入扶余国，杀其主自立，国内已定。"靖知虬髯成功也，归告张氏，具礼相贺，沥酒东南祝拜之。乃知真人之兴，非英雄所冀，况非英雄乎？人臣之谬思乱，乃螳螂之拒走轮耳。或曰，卫公之兵法，半是虬髯所传也。（出《虬髯传》）

三公子到了，李靖夫妻一看，原来是虬髯客。虬髯客戴着纱帽，穿着褐色的裘衣，有将相之风。两方一见，十分高兴。虬髯客连忙催促自己的妻子出来拜见李靖夫妻，也像天上的神仙一样美丽。虬髯客便把李靖夫妻请到中堂，摆好酒宴。酒宴的盛大，即使是王公家的宴会也比不上。四个人对坐，吃完饭之后，又让二十个奏乐的女子在前奏乐，像是从天上降下来的，不是人间能听得到的。虬髯客吃完之后，前去敬酒，虬髯客家里的仆人从西堂抬出二十多张床，全都用锦绣做的帕子盖好。仆人把床抬出来之后，掀开帕子，发现上面全都是文书和钥匙。虬髯客对李靖说道："这些全都是珍宝、财物一类的东西，都是我的，如今全都送给你了。至于原因，我本来想在这个地方求得一官半职，征伐天下，建立一些功业。奈何如今天下已经有了主人，我在这个地方还待着干什么呢？太原李氏，可以说是英明的君主，三五年之内，天下应该就太平了。你身怀奇特的才能，辅佐一个让天下太平的君主，只要尽心竭力、善始善终，一定会位极人臣。我一妹有天仙一般的姿容，胸怀不世出的谋略，跟着夫君一起位极人臣。如果不是一妹，我便不能认识李靖；如果不是李靖，我便不能遇到一妹。圣贤刚要兴起的时候，都是随时随势而变。老虎出现，一定会先有风；龙出现，一定会有很多云彩。这是自然的规律。我把我的财物送给你，以此让你侍奉真命天子，帮助他成就功业。加油吧！之后十几年，东南几千里之外如果有奇异的事情，那就是我在那里得志了。一妹可以和李靖洒一些酒庆贺一下。"虬髯客又回头对身边侍卫说道："李靖夫妻才是你们的主人。"说完之后，和他的妻子穿着戎装，骑着马，一个仆人骑着马跟在后面，跑了几步便不见踪影了。

李靖居住在虬髯客留下的宅子里，便成了富豪，得以为唐太宗提供称帝的资金，于是成就了大业。贞观初年，李靖担任仆射一职。当时东南的蛮族说过："有海贼带着一千多艘船、十万多甲兵，进扶余国，杀了扶余的国君自立，国内已经平定了。"李靖知道虬髯客成功了，回去告诉了张氏，二人摆好了仪式，洒酒向东南祝贺叩拜。便知道，真人兴起，不是英雄所期望的，何况有的还不是英雄。有些奸臣心怀忤逆之心，也只是螳臂当车罢了。有人说道："李靖的兵法，很多

彭闼 高瓒

唐贞观中，恒州有彭闼、高瓒，二人斗豪。于时大酺，场上两朋竞胜。闼活捉一豚，从头咬至顶，放之地上，仍走。瓒取猫儿从尾食之，肠肚俱尽，仍鸣唤不止。闼于是乎帖然心伏。（出《朝野佥载》）

嘉兴绳技

唐开元年中，数敕赐州县大酺。嘉兴县以百戏，与监司竞胜精技。监官属意尤切，所由直狱者语于狱中云："党若有诸戏劣于县司，我辈必当厚责。然我等但能一事稍可观者，即获财利，叹无能耳。"乃各相问，至于弄瓦缘木之技，皆推求招引。狱中有一囚笑谓所由曰："某有拙技，限在拘系，不得略呈其事。"吏惊曰："汝何所能？"囚曰："吾解绳技。"吏曰："必然，吾当为尔言之。"乃具以囚所能白于监主。主召问罪轻重，吏云："此囚人所累，逋缗未纳，余无别事。"官曰："绳技人常也，又何足异乎？"囚曰："某所为者，与人稍殊。"官又问曰："如何？"囚曰："众人绳技，各系两头，然后于其上行立周旋。某只须一条绳，粗细如指，五十尺，不用系著，抛向空中，腾踯翻复，则无所不为。"官大惊悦，且令收录。

明日，吏领至戏场。诸戏既作，次唤此人，令效绳技。遂捧一团绳，计百余尺，置诸地，将一头，手掷于空中，劲如笔。初抛三二丈，次四五丈，仰直如人牵之，众大惊异。后乃抛高二十余

都是虬髯客传给他的。”（出《虬髯传》）

彭闼　高瓒

唐朝贞观年间，恒州有彭闼、高瓒两个人互相比富。有一次大设宴饮，场上两伙人争奇斗胜。彭闼活捉了一头猪，从头吃到脖子，把猪放在地上，猪还能走。高瓒拿了一只猫，从尾巴开始吃，把肠子、肚都吃光了，猫还在叫。彭闼因此才心服口服。（出《朝野佥载》）

嘉兴绳技

唐开元年间，唐玄宗好几次下诏让州县会饮。嘉兴县给唐玄宗上演了百戏，和监司比谁能更胜一筹。监官的兴致最高，是因为在监狱里值班的人对监狱里的人说：“假如你们变的戏法比嘉兴县的差，我一定会狠狠地惩罚你们。然而，只要发现有一项稍微能看，我就给你们钱。可惜没人能够比嘉兴县做得好。”狱中的人便互相询问，即使是耍弄瓦片或者爬树这类的小把戏，全都互相推荐。监狱里有一个囚犯笑着对值班的人说：“我有些雕虫小技，可惜我被绑住了，不能演给上司看。”小吏说道：“你有什么能耐？”这名囚犯说道：“我有解开绳子的把戏。”小吏说道：“如果你确实有此把戏，我会代你上报的。”小吏便把此事上报给主管监狱的人。主管问小吏此人罪名的轻重，小吏说道：“这个人所犯的罪就是偷了点税，没有犯其他事。”主管说道：“绳技是常人都会的把戏，何足为奇？”这名囚犯说道：“我所能做到的和别人不一样。”主管又问他哪里不一样。囚犯说道：“普通人的绳技，把两头都绑住，之后在上面走着、站着、盘旋着。我只需要一条绳，像手指一样粗，有五十尺长，不用系，把它抛向空中，在上面飞腾、翻转，无所不能。”主管大吃一惊，十分高兴，命人把此人收录上去。

第二天，小吏带着他上了戏场，在其他的戏表演完毕之后，就叫来囚犯，表演绳技。囚犯便捧着一团绳子，大概有一百多尺长。囚犯把绳子放在地上，把一头扔在空中，像毛笔一样遒劲。一开始抛出两

丈，仰空不见端绪。此人随绳手寻，身足离地，抛绳虚空，其势如鸟，旁飞远扬，望空而去。脱身行狴，在此日焉。（出《原化记》）

车中女子

唐开元中，吴郡人入京应明经举。至京，因闲步坊曲。忽逢二少年着大麻布衫，揖此人而过，色甚卑敬，然非旧识，举人谓误识也。后数日，又逢之，二人曰："公到此境，未为主，今日方欲奉迓，邂逅相遇，实慰我心。"揖举人便行，虽甚疑怪，然强随之。

抵数坊，于东市一小曲内，有临路店数间，相与直入，舍宇甚整肃。二人携引升堂，列筵甚盛。二人与客据绳床坐定。于席前，更有数少年各二十余，礼颇谨。数出门，若伫贵客。至午后，方云来矣。闻一车直门来，数少年随后，直至堂前，乃一钿车。卷帘，见一女子从车中出，年可十七八，容色甚佳，花梳满髻，衣则绔素。二人罗拜，此女亦不答；此人亦拜之，女乃答。遂揖客入。女乃升床，当局而坐，揖二人及客，乃拜而坐。又有十余后生皆衣服轻新，各设拜，列坐于客之下。陈以品味，馔至精洁。饮酒数巡，至女子，执杯顾问客："闻二君奉谈，今喜展见。承有妙技，可得观乎？"此人卑逊辞让云："自幼至长，唯习儒经，弦管歌声，辄未曾学。"女曰："所习非此事也。君熟思之，先所能者何事？"客又沉思良久曰："某为学堂中，著靴于壁上行得数步。自余戏剧，则未曾为之。"女曰："所请只然，请客为之。"遂于壁上行得数步。女曰："亦大难事。"乃回顾坐中诸后生，各令呈技，俱起设拜。有于壁上行者，亦有手撮椽子行者，轻捷之戏，各呈数般，状如飞鸟。

三丈长，之后又抛出四五丈长，又长又直，像有人牵着绳子一样。后来又抛高了二十多丈，抬头看天空，看不见绳子的另一端。这个人随着绳子，手攀在绳子上，双脚离地，把绳子抛在上空，像鸟一样远走高飞，当天从监狱脱身。（出《原化记》）

车中女子

唐开元年间，有一个吴郡人入京参加明经科的考试。到了京城，便在小巷里散步，忽然遇见两个穿着大麻布衫的少年，跟举人作了个揖，便离开了，看起来十分卑微、恭敬，举人以为这两个人认错了人。过了几天，举人又碰到了这两个人，两个人说道："您到了这个地界，还不算是主人，如今我们才来迎接您，能遇到您，我们实在是感到欣慰。"二人向举人作了揖便又走了。举人虽然十分怀疑、好奇，但还是勉强跟随在他们后面。

过了好几条街，在东市一条小胡同里，有好几间在路旁开着的小店。三个人一起进入了小店，发现小店十分整洁。两个人带着举人进入了内堂，置办了一场很盛大的筵席。三个人便在绳床上坐好。酒席前还有二十多个少年，都十分拘谨。这些少年出了好几次门，好像在站着等待贵客。到了午后，有人说："来了！"便见到一辆车直接向门驶来，直接停在了堂前，是一辆钿车。只见把门帘卷上之后，有一位女子从车里出来，年纪大概有十七八岁，生得十分美丽，发髻上插满了花，身上穿着白衣。两个人相继作揖，此女子并不答话；举人也跟着作揖，女子这才答话。女子便请举人入座，女子也拿来床，对着桌子坐着，跟二人和举人各作了个揖，才拜谢坐下了。之后又有十几个穿着清新衣服的后生，也各自拜谢过了，列坐在举人之下。桌子上摆的全都是十分简单的佳肴。酒过数巡，到了女子这儿，女子便拿着杯子问举人道："我听他俩说过您，如今幸而和您见了一面。我听说您有一个妙术，不知您愿意给我们露一手吗？"举人谦虚地推辞道："从小到大，我只学过儒家经典，从来没学过音乐之类。"女子说道："您学习的固然不是这类东西。您仔细想想，您都会些什么？"举人沉思了很久，说道："我在学堂念书的时候，曾经能穿着靴子在此人拱手惊惧，不知所措。少顷女子起，辞出。举人惊叹，恍恍然不乐。

经数日，途中复见二人曰："欲假盛驷，可乎？"举人曰："唯。"至明日，闻宫苑中失物，掩捕失贼，唯收得马，是将驮物者。验问马主，遂收此人。入内侍省勘问，驱入小门。吏自后推之，倒落深坑数丈，仰望屋顶七八丈，唯见一孔，才开尺余。自旦入至食时，见一绳缒一器食下。此人饥急，取食之。食毕，绳又引去。深夜，此人忿甚，悲惋何诉。仰望，忽见一物如鸟飞下，觉至身边，乃人也。以手抚生，谓曰："计甚惊怕，然某在无虑也。"听其声，则向所遇女子也。云："共君出矣。"以绢重系此人胸膊讫，绢一头系女人身。女人纵身腾上，飞出宫城，去门数十里乃下。云："君且便归江淮，求仕之计，望俟他日。"此人大喜，徒步潜窜，乞食寄宿，得达吴地。后竟不敢求名西上矣。（出《原化记》）

墙上走几步。其他的把戏我就没学过了。”女子说道：“我想看的就是这个，就请您为我表演一番。”举人便在墙上走了几步。女子说道：“也是一件很难的事情了。”便回头看向座位上的各个后生，让他们各自表演自己的把戏，这些后生便各自开始表演。其中，有能在墙上行走的，有能用手拽着房梁赶路的，每个都身手敏捷，精彩纷呈，好像鸟在天上飞一样。举人便向各个后生拱手，又惊又怕，不知所措。过了一会儿，女子起身，告辞出了门。举人惊叹，忽然觉得十分不高兴。

过了几天，在路中又见到这两个人。这两个人对举人说道：“能借你的马一用吗？”举人同意了。到了第二天，听说宫里丢了东西，搜查盗贼，只抓到了这匹驮着禁物的马。官吏们寻找这匹马的主人，便把举人给抓了进去，进内侍省审问，把他赶进小门。小吏从后面推了举人一把，举人摔倒，掉在了一个深几丈的坑里。仰头看去，屋顶有七八丈高，上面只有一个孔，直径才大约一尺。从早上进了小门，到了吃饭的时候，看到上面有人用绳子绑住一个装着食物的容器放下来。举人饿极了，拿来食物就开始吃。吃完了饭，绳子又被收上去了。到了晚上，举人十分生气，但又不知道自己的悲屈向谁倾诉。仰头看去，忽然见到一样东西像鸟一样飞了下来。举人发觉这东西到了身边，一看，原来是一个人。这个人便用手抚摸着举人，对他说道：“我想你肯定又惊又怕，然而我在这儿，你什么都不用担心。”举人听声音，好像是之前遇见的那个女子。这个女子便带着举人要一起出去，用绢先系在举人的胸前和胳膊上，之后又把绢的另一头绑在自己身上。女子纵身一跃，飞出了宫城，离开城门好几十里才下来，对举人说道：“你先暂且回到江淮，求取功名一事，希望你日后再说。”举人十分高兴，便徒步抱头鼠窜，一路上要饭、寄宿在别人家，才到了吴地。后来举人再也不敢西上求取功名了。（出《原化记》）

卷第一百九十四　豪侠二

昆仑奴　侯 彝　僧 侠　崔慎思　聂隐娘

昆仑奴

唐大历中，有崔生者，其父为显僚，与盖代之勋臣一品者熟。生是时为千牛，其父使往省一品疾。生少年，容貌如玉，性禀孤介，举止安详，发言清雅。一品命妓轴帘，召生入室。生拜传父命，一品忻然爱慕，命坐与语。时三妓人艳皆绝代，居前，以金瓯贮含桃而擘之，沃以甘酪而进。一品遂命衣红绡妓者，擎一瓯与生食。生少年赧妓辈，终不食。一品命红绡妓以匙而进之，生不得已而食。妓哂之，遂告辞而去。一品曰："郎君闲暇，必须一相访，无间老夫也。"命红绡送出院。时生回顾，妓立三指，又反三掌者，然后指胸前小镜子云："记取。"余更无言。生归，达一品意。

返学院，神迷意夺，语减容沮，怳然凝思，日不暇食，但吟诗曰："误到蓬山顶上游，明珰玉女动星眸。朱扉半掩深宫月，应照璚芝雪艳愁。"左右莫能究其意。时家中有昆仑奴磨勒，顾瞻郎君曰："心中有何事，如此抱恨不已？何不报老奴。"生曰："汝辈何知，而问我襟怀间事。"磨勒曰："但言，当为郎君释解，远近必能成之。"生骇其言异，遂具告知。磨勒曰："此小事耳，何不早言之，而自苦耶？"生又白其隐语，勒曰："有何难会，立三指者，一品宅中有十院歌姬，此乃第三院耳；返掌三者，数十五指，以应

昆仑奴

唐大历年间，有一位姓崔的士人，父亲本来是达官贵人，和当朝一品大员都十分熟悉。崔生当时担任宫中警卫，他的父亲让他前去探望生病的一品大员。崔生年轻有为，像玉一样，性子孤高，但是行为让人如沐春风，说话也十分风雅。一品大员命令姬妾卷上帘幕，把崔生叫进内室。崔生拜谢，传达了父亲的意思，一品大员非常喜欢崔生，便命令崔生坐下说话。当时在场的三个侍妾都美貌绝伦，三人上前，劈开金瓯里藏着的桃子，又用甜酒浇在桃子上，进献给一品大员。一品大员便命令穿着红绡的侍妾拿一瓯给崔生吃。崔生年少，羞于见姬女，就一直没有吃。一品大员便命令穿着红绡的姬女用勺子喂给崔生吃，崔生不得已才吃了一口。姬女嘲笑崔生一声，便告辞离开了。一品大员说道："等到你闲暇的时候，一定要过来看我，不要和老夫疏远了啊！"便命令穿着红绡的姬女送崔生出了院子。当时崔生回头看了一眼，红绡女向他立了三哥手指头，又还了三掌，之后指着胸前的小镜子，说道："你要记着我啊。"之后就没再说什么。崔生回到家中，把一品大员的意思告诉父亲。

返回了学院，之后就意乱神迷，话也不说、面容也变得憔悴，经常神情恍惚，像是在思考什么事情，白天都想不起来吃饭，只是吟诗道："误到蓬山顶上游，明珰玉女动星眸。朱扉半掩深宫月，应照璚芝雪艳愁。"身边的人都不知道崔生是什么意思。当时家里有一个昆仑奴磨勒，回头看着崔生道："您心中到底有什么事，如此遗憾？为什么不跟老奴我讲一讲？"崔生说道："你们懂什么，就敢问我心里有什么事？"磨勒说道："您就说一说看，我帮您排遣排遣，无论简单还是困难，我一定能帮您解决。"崔生十分惊讶，便把事情告诉了磨勒。磨勒说道："这不过是一件小事，为什么不早点跟我说说，就十五日之数；胸前小镜子，十五夜月圆如镜，令郎来耶。”生大喜不自胜，谓磨勒曰：“何计而能导达我郁结？”磨勒笑曰：“后夜乃十五夜，请深青绢两匹，为郎君制束身之衣。一品宅有猛犬，守歌姬院门，非常人不得辄入，入必噬杀之。其警如神，其猛如虎，即曹州孟海之犬也。世间非老奴不能毙此犬耳。今夕当为郎君挝杀之。”遂宴犒以酒肉。至三更，携炼椎而往。食顷而回曰：“犬已毙讫，固无障塞耳。”

是夜三更，与生衣青衣，遂负而逾十重垣，乃入歌妓院内，止第三门。绣户不扃，金釭微明，惟闻妓长叹而坐，若有所俟。翠环初坠，红脸才舒，玉恨无妍，珠愁转莹。但吟诗曰：“深洞莺啼恨阮郎，偷来花下解珠珰。碧云飘断音书绝，空倚玉箫愁凤凰。”侍卫皆寝，邻近阒然，生遂缓搴帘而入。良久，验是生。姬跃下榻，执生手曰：“知郎君颖悟，必能默识，所以手语耳。又不知郎君有何神术，而能至此？”生具告磨勒之谋，负荷而至。姬曰：“磨勒何在？”曰：“帘外耳。”遂召入，以金瓯酌酒而饮之。姬白生曰：“某家本富，居在朔方。主人拥旄，逼为姬仆。不能自死，尚且偷生。脸虽铅华，心颇郁结。纵玉箸举馔，金炉泛香，云屏而每进绮罗，绣被而常眠珠翠；皆非所愿，如在桎梏。贤爪牙既有神术，何妨为脱狴牢。所愿既申，虽死不悔。请为仆隶，愿侍光容，又不知郎君高意如何？”生愀然不语。磨勒曰：“娘子既坚确如是，此亦小事耳。”姬甚喜。磨勒请先为姬负其囊橐妆奁，如此三复焉。然后曰：“恐迟明。”遂负生与姬，而飞出峻垣十余重。一品家之守御，在自己心里憋着呢？”崔生又把红绡女给他的暗号告诉了磨勒，磨勒说道：“这有什么难猜的！立了三指，是说一品大员的家里一共有十个院子养着歌姬，她在第三个院子里；还了你三掌，是照应十五天的日子；胸前的小镜子，是说十五日晚上，月亮像镜子一样明亮，让你前去与她相会。”崔生喜不自胜，便对磨勒说：“你怎样才能让我和她见面，疏解我心中的郁闷呢？”磨勒说道：“后天晚上就是十五了，请您拿来两匹青色的绢，我给您做一件贴身的衣裳。一品大员的家里有一条猛犬，守着歌姬住的院子，不是经常去的人不能进去。一旦闯进去了，就会被狗给咬死。这条狗神一般机警，像虎一样凶猛，是曹州孟海闲的狗。世上除了我之外，没人能杀得了这条狗。今天晚上我就帮您打死它。”崔生便用酒肉犒劳了磨勒。到了三更，崔生拿了一个铁棍前去杀狗。吃了一会儿，磨勒就回到崔府，说道：“我已经把那条狗给杀了，现在没有什么阻碍了。”

十五日的三更夜，磨勒给崔生穿了青色的衣服，背着崔生越过了十几堵墙，才进了歌姬的院子里，到第三个院子的门前停了下来。窗户没有开着，但是灯还亮着，只听到红绡女长叹着坐在窗边，像是在等着谁一样。红绡女刚打扮好自己，连珍珠、美玉都黯然失色。红绡女只是吟诗，道：“深洞莺啼恨阮郎，偷来花下解珠珰。碧云飘断音书绝，空倚玉箫愁凤凰。”侍卫当时都已经睡着了，四周十分寂静，崔生便慢慢揭开帘子进入了红绡女的房间。过了一会儿，红绡女发现是崔生，便跳下床榻，拉住崔生的手说道：“我知道你很聪明，一定能看懂，我才打了这个哑谜。不知道你有什么神技，能来到这里？”崔生把磨勒的计策和背着他闯进院子的事情告诉了红绡女。红绡女问道：“磨勒在哪儿？”崔生回答道：“磨勒在帘子外面。”红绡女便把磨勒叫了进来，用金瓯给磨勒倒酒。红绡女又对崔生说道：“我家本来很有钱，在北方居住。一品大员用军队逼迫我成了姬妾，我没能自杀，而是如此在世上苟活着。虽然我的脸上涂着各种化妆品，但是心里却十分郁闷。即使拿着玉筷子吃着佳肴，用金子做的香炉点着最好的香，再好的屏风、被褥，又哪里是我所希望的呢？我好像活在枷锁之中。您的奴仆既然有此神术，能不能让我脱离这个牢房？如果无有警者，遂归学院而匿之。及旦，一品家方觉。又见犬已毙，一品大骇曰："我家门垣，从来邃密，扃锁甚严，势似飞腾，寂无形迹，此必侠士而挈之。无更声闻，徒为患祸耳。"

姬隐崔生家二岁，因花时，驾小车而游曲江，为一品家人潜志认，遂白一品。一品异之，召崔生而诘之事。惧而不敢隐，遂细言端由，皆因奴磨勒负荷而去。一品曰："是姬大罪过，但郎君驱使逾年，即不能问是非，某须为天下人除害。"命甲士五十人，严持兵仗围崔生院，使擒磨勒。磨勒遂持匕首，飞出高垣，瞥若翅翎，疾同鹰隼。攒矢如雨，莫能中之。顷刻之间，不知所向。然崔家大惊愕。后一品悔惧，每夕，多以家童持剑戟自卫，如此周岁方止。后十余年，崔家有人，见磨勒卖药于洛阳市，容颜如旧耳。（出《传奇》）

侯彝

唐大历中，有万年尉侯彝者好尚心义，尝匿国贼。御史推鞫理穷，终不言贼所在。御史曰："贼在汝左右膝盖下。"彝遂揭阶砖，自击其膝盖，翻示御史曰："贼安在？"御史又曰："在左膝盖下。"又击之翻示。御史乃以鏊贮烈火，置其腹上。烟熢焠，左右皆不忍视。彝怒呼曰："何不加炭！"御史奇之，奏闻。代宗即我的愿望得以实现，即使为你而死我也在所不辞。希望我能作为仆人服侍您，不知您有何高见？”崔生有点烦恼，默不作声。磨勒说道：“既然娘子如此坚定，这也不过就是个小事儿罢了。”红绡女十分高兴。磨勒请求先把红绡女的行囊、妆奁搬走，来回好几趟。然后对二人说道：“恐怕马上天就要亮了。”便背着崔生和红绡女，飞出好几座大山。一品大员家的侍卫没有警觉，崔生便回到学院，把红绡女藏在里面。到了早上，一品大员的家人才察觉到。又见到狗被打死了，一品大员十分恐惧，说道：“我家的门和墙从来防卫得都很严密，窗户的锁也都很严，来人像是飞来的一样，一点声音、行迹都没有。应该是有人派人把她带走的。晚上一点儿声都没有，才令人忧心。”

红绡女在崔生家中藏了两年，在花开时节，红绡女就驾着小车去曲江游玩，被一品大员家里的人暗地认了出来，告诉了一品大员。一品大员觉得十分奇怪，便叫来崔生问及此事。崔生害怕，不敢隐瞒，便详细地把前因后果告诉了一品大员，告诉他都是自己家的仆人磨勒背走的。一品大员说道：“红绡女身有大罪，但是你已经驱使她一年多了，我也不能问她的罪，但是我当为天下人除害。”于是一品大员便命令五十个甲士拿着兵器围住崔生住的院子，让他们抓住磨勒。磨勒便拿着匕首，飞出高墙，飞得像鹰隼振翅一样快。甲兵们矢发如雨，也没能射中磨勒。顷刻之间，就不知道上哪儿去了。崔家十分惊讶。后来一品大员又后悔又害怕，每天晚上，都让很多家僮拿着武器给自己防卫，防了一年才缓过来一点儿。十多年之后，崔家有人在洛阳市场卖药，容颜还和以前一样。（出《传奇》）

侯彝

唐大历年间，有一个叫侯彝的万年尉，非常讲义气，曾经收留过国家要犯。御史追究此事时，侯彝理穷，但是还是不说贼人在哪儿。御史说道：“贼人在你左右膝盖下面。”侯彝便掀开阶梯上的砖，自己攻击自己的膝盖，翻开给御史看道：“贼人在哪儿呢？”御史又说道：“在你左膝盖下面。”他又击打了自己的膝盖，翻开砖头给御史看。御史便把烧着的烈火放在他的肚子上。烟都烧尽了，身边人都召见曰："何为隐贼，自贻其苦若此？"彝对曰："贼臣实藏之。已然诺于人，终死不可得。"遂贬之为端州高要尉。（出《独异志》）

僧侠

唐建中初，士人韦生移家汝州，中路逢一僧，因与连镳，言论颇洽。日将夕，僧指路歧曰："此数里是贫道兰若，郎君能垂顾乎？"士人许之，因令家口先行。僧即处分从者，供帐具食。行十余里，不至。韦生问之，即指一处林烟曰："此是矣。"及至，又前进。日已昏夜，韦生疑之，素善弹，乃密于靴中取张卸弹，怀铜丸十余，方责僧曰："弟子有程期，适偶贪上人清论，勉副相邀，今已行二十里，不至何也？"僧但言用行。是僧前行百余步，韦生知其盗也，乃弹之。僧正中其脑，僧初若不觉。凡五发中之，僧始扪中处，徐曰："郎君莫恶作剧。"韦生知无可奈何，亦不复弹。

良久，至一庄墅，数十人列火炬出迎。僧延韦生坐一厅中，笑云："郎君勿忧。"因问左右："夫人下处如法无？"复曰："郎君且自慰安之，即就此也。"韦生见妻女别在一处，供帐甚盛，相顾涕泣。即就僧，僧前执韦生手曰："贫道盗也，本无好意。不知郎君艺若此，非贫道亦不支也。今日固无他，幸不疑耳。适来贫道所中郎君弹悉在。"乃举手搦脑后，五丸坠焉。有顷布筵，具蒸犊，犊上劄刀子十余，以齑饼环之。揖韦生就座，复曰："贫道有义弟不忍直视。侯彝大怒喊道："为什么不再加点儿炭呢！"御史以其为奇，上奏告知唐代宗。唐代宗便召来侯彝，说道："为什么要为国贼隐藏，自己吃苦到这种地步？"侯彝回答道："贼人确实是被我藏起来了。但是我已经答应别人了，即使我死了也不能交代。"唐代宗便把他贬为端州高要尉。(出《独异志》)

僧侠

唐建中初年，士人韦生搬家到汝州，半路中碰到一个僧人，便和僧人一起赶路，交谈得十分融洽。太阳马上就要落山了，僧人指着岔路说道："前面几里是贫僧的寺庙，你能光临一下吗？"韦生同意了，便让自己的家人先走。僧人便分给韦生一些下人，摆开帐篷准备食物。二人走了十多里，还没有到僧人的庙宇。韦生问僧人什么时候能到庙里，僧人指向林子里一处升起炊烟的地方，说道："那里就是。"等到了有炊烟的地方，僧人还在赶路。太阳已经要落山了，韦生怀疑僧人言语有诈。韦生此人特别擅长弹弓，便暗地里从靴子里取出弹弓，拿着十多个铜弹子，责备僧人道："弟子本来有行程，刚才偶然贪恋和您交谈，才勉强同意您的邀请。如今已经走了二十里，为什么还不到地方？"僧人却只是让韦生行路。僧人向前走了一百多步，韦生知道此人是一个强盗，便用铜弹子射击僧人，正中僧人的脑袋。一开始僧人没有发觉，等到中了五个铜弹子，僧人才摸了摸脑袋，缓缓说道："韦生不要恶作剧。"韦生知道没有办法对付僧人，便也不再射击僧人。

过了很长时间，到了一个庄子，好几十个人摆出火炬，出迎僧人。僧人把韦生请到亭子里坐下，笑着说道："您不要担心。"便询问侍卫道："夫人的住处安排好了吗？"又对韦生说道："你先去自己安慰她们，先在这儿住下。"韦生见到自己的妻子和女儿共处一室，僧人的手下对待她们很好，便和妻子、女儿相视而哭。韦生去会见僧人，僧人上前抓住韦生的手，说道："贫僧是一个强盗，本来没有什么好意。没想到您弹子的技术到了这种地步，如果不是我，也受不了这个弹子。今天也没有什么别的事，只是感谢你没有怀疑我。刚才在来的数人，欲令谒见。”言已，朱衣巨带者五六辈，列于阶下。僧呼曰：“拜郎君！汝等向遇郎君，即成齑粉矣。”食毕，僧曰：“贫道久为此业，今向迟暮，欲改前非。不幸有一子技过老僧，欲请郎君为老僧断之。”乃呼飞飞出参郎君。飞飞年才十六七，碧衣长袖，皮肉如腊。僧曰：“向后堂侍郎君。”僧乃授韦一剑及五丸，且曰：“乞郎君尽艺杀之，无为老僧累也。”

引韦入一堂中，乃反锲之。堂中四隅，明灯而已。飞飞当堂执一短鞭，韦引弹，意必中。丸已敲落，不觉跃在梁上，循壁虚蹑，捷若猱玃。弹丸尽，不复中。韦乃运剑逐之，飞飞倏忽逗闪，去韦身不尺。韦断其鞭数节，竟不能伤。僧久乃开门，问韦：“与老僧除得害乎？”韦具言之。僧怅然，顾飞飞曰：“郎君证成汝为贼也，知复如何？”僧终夕与韦论剑及弧矢之事。天将晓，僧送韦路口，赠绢百匹，垂泣而别。（出《唐语林》）

崔慎思

博陵崔慎思，唐贞元中应进士举。京中无第宅，常赁人隙院居止。而主人别在一院，都无丈夫，有少妇年三十余，窥之亦有容色，唯有二女奴焉。慎思遂遣通意，求纳为妻。妇人曰：“我非仕路上我中的弹子全都在这儿。”说完，便用手摸了摸后脑勺，五个弹丸便全掉下来了。不一会儿，僧人摆好酒宴，准备好食物，牛犊上面插着十几把刀子，用韭饼摆在周围。僧人给韦生作揖，让韦生入座，又说道：“贫僧有几个义弟，想让他们见见你。”僧人说完，有五六个穿着大红衣服、围着大腰带的人，在台阶下面站着。僧人喊道：“你们前来参见韦君！如果之前是你们去见韦生，那你们今天已经没命了！”吃完了饭，僧人说道：“贫僧干强盗已经很久了，如今老了，想要痛改前非。然而十分不幸，我有一个儿子，技艺比我还强，希望你能够帮我断了他这条路。”说完，便让飞飞出来参拜韦生。飞飞当时才十六七岁，穿着一件绿色长袖的衣服，皮肉光滑得像涂了油一样。僧人对飞飞道：“你到后堂去接待韦生。”僧人又给韦生一把宝剑和五个弹丸，说道：“请你把你全身解数使出，不要让我有遗憾。”

便把韦生带进一个堂中，之后把房间反锁了。房中只有四角有灯火而已。飞飞在房间里，手拿一条短鞭，韦生射出弹子，以为一定会射中。结果弹丸落下，韦生没发觉的时候，飞飞已经跳在了房梁上，绕着墙行路，像猿猴一样敏捷。韦生把弹丸都打光了，也没有打中飞飞。韦生便带着剑追赶飞飞，飞飞移动得十分快，一时停留一时躲闪，离韦生只有不到一尺远。韦生只是把飞飞的鞭打断了好几节，最终也没能伤到飞飞。僧人很长时间之后才开门，问韦生道：“您帮老僧我除了害了吗？”韦生把情况全都告诉了僧人。僧人很惆怅，回头对飞飞说道：“韦生证明你有当贼人的才能了。我知道了，又能怎么样呢？”僧人整晚一直和韦生谈论剑、弓、箭一类的事情。天快要亮了，僧人把韦生送到路口，送给他一百匹绢，二人洒泪而别。（出《唐语林》）

崔慎思

博陵的崔慎思在唐朝贞元年间参加进士科考。因为京城里没有房子，崔慎思便经常租别人空闲的院子住下，主人另住在一个院子里。主人家里没有男人，只有一个三十多岁的少妇，看起来也十分漂亮。另有两个女子做此人的奴婢。崔慎思便派人表达了自己的想人，与君不敌，不可为他时恨也。”求以为妾，许之，而不肯言其姓。慎思遂纳之。二年余，崔所取给，妇人无倦色，后产一子。

数月矣，时夜，崔寝，及闭户垂帷，而已半夜，忽失其妇。崔惊之，意其有奸，颇发忿怒。遂起，堂前彷徨而行。时月胧明，忽见其妇自屋而下，以白练缠身，其右手持匕首，左手携一人头。言其父昔枉为郡守所杀，入城求报，已数年矣，未得。今既克矣，不可久留，请从此辞。遂更结束其身，以灰囊盛人首携之。谓崔曰："某幸得为君妾二年，而已有一子。宅及二婢皆自致，并以奉赠，养育孩子。”言讫而别，遂逾墙越舍而去，慎思惊叹未已。少顷却至，曰："适去，忘哺孩子少乳。”遂入室。良久而出曰："喂儿已毕，便永去矣。”慎思久之，怪不闻婴儿啼。视之，已为其所杀矣。杀其子者，以绝其念也。古之侠莫能过焉。(出《原化记》)

聂隐娘

聂隐娘者，唐贞元中，魏博大将聂锋之女也。年方十岁，有尼乞食于锋舍，见隐娘，悦之，云："问押衙乞取此女教？”锋大怒，叱尼。尼曰："任押衙铁柜中盛，亦须偷去矣。”及夜，果失隐娘所向。锋大惊骇，令人搜寻，曾无影响。父母每思之，相对涕泣而已。后五年，尼送隐娘归。告锋曰："教已成矣，子却领取。”尼欻法，想求取此人为妻。妇人说道：“我不是官宦之家的子女，和您门不当户不对，您别为之后留下遗憾。”崔慎思便又求取此人为妾。妇人答应了，但是不肯说自己的姓氏。崔慎思便纳了妇人为妾。过了两年多，崔慎思所取所求，妇人从无厌倦之色。后来妇人为崔慎思产下一子。

孩子好几个月了，一天半夜，崔慎思刚要就寝，等到关上门、垂下帘子，却忽然找不到妇人了。崔慎思十分惊讶，觉得妇人可能有奸情，便勃然大怒。于是起身到堂前彷徨。当时月色朦胧，忽然见到妇人从房子上跳下，用白练缠着身子，右手拿着匕首，左手带着一个人头。妇人对崔慎思说：“我父亲之前被郡守冤杀，我进京城是为了报仇。已经过了好几年，也没有得手；如今终于得手了，我不能在此地久留，从此我就要离开了。”过了五更，妇人换好了衣服，用灰装好了那个人的脑袋，便要离开了。临行前对崔慎思说道：“我幸而做了您的妾两年，还给您生了个儿子。宅子和两个婢女都是我自己得来的，如今全都送给您了，您就用此养育儿子吧。”说完跳出院墙就离开了。崔慎思惊叹不已。过了一会儿，妇人又回来了，对崔慎思说道：“刚才离开的时候，我忘了稍微给孩子喂点奶。”便进入了内室，过了很长时间才出来，说道：“我已经喂完孩子了，从此之后就要永别了。”崔慎思等了很长时间，见没有婴儿啼哭的声音，十分奇怪。到内室一看，发现孩子已经被妇人杀了。妇人之所以杀了自己的儿子，是为了断绝自己的念想。古之侠客，也未必能超过这个妇人。（出《原化记》）

聂隐娘

唐贞元年间，有一个叫聂隐娘的人，是魏博大将聂锋的女儿。当时聂隐娘才十岁，有一个到聂锋家里要饭的尼姑，见到了聂隐娘很高兴。尼姑说道：“我能向您要来您的女儿教她技艺吗？”聂锋大怒，便呵斥走了尼姑。尼姑说道：“即使你把女儿关在衙门里，放在铁柜里，我也会把她偷走。”到了晚上，聂隐娘果然丢了。聂锋又惊又怕，命人寻找聂隐娘的踪迹，一点作用都没起。聂隐娘的父母每次亦不见。一家悲喜，问其所学，曰："初但读经念咒，余无他也。"锋不信，恳诘。隐娘曰："真说又恐不信，如何？"锋曰："但真说之。"

曰："隐娘初被尼挈，不知行几里。及明，至大石穴之嵌空数十步，寂无居人，猿狖极多，松萝益邃。已有二女，亦各十岁，皆聪明婉丽不食。能于峭壁上飞走，若捷猱登木，无有蹶失。尼与我药一粒，兼令长执宝剑一口，长二尺许，锋利，吹毛令剸，逐二女攀缘，渐觉身轻如风。一年后，刺猿狖，百无一失。后刺虎豹，皆决其首而归。三年后能飞，使刺鹰隼，无不中。剑之刃渐减五寸。飞禽遇之，不知其来也。至四年，留二女守穴，挈我于都市，不知何处也。指其人者，一一数其过曰：'为我刺其首来，无使知觉。定其胆，若飞鸟之容易也。'受以羊角匕首，刀广三寸，遂白日刺其人于都市，人莫能见。以首入囊，返主人舍，以药化之为水。五年，又曰：'某大僚有罪，无故害人若干。夜可入其室，决其首来。'又携匕首入室，度其门隙，无有障碍，伏之梁上。至瞑，持得其首而归。尼大怒曰：'何太晚如是！'某云：'见前人戏弄一儿可爱，未忍便下手。'尼叱曰：'已后遇此辈，先断其所爱，然后决之。'某拜谢。尼曰：'吾为汝开脑后藏匕首，而无所伤，用即抽之。'曰：'汝术已成，可归家。'遂送还。云：'后二十年，方可一见。'"

想聂隐娘了，也只能相对哭泣而已。五年之后，尼姑把聂隐娘送了回来，告诉聂锋道："我已经教成了，你来领你的姑娘吧。"尼姑突然就不见了。一家人见面，悲喜交加。聂锋问姑娘学了什么，聂隐娘说道："一开始只是读经念咒，没有学什么。"聂锋不相信，又诚恳地问聂隐娘。聂隐娘说道："我说真话恐怕你不会相信。"聂锋说道："你只要说真话就好了。"

聂隐娘才说道："我刚被那个尼姑带走的时候，不知道走了多少里路。天亮的时候，走到了一个很大的石头洞穴，里面几十步距离内都是空的，十分安静，没有别人居住，但是却有很多猿猴，松树和女萝越来越茂密。尼姑处已经有另两个女子，也都只有十岁那么大，都是又聪明伶俐、又美貌无双，都不肯吃饭。这些人都能在峭壁上飞跑，像猿猴上树一样轻松，从来没有失手的时候。尼姑给了我一粒药，还让我拿着一口宝剑。宝剑有两尺多长，十分锋利，吹毛断发，追着之前的两个女子攀缘树木，渐渐地觉得行走像风一样。一年之后，我就可以刺杀猿猴了，百无一失。后来又能刺杀虎豹，把它们的脑袋取回去。三年之后，我们就能飞起来了，每次杀鹰隼，没有不中的。我们宝剑的长度也减少了五寸。飞禽碰到我们，不知道我们的到来。四年之后，尼姑让那两个女子守着洞穴，把我带到都市里，不知道上哪。尼姑便指着人，一一历数他们的过错，说道：'你帮我把他们的脑袋带过来，不要让他们发觉。把心咽到肚子里，杀他们像杀飞鸟一样容易。'说完，尼姑便给了我一把羊角匕首，刀有三寸长。因此我白天便在都市刺杀这些人，没有人能看见我。我把他们的脑袋放进袋子里，返回尼姑住的地方，尼姑用药把头化成水。五年的时候，尼姑又说道：'某某大官有很多罪，害了若干的人。你可以趁夜里进入他的居室，把他的脑袋取来。'我便又拿着匕首进入大官的居室，窥视居室的各个缝隙。看到没有了障碍，我就在梁上趴着。到了晚上，我取走了这个大官的首级。尼姑大怒道：'为什么这么晚？'我说道：'我看到前面有人戏弄一个小孩，十分可爱，便没忍心当时下手。'尼姑呵斥我道：'以后碰到这种人，先杀了他所爱的人，然后再把他杀了。'我急忙叩头谢罪。尼姑说道：'我打开你的后颅，把匕首锋闻语甚惧，后遇夜即失踪，及明而返。锋已不敢诘之，因兹亦不甚怜爱。忽值磨镜少年及门，女曰："此人可与我为夫。"白父，父不敢不从，遂嫁之。其夫但能淬镜，余无他能。父乃给衣食甚丰，外室而居。数年后，父卒。魏帅稍知其异，遂以金帛署为左右吏。如此又数年。

至元和间，魏帅与陈许节度使刘昌裔不协，使隐娘贼其首。引娘辞帅之许，刘能神筭，已知其来。召衙将，令来日早至城北，候一丈夫一女子，各跨白黑卫。至门，遇有鹊前噪夫，夫以弓弹之，不中，妻夺夫弹，一丸而毙鹊者。揖之云："吾欲相见，故远相祗迎也。"衙将受约束，遇之。隐娘夫妻曰："刘仆射果神人，不然者，何以洞吾也，愿见刘公。"刘劳之。隐娘夫妻拜曰："合负仆射万死。"刘曰："不然，各亲其主，人之常事。魏今与许何异，顾请留此，勿相疑也。"隐娘谢曰："仆射左右无人，愿舍彼而就此，服公神明也。"知魏帅之不及刘。刘问其所须，曰："每日只要钱二百文足矣。"乃依所请。忽不见二卫所之，刘使人寻之，不知所问。后潜收布囊中，见二纸卫，一黑一白。

后月余，白刘曰："彼未知住，必使人继至。今宵请剪发，系之以红绡，送于魏帅枕前，以表不回。"刘听之。至四更却返曰：

藏到里面，伤不到你。用的时候就可以抽出来。’又说道，‘你已经学成了，现在你可以回家了。’于是才把我送回来。聂隐娘又说：‘二十年之后，我们才能再见一面。’”

聂锋听说后，十分害怕。之后聂隐娘到了晚上就会失踪，到了天明就会回家。聂锋不敢盘问聂隐娘，因此也不太喜爱她。忽然赶上一个磨镜子的少年进了门，聂隐娘说道：“这个人可以做我的夫君。”把这件事告诉了聂锋。聂锋不敢不从，便把聂隐娘嫁给了这个磨镜子的少年。聂隐娘的丈夫只能淬炼镜子，其他什么也不会。聂锋便提供给他们丰厚的资源，腾出外室让他们居住。几年之后，聂锋过世了。魏元帅对聂隐娘夫妻之异有所耳闻，便送去财物，聘请聂隐娘的丈夫为身边的官吏。如此又过了好几年。

到了元和年间，魏元帅和陈许节度使刘昌裔不和，便派聂隐娘刺杀刘昌裔。聂隐娘辞别了魏元帅前往刺杀刘昌裔。刘昌裔此人有神算之名，已经知道聂隐娘要来刺杀自己，便召来衙门的将领，让他们第二天到城北等一男一女，各带着一黑一白两个侍卫。到了城门前，忽然有乌鸦在聂隐娘丈夫面前聒噪。聂隐娘的丈夫便用弹弓想要射杀乌鸦，没打中。聂隐娘夺过丈夫手里的弹弓射杀乌鸦，一个弹丸就打死了乌鸦。衙门的将领便向城门口的这对夫妻作揖道：“我想要见你们夫妻一面，因此才远远相迎。”衙门将领按照刘昌裔所说接待了聂隐娘夫妻。聂隐娘夫妻说道：“刘仆射果然是神人，否则怎么能知道我们会来呢！希望能跟刘仆射见一面。”刘昌裔便为聂隐娘夫妻接风洗尘。聂隐娘拜谢道：“您接待我们的时候竟然敢左右无人。希望能让我们离开魏元帅，在您这儿当个门客。我佩服您的神明。”这是聂隐娘知道魏元帅比不了刘昌裔。刘昌裔问聂隐娘需要什么，聂隐娘说道：“每天只要给我们二百文钱就行了。”刘昌裔便依照聂隐娘所要求的给他们提供金钱。忽然，刘昌裔不知道跟随聂隐娘的两个卫士去哪儿了，派人前去寻找，不知所踪。后来在布袋子里看到两个纸做的侍卫，一黑一白。

一个多月之后，聂隐娘对刘昌裔说道：“他们不知道我们上哪去了，一定会找其他人再来刺杀您。请您今天晚上剪下头发，用红绳子

“送其信了，后夜必使精精儿来杀某，及贼仆射之首。此时亦万计杀之，乞不忧耳。”刘豁达大度，亦无畏色。是夜明烛，半宵之后，果有二幡子一红一白，飘飘然如相击于床四隅。良久，见一人自空而踣，身首异处。隐娘亦出曰：“精精儿已毙。”拽出于堂之下，以药化为水，毛发不存矣。隐娘曰：“后夜当使妙手空空儿继至。空空儿之神术，人莫能窥其用，鬼莫得蹑其踪。能从空虚之入冥，善无形而灭影。隐娘之艺，故不能造其境，此即系仆射之福耳。但以于阗玉周其颈，拥以衾，隐娘当化为蠛蠓，潜入仆射肠中听伺，其余无逃避处。”刘如言。至三更，瞑目未熟，果闻颈上铿然，声甚厉，隐娘自刘口中跃出。贺曰：“仆射无患矣。此人如俊鹘，一搏不中，即翩然远逝，耻其不中。才未逾一更，已千里矣。”后视其玉，果有匕首划处，痕逾数分。自此刘转厚礼之。

自元和八年，刘自许入觐，隐娘不愿从焉。云：“自此寻山水，访至人，但乞一虚给与其夫。”刘如约。后渐不知所之。及刘薨于统军，隐娘亦鞭驴而一至京师，柩前恸哭而去。开成年，昌裔子纵除陵州刺史，至蜀栈道，遇隐娘，貌若当时，甚喜相见，依前跨白卫如故。语纵曰：“郎君大灾，不合适此。”出药一粒，令纵吞之。云：“来年火急抛官归洛，方脱此祸。吾药力只保一年患耳。”纵亦不甚信，遗其缯彩，隐娘一无所受，但沉醉而去。后一年，纵不休官，果卒于陵州。自此无复有人见隐娘矣。（出《传奇》）

绑住，送到魏元帅的枕头旁边，以表示我们不回去了。”刘昌裔听从了聂隐娘的建议。到了四更，聂隐娘又回来了，对刘昌裔说道：“您送完这封信，魏元帅一定会派精精儿来杀您，还要带走您的头。我们也有很多方法杀他，请您不要担心。”刘昌裔豁达大度，毫无畏色。当天晚上，刘昌裔点好蜡烛，半夜之后，果然有一红一白两个小幡儿漂浮在房间里，在床的四角撞击。过了很长时间，见到一个人踩空摔倒，身首异处了。聂隐娘也出来了，说道：“精精儿已经死了。”说完便把精精儿的尸体从堂下拽了出来，用药把尸体化成了水，毛发都不存在了。聂隐娘又说道：“后夜，魏元帅可能会派妙手空空儿到这儿。妙手空空儿的神术，人鬼都不知道他的行踪。他能从空虚进入阴冥，能在无形中杀人。我的技艺还不能达到妙手空空儿的水平，这就要看您的福气如何了。您只要把于阗玉挂在脖子上，藏在被子里，我会变成蠛蠓在您的肠子里藏着，其他就没有地方可以躲藏了。”刘昌裔听从了聂隐娘的话。到了三更时分，刘昌裔闭着眼睛还没有睡着，果然听见脖子上声音很大。聂隐娘便从刘昌裔的嘴里跳了出来，道贺道：“您没有什么祸患了。妙手空空儿此人就像矫健的飞鹘，一次打不中您，他就翩翩离开了，以没有打中为耻。现在没过一更，他已经走了千里远了。”后来刘昌裔看他脖子上的玉，果然有刀刃的划痕。从此刘昌裔对待聂隐娘夫妻越来越礼遇。

元和八年，刘昌裔被允许入朝朝觐，聂隐娘不愿跟他一起入京，说道：“从此我要寻山觅水，访问世上的那些奇人了。只希望您能给我的夫君要一个虚职。”刘昌裔按照约定执行了。后来渐渐没有了聂隐娘的行踪。等到刘昌裔在统军职位上去世的时候，聂隐娘骑着驴进入京城，在刘昌裔的棺材前面痛哭流涕，之后便离开了。开成年间，刘昌裔的儿子刘纵被任命为陵州刺史，到了蜀地栈道时，遇见了聂隐娘，看见聂隐娘的容貌和当初一样，相见之后十分高兴，她和之前一样骑着白色的驴。聂隐娘对刘纵说道：“您有大灾，不适合在此当差。”拿出一粒药，让刘纵吞下去。又说道：“来年您要赶紧弃官回京，才能逃脱此难。我的药力只能支持一年。”刘纵不怎么相信，送给聂隐娘几匹彩缯，聂隐娘一匹也没有接受，只是心情不怎么好

就离开了。一年后，刘纵没有辞官，果然死在了陵州。从此没有人再见过聂隐娘了。（出《传奇》）

卷第一百九十五　豪侠三

红线　胡证　冯燕　京西店老人　兰陵老人　卢生　义侠

红线

唐潞州节度使薛嵩家青衣红线者，善弹阮咸，又通经史。嵩乃俾掌其笺表，号曰内记室。时军中大宴，红线谓嵩曰："羯鼓之声，颇甚悲切，其击者必有事也。"嵩素晓音律，曰："如汝所言。"乃召而问之，云："某妻昨夜身亡，不敢求假。"嵩遽放归。

是时至德之后，两河未宁，以滏阳为镇，命嵩固守，控压山东。杀伤之余，军府草创。朝廷命嵩遣女嫁魏博节度使田承嗣男，又遣嵩男娶滑亳节度使令狐章女。三镇交为姻娅，使使日浃往来。而田承嗣常患肺气，遇热增剧。每曰："我若移镇山东，纳其凉冷，可以延数年之命。"乃募军中武勇十倍者，得三千人，号外宅男，而厚其恤养。常令三百人夜直州宅，卜选良日，将并潞州。

嵩闻之，日夜忧闷，咄咄自语，计无所出。时夜漏将传，辕门已闭，杖策庭际，唯红线从焉。红线曰："主自一月，不遑寝食。意有所属，岂非邻境乎？"嵩曰："事系安危，非尔能料。"红线曰："某诚贱品，亦能解主忧者。"嵩闻其语异，乃曰："我知汝是异人，我暗昧也。"遂具告其事曰："我承祖父遗业，受国家重恩，一旦失其疆土，即数百年勋伐尽矣。"红线曰："此易与耳，不足劳主忧焉。暂放某一到魏城，观其形势，觇其有无。今一更首途，二更可以复命。请先定一走马使，具寒暄书。其他即待某却回也。"

红线

唐潞州节度使薛嵩家里有一个婢女叫作红线，善于弹阮，又通晓经史。薛嵩便让红线掌管自己家的文书，人们都称红线为内记室。当时军中大摆酒席，红线对薛嵩说道："羯鼓声音十分悲切，打鼓的人一定发生了什么事。"薛嵩通晓音律，说道："确实如你所说。"便叫来击鼓者问他发生了什么事。击鼓者说道："我的妻子昨天过世了，但是我又不敢请假。"薛嵩立刻就放他出去了。

当时刚过至德，河南、河北还没平定，便在滏阳设了一个军事重镇，让薛嵩镇守，以此控制山东，给山东压力。在战争的闲暇时间，薛嵩又建立了军府。朝廷命令薛嵩把女儿嫁给魏博节度使田承嗣的儿子，又让薛嵩的儿子娶滑亳节度使令狐章的女儿。三镇互相为儿女亲家，派使者日夜往来。田承嗣患有肺气，每次一到热天，就会更严重。总对自己的手下说道："我如果能移镇山东，在那儿乘凉，我还能多活几年。"便在军中募得十倍武勇的壮士，得到了三千人，被称为外宅男，十分优厚地对待他们。田承嗣经常让三百人在州里的宅子巡逻，选好日子，想要吞并潞州。

薛嵩听说了，日夜为此担心，总是自言自语，不知道该怎么办。当时夜漏马上要开始计时了，辕门也已经关上了。薛嵩一个人在院子里拄着拐杖徘徊，只有红线跟在后面。红线说道："您这一个月以来，寝食不安，恐怕您是心里有事吧？是田承嗣那边的事儿吗？"薛嵩说道："这个事情关系到我的安危，不是你能解决得了的。"红线说道："我虽然地位卑贱，但是也能解决您的忧虑。"薛嵩看她谈吐有异于常人，便说道："我知道你和别人不同，刚才是我昏聩了。"便把这件事详细地说给红线道："我继承家中的遗业，受到国家的重恩，一旦丢掉了疆土，我们家好几百年的功勋就全都付诸东流了。"红线说嵩曰："然事或不济，反速其祸，又如之何？"红线曰："某之此行，无不济也。"乃入闱房，饬其行具。乃梳乌蛮髻，贯金雀钗，衣紫绣短袍，系青丝轻履，胸前佩龙文匕首，额上书太一神名。再拜而行，倏忽不见。

嵩乃返身闭户，背烛危坐。常时饮酒，不过数合。是夕举觞，十余不醉。忽闻晓角吟风，一叶坠露。惊而起问，即红线回矣。嵩喜而慰劳曰："事谐否？"红线曰："不敢辱命。"又问曰："无伤杀否？"曰："不至是，但取床头金合为信耳。"红线曰："某子夜前二刻，即达魏城，凡历数门，遂及寝所。闻外宅儿止于房廊，睡声雷动。见中军士卒，徒步于庭，传叫风生。乃发其左扉，抵其寝帐。田亲家翁止于帐内，鼓趺酣眠，头枕文犀，髻包黄縠，枕前露一星剑，剑前仰开一金合，合内书生身甲子与北斗神名。复以名香美珠，散覆其上。然则扬威玉帐，坦其心豁于生前。熟寝兰堂，不觉命悬于手下。宁劳擒纵，只益伤嗟。时则蜡炬烟微，炉香烬委，侍人四布，兵器交罗。或头触屏风，鼾而亸者；或手持巾拂，寝而伸者。某乃拔其簪珥，縻其襦裳，如病如醒，皆不能寤。遂持金合以归。出魏城西门，将行二百里，见铜台高揭，漳水东流，晨鸡动野，斜月在林。忿往喜还，顿忘于行役。感知酬德，聊副于依归。所以当夜漏三时，往返七百里，入危邦一道，经过五六城，冀减主忧，敢言其苦。"

道："这件事好办，无须您劳心劳力。您先让我去一趟魏城，看一看形势，看看田承嗣是不是果然要侵占潞州。我一更出发，二更便能回来复命。请您先选好一个使者和一封寒暄用的信，其他等我回来再说。"薛嵩说道："假如事情没有办成，反而招祸，那该如何是好？"红线说道："我这次去，肯定不会成不了事。"便进入了自己的房间，准备赶路所需的行装，梳着一个乌蛮髻，插上金雀钗，穿上绣着紫色图案的短袍，系住头发，穿好鞋子，胸前佩戴一把画着龙的匕首，在头上写下太一神的名字。之后拜了两拜，念了念神祇的名讳，突然就不见了。

薛嵩回到寝室，背着蜡烛直直地坐着，坐了一会儿。当晚薛嵩拿起酒杯，喝了十几杯也没有喝醉。忽然听见早上的角声，看见一个叶子上面滴下了露水。薛嵩大惊，起身一看，原来是红线回来了。薛嵩大喜，慰劳红线说道："事情成了吗？"红线答道："幸不辱命。"薛嵩又问道："没有伤到吧？"红线答道："不至于，我只是拿走了田承嗣床头的金盒作为信物。"红线说道："我子夜前两刻的时候，就到了魏博了。过了好几道门，才来到田承嗣的寝房，听到田承嗣养的外宅儿在偏房里休息，鼾声如雷。还看到田承嗣军中的士卒在亭子里散步，在互相谈笑。我便打开了田承嗣寝室的左门，到了田承嗣的寝室。只见田承嗣在帐子里酣睡。脑袋枕着绣花枕头，裹着黄布，枕头前面摆着一把七星宝剑，宝剑前面有一个开着的金盒，盒子里面写着田承嗣的生辰八字和北斗星君的神名。又用上好的香料和美丽的珍珠摆在上面。虽然他在帐里作威作福，但是却不知道他的性命在我手里。哪里需要七擒七纵，只是怕惹别人讲些是非之言。当时蜡烛烧完了，香也燃尽量，侍卫的人在四面驻守，兵器熠熠生辉。有的人头倚着屏风，打着呼噜睡着了，有的人拿着手绢、拂尘，在地上睡着了。我便拔掉了他们的耳环和簪子，弄脏了他们的衣服，这些人像病了、醉了一样，根本醒不过来。我便拿着金盒回来了。我出了魏博城的西门，走了二百里，只见一个非常高的铜砌的台子，漳水在此处向东流去，早上的鸡惊动了野兽，将要落下的月亮还在林子上悬挂着。我虽然去的时候十分愤怒，但是回来的时候十分高兴，顿时就忘了行路。

嵩乃发使入魏，遗田承嗣书曰："昨夜有客从魏中来云，自元帅床头获一金合，不敢留驻，谨却封纳。"专使星驰，夜半方到。见搜捕金合，一军忧疑。使者以马棰挝门，非时请见。承嗣遽出，使者乃以金合授之。捧承之时，惊怛绝倒。遂留使者，止于宅中，狎以宴私，多其赐赍。明日，专遣使赍帛三万匹、名马二百匹、杂珍异等，以献于嵩曰："某之首领，系在恩私。便宜知过自新，不复更贻伊戚。专膺指使，敢议亲姻。彼当捧毂后车，来在麾鞭前马，所置纪纲外宅儿者，本防他盗，亦非异图。今并脱其甲裳，放归田亩矣。"由是一两个月内，河北河南信使交至。

忽一日，红线辞去。嵩曰："汝生我家，今欲安往？又方赖于汝，岂可议行？"红线曰："某前本男子，游学江湖间，读神农药书，而救世人灾患。时里有孕妇，忽患蛊症，某以芫花酒下之，妇人与腹中二子俱毙。是某一举杀其三人，阴力见诛，降为女子，使身居贱隶，气禀凡俚。幸生于公家，今十九年矣。身厌罗绮，口穷甘鲜。宠待有加，荣亦甚矣。况国家建极，庆且无疆。此即违天，理当尽弭。昨往魏邦，以是报恩。今两地保其城池，万人全其性命，使乱臣知惧，烈士谋安，在某一妇人，功亦不小，固可赎其前罪，还其本形。便当遁迹尘中，栖心物外，澄清一气，生死长存。"嵩曰："不然，以千金为居山之所。"红线曰："事关来世，安可预谋。"嵩知不可留，乃广为饯别，悉集宾友，夜宴中堂。嵩以歌送我感念您的恩德，如今暂且回来交差。我在夜漏三更的时候，往返七百多里地，进入一个危险的地区，经过五六个城，才赶回来，希望能多少减轻您的忧虑。我哪敢说苦。”

薛嵩便派使者前去魏博，给田承嗣寄了一封信，上面写道：“昨天我有一个客人从你们那儿前来，说从你的床头得到了一个金盒，我不敢自己留着，请您笑纳。”让专人日夜兼行，半夜才赶到田承嗣处。田承嗣的军队见到正在搜寻的金盒，全都又担心又怀疑。使者用马鞭敲门，在不该会客的时候请求见上田承嗣一面。田承嗣立刻便出来了，使者便把金盒递给了田承嗣。田承嗣接过金盒的时候，因为恐惧休克了。便把使者留下，请入内宅住下，用宴会和贿赂和使者套近乎，给了使者好多赏赐。第二天，田承嗣专门派使者送了三万匹帛、两百匹名马，还有各种奇珍异宝，献给薛嵩，说道：“我的脑袋脖子，全掌握在您的手里。我已经知道错了，会改过自新，不会再给你们添麻烦。我会专门派人去商讨结姻的事宜。叫我的儿子为您家做牛做马。我在外面设置的外宅儿，本来是为了防盗的，不是想要干什么别的。如今我已经让他们解甲归田了。”之后一两个月内，河北、河南的信使陆续到来。

忽然有一天，红线女向薛嵩辞行。薛嵩说道：“你生在我家长在我家，还想去哪里安身呢？而且我如今还得依靠你，你怎么就这样走了呢？”红线说道：“我之前本来是男子，在江湖间游学，读医书学习医术，给天下人治病。当时我们乡里有一个孕妇，忽然得了虫病，我用芫花酒给她治病，结果妇人和她的两个儿子全都死了。是我一副药杀了三个人。因此冥府惩罚我，把我贬为女子，让我当一个卑贱的奴隶。幸而在您家生活，如今已经过了十九年了。身上穿的全都是绫罗绸缎，嘴里吃的全都是山珍海味。您对我宠爱有加，我也感觉到十分光荣。况且您所管辖的领地十分太平，福气无限。之前前去魏博，也是为了报答您的恩情。如今两地各自保守自己的城池，百姓保全了自己的性命，想要造反的臣子知道害怕了，想要效死的烈士也都谋求安定了，是我一介妇人办成的，我的功劳也算不小了，应该可以把之前的罪过赎掉，变成我本来的样子了。我就应该在红尘中藏踪，在物红线酒，请座客冷朝阳为词。词曰：“采菱歌怨木兰舟，送客魂消百尺楼。还似洛妃乘雾去，碧天无际水空流。”歌竟，嵩不胜其悲，红线拜且泣。因伪醉离席，遂亡所在。（出《甘泽谣》）

胡证

唐尚书胡证质状魁伟，膂力绝人，与晋公裴度同年。常狎游，为两军力人十许辈凌轹，势甚危窘。度潜遣一介，求教于证。证衣皂貂金带，突门而入，诸力士睨之失色。证饮后到酒，一举三钟，不啻数升，杯盘无余沥。逡巡，主人上灯。证起，取铁灯台，摘去枝叶而合其跗，横置膝上。谓众人曰：“鄙夫请非次改令，凡三钟引满，一遍三台，酒须尽，仍不得有滴沥。犯令者一铁跻。”自谓灯台。证复一举三钟。次及一角觝者，三台三遍，酒未能尽，淋漓殆至并座。证举跻将击之，众恶皆起设拜，叩头乞命，呼为神人。证曰：“鼠辈敢尔，乞今赦汝破命。”叱之令出。（出《摭言》）

冯燕

唐冯燕者，魏豪人，父祖无闻名。燕少以意气任侠，专为击毬斗鸡戏。魏市有争财殴者，燕闻之，搏杀不平。遂沉匿田间，官捕急，遂亡滑。益与滑军中少年鸡毬相得。时相国贾耽镇滑，知燕材，留属军中。他日出行里中，见户旁妇人翳袖而望者，色甚冶。使外追求天道，澄清我心中之气，以此谋求永生。”薛嵩说：“要么我花千金给你在山里建个房子？”红线说道：“此事关系到我的来世，怎么可以预谋呢？”薛嵩知道没办法留住红线，便盛大地给红线摆了一场饯别的酒宴，把宾客全都叫来，在中堂欢饮。薛嵩用歌给红线敬酒，请座下客冷朝阳给红线填词。词是这样写的：“采菱歌怨木兰舟，送客魂消百尺楼。还似洛妃乘雾去，碧天无际水空流。”薛嵩唱完，悲伤得情难自禁，红线哭着拜谢，装醉离开酒席，之后便无影无踪了。（出《甘泽谣》）

胡证

唐朝的胡证身材魁梧，力大无穷，和晋公裴度是同一年的进士。二人曾经出外游玩，裴度被两军里十多个力士欺负，境况十分尴尬。裴度便暗中派一人前去找胡证求救。胡证当时穿着黑色的貂皮，戴着金色的带子，破门而入。几个力士看见胡证，黯然失色。胡证到后，与这些人喝酒，一下喝了三盅，不到数升，杯子、盘子里面什么都没剩。不久，主人把灯点上了。胡证起身，拿来铁灯台，把枝叶去掉，放在膝盖上，对众人说道：“我请求改一下规则。我们每个人倒满三盅酒，一次喝三轮，酒必须喝光，一滴也不能洒。如果违反了规则，便用灯台打此人一次。”自称灯台。说完，胡证又喝了三盅酒。其次就是一个刚才欺负裴度的人，喝了三盅，没能喝完，满座都是洒了的酒。胡证举起灯台要打，各个恶人便全起身叩头，称胡证为神人。胡证说道：“你们这些鼠辈，竟敢如此！如今暂且放了你们这些人的狗命。”便呵斥他们出了酒席。（出《摭言》）

冯燕

唐朝的冯燕是魏豪人。他的爷爷父亲都不出名。冯燕年少的时候便行侠仗义，专好打球、斗鸡等小把戏。魏豪的集市有因为争夺钱财斗殴的，冯燕听说了，便去那儿杀死了不公道的人。因此冯燕便藏在农村，但是官吏十万火急地抓捕冯燕，冯燕便跑到了滑州，和人熟其意，遂室之。其夫滑将张婴，从其类饮。燕因得间，复偃寝中，拒寝户。婴还，妻开户纳婴，以裾蔽燕。燕卑蹐步就蔽，转匿户扇后，而巾堕枕下，与佩刀近。婴醉目瞑，燕指巾，令其妻取。妻即以刀授燕，燕熟视，断其颈，遂巾而去。

明旦婴起，见妻杀死，愕然，欲出自白。婴邻以为真婴杀，留缚之。趣告妻党，皆来曰："常嫉殴吾女，乃诬以过失，今复贼杀之矣，安得他事。即他杀而得独存耶？"共持婴百余笞，遂不能言。官收系杀人罪，莫有辨者，强伏其辜。司法官与小吏持朴者数十人，将婴就市，看者团围千余人。有一人排看者来，呼曰："且无令不辜死者，吾窃其妻而又杀之，当系我。"吏执自言人，乃燕也。与燕俱见耽，尽以状对。耽乃状闻，请归其印，以赎燕死。上谊之，下诏，凡滑城死罪者皆免。（出沈亚之《冯燕传》）

京西店老人

唐韦行规自言：少时游京西，暮止店中，更欲前进。店有老人方工作，谓曰："客勿夜行，此中多盗。"韦曰："某留心弧矢，无所患也。"因行数十里。天黑，有人起草中尾之。韦叱不应，连发矢滑州军队中的少年因为打球、斗鸡而互相欣赏。当时相国贾耽镇守滑州，知道冯燕很有才能，就把他留在了军队里。有一天冯燕到乡里散步，看到有一个十分美丽的妇人遮着袖子望向窗外。冯燕派人询问妇人的意思，二人便通奸了。妇人的丈夫是滑州的将领张婴，跟他们的同事一起喝酒。冯燕便趁此机会在妇人的寝室中躺着，关上了妇人家的门。张婴回到家，张婴的妻子迎接张婴，用衣服挡住冯燕。冯燕弯着腰去躲避，藏在了门后面，但是自己的方巾却落在了枕头下面，和佩刀离得很近。张婴醉醺醺地把眼睛闭上了，冯燕便指着自己的方巾，让张婴的妻子拿来。妇人便把刀交给了冯燕。冯燕仔细看了妇人一会儿，便砍断了妇人的脖子，把方巾戴上就离开了。

第二天早上，张婴起了床，看到妻子被杀死了，十分惊愕，想要出去给自己辩白。张婴的邻居以为真的是张婴杀的，就把张婴扣下，绑上绳子，告诉了张婴妻子的娘家。娘家人全都到了，说道："张婴经常殴打我的女儿，还诬陷我女儿做的有问题，如今杀我女儿的，还能是别人吗？还想说是别人杀的保存自身？"便一起打了张婴十几鞭子，打得张婴不能说话了。审案的官员把张婴拘捕了，判为杀人罪，没有人为张婴辩白，便强行让无辜的张婴服罪了。主持司法的官员和小吏带着十几个拿着朴刀的侍卫，带着张婴到市场处刑，围观的有一千多人。有一个人推开围观的人，大呼道："先别让无辜的人死了！是我和他的妻子私通，又杀了他的妻子，你们应该把我抓起来！"小吏抓住了说话的人，原来是冯燕。司法官员便带着冯燕去见贾耽，把事情的情况告知了贾耽。贾耽听说了之后，便告知朝廷，请求上交自己的印授，以此免除冯燕之罪。皇帝认为冯燕很义气，便下诏，凡是滑州犯死罪的人一概赦免。（出沈亚之《冯燕传》）

京西店老人

唐朝的韦行规说过：他年轻的时候曾经去京城西边游玩，晚上住在店里，还要行路，店里有一个老人正在工作，对韦行规说道："客人请不要在夜间行路，这里有很多强盗。"韦行规说道："我会留心暗箭的，不用担心。"便行进了几十里路。天黑了，有人在草丛里中之，复不退。矢尽，韦惧奔焉。有顷，风雷总至，韦下马，负一大树，见空中有电光相逐，如鞫杖，势渐逼树杪，觉物纷纷坠其前。韦视之，乃木札也。须臾，积扎埋至膝。韦惊惧，投弓矢，仰空中乞命。拜数十，电光渐高而灭，风雷亦息。韦顾大树，枝干尽矣。鞍驮已失，遂返前店。见老人方箍桶，韦意其异人也，拜而且谢。老人笑曰："客勿恃弓矢，须知剑术。"引韦入后院，指鞍驮，言却领取，聊相试耳。又出桶板一片，昨夜之箭，悉中其上。韦请役力承事，不许。微露击剑事，韦亦得一二焉。（出《酉阳杂俎》）

兰陵老人

唐黎幹为京兆尹时，曲江涂龙祈雨，观者数千。黎至，独有老人植杖不避。幹怒杖之，如击鞔革，掉臂而去。黎疑其非常人，命坊老卒寻之。至兰陵里之南，入小门，大言曰："我困辱甚，可具汤也。"坊卒遽返白黎，黎大惧。因衣坏服，与坊卒至其处。时已昏黑，坊卒直入，通黎之官阀，黎唯而趋入，拜伏曰："向迷丈人物色，罪当十死。"老人惊曰："谁引尹来此？"即牵上阶。黎知可以理夺，徐曰："某为京尹，尹威稍损，则失官政。丈人埋形杂迹，非证惠眼，不能知也。若以此罪人，是钓人以名，则非义士之心也。"老人笑曰："老夫过。"乃具酒，设席于地，招坊卒令坐。夜深，语及养生，言约理辨。黎转敬惧，因曰："老夫有一技，请为尹设。"遂入，良久，紫衣朱鬟，拥剑长短七口，舞于中庭。迭跃挥霍，攙光电激。或横若掣帛，旋若规火。有短剑二尺余，时时及黎尾随他。韦行规呵斥此人，丝毫没有回应，韦行规便连发了好几箭，此人还是没有离开。箭射光了，韦行规畏惧，便要逃走。不一会儿，风雷俱到，韦行规只好下马，靠着一棵大树，见空中有雷光互相追赶，像互相杖击一样，雷光渐渐逼近树梢。韦行规忽然感觉到有好多东西纷纷落在了眼前，仔细一看，原来是木片。顷刻之间，木片已经埋到了韦行规的膝盖。韦行规又惊又怕，扔了弓箭，向空中求饶。韦行规拜了几十下，雷光慢慢升高，之后便灭了，风和雷也都停了。韦行规回头一看大树，树枝树干全都消失了，自己的马也没了，之后便回到之前的旅店，见到老人正在箍一个桶。韦行规猜到此人异于常人，便向老人拜谢。老人笑道："客人不要依靠自己的弓箭，也应该了解一点剑术。"便带着韦行规进了后院，指着韦行规的马，让他带走马，说刚才只是试探一下。又拿出了一片板，昨夜的箭，全都在这片木板上。韦行规请求给老人打下手，老人没有同意，只是稍微透露了一些击剑的秘诀，韦行规也在其中得到了一些经验。（出《酉阳杂俎》）

兰陵老人

唐朝的黎干在担任京兆尹的时候，曲江的人们画了一条龙祈雨，去观看的人有好几千。黎干到了，只有一位老人拿着拐杖不肯回避。黎干十分生气，用鞭子击打老人，就像打在皮革上一样，老人甩开胳膊就走了。黎干怀疑此人不是一般人，便让坊间的老兵去寻找此人的行踪。老兵到了兰陵里的南边，进了一个小门，只见老人大声说道："我受到了如此大的侮辱。准备点热水来吧，我要洗个澡。"老兵便立刻返回，告知黎干，黎干十分害怕，因此穿了一件破衣服，和老兵一起到了老人的家中。当时已经天黑，老兵直接闯入房间，通报黎干，黎干却只是小步慢行，跪下磕头道："之前被您的态度所迷惑，我罪当十死。"老人大惊道："谁把京兆尹带到这儿的？"便带着黎干走上台阶。黎干知道这个老人可以理喻，便慢慢说道："我担任京兆尹，如果京兆尹的威严不再，那官体便没了。您埋藏自己的行踪，如果不是慧眼识人，恐怕我们无法得知此事。如果因此归罪于我，那就是用名声来引诱别人，就不能称为义士了。"老人笑道："是我的之衽，黎叩头股栗。食顷，掷剑于地，如北斗状。顾黎曰：“向试尹胆气。”黎拜曰：“今日已后性命，丈人所赐，乞役左右。”老人曰：“尹骨相无道气，非可遽授，别日更相顾也。”揖黎而入。黎归，气色如病。临镜，方觉须剃落寸余。翌日复往，室已空矣。（出《酉阳杂俎》）

卢　生

唐元和中，江淮有唐山人者，涉猎史传，好道，常居名山。自言善缩锡，颇有师之者。后于楚州逆旅遇一卢生，意气相合，卢亦语及炉火。称唐族乃外氏，遂呼唐为舅。唐不能相舍，因邀同之南岳。卢亦言亲故在阳羡，将访之，今且贪舅山林之程也。中途，止一兰若。夜半，语笑方酣。卢曰：“知舅善缩锡，可以梗概论之。”唐笑曰：“某数十年重迹从师，只得此术，岂可轻道耶？”卢复祈之不已。唐辞以师授有时日，可达岳中相传。卢因作色：“舅今夕须传，勿等闲也。”唐责之：“某与公风马牛耳。不意盱眙相遇，实慕君子，何至驺卒不若也。”卢攘臂瞋目，眄之良久曰：“某刺客也，如不得，舅将死于此。”因怀中探乌韦囊，出匕首刃，势如偃月。执火前熨斗，削之如扎。唐恐惧具述。卢乃笑语唐曰：“几误杀舅。此术十得五六。”方谢曰：“某师仙也，令某等十人，索天错。”便准备了酒，在地上设下筵席，招来老兵让他坐下。夜深了，几人又聊及养生的话题，说得简短而又清晰。黎干又敬又怕。老人就说道：“我有一个雕虫小技，我给您演示一遍。”说完便进了内室，过了很长时间，只见老人穿着紫衣服，头上鬓角都变成红色了，拿着七口长短不一的宝剑，在中厅舞剑。老人在厅内手舞足蹈，挥洒自如，似乎能与电光抗衡。有的时候像裁剪布匹，有得时候似乎要起火。有一把二尺多长的宝剑，时时要触及黎干的大襟，黎干吓得连忙磕头，双腿直颤。过了一会儿，老人又把剑扔在地上，像北斗一样排布。老人回头看向黎干道：“我刚才只是试试您的胆量。”黎干拜谢道：“从今以后，我的性命是您赐给我的，请求让我在您身边跟随。”老人说道：“您的骨相没有道气，不能现在就教您，改天您再来吧。”向黎干作了个揖，便回了房。黎干回到家，好像生了病一样。一照镜子，才发觉胡须被剃掉一寸多。第二天再去，老人家已经人去楼空了。（出《酉阳杂俎》）

卢生

唐元和年间，江淮地面上有一个唐山人，史籍传记全都涉猎，十分喜欢道术，曾经隐居名山。自称善于炼锡，有很多人拜他为老师。后来唐山人在楚州旅店遇到一名姓卢的书生，和他意气相投，卢生也谈及炉火一事。卢生自称自己母亲也姓唐，便称呼唐山人为舅舅。唐山人不愿意和卢生分别，便邀请卢生一起到南岳，卢生也说自己有亲人和朋友在阳羡居住，正好要前去拜访，如今却贪恋和唐山人在山林行路的行程。到了中途，在一个寺庙住脚。半夜，两人谈笑正酣的时候，卢生说道：“我知道您善于炼锡，您能说说梗概吗？”唐山人笑道：“我几十年来跟师父学艺，只学到了这个本领，怎么能轻易说出来呢？”卢生又屡次向唐山人请求。唐山人以老师教他好长时间的理由推辞了，还说可以在山里把此术传给他。卢生忽然脸色一变，说道：“舅舅今天晚上就得教我，不要再瞒着了。”唐山人斥责了卢生：“我和你风马牛不相及，幸而在盱眙相遇，我实在是爱慕你的为人，为什么到了这种程度？”卢生举起手，瞪着唐山人，看着下妄传黄白术者杀之。至添金缩锡，传者亦死。某久得乘跻之道者。”因拱揖唐，忽失所在。唐自后遇道流，辄陈此事戒之。（出《酉阳杂俎》）

义侠

顷有仕人为畿尉，常任贼曹。有一贼系械，狱未具。此官独坐厅上，忽告曰：“某非贼，颇非常辈。公若脱我之罪，奉报有日。”此公视状貌不群，词采挺拔。意已许之，佯为不诺。夜后，密呼狱吏放之，仍令狱吏逃窜。既明，狱中失囚，狱吏又走，府司谴罚而已。

后官满，数年客游，亦甚羁旅。至一县，忽闻县令与所放囚姓名同。往谒之，令通姓字。此宰惊惧，遂出迎拜，即所放者也。因留厅中，与对榻而寝。欢洽旬余，其宰不入宅。忽一日归宅，此客遂如厕。厕与令宅，唯隔一墙。客于厕室，闻宰妻问曰：“公有何客，经于十日不入？”宰曰：“某得此人大恩，性命昔在他手，乃至今日，未知何报？”妻曰：“公岂不闻，大恩不报，何不看时机为？”令不语，久之乃曰：“君言是矣。”此客闻已，归告奴仆，乘马便走，衣服悉弃于厅中。至夜，已行五六十里，出县界，止宿村店。仆从但怪奔走，不知何故。此人歇定，乃言此贼负心之状，言讫吁嗟。奴仆悉涕泣之次，忽床下一人，持匕首出立，此客大惧，唐山人好长时间，说道：“我是一个刺客。如果没能学会此术，舅舅你今天就会死在这儿。”说完，便从怀里取出一个乌韦袋子，拿出一个匕首，好像新月一样。又拿起火前的熨斗，用匕首砍熨斗，就好像扎进去一样。唐山人十分畏惧，便把技术说了出来。卢生才笑着对唐山人说道：“我险些误杀了您。此术您学得了十之五六。”说完，才谢罪道：“我的师父是仙人，让我们十个人，找出天下那些瞎传、乱传黄白之术，尤其是添金、缩锡之术的人，杀了他们。我早就要成仙了。”便向唐山人拱手而退，忽然就不知道去哪儿了。唐山人后来碰到道人，经常陈说此事以告诫这些人。（出《酉阳杂俎》）

义侠

曾经有一位读书人当了京畿县尉，经常处理贼人。当时有一个贼人被锁住了，但是还没有准备监狱的房间。县尉一个人坐在大堂上，贼人忽然说道：“我不是贼人，我是一个非常之人。如果您能给我脱罪，我有朝一日一定报答您。”县尉看这个人相貌不平，十分有文采，心里已经答应了，但是表面假装不答应。到了晚上，暗地里派遣小吏放走了他，又令狱卒跑掉。到了天亮，监狱里的囚犯跑了，狱吏也跑了，府司也只是谴责了两句而已。

后来县尉官期已满，在外面流浪了几年。后来到了一个县，忽然听说县令和自己放走的囚犯姓名相同，便前往谒见，让下人通禀姓名。县令又惊又怕，便出来迎接、拜谢，县尉一看，就是自己之前放走的那个人。县令便把这个书生留在厅里，和他对榻睡觉。二人欢度了十多天的时光，县令便不回内宅了。忽然有一天，县令又回了内宅。这个客人便去上厕所了。厕所和县令的内宅只隔着一道墙，客人在厕所听到县令的妻子问县令道：“你有什么客人，十天都不回内宅？”县令说道：“我曾经受过此人大恩。我之前性命都在他手里，是他把我放了，我才有今天，不知道怎么报答他？”妻子说道：“您难道没听说过大恩不报吗？为什么不等时机到了再报答呢？”县令默然无语。过了很长时间才说：“你说得对。”这个客人听说了，回去告诉自己的仆人，骑上马就走了，把衣服全都扔在了厅里。到了乃曰："我义士也，宰使我来取君头，适闻说，方知此宰负心。不然，枉杀贤士。吾义不舍此人也。公且勿睡，少顷，与君取此宰头，以雪公冤。"此人怕惧愧谢，此客持剑出门如飞。二更已至，呼曰："贼首至！"命火观之，乃令头也。剑客辞诀，不知所之。（出《原化记》）

晚上，行了五六十里路，出了县界，在村里的旅店借宿。仆从只是奇怪为什么走这么快。书生停下脚步，才把县令忘恩负义之貌告知仆从，说完之后，仰天长叹。他的仆人哭得一把鼻涕一把泪的时候，忽然床下钻出了一个人，拿着匕首出来站定。客人十分害怕，那人说："我是一个义士，县令让我来取你的头，刚才听说你的话，我才知道是县令忘恩负义。否则我就屈杀了贤人。我向来义气，不舍得杀你。你先不要睡觉，等我一会儿，我帮你取来县令的脑袋，以此为你雪冤。"客人十分惧怕，惭愧地道谢，义士便拿着剑出门像飞一样。到了二更，喊道："贼人的首级在此！"书生命令奴仆点着了灯火观看，原来是县令的头。剑客辞别之后，就不知道上哪去了。（出《原化记》）